LA SACERDOTISA DE LA LUNA

Emma Ros

La sacerdotisa
de la luna

Umbriel Editores

Argentina • Chile • Colombia • España
Estados Unidos • México • Perú • Uruguay • Venezuela

1.ª edición Marzo 2012

© 2012 *by* Emma Ros Martín
© 2012 *by* Ediciones Urano, S. A.
    Aribau, 142, pral. – 08036 Barcelona
    www.umbrieleditores.com

ISBN: 978-84-92915-10-1
E-ISBN: 978-84-9944-200-6
Depósito legal: B-4.543-2012

Fotocomposición: Moelmo, SCP
Impreso por Romanyà-Valls, S. A. – Verdaguer, 1 – 08786 Capellades (Barcelona)

Impreso en España — *Printed in Spain*

Para Lucía Gris

Prestada tenemos tan sólo la tierra, oh, amigos,
hemos de dejar los bellos cantos,
hemos de dejar las bellas flores.
Por ello me entristezco en mi canto al sol.

Poema náhuatl extraído de
La vida cotidiana de los aztecas en vísperas de la conquista,
Jacques Soustelle, Fondo de Cultura Económica,
México, 1984, págs. 240-241.

Océano Atlántico, año de Nuestro Señor de 1529

El viento del este henchía las velas de la nao y la alejaba del amanecer. Como cada mañana desde que zarparan de Sanlúcar de Barrameda, el mágico trino de aquella voz misteriosa recorrió la cubierta. Los marineros subidos a los mástiles se sentaron en las perchas transversales arrullados por aquella voz. Algunos se acercaron al castillo de popa y otros simplemente alzaron la cabeza y sonrieron. El trino se convirtió en una melodía envolvente en la que dos pájaros dialogaban hasta que se encontraban en un canto al unísono que hacía soñar a los marineros con su llegada a tierra firme. La voz tomaba forma, se elevaba con claridad y parecía no proceder de ningún lugar. Pero ellos sabían que aquella melodía sólo podía provenir de aquella mujer.

Con un vestido ligero y su negra cabellera recogida, la hermosa silueta parecía una ofrenda a la salida del sol. Y los marineros que la habían podido contemplar de cerca se dejaban llevar por la evocación de sus bellos rasgos y su piel aceitunada. Nunca olvidarían el rojo pálido de sus labios y el reflejo melancólico de sus grandes ojos almendrados. Sólo podía ser, como decía el capitán, una princesa india que regresaba a su tierra. Una princesa, para ellos un regalo, que aligeraba los largos días de navegación con el deseo de un nuevo amanecer.

El canto se silenció a medida que la luz del sol emergía para inundar la cubierta de la nao. La magia del momento se desvaneció, y los marineros volvieron a sus tareas con el eco de aquel canto en sus corazones.

En el castillo de popa, el capitán oteaba el horizonte. Unas nubes grises se arremolinaban al oeste, donde tenían fijado el rumbo. Los pocos pasajeros que iban en la nao mercante habían salido a cubierta a disfrutar de lo que, por el momento, era otra plácida y monótona mañana de travesía. Desde que su majestad autorizara los desplazamientos de sus súbditos a la Nueva España, los viajes eran más entretenidos, pero en ninguno de ellos se había hallado con una situación tan particular.

El capitán se volvió, y en una esquina del castillo, observó a la princesa india y al misterioso noble que la acompañaba, alto, rubio, discreto, ataviado con elegancia, pero sin ostentación. Ambos contemplaban el mar, entre silencios y miradas huidizas que a veces interrumpía un breve intercambio de palabras en aquel idioma extraño.

—No es latín —aseguró uno de los pasajeros.

Acodado en la barandilla, los observaba junto a su esposa.

—Pues yo les he oído hablar castellano —dijo el capitán—, aunque ya se ve que ella es extranjera.

—Tiene una cara extraña pero hermosa —intervino la mujer—. Tenga cuidado, no embruje a sus marineros.

—¡Oh, vamos! —rió el capitán—. Es cristiana. Ha estado en Roma, enviada para cantar ante su Santidad el Papa.

—Ya hemos oído eso, pero no deja de ser extraña esa lengua. Y ya se sabe lo que hacían esos indios en sus rituales. Debo confesar que me incomoda su presencia en la nao, y no soy la única.

—Me sorprende que él hable ese idioma —comentó el marido—. Según usted, es un conde.

—Sí, efectivamente, pero me imagino que si conoce esa lengua habrá estado antes en la Nueva España. Lo curioso es que también es médico.

La tormenta llegó finalmente y se prolongó durante muchos días. En los camarotes, un mercader de aceite fue el primero que cayó enfermo, presa de una alta fiebre a la que se añadió un sarpullido rojizo que le recorría frente, mejillas, pecho... Muchos pensaron que era una suerte tener a un médico a bordo.

Pero cuando la tormenta al fin amainó al séptimo día, como si Dios les hubiera querido dar un descanso, eran muchos los enfermos, tanto entre los miembros de la tripulación como entre los pasajeros. Y la buena predisposición hacia el médico ya no era la misma, pues a nadie se le escapaba que aquella india le ayudaba en sus atenciones a los enfermos. Estos habían sido trasladados a un camarote comunitario, y el capitán observaba los jergones, intranquilo, mientras el médico examinaba a un recién llegado.

—Disculpe, doctor, el ambiente se está poniendo tenso —le dijo en cuanto este atendió al enfermo—. ¿No puede hacer nada?

—Es sarampión —replicó—. Con suerte, al séptimo día mejorarán. El mercader casi ya está restablecido.

—Siete días... Espero que esté en lo cierto.

La tempestad había amainado, los enfermos se recuperaban, y al fin pude subir de nuevo al solitario castillo de popa en busca de la paz que me rehuía desde que abandoné mi hogar. Una bruma lánguida difuminaba los reflejos anaranjados del amanecer que anunciaban, una vez más, la victoria de Huitzilopochtli, el dios sol, sobre su hermana luna. Como cada mañana, me preguntaba sobre el significado del dolor que me embargaba. Pero abrumada por el recuerdo de mi hogar y la expectativa de mi regreso, prefería no ahondar en él. ¿Qué hallaría tras un año de ausencia? Tenía que contarle la verdad a mi acompañante, se lo debía, pero en realidad yo tampoco la sabía. Ignoraba si hallaría a mi hijo vivo, y tampoco podía imaginar qué haría con mi vida sin la guía de mi adorada diosa, Xochiquetzal, dormida entre las ruinas de los templos donde una vez fui sacerdotisa.

Sólo cantar me devolvía algún atisbo de paz. Pero cuando entreabrí los labios para que fluyera el canto de los pájaros, el peso de lo perdido y de la incógnita que se abría ante la decisión que debería tomar enmudeció mi voz. Durante el resto del viaje, al amanecer, salí a popa para esperar en silencio. Y en esos momentos acudían a mí con mayor intensidad los recuerdos de la caída de Tenochtitlán, cuando dejé de ser sacerdotisa y mi vida empezó a discurrir entre un mundo derrotado y otro desconocido. Todo comenzó ocho años atrás...

PRIMERA PARTE

I

Año de Nuestro Señor de 1521

Las hogueras habían ennegrecido los muros de aquel salón palaciego, cuyas delicadas pinturas de flores habían adquirido un aspecto grotesco. Una gruesa capa de hollín cubría sus colores, deformando su intrincado diseño, y comprendí que con ellas también desaparecían el orden y la belleza del que había sido mi mundo. La lujosa sala, digna de recibir a los más altos cargos de Tenochtitlán, ahora cobijaba los cuerpos de los pocos heridos y enfermos que sobrevivían, y sólo quedábamos dos personas para atenderlos. Los últimos en caer perecían en las calles llenas de escombros; no había quien los trajera a aquel lugar. Aunque las explosiones eran cada vez más cercanas, ya no las temía, pues la desesperanza se había apoderado de mí desde que la sacerdotisa mayor de Xochiquetzal enfermó entre fiebre y vómitos. Sentada a su lado, murmuré una plegaria a la diosa mientras con un trapo arrancado de mis vestiduras humedecía sus labios agrietados. Luego tomé su cuerpo esquelético y la acuné, como ella hizo durante mi primera noche en el templo cuando, con doce años, la nostalgia de mi hogar se apoderó de mis sollozos.

—Ameyali, Ameyali —me llamó con la mirada perdida—, eres la elegida de la diosa. Cuídala, pequeña, venérala. Sólo quedas tú.

Acaricié su cabello. ¿Elegida? La abandoné, como todos abandonamos a nuestros dioses. Asediados por la batalla, no pudimos celebrar los cultos que tocaban en aquella época del año. Abandoné a Xochiquetzal, la flor hermosa, diosa de la belleza, del amor y las artes; su talla, regalo de mi madre antes de partir de mi Acolman natal, quedó entre las paredes que me habían albergado el último año, cuando todas las sacerdotisas nos vimos obligadas a refugiarnos en el recinto del templo mayor. No me la pude llevar conmigo, estaba demasiado asustada y no pensé en ello. Por eso siempre he creído que aquel olvido se convirtió en mi propia maldición durante los años que habían de venir.

A los pies del templo de Huitzilopochtli, ni el gran dios de la guerra pudo protegernos. La pólvora rasgaba el aire desde los canales, con los bergantines que destruían edificios a cañonazos para evitar los ataques desde las azoteas.

Cada noche, los mexicas abrían zanjas en las calzadas para dificultar el paso del enemigo. Pero los tlaxcaltecas, e incluso los texcocanos, aliados con los hombres blancos, se encargaban de rellenarlas. Luego pasaban por ellas los castellanos; a caballo y a pie, se dispersaban por todo Tenochtitlán y mataban a nuestros guerreros. Debimos darnos cuenta de que cada espada de hierro clavada en un torso mexica, cada cuerpo reventado por un arcabuz, eran una señal de retirada de nuestros dioses; desprovistos de la sangre que les daba la *muerte florida,** no recibían el alimento que les fortalecía. Ni los tlaxcaltecas ya querían apresar a sus enemigos, sólo mataban como lo hacían los forasteros. Pero el *tlatoani* Cuauhtémoc no se daba por vencido e insistía en combatir el fuego con piedras y flechas, y defenderse del hierro con la obsidiana. Cuando los hombres escasearon, mandó a las mujeres tomar las armas. Mientras, los sacerdotes y las sacerdotisas debíamos interceder por los mexicas ante el panteón completo. Y cuando los sumos pontífices dijeron al *tlatoani* que los dioses nos habían abandonado, Cuauhtémoc no lo dudó y los hizo sacrificar para alimento divino.

De eso hacía ya casi cincuenta días. Entonces el *tlatoani* Cuauhtémoc ordenó abandonar el recinto del templo mayor para guarecernos al norte de Tenochtitlán, en Tlatelolco. Allí, la última sacerdotisa mayor de Xochiquetzal alzó su mano, acarició mi mejilla y murió en silencio.

—No podemos seguir aquí —susurró Yaretzi a mis espaldas.

La voz quebrada y débil de mi fiel esclava me hizo volver a la realidad y se oyeron nuevas explosiones. Parecían estar muy cerca, acompañadas ahora de risas y voces enemigas. Me costaba soltar el cadáver aún caliente en mis brazos, pero si Yaretzi también moría, sería por mi culpa. La mujer, que me amamantó y me crió, había acudido desde Acolman en cuanto supo que los castellanos atacaban Tenochtitlán. Entró por la calzada de Tepeyac, al norte, la única que dejaron abierta al principio del asedio. Me insistió para que huyéramos por aquella misma ruta, pero entonces no pude abandonar a mis hermanas. Ahora ya no quedaba ninguna, y tampoco veía cómo huir. Hacía mucho que los enemigos habían tomado la calzada. Desde entonces, no entraba alimento y ya no recordábamos el último bulbo de dalia que habíamos arrancado del jardín para saciar el hambre. El agua también escaseaba, pues el acueducto que la traía desde la fuente de Chapultepec estaba cortado desde hacía más de setenta días, y los pozos de la ciudad sólo rezumaban podredumbre.

—Mi señora, debemos irnos.

* Los términos en cursiva como este, así como las palabras en náhuatl, aparecen explicados en el glosario, al final del libro.

Sentí su huesuda mano sobre mis hombros, me estremecí con su tacto y por primera vez desde que empezara aquel incansable asedio, lloré. A la sacerdotisa mayor no se la llevó ninguna herida, ni las diarreas que provocaba aquella agua salobre y asesina. El hambre y la sed la consumieron, y la diosa no la salvó. Ahora venían, estaban ahí, la resistencia mexica se reducía a unos pocos palacios y no teníamos escapatoria: los dioses nos habían abandonado. Aun así, debía moverme por Yaretzi. Entre sollozos, besé la frente de la sacerdotisa mayor y, con suavidad, dejé su cuerpo en el suelo. Me puse en pie y miré por última vez a mi alrededor. Apenas tres antorchas permanecían encendidas, las suficientes para distinguir los cuerpos agónicos que yacían en el suelo, pocos para los que fueron, la mayoría ancianos y niños, alguna mujer, ningún guerrero. ¿Cómo abandonarlos?

—Vamos —dijo Yaretzi mientras tiraba de mi brazo.

Hacía tiempo que habíamos acabado las hierbas medicinales que la esclava trajo consigo. No podíamos hacer nada por ellos, sólo verlos morir. Perdida en el llanto y movida por la obstinación, agarré trozos de las vestimentas de los muertos y los rasgué mientras decía:

—Todavía podemos humedecerles los labios y aliviar su sufrimiento.

Un trueno acalló los arcabuces y sentí que era una señal de Tláloc, dios de la lluvia. No estábamos abandonados del todo. Con decisión, fui hacia la puerta para humedecer la tela con el agua que empezó a caer, torrencial y furiosa. Pero un bofetón me detuvo. Entonces, la cara de Yaretzi se dibujó ante mis ojos, arrugada y severa.

—Esto se ha acabado. Nos vamos —me ordenó.

Desde fuera, las risas y las voces cada vez parecían más cercanas. Quizá celebraban el agua caída del cielo, quizás agradecían el silencio de la pólvora, pero yo sólo podía mirar a Yaretzi con indignación.

—¿Estás loca? Soy una sacerdotisa y tu señora, ¿cómo te atreves a...?

Me interrumpieron unas risas que, de pronto, llegaron desde la puerta. Sólo vi una silueta en el umbral, pero pude sentir el fuego de su mirada al recorrer mi cuerpo, paralizado por el miedo. Portaba en la mano una espada de hierro cuya hoja se iluminó con un tenue resplandor. Al cinto llevaba un puñal y de la espada de obsidiana sólo se veía el mango a la espalda, junto al escudo. La armadura de algodón le cubría el torso, pero no lucía penacho alguno y su cabello, negro y liso, caía desordenado sobre los hombros. Era un guerrero tlaxalteca.

—¡Esta noche los dioses nos han premiado! —dijo victorioso. Tras él, una cortina de lluvia anegaba el suelo.

En cuanto oyó su voz, Yaretzi se acercó a mí, pero no alcanzó a cubrir mi cuerpo antes de que apareciera otro guerrero, más bajo, más corpulento, con la misma mirada lasciva.

—No se atreverán —bramó mi esclava con los brazos abiertos—. Es una sacerdotisa, los dioses la protegen.

Los hombres la miraron y se echaron a reír. Era una mujer menuda, y la escasez había dejado su cuerpo seco y ligeramente curvado, pero se mantenía firme mientras me daba la espalda.

—No te preocupes —respondió el más alto mientras dejaba su espada de hierro apoyada en el quicio de la puerta—. Tampoco hace falta usar la fuerza. Amigo Tochtli, anda, saca una tortilla. Queréis un par, ¿eh? Una para ti, vieja, y guardas la otra para la chica, ya que tanto te importa.

El guerrero más bajo mostró una bolsa y la agitó en el aire. Entretanto, su compañero se acercaba hacia nosotras, y sentí que el aire se secaba a mi alrededor y se hacía irrespirable. Entonces Yaretzi se abalanzó corriendo hacia el guerrero; entre risas, él se apartó de un salto, pero ella no pudo detener su loca embestida.

Ya sin nada que me resguardara, el que venía hacia mí alzó las manos abiertas, como si quisiera mostrarme que no llevaba armas, que no me haría daño. Pero mis piernas temblorosas retrocedieron, y el miedo me atenazó con fuerza, como si quisiera expulsar la vida de aquel cuerpo antes de que llegara a tocarlo el guerrero. Entonces todo se aceleró. Recuerdo ráfagas iluminadas por los relámpagos, el cuerpo de Yaretzi golpeando contra la pared tras un puñetazo, el hombre de la puerta doblado por la risa y el otro saltando sobre mí como un jaguar sobre su presa.

Caímos encima de un cadáver. Luego sentí su armadura mojada por la lluvia restregándose contra mis senos, y su miembro duro sobre mi vientre. Él me abofeteó y grité de dolor. Mi propio aullido convirtió el miedo en fuerza y furia. Empecé a golpearle en los costados, pero se rió, pues mis puños rebotaban contra su armadura mientras sus manos oprimían mis piernas y buscaban separarlas. Aun así, no desfallecí, pues si él soltaba mis piernas para sujetar mis brazos, su miembro no hallaría entrada a mi cuerpo, y si no dejaba de moverme, tampoco lo lograría. Le golpeé en los costados, y una de mis manos topó con el filo de obsidiana del puñal al cinto. Él consiguió separar mis piernas; yo así el arma. Hizo ademán de penetrarme y elevé los brazos, sosteniendo la empuñadura con ambas manos. Vi sus dientes hundirse en la cicatriz sacerdotal de mi seno, y con un alarido, clavé el puñal en su nuca. Su cuerpo muerto cayó sobre mí. No sé durante cuánto tiempo permanecí inmóvil, sólo sé que relampagueaba y que llovía cada vez menos. Entonces oí aquella voz rasgada con la que había crecido en los campos de Acolman.

—Ya está, Ameyali. Ya no te puede hacer daño.

Yaretzi intentó empujar el cadáver hacia un lado, y yo me escabullí y me levanté. Un temblor incontrolable invadió mi cuerpo durante un momento, y luego volvió el hedor de la muerte y el resplandor de las hogueras iluminando los frescos desconchados de la sala, pero había algo diferente: silencio. Ni truenos, ni explosiones, ni edificios desplomándose, ni gritos de guerra, caracolas o tambores. Sólo silencio. Durante un fugaz momento, creí que en verdad no despertaba de una violenta ensoñación, sino que me hallaba dentro de una pesadilla. Miré hacia la puerta. Sólo se veía el alba que dispersaba la lluvia.

—¿Y el otro? —sonó mi voz en un murmullo.

Yaretzi señaló hacia un rincón: parecía sentado con la espalda apoyada en la pared, pero su cuerpo estaba cubierto por la sangre que manaba de su cuello. En su regazo yacía una mujer con la nuca partida.

—Aún hay gente viva, débil, pero viva. —Suspiró—. No se cómo volveremos a casa, Ameyali, pero debemos marcharnos.

La mujer tenía razón. Aquellos dos guerreros eran los primeros, y con el silencio, llegarían muchos más. Así que me anudé un trozo de tela a la cintura, dejé mi torso desnudo como una simple campesina, y salimos.

El amanecer era gris y la muerte se respiraba a nuestro alrededor. Los edificios estaban en ruinas, e incluso descubrimos que el palacio que nos había albergado estaba derruido por la parte norte. Bajo los escombros asomaban pies, manos e incluso cabezas aplastadas, pero por primera vez en más de setenta lunas, el canto de los pájaros se elevaba por doquier. Entonces, de entre los cascotes, vimos aparecer a más supervivientes del asedio, espectros famélicos, demasiado aturdidos para lamentarse o alegrarse por el final de aquel tormento. Sólo intercambiaban miradas vacías, mientras por la calzada resonaban los cascos de los caballos.

No tardaron en aparecer unos jinetes castellanos con sus armaduras de hierro, precedidos por algunos guerreros texcocanos. Al frente creí distinguir a Cipactli, uno de los hijos del *cihuacóatl* de mi padre, antiguo *tlatoani* de Acolman. Sentí que estaba salvada, que podríamos volver a casa. Pero entonces los guerreros de Texcoco soltaron un alarido y empezaron a correr tras la gente. A nuestros pies cayó el cadáver de un niño con una flecha clavada en el ojo y nos escondimos entre las ruinas. Mataban sin el menor respeto a las deidades que les habían dado la victoria, sin tomar prisioneros para alimentarlas. Algunos mexicas imploraban clemencia arrodillados, otros permanecían a la espera de una flecha o una espada, y los había que corrían para huir, pero también para llegar cuanto antes a algún canal, dispuestos a sucumbir en el lago sobre el que flotaba Tenochtitlán.

Cipactli, con majestuoso penacho, estaba al lado de otro hombre de nariz aguileña al cual también reconocí: Ixtlilxochitl, príncipe de Texcoco. Junto a los castellanos, ambos parecían observar complacidos todo aquello, como si jamás hubiera existido alianza entre Texcoco y Tenochtitlán, como si nuestras vidas anteriores a la llegada de Hernán Cortés hubieran sido una alucinación surgida del peyote. Pero no había tiempo para lamentaciones.

—¿Puedes correr, Yaretzi?

Ella asintió con una convicción que me infundió ánimos y salimos del escondite tan rápido como podían llevarnos nuestras piernas. A pesar del caos, alcanzamos la parte que se mantenía en pie del palacio que nos cobijó. Estaba desierto, pero no silencioso, pues el estruendo del terror que se había desatado fuera hacía eco por los salones. No podíamos escondernos en ninguno de ellos: los guerreros entrarían en busca de botín, como lo hicieran los dos que nos habían atacado. Así que nos dirigimos a toda prisa al jardín sur y lo atravesamos. La maleza rasgaba mis pantorrillas y mis pies descalzos, pero no fui consciente de herida alguna hasta mucho después.

A toda prisa subimos a la azotea y lo que descubrimos nos llenó los ojos de lágrimas. A pesar de tanto dolor y destrucción, allí quedaba un trozo intacto del mundo que habíamos conocido. Las plantas se erguían orgullosas y las flores parecían agradecidas a la generosidad de Tláloc por tan provechosa estación de lluvias. Yaretzi dio unos pasos y las acarició, sobrecogida ante aquel paisaje de nuestra antigua realidad, hermoso y ajeno a la guerra. Luego me miró atónita y se perdió entre la vegetación. Yo permanecí inmóvil mientras agradecía a Xochiquetzal aquel reducto de belleza y vida. Miré hacia el sur, hacia el horizonte donde debían dibujarse las siluetas de los templos de Huitzilopochtli y Tláloc, pero sólo vi columnas de humo y un campo de rocas y cascotes bajo un cielo gris. Entonces comprobé que no sólo estaba en ruinas la zona de Tleloco, y por primera vez comprendí que no quedaba nada de la gran Tenochtitlán, nada. Vencida por un extraño vacío, más fuerte que el miedo o el desánimo, me agazapé entre la vegetación. Intenté mantenerme alerta, pero poco a poco dejé de oponer resistencia y caí en un profundo sueño.

El carro tomó una curva que hizo chirriar los ejes de las ruedas y los campanarios de Vic desaparecieron del horizonte. La nieve se esparcía por los campos, y las pocas plantas que crecían en el llano parecían carcomidas por la escarcha. En la parte trasera de la carreta descubierta, Martí se arrebujó con la capa que cubría su lujosa túnica. Un bonete aplastaba su cabello rubio y mantenía calientes sus orejas, pero consideraba que el frío que sentía procedía de su alma, de aquella mezcla de tristeza y miedo que lo atenazaba. Los comentarios que precedieron a aquel viaje habían reavivado sus sospechas de que Amador y Teresa en verdad no eran sus padres. Y ahora, a sus quince años, sentía que tenía la posibilidad de confirmarlo, pero no lo deseaba.

Rodeados de viejos pinos, iniciaban una subida sinuosa, y desde el pescante, Amador azuzó a la mula. La nieve era cada vez más abundante, y entre las copas de los árboles Martí vislumbró el castillo de Orís, encaramado en lo alto de un peñasco. Joana, hermana de Amador, vivía allí desde hacía muchos años, pero aquella era su primera visita, invitados a su boda con Frederic, *el castellà*. Martí plegó las piernas sobre su pecho y las cubrió con la capa. Lamentaba haber perdido toda ilusión por aquel viaje tan ansiado durante años. De Joana sólo recordaba el tacto de sus manos callosas y agrietadas al acariciarle la mejilla. En las contadas veces que fue a verlos a Barcelona, su tía le pareció siempre rodeada de misterio, pues ¿por qué, sin marido ni hijos, vivía tan lejos? Nunca quiso quedarse con ellos, y Martí imaginaba mil historias sobre los secretos que debía de ocultar el castillo de Orís para retenerla, y para que no pudieran visitarla. Ahora su mente recordaba frases que había oído a lo largo de los años y ataba cabos. Sabía que el motivo por el que jamás fueron a Orís antes era él mismo.

A medida que ascendían la colina arreció un viento frío que sacudió la nieve de los pinos. Amador obligó a la mula a salirse del camino y el carro se detuvo ante unas caballerizas. Martí observó que a su izquierda había una iglesia de fachada cuadrangular. El templo estaba cerrado a cal y canto, y el lugar se veía desierto. En una pared lateral estaba adosada la casa parroquial, por cuya chimenea se elevaba una columna de humo. Delante, lo que quizá otrora fue un huerto, ahora era un espacio vallado que encerraba matojos y abandono.

—Al fin hemos llegado —anunció Amador, y dirigiéndose hacia Martí, añadió con una sonrisa—: La boda es arriba, en el castillo.

El joven volvió la cabeza y recorrió con la mirada una colina rocosa por la que ascendía una escarpada escalera de piedra. De pronto, aquel lugar le pareció inhóspito y agudizó su miedo. Bajó del carro de mala gana, pero agradeció estar por fin en pie y dio unos saltos para desentumecer las piernas.

—¡Habéis venido! ¡Qué alegría, hermano! —oyó tras de sí.

Joana había salido de la casa parroquial, ataviada con un vestido azul y una elegante casaca de lana, y se dirigía hacia ellos con los brazos abiertos. Al llegar ante Martí, se tapó la boca y lo miró de arriba abajo:

—Te has convertido en un joven muy apuesto —le dijo emocionada.

El muchacho bajó la cabeza mientras se encogía de hombros. Esperaba un abrazo, sin embargo, este no llegó; sólo, como siempre, sintió la caricia de sus manos callosas y agrietadas sobre su mejilla.

—¡Mira, ahí viene Frederic!

Se volvió y vio que un robusto caballero descendía el último escalón procedente del castillo. De barba cana, lucía una imponente cicatriz en la mejilla. Su recorrido y profundidad hacían pensar que no había perdido el ojo de milagro. Se dirigía hacia ellos, pero con la mirada puesta en el joven. Martí se sintió incómodo ante la conmovida intensidad con que lo observaba y le oyó decir en un susurro:

—Es su vivo retrato.

Un cuervo graznó sobre un silencio tenso de miradas evasivas, y en la mente de Martí resonó la pregunta: «¿De quién?» Pero desde lo alto del peñasco, el repicar de las campanas detuvo sus labios y Teresa, con forzado entusiasmo, se apresuró a señalar:

—¡Es la hora!

A Martí le pareció que todos exhalaban un velado suspiro de alivio cuando se encaminaron hacia la escalera. Sin embargo, a él, mientras subía, le pesaban los pies como si fueran de piedra.

El patio de armas del castillo estaba embarrado y la nieve se apilaba, sucia, cerca de la muralla. Martí hundió la cabeza entre los hombros, evitando que sus ojos se deslizaran hacia la casa señorial, y siguió al grupo hasta una pequeña capilla que quedaba a la derecha. Los novios se detuvieron en la puerta y él entró con sus padres. Las paredes eran de roca desnuda, y sobre el austero altar pendía una sencilla cruz. Los invitados, siervos de la baronía de Orís, se apretujaban en las banquetas y sólo una quedaba libre delante, reservada para la familia de Joana. Martí avanzó entre murmullos mal disimulados y el asedio de miradas de soslayo. No bien se hubieron sentado, los novios se dirigieron hacia el altar, ganando toda la atención de los asistentes.

El párroco, un hombre no mayor que el propio Frederic, comenzó la ceremonia en un latín monocorde y dio la sensación de que pensaba en otra cosa. Martí no lo advirtió, pues él también tenía la mente en otro lugar: la imagen del retrato del barón de Orís, el rostro de alguien que se parecería mucho a él mismo. Su entrada a la capilla no le dejaba ninguna otra explicación: «¡Soy un bastardo! —se dijo—. El barón ausente es mi padre, y Joana mi madre». Con un dolor punzante comprendió que para ocultar su relación ilícita, lo mandaron fuera; ella renunció a su hijo y se quedó con un noble que, al final, se cansó y la abandonó. Frederic había recogido los despojos. Martí miró hacia el altar y se sorprendió al sentir desprecio hacia aquella boda. Le pareció que el cuello de la túnica y la capa lo ahogaban y, algo mareado, se escurrió por el pasillo lateral hacia la puerta.

Ya fuera de la capilla, su mirada recorrió las dependencias de la servidumbre. Los olores de la carne asada y el pan recién horneado inundaban el patio, pero le provocaron náuseas. Se acercó al pozo, recubierto de musgo. En el cubo quedaba algo de agua. Humedeció la punta de la capa y la pasó por su frente y sus muñecas. Esto alivió el mareo, pero no la sensación de angustia. Entonces miró a su alrededor mientras respiraba profundamente. La puerta de la muralla permanecía abierta, y frente a ella se erigía la sobria fachada de la casa señorial. «Quizás haya algún retrato de él», pensó.

Se dirigió hacia la casa a grandes zancadas, pero en su ánimo no había asomo de la determinación que reflejaban sus pasos. Las bisagras de la puerta crujieron y Martí temió delatar su presencia. Se detuvo unos instantes en el umbral, pero el único sonido que prevalecía era el de su propia respiración. Frente a la puerta ascendía una escalera a cuyos pies había un candelero encendido. Lo tomó y subió mientras sentía palpitar sus sienes a cada paso.

Accedió al pasillo y enseguida distinguió el contorno de algo que colgaba en la pared. Era un tapiz que recreaba una escena de Ulises y las sirenas, y Martí sonrió con amargura, pues se le ocurrió que seguir sus cantos debía ser algo tan parecido como lo que le había movido a él hasta allí. Entonces, por una pequeña agitación del tapiz, percibió que una corriente atravesaba el pasillo y le pareció que el aire traía consigo un sutil olor a lumbre. Avanzó unos pasos más y se detuvo ante una puerta. La entreabrió con sigilo y, por encima del aroma a pino de la chimenea, le invadió el olor a orín. El fuego chisporroteaba agónico, y la luz de la ventana se proyectaba sobre un camastro. En él yacía una mujer. Ella era la que se había orinado, y, aun así, permanecía tan inmóvil como ajena a sí misma, boca arriba, con las manos a los costados, agarrotadas. «¿Está muerta?», dudó. Martí se acercó con sigilo para examinar su rostro a la luz de la vela. Pero al verlo no la reconoció; nunca había visto a aquella persona antes ni había oído de su existencia. Entonces se irguió y una gota de cera caliente cayó sobre la mano de la mujer. El muchacho contuvo el aliento y ella abrió los ojos. No pareció que vieran nada y se cerraron de nuevo. Sólo fue una mirada ausente, pero capturó a Martí desde lo más profundo de su alma. Aquellos ojos... Los reconoció: eran los suyos propios.

Salió precipitadamente de la habitación, mientras las lágrimas brotaban liberando la presión que sentía en el pecho. Bajó las escaleras a trompicones y salió al patio. Se sintió tentado de entrar en la capilla y gritarles para que le dieran una explicación. Entonces se elevaron las voces en un cántico, y al imaginar a Amador y a Teresa sentados frente a aquel austero altar, supo que no lo haría. Se dijo que una mentira no convertía toda su vida en algo irreal, pero era incapaz de retener las lágrimas. Le pareció oír un caballo al galope en el camino. Si era un invitado retrasado, entraría en el castillo, si no, pasaría de largo. Pero no deseaba comprobarlo, así que subió por las escaleras para refugiarse en lo alto de la muralla.

Ya arriba, se volvió en dirección contraria al patio y a la casa señorial. El aire arreciaba, y su capa granate se agitaba al viento. Entrelazó las manos a su espalda y su mirada recorrió el paisaje. Pensó que allí debería haberse criado, entre montañas boscosas y campos de cultivo, recios inviernos de nieve y primaveras agitadas por el aire y el sol. Esto le sosegó, pero no le dio consuelo. Vacío ya de lágrimas, decidió volver a la capilla, pero su mente no dejaba de atormentarle con preguntas sin repuesta. Si la mujer del castillo era su madre, ¿podía ser su padre el barón? Y, en ese caso, ¿por qué había sido desterrado de Orís?

Entonces, unos pasos interrumpieron los pensamientos de Martí. Se giró y todas las emociones que había apaciguado resurgieron con violencia. Ante él, un caballero apretaba un hatillo rojo contra su pecho y lo observaba con la misma perplejidad que se apoderaba del joven.

—¿Quién eres? —balbuceó el hombre mientras su tez palidecía sacudida por un ligero temblor.

Las campanas de la capilla repicaron, y risas y vítores llegaron hasta ellos. «Creo que tu hijo», pensó Martí aturdido, pero su voz preguntó:

—¿Está bien, señor?

Entonces el caballero se tambaleó y cayó al suelo. Todas las emociones de Martí se disiparon y corrió junto al hombre. Comprobó que respiraba y, enseguida, empezó a golpearle la cara para reanimarlo. Se había dado un buen golpe, quizás estaba herido, así que le quitó el hatillo. La suave tela no era seda, lana ni lino, y vio que sobresalía la hoja de un cuchillo, pero no era de hierro, sino de algo negro y brillante. «¿De dónde viene?», se preguntó mientras apartaba las ropas del extraño en busca de heridas.

—Martí, ¿qué ha pasado? —oyó a su espalda.

El joven se volvió. Frederic los observaba con el rostro desencajado.

—¡Dios santo! —exclamó—. ¡Guifré de Orís ha vuelto!

Amador apareció desde detrás y se agachó sobre el caballero. Él y Martí cruzaron una mirada, y el muchacho encontró la confirmación a sus sospechas: aquel hombre que yacía en el suelo era su padre, quien, desaparecido durante años, quizá ni siquiera sabía de su existencia.

—Ayúdanos a entrarlo, Martí —le pidió Frederic.

El joven obedeció mientras se sentía invadido por una certeza: no eran ni Amador ni Teresa quienes le debían una explicación.

Amaneció un nuevo día, pero los gritos en la calle persistieron y los texcocanos fueron relevados por los tlaxaltecas, antiguos enemigos de Tenochtitlán, ahora encarnizados en la venganza. Ni pesadillas ni alucinaciones; todo era verdad, y la crudeza era fruto de nuestra propia historia. Pero las matanzas absurdas en la calle no llegaron a todos. Algunos fueron apresados para una muerte florida, siguiendo las normas de la guerra que habían persistido entre las ciudades del valle hasta la llegada de los hombres barbados. Los prisioneros serían sacrificados a los dioses, con honor, y pensé en salir de aquel escondrijo y entregarme a ello. «Venérala», fue la última palabra de la sacerdotisa mayor. Una muerte florida quizá fuera mi última oportunidad de hacerlo según nuestros ritos. Pero la apacible belleza de aquella azotea me recordó que, si yo moría, desaparecería la última sacerdotisa de Xochiquetzal.

Por primera vez en mucho tiempo pudimos alimentarnos, aunque sólo fuera con unos pocos bulbos. No sé si al final del tercer día, quizá del cuarto, los gritos cesaron. Pensé que aquel silencio significaba que ya no quedaba nadie a quien matar. Entonces Yaretzi se asomó a la calzada:

—¡Ameyali! —gritó—. ¡Los están dejando salir!

Me puse en pie y me acerqué al borde de la azotea. Hileras de mexicas caminaban como perdidos, con los pies a rastras, vigilados por algún castellano y las apaciguadas huestes texcocanas y tlaxaltecas.

Bajamos de la azotea, y al atravesar el jardín abandonado, un penetrante hedor me hizo estremecer. Del salón donde murió la sacerdotisa mayor sólo llegaba la pestilencia de la muerte. Entonces sentí que dejaba a la diosa para siempre, pues aunque consiguiéramos llegar a Acolman, las artes y el amor sobre los que reinaba la flor hermosa Xochiquetzal habían perecido con aquella guerra.

En la calle, mis pies se arrastraron tras Yaretzi, unidas ambas a una corriente humana que buscaba salir de la ciudad en ruinas. Cabizbaja, intentaba ocultar con el brazo las cicatrices de mi seno y del costado, aquellas que me dieron la bienvenida al sacerdocio; me dolían más que cuando eran heridas abiertas. Oía voces, increpaciones y burlas. Sí, nos dejaban salir, pero algunos guerreros no perdían la oportunidad de humillar a los vencidos.

—Vamos, vamos, abre la boca. ¿Qué escondes, bribón? —decía uno.

—Deja al niño. Mejor probamos con las mujeres, seguro que ellas lo esconden todo.

Un grupo rió y entonces noté una mano que me agarraba.

—A ver tú —me interpeló su dueño.

—Dejadla —oí a Yaretzi a mi lado.

Un guerrero la sujetó mientras ella, con sus mermadas fuerzas, intentaba zafarse, pero yo mantuve mis ojos en el que me agarraba. A diferencia de unas noches atrás, no me intimidó su mirada recorriendo mi torso desnudo. Al contrario, me sentía en paz: ya no había nada que perder.

—Sacerdotisa, ¿eh? Seguro que llevas oro.

—¿Oro? —murmuré desconcertada.

—El *cihuacóatl* de Cuauhtémoc le ha dicho a Cortés que debéis de llevarlo las mujeres escondido bajo la ropa, porque ellos no lo tienen.

—¡Anda, ayuda y desnúdate! —increpó el que sujetaba a Yaretzi.

—¡No tenemos oro! —la oí gritar—. Dejadnos marchar.

El guerrero que tenía frente a mí la ignoró con una sonrisa y alargó su mano hacia mi cintura, dispuesto a desenredar la tela que me cubría. Noté sus dedos ásperos sobre mi piel y a la vez sentí un torso masculino detrás de mí.

—Déjala —ordenó con autoridad una voz sobre mi cabeza.

Los ojos rasgados del guerrero parecieron redondearse y retiró la mano.

—A la mujer mayor, soltadla también. Son de las nuestras, ¿o pensáis que todo el que vivía en esta ciudad era mexica?

—Lo siento, mi señor. No sabíamos...

—¡Fuera! —les interrumpió con un gesto enérgico que acercó su pecho a mi espalda.

Los guerreros obedecieron y oí a Yaretzi murmurar entre llantos:

—¡Gracias a los dioses!

Mientras, las manos de aquel hombre sobre mis hombros me invitaron a girarme. No iba ataviado como un guerrero, sino que vestía *maxtlatl* y un manto con motivos de piel de jaguar que resaltaba su hermosa piel rojiza. Lucía un penacho de ricos plumajes bajo el cual sobresalía su rostro, de mentón triangular y nariz recta. Sus ojos castaños parecían atravesados por grietas del color del cacao; lo reconocí al instante.

—Zolin —musité—, Zolin.

Y me dejé abrazar, mientras él decía:

—Te estaba buscando.

II

Acolman, año de Nuestro Señor de 1526

Mi padre fue el *tlatoani* de Acolman, ciudad que gobernaba sobre nueve aldeas, pero ya sólo quedaba una pequeña ala del que fuera su palacio, donde el nuevo señor dejó que me instalara tras la caída de Tenochtitlán. El resto del hogar donde nací fue destruido para levantar un edificio al estilo de los palacios que, según decían, los conquistadores se construían para sí sobre las ruinas de la antigua ciudad mexica. Alcancé los dieciocho años conviviendo con Yaretzi y su marido Itzmin en una casa de cuatro habitaciones alrededor de un pequeño jardín, reducido a unos pocos helechos y algunas plantas medicinales. El viejo magnolio se había secado y ninguna semilla germinaba en aquella tierra quebrada. Yo sentía que hasta en eso Xochiquetzal nos había abandonado, pero Yaretzi sostenía lo contrario, y me culpaba de haber abandonado a la diosa.

Los perrillos castrados que aún criaba Itzmin ladraron inquietos en nuestro pobre jardín, y desde mi estancia pude oír su voz en un murmullo que los llamaba a la calma. El amanecer se filtraba por la puerta, entre las tinieblas que teñían mi melancolía. Sin ganas ni obligación de levantarme, me revolví en la estera y la arena de mi lecho sonó mullida debajo de mí. Fray Antonio había vuelto a la escuela cristiana de Texcoco y no le tocaba regresar a Acolman hasta la semana siguiente, así que no tenía que acudir a la iglesia ni someterme a sus órdenes, pero esto no mejoraba mi ánimo. En cuanto dejara mi lecho, Yaretzi tendría preparada alguna de sus acusaciones veladas, como si yo aceptara aquella vida de buen grado. Cierto que los actos eran los mismos que en la *calmecac*: barrer el templo y cantar. Pero, por ello, cada nota que elevaba mi voz en aquel idioma extraño hacía más honda la herida de mi alma. Me veía obligada a cantar a un dios desconocido, al que yo no había elegido servir. Además, la iglesia se abarrotaba para oírme, y con ello sentía que mi traición a Xochiquetzal era aún mayor, pues cantaba para que la abandonaran, a ella y al resto de los antiguos dioses.

Fuera, la voz de Yaretzi parecía discutir de nuevo con su marido, siempre a cuenta de los perros, que, sin cercado, campaban libres por el patio. Aún presa de la indolencia, me incorporé pensando en acudir al rescate del pobre Itzmin. Su mujer se empeñaba en enfadarse cuando lo único que él intentaba era recuperar algo de su vieja vida. En cambio, a mí me acusaba de servir al dios de los invasores. Pero no era lo mismo: cantar y barrer en aquella iglesia nada tenía que ver con la vida en la *calmecac*. Fui entregada al templo de Tenochtitlán de niña, y mi padre respetó mi deseo de consagrarme a la diosa Xochiquetzal, renunciar a la lujosa vida de princesa para convertirme en sacerdotisa, entre rutinas austeras, ayunos y la disciplina de mis quehaceres: el estudio de los cánticos, la limpieza del templo y el telar. ¡Cómo los añoraba! Sacudí la cabeza para espantar los recuerdos de la vida que debería haber tenido y me puse en pie.

—¡No es lugar para los perros! —oí que gritaba Yaretzi.

Y luego sus pasos se alejaron por el patio. Al parecer, Itzmin ya no necesitaba ayuda, pero como me había levantado, fui al cesto de la esquina y saqué una blusa blanca. Antes de ponérmela, acaricié por un instante las cicatrices de mi seno y mi costado, y me sentí reconfortada. Eran los restos de las antiguas heridas que me hice para ofrecer mi sangre a la diosa, y así ser aceptada como su sacerdotisa bajo promesa de castidad. Por lo menos, aún me quedaba eso, pues ningún hombre las había acariciado ni había tenido que entregar mi virginidad a pesar de no ser ya sacerdotisa. Me puse la blusa y del tacto suave del algodón pareció surgir un nuevo desánimo. La imagen de fray Antonio apareció en mi mente para recordarme que aquella iglesia invasora también valoraba mi virginidad, y que por ella cantaba y barría y servía bajo sus órdenes. Negué con vehemencia para espantar la imagen del fraile castellano. Por mucho que él me hablara de su Virgen María, por mucho que me enseñara nuevos cantos, su bautismo con agua no borró mis cicatrices, y estas, junto con mi castidad, me permitían sentir que, aunque traicionaba a la diosa, yo no la había abandonado. De hecho, cuando el desánimo dejaba lugar a la esperanza, imaginaba a Xochiquetzal reponiéndose de su derrota y esperaba que acudiera a rescatarme del dios extranjero.

Saber que aquel día no tendría que ir a la iglesia, tampoco mejoraba mi ánimo. Con desgana, me acerqué a la estera donde estaban dispuestos los afeites, tomé unas cintas y me recogí el cabello. Salí al patio y vi al marido de Yaretzi arrodillado entre sus perros. Sujetaba a uno por el pescuezo para impedir que pisoteara las plantas medicinales de su mujer. Itzmin era un hombre de aspecto frágil que llegó a tener cinco hijos varones, pero todos habían muerto por la viruela, y ahora parecía consolarse de las ausencias criando a aquellos animales, como siempre había hecho mientras fue esclavo de mi padre.

—Buenos días —saludé.

Él me respondió mientras tres cachorros pardos de orejas puntiagudas se acercaron y saltaron a mi alrededor. Por primera vez, una sonrisa asomó a mis labios y me agaché para acariciar el suave pelaje de los perros. Al poco, Yaretzi volvió al patio y me dio los buenos días.

—¿Te preparo la *temazcalli*? —se ofreció.

—No, gracias. No me apetece.

—Así parecerás una de esas damas castellanas —renegó entonces la mujer—. Zolin dice que nunca se lavan.

—¡Yaretzi! Esa no es manera de hablar a la señora —la reprendió su marido con los brazos en jarras.

Ella lo ignoró y se fue adentro. Yo me acerqué a él y le puse una mano en el hombro.

—Ya no soy vuestra señora, Itzmin —le recordé con una sonrisa amarga.

—Para mí siempre lo serás.

—Ahora estás al servicio del nuevo señor de Acolman.

—¡Ah, no! Me someto, como lo haces tú, mi señora. Tu padre era un auténtico *tlatoani*, pero ese Cipactli... Es como servir a un extranjero. Si a alguien se le escapa su antiguo nombre, lo manda azotar. Pero ¿qué clase de nombre es Juan? ¿Qué significa? Y encima se empeña en criar puercos. ¡Animales malolientes!

El hombre agitó los brazos en el aire como si ahuyentara malos espíritus, y con los hombros vencidos, se volvió hacia el centro del patio, seguido por la jauría de pequeños perros. Su actitud y su comprensión me conmovieron, aunque el recuerdo de Juan me devolvió el desánimo. Cipactli, o Juan, era el hermano mayor de Zolin, y a pesar de su parecido, no podían ser más diferentes. Ambos hijos del antiguo *cihuacóatl* de mi padre, habían seguido caminos muy diferentes: el mayor era un traidor a su pueblo y el pequeño se sometía como Itzmin, como yo, como tantos otros.

—Construiré un cerco para los perros, sólo por dejar de oír a Yaretzi —murmuró.

—Quizá sea más práctico que cerques las plantas —le sugerí.

Su rostro dibujó una enorme sonrisa y se dirigió al cuarto donde guardábamos algunos aperos. Yo me senté al lado de la *temazcalli* y miré a mi alrededor. Sola, el patio me pareció inhóspito, y una clara imagen de Cipactli se apoderó de mí, brutal, hurgando en las heridas que parecían morar invisibles en mis entrañas. Lo recordé en las calles de una Tenochtitlán en ruinas, impasible mientras los guerreros mataban a las gentes hambrientas e indefensas; riendo al lado de Ixtlilxochitl, uno de los príncipes de Texcoco, que al verse despojado del trono por su hermano se convirtió en fiel aliado de Hernán Cortés.

Aunque Acolman y sus nueve aldeas tenían *tlatoani* propio, siempre habían tributado a Texcoco y, muerto mi padre y el *cihuacóatl*, Cipactli se puso al servicio de Ixtlilxochitl y luchó contra Tenochtitlán. Con la victoria, se aseguró su puesto como señor de Acolman. Él pensaba que, como premio por sus servicios a los castellanos, Ixtlilxochitl también conseguiría el trono de Texcoco y que seguiríamos tributando a esta gran ciudad, como siempre. Pero no había sido así, pues nada era como antes; él mismo contribuyó a ello. Y ahora se le venía encima el cambio y nos lo imponía a todos. No sólo exigía que le llamaran Juan, sino que lo único que quería oír era nombres cristianos a su alrededor. Todos teníamos uno; nos había obligado a bautizarnos. Mandó construir la iglesia y a mí me puso a las órdenes de fray Antonio. «Es por mantener la paz», insistía. Pero era una paz que le beneficiaba a él, mientras que a mí me hacía sentir que no tenía lugar en este mundo.

—Pareces una flor mustia. ¡Y eso es inaceptable! —dijo con alegría una vigorosa voz masculina—. Fray Antonio no está. ¡Celebrémoslo!

Alcé la mirada con una sonrisa contagiada de aquel optimismo, y por el patio vi avanzar a Zolin, con el cabello suelto por encima de los hombros, ataviado con su *maxtlatl* y un manto azul bajo otro rojo, que emulaba las plumas del papagayo.

—¿Tu hermano te ha dejado salir de casa así vestido? —no pude evitar preguntar en tono burlón.

Me puse en pie mientras él reía. Prohibidos por fray Antonio, Zolin no lucía bezote ni nariguera ni pendiente alguno, pero aun así su cara se veía hermosa.

—Está muy ocupado con el regreso de Cortés —respondió—. Se le espera para pasado mañana, y la ciudad ya se está empezando a llenar de gente camino de Texcoco. ¡Están preparándole un gran recibimiento!

Fruncí el ceño, extrañada porque nombrara a Cortés con aquel tono triunfal. Cipactli permaneció con él en Tenochtitlán tras la caída de la ciudad, y Zolin consideraba que el castellano le había robado a su hermano para devolverle a Juan, razón por la que lo despreciaba.

—¡Vaya! Pensé que los rumores de su muerte en esa expedición te habían alegrado, pero me equivocaba. Muy contento te veo con su retorno.

Él se detuvo ante mí con las manos a la espalda.

—Bueno, lo cierto es que nos ha librado de fray Antonio, que con el recibimiento, tardará en volver. ¡Y no tendrás que cantar en la iglesia! —Su voz cambió y murmuró con la mirada en el suelo—: Odio cuando se te escapan las lágrimas.

Tragué saliva y sentí un nudo en la garganta. Zolin me comprendía como nadie, pues él también se veía obligado a asistir a fray Antonio como sacristán. Al preparar las ceremonias, aprendimos a compartir el dolor en silencio, pues ambos nos sentíamos sometidos al dios vencedor. Sólo en aquellas visitas podíamos ser nosotros mismos; él siempre intentaba animarme, y yo conseguía olvidar la sensación de haber traicionado a Xochiquetzal.

—Mira —dijo de pronto, mostrándome una de sus manos—. Te he traído bulbos de nardo. ¡Estos sí que crecerán! La diosa está en tu belleza, Ameyali, no se ha ido.

—¡Cuida tus palabras! Ya no soy sacerdotisa —respondí con un suspiro que pretendía ocultar la ilusión que me hacía su regalo.

—Pero eres la prueba de que la flor hermosa* existe.

Sentí que el rubor asomaba a mis mejillas, a la vez que el corazón se me aceleraba despertando una sensación que ya empezaba a reconocer. Zolin advirtió mi turbación y añadió:

—Lo siento, aunque no seas sacerdotisa, no quería faltarte al respeto.

—No tienes que disculparte. Vayamos al otro lado del patio. Buscaremos un buen sitio para plantar esos bulbos.

Entonces le di la espalda y tomé su mano para asegurarme de que me siguiera, aunque apenas fui consciente de ello hasta que noté que la suya respondía con una suave caricia. De pronto, con aquel contacto, sentí que el refugio que me daban sus visitas era otra cosa: firme aunque de contornos difusos, era una imperiosa necesidad de mi alma. Sin soltarme, me detuve y me volví hacia él en busca de un reflejo en sus ojos de aquello mismo que yo sentía, pero lo único que vi fueron sus labios entreabiertos y deseé apoderarme de ellos.

—Señora María del Carmen —nos interrumpió la voz de Yaretzi, a la vez que un escalofrío me recorría al oír mi nombre cristiano—, don Juan desea verla.

La mano de Zolin se desprendió de la mía y ambos miramos hacia la puerta. Juan estaba detrás de Yaretzi, vestido con una túnica castellana de color pardo. Su pecho henchido lucía una cruz elaborada con madera de ahuehuete, y parecía hacer más severa la mirada que nos dirigió. Sin que esta se desvaneciera del todo, sonrió en cuanto empezó a caminar hacia nosotros.

—¡Qué sorpresa encontrarte aquí, Santiago! —exclamó—. ¡Y tan bien vestido!

Al oír el tono irónico de su hermano, Zolin mostró una expresión adusta.

—Vine a traerle unos bulbos a Ame... Carmen —respondió—. Los nardos perfumarán el jardín.

* Xochiquetzal significa «flor hermosa».

—No le harían falta si eliminara a esos perros meones —repuso Juan arrugando la nariz.

«Son mucho más limpios que los cerdos», pensé mientras él se inclinaba ante mí en un saludo al modo extranjero.

—En fin —continuó—, he venido a comunicarte algo importante. Un gran honor para ti, Carmen querida. Fray Antonio desea que te lleve a Texcoco para cantar alabanzas por el regreso de don Hernán Cortés. Así que es mejor que te prepares. Partiremos mañana mismo.

La luz de la vela le parecía insuficiente, pero no quería leer aquella misiva en el patio, pues se arriesgaba a que le viera alguno de los castellanos. Aunque él era el príncipe de Texcoco, Ixtlilxochitl sabía que estos podían mostrarse suspicaces con los mensajes en náhuatl cuando no eran ellos quienes mandaban escribir las cartas para recaudar tributos. Por eso se quedó en la habitación, sentado sobre una estera y con su cómodo *maxtlatl* como único atavío. Ixtlilxochitl se arrimó a la vela y su nariz aguileña casi rozó el *amatl*, cuyo contenido leía con avidez. Juan era un hombre tan intrépido como audaz, pero con sus mensajes se había descubierto también como un buen narrador, que le aseguraba haber cumplido con sus disposiciones: gentes de todas partes acudirían a los alrededores de Texcoco para darles la bienvenida camino de la ciudad y, además, le aseguraba haber conseguido un regalo que no defraudaría a Cortés. Satisfecho con el contenido de esta última misiva, sus finos labios esbozaron una sonrisa, aunque su ceño permaneció fruncido. La expedición de la que acababan de llegar había agudizado las arrugas de su frente, pues fue un desastre desde el mismo momento en que el descabellado cortejo de Cortés abandonara Tenochtitlán, dos años atrás. Pero durante todo aquel tiempo, bien se guardó Ixtlilxochitl de reprocharle nada, y ahora esperaba que todos sus esfuerzos hubieran servido para obtener al fin su recompensa.

El príncipe texcocano se desperezó, estiró piernas y brazos y se puso en pie para cambiarse de ropa. Le hubiera encantado saborear el asado de uno de aquellos perrillos de Acolman, pero se conformaría con carne de puerco. Lo importante era que ya no era necesario pasar hambre. Aún recordaba los retortijones por las montañas y los mosquitos que se ensañaban con él. Cortés dejó Tenochtitlán en 1524 para acabar con el capitán Olid, su antiguo subordinado. Este decidió establecerse por su cuenta en unas tierras al sur, conocidas como Las Hibueras.* A pesar de que había mandado una cuadrilla por delante para

* Zona de la actual República de Honduras.

poner orden en su nombre, Cortés partió con un buen ejército de tres mil naturales con sus propios jefes, entre los que iba el propio Ixtlilxochitl, a quien le enorgullecía ser su aliado. El castellano también se hizo acompañar del último *tlatoani* de Tenochtitlán, Cuauhtémoc, con lo que acalló a los castellanos que le criticaban por abandonar la ciudad, pues temían un levantamiento mexica. Llevó algo más de trescientos hombres entre ballesteros, arcabuceros y piqueros, y también a un séquito con acróbatas incluidos, seguido de una piara de cerdos para asegurarse el alimento. Con un suspiro al recordar aquel viaje horrendo, Ixtlilxochitl se quitó el *maxtlatl* y agarró los calzones. Cerdos, sirvientes, mayordomo... Todos resultaron un lastre, el avance siempre fue lento y en las selvas del sur llegó a ser absolutamente penoso. Y lo peor: acabaron pasando hambre y, al llegar a su destino, Olid había muerto en manos de la avanzadilla que envió Cortés. Fue un desastre, un inútil desastre, del que regresaron poco más de cien supervivientes, pero Ixtlilxochitl supo estar en su sitio.

Los calzones le resultaban molestos, y creía que nunca se acostumbraría a llevar su entrepierna sujeta así, pero debía hacerlo, por lo que se la recolocó lo mejor que pudo mientras a su mente afloraba el cuerpo de Cuauhtémoc, ahorcado con todo su orgullo mexica y el de sus antepasados. Ixtlilxochitl debía reconocer que después de todo Cortés era muy listo, pues había acabado con el último *tlatoani* de Tenochtitlán cuando le convenía: una vez asegurada la paz, lejos de su casa y acusado de una rebeldía que el caudillo texcocano no le creía capaz ya de ejercer. Pero a él ¿qué más le daba eso? Estaba muerto, como su ciudad, la que durante tantos años había menospreciado a su Texcoco natal, a pesar de estar unidos en alianza.

Ixtlilxochitl se puso la túnica y su cuerpo quedó al fin cubierto. Le hubiera gustado tener cerca un espejo de obsidiana para repasar su aspecto, pero se conformó con alisar la tela que le cubría. Luego se agachó y se calzó las botas, regalo del mismísimo caudillo castellano, mucho más suaves de lo que nunca hubiera imaginado al ver aquel calzado por primera vez. Al fin, tomó el *amatl* con el mensaje de Juan y lo guardó cuidadosamente en uno de sus cestos.

Aun así, se sintió absurdo ante su propio celo, pues no serían los naturales quienes crearían problemas a los invasores. De hecho, los mayores enemigos de los castellanos eran ellos mismos, divididos en bandos: unos, fieles servidores de Cortés; otros, dispuestos a usurparle el poder a toda costa. Por eso, con el caudillo lejos, el gobierno de aquellas tierras había sido fuente de conflicto. E Ixtlilxochitl tenía una vaga idea de lo sucedido gracias a los mensajes que Juan le envió en cuanto supo que la expedición había regresado y estaba en Chalchicuecan.

El príncipe texcocano salió de la estancia y respiró el aire fresco de la mañana. El canto de los pájaros parecía pelearse con la algarabía de los papagayos, y el frondoso jardín de aquel palacio invitaba a atravesarlo. Sus batallas contra los mexicas le hicieron apreciar a Juan, y debía admitirse que tenía ganas de verlo y saber con más detalle de sus estrategias para conservar su poder. Audaz en la guerra, era un personaje inquieto y ávido, que siempre le sorprendía.

En recompensa por ayudarle a acabar con Tenochtitlán, Juan fue nombrado por Cortés cacique de su tierra natal. Pero por encima de él encomendó Acolman y sus nueve aldeas a un castellano, un tal Pedro Solís, que era quien en verdad se quedaba con unos tributos que resultaron mucho más elevados que los que se pagaban en los antiguos tiempos a Texcoco. Sin renunciar a su recompensa, pero a la vez guardándose las espaldas para cuando Ixtlilxochitl llegara al trono y reclamara Acolman como tributaria, Juan dejó a su hermano a cargo de la ciudad y sus aldeas mientras él se quedaba en una Tenochtitlán en ruinas como muestra de lealtad al príncipe al que servía. A pesar de las reticencias de algunos castellanos, Cortés se empeñó en reconstruirla. Tomó los cuatro barrios principales, las calzadas y canales de la ciudad original y lo dividió todo en parcelas. Asignó las correspondientes a los mercados, a la catedral, a los monasterios que venían a ser como la *calmecac*, mataderos y demás, y luego que cada castellano pagara su palacio, siempre respetando las anchuras de las avenidas, que también debían pavimentar. Los vencidos mexicas se encargaron de quitar escombros y levantar los nuevos edificios, todos con el mismo diseño. Pero quien dirigía a los mexicas eran texcocanos, para satisfacción de Ixtlilxochitl, y Juan demostró una enorme habilidad para ello, siempre fascinado con las poleas, los tornillos, las carretas y demás utensilios extranjeros. Así que cuando Cortés decidió marchar hacia Las Hibueras, Ixtlilxochitl consideró propicio dejar en Tenochtitlán a un aliado, y por ello dispensó a Juan de acompañarle.

Ausente el caudillo castellano, poco tardaron en llegar las disputas por el poder. Juan mismo no las entendía del todo, pero supo que los aliados más fieles a Cortés se vieron obligados a refugiarse en el monasterio de los frailes franciscanos. Al cabo de un tiempo, empezaron los rumores sobre su muerte, aunque Juan se negó a creerlo. Por ello permaneció en Tenochtitlán, a la espera. Pero la cosa fue de mal en peor. Ahorcaron al primo del caudillo, que era su administrador, todo porque quienes en aquel momento gobernaban querían el oro que creían que Cortés escondía en su palacio. La misma codicia que salpicaba la ciudad se extendía por otras partes, pues muchos castellanos aprovechaban la falta de autoridad en Tenochtitlán para presionar con más y más tributos. Pedro Solís así lo hacía también en Acolman y las aldeas, que él llamaba estancias. Juan entendió que esto generaba un riesgo de rebelión, por lo que regresó para hacerse cargo personalmente.

Ixtlilxochitl rodeó la fuente, satisfecho de haber depositado su confianza en un hombre perspicaz. Era fácil deducir que la muerte de los aliados de Cortés ponía al propio Juan en peligro, pues era sabida su relación fraternal con Ixtlilxochitl, fiel aliado del caudillo, y no dudaba de que su regreso a Acolman aseguraría la paz, pero también salvaguardaba su propia vida. Gracias a ello, ahora podía contar con su apoyo para al fin hacerse con el trono de Texcoco.

El olor del cerdo tostado le llegó por encima del aroma de las flores. Esperaba poder acompañar aquella carne con alguna tortilla, y la boca se le llenó de saliva. Pero justo cuando abandonaba el jardín, oyó unos pasos enérgicos y se volvió. Cortés se aproximaba con una sonrisa en los labios que resaltaba el tono pálido de sus mejillas. Tras aquellos dos últimos años de sufrida expedición, sus ojos saltones parecían más hundidos, y su rostro, más arrugado. Había perdido pelo y la barba mostraba algunas canas. Pero el recibimiento que los naturales le dispensaron, como un salvador que repararía los agravios cometidos por los otros castellanos, había devuelto a don Hernán el ánimo resuelto que le hizo vencer a los mexicas.

—Querido amigo, te noto especialmente contento hoy —le dijo a modo de saludo.

—Claro que estoy satisfecho. Puedo asegurarle la llegada hasta el mismo Texcoco, donde el recibimiento será sin parangón.

—Te dije que prefería evitar Acolman. Recuerda que nos tendieron una emboscada y no sé si les he perdonado.

—Aquello fue porque su *tlatoani* Xocoytzin se debía a mi hermano Cacama. Pero como dicen ustedes, muerto el perro...

—Muerta la rabia —rió Cortés complacido—. Me fío de ti, no tengo motivos para lo contrario. Al fin y al cabo, tú mismo me revelaste que Cacama estaba aliado con Mutezuma.

—Y mi amigo Juan se ha asegurado de que Acolman se mantenga fiel a usted, a pesar de Pedro Solís.

El caudillo borró la sonrisa de su rostro e Ixtlilxochitl se dio por satisfecho. Solís tenía bajo su control Acolman y las aldeas porque Cortés así lo quiso, pero lejos de agradecerlo con lealtad, estaba entre los castellanos que querían derrocarlo a toda costa. Y era bueno recordárselo, ahora que él esperaba su recompensa. Si Texcoco debía pagar tributo a los castellanos, quería recuperar las máximas ciudades tributarias que tuvo su padre, y Acolman sería de las fáciles.

—Además —añadió Ixltlilxochitl con un tono de complicidad—, en cuanto lleguemos a Texcoco, mi señor recibirá un bonito regalo de Acolman.

Cortés recuperó la sonrisa al ver la expresión del texcocano y respondió dándole una palmada en el hombro mientras decía:

—Bien, Hernando, eres muy listo... y leal. Y eso te granjeará la recompensa que ansías. Vayamos a comer algo.

Sólo las escaleras de acceso a la puerta le traían un vago recuerdo del antiguo templo. El arco apuntado bajo el que se entraba a la iglesia le parecía una curiosidad, pero el edificio en sí le resultaba feo, demasiado cerca del suelo para honrar a ningún dios. Aun así, su hermano lo miró con orgullo antes de pasar de largo a grandes zancadas. Juan caminaba delante de Zolin, con los puños cerrados y el cuello retraído, como un guajalote a punto de dar un picotazo, por lo que, aunque no le viera la cara, Zolin lo sabía profundamente disgustado.

La plaza que rodeaba la iglesia ya estaba ocupada por multitud de esteras sobre las que los comerciantes exponían sus mercancías. Junto al maíz y los tejidos que siempre se habían visto en los mercados, aparecían nuevos productos traídos por los castellanos, como la vela de cera, que ya había sustituido a las antorchas en muchas casas. Aun así, no había ni asomo de la cantidad de puestos de antaño, cuando el famoso mercado de perros de Acolman atraía tanto a compradores como a mercaderes de todo el valle y, además, las esteras extendidas se veían empobrecidas, pues entre las enfermedades que habían matado a artesanos y campesinos, y los tributos que se veían obligados a pagar, no tenían mucho que ofrecer. A pesar de ello, la mayoría de vendedores, pequeños artesanos que nada tenían que ver con los poderosos comerciantes, seguían vistiendo a la antigua, con su *maxtlatl* y un humilde manto, y traían el aroma de los viejos tiempos. Además, aquel día el mercado estaba especialmente bullicioso, pues por su ubicación, muchos viajeros pasaban rumbo a Texcoco para recibir a Hernán Cortés. Zolin sabía que el propio Juan los había animado a ello, asegurándoles que acabaría con los abusos de los encomenderos castellanos, y de hecho él mismo esperaba librarse de la tutela de Pedro Solís para pagar tributos a Texcoco y tratar directamente con Ixtlilxochitl, cosa que el pequeño de los hermanos apoyaba sin asomo de duda.

De pronto, el joven se detuvo ante un puesto de cerámica y tomó un cuenco de hermosos motivos florales. «Podría regalárselo a Ameyali», se dijo mientras la imagen de ella se apoderaba de su mente, con sus labios entreabiertos, la fina cara perfilada y aquellos ojos del color de la arcilla húmeda. Entonces, al imaginarse besándola, sintió una leve punzada de culpabilidad. Cierto que ya no era sacerdotisa, pero ella no había elegido cambiar de destino y por eso Zolin sentía que no estaba bien pensar en Ameyali como mujer, pues con ello sólo contribuiría a su desdicha.

—¡Santiago! —Notó que su hermano le tiraba del brazo con brusquedad—. Vamos, tenemos que prepararnos para el viaje.

—¿Cómo? —preguntó Zolin sorprendido.

Juan reemprendió sus pasos.

—Pues eso, que tú vienes a Texcoco. Es hora de que empieces a relacionarte con ellos —respondió—. Esta vez dejaré a Ignacio a cargo de todo.

Zolin, desconcertado, lo seguía a trompicones. ¿Ignacio? Aún necesitaba pensar para saber a quién se refería su hermano cuando mentaba ciertos nombres cristianos. ¿Ignacio quizá fuera Iluhicamina?

La puerta principal del nuevo palacio aguardaba abierta y los tejados inclinados no dejaban espacio para las plantas. Zolin lo detestaba, y no lograba sentirlo como su hogar. La riqueza de los antiguos palacios se veía en los numerosos y frondosos jardines y la gran cantidad de estancias que los rodeaban. Sin embargo, en este sólo había una huerta trasera y un patio delantero, y se accedía a las habitaciones a través de laberínticos pasillos, siempre oscuros y húmedos.

—Sí —seguía rumiando entretanto Juan—, fue un error total dejarte aquí. Deberías haberte quedado en Tenochtitlán conmigo. ¡Ahora sería otra cosa, sí señor! Maldita la hora en que te permití volver a Acolman con Carmen.

En cuanto Zolin escuchó el nombre cristiano de la joven en boca de Juan, sintió que el corazón se le endurecía. Sabía que tras aquel comentario vendrían más. Juan siempre echaba la culpa a Ameyali de su rechazo a las costumbres castellanas, como si Zolin no tuviera derecho a añorar la vida con la que le habían criado. En un impulsivo gesto, agarró del brazo a su hermano mayor y, ya bajo la arcada de la puerta del palacio, le obligó a detenerse.

—¿Qué tienes contra Ameyali? —escupió entre dientes, en un intento de controlar su rabia.

—Nada —respondió Juan con suavidad—. Pero no quiero que te acerques a ella, Santiago. Os he visto en el patio...

—¿Y? Podría desposarla. Según tú, ya no es una sacerdotisa —le provocó.

Juan se sacudió la mano que lo agarraba del brazo y entró en el patio de armas, hacia la escalera que subía por la esquina derecha. A Zolin le molestó aún más que lo ignorara, y cuando su hermano ya se disponía a subir, le gritó:

—¿Me tomas por tonto?

El otro se detuvo, pero no se volvió mientras Zolin añadía con desprecio:

—La utilizas. Está claro que la proteges y la cuidas porque te conviene.

Juan entonces se giró y fue hacia él con paso imperioso. Por el porte tenso de su cuerpo y los puños, temió que fuera a pegarle, pero se detuvo con los brazos en jarras y la mirada retadora.

—Está ayudando a su pueblo —aseveró.

Zolin apretó los labios, furioso.

—¡Claro! Por eso a ella, a una antigua sacerdotisa, la pusiste bajo la tutela de fray Antonio, ¿no? Porque así ayuda a su pueblo, no a ti, desde luego —exclamó mientras sujetaba un puño cerrado con su otra mano—. Porque a eso juegas. Quieres que siga soltera y casta, como en el templo, para que el pueblo vea a la sacerdotisa de Xochiquetzal. Por eso van a misa. Al fin y al cabo, ella hace lo mismo que hacía durante los ritos dedicados a la diosa. La gente no acude porque ame la nueva religión, sino por ella, por la hija del último *tlatoani* de la ciudad, su último vínculo con los antiguos dioses y la antigua vida.

—¡Y funciona! —le espetó Juan mientras gesticulaba por encima de su cabeza—. ¿No escuchas lo que te he explicado mil veces? ¡Mataron al primo de Cortés como si fuera un vulgar pavo! ¿Por qué te crees que tuve que volver? No te tomo por tonto, Santiago, nunca te tomaría por tonto. Pero tampoco miento cuando digo que Carmen está ayudando a su pueblo. —Bajó los brazos y, en un intento de controlarse, casi musitó—: Sabes que nuestro verdadero señor, Pedro Solís... Bueno, ya lo oíste jactarse de la muerte de Cortés en tu propio bautizo. Y lo hizo mirándome, porque me sabe amigo de Ixtlilxochitl. Era como si dijera: ya no tienes protector. No podíamos darle motivos de reproche. Jamás los tuvo por los tributos, hiciste bien el trabajo en mi ausencia, pero la nueva religión... Teníamos que llenar la iglesia, y Carmen lo ha conseguido. Podríamos decir que al final Dios, a través de una sacerdotisa que ellos consideran pagana, nos ha protegido.

Zolin suspiró, arrepentido del desprecio que se había apoderado de él hacía un instante.

—¿Y tú la consideras pagana? —preguntó mirándolo a los ojos.

Una sombra de ternura cruzó la mirada de Juan.

—No ha traicionado a la diosa, Zolin, no la lleves tú a hacerlo.

III

El rostro de María mostraba una constante mueca, como si hubiera comido un chili muy picante y le ardiera la boca. Pero en cuanto me desprendí de la ropa y vio mis marcas sacerdotales, su rostro mudó de asombro y enseguida bajó la cabeza en señal de respeto e hizo ademán de besar mis manos.

—No, por favor —le supliqué mientras se las retiraba con suavidad—. Ya no soy sacerdotisa.

Entonces elevó la mirada y me dedicó una sonrisa cálida y compasiva. Luego se volvió y tomó el elaborado traje de plumas. Mi cometido no era cantar en una iglesia, sino que debía interpretar a la mujer emplumada y entonar un poema náhuatl ante Cortés y todos sus hombres, por lo que me sentía atemorizada. Si cuando cantaba en latín en una iglesia traicionaba a Xochiquetzal, aquella actuación pensada para divertir a los hombres me hacía sentir que la abandonaba. ¿De qué servía afirmar mi consagración a la diosa en mi castidad si me dedicaba a provocar miradas lascivas? ¿Acaso no era eso una forma de sensualidad de la que yo no debía formar parte para así honrarla? Al parecer, según los mandatos del Dios cristiano mi actuación también podía interpretarse como ofensiva, y aunque odiaba cantar en la iglesia, fray Antonio siempre fue bondadoso conmigo. ¿Lograría impedirlo? ¿Quién había reclamado mi presencia en Texcoco?

No asistimos al victorioso recorrido bajo palio de Cortés y su séquito por las magníficas calzadas de la ciudad. Lo vimos por el camino polvoriento, rodeados de una muchedumbre que lo aclamaba tres leguas antes de llegar. Pero supe que nos hallábamos en el mismo palacio que él cuando vi las flores de bienvenida por todas las paredes, ostentosas en su disposición excesiva. Juan había despachado a sus criados antes de entrar, y sólo Zolin y yo le seguíamos con desgana.

—Este es parte del antiguo palacio de Nezahualcóyotl —me susurró él—. En el de Nezahualpilli es donde tienen la escuela a la que llevan a nuestros niños para educarlos como cristianos.

41

—Lo sé. Una vez mi padre me trajo aquí.

Nos adentramos en un jardín, donde el sonido de la flauta se mezclaba con los ritmos del tambor. Allí salió a nuestro encuentro fray Antonio, con su largo hábito marrón, el cordón a la cintura con los tres nudos y las manos ocultas por las mangas sobre su vientre. Su pelo rizado y gris era vigoroso, y jamás en otro castellano vi barba tan larga. Sus ojos clavados en mí me dieron a entender que en ningún momento él había solicitado mi presencia en Texcoco, y ante un comentario de Juan le oí exclamar: «¿Un regalo para Cortés? ¡Una ofensa para el Señor! Así que veremos». A eso amarraba yo ahora mi esperanza, aunque él después me ignoró. Toda la atención del clérigo se centró en Zolin, y los tres hombres se fueron, dejándome en manos de María, la sirvienta que me llevó ante Jonás, el texcocano encargado del espectáculo.

El traje se ajustaba a mi cuerpo como una segunda piel, y las plumas verdiazules desprendían un agradable aroma a incienso, impregnadas por su uso en múltiples recepciones. María me ayudó a recogerme el cabello y a sujetar el tocado de plumas.

—¿No es mejor que primero me maquilles? —pregunté extrañada.

—El mismo Ixtlilxochitl ha dicho que no. Quiere que se te vea el rostro.

«¿Me ha hecho venir él?», me pregunté. Sentí una opresión en el pecho, y suspiré para sacudir la sensación de agobio. «Mejor no pienses», me dije, temerosa de que me faltara el aire a la hora de cantar. Pero resultaba casi imposible, pues mi padre había sido aliado de Cacama, hermano de Ixtlilxochitl y a favor del cual perdió el trono de Texcoco. ¿Tendría algo que ver? ¿Sería una venganza?

Salimos al jardín y tomamos el mismo camino por el que vi desaparecer a Zolin, entre Juan y fray Antonio. Ahora, unas antorchas resinosas apenas iluminaban el lugar. La noche había caído, y sobre el murmullo de las aves resonaban las músicas, las risas y los aplausos procedentes de la sala donde se había dispuesto el banquete. En la puerta aguardaba Jonás, con un candelero de cerámica entre sus manos y la vela apagada. Poco mayor que yo, era larguirucho, de rasgos femeninos y grandes ojos negros. Su fuerte carácter venía anunciado por una profunda voz rasgada, pero al contrario que cuando me instruía en el jardín, ahora se dirigió a mí en un dulce susurro:

—¡Estás preciosa!

Desde la puerta, pude entrever hileras de mesas. Al fondo, una se disponía perpendicular al resto y reinaba en la sala, ante un espacio vacío. Tras esta pude distinguir a fray Antonio; su brazo parecía acariciar el de Zolin, quien miraba al frente, serio e inmutable, al lado de su hermano. Los tres estaban en pie, detrás de Cortés e Ixtlilxochitl. Al instante me asaltó el recuerdo del príncipe texcocano junto a Cipactli, en las matanzas por las calles de Tenochtitlán. Se decía que había sido él quien advirtió al castellano de que sólo tomaría la ciudad mexica si la destruía piedra a piedra, y sentí que un escalofrío me recorría la espalda. Intenté relajarme con el espectáculo, pero sólo podía ver el tronco de ahuehuete por los aires y adivinaba a los malabaristas en el suelo, pasándoselo con los pies. Los músicos permanecían a un lado; tambores delante, flautas y trompetas detrás, daban ritmo a la actuación, en lucha contra vítores y silbidos.

—Ahora entras tú, tal y como te expliqué antes —me dijo Jonás alargándome el candelero. Me volví hacia él, lo tomé y continuó—: Que la vela te ilumine esa preciosa cara, pero cuida de no prender las plumas. —No pude evitar una sonrisa ante su tono jocoso, y él me la devolvió—. Tranquila, todo saldrá bien.

La música calló de pronto. Miré hacia el fondo, y entonces me di cuenta de que Zolin, con expresión indignada, abandonaba la sala. Noté cierta sensación de vértigo y la culpa se apoderó de mí. «No quiere ver como la abandono», pensé sintiendo que lo traicionaba a él. De pronto, la sala de banquetes quedó a oscuras y se oyeron algunos abucheos. Tomé aire. El tambor silenció a los hombres que protestaban y entré.

Juan fue cauto en sus apreciaciones. Ixtlilxochitl debería de haber supuesto que sería más bella de lo que dijo. Caminaba elegante entre las mesas de la soldadesca, quienes la observaban boquiabiertos y en absoluto silencio. Con la sala en penumbra, las alas de la mujer emplumada parecían plegadas sobre el pecho, sin dejar ver las manos que sujetaban la vela bajo su hermoso rostro. Sin flautas ni trompetas, sólo su perfecta voz se elevaba melodiosa por encima del tambor, que marcaba el ritmo de sus pasos.

> De coral es mi lengua,
> de esmeralda mi pico:
> yo me valoro a mí misma, padres míos, yo, Quetzalchictzin*

Al llegar donde antes actuaran los malabaristas, la bella cantante dejó la vela sobre la mesa, justo delante de Cortés, y desplegó sus alas. Ixtlilxochitl

---

* Tanto estos versos como los que aparecen más adelante están extraídos de J. Soustelle, *La vida cotidiana de los aztecas en vísperas de la conquista,* Fondo de Cultura Económica, México, 1984, pág. 239.

pudo observar entonces la exquisitez de su rostro, con aquellos enormes ojos del color de la arcilla que coronaban unas largas pestañas. Los candeleros volvieron paulatinamente a iluminar la sala y se vio el intenso color verde esmeralda de su plumaje, mientras la carnosa boca de la joven seguía con su canto, ahora acompañado por elegantes gestos que destacaban las sensuales formas de su cuerpo:

> *Abro mis alas,*
> *ante ellos lloro:*
> *¿cómo iremos al interior del cielo?*

Ixtlilxochitl la observaba subyugado, y le molestó el cercano aliento de Cortés y, todavía más, su voz, que en un susurro, preguntaba:

—¿De verdad es virgen?

Ixtlilxochitl asintió, pero no quiso mirarlo. De pronto se sentía celoso, y le irritó la cautela de Juan. «Es hermosa, virgen, tal y como pediste. Le gustará», le había dicho. Dada la situación, no tenía más remedio que cedérsela al caudillo, ya se la había prometido, pero de haberla visto antes se la habría reservado para sí. Al fin y al cabo, él sería quien ahora se haría cargo de Texcoco, y Acolman y sus aldeas volverían a ser sus tributarias; él lidiaría directamente con Cortés, con lo que le había quitado un buen peso de encima a Juan. ¿Por qué no se la había ofrecido? Con la mirada prendada de su danza, Ixtlilxochitl sonrió: no le hacía falta desvirgarla; ya le llegaría el turno.

La melodiosa voz imitó un imposible trino de pájaro y el canto acabó. Entre estruendosos aplausos y vítores, la joven saludó grácilmente a los caballeros de la mesa principal y se retiró.

—Bien, amigo, me gusta tu ciudad —dijo Cortés a Ixtlilxochitl. Y luego se volvió hacia Juan, sentado tras el cacique texcocano—. No sabía que tuvieran a tan bellas damas en Acolman. De lo contrario, les hubiera perdonado antes.

—Es la hija del *tlatoani* que le tendió la emboscada, mi señor —se inclinó Juan con reverencia.

Ixtlilxochitl disimuló su sorpresa ante aquel dato y, de soslayo, vio que la expresión de don Hernán se iluminaba.

—¡Magnífico! —exclamó—. Veo que tu amigo Juan es tan listo como tú. ¡Otra princesa! ¡Que se reúna con nosotros!

Con la mirada fija en los comensales del salón, el texcocano maldijo para sus adentros, pues se sentía engañado. Ahora no tendría oportunidad de poseer a la joven. Era casi seguro que Cortés se la llevaría como amante, y cuando se cansara, la casaría con algún castellano, como hiciera con doña Marina, que seguía como intérprete, pero fuera de su lecho, pues durante la expedición la casó con Jaramillo.

—Don Hernán —intervino entonces una voz afectada. Ixtlilxochitl se volvió y vio a un fraile de barba gris, que agarraba a Juan de la manga mientras se dirigía al caudillo—: Quizá Dios le conceda aún más gracia si la preserva.

—¿A qué se refiere, fray Antonio? —preguntó el aludido arqueando las cejas.

—La calidad de su voz es excepcional, y canta a Nuestro Señor como jamás había oído. En ninguna ciudad hice bautismos con más celeridad y en tan gran número, pues acuden todos los naturales a la iglesia. No es de extrañar: ella es casto ejemplo, entona el latín como si fuera su lengua natural y su fe... Incluso la he visto con lágrimas en los ojos cuando canta a Nuestra Señora.

—¿A la Virgen? ¿Y por qué no he oído yo esos cantos? —preguntó Cortés mirando directamente a Juan.

Ante la sonrisa burlona de Ixtlilxochitl, el señor de Acolman tragó saliva, pero su respuesta fue rápida:

—No estamos en la casa de Dios.

Cortés sonrió.

—Bien. No mancillemos a la joven doncella. Quiero oírla mañana, antes de partir a México, en la iglesia.

Fray Antonio sonrió y, con una reverencia, abandonó el salón.

La pequeña llama de la vela pugnaba por crecer entre la cera líquida que la rodeaba. Sentada, con las piernas plegadas sobre mi pecho, agradecía de nuevo el tejido de maguey sobre mi piel. Cuando menos, era una sensación familiar. Por lo demás, me reconocía por primera vez consciente de la forma de mi cuerpo, de sus deseos y de los deseos que despertaba. El recuerdo del guerrero texcocano sobre mí y su mordisco en mi seno, acrecentaban el miedo que me embargaba, y sólo podía reprenderme por haberme creído a salvo durante aquellos últimos cinco años. Los pequeños ojos de Ixtlilxochitl siguiendo mi danza y la media sonrisa de Cortés mientras cantaba me hicieron darme cuenta de por qué realmente estaba allí. La ofensa al Señor no era mi canto, sino lo que vendría luego. Y todo era idea de Juan; por eso Zolin dejó el salón al verme como mujer emplumada. El regalo a Cortés del que habló a mi llegada era mi cuerpo. «¡Estúpida!», me dije. Él era mi protector, y si no había vendido antes mi virginidad, no era por respeto a una antigua sacerdotisa, sino porque le había interesado. Muchas doncellas, al acabar su tiempo en la *calme-*

cac como novicias, salían y eran especialmente valoradas para el matrimonio, pues se sabía de su segura virginidad. Yo opté por el sacerdocio, y la castidad era parte del mismo, pero, por lo que parecía, Juan había decidido trazar alianzas a costa de mi virginidad. De pronto, entendía por qué me puso bajo las órdenes de fray Antonio y por qué en la iglesia hacía lo mismo que en la *calmecac*. Pero su estrategia había fracasado, y a pesar de la amargura que recorría mi boca, sonreí al pensarlo.

La llama de la vela se agrandó con un alegre chisporroteo que parecía desafiar la cera fundida, y suspiré anhelando la fortaleza que se escondía en aquella fragilidad. Sentía que algo había cambiado en mi interior. Salí de Tenochtitlán con trece años, ahora ya contaba con dieciocho, y cantar aquella noche me hizo consciente de que era una mujer, no una sacerdotisa intocable. Y sin que la diosa pudiera protegerme, ¿cuánto tiempo lo haría un hombre como fray Antonio? Sentí un frío temblor que recorría mi corazón y que me devolvía a aquella estancia de Tenochtitlán, donde la única protección que hallé fue mi propio miedo.

El olor de la cera parecía pegarse a mi cuerpo mientras se apoderaba de la habitación. Apagué la vela, y durante unos instantes aquel aroma extraño se hizo más denso. Sumida en la más profunda oscuridad, los ojos se me humedecieron y permanecí inmóvil mientras las lágrimas brotaban. ¿Por qué todo había cambiado de aquella manera? ¿Cuál debía ser mi lugar? ¿Me protegía un hombre o el Dios cristiano? Quizá Yaretzi tuviera razón, quizás era yo la que había abandonado a Xochiquetzal.

Asustada por mis propios pensamientos, me puse en pie y salí de la habitación. El banquete había finalizado y se habían apagado las últimas antorchas, pero aun así la penumbra esparcía un persistente olor a resina y su perfume se mezclaba con el de las flores frescas del jardín. Corría una suave brisa que removía las copas de los árboles en un murmullo acompañado por algunas aves nocturnas que cantaban a la luna llena. Desde la vegetación se oía el agua que debía de brotar de alguna fuente oculta. Entré en el jardín, convencida de que si me refrescaba ahuyentaría todos mis temores. La sacerdotisa mayor siempre decía que lo desconocido da miedo, y por eso los dioses a menudo resultaban atemorizantes.

Mis pies descalzos agradecieron el suelo húmedo. De pronto, me di cuenta de que no tenía importancia quién había abandonado a quién. El hecho era que yo había insistido en guardar algo de mis días de sacerdotisa cuando mi religión ya no existía: ni imágenes ni templos ni ritos. ¿Y qué vida quería si no se la dedicaba a Xochiquetzal? Quizá no pudiera escoger, pero al menos podía buscar una respuesta.

De pronto, algo se movió entre los árboles y una voz masculina advirtió:

—No sé si es buena idea que pasees sola por aquí.

En la penumbra, entreví un torso desnudo y unas piernas estiradas. Como si se avergonzara de su postura, enseguida replegó las piernas sobre su pecho e hizo ademán de taparse con un manto.

—¡Oh, Zolin! —suspiré aliviada.

Me acerqué y me senté a su lado. Ambos en silencio, miramos al frente, pero mis ojos no pudieron evitar desviarse hacia él. Al amparo de la luna, reconocí una expresión dolida en su rostro.

—Sé que fray Antonio te ha protegido, pero ¿no te sientes insultada, Ameyali? Es una ofensa a la diosa... —se lamentó de pronto.

Su reacción me enterneció y sentí deseos de abrazarlo, pero me contuve. Él me seguía considerando consagrada a Xochiquetzal, y lo imaginaba enfadado con su hermano por no respetar mi sagrado voto. Con Zolin, aunque cambiante, el mundo siempre me parecía más ordenado, con él no tenía miedo ni necesitaba protección; siempre me devolvía algún rasgo reconocible de la antigua vida, por eso hallaba refugio en su compañía. Pero debíamos enfrentarnos a la realidad, ya no era sacerdotisa, y mi destino no estaba en manos de la diosa, sino de Juan. Y sabía que el suyo también estaba sujeto a su hermano, la única familia que le quedaba.

—Ofrecí el canto a la diosa, aunque fuera en medio de los invasores. En verdad, fue como una despedida.

Él giró la cabeza y paseó sus ojos por mi rostro. No sé por qué, algo en su expresión me hizo pensar que se sentía alterado, como yo antes en la habitación. Le acaricié el brazo, pero sólo fui consciente de ello al notar su piel en las yemas de mis dedos. No los aparté, nuestras miradas se encontraron, entonces él sacudió la cabeza y la bajó, como vencido.

—Mi hermano... Pensé que te respetaba, que te utilizaba, pero te respetaba —murmuró a la vez que negaba con un gesto.

—¿Como tú me respetas? —preguntaron mis labios, mientras mi mano se deslizaba entre las suyas.

Sin soltarme, él alzó la mirada y de nuevo recorrió mi rostro. Serena, llena de la seguridad que él me daba, de pronto fui consciente de lo que en verdad había arraigado entre nosotros desde que me rescatara en Tenochtitlán. Si yo hallaba en él restos de mi antigua vida, Zolin buscaba lo mismo en mí; éramos el uno refugio para el otro, y tuve la certeza de que eso era amor. Mi mano se acercó a su mejilla e invitó a sus labios a aproximarse a los míos. El beso fue voraz y pausado, una explosión de sensaciones que me recorrió del bajo vientre al cuello, y que apenas se diluyó cuando él, de súbito, se separó.

—No puedo, no debemos —exclamó visiblemente contrariado.

—Mañana cantaré en una iglesia, pero no es el templo, Zolin. —Tomé su mano y la llevé hacia mi seno, el de mi marca sacerdotal—. Si mi vida no ha de ser para la diosa, quiero que sea contigo.

Noté el calor de su tacto a través del algodón, y mis pezones erguidos buscaron su torso desnudo.

IV

Barcelona, año de Nuestro Señor de 1526

Una mezcla de olor a pescado y orín entraba por la ventana e inundaba la habitación. Martí abrió los ojos y husmeó el aire, pues si aquel hedor llegaba hasta su casa en la plaza del Pi, era porque la mar estaba revuelta o amenazaba tormenta; sin embargo, el amanecer anunciaba un día claro de primavera. «Mejor», se dijo, pues no le hubiera gustado que Amador y Teresa emprendieran el camino en un desapacible día gris.

En el piso de abajo podía oír el habitual trajín de su madre por las mañanas, pero aquel día no llegaba hasta él el aroma del puchero humeante con el guiso de *cap-i-pota*. Martí se arrebujó en la cama, presa de una pereza inusitada en él. Se mantuvo quieto, con los ojos clavados en las relucientes vetas oscuras de las vigas de roble. Su mente repasaba sus emociones con la misma diligencia con la que sus manos examinaban los cuerpos de sus pacientes. Pero en este caso, los síntomas no eran los que esperaba. Debería estar emocionado, ilusionado, pues iba a ser el primer día que se encargaría de los enfermos sin la supervisión de Amador. Sin embargo, la única sensación que lo acompañaba era la de cierta melancolía teñida de un leve temor.

Este le resultaba fácil de explicar. Muchos de los médicos de la ciudad sabían que acudía al *Estudio de Medicina* como profesor para acumular las horas prácticas que le permitirían presentarse al examen de licenciado. Esto había levantado suspicacias, porque la mayoría de los que ejercían aprendieron el oficio de otros médicos, sin estudiar a Galeno o Hipócrates, y no les gustaban aquellos que ofrecían sus servicios recién salidos del Estudio, con título, pero sin años de práctica; mucho menos los que hacían de profesores allí. Sin embargo, en general a Martí le dejaban tranquilo, pues aunque era bachiller en medicina, también hacía años que lo habían visto acompañando a Amador como aprendiz. «No me dirán nada. Es absurdo sentir temor», se recriminó. Y sonrió irónico, pues si acudía aún al Estudio era por su padre. El fallecimiento de su abuelo, el conde Gerard de Prades, le dejó un título que no usaba, pero también tierras y fortuna. Y al contar con el dinero necesario,

Amador insistió en que obtuviera el título de doctor. «Es para protegerte de ti mismo», le decía.

Con un suspiro, Martí apartó la manta y se incorporó en la cama. El frío le hizo estremecerse y pareció avivar aquella sensación de melancolía que tanto lo desconcertaba. Quizá fuera por el fallecimiento de Mateu, el primo de su padre, aunque enseguida desechó la idea, pues para él era poco más que un paciente que aparecía de tanto en tanto con una enorme sonrisa ennegrecida y sus conservas de pescado.

Abajo se oyó la puerta de entrada de la casa y la voz de Teresa llegó hasta él como un murmullo:

—¿Marc te ha dejado el carro y la mula?

A Amador le había afectado profundamente la muerte de su primo, y por ello aquel día saldría de la ciudad para ir al entierro, cerca de la colina de Montgat, de donde era originaria toda la familia. Pensó que la razón de su melancolía era el dolor de su padre, ya que no podía darle consuelo. Entonces, un súbito deseo de verlo antes de marchar lo espabiló de golpe. Se puso un ligero jubón, salió de la habitación y se apresuró escaleras abajo.

En el comedor, Amador estaba sentado a la mesa y se dejaba abrazar por Teresa, en pie a su lado. La cara de su padre se refugiaba en el pecho de la mujer, quien le besaba la cabeza. Pero en cuanto vio a Martí, ella se apartó y el hombre se irguió.

—Buenos días —saludó mientras Teresa se volvía hacia la cocina—. ¿Estás listo para el gran día?

—Sí —respondió encogiéndose de hombros, e incómodo por haber irrumpido en la intimidad de sus padres de aquella manera, se acercó a la mesa—. Aprovecharé las visitas para comprar pergamino antes de pasarme por el Estudio.

—¿No estuviste anteayer en la calle de los Pergaminers, Martí? —intervino su madre, que dejaba en la mesa dos cuencos con gachas humeantes.

—Fui a visitar al pequeño de los Messeguer. Si no curo bien esa herida, se quedará cojo como Alfons, e incluso puede perder la pierna —aseveró mirando a su padre para que confirmara su opinión.

—Sí, mucho me temo que tenga que venir un cirujano a resolver el problema. Es mejor que pases cada día.

Martí miró de nuevo a su madre, arqueó las cejas y dedicó toda su atención al cuenco de gachas. Sus padres lo observaron comer con avidez, y Teresa suspiró mientras le devolvía una mirada suplicante a su marido, pues era obvio que el joven utilizaba al pequeño paciente para ocultar algo. La mujer vio en sus ojos un reflejo de su propio pensamiento, pero el hombre guardó silencio. Desde que Martí sabía que su verdadero padre era Guifré de Orís, Amador sentía a menudo que carecía de autoridad sobre su hijo, a pesar de que este se refería al barón como a su amigo, seguía viviendo con ellos como Martí Alzina y le llamaba padre como siempre había hecho. Al fin, con voz algo vacilante, preguntó:

—Martí..., no te meterás en líos, ¿verdad?

Sin mirarle, el joven hundió la cuchara en las gachas y contestó:

—No, ¿por qué?

—Porque ya sabes cómo reacciona la gente cuando uno es demasiado listo. Tienes el ejemplo en tu vecino Alfons.

—Papá, siempre me dices lo mismo.

—Porque en todos estos años aún no has aprendido a cerrar la boca cuando debes —intervino Teresa—. Y si la gente no entiende cómo has llegado a una conclusión...

—Ya, ya, ya —la interrumpió Martí—, piensan que es brujería.

—¡Exacto! Y cuando volvamos, no quiero descubrir que te han apresado —aseveró ella mientras se sentaba a una esquina de la mesa.

—¡Vamos, mamá! Eres una exagerada.

—Alfons siempre va tras de ti —intervino Amador— desde que os peleasteis de niños y hablaste de más. Y sabes que su padre es un *familiar* de la Inquisición y tiene manía a tu madre desde hace años.

—Por eso me voy a licenciar, y luego seré doctor, ¿no? Así podré decir que aprendí lo que sé en el Estudio, y nadie pensará que me lo dijo el Maligno al oído.

Martí dejó la cuchara en el cuenco y se puso de pie.

—Sí, bueno, quizás ha sido peor el remedio que la enfermedad —comentó Teresa—, a saber con quién te mezclas allí.

—Con futuros herejes que prefieren la traducción de la Biblia de Erasmo de Rotterdam antes que la Vulgata de san Jerónimo —repuso el joven, burlón, y acto seguido le besó en la frente.

Luego se volvió hacia la que fuera la antigua tienda del padre de Teresa, ahora parte del comedor que Amador y él empleaban para preparar remedios con lo que obtenían de las boticas. Tomó la bolsa donde llevaba lo necesario para las visitas y se giró de nuevo hacia sus padres. Su madre desayunaba en silencio, y Martí se alegró de no haberle contado lo que en verdad tramaba. Entonces se topó con la mirada de Amador. Se le veía ojeroso y pálido, pero era habitual en él, y si su cuerpo delgado de pronto se le antojaba frágil y sus ojos le parecían especialmente hundidos, era porque la pena desequilibraba los humores de su cuerpo.

—No te olvides el diente de león para el viejo Arnau. Si sigue sin comer...
—le recordó.

—Cierto —asintió Martí.

Se volvió, y mientras buscaba los remedios para sus pacientes, de pronto se dio cuenta del porqué de su muda melancolía matinal: en verdad le gustaba trabajar con Amador, pero aquel día era su primera prueba para cuando tuviera que hacerlo por su cuenta. El joven se volvió hacia su padre, quien seguía observándolo, y se acercó a él. Apretó con cariño su huesudo hombro y afirmó:

—Hoy te echaré de menos, papá.

Amador sonrió y acarició su mano mientras Martí la retiraba.

—Estaremos aquí antes del anochecer —le respondió.

—Hasta luego, hijo, ve con Dios —añadió Teresa.

El muchacho les sonrió, agarró el bonete que guardaba en la bolsa, se lo puso sobre sus cabellos rubios y salió a la plaza del Pi.

Ya habían dejado atrás las casonas de Dalt de la Vila y faltaba poco para que quedara a la vista la colina de Montgat, dominada por el castillo. El día era claro, a pesar de que una neblina difuminaba el horizonte del mar, y el carro traqueteaba por los caminos montañosos, entre viñedos y campos de trigo. Amador azuzó la mula invadido por cierta añoranza. Sus años en la masía familiar hacía mucho que habían quedado atrás, pero nunca perdió contacto con su primo Mateu, y lo echaría de menos. Ahora tenía la sensación de que en Montgat ya sólo le quedaban ausencias, e incluso un paisaje desconocido. Cuando estuvieron allí por última vez, Martí apenas caminaba, y desde entonces habían construido una torre de vigía en la masía, pues la costa cada vez era más insegura, y el castillo no parecía suficiente para vigilar el camino hacia la Ciudad Condal. Pero Amador sabía que la torre no sería el cambio más grande al que se enfrentaría, sino el del tiempo, cuyas huellas se marcaban en las gentes con implacable puntualidad.

—Amador —le dijo su mujer mientras le acariciaba la espalda—, parece que repasas tu vida.

Ella iba a su lado en el pescante, con el mar en su flanco derecho.

—Puede —sonrió él con melancolía—. Mateu y yo teníamos la misma edad.

—Cierto, pero él tenía problemas para respirar y necesitaba de tus cuidados.

—Sí, hace mucho que Martí aseguró que no lo curaría. —Y, de pronto, sacudió la cabeza al recordar a su hijo y volvió la mirada sobre el lomo pardo de la mula—. ¡Ese chico...! A veces no entiende que el alivio es tan importante como la cura.

Alzó la mirada hacia el horizonte y entre los viñedos pudo ver el tejado de una masía.

—¡Ay, Amador! —suspiró su mujer—. Martí es joven; tú eras igual que él cuando tenías su edad. Por eso me enamoré de ti. ¿Acaso no recuerdas los empeños que pusiste con mi padre? Y eso que no podías ni aliviarlo: ¡tenía la peste! ¡Ojalá Martí no se enfrente jamás a algo así!

Entonces, la cara de Amador se transfiguró en un espasmo que hizo temblar sus enjutas mejillas y un brillo de terror se dibujó en su mirada. Ella se giró y entre la neblina vio tres velas latinas. ¡Eran tres fustas piratas! Favorecidas por la brisa, se aproximaban a toda velocidad hacia la costa, impulsadas también por los remos. Teresa notó que la mano de Amador le aferraba del hombro con tal fuerza que le hizo daño.

—¡Tenemos que volver a Dalt de la Vila para avisar! —exclamó de pronto.

Tiró fuerte de una rienda y la sacudió sobre el lomo de la mula para que se apresurara a girar.

—Amador, ya habrán dado la alarma desde las torres de vigía. Debemos refugiarnos en la masía, ahí delante.

Pero Amador, como enajenado, se empeñaba en arrear a la mula. El camino en aquel tramo era demasiado estrecho para dar la vuelta, y el animal se resistía a adentrarse entre los viñedos. Teresa miró hacia el mar, inquieta. Una de las tres fustas ya había tomado la costa, y alguien arriaba la vela. Entonces se dio cuenta de que, cerca, parecía alzarse otro mástil. Entornó los ojos, a la par que se ponía la mano sobre la frente. No cabía duda: había una cuarta fusta y sus tripulantes ya habían desembarcado.

La mula, de pronto, se encabritó, mientras su marido le dirigía una mirada desconcertada. Entonces un brillo metálico se alzó por encima de la cabeza de Amador, y Teresa apenas pudo distinguir la espada curvada antes de que cortara de cuajo la cabeza de su esposo. Su cuerpo sin vida se balanceó y luego cayó de costado, hacia el carro vacío. La mujer lanzó un alarido de terror. Unas manos la agarraron por los hombros y tiraron de ella hacia atrás. Teresa siguió gritando. Cayó al suelo con brusquedad, entre risas y palabras en un idioma extraño. Pero no vio a pirata alguno ni oyó nada más que sus propios gritos. Al otro lado del carro, en el suelo, la cabeza de Amador la miraba con desconcierto.

Cuando Martí salió del Estudio de Medicina, la noche se apoderaba de la ciudad con sombras violáceas. La humedad se cernía sobre el ambiente sin una brizna de aire que la dispersara y se pegaba a su piel como si aquel fuera un crepúsculo más estival que primaveral, por lo que se subió las mangas de su jubón, se quitó el bonete y lo guardó en la bolsa. Sentía los pies entumecidos y el estómago vacío clamaba sus quejas, así que desechó la idea de ir al Hospital de la Santa Creu, y en lugar de enfilar hacia el Raval, atravesó las Ramblas en dirección contraria. Sabía que su amigo Roger entendería su ausencia de aquel día. Solían ir juntos una vez por semana al hospital para ayudar en lo que fuera, dados los pocos bachilleres que había en él, pero la jornada de Martí había resultado extenuante. Tuvo que hacerse cargo de las visitas de su padre y de las suyas, y después las prácticas como profesor en el Estudio acabaron con sus fuerzas. Aquellos alumnos, con el bachiller de artes ya cursado, no deberían tener tantos problemas para entender a Galeno, pues sus dudas parecían una cuestión de mala comprensión de latín, más que de medicina.

—Martí, ¿Martí Alzina? —oyó que le llamaban.

El joven se volvió y aguardó al hombre que se aproximaba a grandes pasos. Era más bajo que él, pero de hombros amplios y andar firme y erguido. Vestido con una túnica de un color grana muy oscuro, cubría su cabellera gris con un sombrero negro de ala ancha que apenas dejaba ver las facciones afiladas de su rostro. Aun así, Martí no tuvo duda de quién se trataba.

—Buenas noches, doctor Funés —lo saludó en cuanto el hombre le dio alcance.

Aquel podía ser uno de sus examinadores en la prueba final para ser licenciado, e intuía que por ello lo había visto aquella tarde al fondo de su clase, como oyente.

—Me habían hablado muy bien de usted —dijo con una sonrisa afable—, pero me ha sorprendido gratamente su sabiduría. Será buen profesor.

—No he hecho otra cosa que aclarar dudas acerca de Galeno.

El doctor Funés se recolocó el sombrero de forma que ahora el ala quedaba elevada y dejaba ver sus pobladas cejas.

—Es modesto, eso también está bien. Pero esos remedios del hígado... Bien, no recuerdo que esas plantas estén entre las que describe Galeno.

Martí tragó saliva y pensó que durante la clase debía de haber nombrado, sin darse cuenta, algunos remedios sacados de sus libros de autores árabes.

—Remedios tradicionales —se apresuró a aclarar—. No sé si le habrán comentado que trabajo desde hace tiempo con mi padre.

—Por supuesto —respondió el hombre con una expresión de teatral conformidad. Entonces, con un gesto, le invitó a reanudar el camino mientras añadía—: El doctor Oriol, quien lo presentó en su examen como bachiller, bien me recalcó que muchos de sus sorprendentes conocimientos se deben a los años de práctica, aunque lo he visto más cerca de Avicena que de Galeno en su explicación del sistema circulatorio. ¿Acaso cree que las venas parten del corazón y no del hígado?

Martí posó la mirada en el suelo. Aunque disfrazado de simple debate, le pareció que el doctor Funés se empeñaba demasiado en mantener su sonrisa, y temió que fuera una trampa. Así que, aunque sabía que Galeno estaba equivocado al establecer que la sangre se irradiaba desde el hígado, respondió:

—¿De veras cree que eso tiene importancia en las curas? Si me aproximo a Avicena, y en eso Galeno está de acuerdo, es en la importancia de los síntomas. Porque sólo si tenemos en cuenta las señales del cuerpo, podremos administrar alguna cura.

Llegaron a la altura de la calle de la Boqueria, y Martí se detuvo.

—Disculpe, pero vivo en la plaza del Pi.

—Le acompaño, me viene de paso —respondió el doctor.

Y ambos doblaron la esquina, mientras Martí sentía que su desconfianza aumentaba. El joven percibía que Funés quería algo, y no era un intercambio de opiniones médicas.

—El doctor Oriol me habló de su pasión por la lectura —continuó el hombre, ahora llevándose las manos a la espalda—, y ya que conoce a Avicena, pensé que quizá tendría un ejemplar de *El libro de la curación*.

Martí arrugó la frente. «Ese es un libro de filosofía», estuvo a punto de responder, pero se contuvo a tiempo.

—No me suena. Yo sólo conozco su *Canon de medicina*.

—Pero ese lo puedo encontrar en la biblioteca del Estudio.

—Lo siento —respondió Martí mientras se encogía de hombros—, pero no conozco más obra de Avicena.

—Una lástima —se lamentó el doctor Funés.

Y se detuvo en la esquina con la calle de Rauric. Martí también lo hizo mientras el hombre se ajustaba de nuevo el sombrero sobre la frente.

—Debo desviarme por aquí. Ha sido una grata conversación. Espero que nos sigamos viendo.

Y se marchó calle abajo. Martí lo observó unos instantes, con un caminar ahora encorvado, y luego prosiguió en dirección contraria, hacia la plaza del Pi, mientras su mente repasaba sus actos. En algún momento debía de haber cometido alguna imprudencia, pues era obvio que Funés no se había acercado a él por puro interés intelectual. Si el doctor Oriol le hubiera mandado al médico para pasarle algún libro, se lo habría advertido, así que tuvo la certeza de hallarse ante una trampa. Visitaba con frecuencia la calle de los Pergaminers, pues a menudo se borraban manuscritos para reaprovechar el pergamino. Los pergamineros con más experiencia, que ya habían conocido al viejo Isaac, distinguían perfectamente los diferentes alfabetos, y cuando encontraban algo que podía interesarle, le avisaban para que fuera a examinarlo. Sin embargo, últimamente sus visitas estaban más que justificadas a causa de la herida del pequeño de los Messeguer, y si alguien había hablado de más, no podían ser los pergamineros, pues ellos mismos se delataban. Lo mismo sucedía con aquellos a quienes dejaba libros, como el doctor Oriol. Así que, sin sospechosos claros, concluyó que lo mejor por el momento era frenar todas sus investigaciones. También podía haberse delatado a sí mismo en sus ejercicios como profesor, y pensó en cuánta razón tenía su madre al temer que no supiera callar cuando debía, pues no era cuestión de silencio, sino de la ocasión en que debía guardarlo.

Cuando Martí llegó a la plaza, ya habían encendido las antorchas que perfilaban el arco ojival de la entrada de la iglesia de Santa Maria del Pi. Para su sorpresa, su casa parecía desierta, sin rastros de luz en las ventanas ni señales de humo en la chimenea. Extrañado, se apresuró hacia la puerta, y ya a punto de meter la llave en la cerradura, le sorprendió la voz atiplada de Marc.

—No han llegado, Martí, no han llegado.

El hombre, siempre precedido de su prominente barriga, se aproximaba a él agitando las manos, visiblemente alterado.

—Eso ya lo veo, pero estarán a punto de llegar.

Marc lo agarró por las mangas con sus manos regordetas y flácidas y alzó la cabeza. El joven le vio la cara enrojecida, pero no parecía estar bebido como era su costumbre.

—Martí, quizá... —El vecino sacudió la cabeza mirando al suelo y de nuevo alzó los ojos—. Desde Badalona han llegado rumores de un ataque pirata. Si mañana no regresan, deberías ir a buscarlos con tu caballo.

—Mañana no —le interrumpió mientras notaba cómo el pulso se agolpaba en sus sienes—. Las puertas de la ciudad aún deben de estar abiertas; saldré ahora mismo.

V

La canoa surcaba las transparentes aguas del lago de Texcoco con un rumor rítmico, y yo sentía cómo la suave brisa traspasaba mi blusa y recorría mi cuerpo. La conciencia de mi propia piel me devolvía los recuerdos de la noche anterior, y apenas me atrevía a mirar a Zolin, pues sólo saberlo tras de mí me recordaba los placeres recién descubiertos y desataba mi imaginación. Así que dejaba vagar mis ojos, entre el cielo moteado de nubes blancas y los juncos de la orilla.

Juan iba sentado detrás de su hermano, y fray Antonio, delante de mí. De vez en cuando el clérigo metía la mano en el agua y dejaba que se deslizara al compás de la canoa. A ratos se giraba y me dedicaba una sonrisa, pero de soslayo sus ojos se desviaban hacia Zolin, como si quisiera comprobar que seguía ahí, y luego se volvía, a veces en un gesto brusco que hacía tambalear la embarcación. Cuando fray Antonio llegó con sus enseñanzas a Acolman, era un hombre áspero que apenas hablaba un poco de náhuatl y que parecía entregado con deleite a la destrucción de todos los símbolos de nuestra religión, desde el antiguo templo a cualquiera de nuestros ídolos. Pero cuando ya no quedó nada que destruir, y con Zolin a su servicio enseñándole náhuatl, su carácter pareció suavizarse, aunque no se hizo más comprensivo con nuestras antiguas creencias. Las tildaba de salvajes, y cuando a veces los cánticos en la iglesia me resultaban insoportables, temía acabar quemada como nuestros códices.

Ahora el miedo parecía haber huido de mi alma, e incluso la añoranza por los antiguos días se había convertido en un recuerdo. Sentía que mi piel respiraba por sí sola ante un mundo por descubrir, y sólo ansiaba llegar a Tenochtitlán, cantar donde se me ordenara y encerrarme de nuevo en el cuerpo de Zolin, al abrigo de la noche.

Las alargadas copas de los ahuejotes se distinguían ya en la distancia y anunciaban los cultivos flotantes. A aquellos esbeltos árboles se amarraban los juncos del lago, sobre los que se vertía lodo para crear las fértiles islas llamadas chinampas. Estas fueron lo primero que vi al llegar a Tenochtitlán. Entonces estaban cubiertas por esbeltos tallos de maíz entre los que se distinguían los edificios más altos de Tlateloco, y hacia el sur, el magnífico dique de Ahuizotl. Ahora que la antigua ciudad había desaparecido y en su lugar habían erigido aquella conocida como México, las espigas de trigo dominaban las chinampas y sentí que un escalofrío me recorría la espalda. Las chozas se apilaban alrededor de los nuevos cultivos, más numerosas que en mis recuerdos, y hacia el sur el paisaje mostraba dos torres de sólido aspecto. Con guardias castellanos apostados en lo alto, parecían convertirse en los rocosos vigías de una nueva ciudad, más amenazante que temerosa de un ataque. Entre las atalayas se erigía un enorme edificio de tres pabellones, con una gran puerta que parecía una gigantesca boca burlándose del lago. Juan nos explicó que allí guardaban los mismos bergantines que destruyeron los edificios de Tenochtitlán a cañonazos. Ante ese paisaje, que evocaba fantasmales recuerdos, la brisa pareció detenerse y tuve que refugiar la mirada en mi regazo, como si eso pudiera desterrar el dolor de mi pecho.

—¿Estás bien? —preguntó Zolin mientras me brindaba una fugaz caricia sobre la espalda.

Fray Antonio se volvió y me miró, compasivo.

—Supongo que es difícil volver... —murmuró en castellano.

—Pasé mucho miedo —respondí mientras me erguía.

—El Señor cuida de ti, Carmen, ahora no tienes nada que temer.

A pesar de las palabras de sosiego del franciscano, oír mi nombre cristiano me hizo estremecer. Fray Antonio adivinó mi congoja, aunque creo que la malinterpretó, como mis lágrimas en la iglesia, pues se quitó un colgante del cuello y me lo tendió. Era una cruz de madera, pero el palo vertical no sobresalía por encima del horizontal.

—Póntela, hija, es la cruz de san Antón. Con ella Dios marcó a sus siervos para protegerlos del Apocalipsis.

Entendía casi todas las palabras, pero no lo que me decía, por lo que fruncí el ceño y me volví hacia Zolin, quien asintió mientras fray Antonio insistía:

—No temas, con esta cruz nadie te dirigirá palabra o mirada que ofenda tu castidad.

Tentada de no aceptarla, el eco de mi miedo a la fe implacable de fray Antonio me llevó a tomarla y me la puse. Entretanto, la canoa se detuvo en el antiguo embarcadero orientado hacia el lago de Texcoco, que se mantenía al final de la calzada de Tezcacoac. Ahí fue cuando vi por primera vez a uno de aquellos hombres blancos, y su recuerdo acudió a mí como una ráfaga. Fue antes de la invasión, cuando Tenochtitlán dominaba el mundo conocido. Lo llamaban Guifré, y yo entonces lo creí un auténtico enviado de Quetzalcóatl.

Formaba parte del séquito nupcial de la boda entre la hija del *cihuacóatl* de Motecuhzoma e Ixtlilxochitl. Rubio, con el pelo repleto de caracolas, y mucho más alto que cualquiera a su alrededor, deslumbraba con sus tres mantos y el suntuoso penacho de plumas de quetzal. Entonces, la calzada estaba rodeada de palacios coronados por jardines, y desde la casa de las aves de Motecuhzoma se elevaban cantos que acompañaban el colorido desfile de los más altos dignatarios mexicas. Pero aquello ahora me parecía parte de un sueño, y ya no oía cantos de pájaros, sino graznidos entre la bruma gris.

Caminamos por la antigua calzada de Tezcacoac, que aún estaba rodeada de canales durante un buen tramo. Pero ya no se veían los templos del centro ceremonial al que conducía, y el edificio más alto era otra torre, menor que las dos que controlaban el lago. Juan comentó señalándola:

—Mira, Santiago, pertenece al palacio de Cortés.

—¿No estaba allí el de Motecuhzoma? —preguntó Zolin.

Atravesábamos ya el puente que unía la calzada con la isla primitiva sobre la que se construyó Tenochtitlán cuando Juan respondió:

—Lo tiró todo, y usamos parte de las piedras para construir el suyo propio. Nuestro palacio es parecido al de Cortés, aunque en pequeño. Pero no podemos hacer la torre.

—¿Acaso no sabes?

Fray Antonio rió al oír aquello y señaló:

—Creo que tu hermano podría dirigir la construcción sin problemas. Ayudó con el palacio de Cortés, y también con nuestro monasterio. Pero para una torre así se necesita permiso de don Carlos, rey de Castilla. Y ni esa ni la del palacio de Alvarado lo tienen, así que no hablemos del revuelo que causaría si Juan hiciera una.

—Entonces, ¿Cortés ha desobedecido a su rey? —me atreví a preguntar.

Fray Antonio sonrió como un padre ante la travesura de un chiquillo.

—¿Jamás desobedeciste tú al tuyo? —me respondió.

Incómoda por su tono, mis ojos se pasearon por la fachada de un palacio en la que destacaban unos enormes ventanales. De su puerta arqueada salió un carro tirado por un caballo pardo y reluciente.

—Mi rey era mi padre —murmuré entonces en un tono seco.

Al parecer, el fraile ni tan siquiera me oyó, pues el carro nos obligó a apartarnos a un lado de la calzada. Tras su paso, apareció a pie un caballero vestido de negro, cuyo sombrero de ala ancha apenas disimulaba las arrugas de su amplia frente. Su barba castaña estaba recortada en pico y resaltaba un mentón alargado, sobre el que se aplastaba una nariz que seguro había recibido más de un golpe. Enseguida lo reconocimos, y él también nos reconoció sorprendido, aunque Juan y Zolin no llegaron a ver su expresión, pues se inclinaron enseguida con una reverencia castellana.

—Don Pedro —saludó fray Antonio mientras me tiraba de la falda para que yo también me inclinara—, le echamos de menos en Texcoco.

De soslayo, observé que Pedro Solís fruncía el ceño.

—Tenía cosas que hacer aquí. Ahora que está acabado mi palacio, debía acomodar a mi familia. —Arqueó la ceja derecha con la mirada fija en Zolin y Juan, y añadió—: ¿Acaso no son estos los caciques indios encomendados a mi persona?

—Sí, señor, son Santiago y Juan. Escoltan a María del Carmen.

—La que canta en mi iglesia de Acolman —respondió don Pedro—. ¿Y a qué se debe su presencia en México sin mi permiso?

—Sigo órdenes de don Hernán Cortés. Quiere que ella cante en la misa que se celebra hoy por su regreso, y ha establecido que se alojen en su palacio.

—¡Ah! O sea, que ahora Cortés manda sobre mi *encomienda* y aloja a mis encomendados —se quejó don Pedro con desdén.

—Mi señor —se apresuró a decir fray Antonio—, Dios sabe cuán importante es la figura de don Pedro Solís para Acolman y sus estancias, pues sin su aliento jamás hubiéramos rescatado tantas almas. Pero ¿cómo oponerme a las órdenes del gobernador y capitán general de la Nueva España?

—Claro, claro —respondió don Pedro mientras ponía una mano sobre el hombro del fraile—, no me malinterprete, no desconfío de usted, fray Antonio. Sólo que ya volvieron los viejos tiempos, donde él dicta y los demás acatamos sin replicar. En fin —suspiró—, vayan. Nos veremos en la misa.

Y tomó la calzada en dirección al lago.

—¿Cómo reaccionará cuando sepa que ya no dependemos de él? —susurró Zolin a Juan en náhuatl.

—No temas, Ixtlilxochitl nos protegerá.

Había acabado la misa y, con ello, mi cometido, pero debía aguardar a que Zolin me escoltara de nuevo al palacio de Cortés, por lo que permanecía en un rincón de aquel jardín, al lado del monasterio de San Francisco. Cercado por un pórtico de arcos, con una sola fuente en medio, era casi tan pequeño como el jardín al que quedó reducido el antiguo palacio de mi padre. Cuatro jóvenes ahuehuetes buscaban sobresalir en busca del sol, pero aquellos frailes parecían tener gusto en recortar sus copas, grotescamente redondeadas, sin libertad para crecer a su antojo. Me senté, aprovechando la roca que quedaba bajo uno de aquellos arcos, y suspiré. Zolin tardaba. Al acabar la misa, lo vi con Juan y don Pedro, quien parecía presentarles a dos damas castellanas, ambas con su pelo recogido y cubierto por una toca oscura, como si quisieran ocultarlo. Acaricié el mío, suave, largo y suelto sobre mi espalda, y agradecí que me hubieran permitido cantar con mis ropas mexicas. Me parecía imposible hacerlo con aquellos trajes tan ajustados que usaban las mujeres castellanas.

—No me extraña que fueras sacerdotisa de Xochiquetzal —me sorprendió una voz.

Giré la cabeza y vi aproximarse a Ixtlilxochitl, vestido con una túnica castellana. Al cinto llevaba una de esas espadas de hierro, y me recordó al guerrero que quiso violarme. El metal casi me rozó la pierna cuando el texcocano se sentó a mi lado, y mi piel se erizó, temerosa, al sentir que su mirada traspasaba mis ropas.

—Lo que me sorprende es que tu padre te permitiera quedarte en el templo en lugar de casarte —añadió.

—Entendía mi fe.

—¿En Tenochtitlán y no en Texcoco? —preguntó mientras me miraba directamente a los ojos.

Los suyos eran pequeños, como su boca de labios delgados. Desvié la mirada, incómoda.

—En uno de sus viajes a Teotihuacán, al final del ciclo de la luna, Motecuhzoma me vio y...

—Sí, ya sabemos cómo le gustaba traer a príncipes extranjeros a Tenochtitlán para educarlos como gobernantes mexicas. En fin, ¿por qué no robar también a las princesas para evitar alianzas inconvenientes a su persona? Porque contigo tu padre hubiera fraguado grandes alianzas, seguro.

Noté que su mano recorría mi muslo hacia arriba y al instante me puse en pie como impulsada por un resorte. Apreté los dientes, cerré los puños y a él pareció divertirle mi reacción.

—Vamos, tranquila... Ameyali, me han dicho que así te llamas, ¿no?

—No estarás incomodando a mi invitada, ¿verdad? —comentó una voz enérgica tras de mí.

Ixtlilxochitl enseguida mudó el rostro, se puso en pie y se inclinó en una reverencia. Me volví y vi a Cortés aproximarse. Lo acompañaba una dama a quien conocí años atrás. Era la princesa Tecuchipo, hija de Motecuhzoma, viuda del último *tlatoani* Cuauhtémoc. Vestía de azul, con un traje entero, como el de las otras damas castellanas, que caía en vuelo sobre sus piernas y apretujaba sus senos, como si quisieran huir de las vestimentas. Tras ella, Juan caminaba distendido y Zolin con una mueca de disgusto.

—Tu voz sigue siendo la más hermosa de la ciudad —dijo ella cuando llegaron a mi altura.

Entre las gentes de mi pueblo no se miraba a los ojos a las personas de alto rango, por lo que hice ademán de postrarme para mostrarle el respeto debido, pero Tecuchipo me lo impidió y me tomó una mano.

—Me ha complacido enormemente poder escucharte de nuevo.

—Gracias —respondí, sin postrarme, pero sin poder evitar bajar la cabeza.

Ella me tomó de la barbilla, me obligó a mirarla a los ojos con suavidad y asintió, como si quisiera sosegarme por incumplir el protocolo. Cuando se aseguró de que permanecía con la cabeza erguida, me soltó.

—Ay, Isabel, Isabel —suspiró Cortés mientras acariciaba el rostro de Tecuchipo—, sigues siendo una princesa para tu pueblo.

Ella le dedicó una sonrisa coqueta. Sus cuerpos, uno al lado del otro, se tocaban con aire cómplice, demasiado familiar, y entendí que eran amantes. Tecuchipo, por encima de mi hombro, miró a Ixtlilxochitl e inclinó levemente la cabeza a modo de saludo.

—Juan, Santiago, ¿podéis acompañar a Carmen a mi palacio? —preguntó entonces Cortés, con una mirada provocativa al príncipe texcocano.

Y sin esperar respuesta, siguió su camino hasta salir de aquel patio. Entretanto, Zolin se acercó hasta mí y, discretamente, me acarició una mano, mientras Juan me flanqueaba con la cabeza servilmente inclinada ante Ixtlilxochitl.

—La quiero —oí que murmuraba el texcocano con autoridad.

Entonces Juan alzó la cabeza y lo miró directamente a los ojos.

—Ya no está en mis manos.

—Tú verás —dijo Ixtlilxochitl desafiante, y se dio la vuelta para marcharse.

Hacía cuatro días que Cortés permanecía encerrado en el monasterio franciscano. Según él, para expiar sus pecados, aunque para Pedro Solís las razones distaban mucho de ello. De visita en casa de Alonso de Estrada, se acomodó complacido en la silla tapizada de terciopelo, a la espera de que regresara su anfitrión. La sala era de apariencia austera, sin tapices que alegraran las paredes ni más muebles que la mesa y las dos butacas ante la chimenea. Pero la manufactura de los mismos y la exquisitez de los candeleros denotaban cuán acaudalado era el dueño de aquel palacio. Ante aquel lujo mal disimulado, pensó que los rumores debían ser ciertos. Se decía que Alonso de Estrada, el tesorero real de la Nueva España, cobraba doscientos mil maravedíes más que el mismísimo Cortés, a pesar de que este aún fuera poseedor de los cargos de gobernador y capitán general. Pedro examinó la copa de cristal, que le devolvía los reflejos color cereza de aquel vino. Quizá también fueran ciertos los otros rumores, que hacían a Estrada hijo del difunto rey Fernando, aunque también se decía que él mismo alimentaba estos chismorreos. De poco le valía ahora pretender tal parentesco, pues Cortés acababa de regresar; envejecido, muy delgado, tan precavido que casi rozaba la cobardía, pero vivo.

Pedro chasqueó la lengua e intentó tragarse su fastidio con un sorbo de aquel vino. A pesar del fracaso de la expedición, Estrada, al frente de todo el cabildo de México, había ido a recibirlo a Texcoco. «Ven conmigo —le llegó a decir—, nos conviene. Arreglará los desmanes de Salazar y Chirinos. Han sido unos gobernantes desastrosos.» ¿Arreglar? Bien sabía que para Estrada la reaparición de Cortés era providencial, pues Salazar le había hecho temer por su vida, pero a él aquel regreso le había fastidiado bien. Menos mal que rehusó ir a Texcoco, pues por lo menos ahora podía sentir que le quedaba algo de dignidad. Pedro apuró el vino con rabia y sacudió la cabeza para espantar aquel recuerdo.

Solís nunca había ocultado su antipatía hacia Cortés, pues le parecía que actuaba como si fuera el rey. Y a pesar de que Estrada le siguiera el juego, lo sabía su enemigo, pues ¿cómo olvidar las faltas de respeto del caudillo hacia su rango de funcionario real? Cierto que lo dejó al mando cuando se marchó dos años atrás a la expedición a Las Hibueras, aun sin permiso de su majestad. Pero fue Cortés quien luego mandó a Gonzalo de Salazar para ayudarle en el gobierno, y todos sabían que no se llevaba bien con Estrada. Las disputas acabaron con este último preso. Luego Salazar declaró muerto a Cortés, se erigió en capitán general e incluso obligó a las supuestas viudas de los expedicionarios a volverse a casar. De hecho, sus partidarios acabaron escondidos como cucarachas, pero, para Solís, aquella no era la forma de eliminar el poder del caudillo.

Pedro clavó los ojos en la mesa. La jarra de vino permanecía casi llena, al igual que la copa que dejara su anfitrión, al lado de un platillo con queso. Estiró un brazo para tomar un trozo, y en ese momento la puerta de la estancia se abrió y entró Alonso de Estrada. De piel pálida y ojos muy rasgados, solía exhibir sus mejillas rasuradas para destacar unos labios especialmente gruesos, como los que se le presumían al difunto rey Fernando de Aragón. Se sentó en la butaca, al lado de Pedro, y lejos del humor taciturno que exhibía antes de interrumpir su charla, la reemprendió con una jovial sonrisa:

—O sea, que definitivamente ese sitio... ¿Cómo se llama?

—Acolman —señaló Pedro mientras devolvía al platillo el trozo de queso.

—Eso, definitivamente ya no es tu encomienda.

—Decisión de Cortés. Vuelve a ser el que reparte. Y más que por los tributos, me ofende por el esfuerzo. La encomienda está organizada: buena cría de puercos, y aunque las enfermedades han menguado a los hombres y no puedo asegurarme la cosecha de trigo, me he gastado unos buenos dineros en moreras para criar gusanos de seda. ¿Y ahora me lo quita? Lo peor es que se lo da a ese indio, al que ha puesto de cacique de Texcoco.

—Bien sabes que parte de la táctica de Cortés es tener contentos a los naturales de estas tierras —señaló Estrada mientras estiraba el brazo para tomar su copa.

—Sí, pero Texcoco al final ya no es *corregimiento* de su majestad como tú determinaste, ¿no? Ahora de nuevo es parte de su encomienda, como si hubiera sido el único que conquistó estas tierras. Y se ha añadido Acolman, como tributaria de Texcoco. No es justo. ¡Yo también luché! ¿Acaso no merezco mi recompensa? —Pedro golpeó el brazo de la butaca. Luego suspiró intentando calmarse antes de añadir—: Mira, no digo que Cortés no sea bienvenido, Salazar era peor, pero el recibimiento ha sido excesivo, y ahora ya empieza a actuar otra vez como un rey. ¿Y no te mandó su majestad don Carlos para que lo controlaras?

—También mandó a Salazar como administrador, y a Chirinos como *veedor*. Todos debíamos controlarlo. ¿Y? Ya viste el resultado en cuanto Cortés se fue.

—Quizá quería que pasara eso, que nos peleáramos por el poder. Así siempre puede decir que él es el único capaz de poner orden.

—Supongo que es lo bastante retorcido para ello, pero no creo que buscara la muerte de su primo. No, él tiene partidarios entre los castellanos...

—Esos son los que conservan intactas las encomiendas que recibieron cuando cayó México —se lamentó Pedro mientras apuraba el vino.

—¡Oh, vamos! Cálmate y ten paciencia, hombre. La importancia de Cortés radica en el apoyo de los indios. Ellos son los que lo ven como una especie de rey. Por eso ha ordenado a Alonso de Grado que investigue los abusos cometidos contra los indios en su ausencia. ¿Sabes que lo ha casado con esa tal Isabel? La hija de Mutezuma.

—Lo que sé es que le ha dado doce granjas, más Tacuba y algunas aldeas. ¡Adónde vamos a llegar! Hasta a las mujeres indias les da encomiendas, sólo por abrir bien sus piernas. Y luego, para disimular, las casa con alguno de esos pusilánimes que dicen amén a todas sus decisiones.

Estrada no pudo evitar una carcajada al oír estas palabras, pues no le faltaba razón. Pedro Solís era un hombre leal a la Corona y de incuestionable sinceridad. Pero para él esta cualidad se convertía en un defecto a la hora de recuperar su encomienda. Sin dejar de reír, le quitó la copa de las manos, y mientras le servía más vino, respondió:

—¡Ah! Lo ha hecho porque teme que se le escurra el poder de las manos. Su suerte está cambiando, te lo aseguro. El mensajero me acaba de decir que vienen tres naos, y en una viaja un tal Ponce de León con el encargo de abrirle un *juicio de residencia*; ya sabes que eso implica dejar los cargos. Es posible que Cortés también lo sepa, y por eso aprovecha para situar a los suyos de manera que pueda mantener el poder aun sin cargos oficiales. Y esto te afecta, porque si Texcoco vuelve a ser corregimiento, el cacique indio no cambiará, ya que interesa ganar su lealtad para el rey, no para Cortés. Así que no le podemos quitar Acolman; deben hacerlo los mismos indios. El cacique es ese Juan que me presentaste en la iglesia, ¿no?

—Sí, muy eficiente. Sabe organizar a los suyos para dar buenos tributos.

—Haz que vea que contigo le irá mejor que con su cacique texcocano, y él te devolverá Acolman.

Pedro se rascó su nariz aplastada con desconcierto y preguntó:

—¿Cómo?

Estrada, con una enorme sonrisa, le tendió la copa llena de vino.

—Tu cuñada Rosario es viuda, ¿no?

Fray Antonio cerró el confesionario y salió de la iglesia con paso tranquilo. El ocaso difuminaba el color azul del cielo, y una luz anaranjada cruzaba el horizonte. Las calles, flanqueadas por los palacios, hacían que la Ciudad de México pareciera una villa castellana, más ordenada y limpia de lo habitual, pero tremendamente familiar. A aquellas horas, algunos caballeros se recogían para la cena, y sólo una dama caminaba por la amplia calzada. En su paso cansino fray Antonio reconoció a Rosario, vestida de riguroso luto. Acababa de hablar con ella, le había enternecido su confesión, y le otorgó el perdón debido, aunque la viuda seguía pensado que Dios había sido injusto con ella.

A punto de regresar al monasterio, fray Antonio cambió de opinión y enfiló la calle en la misma dirección que la mujer. Debía admitirse que echaba de menos a Santiago Zolin. Al fin y al cabo, aquel sacristán indio le había acercado a su misión. Entrecruzó sus manos, que quedaron ocultas bajo las mangas del hábito. Necesitaba charlar, reencontrarse con aquello que le había llevado a la Nueva España y que, encerrado en la Ciudad de México, parecía esfumarse. Bien era cierto que las almas como la de Rosario, que nacieron cristianas, necesitaban el cuidado espiritual debido, pero sentía que Dios le había llamado allí para otras cosas.

Sin embargo, al pensar en la viuda, se compadeció de ella por las duras pruebas a las que había sido sometida. Con poco más de veinte años, la cara redondeada de la mujer se veía alicaída y parecía mayor. Tras la muerte de su marido, tuvo que abandonar Cuba para vivir con la única familia que le quedaba: su hermana Dolores, esposa de Pedro Solís. Pero esto no era lo que la hacía desgraciada. Al contrario, acogió su vida en la Nueva España con esperanza. Era viuda prematura y podía volverse a casar, pero ningún hombre la querría, ni en Cuba ni en su Sevilla natal, porque se había comprobado que no podía tener descendencia. En cambio, en México nadie la conocía, ni tampoco a los bastardos de su difunto marido, por lo que se sentía ilusionada ante la posibilidad de un matrimonio con mejor suerte que el padecido. Ahí radicaba el motivo de la confesión, pues Rosario decía sentirse culpable por ansiar un nuevo esposo aún estando de luto. Mucho temía fray Antonio que en verdad su malestar se debía a que quería amar a Dios, pero sentía resentimiento porque Él le había negado un vientre fértil y, con ello, el amor verdadero. ¿Cómo convencerla de que sólo el Todopoderoso podía calmar su desasosiego?

Fray Antonio se detuvo un instante, observó cómo Rosario entraba en el palacio de Pedro Solís y de pronto tuvo la certeza de que se reconciliaría con su fe, pues aquellas tierras estaban bendecidas por el Señor. Desde que empezara a predicar en Acolman, sentía que el amor inundaba su alma. Allí conoció a Santiago Zolin, y gracias a él se acercó a aquellas gentes necesitadas del Señor. De hecho, no se le ocurría acto más pletórico de fe que sus prédicas con Santiago acompañándole. Sonrió con el corazón emocionado, y al volver la mirada, se dio cuenta de que había llegado a su destino.

Ambos desnudos. Yo boca arriba, él de costado. Su piel se veía más oscura que la mía, como cacao puro y espeso. Zolin permanecía con la cabeza apoyada en una mano. Con la otra, recorría mi vientre y se deslizaba por mis caderas, y la dulzura de sus caricias vencía la aspereza de sus dedos. Yo me aferré a su brazo invitándolo a aproximar su cuerpo, pero él sonrió, y sin ceder ni dejar de acariciarme, me besó. Yo no me saciaba de su lengua. A lo largo de aquellos cuatro días, mi única obligación consistía en cantar en misa, y el resto del tiempo, ayudaba en el telar e incluso me interesaba en el hilado de aquellos capullos de gusano. Lo que fuera para que pasara el día rápido, sin pensar, hasta su llegada. Al caer el sol, Zolin siempre había acudido, y cuanto más aprendía de su piel y de sus cadencias entre mis piernas, más voraces se tornaban nuestros encuentros.

Aquella noche, no se conformó con el recorrido de su mano; vientre abajo, ordenó a su boca que la siguiera, con pequeños mordiscos que me hacían desfallecer de excitación. Hasta que mi cuerpo se rebeló y, ayudada por mis piernas, lo hice rodar. Ahora él estaba de espaldas, y yo sobre él a horcajadas. Una risa jadeante escapó de su boca y al instante mis labios se apoderaron de ella mientras mis caderas se movían guiadas por el deseo.

—¡Oh, Ameyali! Te amo —susurró.

Le respondí con un leve gemido mientras notaba que su cuerpo seguía mis movimientos y me veía obligada a erguir mi espalda, presa del placer. Él tomó mis senos, yo recorrí con mis manos su torso sudoroso.

—¡Dios santo! —irrumpió una voz escandalizada.

Nos detuvimos bruscamente. En el umbral de la puerta, apenas iluminado por el reflejo exterior, fray Antonio nos observaba.

—¡Y yo que pensaba que protegía tu virtud! —bramó—. ¡Has ofendido al Señor! Pero no dejaré que lo arrastres a él, pecadora.

Temblando de furia, vino hacia mí y temí que me abofeteara, pero tiró del colgante con la cruz de san Antón que él mismo me diera, la lanzó contra una pared y salió. Entonces reaccionamos. Me aparté y Zolin se incorporó. ¿Por qué aquella ira? ¡Ya no era sacerdotisa! ¿Y por qué la pecadora era yo? ¿Acaso, si aquello era pecado, no era compartido?

—No temas, déjame a mí —dijo Zolin besándome en la mejilla.

Tomó la cruz de san Antón del suelo y un *maxtlatl* y, aún anudándoselo, salió corriendo tras fray Antonio.

VI

Ciudad de México, año de Nuestro Señor de 1526

Juan sonreía sobre la grupa del viejo caballo pardo, fascinado por la facilidad con que conseguía dominarlo. En el centro del patio había clavado un tronco, alrededor del cual daba vueltas mientras intentaba cortar con la pesada espada de hierro un trapo que estaba atado el madero. Golpeaba con fuerza, aunque ya no sabía bien si era por rabia o decepción. Se encontraba en la casa de Pedro Solís, y no podía dejar de pensar en lo mucho que se había equivocado con él. Ahora podía ser su mejor aliado, y la única oportunidad de liberar a su hermano. Zolin era toda la familia que le quedaba, y cuando le advirtió que se alejara de la sacerdotisa, esperó que obedeciera. Era por su bien, pero él se rebeló y ahora las consecuencias las pagaban ambos.

No entraba en sus planes que su hermano se quedara para siempre en el monasterio de San Francisco, junto a fray Antonio. Sin embargo, no se le ocurría cómo sacarlo de ahí. Necesitaban el silencio del fraile, por lo menos hasta que Acolman y sus aldeas dejaran de tributar a Ixtlilxochitl, si no, el castigo podía ser mucho peor. Pero en eso él reconocía su parte de culpa por creer que Ixtlilxochitl era su amigo. No lo fue jamás. Lo encumbró por interés y ahora ya tenía lo que siempre quiso, con sus tributarios originales casi intactos. Por eso se había permitido tratarle de aquella forma. ¡Y por una mujer!

Al parecer, sin practicar la castidad, los cánticos de Carmen eran un insulto tan grande para el Dios de los castellanos como lo hubiera sido para Xochiquetzal. Pero fray Antonio estuvo dispuesto a silenciar lo que sabía si sacaban a la joven de la Ciudad de México, y si Santiago Zolin, como él lo llamaba, se quedaba para expiar la culpa. ¿Mas cómo hacerlo sin que don Hernán se enterara de la ofensa de la joven? Fray Antonio dijo que eso ya no era cosa suya, pero por suerte para entonces Cortés tenía otras preocupaciones, pues llegó un juez enviado por su rey desde la lejana Castilla que debía enjuiciarlo por abandonar la Nueva España dos años atrás sin permiso real, además de atender todo tipo de demandas que empezaron a surgir, entre ellas, los excesos sexuales de Cortés con mujeres mexicas. Gracias a ello, al caudillo le pareció una gran idea sacar a María del Carmen de su palacio y devolverla a Acolman, donde para Juan aún era útil por la estima que le tenía el pueblo. Nadie tenía por qué saber que había roto su voto de castidad. Pero en cuanto Ixtlilxochitl se enteró de que la joven se había ido, le desbordó la cólera.

—¿Te crees que no me necesitas? —le había gritado a Juan enrojecido—. ¿No soy digno para que me la regales?

—Ya no es virgen. Cortés... —mintió para proteger a su hermano.

—Me da igual. Te dije que la quería.

—Aún puedes tenerla.

—Ese ya no es el tema. Es cuestión de saber cuál es tu sitio. ¡Deberías haberlo pensado, incluso antes de ofrecérsela a Cortés! Ahora lo pagarás; Acolman y todas sus aldeas lo pagarán. Os quedaréis sin los puercos. ¡Quiero a todas las hembras como tributo!

Juan cumplió, pero casi un mes después la decepción y la ira no le abandonaban. Golpeó la madera con tal fuerza que el metal se quedó clavado en el tronco y se vio obligado a soltar la empuñadura para no caer del caballo. Por suerte para él, Solís nunca supo de sus movimientos para quitárselo de encima. Todo había quedado como una maniobra de Cortés e Ixtlilxochitl, y ahora podía volver a él e incluso sacar partido de la adversidad. Juan tiró de la rienda y el corcel dio la vuelta.

—Me habían contado de su pericia, pero no creí que manejara el caballo con tal naturalidad —dijo una voz masculina a modo de saludo.

Juan sonrió orgulloso, e hizo que el animal se detuviera ante su anfitrión, que lo aguardaba bajo el pórtico junto a dos damas. Una de ellas entrecruzaba su brazo con el del caballero castellano: era su esposa, doña Dolores, más joven que él, acompañada por su hermana. Esta vestía de negro, lo cual resaltaba su rostro redondeado, de un color que parecía no haber tocado el sol. A Juan le costaba acostumbrarse a aquel tipo de piel tan habitual en las mujeres castellanas, asombrosamente pálidas, más incluso que los hombres barbados.

—Señoras —dijo saltando del animal y cayendo con una reverencia.

Primero fue doña Dolores quien alargó la mano, y él la tomó y simuló besarla, sin llegar a tocarla con su boca. Luego, su hermana Rosario le tendió la suya, y Juan la besó, suave, cuidando que ella notara el contacto de sus labios. Pedro Solís le prometió darle a su cuñada como esposa si esta consentía, por lo que debía cortejarla. Aunque no le parecía especialmente atractiva, casarse con una castellana lo situaría en una posición superior a Ixtlilxochitl, por mucho que fuera rey de Texcoco. Entonces podría sacar a su hermano del monasterio sin temor a que fray Antonio hablara e Ixtlilxochitl le exigiera que lo castigara. Juan prolongó el contacto con discreción, y en cuanto él se irguió, ella se ruborizó y ocultó la mano. Él le dedicó una sonrisa y enseguida se dirigió al caballero:

—Don Pedro, si Acolman volviera a estar bajo su protección cristiana, sin duda podríamos vengar el duro golpe que nos ha asestado Texcoco con el tributo exigido. Sólo haría falta criar caballos, bellos animales y necesarios en estas tierras. Procuro aprender lo máximo para ello, mi señor.

—Bien, si lo haces como organizaste las cuadrillas de construcción, no dudo que serán los mejores del valle, Juan.

—Esperemos hacerlo posible con la ayuda del juez, don Ponce de León —intervino doña Dolores—. Mi señor esposo le ha reclamado Acolman y sus nueve estancias como encomienda.

—Y para cuando sea vista la causa, espero que tú estés de mi lado, pues te harán llamar —añadió don Pedro con una mirada fugaz a Rosario.

Juan sonrió. Aquella era su parte del trato, tan fácil como conveniente para sus intereses, por lo que contestó:

—Estoy deseando que llegue el momento de demostrarle mi lealtad, señor.

De pronto, el mayordomo atravesó el pórtico apresurado. Tras él venía Santiago ataviado con un humilde sayo. Su expresión era grave, y apenas se inclinó lo suficiente para reverenciar a don Pedro.

—¿Qué sucede? —inquirió este. Para alivio de Juan, su rostro parecía más preocupado que molesto por la conducta de su hermano.

—Mi señor, fray Antonio me manda para comunicarle que don Ponce de León ha fallecido, y que don Alonso de Estrada desea que se reúna con él en el claustro franciscano.

—¿Ves? —exclamó Pedro dirigiéndose a su esposa—. Otra muerte oportuna para Cortés, como siempre. Ahora seguro que querrá recuperar sus cargos. —Se volvió hacia Juan y Santiago, y añadió—: Si nos disculpan, caballeros.

Los tres se retiraron por el pórtico, y mientras entraban en el palacio, Santiago susurró al oído de su hermano:

—¿Podemos salir fuera? Debo hablar contigo.

La tarde se cubría de nubes oscuras y una luz grisácea iluminaba el límite del bosquecillo desde donde yo observaba los antiguos templos de Teotihuacán. A pesar de la piedra mordida por las lluvias y los vientos, desafiaban el paso del tiempo mientras la maleza se apoderaba de aquella ciudad sagrada, cercana a mi Acolman natal. Abandonada desde antes que la memoria de mi pueblo empezara a acumular recuerdos, ahora ya no iba ningún peregrino, y no había *tlatoani* que ordenara su cuidado, como en su día hacía Motecuhzoma. Estrechando contra mi pecho el manojo de hierbas que había recogido, suspiré y observé las calles desdibujadas. Entendí que aquel abandono era lo que la protegía; para los franciscanos no hacía falta destruirla como los otros ídolos porque a sus ojos ya lo estaba. ¿Así me veía fray Antonio ahora, abandonada por Zolin? ¿Quizá por su dios? Era probable, pues a mi regreso supe que de las misas se encargaba ahora un tal fray Rodrigo, y ni siquiera sabía quién era yo. Hacía un mes que había vuelto a Acolman, a mi casa, pero me sentía presa del dolor por la separación de Zolin y la incerteza de su regreso.

—Vamos, Ameyali, la tarde se está cerrando —gritó Yaretzi tras de mí.

El sonido de la corriente del río llegaba en un murmullo que se entremezclaba con el rumor de las hojas agitadas por la brisa. Debía decírselo, pero a la vez sentía miedo; sabía que no le gustaría, y antes de enfrentarme a ello, quería asegurarme de que contaría con la protección de Zolin, además de con su amor.

—Ya tienes lo que buscábamos.

Me sobresalté al oír la voz rota de Yaretzi a mi lado, pero ella ignoró mi reacción y me tomó de la mano.

—Sígueme —dijo—. No llegaremos a Acolman antes de que rompa a llover.

Yaretzi llevaba un ramo de epazote, de vigorosas hojas dentadas, cuyo fuerte olor me mareó un poco.

—Pensé que ya teníamos suficientes hierbas para paliar los males de estómago —señalé mientras intentaba controlar unas súbitas náuseas.

Ella tiró de mí y nos adentramos en el bosque.

—Sí, claro. Ya sabes que el epazote también es muy útil para otras cosas, como los partos.

Su comentario disipó mi mareo y la angustia que me empujaba al vómito se transformó en culpa. ¿Por qué temía tanto su reacción? Las primeras gotas cayeron dispersas, como un aviso que se colaba entre las copas de los árboles, cada vez más espesos. Durante mi infancia había acompañado muchas veces a Yaretzi a recoger plantas por las afueras de Teotihuacán, y habíamos reemprendido aquella actividad tras la caída de Tenochtitlán, pero yo no recordaba haberme adentrado tanto en el bosque. De pronto, estalló un trueno y el cielo se abrió en una lluvia torrencial. Corrí tras ella hasta un claro en el que se alzaba una pared rocosa y cubierta de vegetación. Ella se metió por una grieta que se abría en la misma y la seguí.

Dentro imperaba la oscuridad y olía a sangre y flores marchitas. Con un chasquido, Yaretzi encendió un fuego que iluminó una cavidad circular en cuyo centro había un pequeño altar de piedra decorado con una serpiente emplumada.

—¡Quetzalcóatl! —exclamé. Aquellos olores, la forma de la cueva como sus antiguos templos... Alguien veneraba al dios allí, a escondidas—. ¿Los haces tú?

—No, no —respondió ella acercando unos maderos al fuego—. Yo siempre he usado esto como refugio. Pero alguien más lo visita desde la victoria castellana.

Fascinada, me acerqué al altar. Las alas de una mariposa desecada reposaban en un extremo y, cerca, un pequeño cuenco acumulaba cenizas, probablemente de algún animalillo entregado como ofrenda.

—Anda, quítate las ropas y ven al lado de la lumbre.

Aquel sitio me resultaba acogedor y dejé el manojo de hierbas sobre el altar. Yaretzi ya se había deshecho de sus ropas empapadas y las extendía sobre la roca, al lado del fuego. En un extremo, la pared mostraba una abertura, más grande que la de la propia entrada. Empecé a desnudarme mientras le preguntaba:

—¿Hay más cuevas?

—No lo sé. Anda, pásame las plantas: prepararé una cocción caliente —dijo estirando el brazo hacia mí.

Se las di, extendí mi ropa y me senté cerca de las llamas, con las piernas dobladas sobre mi pecho y la mirada en la grieta de la entrada. Fuera, la vegetación apenas era una sombra entre la lluvia torrencial. Yaretzi sacó un tejolote de su bolsa y usó una cavidad de la pared para machacar algunas hojas de ajenjo.

—¿Y no es mejor seco? —pregunté extrañada.

—No para tu estómago —respondió sin mirarme—. Debes empezar a tomarlo cuanto antes.

—Mi estómago está bien.

—¿Y los vómitos de los últimos días? Son amarillos, y además se te ve fatigada y triste. Me temo un ataque de bilis, y no quiero que vaya a más. Aunque no me lo cuentas, sé que volviste de Tenochtitlán con un gran disgusto. Como no lo sacas, se te está acumulando por dentro y te hace todo ese mal.

—Pero la bilis quita el hambre, y a mí no me falta, Yaretzi, al contrario. —Me acerqué a ella y le soplé a la cara con suavidad—. Y mi aliento no es amargo.

Ella me tomó la mano, y con preocupación, me preguntó:

—Entonces, ¿qué te pasa, mi niña? ¿Qué te han hecho en Tenochtitlán?

—Estoy embarazada —murmuré.

El extremo quemado de un leño se deshizo en cenizas y la parte entera rodó hacia mis pies. Yaretzi lo tomó y lo devolvió a la hoguera.

—¿No dices nada? —pregunté, sin atreverme a alzar los ojos.

—No ha sido una violación, porque, de ser así, me lo hubieras explicado al llegar —respondió como si hablara para sí.

La miré. Ella contemplaba el fuego con el rostro entristecido.

—¿Por qué la has abandonado? —suspiró.

—¿Otra vez, Yaretzi? Yo no he abandonado a nadie. ¡Los dioses nos han abandonado a nosotros!

—¿Eso crees de verdad? ¿O es lo que necesitas creer? —preguntó clavándome su mirada.

—Nuestra antigua vida no existe ni volverá. No puedo vivir como si siguiera consagrada a Xochiquetzal.

—Si nosotros no conservamos nuestras creencias, aunque sea algunos pedacitos, no quedará ni el recuerdo de lo que fuimos. Y entonces sí que los dioses desaparecerán, pero por nuestro abandono. Pensaba que, a pesar de tus dudas, conservabas tu castidad porque mantenías a la diosa en tu corazón, Ameyali. ¡En eso creíamos todos! ¿Por qué va la gente a la iglesia? ¿Por miedo? No, porque allí está la sacerdotisa de Xochiquetzal.

Sus palabras me hirieron en lo más profundo, pues a mi traición a la diosa debía añadir la infringida a todo mi pueblo, por lo que la rabia enardeció mi voz:

—¡No es lo mismo cantar a Xochiquetzal que en la iglesia, con esas palabras extrañas! Mira, me alegro de haber roto el voto. Porque con mi castidad, mantenía un espejismo. Me llevaron a Texcoco para entregarme al lecho de Cortés. ¿Qué querías que hiciera?

—¿Es suyo?

—No, es de Zolin —respondí aún enfadada.

El reflejo de un rayo cercano iluminó la cueva.

—¡Uno de los nuestros! —se escandalizó Yaretzi agitando los brazos—. ¿Cómo se atreve a ofender así a Xochiquetzal? ¡No me extraña que los dioses estén enfadados con nosotros!

—Lo elegí yo —la interrumpí poniendo mi mano sobre su hombro. Ella se calmó, y mi enfado se tornó en tristeza—: No hay templo, ni *calmecac* ni nada. Y él me entiende, entiende mis penas y mis miedos, y sabía lo que me iban a hacer. Acuérdate de Tenochtitlán. Por lo menos no he sido forzada.

Yaretzi suspiró con resignación y tomó mis manos, con los ojos llorosos.

—¿Zolin lo sabe? —susurró.

—Le envié un mensaje hace unos días, pero aún no he tenido respuesta —contesté con un hilo de voz, consciente de pronto de cuánto me angustiaba.

La mujer asintió, y en su sonrisa amarga reconocí todo el amor que me profesaba, de la misma forma que supe que leía la angustia de mi rostro. Abrió sus brazos y me dejé acunar como cuando era niña. Ya se lo había contado, y el miedo seguía ahí, así que tuve que admitir que en verdad nunca temí por su reacción, sino que lo que me daba miedo era la reacción de Zolin, Juan, fray Antonio..., la de aquel mundo nuevo y desconocido.

Seguido por su hermano, Zolin salió del palacio de Pedro Solís sin pronunciar palabra, y tampoco lo hizo al enfilar la calzada hacia el embarcadero desde el que se veía el lago de Texcoco. A lo lejos, oscuros nubarrones se arremolinaban sobre las poblaciones de la costa nordeste, donde debía de caer una buena tormenta. Sin embargo, el cielo de Tenochtitlán estaba surcado por ligeras nubes blancas, que parecían tener prisa por pasar de largo. A Zolin se le ocurrió que quizás huían de la tormenta, y por un instante deseó ser como ellas, huir de aquel lugar donde los mexicas dormían en chozas y los castellanos construían palacios surgidos de la destrucción. Era cierto que en Acolman las cosas habían cambiado, pero no como allí, donde la derrota se mascaba en el desconcierto y la resignación.

Fray Antonio le obligó a verlo, a aprenderlo cada vez que visitaban los arrabales. Le obligó a permanecer con él, ambos al servicio de fray Pedro de Gante, a quien conociera por la escuela cristiana de Texcoco. Era irónico, pues Nezahualpilli, antiguo rey de la ciudad, criticó a Motecuhzoma cuando se llevaba a príncipes tributarios para educarlos en Tenochtitlán, puesto que así los mexicanizaba y evitaba revueltas; ahora su antiguo palacio era sede de una escuela que hacía lo mismo, pero para cristianizar. Usaban para ello a los hijos de los nobles, los alejaban de sus familias y les arrebataban dioses, costumbres e incluso oficios tradicionales. Fray Pedro era el franciscano con mejor náhuatl de los que hubiera conocido, y siempre se dirigía a él en este idioma, con sumo respeto. Pero Zolin no podía evitar sentir rechazo ante la idea de crear otra escuela así en Tenochtitlán, y estaba decidido: no ayudaría. Se detuvo en el embarcadero y miró las aguas verdiazules agitadas por corrientes invisibles.

—¿Crees que lo envenenó Cortés? —le preguntó su hermano.

Zolin sacudió la cabeza, incrédulo. ¿Cómo podía pensar que quería hablarle a solas sobre el tal Ponce de León? Con un dolor sordo en el pecho, tuvo que reconocer que desde que se enemistara con Ixtlilxochitl, lo poco que quedaba de su hermano Cipactli había desaparecido y ahora sólo existía Juan. ¿Hasta qué punto debía consultarle nada a aquel extraño?

—Vuelvo a Acolman. Voy a casarme con Ameyali —sentenció Zolin.

Y dejó de mirar las corrientes del lago para observar la expresión de su hermano. Este arrugó la nariz, desconcertado.

—Te equivocas. Hubiese sido un buen matrimonio cuando su padre era *tlatoani*, pero debes aceptar que las cosas han cambiado, Santiago. Ahora las alianzas hay que establecerlas por otras vías. Y en tu caso, te debes al fraile.

—Juan, no hablo de alianzas, ni de posiciones políticas ni de poder.

—Mira —le interrumpió procurando controlar la irritación que le despertaba aquella conversación—, te dije que la dejaras en paz. No me obedeciste, y aun así, a pesar de lo que causaste, te he perdonado. Ahora aguanta con fray Antonio, aprovecha para aprender de ellos, y, mientras, déjame a mí que te saque de este lío.

—No hay lío que valga. ¿Te crees que soy tonto? —se exacerbó Zolin.

—No vuelvas a eso, Santiago, porque no es verdad.

—Cortés creyó que le hacíamos un favor cuando Ameyali salió de la ciudad, e Ixtlilxochitl, ¿hasta que punto no lo usó de excusa para ponerte en tu sitio, por debajo de él? El peligro era mantenerla aquí, en Tenochtitlán, por si consideraban que los engañabas. Pero, ahora, ¿cuál es el peligro? ¿Qué pasa si fray Antonio cuenta que pilló a dos indios fornicando? ¿Quién le hará caso?

—¡Yo! Necesito que hable a mi favor delante de Pedro Solís. A mí..., a nosotros nos perjudica tenerlo de enemigo.

Juan apretó los puños y se llevó las manos a la espalda, como si quisiera impedir que se soltaran hacia el rostro de su hermano. En un silbido, el viento arreció y agitó las canoas del embarcadero. Zolin concluyó que tenía que cambiar de tono, al fin y al cabo Juan era su hermano y el señor de Acolman. Debía tenerlo a su favor para poder llevar su vida como deseaba. Se sentó en el suelo del embarcadero, con los pies colgando sobre el lago y, como si esto hubiera sido un acto de conciliación, Juan se sentó a su lado.

—Piensas que lo hago para fastidiarte, pero no es así. Santiago, eres lo único que me queda. Perdí a mis tres esposas, a todos mis hijos... La viruela que mandó ese Dios se los llevó, y cumpliré con Él para que no se lleve a nuestro pueblo. No puedes casarte con Ameyali, es una antigua sacerdotisa. ¿Vas a quitarles lo poco que les queda de su antigua vida?

—Está embarazada —aseveró Zolin mientras balanceaba los pies sobre el agua—. Y si después de que nos la lleváramos, la devolvemos embarazada y sin padre, ¿a quién culparán por haber mancillado a una antigua sacerdotisa?

Juan se llevó la mano a la frente y la frotó. Podían rebelarse, dejar de trabajar para no pagar tributo, socavar su autoridad. ¿Cómo le podía vencer algo tan absurdo?

—Te dije que la dejaras, que la respetaras —murmuró.

Zolin miró a su hermano con desprecio; este mantenía la cabeza baja.

—Tú no pensabas respetarla. La usaste para que la gente fuera a la iglesia, luego pretendías darla como concubina, y volvió a Acolman porque seguía siéndote útil.

Juan alzó la mirada desafiante y le reprendió:

—Exacto. Y si tú no hubieras intervenido, ella jamás hubiera sido un problema.

Zolin evitó los ojos de su hermano. No quería volver a enzarzarse en una discusión.

—Ameyali ya no vive en la *calmecac*, ni canta en el templo extranjero. No tiene nada de sacerdotisa. Si se casa y la ven feliz con tal situación, nadie considerará que la han mancillado —aseguró Zolin en tono conciliador—. Será el matrimonio de dos nobles, como en nuestra antigua vida.

Juan escrutó a su hermano, que permanecía en silencio con la mirada en el lago. Aquello podía resultar una solución, pues aunque las doncellas de la *calmecac* no podían casarse después del rito de las marcas, era cierto que la nueva situación jugaba a su favor, prohibidos como estaban los antiguos cultos. El joven matrimonio podía ayudarle a que cualquier cambio se aceptara mejor, pues eran descendientes de las dos familias más importantes de Acolman. Sabía que Zolin era consciente de ello, le ofrecía un trato velado, pero le fastidiaba que no lo hiciera como forma de asumir su responsabilidad ante los problemas que había creado. Sabía que su hermano aprovechaba la oportunidad para conseguir lo que quería. Bien, pues ya haría que se le pasara el capricho llegado el momento, ya que esperaba que Zolin participara de sus alianzas con los cristianos. Y para ello se aseguraría vía libre.

—Por el antiguo rito —accedió al fin Juan—. Que asista el pueblo si queréis, nada de acercaros a la iglesia, y mucho menos os caséis mientras haya frailes cerca.

—¿Tú no vendrás? —preguntó Zolin sonriente tras lograr su propósito.

Juan no contestó.

VII

A su regreso de Tenochtitlán, el barón Guifré de Orís convirtió el patio de su castillo en un jardín que en invierno se teñía de rojo gracias a los frutos del acebo. En el centro, hizo construir una especie de cúpula que llamaba *temazcalli*, que servía para darse baños de vapor y que utilizaba incluso en los días más fríos del año. Desde una de las habitaciones de la casa señorial, Joana la observaba con tristeza. Sus manos, resecas y callosas, permanecían entrelazadas a la altura de su vientre, y sus ojos marrones, marcados por el dolor y los años, permanecían fijos en la entrada de aquel cubículo mientras su mente divagaba. El invierno anterior se llevó a Elisenda, y el final de la primavera le quitó a su hermano. Sólo le quedaban Frederic y Martí, pero este último parecía una figura espectral, y temía que el dolor lo condenara al mismo mal que sumió a su madre en el perpetuo sueño que fue su vida.

El obispo de Barcelona había mantenido una estrecha relación con Amador, pues él y Martí cuidaron de su padre Isaac. El prelado era de las pocas personas que sabía que Martí Alzina era en verdad Martí de Orís y Prades, por lo que alertó a Guifré de la muerte de Amador y Teresa. Por primera vez desde su retorno, el barón salió del castillo y galopó hasta Barcelona. Halló a Martí encerrado en la casa familiar, sin comer, sin hablar. El joven sólo reaccionó cuando, ya en Orís, vio a Joana en el patio entonces en flor. La estrechó con fuerza y por fin pudo dar rienda suelta a sus lágrimas.

De eso hacía meses. Pasaron el verano y el otoño, llegaron las nieves y, aunque Martí ayudaba a Guifré en el jardín y charlaban a menudo, también pasaba cada vez más ratos encerrado en aquella casa del vapor. Según el barón, tenía efectos curativos y aliviaba los males del alma, pero a Joana le dolía ver al muchacho así, pues sabía que Amador y Teresa no lo hubieran querido.

—¿Se ha vuelto a meter en la *temazcalli*? —oyó tras de sí.

La mujer se volvió y vio la imponente figura de Guifré de Orís en el umbral de la puerta. Ella asintió y el hombre avanzó hacia la ventana. Los rizos de su pelo crecían tan desordenados y claros como los de Martí, pero a diferencia del joven, el barón lucía una larga barba encanecida que le recordaba la de un ermitaño. Además, siempre vestía una túnica verde, muy oscura, que le parecía un hábito, aunque, en lugar de crucifijo, él portaba un collar traído de su viaje a aquella tierra lejana. Estaba formado por diminutas cuentas color turquesa, y de él pendía una pequeña ave de oro llamada colibrí.

Guifré se puso al lado de Joana, y cuando miró a través del ventanal, ella reconoció el gesto de preocupación que últimamente asomaba a menudo en su rostro.

—Esto no puede seguir así, pero ¿cómo recriminarle nada? Yo soy el primero que se ha encerrado en este castillo —dijo.

Joana se sintió como una intrusa, pues el barón parecía hablar para sí mismo. Pero entonces él se volvió hacia ella como si esperara una respuesta.

—Usted se ha encerrado, sí, pero después de haber vivido —se atrevió a señalar la mujer—. Martí es joven, y su vida no está en este castillo.

Guifré sonrió, y en su rostro se dibujó aquella expresión afable y segura tan habitual en él. Con las manos a la espalda, se volvió hacia la habitación, en la que sólo quedaba el lecho que ocupó Elisenda durante años. El barón recorrió la estancia de un lado a otro mientras decía:

—No te voy a mentir, Joana. Me gusta tenerlo conmigo. A veces siento que mi vida ha sido un sueño, pero con Martí aquí puedo contarle tantas cosas... Sus preguntas, sus reacciones hacen que todo lo que viví sea real.

Se sentó en la silla, cabizbajo, y Joana se sintió conmovida por aquella confesión, por lo que en un susurro honesto respondió:

—Pero esas historias le alejan de su realidad.

El barón se acarició la larga barba rizada mientras asentía.

—Al principio pensé que le ayudaba, ahora no estoy convencido.

Guifré le dirigió una mirada que parecía implorar consejo y Joana se acercó a él. Puso una mano sobre su hombro y dijo:

—Intente ser su padre.

Desnudo, Martí sentía que el vapor se adhería a su piel y le lamía con aquel aroma a tomillo. Le ayudaba a respirar, a pesar de lo mucho que le dolía aún el pecho cuando en su mente reaparecía la imagen de los cuerpos brutalmente asesinados de sus padres. Él, decapitado en el carro, su cabeza en el suelo; ella, en el margen del camino, desnuda, con el cuerpo abierto y las entrañas esparcidas por la tierra. Los halló él mismo, acompañado por algunos vecinos de la Vila de Dalt, que, alarmados en plena noche por el joven jinete, temieron por las masías que había camino de la colina de Montgat. Al parecer, los piratas habían saqueado una de ellas y, al salir, debieron de encontrarse con Amador y Teresa.

Martí sacudió la cabeza para borrar aquellas imágenes, temeroso de verse sumido de nuevo en aquel estado de melancolía del que hablaba Hipócrates en sus tratados. Ahora, pasado el tiempo, sabía que debió de padecer un exceso de bilis negra, y quizás eliminó parte de ese exceso con las lágrimas que vertió al llegar a Orís, pues el mundo pareció redibujarse a su alrededor en aquel patio florido. Sin embargo, persistió el abatimiento, la tristeza y la desgana por la vida. Como reconocía todos los síntomas de esa melancolía que Hipócrates atribuía a un desequilibrio de los humores, decidió volcarse en su propia cura. Tomó infusiones de romero para despertar su apetito y, siguiendo los consejos de Al-Razi, huyó de la ociosidad ayudando en el jardín y, como recomendaba el sabio musulmán, charló con un hombre de buen juicio, en este caso el mismo Guifré.

Estiró las piernas, miró las yemas arrugadas de sus dedos y pensó que quizá debiera salir, pero estaba tan a gusto allí dentro que decidió tumbarse de costado en la cálida piedra granítica. Nunca había pensado demasiado en el futuro, pero ya nada ocurriría como él imaginara. Aun así, ¿podría hallar la felicidad, como su desconocido padre hizo en Tenochtitlán? Sintió que el miedo recorría su cuerpo. Guifré amó, pero también perdió a sus seres amados y por eso se había encerrado en el castillo. ¿Y si él amaba a alguien y lo perdía como a Amador y Teresa? El joven suspiró con los ojos cerrados y recordó que aquel miedo era otro síntoma de su persistente enfermedad. Hipócrates, Rufo de Éfeso, Galeno... Todos hablaban del miedo que esconde la melancolía.

—¿Martí? —El joven se incorporó al oír la voz de Guifré—. Anda sal, cenemos antes del anochecer. El cielo está despejado y podremos mirar las estrellas.

El joven sonrió. Si el futuro imaginado no iba a ocurrir, ¿por qué no quedarse para siempre en el castillo? Allí se sentía protegido. Podía recuperar los libros escondidos en la calle del Call, dedicarse al estudio y ayudar a Guifré a escribir todas sus historias sobre aquellos fascinantes mexicas, a la vez que aprendía algo más de su idioma.

Un viento de levante se escurría por las callejuelas de Barcelona, y Alfons Mascó se cubrió con su casaca al salir de la mancebía de Viladalls. Las campanas del *seny del lladre*, que anunciaban el cierre de las puertas de la ciudad, resonaban con insistencia, y el joven apuró el paso por la calle Rauric, a pesar de que la humedad invernal le provocaba un agudo dolor en su malograda rodilla derecha. Pero ello no desdibujaba la sonrisa que se imponía en su rostro, cuyo mentón cuadrado, perfectamente simétrico, realzaba su siempre recortada barba. La frente amplia y franca quedaba descubierta por el cabello castaño cuidadosamente recogido tras la nuca, y daba luz a sus finas cejas, que permanecían arqueadas sobre unos ojos oscuros que eran el reflejo de la satisfacción. Su ostensible cojera hacía que el saquillo al cinto de su exquisito jubón tintineara repleto de monedas. Había tenido una gran noche con los naipes, y al pasar por la mancebía para celebrar sus éxitos con el juego, había salido con el saquillo intacto, pues el dueño, además de ser caballero de una de las mejores familias de Barcelona, era uno de los clientes de su padre que trataba directamente con Alfons, y había dado orden de que jamás se le cobraran los servicios.

El señor Mascó era un próspero comerciante que ganaba suficiente como para ejercer de prestamista. Pero Alfons aún recordaba cuando su padre era un humilde tendero dedicado a la venta de especias. Gracias a sus servicios como familiar de la Inquisición, se encargó de un caso contra un prestamista que, aunque aparentemente converso, mantenía sus raíces judías. El señor Mascó se las apañó para ganarse su confianza y luego le advirtió de que la Inquisición iba tras él. Entonces convinieron en que le traspasara parte del negocio para proteger una porción de sus bienes en caso de que le detuvieran, ya que esto implicaba que se los requisarían. El desdichado ignoraba que el tendero, a la vez, era el familiar que se había dedicado a obtener las pruebas que aseguraran su condena a muerte. Tras la misma, el señor Mascó hizo aflorar el dinero despacio, para no llamar la atención, de modo que todo el mundo creyera que su buenaventura se debía al floreciente comercio de especias en el que, después de todo, siempre había trabajado. Y gracias a que seguía ejerciendo de familiar cada vez que se le requería, la Iglesia no le molestaba en su ejercicio como prestamista, actividad que habitualmente reprobaba.

Al atravesar la calle de la Boquería, el viento de mar menguó para arreciar de nuevo en cuanto retomó la calle Rauric, convertida en un estrecho pasillo de casas amontonadas. Aunque Alfons había ganado dinero suficiente aquella noche para devolver lo que había desviado de la caja de su padre sin que este percibiera la falta, de pronto pensó en darse unos días más y aprovechar así la buena racha con los naipes. Al fin y al cabo, consideraba que era su padre quien le obligaba a tomar aquel tipo de medidas.

A pesar de su privilegiada posición, que como prestamista dejaba en sus manos a algunas de las familias más importantes de la ciudad, Alfons consideraba que su padre seguía pensando como un tendero avaricioso. Le interesaba el dinero rápido y directo, y era incapaz de ampliar sus miras, incapaz de ver que podrían dar una nueva dimensión al negocio si ingresaban dentro del grupo de *ciutadans honrats*, de entre los cuales salían por sorteo los miembros del *Consell de Cent* que gobernaban la ciudad.

Alfons era consciente de que si su padre le había puesto al frente de parte de sus negocios como prestamista no era porque confiara en la visión de su hijo, sino para que se ganase una reputación propia que le facilitara el matrimonio con alguna rica *pubilla* de mercader, a fin de ampliar así su fortuna. Pero él tenía sus propios planes, pues su objetivo era casarse con alguna hija de una familia noble empobrecida que le facilitara la posición de *ciutadà honrat*. Y precisamente aprovechaba el trabajo que le había asignado su padre para granjearse las simpatías entre aquellas familias que le interesaban. Siempre encantador y de modales refinados, se mostraba indulgente con retrasos en los pagos cuando así le convenía, aunque ello le llevara a emplear métodos agresivos con otros para compensar los cobros y disfrazar los desvíos de caja que financiaban su afición al juego. Gracias a este, cuando la suerte estaba de su lado, podía hacerse con un dinero, que le sería muy útil cuando llegara el momento de tomar sus propias decisiones.

Ya al final de la calle Rauric, un adoquín suelto le hizo trastabillar y un agudo dolor se expandió desde su rodilla inútil, haciéndole gemir. Cuando pudo reanudar la marcha, se recordó que no tendría que hacer aquellos equilibrios con las cuentas de su padre si Martí Alzina no le hubiera dejado cojo en la infancia. Gracias a la posición acaudalada del señor Mascó, Alfons podría haber comprado una carrera en el ejército que le convirtiera en caballero para así conseguir por sí mismo ser un miembro del Consell de Cent. Pero su cojera se lo impedía, pues ni siquiera era capaz de montar a caballo con normalidad al no poder doblar la rodilla sobre el estribo.

Al entrar en la placeta del Pi, sonrió con amargura al pensar en las ironías del destino, pues Martí Alzina, hijo de un pobre bachiller médico y de una partera de oscuras prácticas, sí que iba camino de convertirse en *gaudint*, ya que todos los doctores lo eran y pasaban a formar parte del grupo de *ciutadans honrats*. Simplemente era cuestión de que completara los requisitos. Se detuvo ante la fachada de la casa de los Alzina, donde el viento golpeaba sobre una contraventana suelta del primer piso, anunciando lo que empezaba a ser una situación de abandono desde la repentina marcha de su último ocupante. Debería darse por vengado tras la terrible muerte de los padres de Martí, pero ello quizás había sido otro golpe de suerte para el joven médico, pues había truncado los planes de Alfons. No cayó en su primera trampa, tampoco lo esperaba. Pero su precipitada ausencia de la ciudad había bloqueado el plan pactado con el doctor Funés. Este era primo del calificador del tribunal de la

Inquisición de Barcelona y se había granjeado su confianza en la mancebía, donde le había pagado numerosas jarras de vino para luego, en un ambiente de ebria camaradería, ir induciéndole a sospechar de Martí Alzina y de sus prácticas en relación con la medicina. No tenía pruebas, pero no dudaba de ello. El doctor Funés entonces prestó especial atención a la sapiencia del joven médico y tuvo la certeza de que los conocimientos del bachiller Martí Alzina no sólo sobrepasaban lo que el Estudio proponía, sino también lo que la doctrina de la Iglesia aceptaba. Y concluyó que sólo podía haberlos obtenido de libros prohibidos. Esta perspectiva era mejor de lo que esperaba Alfons y por ello urdió un acercamiento entre el doctor y el bachiller para averiguar cuál era la fuente de su sabiduría. Sabía que si Funés seguía tirando del hilo, Martí se delataría por sí solo, igual que delató sus oscuros conocimientos cuando lo dejó cojo.

De pronto, un golpe de viento espoleó la contraventana suelta y, cuando se oyó cómo parte del cristal se hacía añicos, Alfons se dio un golpe en la frente y pensó que no debía desperdiciar más tiempo.

A pesar de la caída de la noche, una acogedora luz recorría los pasillos del castillo de Orís. El tapiz con la escena de Ulises siempre permanecía iluminado por un candelero y sus colores daban calidez al pasillo. Vestido con una gruesa túnica de lana, Martí lo dejó atrás y pasó por delante del estudio vacío de Guifré. La mesa de nogal apenas dejaba ver su trama de incrustaciones de hueso, pues estaba llena de pergaminos, muchos de ellos con los símbolos que constituían la escritura del pueblo mexica. Al fondo, en la pared, colgado cual tapiz, había colocado un manto que los hombres de aquel lejano pueblo utilizaban como capa. Estaba elaborado con fino algodón, y Guifré decía que las caracolas que lo poblaban simbolizaban al dios Quetzalcóatl. Martí no pudo evitar una sonrisa amarga al dejar atrás el estudio, pues como él hacía con los libros que rescató con Isaac, el barón se veía obligado a esconder de la Iglesia sus conocimientos.

El joven bajó las escaleras, de pronto consciente de que siempre creció bajo la alargada sombra de la Inquisición. No era sólo por los libros secretos de Isaac ni por sus conocimientos. Desde que tenía uso de razón, Amador y Teresa le habían enseñado que debía ocultar su capacidad de aprender. Ya de niño, intentaba curar animales heridos, y cuando no sabía por qué perecían, los abría en canal para descubrir cómo funcionaban sus cuerpos. «Se puede entender como brujería. Y ya sólo nos faltaba eso, Amador. Como lo averigüen...», oyó decir a su madre con angustia. Pero cuando Martí contaba apenas con nueve años, mayor temor despertó en ella su capacidad para, observados los síntomas más visibles, diagnosticar una enfermedad sin haber tocado siquiera al paciente.

—Es demasiado listo, y eso le pone en peligro. Donde no llega la comprensión de la mayoría, empieza la brujería —se lamentó su madre.

—Pues entonces le enseñaremos a parecer como la mayoría —repuso él.

Por primera vez en muchos meses, el recuerdo de sus padres no le pareció un aterrador fantasma ni una daga lanzada desde su memoria al corazón. Al llegar a la planta baja del castillo de Orís, las voces de Amador y Teresa resonaban en su mente como si estuvieran presentes, como si jamás le fueran a abandonar a pesar de su ausencia, y esto le reconfortaba. Giró a la derecha hacia el comedor, y el aroma del cordero asado le despertó el apetito sin necesidad de tomar la tisana de romero. Sin embargo, al entrar, la enorme mesa ribeteada de boj estaba vacía. Al lado de la lumbre, Guifré permanecía sentado en el suelo, sobre una estera multicolor.

—Ven, Martí, siéntate aquí —le invitó mientras señalaba una estera frente a él, que dejaba la cena entre ambos—. He pasado demasiado tiempo comiendo en el suelo para acostumbrarme de nuevo a la mesa.

Martí sonrió, pues sabía que aquella era una de las manías de Guifré que hacían pensar a la gente que estaba algo loco tras su viaje. Pero al joven le agradaba aquello que para otros eran excentricidades, y se sentó frente a su padre, que ya tomaba una especie de tierna tortita. Sobre ella dispuso cordero y algo de cebolla con repollo, y luego la enrolló. Entonces le dio un bocado y la saboreó gozoso.

—¿Sabes de lo que más me arrepiento? —dijo pensativo—: De no haber traído semillas, sobre todo de *tomatl*. ¡Qué buenas salsas haríamos ahora!

Martí sonrió, imitó los gestos de Guifré y la cena discurrió con una animada charla sobre las comidas mexicas. Al acabar, el barón de Orís se quedó mirando los restos de la cena, de pronto lejano, sumergido en la añoranza.

—¿Qué es lo que más echas de menos? —le preguntó Martí.

Guifré se atusó la barba y respondió:

—Creo que las pequeñas cosas: el gorgojeo de las aves, la música de las caracolas al anochecer, los olores...

—¿Y a ella, a Izel no la añoras?

El barón suspiró y lo miró con sus profundos ojos castaños, pero Martí no distinguió rastro alguno de melancolía, sino de serenidad.

—A ella la tuve en otra vida que no es esta, Martí. Y para serte sincero, añoro toda esa vida, pero ya no existe. Reconstruyo retazos, como esta comida —Guifré sonrió—, porque forman parte de mí. Pero sé que no volverá.

—¿Y no te duele?

—Al principio, supongo. Mira, igual te parece drástico, pero perdí porque tuve. Y más que amargarme porque ya no volverá aquella vida, agradezco haberla podido vivir. Mi manera de agradecerlo es disfrutar de esta otra vida. Izel no me perdonaría si fuera de otra forma, se lo debo, y así, a su vez, me acompaña. ¿Lo comprendes, Martí?

El joven asintió, con la mirada perdida en la chimenea. No creía que sus padres le perdonaran quedarse encerrado en el castillo como un ermitaño. A su vez, temía salir y empezar a vivir sin ellos, pues a diferencia de lo que le había pasado a Guifré, Barcelona, el Estudio..., casi todos los elementos de su vida pasada existían. Por ello, aquellas palabras le parecieron más una bella filosofía que una realidad.

—Pero es como si hubieras creado esa nueva vida que dices para que se nutra del recuerdo —aseveró.

El barón lo miró con sus afables ojos color miel mientras respondía:

—Tú me animaste a escribir unas crónicas. ¿No te gusta lo que has leído?

—Sí, pero... Estás encerrado como si no quisieras que entraran otros sentimientos en tu vida.

—Eso es imposible, Martí. —Guifré se acercó a su hijo y se sentó a su lado, dejando que sus hombros se tocaran. Entonces, casi susurró—: No puedes evitar nuevos sentimientos; por mucho que te encierres, entran.

El joven lo miró, y por primera vez vio que ese hombre era su padre. Entendió que él era la fuente de aquellos nuevos sentimientos, producto de su renuncia, pues Guifré se conformó con ejercer de amigo con tal de tener algo de su hijo. Y con ello brindó a Amador y a Teresa todo su agradecimiento como padre.

—Sabes que no puedes quedarte aquí —le dijo con la voz quebrada.

Martí asintió y, conmovido por la generosidad de Guifré de Orís, lo abrazó por primera vez en su vida.

VIII

Hacía mucho que la comida había dejado de darme náuseas, pero el bebé siempre se agitaba cuando Yaretzi asaba carne de perro en el hogar principal. Yo permanecía sentada en una estera, con la mirada fija en la mujer, que preparaba unas tortillas mientras el guiso de carne chisporroteaba al fuego. La estancia en que Zolin y yo dormíamos y aquella eran las únicas donde había esteras. El resto de habitaciones de aquel palacio de estilo castellano estaba poblado de mesas y sillas que Juan había hecho construir. Además, había muchas, demasiadas de aquellas chimeneas, pero para mí el hogar principal era aquel frente al que Zolin y yo nos casamos, hacía ya casi ocho meses.

Durante la boda, las ausencias se convirtieron en un invitado más. A falta de nuestras madres, Yaretzi y una tía del novio fueron quienes nos entregaron los trajes, mientras mis ojos no podían apartarse de los de Zolin, ardientes por el reflejo de la hoguera que iluminaba aquella unión. La superviviente más anciana de Acolman, una de las antiguas esposas de un tío mío, ejerció de *cihuatlanque* para unir su capa y mi blusa, con lo que nos convirtió en esposos. Luego compartimos nuestros tamales, rellenos de carne de perro, mientras algunos invitados, pocos para la posición social que ocuparan nuestras familias, bailaban y danzaban a nuestras espaldas. No quisimos llamar la atención, por lo que el primer banquete fue discreto.

A pesar de ello, todo el pueblo lo sabía, y parecía entender la situación. Durante los cuatro días de ayuno ritual que siguieron, siempre que salíamos del cuarto para hacer las ofrendas de incienso ante el altar familiar, lo hallábamos rodeado de las flores que, según nos contó después Yaretzi, aparecían cada día en las puertas del palacio. Era como si, a pesar de que la situación imponía silencio, quisieran dar la bienvenida a aquel matrimonio. Cuando por fin salimos al quinto día, una *temazcalli* se había erigido en el huerto trasero de aquel palacio castellano y supe, por el olor del epazote, que la había preparado Yaretzi, pensando también en mi embarazo. Sin embargo, no nos recibió ningún sacerdote para bendecirnos, y a pesar de que la ceremonia me había reconciliado con mis dioses, también me recordó todas las pérdidas que habíamos padecido, y por primera vez las reviví con más tristeza que amargura. Tampoco pudimos celebrar el segundo banquete, pues un mensajero vino para anunciar que fray Rodrigo estaba en la iglesia. Ya no como sacristán, pero sí como el más alto cargo de la ciudad, Zolin tuvo que salir apresuradamente a recibirlo. Al rato nos llamaron a misa, pero aquel día fui consciente de que mis vecinos, otrora súbditos de mi padre, no fueron ni a oír al cura ni a oírme cantar, sino que las miradas de soslayo y las sonrisas convirtieron su presencia en el segundo banquete que debía dar por acabado el ritual de mi boda, y por primera vez dentro de uno de aquellos templos extranjeros me sentí acogida y amada como en mi antigua vida de sacerdotisa.

Yaretzi tomó la masa de maíz y la aplastó con las manos para dar forma a la tortilla mientras mi vientre volvía a agitarse y me arrancaba una sonrisa.

—¡Qué bien huele! —se oyó decir a Zolin.

—Lo he guisado sin chili. A Ameyali no le sienta bien —comentó la mujer.

—A mí sí, es al bebé a quien no le gusta —indiqué acariciando mi vientre.

Zolin se sentó tras de mí, con sus piernas abrazó las mías y con sus manos mi crecida barriga. A través de mi blusa sentí su torso desnudo y supe que vestía el *maxtlatl*, aunque por la mañana saliera de casa con la túnica.

—¿Ya se ha ido fray Rodrigo? —pregunté.

—Sí, está de ronda por las aldeas —murmuró tan cerca de mí que noté su cálido aliento en mi cuello—. ¿Sabes? Después de los sermones que fray Antonio me dio en Tenochtitlán sobre el gran pecado que era lo nuestro y lo malísima y pecadora que eras, jamás creí que lo echaría de menos.

—¿Y a qué viene eso ahora?

—Me aburro con este franciscano. Fray Antonio era pesado, pero también ingenioso, y encima... —Sacudió la cabeza con desasosiego—. Es igual.

—¿Qué te preocupa? —pregunté volviéndome hacia él mientras el niño se mostraba más inquieto de lo habitual.

—¡Anda! Se ha movido, y mucho —exclamó Zolin como única respuesta, y añadió con una sonrisa—: ¿No te duele?

Como si quisiera responder a su padre, el pequeño se agitó de tal forma que un intenso dolor me arrancó un grito. Asustado, Zolin separó sus manos de mi vientre contraído, aunque mantuvo su torso contra mi espalda.

—¿Pasa algo malo? —preguntó mirando a Yaretzi.

Un líquido brotó de entre mis piernas y mojó las suyas. En un acto instintivo, él se incorporó y quedé en el suelo tendida, apoyada en un codo, mientras con la otra mano me sujetaba el vientre palpitante.

—No pasa nada, es natural. Ya viene —respondió ella.

Su voz rota me sosegó, aunque no pude evitar otro gemido.

—¡Pero no toca! —gritó asustado Zolin.

—Nosotros no determinamos cuándo toca —señaló la anciana—. Haz llamar a Itzmin para que traiga mi bolsa de hierbas, y dejemos hacer a los dioses.

La espada repicaba en el cinto al compás del sonido de las botas sobre la calzada. El caminar de Andrés de Tapia era enérgico, y sus amplias espaldas le daban un porte orgulloso. El sol brillaba con dureza, y se protegía la cabeza con un sombrero de ala ancha adornado con una pluma de quetzal obtenida de un tocado del difunto Mutezuma; siempre se lo ponía cuando se dirigía a aquel palacio, el mayor de México, ubicado donde antes se erigiera el del rey indio. Andrés de Tapia aún recordaba cómo, por aquella misma calle, Cortés había exhibido al monarca mexica prisionero como un monigote ante su pueblo. Sabía que gracias a esas maniobras intimidatorias y a su inteligente uso de la generosidad aún ahora los caciques indios lo respetaban, pero Andrés no podía evitar una punzada de añoranza por los viejos tiempos, cuando su liderazgo fue indiscutible.

Una pareja de ruidosos quetzales se posaron sobre una cornisa, miraron la calle durante un instante, alzaron el vuelo y se perdieron tras la muralla del palacio de Pedro Solís. Andrés de Tapia apretó los dientes mientras el tintineo de su espada parecía dominar el ritmo de sus pensamientos. «¿Por qué tenemos que aguantar ahora el gobierno de un recién llegado como Estrada? ¡Él no luchó! No lo merece», se decía indignado. Cortés ya hacía tiempo que no ocupaba cargo alguno, y a Tapia aún le costaba entender por qué no dio el golpe definitivo en su momento. Un año antes, cuando Estrada y Marcos de Aguilar se hicieron con el puesto compartido de gobernador, Cortés organizó una cabalgata con los caciques y sus aliados castellanos para mostrarles que, aun sin cargos, tenía poder. Entonces pudo acabar con ellos, cobardemente refugiados en sus palacios. Pero no lo hizo, entregó las armas, y ahora a Tapia le parecía que cada vez se podían fiar de menos castellanos, incluido el propio Sandoval, antiguo lugarteniente de Cortés y, antes, su seguro aliado. Lo más doloroso para el antiguo capitán, sin embargo, era que, prefiriendo en el gobierno a quienes no lucharon, el rey se mostraba desagradecido. «¿Por qué guardarle lealtad?», se preguntaba con amargura.

Andrés de Tapia sacudió la cabeza en un intento de espantar aquellos pensamientos. Por la puerta principal del palacio de Solís vio salir a su antiguo compañero de armas a lomos de una magnífica yegua baya. Lo saludó con una ligera inclinación, más por las batallas compartidas en el pasado que por su posición en tiempos de paz, siempre del lado de Alonso de Estrada. El caballero castellano le devolvió el saludo cuando el precipitado sonido de unos cascos impulsó a Tapia a apartarse y a pegar su espalda contra la pared. Por la puerta del patio, en un trote forzado, salía otro jinete a lomos de un viejo caballo pardo que daba bandadas con las patas traseras. El caballero, más tieso que un espantapájaros, apenas consiguió controlar al corcel cuando pasó por delante de él, siguiendo a Solís. Andrés de Tapia arqueó una ceja al reconocer al cacique indio que montaba y enfiló la calzada hacia el palacio de Hernán Cortés. «¿Adónde vamos a llegar?», se preguntó. ¿Acaso ahora Solís quería imitar al caudillo, haciéndose acompañar por indios a caballo? El capitán general lo hizo al poco de caer México como estrategia para mantener tranquilos a los vencidos, pero ¿qué pretendía Pedro Solís con aquello?

Entró con resignación en el patio de armas del palacio. El mayordomo salió a su encuentro, vestido con una pulcra túnica azul ribeteada con hilos plateados que muy pocos podían permitirse en aquella ciudad. Saludó con una reverencia y le invitó a seguirle escaleras arriba.

—El señor Cortés le aguarda, y espera comparta su almuerzo con él —le dijo al llegar al soportal del segundo piso.

Avanzaron entre las arcadas, apoyadas en columnas de parcos capiteles sobre los que faltaba la labor de un escultor. Sin embargo, a Andrés de Tapia le gustaba la solidez de aquella construcción, y le parecía formidable que la tarea hubiera sido dirigida por un indio, precisamente el mismo que había visto a lomos del viejo caballo.

El mayordomo se detuvo delante de una robusta puerta de madera. Sin llamar, la abrió y anunció a don Andrés de Tapia. Luego se volvió hacia él y le invitó a pasar con una reverencia muda pero teatral, muy del gusto ampuloso con que don Hernán regalaba a sus amigos.

La estancia estaba dominada por una enorme mesa de caoba cubana cuyo exquisito pulido lucía con los rayos del sol que se colaban por el ventanal. Cortés abandonó los rollos de pergamino sobre ella y dejó la pluma en el tintero mientras Andrés de Tapia se quitaba el sombrero y se inclinaba en una reverencia.

—Mi señor...

—Querido Andrés, no hace falta que seas tan formal, hombre.

—Me cuesta acostumbrarme a tanta familiaridad, mi señor —respondió Tapia mientras se erguía.

Vio que su anfitrión se había puesto en pie y se dirigía hacia él con los brazos abiertos. Ya recuperado después de las penurias pasadas en la malograda expedición a Las Hibueras. No obstante, las canas que habían aparecido en su cabellera rojiza aumentaban, y a Tapia le parecía que la viveza de sus ojos saltones se apagaba presa de cierto cansancio, no sabía si producido por el paso de los años o por las luchas a las que se veía enfrentado para que sus méritos fueran reconocidos. Al llegar a su altura, le dio una amistosa palmada en la espalda a la vez que mostraba una amplia sonrisa.

—Te has ganado mi confianza y es a mí a quien le cuesta acostumbrarse a un trato formal. En esta sala, ante todo somos amigos. Anda, siéntate —dijo señalando una butaca.

Esta estaba confeccionada de la misma madera que la mesa, y tal era la sutil belleza de sus vetas que Cortés la mantenía sin tapizar. Tapia se sentó, con el sombrero sobre su regazo, mientras su anfitrión tomaba asiento frente a él.

—¿Y bien? —preguntó el caudillo—. ¿Cuáles son tus motivos para desconfiar de Sandoval? Tu mensaje me dejó muy intrigado.

Andrés suspiró, de pronto nervioso. Tras la muerte de Marcos de Aguilar, el siempre leal Sandoval gobernaba con Alonso de Estrada en una especie de acuerdo entre los partidarios acérrimos del caudillo y los poderes reales que siempre le regateaban méritos y derechos de conquista. Pero temía que Sandoval quisiera acercar posturas a Estrada traicionando a Cortés.

—Deberías de haber gobernado tú directamente, aún no entiendo por qué rehusaste —se lamentó Andrés de pronto, como si sus pensamientos se hubieran escapado por su boca.

Cortés sonrió.

—¿Con Estrada? ¿Crees que después de todo lo que hemos pasado en estas tierras merezco compartir gobierno?

—No, claro que no —respondió Tapia acariciando la pluma de quetzal de su sombrero—. Siempre he sido partidario de que te deshicieras de Estrada.

—No me convienen más habladurías —suspiró Cortés con resignación—. Todo el mundo cree que hice envenenar al juez Ponce de León, por ello incluso aprovechan para extender rumores acerca de mi implicación en la muerte de Aguilar, aunque ni siquiera pisó mi casa antes de caer enfermo.

Andrés de Tapia asintió, pensativo. Aquellos rumores ya hacía meses que se habían extinguido, sin embargo, sentía que quien los propagara se había salido con la suya. Creía firmemente que surgieron para evitar que Cortés recuperara el cargo de gobernador, aunque fuera compartido con Estrada, pues si hubiera aceptado el puesto que dejaba vacante Aguilar, mayor fuerza habrían cobrado los rumores de asesinato.

—Tú eras partidario de que Sandoval entrara a gobernar para controlar a Estrada —dijo Cortés interrumpiendo sus pensamientos—. Ha sido mi mano derecha desde la *Noche Triste* que seguro recuerdas. ¿A qué viene ahora este ánimo sombrío, Andrés?

El caballero se llevó la mano al pelo recogido tras la nuca y miró al capitán general, quien, cómodamente recostado en el respaldo de su butaca, lo observaba con semblante inquisitivo.

—Supongo que tonterías, más habladurías. Se comenta que Sandoval quiere casar a Estrada con una de sus hijas —dijo Tapia al fin.

Cortés esbozó una sonrisa.

—¿Temes una traición? —preguntó.

Andrés de Tapia se dio cuenta de que no le había dicho nada nuevo.

—Mira, Estrada no me odia, sólo me teme —añadió Hernán Cortés con expresión divertida—. Bueno, teme que traicione al rey, cosa harto absurda, porque ya podría haberlo hecho.

—De modo que tú has ideado esa propuesta de matrimonio para aproximarte a Estrada —comprendió Tapia.

—De forma indirecta, para que no se espante más, y quizá sí, ¿por qué no?, disfrazada de traición. —Se incorporó, se aproximó al fiel caballero y añadió en tono confidente—: Espero tu discreción al respecto.

—Por supuesto —sonrió Tapia con alivio. Y se recostó sobre el respaldo de su butaca a la vez que su anfitrión hacía lo mismo—. Menos mal que se puede seguir confiando en alguien. Desde que acabamos la guerra, siento que la codicia es el alma de la traición. Todos quieren más encomiendas, más oro, y no dudan en olvidar quién nos trajo aquí y nos hizo victoriosos.

—¿Lo dices por alguien en concreto? —sonrió Cortés, a quien se le ocurría una lista interminable de nombres.

—Pedro Solís, por ejemplo. Acabo de verlo salir de su palacio. ¿Hubiera soñado con algo así en su tierra natal? No, pero no se siente satisfecho.

—Pedro no es un traidor. Nunca ha ocultado su antipatía por mí.

Andrés de Tapia frunció el ceño.

—Ya, pues lo acabo de ver haciéndose seguir por ese cacique indio, Juan de Acolman, creo que lo llaman. ¡Le está enseñando a montar!

—Es mi encomendado —murmuró Cortés pensativo.

—Pues no es la primera vez que lo veo en su compañía.

Cortés arrugó la nariz en un gesto de disgusto, mientras se preguntaba si era Pedro el que tramaba algo o Juan. De pronto, el picaporte de la puerta sonó en un crujido lento y el mayordomo apareció en el umbral.

—El almuerzo está listo —anunció.

El caudillo se puso en pie, con la sonrisa de nuevo en su rostro.

—Vamos, Andrés —le dijo a su amigo—. Estate tranquilo. Que Pedro le enseñe a montar y se deje adular o lo que sea. Al final, no hay cacique indio en estas tierras que no sepa quién es el señor de los castellanos.

Y salió de la sala mientras a Tapia de pronto se le ocurrió que el tono de Cortés había sonado como un intento de convencerse a sí mismo.

Fue un niño arrugado que salió de mi vientre gritando y pataleando airado. Nació delante del hogar donde su padre y yo nos casáramos, y como experimentada partera, Yaretzi cortó el cordón que nos unía mientras le susurraba palabras de bienvenida. Era un discurso casi ritual, que le advertía de la ventura variable de este mundo, pero en aquel momento en que el agotamiento se apoderaba de mi cuerpo lo consideré un vaticinio de la incerteza de nuestras existencias, que ya no nos permitían ni imaginar con qué cosas podría soñar, cómo viviría o cómo podía convertirse en hombre de bien.

Pero a pesar de que nuestro mundo se había hundido, mantuvimos la tradición, y mientras lo lavaba, Yaretzi entonó las oraciones a Chachiuhtlicue, diosa del agua, para que se llevara toda la suciedad que había en él. Me reconfortó su voz rota, tanto como a mi pequeño, y cuando por fin lo tuve entre mis brazos, pude ver el fuerte mentón de Zolin en su rostro, dominado por unos ojos ávidos, de largas pestañas.

—Tiene tu mirada —me dijo Yaretzi entre silenciosas lágrimas—. Es precioso, como tú cuando viniste al mundo.

Entonces me dio un cuenco con pulque para fortalecer mi leche, me acarició el cabello y salió de la estancia, dejándonos solos. En ese momento, desde mi bajo vientre hasta el pecho, me recorrió un ardor que prendió en mí un miedo nuevo, muy diferente a los padecidos antes. Era íntimo y persistente, como si una sombra me tomara en un abrazo por la espalda y dejara ir su hálito en mi cuello. Supe que aquel temor jamás me abandonaría, pero al sentir la piel de mi pequeño buscando mi seno, di gracias por ello.

Zolin entró en la estancia y recibió a su hijo vestido con varios mantos y un imponente tocado de plumas azules y amarillas. Su porte regio me intimidó al pensar en los anhelos de un padre orgulloso para con su heredero. Lo miraba con un brillo en sus ojos desconocido para mí, como si surgiera de una parte remota de su ser a la que yo no había tenido acceso, y temí que lo rechazara por si había nacido en día nefasto. La tradición mandaba que Zolin hiciera llamar a un *tonalpouhqui* que consultara en los escritos sagrados el signo de nuestro hijo. Así sabríamos, según las estrellas, si había nacido en día propicio, y si sería guerrero, poeta, rico, pobre... Pero en Acolman ya no quedaba ninguno de aquellos sacerdotes, y aunque pudiera haber alguno en Texcoco, debía de estar escondido por miedo a los frailes. Así que no sabríamos el signo que le daba el cielo, y sin él, nada de su carácter o su destino. Zolin se acuclilló a nuestro lado y lo tomó entre sus brazos temblorosos. Lejos de que su gesto ahuyentara mis temores, sentí que estos se agitaban cuando lo vi acunar a nuestro hijo con la boca contraída en una mueca que me pareció de dolor.

—¿Cómo haremos para ponerle nombre? Ni siquiera sabemos si podemos llevar a cabo la ceremonia mañana mismo o es mejor esperar los cuatro días —comenté angustiada.

Entonces su mentón se relajó y dibujó una enorme sonrisa.

—Hemos dejado obrar a los dioses, como dijo Yaretzi, y el niño ha nacido fuerte y sano, así que debe de ser un día propicio, ¿no crees?

Mientras sostenía al pequeño con uno de sus poderosos brazos, extendió el otro y me acarició la mejilla. Entonces me permití sonreír aliviada, aunque una inquietud persistía en mi interior y pregunté con un hilo de voz:

—¿Y cómo haremos la ceremonia para darle nombre?

—Como siempre. No necesitamos sacerdotes para ello, sólo a la partera, y estará encantada. La única diferencia es que tú y yo escogeremos el nombre.

—Huemac... —murmuré.

—¡Me gusta! —exclamó él mientras dirigía una mirada a su hijo.

La voz rota de Yaretzi nos interrumpió desde el umbral de la puerta:

—Disculpad, es que Itzmin quiere darle la bienvenida, y el patio se está llenando de... Bueno, creo que Itzmin es el más anciano, pero muchos quieren honraros.

Zolin hinchó el pecho con orgullo y toda zozobra desapareció de mi interior. Huemac no sabría su signo, ni si había nacido en día nefasto, pero debía de ser buena señal que todos lo recibieran según la antigua usanza, como si aquel fuera el día más propicio que pudiera anunciar el cielo.

Una mesa pegada a la pared amueblaba el dormitorio de Juan. Sentado junto a ella en una silla de tijera, el cacique de Acolman leyó el mensaje con fastidio. Durante aquellos meses albergó la esperanza de que la sacerdotisa tuviera una niña, pero no, ella le había dado a su hermano un hijo, motivo de orgullo, pues con él Santiago podía sentir que había renacido como hombre. Conteniendo su rabia, Juan arrugó el mensaje que se lo anunciaba. Incluso le explicaba que había cumplido con el rito de las cuatro aguas, tras el cual el pequeño era conocido por todas las aldeas de Acolman como Huemac. ¡Había celebrado la ceremonia antigua, y delante de todos! Sacudió la cabeza mientras estrujaba el *amatl*. Tenían que cambiar o aquel nuevo mundo se los comería. Pero esa mujer y ahora ese niño mantenían atrapado a Santiago en una vida tan imposible como inútil. ¿Acaso quería convertirse en un criador de puercos? Juan soltó el *amatl* y lo alisó cuanto pudo. Pensativo, lo acercó a la llama de la vela y dejó que prendiera. Ahora todo dependía de él, y no dejaría que aquella mujer arruinara la vida de su hermano.

IX

La luz rosada del crepúsculo invernal asomaba por los ventanales apuntados del amplio salón y el mayordomo ordenó a los sirvientes que encendieran los candeleros antes de que cayera la noche. Las fuentes de comida estaban repletas de uvas, aceitunas, queso y longaniza, y no faltaba el vino. La música del laúd y la flauta acompañaba las charlas de los invitados a aquella celebración, todos hombres, vestidos con elegantes túnicas oscuras. Ni el dueño del palacio, el doctor Oriol, había organizado jamás festejos con tanto dispendio, pero era obvio que su protegido debía de haber heredado más de lo que se presuponía al hijo de un bachiller médico. Con aquella última fiesta, Martí Alzina ya era doctor, pues había pagado todas las propinas, ceremonias y celebraciones pertinentes para ello, tras aprobar sin problemas su licenciatura, que también le costó su buen dinero. Sin embargo, ninguno de los invitados parecía preguntarse sobre la procedencia de aquella fortuna.

Catedráticos, bedeles, doctores agregados y todas las máximas autoridades del Estudio de Medicina estaban presentes, además de algunos miembros del Consell de Cent, encargado de gobernar la ciudad. Pero aquel día, las conversaciones académicas habían perdido protagonismo a favor de las últimas noticias políticas llegadas a la ciudad, y Martí escuchaba estoicamente, pues ahora, como *gaudint*, formaba parte del grupo de *ciutadans honrats*, que podía ser elegido por sorteo como *conseller* de la ciudad.

—Entonces, ¿las tropas de su majestad se están concentrando en Piacenza? —preguntó el doctor Funés, con aire sorprendido.

—No sé si es ahí en concreto, pero me han confirmado que se agrupan en el norte de Italia. El Papa ha roto el tratado que negoció con Hug de Montcada, quien ahora está entre los generales del ejército imperial —respondió don Raimon, el *conseller* tercero.

Este, como *ciutadà honrat*, contaba con los privilegios de un caballero y quedaba por tanto dentro del estamento militar, aunque jamás había tocado una espada. Aun así, sus gestos eran enérgicos, y resultaba difícil saber si sus flácidas facciones estaban enrojecidas por el vino o por la fascinación que siempre le despertaban las noticias sobre la guerra, ya fuera contra Francia o contra el turco. A su lado, don Onofre, quien sí fuera capitán de los ejércitos del difunto rey don Fernando, alzó la mano y exclamó triunfal:

—¡Pues a mí me parece bien! Ya es hora de que don Carlos dé un golpe de autoridad. El rey de Francia no ha tenido ningún problema en romper la promesa que hizo cuando su majestad le liberó tras caer prisionero en Pavía. ¡Y encima, el papa Clemente se alía con él! Esto es una ofensa demasiado grande.

Hombre menudo, de tez cetrina y prominentes pómulos, el doctor Oriol sacudió su cabellera gris e intervino con ese aire conciliador que siempre le acompañaba:

—Cierto, pero don Carlos tiene como prisioneros a los hijos del rey francés. No creo que sea necesario volver a las armas.

—¡Nunca las hemos dejado! —señaló don Onofre antes de dar un buen sorbo a la copa de vino.

—Y usted, nuestro nuevo doctor, ¿qué opina al respecto? —preguntó Funés.

Martí arqueó la ceja derecha, sorprendido de que se hubiera siquiera reparado en su presencia, pero respondió con rapidez:

—Creo que los ejércitos no se reúnen precisamente para luchar contra Francia. Don Carlos bien ha recordado al Papa que su misión es dar muestras de cristiana humildad, y no tomar las armas, cosa que ha hecho al aliarse con Francisco y las otras ciudades italianas.

—Bien dicho, hijo, sí, señor. El Papa debe ser un líder espiritual, no político —añadió Onofre mientras daba una palmada en el hombro a Martí.

Este esbozó una sonrisa y alzó la copa a modo de brindis. El resto del círculo hizo lo mismo y bebieron entre risas. Entonces, el joven médico se disculpó con la excusa de rellenar su copa de vino. Había hecho lo que Amador y Teresa hubieran querido, ya era doctor, pero en lugar de sentirlos cercanos, su ausencia le parecía abrumadora y despertaba una aguda inseguridad en su interior. «¿Qué estoy haciendo? ¿De verdad aspiro a esto? —se preguntó—. ¡Nunca me ha interesado la política!»

Ataviado con una casaca por encima del jubón, Alfons Mascó había puesto especial cuidado en su vestimenta. La puerta del estudio del inquisidor permanecía cerrada desde que entrara el ayudante que lo condujo por el palacio Real Mayor hasta allí. Pero a él no le importaba la espera, y aguardaba sentado en una banqueta del pasillo, bajo el reflejo de un candelero que iluminaba la pared desnuda. No había avisado de su visita con antelación, pero aun así tenía la certeza de que fray Benet le recibiría.

Desde que entró en la casa de los Alzina supo que, aunque se sirviera del doctor Funés al regreso de Martí, quería establecer contacto directo con alguno de los dos inquisidores del Tribunal del Santo Oficio de Barcelona, pues presentía que la venganza, si conseguía demostrar sus sospechas, podría también serle de provecho para allanar su camino como *ciutadà honrat*. Así que quería asegurarse los méritos que le correspondían si atrapaban al médico. No tuvo ningún problema para que el propio doctor Funés le presentara a fray Benet.

Al principio jugó con la trayectoria de su padre como aval para labrar una conveniente amistad, y mientras tanteaba cómo podría señalar a Martí Alzina como objetivo, hizo creer al inquisidor que era un hombre de fe, preocupado por el devenir de la Iglesia, tan cuestionada desde la aparición de Lutero, a quien sin duda había que quemar. A medida que iba conociendo más a fray Benet, tuvo que informarse de aspectos que le interesaban muy poco para profundizar en sus conversaciones, y así dejarle claro que compartía su desconfianza hacia los erasmistas. Era sabido que Lutero utilizaba la traducción del Nuevo Testamento hecha por Erasmo de Rotterdam para expandir sus heréticas ideas. Enseguida se dio cuenta de que esta parte podía servirle para poner a fray Benet sobre Martí, pues este se había movido entre círculos erasmistas y el doctor Oriol, su mentor, era uno de ellos.

Alfons acarició su inútil rodilla derecha con una sonrisa. Al final todo iba a resultar más fácil de lo que había pensado, pues conseguir que el inquisidor investigara a Martí había acabado en un terreno que conocía bien: la codicia. A su regreso, el joven Alzina se había dedicado en cuerpo y alma a consumar su grado de doctor, y para ello hizo una exhibición de dinero insólita para el heredero de un simple bachiller. El tribunal del la Inquisición de Barcelona siempre tenía problemas pecuniarios, así que no tardó en ser el propio fray Benet quien acudiera a Alfons para pedirle que hiciera algunas averiguaciones al respecto.

Al fin, la puerta del estudio del inquisidor se abrió y el joven Mascó se puso en pie apoyándose en su pierna sana. El ayudante de fray Benet, un fraile dominico de rostro pecoso y finos rasgos, le invitó a pasar con un gesto silencioso. Alfons se alisó el jubón, borró su sonrisa, y al entrar adquirió una expresión serena y calculadamente grave. Los ventanales del estudio mostraban la pared lateral de la catedral, fundida con los colores violáceos de la noche en ciernes. Una enorme alfombra roja cubría gran parte del suelo de la estancia, y en la chimenea que había a la derecha, el fuego agitaba sus llamas como lenguas de un animal enfurecido. Al fondo, tras una mesa oval, fray Benet se puso en pie para recibirlo. Enfundado en su hábito dominico, con el capuchón bajado, su calva lucía tan lisa que contrastaba con sus mejillas marcadas por la viruela.

—¡Querido amigo, no esperaba una respuesta tan pronto! —exclamó rodeando la mesa mientras Alfons se aproximaba.

—Fray Benet, demasiado alta es su misión para que se retrase por mi culpa.

—Siéntese, por favor, Alfons —le invitó el inquisidor mientras señalaba una silla frente a la mesa—. Y cuénteme.

El joven se dejó caer sobre el cuero labrado del asiento y adoptó una postura erguida que resaltaba la musculatura de su torso y su cuello. Luego se acarició la barba, pues le gustaba el tacto de su duro y espeso vello facial, y respondió con voz serena:

—No tengo nada claro de dónde ha sacado el dinero. Lo único que sé es que no ha sido de ningún prestamista de la ciudad, eso se lo aseguro. Hablé con todos con la excusa de intentar comprar sus deudas. Así que he hecho algunas averiguaciones más, aunque espero no haberme excedido. De pequeños fuimos vecinos, y sé que sus padres fallecieron no hace mucho. La madre era partera, pero hija de un acaudalado vendedor de especias, también muerto de peste, por lo que me dijo mi padre. Aun así, sé que ellos vivían con sencillez, por lo que quién sabe cuánto guardaban de la herencia.

—¿Especias? Entonces el dinero podría ser propio —murmuró fray Benet, mientras se llevaba las puntas de los dedos índices a los labios.

—Y una pequeña fortuna, se lo digo por experiencia.

Alfons lo observó, imaginando que intentaba calibrar cuántos beneficios quedarían para el Santo Oficio, pues con la detención se procedía a confiscar los bienes del acusado. Esto le generaba una sensación de triunfo, ya que serían beligerantes con Martí en cuanto lo tuvieran. Al final, fray Benet dejó caer las manos sobre los brazos de la butaca y sentenció:

—Hemos de actuar con rapidez. Temo que se ha dado prisa para ser doctor porque desea protegerse. Como *gaudint*, es posible que quiera usar la posición para hacer su propia carrera política y ampliar sus buenas relaciones en el Consell de Cent más allá del doctor Oriol. ¿Entiende lo que ello implica?

—Me temo que una complicación, por eso la celeridad con la que he venido. Temo que le buscarán tres pies al gato con esto. Me resulta repugnante, pero es como es: el Consell no entiende al Santo Oficio, y siempre le disputa todo caso que puede, aduciendo que no son cuestiones de fe, sino de ciudadanía. Martí podría aprovecharse de ello. Si llegara a formar parte del Consell antes de poder abrir el caso, la Inquisición no le podría acusar sin entrar en una disputa política.

—¡Exacto! Quieren dejarnos sin autoridad —exclamó fray Benet mientras sujetaba con fuerza los brazos de la butaca—. Y como ignoramos la fortuna de que dispone, no sabemos si puede sobornar ni cuánto puede tardar en arreglar la situación. Pero si lo consigue, ellos nos acusarán de haber puesto una trampa a Martí Alzina para utilizarlo como un mensaje contra el Consell de Cent. Parecería que los amenazamos.

—Mi querido amigo, no se preocupe. Si el doctor Funés ha podido hacer lo que le sugerí, es posible que consigamos pruebas irrefutables.

Fray Benet arqueó las cejas y soltó los brazos de la butaca. Luego alargó la mano hacia su escritorio y tomó un pergamino

—Amigos como usted, buenos cristianos, eso es lo que necesita la Iglesia. Por eso he de pedirle su ayuda, pero de forma oficial —dijo tendiéndole el papel—. Con esto queda autorizado para realizar los movimientos necesarios, pues desde ahora, Alfons Mascó, es usted familiar del Tribunal del Santo Oficio de Barcelona. Si lo acepta, claro.

El joven tomó el pergamino con una sonrisa de satisfacción. Fray Benet apoyó los codos en los brazos de su butaca y trianguló las manos a la altura de su pecho.

—Es un honor y un privilegio. Actuaré con tanto celo como celeridad.

Con el bonete ajustado, caminaba cubierto por una gruesa capa, bajo la cual ocultaba el ejemplar de *De confessione*, de Pedro de Osma, que le había obsequiado el doctor Oriol. «Cayó en mis manos y pensé en ti, aunque no sé si será una falsificación. Creía que todos los ejemplares habían sido quemados, por lo que, si es auténtico, habrá que guardarlo como oro en paño, querido amigo», le dijo antes de abandonar su propia fiesta.

Sus botas de cuero, regalo de Guifré de Orís, apenas resonaban sobre los adoquines. A sus pasos se añadían de vez en cuando algunos otros tras de sí, cual tímida compañía que se perdía entre las risas, disputas y charlas que se fugaban desde las ventanas de las casas. En la suya sólo le aguardaba la soledad, por eso evitaba volver con la excusa de llevar aquel libro a la casa de la calle del Call.

De pronto se dio cuenta de que ahora que no tenía que centrarse en exámenes ni ceremonias, los recuerdos le asediarían en cualquier rincón de la ciudad, y sintió una irreprimible necesidad de salir de ella. «Debería aceptar la propuesta del doctor Oriol», se dijo. Desde el Consell de Cent, su mentor intentaba organizar una comisión de doctores que se desplazaran por el Principado, allí donde se hallaran casos sospechosos de peste, para así controlar y frenar la enfermedad. «¿Estás loco? Pondrías tu vida en peligro. ¿Y si te contagias? La muerte negra no, hijo, tú no la has vivido», le dijo una vez Teresa. Martí sintió que aceptar aquel trabajo era traicionar su memoria, y sacudió la cabeza sin saber si quería espantar el recuerdo o la propuesta del doctor Oriol.

La noche se imponía amenazante entre las crepitantes teas que pendían de los edificios, y sólo relucía el reflejo del orín en las esquinas. Martí alzó la mirada en busca de estrellas que le devolvieran las historias que Guifré le narraba acerca de míticos dioses mexicas, pero, desde algún lugar, Coyolxauhqui, la diosa luna, relucía llena y no le dejaba ver a sus cuatrocientos hermanos guerreros, las estrellas. Ellas estaban presas de su luz como el cielo gris lo mantenía prisionero a él de su propia zozobra. El joven suspiró al ver la casa de la calle del Call. Se detuvo ante la puerta, sacó la llave de entre los pliegues de su túnica y abrió.

No había vuelto a entrar allí desde la muerte de sus padres, y un olor rancio, mezcla de polvo y humedad, le golpeó en la cara. La única sala de la casa se notaba helada por el abandono y el invierno. Cerró la puerta y se dirigió a la mesa que sabía estaba en el centro. A tientas, dio con una de las varas de azufre, la rozó contra la pared de la chimenea y enseguida sintió el calor de una pequeña llama. Con ella encendió una vela y la estancia se pobló de sombras. Todo permanecía tal cual recordaba. La pluma de cálamo reposaba al lado del tintero, cuyo contenido estaba reseco. El pergamino sobre el que trabajaba mostraba algunas letras árabes y, al lado, la caligrafía latina de su propia traducción. Dejó el libro de Pedro de Osma sobre la mesa de trabajo y se volvió con la vela en la mano. En la repisa que coronaba la chimenea seguía el astrolabio del viejo Isaac. El resto de paredes estaba ocupado por estanterías repletas de libros, los cuales también se amontonaban en el suelo. Las ratas habían mordisqueado algunos de los ejemplares y el lugar necesitaba una buena limpieza, pero no era el momento de hacerlo. Así que salió de allí con la intención de volver al día siguiente.

Bajó por la calle del Call, de regreso a la plaza del Pi. Le reconfortaba saber que tenía algo concreto que hacer, pero con la nueva tarea que se había impuesto, aparecieron las dudas. ¿Era prudente seguir con aquello? Ahora, con su posición de doctor, era posible que sobre él hubiera más ojos que antes, e hiciera lo que hiciese, sentía que traicionaría el recuerdo de sus seres queridos, así que tomó una decisión: aceptaría la propuesta del doctor Oriol, pues con ello aclararía sus ideas, y asumiendo un riesgo, evitaría otro. Aun así, era incapaz de dejar todo aquel tesoro abandonado a su suerte. «Quizá Guifré les haría sitio en el castillo y cuidaría de ellos», se dijo.

En la esquina de la calle del Call con la plaza Sant Jaume, las teas que pendían de la pared lateral del palacio de la Generalitat apenas iluminaron la silueta de aquel hombre envuelto en una tupida capa. Pero no hacía falta, pues quien lo observaba sabía que, bajo el bonete negro que cubría su cabeza se escondían los rizos rubios de Martí Alzina.

Ahora ya no necesitaba seguirlo, sino al contrario. Alfons aguardó a que la silueta se perdiera de vista mientras acariciaba el objeto metálico que ocultaba entre los pliegues de su túnica. Era una copia, y esperaba que funcionara. «Por fin he descubierto qué casa abre esta llave», se dijo triunfal. Sabía que el plan urdido con Funés llevaría a Martí al lugar donde escondía los libros, pero no esperaba que fuera tan rápido.

Martí se despertó con las campanadas de la hora prima y el silencio de la casa lo arrancó de la cama. Lo peor era quedarse entre las mantas, despierto, pensando en los ausentes y en lo que ya nunca sería como había imaginado. Sin poder evitar un escalofrío, se apresuró sobre la arqueta de pino que tenía bajo la ventana, sacó su jubón más viejo y se lo puso. Fuera, en la plaza, vio a Alfons apoyado en el pino, observando la casa. Su sonrisa y la tez enrojecida sobre la barba le hicieron pensar que quizás estaba borracho, tras una de sus consabidas parrandas nocturnas, pero no dejó de inquietarle verlo allí. Sacudió la cabeza y salió de la habitación.

En la planta baja aún se veían algunos rescoldos enrojecidos en la chimenea. Tomó algo de hojarasca del cesto de la leña y reanimó el fuego mientras se recordaba que debía escribirle un mensaje a Guifré. «Seguro que acepta guardar los libros, eso no debe preocuparme —se decía—. Lo más importante es hallar la forma de sacarlos de la casa con discreción.»

De pronto, unos enérgicos golpes en la puerta le sobresaltaron y se irguió con tal premura que se golpeó la cabeza con la parte superior de la chimenea. Los golpes sonaron de nuevo, insistentes, pero Martí no pensaba perder el fuego, así que echó un leño para alimentarlo, mientras la puerta ahora tronaba con impaciencia.

Al fin, el joven abrió y ante sí vio a un guardia.

—¿Martí Alzina? —le preguntó. Y ante el asentimiento de cabeza que halló como respuesta, añadió—: El ilustrísimo y reverendísimo señor obispo de Barcelona me ha exigido que lo ponga bajo mi custodia, por lo que ahora mismo debe acompañarme.

El sol había ascendido y regalaba su luz a los cipreses del jardín del palacio episcopal. En el estudio, ataviado con su hábito morado, el obispo los observaba desde un ventanal, cercano a la hermosa mesa a la que le daba la espalda. Por toda decoración, la pared contaba con un sencillo crucifijo de olivo, y sobre la repisa de la chimenea descansaba un pequeño cofre de oscuro roble desconchado. El único elemento ostentoso era la mesa de trabajo, decorada con motivos vegetales de hueso incrustado, pero el prelado prefería pasear su mirada por el jardín, intentando alejar sus pensamientos del documento que tenía sobre la mesa.

Sin embargo, eso le resultaba imposible. Habían encontrado la vieja casa de la calle del Call, aunque podía estar tranquilo: nadie le relacionaría con ella ni con su padre. Él no usaba el nombre del viejo Isaac, pues años atrás Gerard de Prades, el antiguo conde de Empúries, se aseguró de proteger su identidad para que pudiera servirle sin peligro. Eran otros tiempos, otro rey gobernaba y levantaba los celos de la nobleza catalana ante las intromisiones castellanas, y en las intrigas políticas él era un simple peón. ¿Lo añoraba? ¿Echaba de menos ser el padre Miquel? No, sin embargo su ánimo estaba teñido de melancolía. Sabía que su progenitor le dejó la casa en herencia a Martí Alzina, precisamente nieto de Gerard de Prades, pero no podía imaginar que también le dejara el afecto que a él le negó cuando borró su pasado judío.

Sólo una persona relacionó a Isaac como padre del entonces sacerdote. «¡Qué irónico!», pensó Miquel. Lo descubrió el mismo tío carnal de Martí, Domènech de Orís, su predecesor en el cargo de obispo. Este le condenó a un humillante servilismo, que aceptó más para proteger a su padre que para proteger su propia vida; y, mientras, Martí se llevaba todo el cariño de Isaac. Los ojos de Miquel se humedecieron emocionados, pues le reconfortaba saber que su padre no había muerto solo, y que para Amador Alzina y su familia, el viejo Isaac no fue un paciente más.

Sin embargo, el joven Martí era más que incauto. «¿Por qué ha continuado con esa absurda tarea? ¿No padecí yo bastante por ello? ¡Ay, padre! Si lo amabas, debiste protegerlo de este destino.» Según el documento, en la casa del *call* habían hallado un ejemplar del *De confessione*, de Pedro de Osma, obra de la que el mismo autor se retractó para evitar problemas con la Inquisición. «¿Qué sabrá Guifré de Orís de los libros secretos? —se preguntaba el prelado. Temía que nada, pues como confesor y amigo del barón, Miquel sentía que se lo hubiera contado—. No sería su peor secreto.» El obispo suspiró y se santiguó en un ruego silencioso por él. ¡Con lo que Guifré había sufrido a lo largo de su vida! Ahora debía quitarle a su hijo; no quedaba otro remedio.

Dos suaves golpes en la puerta lo sacaron de sus pensamientos, y el leve crujido de esta al abrirse precedió a la voz de su secretario:

—Su Ilustrísima Reverendísima, el doctor...

—Hágalo pasar —le interrumpió Miquel.

El obispo rodeó la mesa y se dirigió hacia la puerta para recibir a un hombre menudo, ataviado con una elegante túnica negra. Su cabello gris estaba recortado sobre los hombros, y su rostro amarillento le daba cierto aire melancólico. Se inclinó y le besó el anillo pastoral mientras el secretario los dejaba a solas.

—Sentémonos, por favor —le invitó el obispo.

El prelado apoyó un codo en la mesa y observó que el doctor Oriol se sentaba al borde de la silla y mantenía el sombrero agarrado, a pesar de tenerlo sobre su regazo.

—Sea sincero conmigo, se lo suplico —empezó Miquel conciliador—. ¿Conoce usted al doctor Riera, el calificador del Santo Oficio?

—No —respondió Oriol con aire desconcertado.

—Pero sí a su primo, el doctor Funés.

—No sabía que fueran primos.

—¡Vaya! Pues sí, y me temo que el doctor Funés le haya dado un libro de teología, con ideas muy próximas a las del tal Martín Lutero en lo que se refiere a las indulgencias, aunque fue escrito mucho antes que las noventa y cinco tesis.

—Mmm, no sé de qué me habla, yo soy médico, no teólogo —replicó el doctor Oriol con un ligero rubor en sus mejillas.

Miquel lo observó. Tantos detalles revelaban que él mismo lo había leído, a pesar de no nombrar el título, pero esto no parecía generar confianza en Oriol, quien se aferraba a su sombrero mientras su boca se movía como si estuviera seca. No tenían tiempo para juegos: debía ir al grano.

—Mire, cosas de la vida, a alguien se le olvidó quemar un ejemplar de *De Confessione* de Pedro de Osma. Lo encontró en la biblioteca episcopal el doctor Riera, calificador del Tribunal de la Inquisición, y como hombre piadoso, me lo hizo saber. Entonces me aseguró que habían quemado el libro, pero resulta que ha aparecido un ejemplar en una casa de la calle del Call, perteneciente a un doctor protegido suyo. Creo que el ejemplar es el mismo que el calificador entregó a su primo, quien le utilizó a usted para tender una trampa a Martí Alzina.

El rostro cetrino del doctor Oriol se tornó blanco como el mármol. Aun así, logró articular con voz queda:

—¿Y por qué cree que yo tengo algún papel en todo esto?

—Por su reacción —aseveró el obispo mientras se reclinaba en la silla—. Y porque se le nombra como sospechoso en el informe del caso.

El médico se dejó caer sobre el respaldo, con los hombros vencidos y la mirada baja.

—¿Me van a detener?

—No, por Dios, no —se apresuró a responder Miquel con una sonrisa. El doctor le devolvió una mirada llena de esperanza, y el obispo supo que estaba dispuesto a hacer lo que le pidiera, por lo que añadió—: Mis colaboradores de la Inquisición me han mentido, y no me gusta. Ya sabe que yo siempre procuro mantener buenas relaciones con el Consell de Cent, y creo que el Santo Oficio está un tanto celoso; quizás haya miembros del tribunal que se sientan menospreciados. ¿Se imagina que de pronto descubren que ese ejemplar viene de la biblioteca de mi palacio? Temo que la trampa tendida a Martí Alzina también esté dirigida a mi persona. Y si es así, seguro que la Inquisición tendrá una propuesta preparada para que el rey nombre a un nuevo obispo que les apoye con más contundencia. Así que, para ahorrarnos problemas, lo mejor es que el juicio no se celebre.

El doctor Oriol se incorporó de nuevo, aunque ahora ya no estaba sentado al borde de la silla y su actitud era algo más relajada.

—La denuncia ya está hecha. ¿Cómo lo impedirá sin descubrirse?

—Haremos desaparecer a Martí Alzina —anunció el prelado en tono triunfal.

Se puso en pie, fue hacia el cofre de roble que había sobre la repisa de la chimenea y lo abrió. Extrajo unos papeles y volvió junto al médico.

—La casa del *call* y la de la plaza del Pi quedarán a nombre de Martí Alzina. Pero nadie sabrá nunca dónde está —dijo el obispo mientras le alargaba la documentación—. Necesito un título de doctor en medicina con este nombre.

Oriol tomó la documentación, que incluía un sello del obispado de Girona y otro real.

—Martí de Orís y Prades, ¿conde de Empúries? —exclamó atónito—. ¿Cómo va a ser doctor un conde? ¡No existen antecedentes!

—Pues este será el primero —respondió con firmeza el obispo.

«¿Por qué tanta prisa para luego mantenerme a la espera todo el día?», se preguntaba Martí con fastidio. El atardecer se cernía sobre el río Besós, y a pesar de estar sentado al lado de la ventana, la luz rosada del crepúsculo no le bastaba para seguir con la lectura. Con hastío, dejó el libro sobre la mesilla que tenía a su lado. Llevaba encerrado todo el día en aquella sala, y el único entretenimiento era aquella Biblia que halló en la enorme estantería vacía de la pared. «Por lo menos es la traducción de Erasmo de Rotterdam», se dijo cuando llegó por la mañana, apenas pasada la hora tercia.

Al salir de su casa de Barcelona, el guardia le condujo a la puerta del Ángel, donde aguardaban dos caballos. Entonces galoparon hasta aquel palacio que el obispo tenía a las orillas del río Besós y Martí lo temió enfermo. Pero tras ser recibido por el mayordomo, este le pidió que aguardara allí al prelado. Cuando las campanas repicaron anunciando la hora sexta, la espera se le hizo insoportable y al ir hacia la puerta para buscar explicaciones, descubrió que estaba encerrado. Al principio se enfadó, luego se sintió inquieto, pero con el sol despidiendo el día, lo único que le quedaba ya era el aburrimiento.

Con un suspiro, arrastró una mesa baja, la situó frente a la silla, y sentado de nuevo, puso los pies sobre ella para estirar las largas piernas entumecidas. Su mirada se paseaba por los molinos que proliferaban alrededor del río, cuyo caudal verdoso discurría con mansa apariencia. Sin duda, el comportamiento del obispo era extraño, pero Martí confiaba en él, pues sus familias estaban unidas por un extraño vínculo. Miquel, el único en la ciudad que sabía de su verdadero linaje, se refería a su abuelo Gerard de Prades con gran afecto, y decía que gracias a él y a Guifré de Orís se había librado de los chantajes de Domènech de Orís, curiosamente tío de Martí. Y sin saber nada de todo ello, el joven se crió desde los diez años siempre cerca de Isaac, padre del ahora prelado. «¿Casualidad o mano divina?», se preguntó con un bostezo. Estiró los brazos por encima de su cabeza y la espalda crujió al acomodar los huesos en su sitio.

De pronto, la puerta se abrió y entró el obispo. Ataviado con una capa negra que ocultaba el morado episcopal, lo observaba con una inusual expresión severa en su sonrosado rostro. Martí se apresuró hacia él y se inclinó a la espera de que el prelado le tendiera la mano.

—No, no —suspiró el obispo, y cerró la puerta de la estancia sin dejar que le besara el anillo pastoral.

El joven se irguió, desconcertado, mientras Miquel se desprendía de la capa y la dejaba con descuido sobre una arquimesa que había pegada a la pared. Luego, con paso cansino, se dirigió hacia la ventana y se llevó las manos a la espalda, con la mirada en el paisaje crepuscular.

—Han descubierto la casa del *call*. La Inquisición te ha denunciado —aseveró con un tono seco—. Pusieron a un familiar tras de ti, un tal Alfons Mascó.

Martí frunció el ceño. «¡Seré idiota!», se reprendió. Alfons era la única persona a la que podía considerar enemiga. De chiquillos, tras una disputa, se rompió la rodilla después de que él le vaticinara unas viruelas de agua, cuyos síntomas ya eran observables. Desde entonces, creía que Martí practicaba la brujería, y lo consideraba culpable de su cojera.

—Tienes suerte de que tu tío Domènech esté bien muerto —continuó el prelado, sin dirigirle mirada alguna—. Ya estarías en la sala de tortura.

El joven vagamente recordó a un hombre corpulento, como un guerrero con hábito morado. Pero sus ojos azules, fríos como un sable, acudieron a su mente con una nitidez brutal. Lo había visto alguna vez cuando era obispo de Barcelona, y lo recordaba acompañado de la inquietud de Amador, que siempre parecía querer huir cuando él estaba presente en un acto.

—¿Cómo has podido ser tan idiota? —exclamó de pronto el obispo mientras se volvía hacia Martí con el rostro desencajado—. Mi padre se la jugaba porque se sabía condenado. Nunca dejó de ser judío, y o lo quemaban por eso o por los libros. Pero tú, ¡no lo entiendo!

Avanzó unos pasos hacia el joven médico, pero se quedó al lado de la silla, y Martí bajó la cabeza para evitar traslucir nada con su expresión. Estaba extrañado de no sentir miedo, sino alivio, consciente de pronto del peso de aquel secreto llevado en solitario desde la muerte de Isaac.

—Si Dios no hubiera querido que aprendiera, no me habría puesto los libros en el camino —respondió con sinceridad.

—O sea, ¿qué ha sido por voluntad divina?

El obispo entonces rió, y Martí alzó la mirada desconcertado. Miquel se apoyaba en el respaldo de la silla y lo escrutaba con aquella mirada tierna que siempre le dirigía.

—Tu tío también consideraba voluntad divina lo que le convenía, pero si a él le juzgó Dios, tú no serás menos, Martí. Yo tampoco estoy libre de pecado. Lo cierto es que para mí ayudarte tiene un sabor a venganza. Domènech de Orís intentó acabar contigo, pues que se revuelva en su tumba, dondequiera que esté.

—No es justo que usted asuma un riesgo por algo que he hecho yo —dijo recordando el amor que sentía Isaac por su hijo.

—Cierto, y pagarás tu pecado, pero no morirás —sentenció Miquel mientras se acercaba al joven. Más alto que él, tuvo que estirar el brazo para ponerle la mano sobre el hombro—. La denuncia pesa contra Martí Alzina. Por eso, a partir de ahora usarás el nombre de tu familia carnal: eres Martí de Orís y Prades, conde de Empúries y doctor en medicina. Pero tu cara es la misma, y te podrían reconocer en Barcelona, así que tendrás que marcharte esta misma noche. Lo siento, pero no habrá tiempo para despedidas.

—No tengo a nadie de quien despedirme.

El obispo arqueó una ceja, desconcertado, y dijo:

—Pensé que había una joven...

—Eso está olvidado. Usted mismo la casó —respondió Martí con melancolía—. Así que, si he de partir esta misma noche, sólo me gustaría enviar una carta a mi padre.

—Desde luego, yo se la haré llegar. Luego tomarás una barca que te aguarda en la desembocadura del río. Te llevará hasta el puerto, subirás en una galera rumbo a Marsella y te reunirás con el ejército de su majestad el emperador. Tengo todos tus papeles listos.

Hasta aquel momento, Martí había aceptado con serenidad la complicada situación en que se encontraba, pero de pronto se sintió sacudido por una intensa sensación de alarma.

—¿El ejército?

X

Ciudad de México, año de Nuestro Señor de 1527

Las caballerizas de aquel palacio apenas tenían cabida para cuatro corceles, pero no sería así cuando recuperara Acolman, y Pedro Solís sabía que Juan se encargaría de ello. Estaba seguro de que la fascinación del cacique indio por aquellos animales le daría grandes beneficios, pues aprendía rápido. Pasaron por delante de la yegua baya y se acercaron al caballo que solía montar su invitado. En cuanto se aproximaron, el viejo *Parrado* se dejó acariciar el hocico como si Juan fuera su dueño y Pedro Solís se sintió satisfecho. Aquel era el mejor animal para enseñarle a calcular la edad de un caballo por la dentadura. Así que Solís tomó su cabeza con aplomo y le separó los labios, pero antes de que pudiera iniciar su explicación, el esclavo negro que le hacía de mayordomo irrumpió con paso enérgico.

—Mi señor —saludó inclinando la cabeza—, un mensajero ha venido preguntando por el señor Juan de Acolman. Dice que su patrón, don Hernán Cortés, requiere verlo de inmediato.

—Muy bien, Agustín, puedes retirarte —ordenó Solís, disimulando su sorpresa, pues creía que Cortés ignoraba la presencia de Juan, no ya en su casa, sino en la Ciudad de México.

Cuando Solís se volvió hacia él, el cacique indio mostraba un rostro inescrutable, como solía hacer siempre, excepto ante los caballos.

—No es exactamente mi patrón, pues después de todo Acolman y sus estancias tributan a Texcoco —se apresuró a decir.

Solís sonrió y unas afables arrugas se marcaron en su amplia frente. No dudaba de Juan, quien se había ganado su aprecio con aquella mezcla de avispada inteligencia e inocentes argumentos. Además, era un buen cristiano, cortejaba a Rosario como un perfecto caballero y era un hombre de férrea voluntad e indudable eficacia. Por ello, estaba convencido de que como cuñado sería un muy buen aliado, más allá de su poder sobre las gentes de Acolman. Pero hasta que pudiera casarlo con Rosario, pasado el luto que le debía a su difunto esposo, no debían levantar sospechas.

—Y el Texcoco al que tributas es una encomienda de Cortés —señaló—, así que en verdad es tu patrón, Juan.

—¿A pesar del destierro al que lo ha condenado Estrada?

Solís asintió mientras le daba una palmada en el hombro. Una cédula real llegada desde Castilla disponía que Alonso de Estrada debía gobernar solo, sin Sandoval ni la representación de los más acérrimos aliados de Cortés. Pero aun con las órdenes del rey, Estrada sabía que no podía fiarse de él y ordenó desterrarlo de la Ciudad de México. Esto no influía en los intereses directos de Solís, pero le agradó la valentía de su amigo, pues por fin alguien se atrevía a bajarle los humos al caudillo. Sin embargo, como bien le dijera Estrada una vez, el poder más grande de Hernán Cortés radicaba en el apoyo de los indios, y eso convertía su destierro en un movimiento muy arriesgado. Por todo ello, mientras salían de la cuadra, Pedro Solís puntualizó:

—Precisamente por eso debes obedecer. Estrada lo ha desterrado de la ciudad, y estaría bien saber qué quiere antes de que se marche a Cuernavaca. —Ya en el umbral de la caballeriza, se detuvo y miró de frente a Juan—. ¿Crees que ese cacique de Texcoco se levantaría en armas si Cortés se lo pidiera?

El indio asintió con convicción y añadió:

—Incluso sin que se lo pidiera. Ixtlilxochitl ha esperado mucho para sentarse en el trono de Texcoco, y ha sido Cortés quien se lo ha dado. Puede considerar el destierro una amenaza personal.

—Y puede arrastrar a otros caciques indios.

—Yo sé a quién debo lealtad, don Pedro.

—No lo dudo, querido amigo —sonrió Solís mientras reanudaba su camino—. Por eso te presentarás ante Cortés, porque él no sabe a quién eres leal y se cree tu patrón.

Una ráfaga de aire frío atravesó la estancia y las llamas de nuestro hogar se revolvieron con furia sobre los troncos. Zolin permanecía en pie, al otro lado de la habitación, junto a una ventana que siempre se me hacía extraña, acostumbrada a las paredes sólidas y cerradas. Mientras mis ojos incrédulos se clavaban en los suyos, nuestro hijo agitó sus rollizos brazos reclamando más leche. Agradecida por su impaciencia, desvié la mirada y cuando dos gemidos anunciaban ya un torrente de llanto, cambié al bebé de lado. Huemac se aferró a mi pecho con una expresión de dicha que, lejos de calmar mi ánimo, parecía avivar un fuego interior. Acaricié su mejilla, teñida de un color rosado, mientras procuraba ordenar mis pensamientos lejos de la mirada inquisitiva de Zolin.

—¿No piensas decir nada? —preguntó él, aún de pie, como si no se atreviera a acercarse.

—Tú eres el padre —musité, sentada en una estera cercana al hogar.

Fuera, el viento parecía gemir atrapado en el patio, como si buscara su sitio entre los arcos y las puertas cerradas. Zolin guardó silencio y yo me resistí a añadir nada más, porque si de veras decía lo que pensaba, temía que por primera vez discutiéramos. No quería siquiera mirarle de nuevo, por lo que sólo oí sus pies descalzos entre las ráfagas de viento. Se acercó a nosotros y, callado, se sentó en la estera de enfrente, con las piernas plegadas. Acarició la coronilla de Huemac, donde el pelo se arremolinaba anunciando una vigorosa cabellera negra, y dijo con un suspiro:

—Pero aunque sea el padre, no quiero decidirlo yo solo, Ameyali.

Entonces alcé la cabeza y me encontré con su mirada implorante. Me sentí conmovida, pero ello no cambiaba mi opinión, por lo que me sinceré:

—Quiero que ejerzas de padre, quiero que no te dejes convencer por tu hermano y que hagas lo que sientes. Es tu hijo, Zolin, no el suyo. ¿Por qué tenemos que bautizarlo en esa iglesia? Ha vivido casi cuatro meses sin ese dios extranjero, y es un niño sano. No lo necesita.

—No es por mi hermano, Ameyali.

—Pero vienes a decirme que lo bauticemos por el rito extranjero después de recibir una carta suya en la que te lo ordena.

—¡Vamos! Sabes que no es así.

—¿Ah, no? ¿Y por qué estamos bautizados tú y yo? ¿Y los demás habitantes de Acolman y las aldeas? Porque tu hermano nos obligó.

—Para protegernos. Y su carta me ha hecho reflexionar. ¡Quiero proteger a mi hijo! —escupió Zolin entre dientes, con los hombros en tensión.

Huemac soltó mi pecho y se agitó con unos gemidos que no sabían si convertirse en llanto. Lo acuné mientras tarareaba una melodía, y se calmó al reencontrarse con mi seno. Entonces suspiré, buscando el bienestar que siempre encontraba al amamantar a mi hijo. Me devolvía a la paz de las noches claras en la *calmecac*, con las caracolas cantando a la luna llena. Pero ahora, enfadada con Zolin, no la hallaba.

—Mira —dije en tono conciliador—, no me importaría si no implicara una renuncia a nuestros dioses. Yo lo tuve que hacer, pero no quiero obligarle a él.

—Tú eres la que siempre dices que nos han abandonado —musitó mientras acariciaba mi mano.

—Ahora no lo sé. Mi hijo..., nuestro hijo me ha hecho pensar que siguen ahí; ellos le dieron la bienvenida a este mundo. Y pensé que creías lo mismo.

Se te veía tan orgulloso cuando Yaretzi le puso las gotas de agua sobre la boca, para que crezca y reverdezca, dijo. Eso es lo que quiero.

Zolin miró a Huemac y le tendió un dedo que él aferró con fuerza.

—Fue emocionante —admitió—. Pero debemos protegerlo, y las cosas han cambiado. ¡Ni siquiera sabemos si nació en día nefasto!

—En su momento no te importó —afirmé dolida, y a la vez, incrédula, añadí—: ¿No crees que nuestros dioses le protegen?

Él permaneció con la mirada fija en el niño, refugiado así de mi mirada.

—Hay que hacerlo —sentenció con una rotundidad que no había mostrado hasta entonces—. Me has pedido que ejerza de padre y es lo que voy a hacer. Tú... —se interrumpió, mientras balanceaba la cabeza, pensativo. Al fin, alzó sus ojos enrojecidos— no vengas si no quieres, pero mi deber es velar por él.

Asentí, aunque sus palabras se clavaron en mi corazón como un cuchillo. ¿Acaso creía que yo no velaba por mi hijo?

Juan aguardaba al pie de la escalera, en el patio del palacio de Hernán Cortés. La vegetación estaba recortada con esmero y sólo al fondo el ahuehuete desplegaba sus caprichosas formas. La brisa agitaba las ramas altas, mientras la parte baja del viejo árbol, protegida por la muralla, parecía ignorar el viento que amenazaba con traer las nubes del noreste. ¿Hasta qué punto tenía razón Pedro Solís? ¿Le habría mandado llamar don Hernán para iniciar de alguna manera una rebelión contra Estrada? No era mala idea: si se sublevaban pueblos como Texcoco o sus aliados, sin verse Cortés directamente involucrado, serían los caciques quienes cargarían con todas las culpas si la cosa no salía bien, o incluso la sublevación podía ser una maniobra para aparecer él como salvador, con lo que le devolverían el poder.

Juan apretó los puños, y por primera vez en mucho tiempo le molestó la vestimenta castellana. Aunque tenía otras dos túnicas, había optado por ponerse la más raída, ya que era un regalo de Cortés. Debía cuidar las formas, pues más que las órdenes que pudiera darle el castellano, lo que le inquietaba era que lo hubiera mandado avisar al palacio de don Pedro. ¿Cuánto hacía que sabía que estaba allí, junto al antiguo encomendero de Acolman? Muy al contrario de lo que había supuesto Solís, Juan temía que don Hernán sospechara algo de sus movimientos, con lo que dudaría de su lealtad. Y esto podía reportarle problemas, pues su nuevo aliado castellano esperaba que le llevara información sobre Cortés.

Tanto unos como otros querían utilizarle, y él debía aprovecharlos como si fueran corrientes del lago. Pero más de una vez había visto cómo las corrientes vencían a las canoas, y estas acababan siendo engullidas por las aguas turquesas. Por eso era tan importante que Santiago también aprendiera a navegar entre aquellas aguas, pues lo necesitaba a su lado, como buen remero, y no podía permitirse que, a causa de un niño de pecho, le fallara el eje de toda su estrategia: Acolman. Con un suspiro intentó deshacerse de un incipiente pesar en su pecho, pero no pudo. Aunque como consejos, esperaba que Santiago siguiera sus órdenes. Como el pequeño había nacido fuera del matrimonio, Juan tuvo que usar sus influencias para arreglar el bautizo, siempre a cambio de educar al niño en el cristianismo, y esperaba que eso disgustara a la sacerdotisa, pues lo esencial para que Santiago emprendiera aquella nueva vida era separarlo de ella.

Miró impaciente escaleras arriba. Por el soportal desierto sólo corría el aire con un silbido fugaz. Estaba seguro de que Cortés se demoraba a propósito, para hacerle ver que no era él quien esperaba a pesar de que lo había hecho llamar. De pronto, se oyó el crujido de una enorme puerta de madera en el piso superior y, al poco, en lo alto de la escalera apareció una joven mexica, de carnes generosas y facciones redondeadas. Ataviada con un vestido castellano de color pardo, la mujer se recolocaba los senos para que lucieran en el generoso escote. Bajó las escaleras dándose aires de dama y, al llegar a su altura, lo miró a los ojos con una osadía inusual en una noble mexica y le dijo acariciándole el torso:

—No me había dicho que eras tan guapo... Ya puedes subir, te espera.

Y la mujer salió por la puerta del patio, mientras a él le invadía la indignación. No sólo quería hacerle esperar, sino que quería mostrarle que estaba incluso por detrás de una mujerzuela. Cortés siempre había tratado con honores a los jefes aliados, por ello, mientras subía las escaleras a grandes zancadas, Juan tuvo la convicción de que no le pediría nada como señor de Acolman, pues resultaba evidente que no tenía en cuenta su noble posición. No le preocupaba en exceso que ya no le protegiera, pues sabía de su pérdida de poder entre los suyos y ahora él contaba con otros aliados castellanos, pero le ofendió sentirse tratado como un vulgar campesino. Quizá por ello hizo resonar las botas sobre el suelo de piedra del piso superior. Luego golpeó con los nudillos en la puerta de madera entreabierta.

—Pasa, pasa —oyó que decía Cortés desde el interior.

Juan entró. Habituado a las sobrias formas mexicas, no le costó enmascarar su ánimo ofendido tras un rostro inexpresivo, con el amplio mentón relajado y los labios levemente entreabiertos. Sin embargo, se sintió herido en su orgullo cuando tuvo que inclinarse ante un hombre que se atrevía a recibirle apenas vestido con una camisola blanca.

—Mi querido Juan —dijo Cortés, sentado cómodamente en su butaca—, cuando tu hermano partió a Acolman, pensé que tú también te habías ido.

—Pero, mi señor —fingió Juan en tono alarmado—, ¿acaso se ha quejado Ixtlilxochitl de los tributos? Mi hermano sigue mis instrucciones en todo y sé que los ha pagado.

—Cierto, cierto. No tengo queja —confirmó cruzando las manos sobre su vientre—. Por eso pensaba que, ya que tu hermano ha sido tan eficiente, debería venir conmigo.

Juan sintió en su interior un pulso entre el desconcierto y el temor, y para que nada de ello trasluciera a su rostro, inclinó levemente la cabeza.

—Disculpe, pero ¿adónde? —se atrevió a preguntar.

—A Castilla, por supuesto. Iré para explicarle al rey en persona los agravios a los que se me somete después de los servicios prestados. Y quisiera que conociera a algunos de sus nuevos súbditos. Así que tu hermano será uno de los afortunados que me acompañará.

Al cacique indio se le aceleró el corazón y por un instante temió que aquel pálpito, a su parecer estruendoso, llegara a oídos del castellano.

—Quizá pueda ir yo en su lugar —dijo mientras concluía que Santiago no estaba preparado—. Ayudé con la reconstrucción de la ciudad y...

—No, hombre, no —le interrumpió Cortés con un tono que le pareció burlón—. Dado que tu hermano sigue tus instrucciones y tú eres el auténtico gobernante, te preciso en Acolman para que durante mi ausencia la ciudad y sus nueve estancias sigan tributando. Así también podrás continuar aprendiendo a montar a caballo con Pedro Solís, y de paso, con tu demostrada eficacia, te asegurarás de que ni él ni su amigo Estrada toquen mis encomiendas, por lo menos por lo que se refiere a tu ciudad, pase lo que pase con Texcoco. A no ser, claro, que el rey en persona decida otra cosa.

Juan se quedó inmóvil, con la mirada sobre sus botas marrones, polvorientas y con la puntera gastada. Era consciente de que Cortés lo estaba utilizando para enviar un mensaje a Solís y a Estrada en relación con sus planes, pero ¿entendía bien a qué se refería con lo de su hermano? No pudo controlar un leve y fugaz temblor. Oyó que el castellano se levantaba de la silla y sus pies descalzos avanzaron hasta llegar a su lado. Puso una mano sobre su hombro con suavidad y él no pudo por más que alzar la cabeza y devolverle la mirada. Los ojos saltones de Cortés parecían sonreírle, como si, a pesar del destierro y su pérdida de poder, no atravesara ninguna dificultad.

—Tranquilo, Juan, mañana mismo marcho a Cuernavaca, y la partida a Castilla no será de inmediato. Ya os haré avisar. Quizá no sea lo único que te pida para mi viaje. —Le apretó el hombro y le hizo caminar hacia la puerta mientras añadía—: Y no temas, hombre. Tú vela por mis intereses y yo velaré para que tu hermano regrese sano y salvo de un viaje con tantos peligros.

Cortés le soltó el hombro cuando ya había salido de la estancia y cerró la puerta sin decir nada más.

Era un día claro, según los cristianos, el día de San Hipólito; para mí, el mismo en que seis años antes cayó definitivamente Tenochtitlán. Al otro lado de la plaza, la iglesia congregaba a la mayor parte del pueblo. Yaretzi vistió a Huemac con el traje que había traído Juan: una especie de túnica castellana, pequeña y blanca, llena de encajes que tapaban hasta los pies de mi pequeño. Era obvio que a él no le gustaba, pues gritó sudoroso hasta la extenuación y cayó dormido. Sólo así, lo tomó Zolin entre sus brazos y se lo llevó de la habitación que compartíamos por las noches. En cuanto salió, apagué la vela que iluminaba aquella pieza, la única del palacio sin ventanas. Por eso la habíamos escogido para nosotros, porque nos recordaba a las de las antiguas casas de nuestro pueblo.

Yo debía quedarme allí mientras durara la ceremonia, pues para excusar mi presencia en la misa, Zolin le diría a fray Rodrigo que estaba indispuesta. No era mentira. Me sentía como si un águila apretara mi vientre con sus garras y tirara para huir volando. Me acurruqué en la estera, tan deseosa de llorar como incapacitada para hacerlo. Desde que discutiera con Zolin me sentía asediada por las dudas, y saber si Huemac había nacido en un día nefasto se había convertido en un peso que atenazaba mis entrañas. Pero al verlo salir hacia la iglesia, tampoco me pareció que ese dios extranjero pudiera protegerlo de la ira de los antiguos dioses. Al contrario, pues bautizarlo el mismo día en que cayó Tenochtitlán incluso hacía mayor el insulto hacia ellos. Mis dioses no pedían que renunciáramos a otras deidades, sólo pedían que se les amara con el debido respeto a sus ritos. Bien aceptó Motecuhzoma incluir la cruz cristiana en el templo mayor, junto a las representaciones de otros dioses extranjeros, pero esta propuesta resultó ofensiva a los castellanos. Sin embargo, bautizar a Huemac implicaba asumir la exigencia de ese dios extranjero a renunciar a cualquier otra divinidad, pues sus frailes no se cansaban de predicar que el suyo era el único dios.

Sumida en la más profunda oscuridad, sentí que algo se rebelaba en mi interior y di un golpe contra el suelo de arena sobre el que dormíamos. La idea de un solo dios me parecía absurda, por lo que me puse en pie y salí en busca de la luz del día. Fuera, el patio trasero me ofreció un paisaje vivo, con las tomateras y las plantas de calabaza alumbrando sus frutos. Si con la caída de Tenochtitlán creí que los dioses nos abandonaban entre los cañonazos y el hambre, con el nacimiento de Huemac sentí su poder, y saberlo en la iglesia en aquellos momentos me hizo sentir que la traición era mucho mayor que cuando me veía obligada a cantar bajo aquel techo abovedado, pues consentía en entregarlo al dios único.

«No te preocupes, Ameyali, no le obliga a renunciar. Los dioses llegarán a tu hijo a través de tu voz», me dijo Yaretzi días atrás. Pero ¿y si todo aquello sucedía porque en verdad había nacido en día nefasto? Con aquel bautizo, mi niño tendría dos nombres, Huemac e Hipólito, una doble identidad, y lo peor era que el dios único y todopoderoso las convertiría en identidades enfrentadas. ¿O sería yo quien le haría eso si insistía en hablarle de Huitzlopochtli, Quetzalcóatl o mi amada Xochiquetzal habiendo nacido quizá bajo el signo estelar de un mal día? Tenía que ver la ceremonia, buscar los augurios, una señal que me aclarara las ideas.

En un impulso rabioso, salí del huerto y llegué al patio principal. Noté que la tela de la blusa se pegaba a mi espalda sudorosa, pero aun así corrí por la plaza, ardiente y desierta. Por orden de Juan, aquel día no había mercado, y de la iglesia me llegó un murmullo coral de las gentes, que respondían al fraile aunque no entendieran ni una palabra.

Subí las escaleras que pertenecieron al antiguo templo, pero cuando llegué a la puerta de la iglesia, no me atreví a entrar. Asomada desde el umbral, hasta mí llegaba un ambiente fresco, como si las piedras de aquel templo extranjero sirvieran de escudo contra Huitzilopochtli. Los bautizos anteriores habían sido multitudinarios, y la muchedumbre que debía recibir el agua se disponía en una ordenada hilera entre las banquetas. Pero mi hijo era el primero que se bautizaba solo, el pasillo permanecía libre, y cerca del púlpito, delante de la pila con agua, fray Rodrigo hablaba con las manos alzadas. Vestidos con sendas túnicas negras, bajo el altar, estaban Juan y Zolin. Este sostenía a Huemac, quien parecía aún dormido, y deseé sacarlo de allí para que estuviera donde debía: en su casa. Pero el frescor del interior de la iglesia en mi cara me frenó, mientras sentía que el sudor seguía manando de mi espalda.

Entonces, a una indicación de fray Rodrigo, Zolin le dio el niño a Juan, quien lo acercó a la pila mientras el clérigo tomaba un cuenco. Musitando unas palabras en el idioma ritual, lo llenó del agua de la pila y la vertió sobre la cabeza de Huemac. Este agitó sus brazos, pero no lloró, sino que soltó un pequeño grito que yo conocía bien: ¡estaba complacido! Mientras, el fraile alzó la voz para que todos oyeran el nombre cristiano de mi hijo:

—Hipólito Santiago Zolin, yo te bautizo *in nomine Patris, et Filii, et Spiritus Sancti. Amen.*

—Amén —respondieron los asistentes a coro.

¿Por qué no había llorado Huemac? Mi corazón se aceleraba. ¿Y si nuestra ceremonia nahua no valía porque, de verdad, fue en día nefasto? De pronto, pensé que quizá Zolin tenía razón e intentaba proteger a nuestro hijo de nuestros dioses. Entonces vi que, en el altar, mi esposo sacaba algo de un pliegue de su túnica y lo alzaba mostrándoselo a fray Rodrigo. De inmediato reconocí la cruz de san Antón, la que me diera el clérigo para luego arrancármela en el acto en que concebimos a mi hijo, el acto que para él era pecado.

No pude mirar más y me volví, asaltada por una certeza. Aunque en tono jocoso, Zolin repetía a menudo cuánto insistió fray Antonio en el terrible pecado que habíamos cometido al yacer juntos. Y también sabía que él sentía el abandono de los antiguos dioses porque habían sido vencidos. Bajé las escaleras del templo corriendo, dolida, como si intentara huir de la verdad que ahora entendía: ¡Zolin protegía a Huemac del dios único! Y eso significaba que creía en Él y temía su poder. Para él no era importante si nació o no en día nefasto, sino que consideraba a su hijo fruto del pecado.

Con un suspiro, me dirigí de vuelta al palacio, pero, descalza como iba, sentía que los pies me ardían en contacto con la tierra de la plaza. En la boca de una calle creí ver la silueta renqueante de un anciano, vestido con un manto y un *maxtlatl*. Entre las brumas de mi dolor, me pareció un espectro y sacudí la cabeza.

—Siete Xochitl —oí tras de mí. Era una voz risueña y burlona.

Me volví y me topé con el anciano. ¿Cómo se había apresurado tanto? En la cercanía, pude ver que su manto era de un verde muy oscuro, casi negro, como el de los sacerdotes. Y al igual que estos, su cabellera gris se veía enmarañada y sucia. Su rostro era tan arrugado que no se le distinguían facciones, aparte de los oscuros ojos, pequeños y rasgados, sin cejas que los coronaran. De su barbilla pendía una fina mata de pelo, larga y estrecha, como la que los sabios llevaban en los tiempos antiguos.

—Siete Xochitl —repitió con un movimiento de boca que removió las arrugas de toda su cara—. Tu hijo nació en esa fecha. No temas por su destino, sino por el tuyo.

El anciano se dispuso a girarse mientras de la iglesia empezaba a salir la gente. Entonces lo agarré del brazo:

—¿Quién eres? —le pregunté desconcertada—. ¿Un nigromante?

—Lo fui, quizá —se interrumpió y me dedicó una sonrisa traviesa, como la de un niño a quien le han descubierto en una fechoría—. ¿Eres acaso tú una sacerdotisa?

La plaza se llenaba de gente, y noté algunas miradas de soslayo, pero mantuve mi mano sobre el anciano. Miré de reojo hacia la puerta de la iglesia, y vi a Juan y a Zolin bajando las escaleras con el niño. Entonces solté al viejo y sus ojos profundos me hicieron sentir acogida, como el que retorna al hogar tras una larga ausencia. La esperanza se adueñó de mi espíritu y las preguntas acudieron a mis labios:

—¿Por qué has venido? ¿Por qué a mí? ¿Cómo sabes que...?

—Siete Xochitl —me interrumpió en tono jocoso. Luego su sonrisa se borró del rostro, miró un momento hacia atrás, hacia Juan, Zolin y mi pequeño, y añadió con una voz profunda—: Así no usarás tus dudas sobre su nacimiento para evitar ser quien eres. Lucharás contra la enfermedad, quizá tu espíritu intentará otra huida, pero si consigues su regreso, podrás encontrarnos allí donde Xochiquetzal te eligió. Coyolxauhqui te guiará.

Entonces pasó por mi lado y se perdió entre la multitud de la plaza, pero su imagen quedó grabada en mi mente. Sin duda, su actitud se ajustaba, sí, a la de un nigromante adorador de Tezcatlipoca. Y todos sus vaticinios, un juego de palabras que a otra persona hubiera angustiado, despertaron mi agradecimiento más profundo, pues sólo una cosa repetía mi mente: Huemac había nacido en un gran día, ya que el siete siempre es propicio. ¿Qué más daba si había llorado o no en su bautizo cristiano?

—¿Quién era? —preguntó de pronto Zolin.

No me había dado cuenta de que había llegado a mi altura, con nuestro pequeño en brazos. En cuanto fijó sus ojos en mí, Huemac empezó a moverse inquieto y a emitir alegres gritos. De reojo, vi a Juan tras él y respondí:

—Un mendigo.

—Me alegro de que estés mejor, María del Carmen —dijo mi cuñado a modo de saludo. Entonces se dirigió a su hermano—. ¿Por qué no le dejas a Hipólito? Así podremos hablar dando un paseo. Cortés desea concederte un gran honor.

Zolin se encogió de hombros, y con una sonrisa que era una disculpa, me entregó a Huemac, quien recibió alegre mis brazos. Entonces mis ojos se cruzaron con los de Juan, también sonriente, pero algo en su expresión hizo que un escalofrío me recorriera el cuerpo.

XI

Roma, año de Nuestro Señor de 1527

La niebla cercaba las tiendas del campamento y teñía de colores opacos los estandartes clavados a la entrada. A las afueras había un terreno destinado al ejercicio con los caballos, y sus relinchos se elevaban por encima de los cascos al galope. Enfrente, unos soldados acortaban el campo de prácticas de los ballesteros para adaptarlo a lo que les permitía ver el día brumoso. Para Martí, el ejército era algo tan lejano como ajeno, pero estaba allí, y sus botas parecían temerosas de dejar huella al pasar entre los carros cargados de piquetas. La incertidumbre que lo acompañó en su viaje a bordo de la galera se había convertido en miedo, y su sentimiento de soledad parecía agudizarse mientras seguía los pasos del sargento mayor.

Desde el momento en que embarcó y en la lejanía vio desaparecer la costa, el joven empezó a cumplir la penitencia que el obispo le había impuesto: «Pagarás tu pecado, pero no morirás». La brisa marina le trajo el castigo en forma de una soledad mecida por la inquietud. Volvió a pensar en las palabras del prelado, y el hecho de que le asegurara que viviría ya no le resultó tan tranquilizador. Tras la muerte de Amador y Teresa, había encontrado un camino para reconciliarse con su recuerdo y seguir adelante con su vida, pero eso ahora no le servía, y a bordo de la galera comprendió que ya no podía ser más que Martí de Orís y Prades, conde de Empúries, expulsado de su propia vida para convertirse en un fugitivo. Estaba definitivamente solo y sin elección, a la deriva en la jerarquía del ejército.

Pero en aguas mediterráneas, eso no le pareció lo peor. Lo peor para Martí era la batalla, el enemigo. ¿Qué hacía un médico en la guerra? «Yo no soy cirujano», se repitió más de una vez, y se preguntaba con horror si sería capaz de atender a heridos que tenían las manos teñidas de sangre. Contaba con un primo, cierto, y según le dijera el obispo Miquel, era coronel, pero esto no le servía de consuelo, pues desterraba aún más a Martí Alzina y le precipitaba a aquella nueva realidad.

Ahora caminaba sin aparente rumbo, entre tenderetes de comerciantes y

119

prostitutas que llamaban al desahogo de la soldadesca ociosa. La animada algarabía de voces que se elevaba en una mezcla de idiomas sólo consiguió ensombrecer su ánimo. Las tropas imperiales estaban formadas por más de cuarenta y cinco mil hombres, entre *lansquenetes* alemanes y soldados procedentes de Suiza, la península itálica y los reinos de España. Tal diversidad se reflejaba también en los uniformes, de multicolores mangas abolladas en los lansquenetes, o de jubones amarillos y calzas rojas en los peninsulares.

Entonces tomaron una especie de callejuela recta, embarrada, pero perfectamente delimitada por tiendas del mismo tamaño, que dejaban caminos abiertos. Formaban una cuadrícula de donde emergía la pestilencia del orín mezclado con el sudor. La bruma se convirtió en una llovizna persistente, y el camino en línea recta le pareció interminable. Al fin, el sargento se detuvo en una tienda mayor que el resto, donde dos hombres hacían guardia con sus picas en alto. Apenas esbozó un saludo con la mano antes de entrar, y los guardias parecieron ignorar a Martí cuando pasó ante ellos.

En el interior, unas raídas alfombras cubrían el suelo y al fondo se veía una cama y un arcón de pino. En el centro, completaban el austero mobiliario varias sillas y una mesa alargada. Sentado con los pies sobre ella, un hombre cuyo jubón estaba medio desabrochado interrumpió la conversación que sostenía con el otro ocupante de la tienda, ataviado con media armadura. De piel atezada, ojos rasgados y cabello encanecido, este no pudo disimular el interés que le despertaba aquella visita.

—Mi señor capitán general —saludó el sargento mientras alargaba unos papeles al hombre que bajaba los pies de la mesa—, aquí están las credenciales del caballero.

Y se retiró, haciendo un ademán a su acompañante para que se adelantara. Martí se quitó el bonete en señal de respeto, y a pesar de las sensaciones que lo embargaban, dijo con convicción:

—Se presenta ante usted el médico de campaña Martí de Orís y Prades, conde de Empúries.

El capitán general abrió el pergamino. El caballero de ojos rasgados escrutaba a Martí de arriba abajo, con una sonrisa que acrecentaba las arrugas de su piel curtida por el sol, mientras acariciaba el mango de una jineta que tenía apoyada en el borde de la mesa.

—Conde y médico, qué extraño, ¿no? —comentó sin levantar la mirada de los papeles.

—Siempre me gustó la medicina, y mi padre consideró que podía serme útil —respondió Martí llevándose las manos a la espalda para disimular su incomodidad.

El capitán general arqueó las cejas hacia el hombre de la media armadura y este, sin apenas mover los labios, señaló:

—Mi tío no tenía buena relación con su hija. La hizo desaparecer siendo muy joven, y tenía a un primogénito: Gerau. Inicialmente era el heredero.

El capitán asintió con un suspiro, dejó los papeles y dijo:

—Entonces, bienvenido, doctor. Aquí nos olvidaremos de su título, espero no le moleste. Pero estará en buenas manos, las del coronel Galcerán Coromines de Prades.

El hombre de la media armadura se puso en pie. Era más bajo que Martí, pero de aspecto robusto y aire afable. Se acercó exhibiendo una sonrisa que mostraba un diente quebrado, lo miró de arriba abajo y dijo:

—Me alegro de conocerte, querido primo.

Luego le dio un abrazo con sonoras palmadas a la espalda y el joven se vio obligado a responder inclinándose. Entonces Galcerán susurró:

—Aunque fue una sorpresa descubrir que tenía un primo.

—Para mí también —replicó Martí.

Desde que el obispo le informó de su existencia, no había dejado de preguntarse quién era este personaje y si podía confiar en él.

—Y ahora, coronel, puede llevar a su nuevo oficial médico al hospital de campaña.

Galcerán asintió sonriente, tomó la jineta que se apoyaba en la mesa y se despidió de su superior con un saludo marcial antes de salir de la tienda. Pero una vez fuera no añadió comentario alguno sobre su parentesco.

—No esperes gran cosa del hospital de la coronelía; mucho nombre, pero es sólo una tienda con camastros —le dijo con aire risueño mientras caminaban—. Aun así, serás el responsable, por encima del cirujano. Los medicamentos se compran a los boticarios locales, siempre a precio pactado. El furriel mayor te ayudará con eso, pero es tarea tuya que la farmacia esté provista. También se espera de ti que visites a esposas, familiares, criados... Vamos, a todos los que acompañan a nuestras tropas. —Entonces el coronel se detuvo un instante y le miró a los ojos—: ¿Sabes? Cuando el obispo de Barcelona me dijo que querías venir como médico, apenas pude creerlo. Te has dado prisa, mi señor conde.

Los recelos de Martí se avivaron en su mente, pero no se atrevió a abordar el tema y respondió:

—Te agradezco que me contrataras para tu coronelía.

Galcerán se encogió de hombros.

—Bueno, el tío Gerard me crió cuando a mis padres se los llevó la peste negra, y aunque fue duro conmigo, se lo debo todo. A él le hubiera gustado. Al fin y al cabo, somos primos, ¿no?

La colina vaticana se convirtió en una sombra tras la muralla que la protegía trazando una marcada curva. La noche era clara, y desde la entrada de la tienda que hacía de hospital, Martí distinguía los mármoles de la puerta del Santo Spirito, que cerraba a cal y canto la entrada a Roma. Ante ella se apostaban los cerca de tres mil hombres que quedaban bajo el mando directo de Galcerán. El resto de coronelías, algunas de las cuales estaban formadas por hasta veinte compañías, se extendían cercando Roma. El joven médico formaba parte de una de las más pequeñas, compuesta por doce compañías que agrupaban a los soldados en función de las armas que usaran. La mayoría era de piqueros, pero para asediar la ciudad lucharían con la espada. Sólo una compañía se quedaría fuera empuñando las picas por si de las murallas salía caballería. Los hombres se habían tumbado para pasar la noche cerca de los carros que guardaban sus armas, todos con los coseletes ya puestos, muchos abrazando su capacete. A pesar de la noche avanzada, en las tres compañías de arcabuceros todavía había algunos despiertos, comprobando el contenido del polvorín de reserva o revisando balas, mechas y mechero en sus bandoleras.

El olor a pólvora se elevaba de entre las filas, y Martí se estremeció al pensar que ni siquiera habían abierto fuego aún. Antes de acostarse en su camastro, el cirujano ya le había advertido que necesitaría ayuda para amputar y cauterizar, y ante aquella inquietante calma, sus peores temores parecían desatarse en su interior. Sentía que en el campamento la tensión se desbordaba y que un violento estallido no se haría esperar. Pero sólo ahora se daba cuenta de que había estado demasiado encerrado en sus propias preocupaciones para percibir a qué se enfrentaba realmente. Por mucho que entendiera las causas de todo aquello, el miedo y el amor que ahora sentía por su propia vida respondían a algo irracional, y era a ello a lo que se encararía al día siguiente. Alzó la mirada hacia el cielo de diáfana oscuridad y la luna llena le recordó una leyenda mexica que aparecía en las crónicas de Guifré. La diosa luna, Coyolxauhqui, había perecido en manos de su hermano Huitzilopochtli, dios de la guerra, dios del sol. Al amanecer, Huitzilopochtli tomaría Roma. «Pero no será una batalla, será una carnicería. Hay mujeres y niños de por medio. ¡No sé cómo me atrevo a temer por mí mismo!», se reprendió mientras volvía a entrar en la tienda.

Los camastros vacíos se alineaban formando tétricas sombras, y las herramientas del cirujano desprendían destellos metálicos bajo el reflejo de una vela que permanecía encendida. El hospital de la coronelía era una lóbrega tienda apenas más grande que la del capitán general, pero el conjunto de las fuerzas imperiales contaba con un hospital algo más completo. Martí se dirigió hacia el fondo con intención de dormir un poco, aun a sabiendas de que no lo lograría.

Con un par de telas que pendían del techo, había cercado un camastro y se tendió allí, en la oscuridad.

De pronto, sus angustias le hicieron sentirse absurdo. Absurdo por haberse dejado arrastrar hasta ese lugar para salvar su vida, cuando la salvación radicaba en arriesgarla. Las preocupaciones que le habían asediado desde que se incorporó al ejército ahora le parecían insignificantes y habían sido una excusa para evitar plantearse cómo recuperar las riendas de su vida.

Nada más instalarse en el campamento, procuró pasar el mayor tiempo posible en el hospital para huir así del conde de Empúries que en él veía Galcerán y refugiarse en el Martí Alzina en el que se reconocía. Tenía mucho trabajo porque, como la atención médica era pagada colectivamente por las propias tropas, solicitaban bastantes consultas. Y él agradecía sentirse ocupado, aunque no atendía más que algún resfrío o problemas con las ladillas. Pero no podía cerrar los oídos a la creciente frustración que le rodeaba. Así que se protegía de ello intentado examinar el problema como si tuviese una explicación racional.

Martí sabía que existía una notable distancia entre los planes del emperador y las motivaciones de la soldadesca, pues dos cuestiones habían movido a Carlos V a promover aquella campaña en tierras itálicas. Por un lado, pretendía acabar con la alianza entre Francisco I, rey de Francia, y el papa Clemente VII, después de que ambos rompieran sendos tratados de paz con él y buscaran más adeptos entre ciudades italianas a las que no les gustaba el poder que acumulaba el emperador. La otra razón tenía que ver con la religión, y se basaba en la insistencia de su cesárea majestad para que el Papa convocara un concilio que revisara los excesos de la curia y sus prelados, y contrarrestar las críticas que les hacían los luteranos. Estos cada día ganaban más adeptos, sobre todo en las tierras que Carlos V heredara de su abuelo Maximiliano, por lo que Martí entendía que la exigencia de un concilio respondía a la necesidad de pacificar los territorios que gobernaba.

Lejos de ello, en las cercanías de Roma, los soldados sólo pensaban en hacerse con un botín. El joven médico se había unido al ejército sin ver batalla ni saqueo alguno, pero muchos ya habían combatido y vencido a las tropas francesas al norte de la península itálica. Sin embargo, no habían cobrado sus pagas y la frustración por ello les guió hasta las inmediaciones de Roma, donde se habían limitado a saquear algunos pueblos sin obtener la retribución que se les debía.

Todo ello le parecía entonces a Martí meras circunstancias, pues estaba más preocupado por su relación con Galcerán y los recelos que le despertaba. Siempre risueño, se ofrecía para guiarle y a menudo pasaba a buscarlo por el hospital. Pero si aspiraba al condado, su comportamiento podía ser una farsa, por lo que

Martí se cuidó bien de mantener una actitud distante, a pesar de sentirse obligado a acompañarle. Además, en sus recorridos por el campamento, se dio cuenta de que el coronel tenía fama de aguerrido entre sus soldados. Era respetado por su larga carrera, pues con apenas veinte años ya había combatido en la toma de Orán y luchado contra los infieles a las órdenes de Pedro Navarro. «Lo lógico es que él hubiera acabado siendo el conde, y no yo», se decía a menudo.

Sólo había visto a Galcerán estallar en cólera cuando oía alguna blasfemia, y eso aumentaba su inquietud. A aquellas alturas, por todo el campamento se hablaba de saquear Roma. Entre los lansquenetes, en su mayoría protestantes, aquella era la finalidad lógica que los había llevado a la península itálica, pues la riqueza de la Iglesia les parecía un insulto a Dios. Pero para el resto las motivaciones radicaban en cobrarse lo que se les debía. Esto les conducía a comentarios blasfemos, y era entonces cuando el coronel cargaba contra el soldado de turno, mostrando a su primo la vertiente más descontrolada de su carácter. Y con cada estallido de ira, el joven médico se recordaba a sí mismo que él era un fugitivo de la Inquisición, y pensaba que si Galcerán se enterara lo entregaría sin dudarlo.

Entonces llegó la noticia de que el papa Clemente VII había ofrecido pagar al ejército imperial sesenta mil ducados. Martí albergó la esperanza de que los soldados se dieran por satisfechos, para evitar así la batalla. Pero el dinero era insuficiente, y pidieron doscientos cuarenta mil ducados. Clemente VII regateó con el condestable Carlos de Borbón, jefe de las tropas del emperador, y lo último que supo el médico fue que este, quién sabe si valiéndose de la amenaza que representaban sus hombres o debido a su permanente insatisfacción, pidió trescientos mil ducados, cifra imposible para Roma. Fue entonces cuando levantaron el campamento y en su mente resonaron los comentarios tantas veces oídos como ignorados: «Será pan comido. Nosotros somos cuarenta y cinco mil soldados, y en Roma, contando hombres, mujeres y niños, a lo sumo habrá diez mil».

El alba se filtraba entre las telas de la tienda y ponía fin a la noche sin que Martí hubiera podido pegar ojo. A lo lejos, un tambor rompió el silencio. Enseguida sonó otro, y otro más. Respondían primero, luego se sumaban para retumbar al unísono. Sus ritmos se convirtieron en el rumor de una ola que se acercaba cada vez más, hasta que pareció estallar contra el mismo hospital. Se puso en pie, con la mente incapaz de pensar; sólo su cuerpo tenso tenía el mando de sus movimientos. Mientras atravesaba la tienda, los tambores cesaron y pudo distinguir voces gritando insultos. Sintió que se le erizaba la piel, y, al salir, se topó con un amanecer claro y anaranjado, al cual los soldados daban la espalda. Una primera línea de piqueros permanecía agachada, con las lanzas en posición oblicua, la punta amenazante hacia la muralla. Detrás, los arcabuceros estaban listos, y el resto de piqueros tomaba posiciones cubriendo los flancos, con escaleras y espadas para el asedio.

Al mirar hacia la puerta del Santo Spirito, sólo distinguió las puntas de las alabardas y las plumas blancas que coronaban los morriones de la guardia papal. Al otro lado de la sobria puerta, la basílica de San Pedro no quedaba lejos, y gran parte de los ciento cincuenta mercenarios suizos de Clemente VII estaban apostados allí. Pero entre las murallas también se veían los cañones de los arcabuces, empuñados por ciudadanos que respondían con silencio a los insultos que proferían los soldados imperiales.

De pronto, los gritos cesaron y Martí sólo oyó los latidos de su corazón irrumpiendo en el escalofriante silencio, hasta que, de repente, el tambor mayor repicó, haciendo correr las órdenes por toda la formación con un ritmo acelerado, que de pronto se detuvo en seco. Entonces estallaron los arcabuces, y los hombres de los flancos se abalanzaron sobre la muralla con un bramido que le erizó la piel. Se sintió ausente, con la mente en blanco y el corazón mudo. Los defensores abrieron fuego, y antes de que la primera escalera se apoyara en la muralla, la visión de los primeros heridos le hizo vomitar.

De vez en cuando se oía el estallido de algún arcabuz entre las incansables campanadas de las iglesias, que hacía días que repicaban llamando al caos. En el hospital del Santo Spirito apenas quedaban camastros vacíos, tampoco vendas ni muchos médicos, pues la mayoría habían huido. Sentado en un banco pegado a la pared del fondo, el soldado se quitó la armadura pectoral y el jubón rasgado, y mientras Martí enhebraba la aguja, se volvió a poner la birreta morada que le quitara a un obispo como trofeo de sus andanzas por la ciudad. La herida de su antebrazo seguía manando sangre, y el doctor tomó las propias vestimentas del soldado para limpiarla.

—¡Eh, que luego me lo tengo que poner! —se quejó el militar.

Como toda respuesta, el médico clavó la aguja en la carne del herido, descubriéndose indiferente al gemido que este procuró acallar.

—¡El muy bribón! Me pilló de improviso —exclamó el soldado con una risilla nerviosa—. Yo sólo tenía hambre, y la carnicería parecía intacta; nadie la había saqueado. Pero ahí estaba ese crío con un cuchillo de su padre. Si llega a ser un hombre, no lo cuenta. Ahora, doctor, ya le digo que lo calenté bien.

Martí se concentró en su tarea, pero el hombre no dejaba de hablar, y a cada palabra crecía su desprecio hacia él y la tentación de cauterizarle la herida, seguro de que con un hierro candente callaría. Hacía días que ya no atendía heridas de guerra, sino agresiones fruto de la vejación a la que eran sometidos los habitantes que quedaban en la ciudad. El mismo día en que se inició el asalto a Roma, el condestable Carlos de Borbón, jefe de las tropas imperiales, murió a causa de un arcabuzazo. Sin nadie que los dirigiera ni los controlara, los soldados entraron como una horda a la ciudad; habían pasado seis días de aquello, pero ningún oficial había conseguido poner orden aún. El Papa había huido por un túnel secreto hasta el castillo de Sant'Angelo, aunque Martí pensaba que más bien permanecía allí preso. Los soldados se cobraron su botín arrasando iglesias y palacios, e incluso los aliados del emperador en la ciudad se vieron obligados a pagar un rescate para evitar que sus residencias fueran asoladas.

Al entrar en Roma, Galcerán y diez piqueros escoltaron a los médicos al hospital del Santo Spirito, y desde entonces Martí apenas había podido descansar. Muchos de los defensores de la urbe murieron en la calle, pero antes de ello consiguieron acabar con cerca de ochocientos enemigos, a pesar de la superioridad de las tropas imperiales. Aun así, al principio llegaron, de uno y otro bando, heridos por arcabuz, pica o espada, y unos pocos por flechas de ballesta. Luego el estruendo que procedía del otro lado del Tíber disminuyó y fue sustituido por los gritos que llegaban desde la colina vaticana. Unos de terror, otros provenientes de la gresca de los soldados, que se entretenían humillando a prelados y tomando a las mujeres por la fuerza.

Mientras cosía la herida, el doctor se daba cuenta de que su desprecio no era sólo hacia aquel asaltante, al que su alma se resistía a ver como soldado, sino también hacia sí mismo. Quería considerarse sólo un médico, pero su primo no se lo permitía. Y comprendía que la tarea de un noble consistía en defender su honor y participar en la defensa del poder establecido, por el cual habían acabado allí. Pero ejerciendo como doctor en Barcelona se habría sentido igualmente afectado por todo aquello, aunque hubiera permanecido sin ver a las víctimas de aquel enfrentamiento. En la Ciudad Condal siempre se rodeó de erasmistas, pues defendían el diálogo por encima de las armas, pero también hablaban de la necesidad de un concilio. Y, entre otras cosas, exigir un concilio le había llevado a Roma y había llenado los camastros de aquel amplio pabellón no sólo de soldados, sino también de ancianos, mujeres y niños.

«Debería haber huido de Barcelona por mí mismo —se reprendía—. Me podría haber instalado en cualquier aldea del Languedoc.» Pero si se marchaba ahora, añadiría a los problemas de Martí Alzina con el Santo Oficio los de Martí de Orís y Prades como desertor. Atrapado por las circunstancias, se veía sin posibilidad de elegir cómo quería vivir.

—Listo —dijo dando la última puntada—. Véndate con la manga del jubón.

—¿No es mejor que me la ponga usted? ¡Para eso es el médico!

Pero Martí se había girado y su atención estaba en el otro lado del pabellón. Por la puerta acababa de entrar una anciana que a duras penas podía sostener a la mujer que se apoyaba en ella, mal tapado su cuerpo por los jirones de su hábito.

—¡Eh, doctor! No me escucha. Necesito algún emplasto para que se me seque la herida.

Martí, enfurecido, se volvió hacia el soldado y gritó:

—¡Pídeselo a los que han saqueado las boticas!

Luego se volvió y se apresuró a ayudar a la anciana. Acomodaron a la mujer malherida en un camastro. Entre los harapos, la sangre reseca se adhería a su piel, y en un brazo presentaba una fea fractura de la que sobresalía el hueso. El médico miró por un momento a la anciana y se armó de valor para hacer lo que debía. Sin posibilidad de administrarle ningún remedio que disminuyera el dolor, recolocó en su sitio el hueso de la paciente y sintió que el alarido de la mujer se le clavaba en el pecho. Entonces se dio cuenta de que esos eran los pacientes que le impedían marcharse. No se quedaba porque quisiera atender a los soldados, ni por temer qué pudiera pasarle si desertaba, sino porque tenía una responsabilidad que no podía eludir. «Pero no es suficiente», se dijo. Se volvió hacia la anciana, quien le dirigió una sonrisa amarga, y con una mezcla de latín y catalán, Martí le pidió que lavara la herida. Luego, con paso enérgico y sin mirar más que a sus botas, se fue de la gran sala.

—¿Algún problema, primo?

Martí se volvió y vio a Galcerán junto a una ventana del pasillo, sentado en el suelo, con su armadura pectoral abollada y la jineta en su regazo.

—No tenemos hierbas ni emplastos —le respondió en un estallido—. Casi no queda nada con que hacer vendas; no hay batalla, pero siguen llegando personas malheridas. ¡Y ninguno de los médicos que siguen aquí se hace cargo de la farmacia! ¡Mierda de ejército! ¿Cómo puedes vivir así?

—Posiblemente porque no tengo un condado —respondió sin apenas mover los labios.

Luego, con un suspiro, se apoyó en la jineta y se puso en pie con esfuerzo. Se acercó a él con un caminar entumecido, mientras sus ojos rasgados le devolvían una mirada más abrumada que ofendida.

—Se nota que no te has criado con tu abuelo, si crees que el ejército es sólo esto. Estuve aquí hace un año con Hug de Montcada, y entonces impedimos justo lo que ahora no hemos podido evitar. Las tropas catalanas defendieron San Juan de Letrán del saqueo, y el Papa claudicó ante el peligro de…, de esta barbarie. ¡Para lo que ha servido! Si no hubiera roto el tratado que firmó…

Martí se calmó. Era cierto que Galcerán no había participado en el saqueo, sino que con una exigua fuerza de piqueros había conseguido mantener seguro el hospital. Por ello, se atrevió a admitir:

—Tienes razón, no he sido criado para el ejército y no quiero formar parte de él. Espero que podamos poner fin al contrato en cuanto haya algo de orden y los romanos dejen de necesitar médicos por todo el daño que les hemos hecho.

—Bueno, no sé, has firmado por dos años. Pero lo tendré en cuenta, aunque el tío Gerard hubiera desaprobado tal falta de compromiso. Y ahora, vamos —ordenó Galcerán reemprendiendo sus pasos—. A ver si me acuerdo de cómo llegar a la *universitas* de herbolarios y boticarios.

XII

Sólo el campanario sobresalía de entre las casas. Al aproximarse se divisaba el extraño tejado inclinado de la iglesia y parte del palacio, y ni tan siquiera los ruidos que llegaban hasta mí parecían los mismos, pues apenas sí se gritaba en el mercado y sólo los murmullos del guajolote se elevaban libres, sin la competencia de los ladridos de los perros que en otros tiempos hicieron famoso Acolman. Huemac dormía sobre mi pecho, pero pronto despertaría para reclamar alimento, por lo que dejé atrás el riachuelo antes de que el sol llegara a su cenit. Regresaba a casa, un ciclo lunar más perseguida por la frustración.

«Podrás encontrarnos allí donde Xochiquetzal te eligió», me dijo el nigromante. Por eso, desde el bautizo de mi hijo, lo envolvía alrededor de mi cuerpo, le quitaba la cruz de san Antón y me lo llevaba a Teotihuacán. A aquella ciudad peregrinaba Motecuhzoma, el antiguo *huey tlatoani* mexica, con cada ciclo lunar. Y en uno de sus viajes supe que Xochiquetzal, la diosa flor hermosa, me había elegido. «Coyolxauhqui te guiará», aseguró el nigromante. Así que salía de día, pero sólo cuando la luna llena permanecía en el cielo, como si se atreviera a desafiar al Huitzilopochtli naciente.

Aunque sabía dónde se habían hecho ritos a Quetzalcóatl, no me atrevía a buscar la cueva a la que Yaretzi me llevó por miedo al ataque de algún jaguar. Y precisamente por el peligro que representaban, estaba convencida de que las palabras del nigromante se referían a alguno de los templos abandonados de Teotihuacán, los únicos que se mantenían en pie por aquellas tierras. Sin embargo, allí sólo hallé, una vez más, matojos que se comían la desierta ciudad de los dioses, y ahora tendría que esperar a que se completara el siguiente ciclo lunar. ¿Sería tiempo suficiente? Cada día temía que llegara un mensaje anunciando la partida de Zolin. Y esto aumentaba mi ansiedad, mi necesidad de reencontrarme con lo que quedara de nuestros ritos, pues de alguna manera sentía que rogar por el retorno de los antiguos dioses era rogar por el de mi esposo.

Llegué a las huertas que cercaban Acolman y caminé entre los senderos, cuidando de no pisar las plantas de las calabazas, que se arrastraban por la tierra. Entonces vi a Juan a lomos de aquel caballo pardo traído de Tenochtitlán, sobre el que se exhibía en sus cada vez más habituales visitas. De pronto me di cuenta de que estas coincidían con los ciclos lunares, y me pregunté si ello tenía algún significado, pero no intenté encontrar una respuesta y seguí mi camino, procurando que no me viera. Sus ojos cada vez me parecían más turbadores. Tomé una callejuela en la que sólo me crucé con la respetuosa mirada de soslayo de dos campesinos, pero no lograba sacarme de la cabeza el brillo en los ojos de Juan cada vez que se dirigía a mi hijo como Hipólito. «Es el santo patrón de los caballos, ¿lo sabías, Carmen? —me decía—. Mi sobrino será el mejor jinete de estas tierras y, Dios mediante, recibirá la mejor educación en Texcoco.»

Con un suspiro, entré en el palacio por la puerta trasera que daba a nuestro huerto. Lo rodeé, y al llegar a la estancia donde dormía con mi marido, me lo encontré en la puerta, sentado sobre una estera. Cabizbajo, con las piernas dobladas, sujetaba la cruz de san Antón entre sus manos. Cuando llegué a su altura, alzó la cabeza y me clavó una mirada entristecida.

—¿Dónde has estado? —preguntó.

—He ido a buscar hierbas —respondí mostrando el manojo que llevaba.

Él bajó la vista y me senté a su lado. Desprendí a Huemac de la tela que lo sujetaba a mi cuerpo, y el pequeño se despertó con un leve quejido. Me apresuré a sacar el pecho de mi blusa y el bebé se aferró al pezón. Yo notaba el tacto del brazo de Zolin sobre el mío, e intuí que se volvía para mirar al pequeño.

—Lo has sacado sin la cruz —susurró—. Acordamos que no saldría sin ella.

—Era al amanecer, y he ido al campo, Zolin.

—¿Para qué tan temprano? —preguntó irritado.

Evité sus ojos, con la sensación de tener una cuenta pendiente, pero sin ver el momento de saldarla.

—Sabes que me gusta aprovechar el día —respondí a la defensiva.

No me atreví a contarle nada acerca de mi encuentro con el nigromante porque sentía que me llevaría a formularle preguntas cuyas respuestas me atemorizaban.

—Ameyali, sales siempre con la luna llena. ¿Crees qué no me he dado cuenta?

—Es porque indica el momento del mes propicio para recolectar las hierbas.

—De acuerdo, no te lo discutiré —se apresuró a decir, como si temiera que yo añadiera algo más—. Si queda algún dios antiguo para quien las cosas no han cambiado tanto, seguro que es la diosa Coyolxauhqui. Pero ponle la cruz al niño, sólo te pido eso. Mi hermano anda por aquí...

—Lo he visto. No sabe que he sacado a Huemac sin la cruz.

—¡Es igual! ¿Tanto te cuesta complacer a tu marido? —se exasperó él.

Callé. Cambié a Huemac de pecho y me mantuve en silencio. La noticia de su marcha a Castilla me hizo desistir de hablar acerca de su actitud en el bautizo. Me limité a aceptar que mi hijo llevara la cruz para, como decía Zolin, protegerlo de los clérigos que destruyeron los templos de nuestros dioses. Pero ¿precisamente aquella?

—¿Por qué la guardaste? —murmuré.

—¿Cómo dices?

Entonces lo miré.

—Es la cruz que me arrancó fray Antonio cuando concebimos a nuestro hijo. Dijo que el acto era pecado. ¿Por qué la guardaste?

—Supongo que no me atreví a tirarla —respondió él encogiéndose de hombros, y volvió la mirada hacia el colgante, ahora en sus rodillas.

—¿Por qué? —La pregunta huyó en un susurro de mis labios, sin que mi miedo tuviera tiempo de detenerla.

—No quería ofender al dios único —respondió con el ceño fruncido. Luego enarcó las cejas y me miró con una profunda tristeza en sus ojos—. ¡Venció a nuestros dioses!

—Pero no están muertos, Zolin —respondí con un nudo en la garganta—. ¿No creerás que nuestro hijo es fruto del pecado, que es una ofensa a ese Dios?

—No, pero... —Su voz se quebró y sus ojos acudieron en busca de Huemac—. Temo por él, Ameyali, por nosotros.

Conmovida, le acaricié una mejilla y él se refugió en mí apoyando su cabeza en mi hombro.

—Sólo prométeme que le pondrás la cruz cuando yo no esté, por favor —me suplicó con un sollozo ahogado.

Juan azuzó al viejo *Parrado*, que entró al galope en el patio de armas de su palacio en Acolman. Pedro Solís había insistido en que se lo llevara, pues su futuro cuñado no podía moverse por su ciudad sin montura. El cacique hizo que el caballo se detuviera y bajó, pero sentía que el paseo matinal no había desvanecido su mal humor. Itzmin tomó las riendas, dispuesto a llevar el corcel al abrevadero que había delante de la caballeriza. El viejo criador de perros tenía habilidad con todo tipo de animales, y había aprendido rápidamente a atender las necesidades de *Parrado*.

—Cepíllalo bien en cuanto acabe de beber.

—Sí, mi señor —respondió Itzmin.

Juan se volvió y subió con ímpetu las escaleras hacia la planta noble de palacio. Diversos escribas trabajaban en las estancias que daban al soportal, llevando el control de los tributos e instruyendo los litigios que se producían en las diferentes aldeas, ya fuera por algún disturbio o por el uso de las tierras. Escribían como siempre, sentados en el suelo y realizando tareas que no diferían mucho de las de épocas pasadas; sin embargo, lo hacían bajo las ventanas, algo de lo que adolecían los palacios de antaño. Juan pasó de largo mientras pensaba: «Por lo menos Santiago no los esconde como hace consigo mismo». Cada vez le irritaba más saber que su hermano seguía durmiendo en el oscuro cuarto de los aperos, en la parte de atrás, como un vulgar sirviente. «Y todo por culpa de la sacerdotisa», se decía mientras hacía sonar sus botas por el soportal. Su plan con el bautismo de Hipólito no había funcionado del todo, y la conveniente ausencia de Carmen durante la ceremonia nada tuvo que ver con una crisis matrimonial, como él había deseado, sino que más bien se debió a todo lo contrario. De alguna manera, Santiago lo había organizado para que ella no asistiera, pero sin necesidad de contarle su compromiso de criar al pequeño como cristiano. A cada visita posterior al bautizo que hizo a Acolman, Juan albergaba la esperanza de que su hermano hubiera hablado, e incluso lo provocaba aludiendo a la escuela cristiana de Texcoco, pero cuando Carmen estaba presente, él siempre evitaba el tema, por lo que dejó de mencionarlo.

Con un manotazo sobre el pomo, abrió la puerta de su estudio y entró. Al igual que los castellanos, cada estancia de aquel palacio tenía un uso, y el mobiliario era acorde con el mismo. Allí tenía la mesa en la que despachaba la correspondencia y los asuntos de la ciudad, pero le disgustaba pensar que su hermano no la empleaba, ya que prefería trabajar siempre en la misma estancia que los escribas. «Quizá su visita a Castilla le cambie y le haga entrar en razón», pensó Juan mientras tomaba asiento. Con su hermano manteniendo las costumbres antiguas tan a la vista no podía traer a Rosario, ni mucho menos a Pedro Solís y doña Dolores. Ahora más que nunca cobraba importancia afianzar ese matrimonio, pues si Cortés se llevaba a Santiago como forma de chantaje, más necesaria se le hacía la alianza con Solís. Tras un año de cortejo, Rosario aceptaba el compromiso, y de buen grado, ya que lo consideraba poco menos que un príncipe. Pero en su futura visita, debía asegurarse de que no se sintiera en el palacio de un indio, sino en el de un noble castellano.

Se recostó en el respaldo de la silla y sopesó la situación. El problema inmediato radicaba en cuánto tardaría Cortés en llevarse a Santiago. De momento, Solís no insistía en venir con las dos damas, pues Juan le recordaba que aunque el caudillo estaba refugiado en Cuernavaca, Acolman seguía siendo su encomienda. Por ello resultaba más prudente esperar a que él se marchara a Castilla. Pero Solís a menudo era una persona impaciente, y Juan temía que insistiera, sabiendo a Cortés más ocupado con otros menesteres. «No sé cómo permití que esa mujer entrara así en la vida de mi hermano —se dijo mientras se erguía con brusquedad—. Tengo que separarlos como sea.»

Entonces alguien golpeó la puerta y se tragó su irritación con una llamada a su paciencia.

—Adelante.

La puerta se abrió con un leve chirrido y asomó Ignacio, un hombre de su misma edad, rostro flácido y piel muy fina. Su complexión fornida, propia de un guerrero, siempre fue desaprovechada, pues desde joven ejerció como recaudador de tributos de Texcoco en Acolman. Pero tras la entrada de los castellanos, dejó el servicio en la desbandada corte de Cacama incluso antes de que este fuera ejecutado y se puso a su servicio, llegando a dirigir los asuntos de Acolman cuando él y Santiago se habían ausentado de la ciudad.

—Mi señor —saludó con reverencia, y le tendió un pergamino que llevaba en la mano—. Ha llegado este mensaje para usted.

Procedía de Texcoco, pero estaba lacrado con el sello de Cortés. Juan lo abrió con impaciencia, y a medida que sus ojos recorrieron la escritura náhuatl con los que los castellanos enviaban órdenes a los caciques naturales de las ciudades, su rostro enrojeció.

Zolin temía al dios extranjero porque había vencido a los nuestros. Saber esto, en parte me alivió, porque de alguna manera él seguía creyendo en ellos. Pero no le conté nada del nigromante, sino que le llevé a combatir su desesperanza con mi cuerpo, entre jadeos sudorosos y el mandato de mis movimientos sobre su ansiosa precipitación.

Luego apenas se quedó en la estera y entendí que la precipitación poco tenía que ver con el deseo incontrolado.

—Tengo que ir a atender asuntos con mi hermano —señaló mientras se dirigía al baúl tejido donde guardaba su ropa.

—Claro —respondí cubriéndome con la blusa—. Yo también tengo cosas que hacer. Huemac no tardará en despertar, y quiero ayudar a Yaretzi en la cocina.

—No es necesario.

—¿Por qué está Juan aquí? —Se me escapó en un tono más seco de lo que hubiera deseado.

—Porque no es digno de tu posición —respondió él, desnudo y de pie, clavándome su mirada con rabia.

Me levanté, a punto de responder a su brusquedad, pero me di cuenta de lo absurdo que era iniciar una discusión por aquello y me contuve. Como si leyera mis pensamientos, él relajó su expresión, se acercó y me besó.

—Es la partida, nos pone nerviosos —me susurró en un abrazo—. No quiero alejarme de ti, pero no es culpa de Juan.

—Lo siento —respondí separándome un poco. Él me mantenía sujeta por la cintura; yo le acaricié la mejilla y luego, con mis manos en su torso, añadí—: Pero no me digas que ayudar a Yaretzi no es digno de mi posición. Cuando te vayas, necesitaré estar ocupada y rodeada de gente querida. A no ser que creas que tu hermano me considerará una criada por ello.

Zolin bajó la mirada, en silencio. Yo sonreí con amargura y le besé la frente. Al final yo tenía razón, y su reprimenda anterior era por Juan. Pero callé, consciente de que, más que su partida, quien tensaba nuestra relación era su hermano. Huemac murmuró entre sueños y, con suavidad, solté las manos de mi esposo de mi cintura. Me volví hacia el otro extremo de la sala y tomé al pequeño en brazos. Luego le dirigí una sonrisa y salí de la estancia.

Recogí del suelo el manojo de plantas que había recolectado, pues no quería que Zolin se diera cuenta de cuán inútiles eran, y me senté al borde de la huerta. En la parte más alejada crecían tomateras, que se enfilaban por los palos en un enramado piramidal. El sol estaba cubierto por finas nubes blancas, pero su luz mate no dejaba de desprender calor. Sentía que mi marido no quería admitirlo, pero él también se daba cuenta de la tensión que provocaba su hermano en nuestra relación. Antes de casarnos, nos tomábamos con humor los cambios de Cipactli, cada vez más castellano, más Juan. Pero desde el regreso de Cortés, desde mi salida precipitada de Tenochtitlán y la boda, un vago temor nos impedía hablar del tema. Entonces me di cuenta de que si no le había contado nada a Zolin del nigromante y de mi propia búsqueda, no era porque dudase de sus creencias, sino por miedo a que su hermano se enterase.

Huemac despertó y agitó manos y pies como si quisiera desentumecerse. Le acaricié la mejilla y sonrió con un gorgojeo que disipó dudas y pesares. Lo senté en mi regazo, su espalda apoyada en mi vientre, y tarareé una melodía. Entonces, de entre las tomateras, apareció Yaretzi portando alguno de sus frutos rojos. Zolin salió de la habitación vestido con una túnica verde mientras la mujer se acercaba. Ella no dijo nada cuando vio el manojo de plantas que yo había traído esa mañana, sólo miró a mi marido de soslayo y este, al advertirlo, dijo encogiéndose de hombros:

—Más vale que me acostumbre a estas ropas. No creo que cuando parta me dejen llevar otras.

Aunque yo sabía que la mirada de la anciana nada tenía que ver con el vestuario, ella le sonrió inclinando la cabeza y luego tomó las plantas.

—Las prepararé para... los remedios —dijo con expresión adusta.

Yo no había dejado de tararear, y le dediqué una sonrisa agradecida, a pesar de la reprimenda en su mirada. Ella sabía, pero no le gustaba que actuara a espaldas de Zolin. A pesar de ello, respetaba mi decisión como jamás antes lo había hecho.

La portezuela que conectaba el huerto trasero con el patio de armas chirrió. Todos volvimos la cabeza y yo dejé de tararear. Juan se acercaba con el rostro contraído y un andar furioso. Al llegar a nuestra altura, le tendió un *amatl* arrugado a Zolin mientras clavaba en mí su mirada como si sus ojos fueran una daga. Huemac se revolvió en mi regazo, inquieto, y de pronto se me ocurrió que mi marido también temía a su hermano, de ahí la insistencia de la cruz sobre el pecho de nuestro hijo o lo de mantener las formas sociales de mi noble posición.

—Esto es en pocos meses —dijo entonces Zolin, mirando a su hermano con un brillo de alegría en los ojos.

—¿Es sobre tu partida? —pregunté desconcertada por la sonrisa de mi marido.

Él me miró.

—Nuestra partida, mi amor. Vienes conmigo a Castilla.

XIII

Roma, año de Nuestro Señor de 1527

Galcerán entró en el hospital del Santo Spirito con la parlota en la mano y subió las escaleras hacia la austera celda que se había convertido en su alojamiento. Con un suspiro de alivio se desprendió del capotillo de su uniforme de gala y lo tiró con descuido sobre el camastro. Luego se desprendió de los zapatos, cuya lazada le parecía tan superflua como ridícula, y se desabrochó el brillante jubón. Prefería el uniforme de campaña, pero no podía presentarse así a las reuniones del mando. «Probablemente lo usaré muy poco de ahora en adelante», se dijo mientras se sentaba en la silla. Puso los pies descalzos sobre la mesa vacía que se empotraba en la pared y, recostado en el respaldo, miró por el ventanuco. El Tíber descendía oscuro bajo un cielo incierto, cuyas nubes discurrían sin decidirse a ocultar el sol.

«Ya no hay vuelta atrás», pensó. Mantendría el rango de coronel, aunque los hombres bajo su mando quedarían reducidos a dos compañías en cuanto las tropas abandonaran Roma. «Espero que valga la pena», se dijo llevándose las manos tras la nuca para recostar la cabeza. El descontrolado saqueo duró una semana, y hacía casi un mes que cierta sensación de orden había regresado a la ciudad, a pesar de que el ejército imperial seguía allí y el Papa permanecía preso en el castillo de Sant'Angelo. Pero en cuanto Clemente VII entregara los cuatrocientos mil ducados del rescate, que Galcerán estaba seguro que ahora pagaría por él mismo como no lo hizo en su momento por la ciudad, las tropas de Carlos V se retirarían. Sólo quedarían unos pocos a la espera de los embajadores encargados de negociar el tratado de paz.

Él se había presentado voluntario para permanecer en Roma, prefiriendo por primera vez en muchos años la inactividad a la guerra, y había solicitado que el conde de Empúries también lo hiciera como oficial médico. Alegó para ello que los recelos de los romanos tras el saqueo no hacían fiable la atención médica local. Pero en realidad su solicitud se basaba en el parentesco que los unía, y que le impulsaba a impedir que Martí se enfrentara a una verdadera batalla.

El joven conde le generaba mucha curiosidad. Jamás se refería a Gerard de Prades como su abuelo, incluso evitaba hablar de él, parecía rechazar su título nobiliario y le había dejado claro que prefería ser el médico, sin más. Con un suspiro, se preguntó si él mismo habría elegido aquella vida militar de no sentirse impulsado a huir. Pero pronto sacudió la cabeza, a sabiendas de que ya no cabía vuelta atrás. No sabía vivir otra vida que la del desarraigo, y debía reconocer que, a pesar de la añoranza de los primeros años, había aprendido a disfrutar de la libertad que le brindaba. Amó a Gerard de Prades como al padre que no tuvo, quizá más, pues siempre se sintió desbordado por un sentimiento de deuda y agradecimiento hacia el viejo noble. Pero con los años, con sus propios actos a la espalda, y sobre todo con aquellos que le habían llevado a cuestionarse su propio honor, Galcerán a veces creía entender el silencio de Martí y se preguntaba si había hecho bien al no dejarle marchar.

Querían cerrarle la boca, y ya le parecía bien, la cerraría. Pero Alfons Mascó siempre dejó claro a fray Benet que no le interesaba el dinero. La súbita desaparición de Martí Alzina le había dejado sin la recompensa deseada, por no hablar de la venganza. Pero en su intento por salvar la situación, aunque no había encontrado pistas del prófugo ni averiguado la procedencia de su teórica fortuna, sí que se topó con una puerta abierta en su propio beneficio. Y aguardaba ahora en el jardín del palacio episcopal para apropiarse de ello. Alfons estaba convencido de que su suerte al fin volvía.

Había tenido una mala racha con el juego, que dejaba al descubierto un agujero en las cuentas de su padre, pero esperaba estar lejos cuando este lo descubriera. «Con mi nueva posición, le haré ganar más de lo que jamás imaginara. Podrá comerciar con Inglaterra directamente, sin pasar por los mercados de Génova o Florencia», se decía. El fallecimiento del obispo Miquel, en verdad, se había convertido en un golpe de suerte.

Se decía que habían hallado el cadáver del prelado en la cama, con semblante apacible y una cruz entre sus manos. Pero a Alfons le parecía sospechoso que la muerte hubiera sucedido poco después de que hallara aquella carta entre los libros de la casa del *call*. Escrita por un judío llamado Isaac, aludía a la marcha de su hijo Miquel con la corte de Carlos V, como secretario de su predecesor en el obispado de la Ciudad Condal. Alfons no daba crédito a su buena fortuna y no le extrañaba que quisieran acallar todo el asunto.

Mucho debía de ser lo que temieran que desatara todo aquello, pues en ese momento aguardaba para ser presentado a Miquel Mai. De origen barcelonés, micer Mai había sido fiel servidor del difunto rey don Fernando como vicecanciller de la Corona de Aragón, y su formación en derecho así como sus habilidades diplomáticas ahora estaban al servicio de Carlos V. Alfons dejaría la ciudad sin ser caballero, cierto, pero prestar sus servicios a Miquel Mai le podía llevar directamente a la corte de su majestad.

—Mi querido amigo... —oyó tras de sí.

El joven se giró y vio cómo fray Benet se acercaba con los brazos extendidos. Bajo su hábito dominico, las sandalias hacían crujir los matojos resecos por el sol veraniego.

—No esperaba que me recibiera usted en persona —mintió Alfons tras una reverencia.

—¿Cómo no? Mis progresos en el servicio al Señor sin duda han hallado el camino gracias a usted. —El fraile le puso una mano en el hombro y le invitó a avanzar hacia el interior de palacio—. El nuevo obispo le espera. Aunque me temo que ha habido un pequeño cambio de planes.

—¿Cómo? ¿Acaso no está con él micer Mai?

Fray Benet puso un pie en la escalera que los llevaría al segundo piso.

—Sí, desde luego, y deseoso de conocerle. Le hemos recomendado enérgicamente, y seguro que usted acabará de convencerlo para que le incorpore entre los funcionarios que llevan sus cuentas reales.

Desconcertado, Alfons se agarró a la baranda de piedra para ayudarse a subir la escalera. Fray Benet ya estaba unos cuantos pasos por delante cuando el joven comentó:

—Entonces, discúlpeme, pero no entiendo en qué han variado los planes.

—Como sabe, el emperador tenía pensado enviar a Miquel Mai a las islas británicas para que se encargara de resolver el feo asunto del pretendido divorcio entre Enrique VIII y su tía Catalina de Aragón. Eso es lo que ha cambiado, los planes de su majestad. Miquel Mai ya no va a Inglaterra.

—¿Y adónde se le envía? —preguntó Alfons con cierto recelo, pues si el emperador quería dejarlo en Barcelona, la situación con su padre se ponía muy difícil para él.

Fray Benet se detuvo en lo alto de la escalera y se volvió con una enorme sonrisa complacida.

—Se lo contará él mismo, pero le agradará. Es el mejor destino que cualquier hombre piadoso pudiera imaginar. Y a usted, Alfons, Dios le guía, no me cabe duda.

Bajo un joven árbol de la orilla, Martí contemplaba el ir y venir de las barcazas por el río Tíber. De sus aguas se elevaba un olor fétido, mezcla de orín y bochorno estival. «Si lloviera, todo quedaría limpio», pensó. Pero las blancas nubes que moteaban el cielo no permitían esperar que eso ocurriera.

Tras él, el hospital del Santo Sprito se erigía imponente sobre sus arcadas, y el médico se preguntaba cuánto tiempo más permanecería alojado en aquel edificio. La nave principal contaba con unas mil camas, y en los pabellones había vuelto el orden que separaba a hombres de mujeres. Él aún atendía a algunos soldados y acompañantes de las tropas, pero ya no venían a consulta tanto como antes del saqueo, y los romanos, escarmentados por todo lo sucedido, preferían los servicios de los médicos de la ciudad, por lo que el joven no tenía demasiado trabajo. Aun así, sospechaba que se quedaría. Galcerán no se lo había anunciado oficialmente, pero entre las tropas se decía que se había presentado voluntario para guardar Roma.

«Quizás atienda mi petición y arregle las cosas para librarme del contrato», se dijo carente de entusiasmo, pues ninguna fe acompañaba a sus pensamientos. Sentía que nunca había tomado las riendas de su vida, y lo peor era que se engañaba cuando creía que lo hacía. Pero ahora que era consciente de ello, necesitaba imperiosamente tomarlas. Y sentía que el primer paso era recuperar la libertad que el ejército le quitaba. Unos pasos sobre la hierba reseca interrumpieron sus pensamientos.

—¿Poco trabajo? —oyó que decía tras de sí su primo.

Martí no pudo evitar una punzada de rabia, por lo que ni siquiera se volvió. Galcerán ignoró su gesto esquivo, se sentó a su lado y con la mirada sobre el río comentó:

—Supongo que ya te has enterado de que nos quedamos.

Martí se cruzó de brazos y no respondió.

—¿Estás enfadado porque no te libero de tu contrato? Bueno, me lo agradecerás. No es muy honorable incumplir los compromisos adquiridos.

—No sabes nada de mí.

—Sé que eres un buen oficial médico, aunque, la verdad, ignoro todo el resto sobre ti. Mi joven conde, me tienes desconcertado.

—Y tú prisionero.

—No —sentenció el coronel—. Tú te comprometiste a esto, viniste voluntario y cobrando. Pero, ¡ah!, la sed de aventuras ya quedó saciada y ahora el señor se quiere volver a casa. Pues no, te doy la oportunidad de que cumplas con honor. Nos quedamos porque no tengo claro el motivo que te trajo aquí, y aunque me creas cruel, no te voy a hacer pasar por una batalla de verdad. Soy tu coronel, y como tal ejerzo, pero también te protejo como miembro de tu linaje.

Martí lo escrutó. Sus ojos rasgados desprendían un brillo de dura franqueza, y, después de todo, debía reconocer que desde su llegada a Viterbo le había protegido. El joven, pensativo, desvió la mirada hacia el río.

—Jamás vine por sed de aventuras —se le escapó en un murmullo.

—Y, entonces, ¿por qué? —preguntó Galcerán en tono conciliador.

Martí se volvió hacia él.

—¿Y tú por qué estás aquí?

Su primo sonrió y se puso en pie.

—Mira, si tanto te disgusta el ejército, espabila. Yo soy tu coronel, pero tú eres el conde de Empúries. Y si te sabes mover aquí en Roma, lo que yo decida no tendrá valor.

Y tras darle una palmada en el hombro, se alejó. Martí observó cómo se marchaba ribera arriba, hasta que accedió a una calzada y desapareció de su vista. Entonces el joven se permitió suspirar, confuso: según su sentido del honor y del compromiso, Galcerán le estaba ayudando.

XIV

Castilla, año de Nuestro Señor de 1528

En la cubierta de la nao, los quetzales enjaulados se agitaban inquietos mientras el jaguar, en la otra esquina de cubierta, dormitaba en su jaula, acostumbrado ya a la algarabía de las aves y al balanceo del barco. Habíamos subido nuestros equipajes a cubierta, y excepto los hombres blancos como la leche salidos del jardín de las rarezas humanas del difunto Motecuhzoma, casi todos aguardábamos fuera, pues aquel día llegaríamos a nuestro destino, el puerto de Palos. Una expedición de dos naos se hizo a la mar en Villarrica de la Veracruz hacía más de cuarenta días, y no se habían detenido en ningún puerto.

Dos tlaxaltecas practicaban juegos malabares con una bola de caucho, y algunos marineros ociosos los observaban entre aplausos. Yo permanecía apoyada en la borda, con la mirada perdida en el horizonte, donde los delfines saltaban libres y ufanos sobre las olas. De pronto, estruendosas risas hicieron que me volviera hacia el castillo de popa, pero desde donde yo estaba no llegué a ver a Zolin ni a ninguno de sus acompañantes, por lo que mis ojos volvieron sobre el agua, ahora solitaria. Empecé a tararear una canción, la última que le cantara a Huemac antes de mi partida, pero inventando una letra que hablaba de los animales vistos a lo largo de la travesía. Aunque esto no eliminaba el vacío que se había apoderado de mí, lo hacía más llevadero.

Durante los primeros días de navegación, el recuerdo de mi hijo era lacerante, y sólo el mareo y los vómitos parecían dar tregua a mi corazón dolorido. Cortés me llevaba para que cantara delante de su rey, y por lo menos había avisado a Juan con tiempo suficiente para que pudiera, poco a poco, retirar el pecho a Huemac y acostumbrarlo a otros alimentos. Lo dejé en brazos de Yaretzi, y él lloró como si supiera que mi marcha provocaría una ausencia más larga de lo habitual. Pero no podía acompañarnos, pues el viaje era demasiado arriesgado para el pequeño.

Salimos de Acolman acompañados por Ignacio. A mi marido se le permitía viajar a Castilla con un vasallo, y dado los servicios prestados a la familia, Juan le pidió que fuera Ignacio Iluhicamina. Pero desde el mismo momento en que nos condujeron ante Cortés en Villarrica, Zolin y su servidor se alojaron por un lado y yo por otro. No viajamos como matrimonio y ni siquiera gozábamos de la misma posición. Junto a otros seis importantes nobles mexicas, él formaba parte de un séquito de tan altos dignatarios como el hijo de Motecuhzoma ahora llamado Pedro. Nobles y vasallos como Ignacio formaban un grupo de treinta y nueve hombres, alojados aparte de los malabaristas, juglares y músicos. Yo me hallaba entre ellos, junto a alguien que ya conocía: Jonás, el larguirucho texcocano que organizó el espectáculo de bienvenida a Cortés en el palacio de Nezahualcóyotl, dos años antes. «Tienes una voz demasiado maravillosa como para que nadie la olvide, Ameyali —me dijo—. Al oírte cantar es como si oyera a la mismísima Xochiquetzal.» Fue él quien me ayudó a salir a cubierta durante los primeros días, cuando el malestar producido por el mar y la ausencia de mi hijo me mantenía postrada en el camarote comunitario donde nos alojaban.

Mis labios se agrietaron a causa del aire preñado de sal, me acabé adaptando al brusco vaivén del oleaje, pero aun así mi cuerpo a menudo seguía rechazando el alimento, como si fuera incapaz de digerir la ausencia de mi pequeño. Jonás siempre me cuidaba, no sólo procurando que intentara tragar el pan de cazabe, sino también ayudándome a sobrellevar el vacío. Como artista que era, él adoraba a Xochiquetzal sin tapujos, y antes de saber que yo había sido su sacerdotisa, me consideró su elegida. Pero me sorprendió cuando un día me confesó que se sentía especialmente guiado por Xolotl.

—Es el dios de las deformidades y conduce a los difuntos al Mictlán —le dije desconcertada—. No entiendo cómo puede guiarte.

—También es el dios de los gemelos. Y yo nací con una hermana que murió a los pocos días. Siempre he sentido que traje mala suerte a mi casa, y que me falta una mitad, así que busco su voz en Xolotl. Aunque contigo... —Se encogió de hombros y me miró algo ruborizado—. Eso está cambiando. No sé, me gusta pensar que ella hubiera podido ser como tú.

Entendí entonces que me cuidaba como a la hermana que perdió, y di gracias a Xolotl por enviarme aquella ayuda. Con Jonás pude desahogarme de mis penas, y también encontré la forma de ocupar el tiempo, pues a él se le ocurrió crear letras para melodías que ya conocíamos. «Le cantarás a tu hijo lo que aprendas, todo lo nuevo y desconocido que veas», me dijo más de una vez a lo largo de aquel viaje.

Apoyada en la borda, intentaba que la última jornada en el mar pasara lo más rápido posible. Pero de pronto la melodía se me hizo amarga en la garganta, la brisa agitó mi cabello y un escalofrío me recorrió la espalda. La piel se me erizó, y me di cuenta de que no era a causa del aire, sino de un súbito miedo. Por primera vez, el vacío por la separación de mi hijo se volvió temor de no regresar, de no verlo más, y caí en la cuenta de que no sabía nada de la corte a la que nos llevaban, nada de las intenciones que sobre mí pudiera tener aquel rey. ¿Y si yo era un regalo para su lecho, como sucedió con Cortés en Texcoco? ¿Me reclamaría Zolin como esposa? Hasta entonces no lo había hecho...

—Me parece que tus pensamientos se han llenado de fantasmas —comentó una voz rasgada.

Me volví y me sentí reconfortada ante los grandes ojos negros de Jonás. Sus finos rasgos, casi femeninos, desprendían una dulzura que se realzaba con su tierna sonrisa. Y con la misma dulzura apartó un mechón de pelo que caía sobre mi rostro mientras añadía:

—Deberíamos inventar juntos nuevas melodías. Podríamos cantarlas en medio de la plaza de tu Acolman.

Sonreí al imaginarme la escena, con Juan enrojecido por la rabia.

—Creo que mi cuñado nos echaría —respondí mirando de reojo hacia el castillo de popa, donde debía de estar Zolin.

De pronto, mi sonrisa se nubló al ver a Ignacio apoyado en la baranda, observándonos. Jonás se volvió para averiguar qué atraía mi atención, y entonces dijo en tono burlón:

—Creo que nos espía para tu marido. —Dejó caer los párpados, con un gesto exagerado, y en tono irónico, añadió—: Teme que mi encanto masculino te seduzca.

Consiguió hacerme sonreír de nuevo y rogué a Xochiquetzal para que Jonás pudiera acompañarme en la actuación ante aquel rey desconocido. Él no echaba de menos los viejos tiempos, porque seguía viviendo como siempre lo hizo, sólo que, como decía, «ahora el mundo es más grande». Por eso iba en aquel barco por decisión propia, pues estaba deseoso de conocer la tierra de los castellanos, pero, a diferencia de Juan, aprendía de los extranjeros sin renunciar a lo que siempre fue. Excepto en una cosa.

—Jonás, ¿cuál era tu nombre náhuatl?

Él se ruborizó levemente.

—Pues era...

Pero el griterío que se desató cuando anunciaron puerto a la vista no me dejó oír la respuesta. Tomó mi mano y me arrastró hacia la borda contraria. Barcazas iban y venían desde una playa a diferentes embarcaciones cuyas velas estaban plegadas. Las había de un palo, de dos, pero ninguna era del tamaño de las naos que traía la expedición de Cortés.

—Vamos a ver, orden. Apártense —nos gritó uno de los oficiales que siempre solía vocear para que arriaran o extendieran velas—. Primero bajará don Hernán Cortés junto con los nobles.

Nos hicimos a un lado, formando un pasillo, y del castillo de popa descendió el caudillo, vestido de riguroso negro, con una capa azulada ondeando al viento. Tras él, lucían sus más ostentosos penachos los dignatarios de nuestra tierra, y me emocioné al reconocer a Zolin entre ellos, con los mismos mantos que llevaba cuando consagramos nuestro matrimonio. Excitada, tomé la mano de Jonás y él murmuró a mi oído:

—Es imponente, hermoso marido.

Cortés se detuvo delante de la borda, a la espera de una barcaza. Zolin quedó justo ante mí. No me miraba, sino que mantenía la mirada hacia el frente, como el resto de dignatarios. Pero yo podía oler el perfume amaderado de su piel, y mi corazón se aceleró.

La barcaza debió de llegar a los pies del casco, pues Cortés entonces se acercó a la escalera y descendió. Justo en ese momento, Zolin me miró por un instante, pero fue con furia, y su voz escupió:

—Suéltale la mano. Recuerda quién eres.

No se ocultó Cortés a su paso por Sevilla, pero tampoco organizó un desfile que, en caso de darse, quedaba reservado para el rey. Aun así, se dispuso un orden al entrar en la ciudad, en el que don Hernán iba precedido por sus capitanes castellanos y, tras él, los más importantes nobles nahuas que trajera consigo. Zolin, ataviado con una túnica azul ribeteada con hilos plateados, se arrepintió de no haber aprendido a montar como su hermano. De haber sido así, ahora iría al lado del mismísimo Pedro de Motecuhzoma, quien ataviado como él, montaba a lomos de un corcel enjaezado, lo cual entre aquellas gentes parecía indicar rango. En cambio, se veía trasladado en aquella carroza, junto a los otros dos altos nobles tlaxaltecas que no sabían montar, y seguidos por el grueso de sus vasallos, algo más apretujados en sus carretas. Zolin vio detrás a Ignacio, quien, con una discreta túnica oscura, bajó la mirada al cruzarse con la suya, en una señal de respeto que antes había reservado para su hermano, el señor de Acolman. «Ha visto que me dan el mismo trato que al hijo de Motecuhzoma», pensó orgulloso.

No era un desfile, pero las gentes se agolpaban al paso de tan singular comitiva, y vitoreaban o aplaudían con sorpresa ante lo que veían sus ojos. La silueta de una ciudad rodeada por un amplio río lleno de barcazas se dibujaba por delante, y aun así Zolin sólo podía dirigir su mirada hacia atrás. Cubiertos por el polvo del camino, los tesoros seguían a los vasallos de los altos nobles. El oro, tan apreciado por aquellas gentes, estaba escoltado por una guardia especial, y la carreta sólo dejaba ver una lona. En cambio, los mantos de pieles, los abanicos y las plumas, los espejos de obsidiana y demás, iban en cofres, aunque se había dejado algún objeto fuera para deleite de aquellos con quienes se cruzaban. Sin embargo, lo que llamaba más la atención eran los animales, a pesar de que no todos habían sobrevivido a la travesía.

Por detrás de estos, hacinados en sus carretas, y con las vestimentas que trajeran puestas de sus tierras, iban los malabaristas, los enanos y los músicos. A Zolin le disgustaba que aquel fuera el trato al que se veía reducida Ameyali, pero su único consuelo era que, si él no iba ataviado con los mantos y tocados de su tierra como en Palos, ella tampoco sería mostrada como si fuera una de las rarezas humanas del jardín que atesorara Motecuhzoma antes de la caída de Tenochtitlán. Zolin dudaba de que su mujer se hubiera casado con él por el rito extranjero, y se sintió dichoso cuando su hermano no le obligó a ello. Pero desde que llegaran a Villarrica de la Veracruz advirtió las terribles consecuencias de ello: a ojos de los castellanos, no era su esposa. Y la separación le hacía pensar que quizás ella, al ser consciente también de la invalidez de su matrimonio, se sintiera traicionada. Ignacio le había llamado la atención sobre la relación de Ameyali con aquel texcocano larguirucho, y sentía la punzada de los celos.

En el fondo del amplio salón, los reyes permanecían sentados en unas sillas de respaldo tan alto que sobresalía por encima de sus cabezas mostrando una complicada labranza de madera salpicada de oro. Ella era la mujer más pálida que había visto hasta entonces, de frente recta y boca pequeña. Llevaba el cabello recogido en una complicada disposición de trenzas que se abultaba a ambos lados de su cabeza, a la altura de las orejas. Su vestido era de falda amplia, en grana y naranja, y el corpiño se ajustaba a su cuerpo para acabar en un escote recto, pero la piel por encima quedaba cubierta por una fina tela blanca que llegaba alrededor de su cuello. Él vestía una casaca oscura por encima de su jubón y llevaba un abultado collar con un medallón que parecía un cordero. Tenía una cara alargada, y su barba corta no lograba disimular una prominente mandíbula. Sus grandes ojos de párpados caídos le daban un aire distraído, a pesar de que permanecía pendiente de mí.

El llamado rey Carlos y doña Isabel, su esposa, no me impresionaron, y si mi corazón palpitaba exaltado mientras avanzaba por aquel salón, era por Zolin. Los miembros de la corte reunidos en el palacio de Monzón estaban de pie y habían abierto un pasillo que me conducía directamente hacia los monarcas. Centenares de ojos seguían mi recorrido, entre murmullos y alguna risa, pero no por ello temía que se me quebrara la voz. Antes de la actuación, el rey y la reina ya habían admirado los penachos y mantos, abanicos y multitud de joyas y riquezas nahuas. Luego vino la exhibición de los enanos y los hombres y mujeres blancos como la leche, y la actuación de los malabaristas y los juglares. Yo era la última en aparecer ante la corte, vestida de blanco, pero no me inquietaba la impresión que causara en aquellos extranjeros, pues no actuaría para ellos, sino para mi marido.

Hacía casi un mes que habíamos bajado del barco, y apenas sí pude verle durante nuestros desplazamientos por aquellas tierras, pues él siempre estaba con los más altos dignatarios, no sólo mexicas, sino también castellanos. Cuando llegábamos a alguna ciudad, Zolin se alojaba en palacios y a mí me llevaban a una especie de *calmecac* que habitaban mujeres sacerdotisas a las que llamaban monjas. Me mantenían aislada, incluso del resto de artistas, y ni siquiera veía la villa o el campo donde estábamos. Pero ignoraba si mi esposo sabría que me trataban como a una sacerdotisa. A lo largo de aquel tiempo, no habíamos podido encontrarnos a solas, por lo que aquella era mi oportunidad para, sino hablarle, sí cantarle acerca de mi vacío como madre... y como esposa. Para ello, tenía preparada una letra de mi propia invención sobre una melodía conocida, pues los cantos de mi tierra casi siempre giraban en torno a los dioses, la vida, la guerra o los campos.

Al llegar ante sus majestades hice una reverencia, tal y como me habían enseñado, y de reojo pude ver a Zolin, en un lateral a mi izquierda. Vestía al estilo castellano, con una casaca amarilla, cosa que no me extrañó, pues ni en Sevilla ni en Extremadura habían sido tratados los dignatarios como curiosidades. Eso lo dejaban al grupo de artistas, aunque a mí, igual que me alojaban aparte, me exhibían en solitario, y antes de presentarme ante el rey, sólo había cantado dos veces: una, en un iglesia consagrada a la llamada Virgen de Guadalupe, en la tierra donde nació Cortés, y otra ante un sumo sacerdote del dios único vestido de color morado.

El tambor empezó a marcar el ritmo, y como si fuera parte de mi actuación, me volví hacia mi marido. Su cara permanecía inescrutable, y si bien era algo que podía deberse a las buenas formas, me hería no ver ningún esbozo de sonrisa, ninguna señal de complicidad. A mi mente entonces acudió la fiesta de Texcoco, y temí que abandonara la sala como entonces, cuando sabía que su hermano me iba a entregar al lecho de Cortés. Quizá con la misma intención me habían procurado aquel aislamiento, como cuando Juan me hacía creer que respetaba mi virginidad como antigua sacerdotisa. Se me bloqueó el aire en el vientre y me enfadé con Zolin: ¿por qué no me reclamaba como esposa? Moví los brazos en una suave danza y le di la espalda, procurando serenarme mientras me situaba de nuevo frente a sus majestades. De reojo, pude ver a Jonás con los otros músicos, armado con su flauta a la espera de mi voz. Pero seguía con la mente en blanco, así que dejé ir el aire en un agudo trino de pájaro que despertó murmullos de admiración a mi alrededor, e incluso me pareció que el rey alzaba sus enormes párpados. Como si con ello Jonás supiera que algo malo me sucedía, la flauta sonó y me indicó el tono. Con la melodía, regresó todo lo que quería decirle a mi esposo, y cuando la flauta calló, sonó mi canto.

Empecé con mi registro más grave, el que sonaba casi como un hombre, y acabé con mi voz más aguda, fina y delicada, la que le suplicaba a Zolin que no me convirtiera en Coyolxauhqui, la diosa luna, la diosa despedazada; le pedía que uniera las partes de mi ser con su amor, que me alimentara como Huitzilopochotli lo hacía al besar las flores y otorgarles así vida. Al acabar, en el salón retumbaron los aplausos e incluso sus majestades se levantaron de sus asientos, mientras yo me mantenía inclinada en una reverencia. De reojo, vi que mi marido también aplaudía, pero esta vez reconocí la emoción en sus ojos.

Entonces los aplausos cesaron y sobre mi cabeza sonó la voz del monarca:

—María del Carmen, en verdad tu canto es un prodigio del Señor, y me congratula que en tu tierra le hayas servido. —Y dirigiéndose a uno de sus sirvientes añadió—: Que sus aposentos estén al lado de la capilla de palacio, por si desea honrarle.

Me erguí, aunque en ningún momento miré a los reyes a la cara. Un hombre, vestido con una túnica verde oscuro, se había situado a mi lado y lo seguí hacia una puerta lateral, cercana al lugar donde se habían sentado los monarcas. Al retirarme, pude oír que el rey seguía:

—En verdad, mi buen señor Cortés, ha hecho bien en convertir en vasallos de la cristiandad a almas que, sin duda, albergan a Nuestro Señor. Él le dará sus beneficios en el Reino de los Cielos, y en la Tierra humildemente le ofrezco mis favores.

La puerta se cerró tras de mí, y el silencio sólo quedó roto por los pasos del sirviente al que seguía. Entonces de una esquina surgió un hombre que tropezó conmigo.

—Lo siento, disculpe —dijo en castellano. Pero enseguida reconocí la voz de Ignacio, quien añadió en un rápido náhuatl—: Te vendrá a ver acabada la fiesta.

Enseguida se volvió hacia el sirviente, se encogió de hombros con una sonrisa y repitió:

—Lo siento.

Ignacio continuó su camino, de vuelta hacia el salón, mientras yo seguí por aquel pasillo impregnado del olor de la cera. Zolin me vendría a ver, era lo que yo deseaba, pero no me invadía la ilusión, pues sólo podía pensar una cosa: si ahora le resultaba tan fácil enviarme una señal a través de su vasallo, ¿su silencio anterior era porque me estaba castigando?

Aquella gran habitación estaba dominada por la cama más enorme que había visto en mi vida. Tenía una estructura de madera que parecía convertirla en una cabaña, cuyo techado era de telas rojas, amarillas y anaranjadas, y el colchón estaba repleto de cojines y almohadones que también lucían los colores de una puesta de sol. Las paredes eran de piedra, pero estaban recubiertas con telas que representaban jardines y que hacían más acogedor el lugar.

Dos candeleros iluminaban la estancia, uno al lado de la puerta, otro cerca de la chimenea. En esta relucían rescoldos rojizos, y como había un cesto con leña al lado, reavivé el fuego, más por sentirme acompañada de su crepitar que por frío. Me senté en una butaca que había delante, pero no lograba sentirme cómoda, así que acabé por sentarme en el suelo, cubierto con una hermosa alfombra de motivos florales. Aun así, la espera se me hacía eterna, y cuando las rodillas se lamentaron de la postura, me levanté y me tendí en la cama. Me adormecí rodeada de los almohadones y no sé cuánto tiempo pasó antes de que una presencia se cerniera sobre mis sueños, como una sombra. Me desperté sobresaltada, agitando los brazos:

—Tranquila, soy yo —susurró Zolin.

Sentado en la cama, su rostro se veía reluciente como la bebida del cacao recién salido de la baya. Me acarició la mejilla y yo me deslicé entre sus brazos, apoyando mi cabeza en su pecho. Pero este estaba cubierto por ropajes que, aunque suaves, se me hacían extraños, y a mi mente volvió la duda.

—¿Por qué no me enviaste ningún mensaje antes? —pregunté apartándome de él para mirarle a los ojos.

—Me temo que estamos atrapados por... Cortés piensa que sigues siendo casta. No tiene idea de que estás casada.

—Pues díselo —le reclamé golpeándole en el pecho. Zolin tomó mi puño cerrado entre sus manos, con fuerza—. Estás siempre con él, y todos te tratan como a un gran señor.

—No entienden nuestras costumbres, Ameyali, y estamos muy lejos de nuestra tierra. ¿No querrás provocarlos? Es mejor que sigan convencidos de que eres virgen, créeme. Eso te protege, como si fueras una de sus sacerdotisas.

Probablemente tenía razón, por lo que suspiré resignada. Aun así, mi puño permaneció cerrado entre sus manos, pues me di cuenta de que, en verdad, me había dolido su indiferencia. Me había hecho sentir abandonada, y a pesar de lo que me acababa de decir, me molestaba que aquella situación no pareciera haberle costado ningún sufrimiento.

—Podrías haberme mandado alguna señal, algún mensaje antes.

—Es peligroso. No sabes lo que he tenido que hacer para llegar hasta aquí. Ignacio está en la puerta, vigilando. A mí tampoco me gusta verte a escondidas, pero ante todo debo protegerte.

Negué con la cabeza, poco convencida.

—¿Y lo del barco, a la salida? ¿También me pediste que soltara la mano de Jonás para protegerme?

—Soy tu marido, aunque tenga que disimular, soy tu marido y no te voy a consentir que me humilles con otro.

—No tienes que sentirte humillado. Es como un hermano, que me cuida y me honra.

—Pero un hombre es un hombre, Ameyali, y tú eres una mujer hermosa.

—En la que debes confiar, Zolin. No me obligues a sentirme más aislada aún, apenas sí lo veo desde que bajamos del barco. Soy una prisionera, lejos de mi hijo, lejos de mi casa y lejos de ti.

Él me abrazó con fuerza y murmuró:

—Ten paciencia, amor mío. Yo también te echo de menos. Es doloroso, muy doloroso...

Me aferré entonces a su cuerpo, reconfortada por sus palabras. Alcé la cabeza, deseosa de sus labios. Zolin los entreabrió y los aproximó a los míos, pero de pronto apartó su rostro y puso un dedo sobre mi boca, indicando silencio. Fuera se oían murmullos, y no tardó en chirriar el pomo de la puerta.

Tras las actuaciones de los naturales, su majestad el emperador se retiró de la sala de recepciones y ordenó que le trajeran viandas a la estancia. Sobre la mesa alargada, los criados dispusieron algo de pan, jamón y frutas, y en una delicada copa sirvieron el vino a don Carlos, quien se hallaba sentado en un extremo. A su derecha, frente a un pergamino, con un frasco de tinta y una pluma dispuestos para la escritura, el gran canciller Mercurino de Gattinara había dejado el birrete sobre su regazo, y su sobrio rostro, de barbilla cuadrada y finos labios, parecía desconcertado. El mensaje que su majestad le había lanzado a Cortés le hacía temer posibles problemas, pues contar con los favores del emperador de la cristiandad quizá diera demasiadas alas a aquel noble, sin duda gran conquistador, pero por ello también peligroso. Al mismo Gattinara le habían impresionado el oro y los exóticos objetos traídos por el hidalgo extremeño, y sin duda la voz de la joven natural le había sobrecogido, pero temía que todo ello hubiera cambiado la opinión de don Carlos, cuando ya tenían concretada su posición al respecto. Por eso, mientras el rey daba un sorbo al vino, el gran canciller se atrevió a preguntar:

—Entonces, ¿su majestad mantiene que partan los miembros de la Audiencia a México, tal y como determinó antes de que Cortés viniera a Castilla?

Don Carlos tragó el vino y sonrió:

—Por supuesto. Necesitamos a alguien allí que asuma el gobierno, y de momento seguiré sus consejos, estimado Gattinara. Es mejor que no se lo confiemos a un solo hombre, y menos a Cortés. Pero no podemos dejarlo sin recompensa: también sería peligroso.

—Podría mantenerlo como capitán general, pues, supeditado a la Audiencia, no tendría poder, pero tampoco motivo de queja —sugirió el gran canciller.

—Sí, también démosle una gran encomienda, la mayor de todas, y un título de marqués de algún valle en la Nueva España. Que no dude de mi agradecimiento.

—Mandaré que se concrete. ¿Y el juicio de residencia?

—Para eso hemos enviado a la Audiencia, ¿no? Que por el momento no toquen sus bienes no significa que no preparen el juicio, advierta al presidente Nuño de Guzmán de ello. Hernán Cortés debe cumplir con lo mismo que otros que también ganaron vasallos para la Corona de Castilla.

Luego don Carlos alargó la mano y tomó un racimo de uvas mientras Gattinara anotaba sus disposiciones.

—También sería bueno que esos caciques naturales supieran de la generosidad de su nuevo monarca, para que lo puedan contar a su regreso —apuntó el gran canciller sin alzar la pluma del pergamino.

Don Carlos tragó una uva, satisfecho ante tal observación.

—Sí, claro. ¿Trajes? A cargo de la Corona, y asegúrese de que sigan siendo tratados como nobles en todo momento. Y, ahora —el monarca suspiró y el tono de su voz se tornó sombrío—, ¿cómo van las negociaciones con el Papa? Deberíamos pensar algo para encauzar la situación. ¡Ya hace meses que retiramos el ejército de la ciudad!

El guardia borgoñón abrió la puerta con tal brusquedad que el capotillo amarillo que llevaba sobre el hombro se balanceó hacia la espalda.

—¿Qué hace este hombre en sus aposentos? —bramó con furia.

Un escalofrío recorrió la espalda de Ignacio, pues de pronto temió no cumplir con la misión en los términos que le había encomendado Juan. María del Carmen permanecía en pie delante de la cama, totalmente vestida, y Santiago Zolin estaba arrodillado en el suelo, mirando hacia la puerta con sorpresa.

—Y vos, ¿cómo os atrevéis a entrar así en mis aposentos? —respondió la mujer en su tono más grave e imponente.

El guardia dudó, pero acabó por quitarse la parlota negra e inclinó la cabeza descubierta en señal de respeto mientras se explicaba:

—Cumplo órdenes de su majestad. Mi deber es guardar su honra, señora.

—Ese es también el deber de este noble señor —dijo ella señalando a Zolin.

El guardia se volvió hacia Ignacio, que se encogió de hombros con una media sonrisa. Mientras, mi marido se puso en pie, y al reajustarse la casaca, el borgoñón reconoció a uno de los seis altos dignatarios indios que había traído Cortés, y a los que el rey había dispuesto que se tratara como a nobles cristianos.

—Su majestad le habrá ordenado que vigile puertas afuera, supongo —dijo Zolin. El guardia asintió—. Bien, porque mi deber es asegurarme de que la habitación no guarda peligros para la doncella. Espero que de ahora en adelante haga gala de las buenas formas y María del Carmen no sea molestada.

Con una mirada reprobatoria hacia Ignacio, Santiago Zolin salió de la estancia y se perdió por el pasillo. El guardia cerró la puerta disculpándose ante la dama, y entonces se encaró con el vasallo indio.

—Me dijiste que ella tenía otras intenciones, ¡pero estaba vestida!

—Esa mujer no es lo que parece —insistió Ignacio.

El guardia apretó los dientes y escupió su respuesta:

—Ni se te ocurra meterme en conspiraciones entre indios. ¡Largo!

Ignacio se volvió, y tan disgustado como pensativo, se marchó en la misma dirección que Santiago. Aquello había sido demasiado arriesgado. No podía conformarse con seguir alimentando los celos para que fuera él quien la repudiara, pues desde que habían tomado tierra, Ameyali permanecía aislada en conventos. Pero debía buscar la forma de cumplir con las órdenes de Juan, sin poner en peligro a su hermano para librarse de ella.

—Quizá debiera desplazarme a Roma para procurar una capitulación de Clemente y hacer que la reconciliación sea en persona —dijo don Carlos con la mirada en el techo revestido de madera, como si pensara en voz alta.

Gattinara se apoyó ligeramente en el alto respaldo de la silla. Era ya un hombre mayor, y había sido una larga jornada, por lo que se sentía agotado. Aun así, respondió con tanta sinceridad como cautela:

—El saqueo de la ciudad se nos fue de las manos, y aunque es obvio que su majestad no aprueba tal descontrol y ya hace tiempo que se retiraron las tropas imperiales, los romanos han sufrido.

—Entiendo, si fuera a su ciudad lo podrían ver como una provocación. —Don Carlos miró a su gran canciller—. Busquemos otro sitio para un encuentro. Que sigan las negociaciones, pero que entienda que no seré yo quien inicie una reforma de la Iglesia: ese es su deber. Aun así, quiero firmeza, pues hemos de conseguir que Clemente VII se comprometa a convocar el concilio.

—Es posible que algún gesto pacífico facilitara la negociación.

—¿Algún regalo? Ni hablar —repuso don Carlos negando enérgicamente con la cabeza—. Fue el Papa quien rompió sus tratados conmigo, se alió con Francisco de Francia y... ¡Nada de regalos!

—Disculpe, me refería a un gesto como el que se ofrecería a un papa en caso de que hubiera reinado la paz. Quizá, no sé, podría enviar a alguno de esos indios, la dama que cantó, algún malabarista... Vasallos de su majestad, y a su vez nuevos cristianos, almas del Señor.

—Me gusta. Es el cristianismo lo que nos une. Arréglalo.

XV

La luz entraba por el ventanuco y los rayos anaranjados del amanecer hicieron retroceder la penumbra hasta iluminar la talla de madera de aquel Cristo crucificado. Tumbada en el camastro, tenía la sensación de que me vigilaba, y la palidez de su cuerpo me impresionaba más que las marcadas costillas o los clavos que lo sujetaban al madero. Cerré los ojos para huir de él y me incorporé. Permanecí unos momentos en la cama, a oscuras conmigo misma y mi angustia. Hasta mí llegaban una mezcla de olores procedentes del río, y sentí que las náuseas volvían a amenazarme.

Austero, de paredes grises y desnudas, no era un cuarto tan diferente a otros en los que me habían alojado antes, a mi llegada a Castilla, pero me parecía el más aterrador de todos ellos. Me habían sacado de la corte de don Carlos en Monzón anunciándome un gran honor, mas no hubo comitiva que nos acompañara. Sólo aquel carruaje en el que viajábamos yo e Ignacio Iluhicamina como mi protector, escoltados por guardias imperiales. Después de una semana de viaje nos anunciaron que llegábamos a Barcelona, donde embarcaríamos. Espigados campanarios sobresalían entre las casas, y aunque bordeamos la muralla, el griterío de los mercados y el ruido de los talleres nos acompañaron hasta la playa. En ella, la ciudad parecía querer protegerse de las aguas con la continuación de sus muros, paralelos a la costa, pero aun así su espíritu se notaba unido al mar como lo estuvo Tenochtitlán al lago. Todo tipo de bultos salían de las barcazas y convertían la arena en un hormiguero que se proveía de las grandes naves, ancladas en las aguas como los templos lo estuvieron al centro ceremonial de la antigua ciudad mexica. Al bajar del carruaje, oteé entre las gentes, pero era obvio que allí no estaba el resto de la comitiva, y en el mismo momento en que supe que Zolin no venía, el miedo fue tan físico que me hizo vomitar. Desde entonces las náuseas no me habían abandonado, ni en el gran barco ni al llegar al puerto de Ostia.

—No te preocupes. Cantarás ante el Sumo Pontífice de estas gentes, y siendo la elegida para ello, mayor es el honor para tu esposo —decía Ignacio.

Pero aquellas palabras no me dieron ningún consuelo, y su sonrisa satisfecha sólo ahondaba mi incertidumbre. Si en Monzón recriminé a Zolin que no me hubiera reclamado como esposa, al llegar a Roma sólo era capaz de sentirme ridícula por ello. Cuando menos, antes estábamos cerca, y las miradas de soslayo me hacían sentir vigilada, pero también protegida. En cambio ahora, aun a sabiendas de que Ignacio había sido designado para protegerme, la separación de mi esposo era tan real que hacía desconocidos nuestros paraderos, y aunque yo me sabía en Roma, ¿cuál era mi lugar en el mundo?

En el cielo, la diosa luna Coyolxauhqui lucía menguante como toda respuesta a mis preguntas. Llegamos a la ciudad santa surcando un río de aguas verdosas y oscuras, como el manto de los sacerdotes de mi tierra. La barca se detuvo a los pies de una gigantesca construcción de piedra redondeada, en cuya cima reinaba la estatua de un hombre alado. Yo ni siquiera me atrevía a mirar hacia la otra orilla del río, donde decía el guardia de mayor rango que se hallaba el Vaticano. Me repetía que sólo se trataba de una nueva misión, y que estaba allí para cumplirla. Pero el miedo no dejaba de asediarme y me angustiaba la idea de que me hubieran abandonado y que nunca volvería a ver a mi hijo.

Recorrí con la mirada las paredes desnudas de aquel cuarto, con la esperanza de que el sol Huitzilopochtli desvaneciera mis temores y mis náuseas. Noté un leve dolor en mis senos, como si la leche materna que ya se había retirado apareciera de nuevo. Tenían que dejarme volver.

La puerta se abrió y entró una anciana monja, baja y regordeta, de ojos azules y de tez tan arrugada como rosada. Dijo algo que no entendí y ella se limitó a sonreír mientras desplegaba una especie de traje de una sola pieza, similar al que ella misma llevaba puesto.

Me puse en pie y me dejé vestir. El tejido grueso y algo áspero cubría por completo mi piel. Sólo dejaba mis manos a la vista, siempre que doblara los brazos, pues las mangas me quedaban largas. Aquella ropa me pareció sofocante, pero al menos era ancha, y nada, excepto mi propio temor, presionaría mi vientre o mi pecho a la hora de cantar. Luego recogió mi cabello y lo cubrió con un trozo de tela más ligera que la que tocaba su cabeza.

Ya vestida, la monja abrió la puerta, pero yo me quedé paralizada mirando el umbral. De pronto, entendí el porqué de las ropas amplias, que ocultaban mis formas de mujer, y me entró el pánico. Me vino a la mente la furia de fray Antonio al concebir a mi hijo con el hombre al que amaba. ¡Iba a cantar ante su Sumo Pontífice!, y nadie me había dicho cómo me debía comportar. ¿Y si le ofendía? ¿Hasta dónde llegaría su furia?

—María del Carmen, tranquilízate, no estarás sola. Te presentaré y tú sólo debes entrar y entonar una canción a Huitzilopochtli. Yo te indicaré cuál.

Aquellas palabras en náhuatl me aliviaron. En el umbral de la puerta, Ignacio me sonreía.

El Papa había escogido una sala de recepciones espaciosa pero sobria, dominada por una bóveda de cañón cuyos arcos fajones generaban un trazado de líneas limpias y puras que parecían aligerar la presión sobre los fuertes muros de la estancia. Al fondo, flanqueado por dos guardias, permanecía sentado Clemente VII. Su trono estaba elevado sobre un estrado, alfombrado en rojo desde el centro hasta la puerta de la derecha, por la cual había entrado. A la izquierda, la piedra desnuda del estrado se extendía hasta otra puerta. En ambas había dos soldados con sus alabardas en alto. Más de un centenar de miembros de la guardia vaticana había perecido en el saqueo, y su lealtad hacia el Pontífice era una bandera que Clemente VII enarbolaba destacando su presencia en cada una de sus apariciones.

Sobre el hábito blanco, el Santo Padre llevaba un manto rojo, del mismo color que su birreta. Bajo esta se adivinaba el pelo negro y ondulado, y a pesar de ir rasurado, una barba cerrada ensombrecía su mentón. Su actitud parecía serena mientras dirigía unas palabras de bienvenida a sus invitados. Estos estaban en pie, por detrás de las pilastras sobre las que se apoyaba el primer arco de la bóveda, como si este dibujara en el suelo una línea imaginaria que no podía sobrepasarse. La sala estaba repleta de prelados que habían regresado con Clemente VII, así como otros miembros de la corte vaticana, embajadores de diferentes reinos y algunos oficiales de las tropas que su majestad el emperador había dejado en Roma. Entre ellos se hallaba Martí de Orís y Prades, vestido con el jubón y los greguescos acuchillados en rojo del uniforme de gala, y la parlota negra entre las manos.

—¿Ves como nunca podrás ser sólo un oficial médico? —le había dicho el coronel—. El embajador te ha incluido en esta recepción porque eres el conde de Empúries. Él también conoció a tu abuelo, ¿sabes? Y ahora tú, como parte de la alta nobleza del Principado, debes asistir para apoyar a tu rey.

Galcerán lo flanqueaba como si temiera que fuera a escapar, aunque le dedicó una sonrisa cómplice cuando Martí se desabrochó el botón superior del ceñido jubón. El joven se sentía profundamente incómodo en aquella sala, ante lo que le parecía sólo una representación de un acercamiento hacia una paz precaria. «¿Y qué pasa si, aunque acabe aceptando un concilio, luego va dando largas para no convocarlo?», se preguntaba Martí, a sabiendas de que Clemente VII no quería otorgar más poder a Carlos V del que ya tenía, y organizar ese concilio era reconocérselo.

Desde el estrado, la voz del Papa llenaba la espaciosa sala expresando su agradecimiento hacia el emperador del Sacro Imperio, que velaba por la cristiandad allende los mares. Para el joven esas palabras eran sólo una exhibición de hipocresía y disipó su malhumor recordando por qué se encontraba en aquella recepción. La invitación procedía del embajador, y esperaba utilizarla para conocerlo en persona; se aprovecharía de su título nobiliario para comenzar a dar rumbo a su vida.

Desde la conversación con Galcerán, había clarificado sus objetivos y se proponía entrar en alguna universidad europea dentro de los amplios dominios de su majestad. Desde allí podría hacer lo que realmente quería: tanto profundizar en sus conocimientos médicos como mantener la atención a los enfermos. De hecho, durante aquellos meses en Roma, ya había empezado a frecuentar la *universitas* de herbolarios y boticarios en el campo Vaccinio, y a pesar del recelo que despertaba su pertenencia al ejército del emperador, había podido profundizar en el estudio de la obra de Dioscórides, quien documentó la utilización de numerosas plantas medicinales aprovechando sus viajes con el ejército romano de Nerón.

De pronto, un silencio expectante interrumpió los pensamientos de Martí, que dirigió su atención hacia los oficiales imperiales, a la derecha del trono de San Pedro. Un murmullo se extendió entre ellos, y a una señal de Su Santidad, de la primera fila salió un hombre de piel oscura vestido con casaca de terciopelo. Sobrepasando las pilastras, se situó en el espacio vacío que quedaba entre el estrado del pontífice y sus invitados. Martí no le vio la cara, sólo cómo se arrodillaba. Con la cabeza tan inclinada que su barbilla debía de estar tocándole el pecho, se presentó como Ignacio Iluhicamina de Texcoco, por la divina gracia del Señor.

Al sentir el nombre de la ciudad, Martí recordó a su padre y las historias que le contara sobre su amada, e incluso se llegó a preguntar si aquel tal Ignacio la había conocido. Entonces el texcocano, en un castellano entrecortado, añadió:

—En nombre de los naturales de la Nueva España, agradezco a Su Santidad la misión de los frailes franciscanos, quienes han construido iglesias y nos han hecho llegar la Palabra, para salvación de nuestras almas.

Al oír esto, la emoción de Martí se acentuó y de pronto le vinieron a la mente las palabras que le dijera Guifré dos años antes: «Añoro toda esa vida, pero ya no existe». Sintió que entendía mejor a su padre, pues como a él le sucediera, su vida anterior tampoco existía ya. «¡Qué estúpido he sido! —pensó—.

158

Que yo sea conde de Empúries es su manera de devolverle algo a mi madre y a mí mismo y, a la vez, honrar su propio pasado, el que lo llevó a Tenochtitlán.»

Sin que Martí oyera sus últimas palabras, Ignacio Iluhicamina de Texcoco obtuvo permiso de Su Santidad para volver entre los invitados. El joven le siguió con la mirada, mientras regresaba a las filas de oficiales imperiales. Como si lo intuyera, Ignacio se volvió hacia él y sus ojos se encontraron. El conde interpretó como sorprendida la expresión del texcocano, y se le ocurrió que quizá llegó a ver alguna vez a su propio padre, por lo que Martí le sonrió. Pero el indio había recuperado su mirada inescrutable y pensó que tal vez lo había imaginado.

Entonces una voz clara y limpia llenó la sala de exóticas melodías que a retazos cobraron sentido a oídos de Martí. Era náhuatl; un canto al dios creador, elevado en una elegante tesitura que flotaba por toda la sala en cadencias llenas de color. Notó que su cabeza se movía hasta hallar a la cantante sobre la piedra desnuda del estrado. Enfundada en un sayo que difuminaba las formas de su cuerpo, quieta, con las manos plegadas, su feminidad rebosaba en el movimiento de sus labios. El canto acabó, pero él no pudo apartar su mirada de los ojos de la mujer, enormes y melancólicos, en aquel rostro aceitunado de prominentes pómulos. A su alrededor, la complacencia de los asistentes fluyó entre murmullos de asentimiento, pero nadie estaba preparado para lo que siguió. Martí la vio tomar aire, y de pronto el desgarrador dolor de una madre ante el sufrimiento de su hijo encontró en la voz y el alma de aquella mujer toda su profundidad. El *Stabat Mater** cantado en un latín perfectamente pronunciado causó emoción y desconcierto entre la concurrencia. Pero Martí no lo percibió. Entregado a aquel momento, perdió la conciencia de sí mismo; sólo existían ella y los pálpitos de su propio corazón, que se acompasaban cual tambores de aquel canto.

La sala quedó sumida en tal silencio que, al abandonarla, temí que se oyeran los fuertes latidos de mi corazón asustado. Mientras cantaba, toda sombra de miedo se disipó; interpretar el *Stabat Mater* que me enseñara fray Antonio con la pasión de mis propios sentimientos hacia mi hijo me armó de valor ante todos aquellos hombres que me observaban. Pero el silencio que siguió me

* Poema anónimo del siglo XIII que evoca el sufrimiento de la Virgen ante su hijo crucificado. Incluido en la liturgia a fines del siglo XV, fue eliminado por el concilio de Trento (1543-1563). Recuperado a principios del siglo XVIII, ha conocido diversas versiones entre las que destacan las de Pergolesi y Haydn.

hizo pensar que quizás hubiera cometido la más grave ofensa al cantar aquella pieza sin estar en una iglesia.

Ya fuera, mi corazón se fue apaciguando, aunque temía la reacción de Ignacio o, peor, que no fuera él quien viniera a buscarme. En aquel amplio pasillo me vigilaba un guardia armado con el hacha de palo largo y vestido con aquel colorido uniforme de franjas calabaza, rojas y violáceas. Bajo su boina negra intuí que rehuía mi mirada, y su postura se mantenía erguida ante la puerta por donde yo había salido. No recuerdo cuánto tiempo pasó. Sólo sé que aguardaba apoyada en la pared cuando se oyeron murmullos en la sala, como si de pronto muchas voces hablaran a la vez. Al poco, por el extremo del pasillo, apareció Ignacio flanqueado por dos guardias vestidos de azul y amarillo. Avanzó hacia mí con una expresión sombría que me recordó a Juan. Los tres hombres se detuvieron a nuestra altura, y mientras uno de los extranjeros le decía algo al que me había guardado hasta entonces, Ignacio me agarró del brazo y me empujó para que caminara.

—No has cantado lo que te indiqué —dijo.

—De... destruyeron nuestros símbolos —balbuceé—. Canté a los dioses creadores porque ellos los funden en uno, y luego temí que el náhuatl les ofendería. Por eso he añadido algo de lo que me enseñó fray Antonio.

—Bien pensado —respondió él con sequedad.

Me sentí desconcertada, pues si no había ofendido a nadie, ¿por qué me daba la sensación de que me sacaba de allí de forma precipitada? Salimos a un patio cercado de edificios. Tras nosotros venían los dos guardias vestidos de amarillo y azul. Al avanzar, el patio me recordó a los jardines de nuestros palacios más lujosos, con la diferencia de que en los nuestros predominaban las líneas horizontales, y aquí estas se veían salpicadas por arcos que anunciaban puertas diseminadas. Pasamos por delante de diversas estatuas muy realistas, de bellos hombres y mujeres semidesnudos, hasta que nos detuvimos ante una que representaba a una joven que vestía un manto.

—Aguarda un momento aquí —me indicó Ignacio, y se apartó a un lado para intercambiar palabras con uno de los guardias mientras que el otro se quedaba conmigo. Me sentí incómoda ante su mirada, que parecía recorrer mi cuerpo con una sonrisa burlona, y me giré hacia la estatua. El manto de la mujer partía de su brazo, extendido y roto, y rodeaba sus caderas para tapar la entrepierna, dejando los senos al descubierto. A sus pies, un niño desnudo la miraba, elevando un brazo también roto que posiblemente otrora le diera la mano.

—Es una representación de Venus, una antigua diosa —dijo el soldado en castellano a mi espalda.

Me volví, desconcertada, pues fray Antonio jamás habló de diosas.

—¿Y el niño? —pregunté, mientras por encima de su hombro veía cómo el otro guardia sacaba una moneda de un saquillo y se la mostraba a Ignacio.

—Es Cupido, su hijo, dios del amor.

El otro guardia tendió el saquillo a Ignacio, quien lo recibió complacido. Luego se acercaron de nuevo hacia nosotros y mi protector anunció:

—Estos caballeros te acompañarán a tu nuevo hogar.

—¿Hogar? —pregunté asustada.

Él, con el saquillo entre las manos, sonrió como toda respuesta y se marchó mientras los guardias me flanqueaban. Entonces, aterrorizada, entendí que me acababa de vender.

—Impresionante, el canto de esa doncella —comentó Galcerán a su lado—. Tan impresionante como su belleza.

Martí suspiró, consciente de pronto de que los invitados a la recepción empezaban a dispersarse. Entonces frunció el ceño y le preguntó:

—¿No va a ser posible agradecerle al embajador que me haya invitado?

El coronel se llevó las manos a la espalda con una sonrisa que acentuaba las arrugas alrededor de sus ojos.

—¡Vaya! ¿He de entender que asumes de mejor grado el orden divino que te otorga tu posición y que incluso vas a utilizarlo?

—Tú dijiste que espabilara. No me guardes rencor por ello.

Galcerán arqueó una ceja y se encogió de hombros.

—Abandonó la sala en cuanto el Santo Padre se marchó. No quería obligarte más, pues pensé que ya te sentías bastante forzado por el embajador a venir.

Martí frunció el ceño, desconcertado ante la actitud del coronel, quien se volvió y se dirigió hacia el estrado, ahora vacío. De pronto, se giró de nuevo y miró al conde, aún inmóvil en el mismo sitio.

—¿Vamos?

Dudó un instante.

—Me gustaría hablar con esa doncella mexica, si es posible.

—Creo que se puede arreglar —aseguró Galcerán.

Se dirigieron hacia la puerta por la que ella había salido. Fuera, enfilaron un tenebroso pasillo apenas iluminado por teas, y Martí miró al coronel de reojo. Seguía con sus manos a la espalda y el capotillo ocultaba uno de sus brazos. Su expresión era complacida, por lo que incrementaba sus dudas acerca de él. Aun así, después de aquella recepción, tenía claro que debía arriesgarse para no sólo enorgullecerse de ser conde por su padre y su madre, sino por él mismo. Y para ello debía emprender su propio camino.

—Has de saber que el embajador sirvió muy de cerca al difunto rey don Fernando. Y a causa de ello, digamos que tu abuelo fue una especie de adversario político —comentó Galcerán.

—Yo no soy Gerard de Prades —respondió Martí con frialdad.

—Desde luego.

Se acercaban al final del pasillo, donde una puerta abierta dejaba entrar los rayos del sol, que proyectaban un halo de luz polvorienta sobre el suelo de mármol. De pronto, oyeron los gritos de una mujer, intercambiaron una mirada y salieron corriendo hacia el patio del belvedere, de donde procedían los chillidos.

Hice ademán de huir, pero uno de los guardias me agarró del brazo y noté un fuerte tirón que me arrancó un gemido de dolor. Luego el otro me tomó por la cintura y me levantó, pero yo me resistí, pataleando entre gritos. Entonces el hombre que quedaba libre se puso frente a mí y me dio un bofetón.

—¡En la cara no, idiota! No la querrán en la mancebía —exclamó el que me sujetaba.

Me salían lágrimas de los ojos, pero seguí pataleando, y a pesar del dolor de mi brazo, también empecé a asestar golpes con los puños, a agitarme sin cesar. Bruscamente, el guardia me soltó y caí de bruces al suelo. Les oí reír a mis espaldas, pero el miedo me hizo sobreponerme al dolor, intenté ponerme en pie, pero una pesada bota a mi espalda me mantuvo en el suelo. Uno de ellos se agachó, me tiró del cabello obligándome a alzar la cara y dijo:

—No me obligues a hacerte daño de verdad.

En una reacción impulsiva, le escupí. Él me asestó un golpe en la cabeza. Y de pronto de reojo vi que un pie volaba por los aires e impactaba en su cara. Me costó comprender que le habían dado una patada, y librada del peso a la espalda, me volví boca arriba. En cuanto me moví, un pinchazo me recorrió la cabeza y se me clavó en los ojos. Como en una bruma, vi que un hombre rubio derribaba al guardia que me había sujetado. Luego se agachó sobre él para obligarlo a ponerse en pie y su cabello rizado me hizo sentir que era Quetzalcóatl quien me protegía. Me pesaba la cabeza, me latían las sienes, y me sentía incapaz de moverme, como si mi espíritu se estuviera separando de mi cuerpo. Los sonidos parecían llegarme a través de un muro espeso que los convertía en voces deformadas, graves y lentas, hasta que el guardia salió corriendo, seguido de su compañero.

Borrosos vi unos zapatos de lazada roja que se acercaban. Con claridad sentí que me tomaban en brazos sin alzarme más que medio cuerpo. Y de pronto su cara se dibujó sobre la mía: Guifré, quien nos dijeron era enviado de Quetzalcóatl, me miraba. Sus ojos estaban teñidos del verde de las orillas del lago y sus labios se movían, al principio sin voz, hasta que, de pronto, los sonidos me envolvieron como en un sueño.

—¿Estás bien? —preguntó en náhuatl.

Todo se volvió oscuridad.

XVI

Roma, año de Nuestro Señor de 1528

Era la joven mexica que había cantado directamente a su corazón, y ahora yacía ante los ojos de Martí, con su bello rostro enrojecido. Parecía que se empezaba a amoratar en la zona cercana al oído derecho, y le preocupaba, porque no despertaba, pero tampoco parecía sangrar. La había examinado antes de moverla del jardín, y al instalarla en el camastro del hospital, había vuelto a mirar detenidamente en oídos y nariz sin ver rastros de sangre. Eso no quería decir que no hubiera hemorragia interna. Sin embargo, por el momento sólo podía aplicar un ungüento en su tersa mejilla, con la esperanza de frenar la hinchazón que probablemente seguiría a la rojez.

Los agresores, pertenecientes a la guardia napolitana, habían salido huyendo y Galcerán había sugerido que la llevaran al hospital del Santo Spirito para garantizar su seguridad hasta que aclarara el asunto. Ahora, mientras Martí la atendía, el coronel había ido en busca del embajador de su majestad.

Sin embargo, el joven conde debía admitir que no podía mirarla sólo con ojos de médico. Le temblaba la mano, como si temiera dañarla más en lugar de curarla, y sentía que el corazón le galopaba en el pecho al mirar a aquella mujer con quien ni siquiera había tenido oportunidad de hablar. Le dejaba perplejo su comportamiento, y sólo cabía una explicación que en realidad era una pregunta: «¿Qué sintió Guifré al despertar entre aquellas gentes tan civilizadas como extrañas?» Ellos lo cuidaron, y gracias a ellos Martí lo llegó a conocer. Quizá su preocupación se debía a un sentimiento de deuda, que sólo podía saldar consiguiendo que aquella joven se mantuviera viva y que pudiera volver con los suyos.

Tomó el trapo, lo escurrió, lo humedeció con una infusión de manzanilla y lo colocó sobre los ojos de la mujer. Ella se estremeció, murmuró algo ininteligible y luego le pareció que canturreaba. Esto le tranquilizó, pues probablemente se trataba sólo de un golpe en la cabeza, pero aun así acercó sus labios a la frente de la joven para comprobar su temperatura. Se apartó de inmediato con el ceño fruncido. «Tiene fiebre. Está delirando», concluyó.

Miró a su alrededor. La habitación era una especie de antesala con dos puertas: una daba al pasillo y otra al pabellón de mujeres. La habían habilitado como una austera celda, donde, aparte del camastro, sólo había una jofaina en una esquina y una vela en al repisa del ventanuco. No llevaba consigo la bolsa de medicinas y debía darle algo para evitar que le aumentara la fiebre. Tomó el trapo que cubría los ojos de la joven, lo volvió a mojar y esta vez se lo puso sobre la frente. Luego se dirigió precipitadamente al pabellón de las mujeres.

Una anciana monja dejó la cabecera de la cama más cercana y se aproximó. Martí, impaciente, fue a su encuentro.

—Cuide de la enferma de esa celda —le indicó en una mezcla de catalán y latín—. Vaya humedeciéndole la frente, y si empeora durante mi ausencia, hágame llamar. Estoy en la botica.

Las espigas de trigo que dibujaba el mosaico del suelo relucían como oro bajo el ardiente sol que caía sobre el patio. Miquel Mai se había instalado en un amplio palacio, de salas diáfanas cuyos ventanales iluminaban tapices y esculturas como Alfons jamás había visto en los más lujosos palacetes de Barcelona, donde el gris ahuyentaba toda ostentación. Por el soportal del segundo piso, sus pasos resonaban sobre el suelo de mármol con el singular ritmo que le imprimía su cojera.

Aquella entrevista era la única salida que le quedaba. Su padre había descubierto el agujero en sus cuentas, pues el sueldo que recibía como funcionario real resultaba insuficiente e, impelido por sus obligaciones, no había tenido tiempo para intentar multiplicar sus exiguas ganancias con el juego. En ese momento era poco más que un contable bajo las órdenes del tesorero de la embajada, y el favor de micer Mai era su único camino para ascender. Aunque ello también le obligara a conducirse con mayor cautela para preservar su reputación, ya que no podía olvidar que trabajaba para un embajador de su majestad, el emperador del Sacro Imperio.

Ello le había dado acceso a la corte del Papa, y si la negociación de paz iba como debía, le daría acceso también a la corte de don Carlos, en aquel momento el hombre más poderoso de toda Europa. Con los contactos que hiciera, podría abrir el negocio de su padre hacia las nuevas tierras y acceder a un puesto en la nobleza que iba más allá del Consell de Cent. Sin embargo, allí estaba, sin poder quitarse de la cabeza a aquel hombre vestido con uniforme de gala en la audiencia que micer Mai, como embajador de su cesárea majestad en Roma, había pedido a Clemente VII para presentarle a la cristiandad de la Nueva España. Alfons estaba seguro de haber reconocido a Martí Alzina. Resultaba evidente que se había incorporado al ejército para huir de Barcelona. Y a juzgar por su presencia ante Su Santidad, se había situado muy bien. Pero ¿cómo lo había logrado si estaba buscado por la Inquisición?

Se detuvo ante una puerta de madera, cuidadosamente labrada con una serie regular de líneas laberínticas. Alzó la mano con un suspiro y sacudió la cabeza mientras se decía que no podía consentir que el recuerdo de Martí Alzina dominara su vida. Hasta aquel momento se había limitado a trabajar y procurarse la simpatía del tesorero para conseguir acercarse al distante Mai. Ahora estaba ahí, ante su estudio, él le había hecho llamar. Dio unos golpes con los nudillos y entró sin esperar respuesta. Los ventanales dejaban pasar a raudales la luz por detrás de la mesa del embajador, quien leía un pergamino mientras acariciaba su perfilado bigote. Alfons cerró la puerta tras de sí y aguardó. Al lado de la chimenea, la estatua de mármol de un caballero de la antigua Roma exhibía una elaborada armadura y los pies descalzos. Micer Mai alzó la cabeza del pergamino y lo dejó a un lado.

—Pasa, Alfons, siéntate —le invitó. Y mientras el joven se dirigía hacia una de las sillas que había ante la mesa, añadió—: ¿Te gusta trabajar para su majestad?

—Desde luego.

—Eso suponía. Se nota en tu trabajo, y no me malinterpretes, estoy muy satisfecho. Tus cuentas son claras, y es evidente que tu padre es comerciante, pues tienes vista para procurar un buen aprovisionamiento al mejor precio.

—Gracias, mi señor. Sólo cumplo con lo que me ordena el tesorero real. Aunque si usted dispone otra cosa, yo... No me malinterprete tampoco, me enorgullece ser súbdito del emperador, pero estoy muy agradecido a la oportunidad que usted me ha dado para demostrarlo. Y siento que le debo lealtad, micer Mai.

—Me agrada oír eso. De hecho, he recibido órdenes de su majestad —comentó señalando el pergamino que tenía sobre la mesa—, y acabada la audiencia de hoy, debo supervisar el retorno a Sevilla de los dos indios y mandar a alguien de confianza para que se asegure de su bienestar durante el trayecto.

—Si desea que yo me encargue de ello, para mí será un honor.

—Gracias, Alfons, pero no es eso. Voy a mandar a mi antiguo secretario. Es mayor, la negociación va para largo y está deseando regresar a su casa. Así que, acabado el encargo, se quedará en su hogar. Quiero que seas mi nuevo secretario personal, pero eso implicaría que dejaras de ser funcionario real.

Alfons contuvo una sonrisa y bajó la cabeza mientras se pasaba el dedo por el cuello del jubón, para que micer Mai lo creyera algo incómodo. Sabía que no podía aceptar directamente para no defraudarle.

—La verdad es que me honraría trabajar para usted, pero dejar el servicio de su majestad...

—Muy sinceramente creo, Alfons, porque así me hablaron de ti en Barcelona y así me lo has demostrado, que tu capacidad es superior al puesto que ocupas en la tesorería de la embajada, aunque es un gran honor, desde luego. Conmigo llevarás mis finanzas personales, te encargarás de ciertos negocios y a la vez conocerás la trastienda de esta vida cortesana, lo cual puede serte útil.

De pronto, unos golpes en la puerta les interrumpieron y el mayordomo abrió sin esperar respuesta.

—Disculpe, mi señor, pero abajo está el coronel de la guardia imperial Galcerán Coromines de Prades, que solicita urgentemente ser recibido. Dice que ha sucedido algo que, si trasciende, puede afectar a las negociaciones con el Papa.

—Hazlo subir —ordenó Mai con el ceño fruncido. Luego miró a Alfons y añadió—: Y respecto a mi propuesta, piénsalo. No soy el rey, pero...

—Si cree que estoy preparado para ello, soy su nuevo secretario, señor.

La mujer deliraba en su lengua, envuelta en un sudor que desprendía un olor dulzón. De vez en cuando tosía, su nariz moqueaba y se agitaba entre pesadillas. Miquel Mai la observaba con el ceño fruncido, mientras de soslayo atisbaba el rostro inescrutable de aquel indio. El tal Ignacio evitaba mirarle a la cara, y aunque sus ojos estaban clavados en la joven que yacía sobre el camastro, a micer Mai le dio la sensación de que esta no despertaba en él ninguna compasión.

—Le ruego, mi señor, que antes de llevársela espere a mi oficial médico —decía Galcerán.

Miquel Mai repasó su bigote con los dedos. El coronel había llevado todo aquel asunto con suma diligencia, pues en la situación en la que se hallaban les hubiera perjudicado que el Papa se enterara de que las tropas imperiales, en teoría controladas, habían agredido a aquella joven, enviada como gesto de buena voluntad. Podría incluso haberlo considerado una trampa de Carlos V para acusarlo de no ser capaz de proteger a uno de sus nuevos súbditos, y nuevos cristianos; y eso por no hablar de la ofensa que hubiera significado el asunto para el emperador, defensor de los ideales caballerescos del honor. Pero el tal Ignacio era en verdad el custodio de la mujer, y decía que quería llevársela. A pesar de que su rostro apenas mostraba rastros de la agresión, la fiebre debía de indicar algún otro mal. Sin embargo, y aun siendo un enviado directo de su majestad, no era micer Mai quien tenía la última palabra al respecto.

La mujer gimió y el embajador suspiró, pensando que ese estado de debilidad no le haría soportable el viaje.

—Mire, señor Ignacio, entiendo que desconfíe de nosotros, dada la lamentable agresión sucedida —intervino micer Mai—. Pero también ha de pensar que son nobles vasallos de don Carlos quienes han protegido a la dama.

El indio no le miró, sólo asintió, con sus ojos traspasando a la mujer.

—No mejora. Ha empeorado —se limitó a señalar.

—Pero si se la lleva, la matará —le espetó Galcerán, nervioso.

Mai puso una mano sobre el brazo del coronel para invitarle a controlarse, y le dirigió una leve sonrisa tranquilizadora que desapareció cuando habló de nuevo a Ignacio:

—Mire, no sabemos si los golpes le han afectado, o bien si... En fin, algunos de sus compañeros de expedición, lamentablemente, también han enfermado, e incluso han perecido.

Ignacio levantó por primera vez la cabeza y miró a Miquel Mai y a Galcerán con expresión grave.

—Mi señor, Santiago Zolin...

—No, no es uno de ellos —se apresuró a asegurar Mai—, pero...

En ese momento irrumpió en la habitación un joven, bajo cuya parlota negra asomaban mechones de pelo rubio. A Miquel Mai no se le escapó que el indio parecía retroceder, e incluso encogerse ante él, aunque no supo interpretar si era por respeto o por miedo. Sin ninguna señal de cortesía, el recién llegado, seguido de la monja que momentos antes había abandonado la habitación, se acercó a la cama, puso la mano en la frente de la mujer y al cabo preguntó a la religiosa:

—¿Ya moqueaba cuando vino a buscarme?

—Sí, señor.

Entonces el joven doctor levantó los párpados de la doncella. Sus ojos estaban totalmente enrojecidos. Abrió la boca de la enferma y miró, pero como al parecer no veía bien, alargó la mano. Diligentemente, la monja le acercaba ya una vela. El médico volvió a mirar y murmuró:

—Tiene las manchas.

Bufó disgustado, y el coronel se atrevió a interrumpirle:

—Martí, ¿puede viajar?

—¿Estáis locos? —exclamó volviéndose. Entonces pareció que por primera vez se percataba de la presencia de Miquel Mai, y mientras se ponía en pie, añadió—: Disculpe, caballero, yo...

—No tiene importancia, usted hace su trabajo. Supongo que es el oficial médico. Yo soy Miquel Mai, enviado de su cesárea majestad el emperador don

Carlos como su embajador en Roma. He de supervisar el retorno de los naturales de la Nueva España a Sevilla, pues desde allí partirán en breve hacia sus tierras de origen.

Martí miró a la mujer, luego a Ignacio, que se había arrinconado en una esquina con la mirada en el suelo, y al fin se volvió hacia Mai.

—No puede viajar, no puedo ni garantizar salvarle la vida aquí. Sólo puedo intentar aliviarla —dijo con visible pesar.

Mai miró a Ignacio, quien ahora sí parecía escrutar a la enferma con las cejas arqueadas y ciertos gestos nerviosos con los labios.

—¿Han..., han sido los golpes? —preguntó con balbuceos.

—No, es sarampión —afirmó Martí—. La fiebre durará al menos una semana, Dios mediante.

—No puede viajar de ninguna de las maneras —aseveró Mai.

—Lo entiendo —cedió el indio—. Pero yo debo partir, ¿y quién se hace cargo de ella?

Mai se quedó pensativo, y entonces advirtió que el joven oficial médico miraba al coronel, y luego se presentaba diciendo:

—Mi señor, soy Martí de Orís y Prades, conde de Empúries, y me comprometo no sólo a cuidar de su salud cuanto Dios me permita, sino también de su honor sacrificando mi vida por ello, si es necesario.

—¡Ah! El coronel me habló de usted, cierto. —Mai vio de soslayo cómo Galcerán sonreía satisfecho—. Bien, señor conde. A usted queda encomendada, y le ruego que me informe de su estado.

Entonces dio la vuelta dispuesto a marcharse, mientras recordaba al viejo Gerard de Prades. La existencia de aquel nieto dio mucho que hablar en Barcelona, e incluso se lo refirieron por carta, pues nadie sabía que tuviera descendencia. Pero el joven jamás dio muestras de ningún interés político, y su único acto público había sido su ingreso en el ejército. Por lo demás, su vida era un misterio. «Encargaré a Alfons que haga algunas comprobaciones. Espero que sus ambiciones no se parezcan a las de su abuelo», pensó.

XVII

Era una habitación pequeña como las celdas de los conventos donde me alojaron en Castilla. El polvo flotaba en los rayos de luz que entraban por la ventana y llenaban de claroscuros las paredes grises. En una esquina, al lado de una silla de madera, la jofaina aguardaba. Pero aún no debía levantarme sola, y permanecí en la cama caliente, con el brasero a los pies, tal y como el médico había indicado.

La puerta se abrió con suavidad y entró la monja. Era una anciana de tez tan blanca como su cabello. Sólo sus altos pómulos desprendían brillos rosados y parecían retar con su tersura a las arrugas que se arremolinaban alrededor de sus pequeños ojos grises. Caminaba arrastrando los pies, ligeramente encorvada, y llevaba un cuenco humeante sobre el que concentraba toda su atención. Me incorporé en la cama y ella lo depositó en mis manos mientras hacía un gesto para que bebiera.

Di un sorbo y el intenso sabor del caldo me reanimó. Hasta hacía poco la falta de apetito había ido acompañada de vómitos, y aunque había recuperado las ganas de comer, aún temía que mi cuerpo rechazara el alimento. En cambio, una acogedora sensación me recorrió a medida que sentía llegar aquella sopa a mi estómago. Sonreí a la monja y, con un gesto, la invité a que se sentara en la cama. Apenas podíamos hablar, pero en su mirada había más dulzura que compasión, y me había cuidado con ternura durante aquel tiempo.

Meses atrás, el golpe en la cabeza me había dejado inconsciente y luego la alta fiebre me sumió en un sombrío mundo de pesadilla. En ella, revivía la traición de Ignacio; me abandonaba él y me abandonaba mi mundo, como cuando Tenochtitlán fue derruida. También aparecía la diosa luna, pero su final era diferente. Según nuestras creencias, cuando Coyolxauhqui supo que su madre, la diosa tierra Coatlicue, había quedado embarazada por una bola de plumas que había entrado a través de su seno, la consideró deshonrada. Por ello Coyolxauhqui convenció a sus cuatrocientos hermanos para que la acompañaran al monte Coatepec a matarla. Entonces Coatlicue dio a luz a Huitzilopochtli, ya

171

armado como guerrero. Este venció a sus hermanos, despedazó a Coyolxauhqui y la tiró cerro abajo, a la vez que lanzaba su cabeza al cielo para convertirla en la luna. Entre mis sueños se colaba la faz de la monja, y su blancura se convertía en el rostro de Coyolxauhqui, que despedazada bajo el cerro de Coatepec, me llamaba a morir con ella. Pero cuando me sentía tentada de seguirla, aparecía el rostro barbado de Quetzalcóatl y me sujetaba en lo alto del cerro. «No es este tu destino», me susurraba. Así sobreviví al sarampión.

Pero a los quince días de caer enferma, cuando los sarpullidos ya se secaban para sanar mi piel, la fiebre volvió como si la muerte no se resignara a perder una presa. Tosía mucho, y a veces me quedaba sin respiración. Me dolía siempre el pecho, era incapaz de comer nada y la debilidad era tal que doblar las rodillas me hacía agonizar. Entonces Quetzalcóatl, dios de la vegetación, guió el camino de los amargos brebajes que me daban. Entre sueños veía a Yaretzi ante el altar de aquella cueva escondida cerca de Teotihuacán, con su molcajete y su tejolote, preparándolo todo para mi retorno, y oía a mi pequeño llamándome jubiloso desde la entrada a la cueva. Y por él luché, soporté el dolor, su voz me aferró a la vida tal como había hecho Quetzalcóatl durante el sarampión.

Ya fuera de peligro, me trasladaron a aquel convento y ahora, bebiendo el caldo, pensé de nuevo en Ignacio. Sabía que se había marchado, y tras su traición, estaba convencida de que se fue con la esperanza de que muriera. Pero ¿por qué traicionarme cuando era mi protector? Me daba igual, no sentía ni resentimiento ni rabia. No podía pensar en ello, pues todas mis fuerzas eran para Huemac. Comer me reconfortaba, porque cada sorbo acortaba la distancia que me separaba de él. Estaba segura de que Zolin no me daría por muerta, sino que me aguardaría para regresar juntos con nuestro hijo.

Tendía el cuenco vacío a la religiosa, cuando dos golpes sonaron en la puerta. Ella lo recibió con una sonrisa y se levantó de la cama para ir a sentarse en una esquina. Ambas sabíamos quién llamaba. El doctor Martí entró con el pelo revuelto y la parlota en la mano. De su jubón pendía una capa verde, tan oscura como las de los sacerdotes de mi tierra. Se desprendió de ella, levantando un aire helado, y la dejó a los pies de la cama. Luego se frotó las manos para calentárselas y me preguntó en náhuatl:

—¿Estaba buena la comida?

Asentí con emoción al oír sus palabras, al verle y sentirme tan protegida. Él era el artífice de mi sanación y mi esperanza de regresar a casa. Se acercó a mí y me puso una mano en la frente. Entonces miró a la monja y me sonrió mientras decía:

—Nada de fiebre.

La religiosa solía estar presente cuando Martí me visitaba, pero a menudo se dormía y entonces él, aunque le costara expresarse, sólo me hablaba en náhuatl. Pero poseía un don, pues aprendía rápido, mucho más de lo que yo aprendí mi parco castellano.

—¿Te duele el pecho? —me preguntó.

—No. Me siento más fuerte. Podría levantarme, salir de la habitación...

—No quiero que te precipites, Ameyali. —Sólo empleaba mi nombre náhuatl, y ello me reconfortaba tanto como me hacía confiar en él—. Has estado muy grave.

La monja empezaba a cabecear, y dirigí a Martí una sonrisa de complicidad. Siempre que charlábamos a solas procuraba animarme, parecía adivinar cuándo la melancolía se cruzaba por mi corazón, e intentaba que reencontrara cualquier atisbo de alegría. Y creo que por ello no le mencioné a Huemac. Hablábamos sobre mi tierra y mi vida en Tenochtitlán, cuando era sacerdotisa, y las experiencias de su padre se convertían en un puente para que él contara cosas de su vida antes de Roma.

La monja al fin dejó caer la cabeza y emitió un ronquido. Martí entonces se sentó en la cama, y como tantas otras veces, me tomó una mano.

—Hemos de tener cuidado con el frío del invierno —dijo bajando la mirada—. Pero si sigues así, podríamos aprovechar un día soleado para salir al jardín, ¿eh? —concluyó levantando los ojos.

—Gracias —le respondí acariciando la mano que estrechaba la mía.

Él la apartó, ruborizado, y replicó:

—Mi misión es cuidarte. Mi misión y mi privilegio...

Lo miré en silencio. ¿Cómo contarle que mi agradecimiento iba más allá? Que era por la paz que me regalaba; una paz que me hacía ver como posible mi mayor deseo: regresar. Yo sabía quién era aquel hombre, él mismo me lo había contado en cuanto la fiebre desapareció, pero si la faz de la monja se había convertido en la Coyolxauhqui de mis delirios, Martí era el Quetzalcóatl de mis sueños. En sus ojos encontraba el color verde de las orillas del lago de Tenochtitlán, y cada vez que estaba cerca de mí revivía la impresión que me produjo ver a su padre, al que creí, creímos, enviado del dios.

—¿Qué piensas?

—Que mis dioses están conmigo.

Martí me sonrió.

—¡Con lo que me ha costado que te recuperes! No vayas diciendo eso por ahí. Por menos, te queman.

No era la habitación más grande en la que se había alojado, pero sí le pareció la más bella por el sencillo lujo que la decoraba. Una enorme alfombra cubría casi todo el suelo. Bordeada de una cenefa con motivos vegetales, exhibía en el centro la figura de aquel magnífico animal, una especie de jaguar con melena al que llamaban león. La chimenea se elevaba coronada por un escudo esculpido en cuatro porciones asimétricas: dos representaban sendos castillos, en diagonal, y las otras, dos leones, que se alzaban sobre las patas traseras. Le habían explicado que aquel escudo representaba a Toledo, la ciudad en la que se hallaban, pero Santiago Zolin ya no era capaz de guardar todo aquello en su mente con la intensidad con la que atesoró cada una de sus vivencias en aquellas tierras. Vestido con unos calzones escarlata y la camisola medio desabrochada, incapaz de moverse, sentía que su propio rostro se convertía en piedra, como la de las paredes del lugar.

No podía creerlo, no era capaz de concebirlo. El dolor contraía su cuerpo mientras los recuerdos de su infancia parecían amordazar sus lágrimas y poblar su mente amortiguando el vacío de su corazón. No estaba, era así, ya no estaba. Y a pesar de ello, en su cabeza se sucedían las imágenes de los cultivos de milpa y las correrías por el bosque, entre los serpenteantes arroyos, cuando Ameyali se escapaba de las faldas de su madre para trepar por los árboles y luego caer sobre él como un jaguar juguetón. Entonces su hermano Cipactli reía porque una niña lo había derribado, y se la quitaba de encima mientras la reprendía: «Esto no es propio de una princesa».

Tragó saliva en un intento de aceptar aquella noticia, y como si necesitara confirmación, se volvió hacia la puerta por la que había salido Ignacio. Permanecía cerrada y oscura. Vencido, Zolin se sentó en la enorme cama de su habitación. Su vasallo le había traído la noticia, y a pesar de sus facciones inescrutables, se había retirado del dormitorio compungido. Se sentía sin fuerzas y se tumbó boca abajo. Deseaba reaccionar, ya fuera con un alarido, con llanto o con un estallido de ira o pena. Pero no había nada más que la intuición de una ausencia que, en aquella corte de aquel país extranjero, no podía siquiera extrañar. «En casa, en el palacio de Acolman, ahí sí que me pesará su pérdida», se dijo.

Acarició la superficie lisa del arcón donde llevaba los trajes. Su majestad, el emperador don Carlos V, había mandado que le confeccionaran una lujosa casaca de terciopelo azul y otra de damasco amarillo. También tenía una capa escarlata tan suave al tacto como la piel de una mujer, pero ya no podría enseñarle ninguna de aquellas prendas a Juan, ni podría decirle que su hermano, Santiago Zolin, había recibido los mismos atuendos y regalos que el mismísimo hijo de Motecuhzoma y los otros cinco dignatarios. Le hubiera enorgullecido tanto saber que lo trataban como a un príncipe, con sirvientes y lujos, y hasta una partida del dinero extranjero para comprar imágenes de vírgenes y cristos para llevar de regalo... «Pero no podrá ser, está muerto», se repetía para convencerse, para sentir alguna reacción más allá de aquella dolorosa incredulidad.

Cortés había recibido una carta en la que le informaban de la noticia. Pero sólo le preocupaba Acolman, al parecer ahora administrada por Pedro Solís. Por ello, ni se había molestado en decírselo en persona, sino que había mandado a Ignacio. Lo prefería. Él se lo había dicho como a Juan le hubiera gustado, directo y con pocas palabras: «Se partió el cuello al caer de un caballo». Luego le entregó la copia en náhuatl de la carta. Zolin se mordió el labio superior mientras, con un dedo, repasaba el borde del arcón. «Debería de odiar a esos animales», se dijo. Pero no podía hacerlo. Él mismo había aprendido a montar durante su estancia en Castilla, y gracias a ellos se sintió más cerca de su hermano. Había comprendido por qué le fascinaba cabalgar, incluso anhelaba volver a Acolman para criar con él aquellos animales. «Por lo menos, murió feliz —se dijo—. Si uno no puede tener la muerte del guerrero, lo más cerca es morir como un vencedor y, en nuestra tierra, sólo los vencedores montan a caballo.»

De pronto Zolin frunció el ceño, asaltado por un pensamiento: si Acolman ahora era administrado por Solís, ¿en qué posición quedaba su hijo Hipólito? ¿Estaría en el palacio, donde lo dejó en brazos de Yaretzi? Se incorporó, impulsado por unos latidos acelerados que le golpeaban en el pecho. Había perdido a su hermano mayor, no sabía si perdería a su esposa, debía asegurar la vida de su hijo. Pensó en Ameyali postrada en un camastro, y la imaginó luchando, porque así era ella, aferrándose al recuerdo de su pequeño, a su regreso a Acolman. Hasta aquel momento, jamás dudó que volverían juntos.

Cuando Ignacio le comunicó que se vio obligado a dejarla en Roma, sumida en la fiebre, Santiago Zolin la reclamó. La reclamó como su sierva a Cortés, al mismo emperador, y este le aseguró que estaba bien atendida y que, aunque su vida quedaba en manos del Señor, podía aguardar en la corte, a pesar de que los demás partieran hacia Sevilla. Pero de pronto Zolin sentía que no podía esperarla, sino que debía partir, como los demás, en el primer barco. Resuelto, se puso en pie y abrió el arcón para ponerse la casaca de terciopelo azul. Volvería, pero antes reclamaría su puesto en Acolman; era Santiago Zolin y no dejaría que el legado de su hermano desapareciera en su ausencia, porque era el que debía dejar a su hijo. «Ella no me perdonaría si le pasara algo», se dijo.

A pesar de que el sol caía poderoso sobre el claustro, yo iba abrigada con una capa de lana, gruesa y larga. En las esquinas de la parte ajardinada, grandes árboles de hojas de aguja me recordaron a los ahuehuetes. Pero no olían igual, y de entre los arbustos leñosos y las plantas verdes a ras de suelo no llegaba hasta el soportal ninguna fragancia que venciera a la cera derretida, procedente de la capilla. Con la monja como muda escolta, caminaba temblorosa bajo el pórtico, y aunque me apoyaba en el brazo de Martí, cada pocos pasos me veía obligada a detenerme. Entonces me sentaba bajo uno de los arcos, siempre con la mirada perdida entre las plantas adormecidas por el invierno. Caminar delataba mi debilidad y, de pronto, toda esperanza de regresar a mi casa era prisa que pesaba sobre mis pies, consciente de que llevaba casi un año fuera. No sabía nada de Zolin ni de mi hijo, y la nostalgia iba penetrando en mí a medida que las fuerzas volvían a mi cuerpo. Sabía que él no me reclamaría como esposa. Sus palabras acudían a mi mente y me producían una silenciosa melancolía: «Es mejor que sigan creyendo que eres virgen, créeme».

El agua esparcía un canto monótono, casi adormecido, y pequeños pajarillos grisáceos y pardos se posaban en un montículo de piedra blanquecina que había en el centro del claustro.

—¿Podemos entrar en el jardín? —pregunté.

Martí vaciló un momento, pero enseguida le dirigió a la monja unas palabras, que ella respondió con una sonrisa y un gesto de asentimiento. «¿Cómo puede haberme recordado a Coyolxauhqui? ¡Ni entre delirios!», pensé mientras observaba el dulce rostro de la anciana. La luna siempre me había parecido una deidad furibunda y vengativa. Entonces Martí me ofreció su brazo y con esfuerzo me puse en pie mientras la monja se sentaba en el lugar que yo había ocupado.

—Ella se quedará aquí —me dijo al entrar a la parte ajardinada del claustro. Tomamos un sendero adoquinado que se dirigía hacia el centro, y con una radiante sonrisa, continuó—: Por lo que me contó mi padre de los jardines de Tenochtitlán, este debe parecerte insignificante.

—Después de tanto tiempo encerrada, me parece el jardín más maravilloso. Gracias por traerme, Martí.

—Debes caminar para que tus piernas se fortalezcan.

—Se hace difícil...

—Es el primer día, Ameyali. Mañana las notarás más fuertes, confía en ti misma.

Sonreí, porque justo en ese instante sentí que me flaqueaban las piernas y que debía detenerme. Pero sus palabras me impulsaron unos pasos más y llegamos hasta el centro del jardín, donde nos sentamos en un banco delante de la fuente. Él la miraba, con sus ojos verdes llenos de recuerdos que yo intentaba dilucidar. Pensaba que las alusiones que hacía a mi cultura, aprendida a través de su padre, e incluso sus palabras de ánimo, eran una especie de escudo al que se aferraba para proteger su alma, como si quisiera parecer inescrutable, como un perfecto caballero mexica. Y aquellos silencios anegados de melancolía se dibujaban en mi mente como unas grietas en aquel muro que él había levantado.

—¿En qué piensas? —le pregunté de pronto.

Martí sonrió y se encogió de hombros, como avergonzado.

—Divagaba sobre qué hubiera pasado si no hubierais creído que los castellanos eran dioses. Todo habría sido diferente, probablemente yo no hubiera conocido a mi padre y... —Se interrumpió con un suspiro, y con sus ojos parecía buscar las palabras en el aire mientras añadía—: No sé, cuando cantaste ante el Papa... Tienes una voz tan increíble que sólo puede ser un don divino. Pero de ahí a considerarte una diosa o una santa... No te ofendas, pero me cuesta imaginar cómo pudisteis confundir a aquellos hombres con seres divinos.

Muchos de los nuestros no lo hicieron, e incluso vislumbraron la tragedia que se avecinaba de la mano de los castellanos. Pero no sucedió así entre los que creíamos fielmente en nuestros dioses, por lo que con una amarga sonrisa intenté explicárselo:

—Mira, la primera vez que vi a tu padre... Jamás antes había visto a un hombre rubio, con el pelo rizado; ni lo había imaginado. ¡Ni siquiera sabía que existían tierras más allá del mar! Su barba y su cara pálida sólo aparecían en algunas representaciones de Quetzalcóatl. No creí que tu padre fuera un dios porque mi suma sacerdotisa decía que no coincidía con las fechas de nuestras profecías. Pero ¿cómo no tomarlo como un enviado, cuando esas fechas justamente estaban tan cercanas? En aquel momento, yo era una niña y las creencias de mi mundo eran tan incuestionables entonces como lo es ahora para vosotros vuestro dios único. De hecho, la aparición de aquellos hombres parecía una prueba.

—¿Sigues creyendo en tus dioses a pesar de todo? Entiendo que como sacerdotisa...

—Martí —le interrumpí, y suspiré de pronto presa del recuerdo de Zolin, cuando en el bautizo puso la cruz sobre el pecho de Huemac—, ¿crees que es absurdo conservar la fe en nuestros dioses cuando han sido vencidos?

Él se llevó la mano al mentón y se acarició la barba rala.

—No parece lógico. No entiendo las guerras entre dioses, ni tampoco entre hombres cuando, bajo el mismo credo, pelean sobre cómo interpretar las palabras de Dios. No sé hasta qué punto la fe tiene que ver con la razón, creo que lo importante es lo que siente el alma.

—Tú me haces sentir que mis dioses están vivos, y que seguro que aguardan en Teotihuacán, una ciudad que construyeron ellos mismos y que permanece, a pesar de todo.

Él se apartó un poco de mí y fui consciente de que mi hombro había estado pegado a su brazo. Me miró ruborizado, y en sus profundos ojos vi reflejada no la esperanza de mi retorno, sino mi fe. Entendí que era eso lo que me hacía sentir segura con él, protegida y esperanzada.

—Tú debes de ser un enviado de Quetzalcóatl, así lo siente mi alma, Martí, así lo siente.

—Pero eso es absurdo —musitó él.

Tomé su mano entre las mías.

—Tú has dicho que la fe depende más del alma que de la razón. Y yo he sido sacerdotisa, no puedo creer en las casualidades, los dioses lo rigen todo, y veo en ti una señal de nuestras divinidades. ¿Por qué, si no, de entre todos los hombres de estas tierras, tú, el hijo del que creímos enviado de Quetzalcóatl, eres mi protector?

—Porque... Porque todo lo que no entendemos lo explicamos con un dios u otro. Y lo que entendemos, también se lo agradecemos a un poder divino —murmuró Martí con un destello de pesar en sus ojos.

Según lo que él decía, daba igual la religión que uno profesara, y me sentí tentada de creerle, pero parecía turbado por sus propias palabras, y entendía que aquello podía ser un razonamiento lógico, pero no lo que nos dictaban los sentimientos por los que se guiaba la fe. «Quizá tu espíritu intentará una huida más», alguien me dijo aquellas palabras, ahora recuerdo lejano al que daba la razón. Excepto durante el tiempo en que busqué por Teotihuacán, mi alma solía estar siempre atormentada y dolida. Por ello, sentada junto a Martí, pensé en cuánto facilitaría mi vida seguir a ese dios único, al que quizás así creería de veras todopoderoso, porque daba igual al dios que se adorara.

Entonces, al otro lado de la fuente, bajo una arcada apareció el rostro pálido de la monja, enmarcado en la blancura de su pelo y su hábito. «Coyolxauhqui te guiará.» Y el recuerdo de quien formuló aquellas palabras se dibujó en mi mente con claridad: arrugado, sin cejas, pelo gris en una maraña. El nigromante pronosticó: «Lucharás contra la enfermedad, quizá tu espíritu intentará una huida más». ¡Me advirtió contra el sarampión! Pero ¿a qué se había referido con que mi espíritu trataría de huir una vez más, al peligro de muerte o a la tentación de creer a Martí?

—Me temo que no te he convencido para nada —comentó él, interrumpiendo mis pensamientos.

Al calor de su mirada, noté que se me había acelerado el corazón al rememorar aquel augurio, justo allí, en aquel momento.

—Convénceme, Martí, inténtalo. Creo que lo necesito.

Debía averiguar qué significaba la huida de mi espíritu, de mi alma, de la que me había alertado el nigromante. «Si consigues su regreso, podrás encontrarnos allí donde Xochiquetzal te eligió. Coyolxauhqui te guiará.»

Martí vertió el agua de la jofaina y se lavó la cara, mientras imaginaba el recorrido que harían entre las ruinas de la antigua Roma. Se secó el rostro y observó la barba. Necesitaba un repaso, pues no le gustaba que le creciera hasta parecer un ermitaño, «como Guifré», pensó. Su padre decía que a Izel le gustaba su barba, pero él sentía que a Ameyali le imponía.

Mientras sonaban las campanas de la hora tercia, se apresuró a ponerse el jubón, pues llegaba tarde. Salió de su dormitorio a trompicones, y a los pocos pasos cayó en la cuenta de que se había dejado la capa, pero no volvió a buscarla. Había pasado tiempo desde que tuvieron aquella conversación en el claustro, cuando ella se había mostrado convencida de que él era una especie de enviado divino. Desde entonces, casi cada día paseaban juntos, a la hora tercia. Martí no intentaba convencer a Ameyali de nada, sino que buscaba siempre elementos para que ella recondujera su fe a la vez que él afirmaba la suya, consciente de lo subversiva que resultaba la idea de que no importaba a qué dios adorara. Y no lo hacía porque se creyera o la creyera condenada al infierno, sino porque sus creencias la ponían en peligro, no ante el Dios misericordioso, sino ante los hombres. Sin embargo, por más que él lo intentara, todo parecía llevarla a fortalecer sus convicciones.

Aquel día esperaba dar el primer paso para romper con aquello. Con tal convencimiento, puso un pie en la calle y sonrió al sentir el sol en su rostro. La idea se la había dado Teotihuacán, esa ciudad que ella decía construida por dioses. No los discutiría, pero sí que le abriría la mente a otras explicaciones. «He sido sacerdotisa, no puedo creer en las casualidades, los dioses lo rigen todo», le dijo en el claustro. Pero en sus conversaciones Martí había descubierto a una mujer de mente tan abierta a la razón como aferrada a su fe. Y por ello le producía curiosidad averiguar cómo explicaría lo que él le iba a mostrar.

Al llegar al convento, ella aguardaba en la puerta. La acompañaba una joven monja de cara alargada y mirada tímida. Él la saludó y luego se volvió hacia Ameyali, quien con una sonrisa le hizo ser consciente de que le sudaban las manos. El médico entonces sacudió la cabeza, y sin mirar a su protegida a la cara, empezaron a caminar. Ella ya no necesitaba apoyarse en su brazo, pero aun así lo tomó y él no se apartó.

—¿Adónde vamos? —preguntó animada.

Martí miró hacia atrás. La monja les seguía a cierta distancia, y le respondió en náhuatl:

—Me dijiste que esa ciudad sagrada, Teotihuacán, fue construida por los dioses. ¿Y si te demostrara que la construyeron otras personas que existieron antes que tu propio pueblo?

—Es enorme, sus templos son increíbles. Ninguna persona la abandonaría.

—En esta ciudad, Ameyali, que como sabes es también sagrada, hay edificios así, enormes, que construyó un pueblo antiguo. Te voy a llevar al Coliseo. Está ahí, en pie, aún recuerda cuán magnífico era, pero nadie dice que lo construyera ningún dios, porque sabemos que no fue así. Lo construyó la misma gente que levantó un templo al que también te llevaré, derruido...

—¿Hay aquí templos que no sean iglesias?

—Y estatuas de los dioses de ese templo. Yo te voy a llevar a uno de Venus, una diosa que me recuerda mucho a tu Xochiquetzal.

—¿Acaso perdió?

—Sí, la fe de la gente.

Ameyali suspiró y continuó caminando en silencio.

—Tú me pediste que intentara convencerte —dijo Martí, temeroso de haberla disgustado.

Ella chasqueó los labios antes de hablar:

—Estaba pensando que esa Venus tuvo mejor suerte que mi Xochiquetzal, porque los franciscanos destruyeron nuestras imágenes. No entiendo cómo hay estatuas de esa diosa de la que me hablas.

—Perduraron enterradas, ya te lo comenté. Y ahora, qué se yo, supongo que Dios nos ha enseñado a apreciar su belleza. Por eso las desentierran, aunque a veces salen a trozos y hay que reconstruirlas.

—Coyolxauhqui... —musitó ella, con una mirada de picardía.

Martí rió al pensar en el mito de la diosa luna. Su ciclo en el cielo se debía a que el astro se mostraba desmembrado, como acabó el cuerpo de la diosa. Sin embargo, una vez al mes, se la podía ver completa.

—¡Ameyali, que difícil me lo pones!

Una pintura con un paisaje de Roma reposaba apoyada en la pared a la espera de que Miquel Mai la aprobara para pagar el resto de lo acordado al taller. Enfrente, acodado sobre la mesa, Alfons la ignoraba, procurando concentrarse en la carta que tenía ante sí.

Y estando conforme con el precio de la fuente que le encargué para mi palacio de Úbeda, le ruego encarecidamente que la envíe al puerto de Alicante una vez que esté acabada. Me haré cargo de las costas del transporte, bajo el buen entender de que me las haga saber en su siguiente misiva...

La parte más importante de las tareas de Alfons Mascó como secretario personal de Miquel Mai tenía que ver con la pasión de este por el arte. Él escogía talleres y obras, y su empleado se ocupaba de controlar la ejecución y los pagos. El embajador encargaba pinturas o esculturas para sí mismo, pero también recibía comisiones de otros nobles, y el joven catalán veía en ello una oportunidad. Así que, en la medida en que Miquel Mai confiaba en él, procuraba desviar algo para su propio bolsillo. A la par, había enviado misivas al doctor Funés y a algunos otros nobles barceloneses para ponerlos en contacto con talleres napolitanos y hacer lo mismo que Mai, pero por su cuenta.

Sin embargo, aquel día no tenía la cabeza para calibrar las posibilidades que le ofrecía el secretario imperial, Francisco de los Cobos, en aquella carta. El embajador daba una fiesta en su palacio y le había pedido que se encargara de enviar las invitaciones. Para su sorpresa, en la lista figuraba Martí de Orís y Prades, conde de Empúries, y su protegida. Le había llegado la oportunidad que estaba esperando, y pensaba obsesivamente en cómo aprovecharla.

Cuando el micer Mai dejó a Martí a cargo de aquella india, le pidió a Alfons que verificara la identidad del médico. Y al hacerlo, descubrió con sorpresa que se trataba de Martí Alzina, pero también que no sería fácil desenmascararlo, pues una carta lacrada de su padre, el barón de Orís, lo identificaba como su hijo y poseedor del título de su abuelo, y desde sus propias tierras se le reconocía como el conde, con el aval de los señores de Montcada y el obispado de Girona. «Pero yo sé que es un impostor», se repetía el secretario del embajador. Martí Alzina había conseguido una identidad intachable, y no se explicaba cómo lo había hecho.

Alfons tomó la lista entre sus manos y se recostó en la silla con una sonrisa. «Y su protegida», releyó satisfecho. Igual que la estupidez que cometiera escondiendo libros en el *call*, Martí ahora descubría ante él su propia debilidad. Había usado su título de conde de Empúries para conseguir que Miquel Mai le encomendara la protección de aquella india. Y en la medida en que fallara en su misión, recibiría un castigo. Lo mejor era que él mismo se estaba metiendo en las fauces del lobo, pues se mostraba en público con la joven, y a Alfons no le había costado nada dejar caer ante Miquel Mai que quizá la estaba seduciendo.

De pronto, el embajador entró al estudio sin llamar. Lo saludó risueño y puso toda su atención en el cuadro apoyado en la pared.

—¡Magnífico! —exclamó frotándose las manos—. ¡Esta obra culmina un día fantástico!

Alfons dejó la lista sobre la mesa, se puso en pie y se acercó.

—¿Han ido bien las negociaciones con Su Santidad?

Micer Mai asintió enérgicamente mientras decía:

—Ha accedido a acudir a Bolonia con todo lo que ello implica. El emperador estará muy satisfecho. Deberíamos pensar algún regalo para la ceremonia, quizás alguna escultura de mármol.

—¿Y si...? —Alfons se interrumpió y negó con la cabeza mientras pensaba: «¡Lo tengo!»

—Habla, no seas tímido. Aprecio tus ideas.

—La joven india, María del Carmen —apuntó el secretario esforzándose en balbucear—, su voz es increíble...

—¡Y agradará a los dos, desde luego! Una voz virtuosa y un alma casta, súbdita de ambos. ¿Por qué no querías proponerlo? Es una buena idea.

—Bueno, el conde de Empúries se muestra con frecuencia en público con ella...

—¿Dudas de su honra?

—Sigue alojada en el convento, pero...

—Ya, no es la primera vez que insinúas algo así —le interrumpió el embajador, pensativo—. Pero no le puedo retirar la encomienda, sería un insulto. Y no sólo a ella, sino a las monjas que la guardan. Aunque se me ocurre otra fórmula, y espero que me ayudes. Podrá parecer que te rebajo, pero es todo lo contrario.

XVIII

Roma, año de Nuestro Señor de 1529

Cantaba desenfadada, saltando descalza por el camino de arena, en un día claro y seco. El bosque detrás, los nopales delante. Inmersa en un juego en el que yo era una de las artistas de la corte de mi padre y deslumbraba al público con mi danza y mi voz. Hasta que me detuve delante de aquel templo que se levantaba entre la maleza. Jamás había llegado a verlo tan cerca, Yaretzi no me dejaba entrar a la ciudad de los dioses, pero aquel día el sol dibujaba con toda claridad los mordiscos del tiempo sobre los escalones de la pirámide. Sin embargo, no se había atrevido a tocar con sus dientes los mascarones de las serpientes emplumadas, que parecían exhibir una sonrisa irónica, vigilantes desde el muro, impactantes a mi mirada infantil. De pronto, empezó a caer una lluvia de pétalos de flores, y viendo en ellos una señal divina, mi canto se elevó mientras me postraba temblorosa a los pies del gran templo construido por los mismos dioses. Hasta que una mano se posó sobre mi hombro, y al alzar la cabeza, vi el fulgor de un manto verde esmeralda que enmarcaba una silueta a contraluz, tocada por un imponente penacho.

—*¿Quién eres tú, pequeña?* —*preguntó el hombre.*

Desperté con el eco de su voz aflautada en mi mente, envuelta en aquel tañido de campanas. Me hacía añorar el sonido de caracolas y tambores que anunciaba el paso del tiempo en mi ciudad natal. De un salto, abandoné la cama y me recriminé por haberme dormido mientras alisaba el vestido que me había regalado Martí. El azul de aquella fina tela me trajo a la mente el color del cielo bajo el que saltaba y cantaba momentos antes, liviana e inocente.

Como si fuera una señal divina, aquel sueño se repetía cada vez más. En él revivía mi encuentro con Motecuhzoma a los pies del templo de Quetzalcóatl, en Teotihuacán. Aún veía ante mis ojos la comitiva en la calzada, a la espera del gran *tlatoani* de Tenochtitlán. Este había avanzado por el camino de pétalos de flores que siempre se abría a su paso, escoltado por guerreros águila que, nerviosos, observaban el entorno mientras el monarca me hablaba. Ahora el recuerdo de aquel momento se repetía y me traía a la mente las palabras del nigromante: «... tu espíritu intentará una huida más, pero si consigues su regreso, podrás encontrarnos allí donde Xochiquetzal te eligió». Fue allí, donde me llevaba mi sueño. Mi espíritu había vuelto a mi cuerpo, estaba sana, y ya era hora de regresar a los pies del templo de Quetzalcóatl. Sin embargo, seguía alojada en la habitación de un convento romano, en una espera resignada a la voluntad de los dioses.

Cuando me estaba recuperando, se apoderó de mí cierta ansiedad por volver, atormentada por no saber de mi hijo, acuciada por el deseo de recomponer mi familia. En cuanto empecé a ganar fuerzas, la ansiedad se fue batiendo en retirada y me di cuenta de que regresaría cuando los dioses lo dispusieran, pues ellos dirigían mi vida. Martí había convertido mi estancia en Roma en un aprendizaje, necesario para regresar tal y como el nigromante me auguró el día del bautizo cristiano de mi hijo. Él me advirtió de que mi espíritu intentaría huir, y al principio pensé que se refería a la enfermedad, pero ahora veía que también se refería a un intento de huir de los antiguos dioses. Martí fue el guía de mis tentaciones y cuestionó mis creencias a través de las huellas de la antigua Roma.

Al fondo del pasillo, la anciana monja aguardaba para acompañarme hasta la salida del convento. Encorvada, con las manos recogidas sobre su pecho, me condujo por el claustro, donde la luna llena iluminaba el jardín florecido, y sentí que al amparo de Coyolxauhqui llegaba a mí Xochiquetzal. Entonces recordé la escultura de Venus Felix en el Belvedere, donde Martí me llevó para que la redescubriera con su brazo roto. «Tú no acabarás igual», le dije a mi diosa mientras avanzaba tras la monja. Y suspiré, a sabiendas de que aquella noche mi protector no me llevaba a pasear por la ciudad.

Mostrándome el templo enterrado de Venus Felix, la fachada de la actual iglesia de San Lorenzo, el Panteón, el Coliseo o las estatuas rescatadas que se exhibían en el Belvedere, Martí quería que entendiera la magnitud de una civilización que existió y desapareció. Durante nuestras charlas, era obvio que intentaba que en ello yo viera un reflejo de lo sucedido en Teotihuacán, para que la entendiera como una ciudad construida por hombres, no por dioses. Consiguió lo contrario, e hizo más fuerte mi fe en aquellos templos. Porque así como los de la antigua Roma estaban derruidos y enterrados bajo los levantados para rendir culto al Dios Todopoderoso, ni Él ni sus frailes franciscanos habían acabado con Teotihuacán. Y ahí estaba la clave, porque morada por los dioses, el abandono convertía la ciudad en su refugio tras verse vencidos. El abandono había manteniendo en pie al Coliseo, pero los templos habían caído porque la gente olvidó a los dioses; sólo el gran Panteón se había salvado, pero sometiéndose al dios único, convertido en iglesia. Así que, en su intento de abrir las puertas a mi alma para una huida, Martí me había ayudado a descifrar qué me aguardaba a mi regreso.

Llegamos a una de las salidas del convento, en un extremo del claustro, y la monja abrió el portón. Él aguardaba vestido con unas calzas granates, a juego con el ceñido jubón que realzaba su elegante figura. Se había afeitado la barba, y su sonrisa parecía más jovial en aquel rostro de líneas parecidas a las de las esculturas que me había mostrado todo aquel tiempo. Se apresuró a quitarse el sombrero de ala ancha para dedicarme una ampulosa reverencia que me hizo sonreír.

—¿Preparada para la fiesta? —me preguntó mientras me ofrecía su brazo. Y sin esperar respuesta, añadió—: Recuerda que vas como invitada, y eso es buena señal. Miquel Mai te ve como a una dama, ahora sólo falta que nos dé una fecha y yo mismo te llevaré a tu casa.

El palacio se elevaba en tres plantas coronadas por una balaustrada de donde asomaban unas esculturas con formas humanas arropadas por túnicas de piedra cuyos brillos recortaba la luna. Las ventanas se repartían por toda la fachada, exhibiendo la redondez de sus arcos como una marca de distinción entre los muros almohadillados de líneas rectas y severas. Por muchos palacios así que hubiera visto en mis paseos con Martí, no lograba acostumbrarme a aquel paisaje urbano, de fachadas agujereadas flanqueando callejuelas estrechas y malolientes. Aun así, aquel día me sentía ilusionada, pues era la primera vez que iba a entrar en uno de aquellos edificios, y no lo haría como una curiosidad a la que observar sin pudor, como me había sucedido en la corte de don Carlos.

A pesar de ello, al entrar al enorme zaguán, las miradas de algunos invitados se clavaron en mí, mientras sus murmullos quedaban envueltos por la música que llegaba desde el patio. Me sentí intimidada, de pronto arrepentida de haber aceptado la proposición de Martí, pues aun vestida como una perfecta mujer del lugar, mi piel oscura y mis rasgos delataban mi origen. Pero él, como si una vez más leyera mis pensamientos, me acarició la mano que se aferraba a su brazo y susurró:

—No te dejes intimidar. Estás preciosa, es normal que te miren.

No pude evitar sentirme halagada y se lo agradecí con una sonrisa. Entonces avanzamos por el zaguán y entramos en el patio. Sin apenas vegetación y con el suelo cubierto por un fino mosaico que reproducía las espigas del trigo, el patio estaba bordeado por un soportal de dos pisos: el de abajo cercado por arcadas, el de arriba dominado por líneas horizontales. En el centro, por encima de los invitados, sobresalía una hermosa fuente circular que se elevaba cual flor gigante, con su tallo de hojas labradas. El agua sobresalía en un chorro por la parte superior y regalaba su particular ritmo a la música del arpa y la flauta. Grupos de hombres y mujeres instalados alrededor charlaban animadamente, y ya no me sentí tan observada. Ellas llevaban vestidos multicolores de amplia falda y ajustado corpiño; entre ellos predominaban los tonos oscuros, excepto en los caballeros uniformados con las galas de los ejércitos, que, tal y como me explicara Martí tiempo atrás, mostraban en sus ropas los colores de sus estandartes. Entre ellos estaba Galcerán, el coronel amigo de mi protector al que había conocido en nuestros paseos, con sus greguescos a rayas sobre calzas rojas y el capotillo amarillo cubriendo su hombro izquierdo.

—¿Por qué no llevas tú el uniforme, Martí? —le pregunté mientras nos acercábamos a Galcerán.

—Soy médico. Estoy en el ejército, pero no combato, no necesito exhibir ningún rango. De hecho... —Se interrumpió sacudiendo la cabeza.

—No te gusta —completé la frase.

Él asintió con una sonrisa, y aunque me pareció dulce y sin rastro de amargura, me resultaba algo triste que un hombre no quisiera lucir méritos militares. Entre mi gente, era algo inconcebible.

—Señorita María del Carmen —me saludó Galcerán con una reverencia.

—Coronel —respondí yo inclinando la cabeza.

A su lado, un hombre cuya edad quedaba marcada en las severas arrugas de su rostro, se acariciaba el bigote mientras me observaba con ojos complacidos. Entonces Martí intervino dirigiéndome una sonrisa cómplice:

—Señorita María del Carmen Ameyali, me complace presentarle a micer Miquel Mai, nuestro anfitrión esta noche y quien me encomendara su protección.

—Me alegro de verla recuperada —comentó el hombre mientras se inclinaba como momentos antes hiciera Galcerán—. Señor conde, veo que ha cumplido usted con su palabra.

—No podía ser de otra forma ante una encomienda del embajador de su cesárea majestad —respondió él.

A pesar de la amabilidad de las palabras, su voz me sonó más seca que firme, más distante que sincera, y sonreía con la mandíbula apretada. Me pareció una actitud extraña en él, siempre tan dulce conmigo, y por primera vez me pregunté cómo era Martí fuera de nuestros paseos.

—Y no sabe cuánto le complace a nuestro rey. De hecho, se me ocurre que a don Carlos le enorgullecería agradecérselo personalmente en Bolonia —añadió micer Mai.

Noté que Martí tragaba saliva y cerraba los puños, mientras Galcerán preguntaba:

—¿Bolonia?

—Hemos conseguido un acuerdo con el Papa, y coronará oficialmente a don Carlos como emperador del Sacro Imperio en Bolonia.

Los hombros de Martí se tensaron mientras me dedicaba una sonrisa tan temblorosa como fugaz. No sabía entonces por qué, pero me pareció vulnerable entre aquellos hombres. Me invadió una sensación de ternura y utilicé la amplia falda de mi vestido para disimular una caricia en uno de sus puños cerrados. Entonces sentí que su mano se desplegaba y, suave, tomaba la mía. Hasta que noté una presencia por detrás de mí y la aparté enseguida.

—¡Ah! Alfons —exclamó micer Mai mirando por encima de mi hombro.

Me volví y me topé con un hombre bien parecido, de piel suave, pómulos altos y una barba cuidadosamente recortada. Llevaba el pelo negro recogido en una cola, y tras alzar la mirada, pues no se le había escapado la caricia furtiva, arqueó las cejas hacia el embajador con una sonrisa. Nuestro anfitrión asintió, y acto seguido dijo:

—Coronel, conde, les presento a Alfons Mascó, un fiel servidor de mi confianza. Estaba explicándoles, Alfons, que don Carlos será coronado en Bolonia. —Luego me miró a mí directamente y añadió—: Y creo que sería del agrado de su majestad que usted pudiera cantar tras la ceremonia, pues sin duda quedó muy impresionado con su voz. Me he permitido asignarle a Alfons a su servicio, además de una dama de compañía que la ayudará en cuanto necesite, si el conde de Empúries no tiene inconveniente, pues desde luego el emperador reitera la encomienda que le hice.

Micer Mai no esperaba mi respuesta, sino la de Martí, del que sólo pude ver el perfil tenso mientras asentía sin mediar palabra. Me parecía que su rostro había palidecido y entendí que aquello era una orden en forma de propuesta, como las invitaciones del *tlatoani* de Tenochtitlán: no nos podíamos negar, y esto retrasaba mi retorno.

—Será un honor servirla —intervino Alfons con una inclinación de cabeza.

—¿Estará en Bolonia el resto del séquito? —me atreví a preguntar, pensando en Zolin con una vaga sensación de culpa, pues no le había hablado de él a Martí.

—¿No lo sabe? —respondió el hombre del embajador llevándose una mano a la cabeza. Entonces Martí se giró hacia él con un brillo de furia en los ojos que jamás antes le viera, mientras Alfons añadía—: Ya hace tiempo que partieron de Sevilla. Usted es la única que sigue entre nosotros, creo.

Miré a mi protector y vi cómo sus ojos pasaban de la furia a la súplica. Lo sabía, Martí lo sabía y no me lo había dicho. Sentí que algo se me rompía por dentro. «¿Por qué?», me pregunté dolida. La respuesta se me apareció entonces tan obvia que bajé la cabeza de inmediato. Él no era un enviado de Quetzalcóatl, era un hombre. «Ha sido respetuoso porque me cree casta, como Zolin me advirtió, pero aun así se ha encaprichado conmigo. No me dejará marchar», me dije convencida. Quería huir, salir corriendo de aquella fiesta, de aquel lugar. Mi hijo, mi casa...

—Venga conmigo, señorita —dijo entonces Alfons con tono meloso. Se volvió hacia los otros hombres y añadió—: Si me permiten, le presentaré a la joven Isabel, su dama.

—Claro, claro, ve, ve —le dispensó micer Mai.

Alfons me ofreció su brazo y vi de nuevo la furia en el rostro de Martí. Pero ahora la entendía: me consideraba suya. «Sí, se ha encaprichado conmigo. Está celoso», me confirmé mientras tomaba el brazo de aquel hombre, ahora a mi servicio.

—Disculpe, conde, ¿nos conocemos de antes? —preguntó de pronto Alfons mientras se acariciaba la barba—. Su cara me resulta familiar.

—No creo —respondió él con sequedad.

Martí comprendió que ella se había disgustado, se sentía traicionada, lo pudo ver en sus ojos. «Se lo tendría que haber dicho, como me aconsejó Galcerán —se lamentó—. ¡Oh, Dios! No es una niña, es una mujer, y fuerte. Lo habría resistido.» La complicidad que habían compartido se estaba yendo del brazo de Alfons, y no podía considerarlo una casualidad. ¿Desde cuándo sabía que estaba allí como conde de Empúries? Recordó las palabras del obispo Miquel antes de salir de Barcelona: «La Inquisición te ha denunciado. Pusieron a un familiar tras de ti, un tal Alfons Mascó».

—Bueno, lo del concilio es parte del tratado. Al fin Clemente VII se ha comprometido a convocar uno. —La voz de Miquel Mai le llegaba como lejana.

—No veo claro que cumpla —comentó Galcerán—, ya se ha comprometido a ello innumerables veces. Pero siempre se escuda en lo mismo: no quiere discutir acerca de la venta de indulgencias ni reformar los excesos de la curia porque sería dar parte de razón a Lutero y a sus seguidores.

—Cierto, como usted ha dicho, un escudo —suspiró el embajador—. Es obvio que el rey de Francia está rodeado de territorios imperiales, y como a Clemente tampoco le gusta el poder de su majestad... En fin, esa alianza está vencida, ahora sólo le queda el concilio como arma.

La conversación llegaba a Martí como un murmullo de fondo, mientras seguía con la mirada a Ameyali, quien, con Alfons al lado, ahora escuchaba a una joven pelirroja de tez pecosa y cabello recogido. Y de pronto comprendió:

aquel que siempre se había declarado su enemigo quería utilizarla para atraparlo a él.

—¿Quiere decir que, como los problemas con Lutero se están dando en territorios de don Carlos, Clemente no convoca el concilio para que haya en los reinos del emperador un foco de desestabilización? —se escandalizó Galcerán.

Miquel Mai se encogió de hombros con una sonrisa mientras decía con desenfado:

—¿Usted qué opina, señor conde? ¿La opinión del coronel es muy osada?

—¿Perdón? —respondió Martí.

Micer Mai y Galcerán se dieron cuenta entonces de que el médico había estado observando a la protegida sin prestarles demasiada atención. El coronel frunció el ceño y miró al embajador, esperando su reacción ante tal descortesía. El hombre enarcó las cejas y mostró una expresión preocupada.

—Espero no haberle ofendido, señor conde —señaló con tono serio—. Si no está de acuerdo con las personas que he designado para su encomendada... Mi intención no era insultarle, pero ahora saldrá del convento y su majestad querría que la honra de la doncella estuviera a salvo.

—Y yo le garantizo que así será —señaló Martí con cierta brusquedad—. Tengo medios, y la trataré con todos los honores.

—Lo siento —se disculpó el embajador, aunque con expresión adusta en su rostro—. No pretendía ofenderle.

—No creo que haga falta disculpa ninguna, micer Mai —intervino Galcerán dirigiendo a Martí una mirada de reproche—. Usted sólo hacía su trabajo.

—Y el conde de Empúries también, al fin y al cabo, yo mismo le pedí que velara por el bien de la dama.

—No, no, tiene razón el coronel —dijo Martí en tono conciliador, consciente de pronto de que enfadarse no ayudaría a Ameyali, ni a sí mismo—. No es eso lo que me preocupa. Le prometí que volvería a su casa. Quizá me excedí, pero, imagínela, enferma y sola en una tierra extraña.

—Cierto, pareció afectada cuando supo que el resto de la comitiva de indios había partido —apuntó Miquel Mai, mirando al médico y luego hacia la joven—. No se preocupe, quizás el que se ha excedido soy yo. Lo arreglaré. Procure ser el último invitado en retirarse de palacio, por favor. Y ahora, si me disculpan, pasaremos al salón para la cena.

La noche se había vuelto fría, y la algarabía de la fiesta apenas sí se oía desde donde estábamos. Isabel, la joven que había de convertirse en mi dama de compañía, permanecía resguardada en el zaguán, pero los candeleros emitían un olor que me parecía insufrible, y fui hasta el portón abierto, que daba a la calle. Respiré con la esperanza de que la brisa dispersara mi pesar, pero fue en balde, y me puse a mirar con impaciencia a uno y otro lado, aunque en verdad no supiera por dónde vendría el carruaje que había de devolverme al convento. Aún sentía fuego en mi frente, como si la mirada de Martí siguiera fija sobre mí. Me disculpé de asistir a la cena, evitando sus ojos porque temía tanto una expresión de furia como de súplica, y las temía porque lo que se me había roto por dentro amenazaba con el llanto. Ahora me arrepentía de no haberle mirado. «No puede haberse convertido en un desconocido. Sus enseñanzas han sido reales», me repetía. Pero ello no detenía el torrente de dolorosa nostalgia que sentía y que se desbordaba, como si la seguridad que me diera Martí antes hubiera ejercido de dique y ahora, resquebrajada, dejara mi alma expuesta a la erosión de la corriente.

—Ya está. Enseguida llegará el carruaje —me interrumpió la voz profunda de Alfons.

Me volví hacia el zaguán. Isabel permanecía apoyada en la pared, con expresión aburrida, pero se irguió en cuanto el hombre pasó por delante de ella. Él no la miró, sino que vino hacia mí. Arrastraba su pierna derecha, pero su cuerpo mantenía un firme equilibrio.

—Siento haber sido inoportuno antes —añadió en cuanto alcanzó el portón.

—No sé a qué se refiere —respondí con una voz que me sonó tenue.

Él puso las manos a su espalda y, mirando hacia la calle, se mordió el labio inferior, cuyo color carmesí destacaba sobre la espesa barba negra.

—Me temo que yo he provocado su dolor de cabeza. Hernán Cortés sigue con su majestad, parece que lo va a nombrar marqués, pero su séquito... En fin, pensé que su protector, el conde de Empúries, ya le habría hablado de ello —comentó con un suspiro. Y volviéndose hacia mí, añadió—: Ruego acepte mis disculpas por...

—No, no. —Volví la mirada a la calle—. No es culpa suya.

—Imagino que anhelaba el regreso. Yo no estoy tan lejos de mi casa, pero aun así echo de menos a mi familia.

Al oír sus palabras, tuve que hacer un esfuerzo para contener el llanto. No era tan difícil comprenderme, incluso un extraño se apiadaba de mí. «¿Por qué Martí no ha visto cuán importante era poder regresar con los míos?», me preguntaba mientras el recuerdo de los sollozos de mi hijo parecía golpear mi corazón.

—¡Oh, lo siento, mi señora! No se me da muy bien consolar a nadie. Ya ve, soy muy torpe —dijo Alfons alargándome un pañuelo.

Entonces, avergonzada, me di cuenta de que las lágrimas surcaban mis mejillas y se lo agradecí.

—Yo estoy para servirla a usted —continuó él—. Y mi señor es Miquel Mai. El conde, disculpe mi atrevimiento, es sólo un médico. Pero micer Mai es el embajador de su cesárea majestad. Si usted me lo manda, yo hablo con él y le expreso... En fin, es obvio que ir a Bolonia pospone el regreso a su hogar, y micer Mai es hombre piadoso. Si queda alguien entre los naturales de su tierra, bien podría aún darle usted alcance en Sevilla. Han estado allí alojados durante meses.

«¡Zolin!», pensé. Seguro que él me había aguardado.

—¿Y cuándo cree que podría partir? —pregunté.

Alfons me dedicó una mirada compasiva y respondió:

—Si usted lo desea, lo puedo averiguar ahora mismo.

—Has tenido un comportamiento muy extraño esta noche, Martí, por decirlo suavemente.

Las teas apenas iluminaban la calle, y la humedad parecía rezumar entre las piedras de los oscuros palacios ante los que pasaban. Galcerán caminaba clavando los zapatos sobre los adoquines, como si en sus pasos se concentrara la rabia que reprimía en su voz, pero su primo no estaba de humor para lecciones, por lo que contestó hosco:

—No iba uniformado, nadie te echará la culpa, mi coronel.

—¡Basta ya! ¡Por Dios, que se trata de un embajador imperial! Podrías haber conseguido esos papeles sin presionarle como hiciste durante la cena.

—No quiero hablar de ello —replicó, y aceleró el paso.

—Ya te he liberado —gritó Galcerán por detrás de él, creyéndolo aún enfadado—. Cuando te ofreciste para proteger a esa joven como conde de Empúries, anulé tu contrato como oficial médico.

Martí se detuvo bajo una tea y suspiró, pero no le dio la cara.

—Gracias, pero no te doy la espalda porque me retengas o no en el ejército. Es que..., ya has visto cómo me he comportado ante el embajador, no soy digno de tu amistad.

El coronel se acercó a Martí, que de nuevo caminaba a grandes zancadas, pero ahora con los hombros hundidos.

—Pues seré tu primo. ¿Vas al convento?

Martí sonrió fugaz mientras sacudía suavemente la cabeza, y luego la amargura afloró en su cara.

—Ame... Carmen se ha ido sin despedirse. Necesito hablar con ella.

—Yo no sé mucho de mujeres, pero una mentira es una mentira.

—No he mentido. Le dije que haría que volviera a su casa, y es lo que haré. Aquí tengo los papeles, ¿no? —exclamó agitando el pergamino que llevaba en la mano.

—¡Eh! Calma. Tienes razón, has sido muy insistente y micer Mai muy comprensivo.

—Ahora sólo es cuestión de hablar con ella y aclarar las cosas.

—Dile la verdad, pues —sugirió.

—¿Y no es lo que he hecho? Con nadie he sido más sincero que con esa mujer.

—Entonces me temo que debes ser sincero contigo mismo —señaló el coronel mientras le ponía una mano sobre el hombro.

El joven conde ladeó la cabeza y recorrió el curtido rostro de Galcerán, quien no quitó la mano de su hombro.

—¿A qué te refieres? —le preguntó, irritado sin saber la razón.

—Tu comportamiento de esta noche...

—Otra vez —interrumpió Martí.

—Parecías celoso de ese sirviente que le asignó Mai.

—¿De Alfons? No seas absurdo.

A Galcerán le pareció que los pasos del conde de Empúries resonaban sobre los adoquines como si quisiera huir de la conversación. Doblaron la esquina y la fachada del convento apareció entre las sombras de dos teas que flanqueaban el portón.

—Pues si no eran celos, explícamelo. ¿Acaso conoces a ese tal Alfons Mascó?

Martí se detuvo delante de la entrada del convento y se volvió hacia el coronel mientras golpeaba con fuerza la puerta. En su mente se agolpaba la duda, pues intuía que podía confiar en él, pero si le contaba lo sucedido en Barcelona y no lo detenía, ¿no lo haría cómplice de su propio delito?

De pronto, una mirilla se abrió y pudo ver el rostro alarmado de la anciana monja que, al reconocerle, se tranquilizó.

—Disculpe las horas —dijo.

—María del Carmen está dormida.

—Es importante, madre, de lo contrario no osaría molestarlas en plena noche.

La monja asintió y pidió a alguien que se resguardaba tras la puerta que la fuera a buscar. Entonces, tras rogarle que esperara, cerró la mirilla.

—¡Vamos, primo! Pregúntate por qué estamos aquí a estas horas de la noche. ¿Por qué no esperas a mañana? —le sopló Galcerán sobre la nuca.

A Martí le pareció que su tono era burlón, y se volvió, primero desconcertado y luego irritado al comprobar en su sonrisa que se tomaba aquello a broma.

—Si te hubieran arrancado de tu hogar, y estando a un océano de distancia de él pudieras volver, querrías saberlo de inmediato, ¿no?

—Está dormida. Podrías venir a la hora tercia, como siempre.

Martí sentía que la cara le ardía de rabia mientras desde el interior del convento llegaba el eco de una carrera. ¿Qué quería Galcerán? ¿Sinceridad?

—No soporto que esté enfadada conmigo, ¿contento? —estalló de pronto.

Entonces la puerta se abrió y la monja, menuda y alterada, agitó los brazos con un pergamino en las manos mientras decía:

—¡No está, no está! Han dejado esto para usted. —El joven tomó el pergamino y la monja se persignó—. ¡No está! ¡Ha huido!

Martí leyó con avidez mientras su rostro se tornaba helado y lívido.

—Se la ha llevado, Galcerán, por mi culpa.

XIX

Ostia, año de Nuestro Señor de 1529

Los densos olores del mar me encogieron el estómago y recordé que no había comido nada desde el día anterior. Las nubes adormecían el sol, que aun así pretendía despuntar en el horizonte mientras los primeros pescadores plegaban las velas triangulares de sus barcas y descargaban el fruto de su trabajo nocturno. A pesar del día gris, la capa que me cubría incluso la cabeza me resultaba molesta, pues la humedad vaticinaba ya una jornada calurosa. Pero no me descubrí. No lo haría hasta que regresara Alfons.

Desde un extremo de la dársena, podía verle al otro lado, hablando con un hombre. De vez en cuando señalaba un barco de dos mástiles con una larga hilera de remos a banda y banda. Por fin le dio un saquillo a aquel desconocido y vino hacia mí. Su cojera era más acentuada, pero no me sorprendió, pues no habíamos dormido en toda la noche.

Al salir de la fiesta, cuando llegó el carruaje, me pidió que esperara, y al poco regresó agitando un pergamino. Así de fácil, podía partir aquella misma víspera. Al llegar al convento, la anciana monja me miró y me acarició la mejilla, y entendí por su expresión que sabía de mi disgusto. Quería abrazarla, despedirme, pero temía perderme en mi propio llanto, de pronto presa del recuerdo de la suma sacerdotisa de Xochiquetzal, quien tanto me cuidó a mi llegada a Tenochtitlán. Así que sólo pude decirle:

—Gracias.

Las campanas sonaban mientras entraba en la habitación. Me cambié el vestido por una falda y una blusa, me cubrí con la capa castellana, y tal y como me pidió Alfons, dejé el pergamino en el dormitorio. Salí sin encontrarme a nadie, pues todas las monjas debían estar en la misa de maitines. «Mejor. Por muy amables que fueran, he sido su prisionera», me dije, aunque sin convencimiento.

Me sentía herida, y esta sensación me acompañó a lo largo del río, con Coyolxauhqui alumbrando el camino que me alejaba de Roma. Por primera vez entendí a la diosa luna. Tuviera o no razón, se sintió engañada por un ser querido, su propia madre, y su final sólo podía ser doloroso. A mí me había engañado Martí, al fin y al cabo un desconocido, y me resultaba desgarrador. Desde la dársena, veía la mar calma, encerrada en el puerto, prisionera, y me repetía que en verdad aquel día era feliz, el primero de mi retorno a mi hogar y mi familia. Pero mientras me lo decía, sólo conseguía herirme un poco más: ¿por qué Martí había jugado conmigo?

—Podemos embarcar ya —anunció Alfons—. Iremos primero a Barcelona. De allí partió usted, ¿no es así?

Asentí, mientras notaba que el estómago se me revolvía. ¡El retorno era tan fácil! Si Martí no me había ayudado a volver a mi tierra, era porque no había querido. «¿Por qué no me ha sometido a su voluntad por la fuerza?», pensé. Se había aprovechado de mi vulnerabilidad, había utilizado sin escrúpulos a su padre y me había hecho creer cómplice de mi propio pasado, de mi fe. «¿Me quería vencida, entregada?», me pregunté, de pronto furiosa con él. Me sentía como si Coyolxauhqui se hubiera apoderado de mi espíritu, y sólo quería lanzarme contra el que hasta entonces había creído mi protector y amigo como la diosa luna lo hizo contra su madre.

—¿Antes de partir, podríamos comer algo? —pregunté a Alfons.

Galcerán y Martí amarraron la barca con la que habían descendido por el Tíber y bajaron en la orilla izquierda. No llevaban equipaje, y el coronel se había desprendido de su uniforme antes de partir, pero no de su espada toledana ni de su daga. Había dejado todo arreglado para explicar su ausencia al mando imperial, pues volvería tras ayudar a su primo en la protección de aquella mujer. Sin embargo, ahora dudaba de su decisión de acompañarlo. Desde donde estaban, podían ver una de las dársenas que circundaba el puerto, como un brazo extendido sobre las aguas.

—Ahora ya lo sabes todo —concluyó Martí mientras oteaba el cielo.

A pesar de estar nublado, el apacible mar era perfecto para navegar. Con todo el cuerpo rígido por la tensión, Galcerán lo escrutó en busca de algún rasgo de su abuelo, el viejo conde de Empúries. Lo recordaba mirando así al horizonte, pero aquel joven no tenía nada que ver con Gerard de Prades. «En verdad no me ha mentido», pensó mientras observaba cómo bajaba la cabeza y removía el barro de la orilla con el zapato. Había visto aquella reacción en muchos de sus soldados. Su primo aún tenía algo que decirle, y parecía buscar las palabras. Al fin, el joven alzó de nuevo la cabeza y lo miró.

—Supongo que es hora de despedirnos —dijo.

—¿Seguro que ya me lo has dicho todo?

Martí le dedicó una sonrisa amarga.

—Después de lo que te he confesado sobre los libros prohibidos, ¿qué más crees que podría ocultarte? ¡Me he puesto en tus manos! Lo único que me queda por decirte es gracias por todo.

Galcerán entonces notó que sus hombros se relajaban y le dio una palmada en la espada. Ya no albergaba dudas, lo tenía todo decidido.

—Vamos al puerto. No te voy a dejar solo en esto —dijo, e hizo ademán de tomar el camino embarrado de la rivera. Pero Martí se cuadró en jarras ante él y lo detuvo.

—Voy a embarcarme para Barcelona, tú te quedas.

—No, me voy contigo. A pesar de que me hayas ocultado verdades, eres mi única familia, y en todo caso, al final, es Dios quien nos juzgará.

—Pero ya has hecho suficiente. Acompañarme es exponerte ante la Inquisición, no una prueba de honor. Alfons me estará esperando; sabe que voy a ir a buscar a Carmen.

—Y también supone que lo harás solo. ¡No voy a dejar que te pille la Inquisición!

El joven bajó la cabeza y el coronel le invitó a reemprender el camino dándole una palmada en el hombro mientras exclamaba:

—Además, ¡hace años que no piso Barcelona!

El pan había colmado mi hambre, pero no mi furia, que crecía a media que se acercaba el momento de la partida. El barco al que íbamos a subir, antes anclado a cierta distancia, ahora estaba pegado a la dársena y habían extendido una pasarela de madera por donde algunos hombres subían unas tinajas. Yo seguía a Alfons, que ahora volvía a caminar con brío.

El puerto ya estaba totalmente despierto, y los gritos se mezclaban con los rebuznos de asnos y el chirriar de carretas, entre las que serpenteaban los porteadores en organizado desorden. Suspiré, sin que me angustiaran ya los olores del mar. La furia me pareció reparadora, me daba fuerzas para la acción. Hasta que lo vi. Era tan alto que sobresalía entre la gente, con su parlota negra, su barba pujando por rebrotar y sus ojos verdes clavados en mí, sin furia ni temor. Era como Huitzilopochtli en lo alto del monte Coatepec, a la espera de Coyolxauhqui. Pero yo no acabaría como ella, no le dejaría hacerlo. Agarré a Alfons de la capa y este se detuvo. Sin mediar palabra, le señalé a Martí, inmóvil al lado de un montón de fardos. La faz de mi acompañante se contrajo.

—No me permitirá marchar. No creo que acate las órdenes de Miquel Mai —le musité.

Él sacó un cuchillo de su cinto.

—Pero yo sí.

—¿Qué hace? —pregunté alarmada. Estaba furiosa, pero en ese momento sólo quería marcharme.

—No, mi señora. Las órdenes son que suba al barco —replicó Alfons—. Y si nos sigue, lo apresaré.

Asentí y avanzamos, sin evitar a Martí. Él tampoco se movió, permanecía al lado de los fardos, siguiéndonos con la mirada, hasta que llegamos a su altura. Entonces alargó el brazo con la intención de agarrarme de la capa, pero yo me zafé y Alfons, con el cuchillo en la mano, se puso delante de mí.

—Si la quieres, tendrás que subir al barco.

—Lo haremos, pero sin ti, Alfons —aseveró Martí, seco, duro—. La voy a llevar a su casa.

—¿Ahora? —exclamé furiosa.

—Te está utilizando, Ameyali —repuso él en náhuatl.

Sin apenas darme cuenta de lo que hacía, aparté a Alfons de un empujón y me abalancé sobre Martí, con los puños en alto, como si en ellos estuvieran los cuatrocientos hermanos de la diosa luna dispuestos a luchar. Pero él los agarró antes de que llegara siquiera a rozarle y me lanzó hacia los fardos; no topé con ellos, sino con los brazos de Galcerán. Me sujetó en un fuerte abrazo, mientras me tapaba la boca.

—¡Vaya! —exclamó—. Menos mal que no tenemos que rescatarte en Barcelona.

Pataleé, intenté propinarle codazos, hasta que vi que Alfons se abalanzaba hacia Martí e impactaba con la cabeza contra su estómago, haciéndolo caer de espaldas. Luego, a horcajadas sobre él, alzó el cuchillo, con el rostro desencajado por la furia:

—¡Pagarás por mi cojera! ¡Te mataré aquí mismo, te rajaré como rajaron a la bruja de tu madre!

El conde le propinó un puñetazo en la mandíbula, pero no logró sacárselo de encima. Sentí entonces que Galcerán me soltaba y vi rodar una daga por el suelo, mientras el brazo armado de Alfons caía en picado sobre la cabeza de Martí. Pero este, en un movimiento rápido, se apartó, tomó el cuchillo del suelo y se lo clavó en el costado derecho al servidor de Miquel Mai, que cayó hacia un lado mientras Martí se ponía en pie a toda velocidad.

—Vamos —me dijo tomándome de la mano.

Yo apenas podía pensar y le seguí a rastras. No podía quitarme de la mente la imagen de Alfons enfurecido; aquella reacción no era por mi honor. «¡Pagarás por mi cojera!», había gritado. Era cierto, me había utilizado. Pero eso no eliminaba el hecho de que Martí me hubiera engañado.

Nos precipitamos sobre la pasarela de un barco y me di cuenta de que era el mismo en el que inicialmente debía subir.

—¡Pensaba que ya no vendrían! —exclamó el hombre con el que viera hablando a Alfons al amanecer, y dirigiéndose a la tripulación gritó—: ¡Nos vamos!

Levantaron la pasarela y Martí me arrastró de la mano hacia la parte trasera del barco. Pude ver cómo nos alejábamos de la dársena, despacio, mientras él se apoyaba en la borda, intentando recuperar el resuello tras la pelea.

—¿De verdad vas hacer que me envíen a casa? —le pregunté en náhuatl con voz hueca.

Él asintió y miró hacia atrás, hacia donde yo miraba. Entre los bultos donde dejáramos a Alfons herido se estaba arremolinando la gente.

—Era el secretario de un embajador de su majestad. En el mejor de los casos, estará herido, pero puede estar bien muerto. ¡Menudo lío! ¡Habrá que desaparecer en serio! —exclamó Galcerán, a mi lado, con los brazos cruzados. Y luego, mirando hacia Martí, añadió jocoso—: Y digo yo, señor conde, ¿no sería más caballeroso escoltarla hasta la Nueva España?

XX

Villarrica de la Veracruz, año de Nuestro Señor de 1529

El oleaje repicaba contra la imponente proa de aquella nao, cuyas velas cuadras, henchidas por el viento, nos permitían avanzar con rapidez. Al salir a cubierta, el aire fresco me salpicó el rostro de sal, y me cubrí la cabeza con la capa, pero la brisa marina pronto me la quitó y no volví a intentarlo. Había sido una accidentada travesía desde Sanlúcar de Barrameda, con una terrible tormenta y una desafortunada epidemia de sarampión que hizo que muchos me miraran con recelo. Pero, al fin, antes del anochecer llegaríamos a Villarrica de la Veracruz, y ya era hora de afrontar aquella conversación directamente con Martí, aunque todavía no me hubiera sacudido del todo la sensación de miedo y dolor que me embargaba.

Desde las escaleras del castillo de popa, Galcerán me observaba sentado, abrazando sus rodillas plegadas al pecho, en una postura muy habitual en mi tierra. Sus ojos rasgados no se apartaron de los míos mientras me acercaba a él, pero su sonrisa era afable.

—Está en el castillo de proa, al otro extremo de la nao —me dijo sin dejarme mediar palabra.

Asentí, consciente de que aquella conversación era una deuda que iba más allá de lo que Galcerán podía imaginar. Sentía el cuerpo rígido y las manos sudorosas. «Quizás he esperado demasiado», pensé mientras temerosa me volvía hacia la proa. Mis pasos resonaron sobre la cubierta, pero más por la tensión que por la seguridad que imprimía en ellos. Me había costado mucho reunir el valor para hablar con él directamente, y ahora me preguntaba por qué, mientras el miedo a su reacción se convertía en temor a herirle. ¿Por qué temía hacerle daño? ¿Qué razón había para que la respuesta «Porque ha sido bueno conmigo» me pareciera insuficiente? Me lo preguntaba, incapaz de articular la verdadera contestación que sentía que se anudaba en mi interior.

Habíamos permanecido unos días a las afueras de Barcelona mientras Martí arreglaba algunas cosas, y luego continuamos viaje a Sevilla, alojándonos en posadas donde se me trataba como a una dama a la que protegían dos caballeros. El conde de Empúries no se escondió ni me escondió. Y excepto en una ocasión en que me mostró los papeles que, según él, contenían el permiso para mi retorno y la encomienda que le habían hecho a él para propiciarlo, tampoco hablamos. En aquel momento aún dudé, pues no había superado la sensación de desgarro que me produjo saber que me había mentido. Discutimos. Él me recriminó el haberle negado la oportunidad de una explicación, yo argumentaba que sólo cuando afloró la verdad consiguió los permisos y que recelaba de que no lo hubiera podido hacer antes. Él me miró.

—¿No estábamos bien juntos? —musitó dolorido.

El viaje a Sevilla fue duro. Era cierto que en Roma habíamos estado bien juntos, y tenerlo tan cerca aumentaba mi añoranza de aquellos momentos cómplices que habíamos compartido y que tanto me habían enseñado. Él me devolvió mi fe, y su silencio respecto a la marcha de los míos fue en verdad un instrumento de los dioses.

En Sevilla no hallé rastro de Zolin ni de ninguno de mis compañeros de viaje: hacerme creer que quedaba alguno había sido una treta de Alfons. Y cuando me quise disculpar con Martí, tuve que aceptar que nos costaría recobrar nuestra complicidad. El servidor de micer Mai era su enemigo, aunque no sabía la razón, y él se sentía traicionado. No le hería tanto que me hubiera ido con él como que lo hubiera hecho sin preguntarle antes sobre sus razones para callar. Pero sobre todo le dolía que hubiera dudado de su palabra. Le pedí disculpas, las aceptó caballeroso, pero supe que no me había perdonado. Y lo entendí, porque su silencio también a mí me había hecho sentir traicionada; pedir perdón es como coser una herida, la cierras, pero necesita tiempo para sanar.

Tras embarcar, Martí me rehuía con silencios. Por mi parte, no podía olvidar que me había salvado de Alfons a fuerza de cuchillo. Así que un día, rodeados ya de océano, le pregunté a Galcerán:

—¿Estáis huyendo? Estáis en este barco por mi culpa...

—No usaría yo la palabra «culpa», aunque sí, tú eres el motivo, mi señora. Por lo menos, el suyo —me respondió señalando al otro lado de la nao, donde Martí se hallaba con las manos a la espalda.

Entonces intuí por primera vez la verdad. Sus paseos, sus atenciones, aquella discusión vehemente que tuvimos, demasiado parecida a las que había tenido con Zolin... ¡Incluso había acuchillado a un hombre por mí! Demasiado para tratarse de un capricho, innecesario para demostrar que era un hombre de honor. ¿Estaba enamorado de mí? La pregunta despertó un escalofrío que me recorrió la espalda y me dejó la boca seca, mientras una punzada me golpeaba el pecho. La idea me aterró y me dolió a la vez. Me sentí presa de un remolino intenso, y más que nada deseaba abrazarle, pues su amor dotaba de honestidad todo lo ocurrido, hasta su silencio, y lo hacía más honorable por el respeto con el que me trató. Pero a la vez, con un azote de culpabilidad, me recordaba a mí misma: «¡Estás casada con Zolin! ¡Estás casada!» Callarlo, silenciar que incluso tenía un hijo, ¿realmente me había protegido o me había convertido en una mentirosa, más traidora aún de lo que él pudiera pensar? Me dolía hacerme esa pregunta cuya respuesta sabía. Y al intuirlo enamorado, durante el resto del viaje no quise sacarlo de su indignación hacia mí. Merecía que me rehuyese, merecía el castigo.

A medida que avanzaban los días, empecé a repetirme que si no le había contado la verdad antes, ahora ya era tarde, debía asumirlo y seguir callada para protegerme. Pero en verdad no sentía temor, sino dolor, y al fin tuve que aceptar que si me repetía estas ideas era para hacer soportable mi cobardía, a la espera de poder huir de ella en cuanto pisáramos tierra. ¡Quizá no estuviera ni enamorado y todo fuera fruto de mi presunción! Luego vino la tormenta, la enfermedad: más excusas para no hablar. Pero ahora Villarrica de la Veracruz estaba cerca, y en todo caso, no era justo seguir callando. Debía contárselo todo, sincerarme, y al subir las escaleras del castillo de proa, tuve la convicción de que, enamorado o no, iba a romper cualquier rastro del vínculo cómplice que nos uniera en Roma.

Martí estaba apoyado en la base del mástil, con la mirada perdida en el horizonte. Sin parlota que le cubriera la cabeza, sus rizos dorados se agitaban con el viento y su rostro se veía tostado por las jornadas al aire libre, en la cubierta. Al verlo, me sentí intimidada, pero en el horizonte la costa dibujaba sus sinuosas formas, y suspiré para reunir todo el aplomo del que dispusiera. Me puse a su lado, pero las piernas me temblaban ligeramente. Incapaz de mirarle, me apoyé en el mástil y con los ojos recorrí la borda lateral. Por encima, mi horizonte era un mar cuya calma agitaba mi interior.

—No me vas a perdonar nunca —musité. Sentía ganas de llorar.

—Ya te he perdonado, Ameyali.

—No lo sabes todo de mí. No he sido sincera contigo.

—Yo tampoco. —Se volvió hacia mí. Lo notaba cerca, tan cerca que sentía su aliento en mi rostro—. Te amo.

Las lágrimas pujaron por brotar de mis ojos, y el mar se tiñó de bruma.

—Estoy casada, Martí. —Lo miré—. Tengo un hijo.

Él se apartó, como si le hubiera golpeado en el estómago. Su rostro estaba pálido.

—Lo siento —dije.

—¿Me amas?

«¡Sí!», gritó una voz en mi interior, mientras por dentro redescubría la ilusión que precedió a nuestros encuentros, la vehemencia de mis reacciones y aquel dolor afilado que me removía por dentro al darme cuenta de ello. Lo intenté ahogar todo. Busqué desesperadamente el recuerdo de Zolin en el jardín del antiguo palacio de mi padre. Encontré la imagen de Huemac en sus brazos, ataviado con el penacho de plumas azules y amarillas con que lo recibió. «Amo a Zolin, lo amo», me repetí reprimiendo un sollozo. Él tenía el rostro contraído en una mueca, cual presa que frena el torrente del llanto.

—Martí, no puedo.

Tras algo más de cuarenta días de viaje, el depósito arenoso del río de las Canoas llevó al capitán de la nao a ordenar que fondearan cerca de San Juan de Ulúa para descargar sin riesgo de quedar encallados. Primero las barcazas acercarían a los pasajeros hasta Villarrica de la Veracruz, trasladada a orillas del río cuatro años antes. En su pequeño camarote, donde las dos camas apenas dejaban espacio a sus ocupantes, Martí recogía sus pocas pertenencias con la esperanza de que, una vez que pusiera los pies en tierra, le costara menos respirar.

—¿Y qué vamos a hacer ahora? —preguntó Galcerán, quien ya tenía su hatillo listo.

—¿Qué quieres decir? —respondió su primo desconcertado—. Lo que teníamos pensado.

—Podría haberte dicho que tenía una familia.

—No habría cambiado nada, no la hubiéramos dejado venir sola —sentenció Martí, y se sentó con un profundo sentimiento de derrota.

—No te hubiera dado falsas esperanzas...

El conde sonrió con amargura.

—No me las dio. ¿Cómo iba a hacerlo? Ni siquiera yo mismo sabía lo que sentía. Tú intentaste hacérmelo ver a la puerta del convento, pero fui incapaz de reconocerlo. Disfrutaba de su compañía, y no le daba vueltas al asunto. Sólo cuando discutimos en Sevilla, en fin, me di cuenta de que tenía razón y podría haber conseguido los permisos antes. ¿Por qué no lo hice? Ahí caí en que... ¡Dios santo! ¿Qué voy a hacer sin ella?

Hundió la cabeza entre sus manos, como si así pudiera reprimir el impulso de llorar. Quizá fuera lo mejor. Conocía aquella sensación, y era posible que el llanto le ayudara a expulsarla. Pero no lloraría delante de Galcerán, y menos por una mujer. «El amor te vuelve estúpido», se dijo, de pronto más irritado que triste.

—Martí, no sé yo si ver a su marido es una buena idea.

El joven se puso en pie, y con un suspiro que diluyó el llanto anudado de su garganta, dio una palmada en el hombro de su fiel amigo.

—La quiero, Galcerán. Me aseguraré de que su marido la recibe como merece. Después de tanto tiempo, no quiero que cuestione su honor.

«Y tampoco estoy preparado para un adiós», pensó.

Las calles estaban dispuestas en cuadrícula, pero después de sus viajes y vivencias, Villa Rica de la Vera Cruz le parecía, más que una ciudad, un villorrio. Los había visto en las tierras que vieron nacer al mismísimo Hernán Cortés, dominados por dehesas de retorcidos árboles y hierba rala. Arrugó la nariz al pasar por delante de la casa del cabildo. Sobre la puerta de la fachada estaba grabado el escudo de armas que el emperador otorgara a Villarrica, pero era un edificio recto, pequeño, y le parecía poco digno, vistos los palacios que en aquellas tierras habían usado los mexicas para cobrar sus tributos en sus tiempos de esplendor. «Cambia de humor ahora mismo», se dijo. Al fin y al cabo, él tampoco era ya lo que fue, descalzo por las calles polvorientas, cubriendo su escuálido cuerpo con un *maxtlatl* descolorido y un manto de plumas de guacamayo.

Se sentía inquieto, como un jaguar enjaulado. En Villarrica, lo más castellano que había a su parecer era una pequeña iglesia emblanquecida, con un campanario formado por una sola pared con agujeros en lo alto para las campanas. Por lo demás, en la ciudad vivían más esclavos negros que castellanos, y estos estaban encerrados en su mundo mercantil, por lo que se sentía profundamente decepcionado. Había sido un error quedarse en Villarrica tras su regreso de la corte de don Carlos. Por ser el puerto principal de lo que su majestad llamaba Nueva España, le pareció un lugar perfecto para prosperar, y más tras haber viajado a Castilla y haberse presentado ante el monarca que venció a los mexicas. Pensó que le daría cierto prestigio, pues en la corte fue admirado y despertaba interés por cuanto representaba a la cultura de su pueblo. Pero las cosas no habían salido como planeó.

Enfiló la orilla del río hacia el puerto, maldiciéndose por su error, pues nada tenían que ver los castellanos de la Nueva España con los de la corte, o con las gentes de Toledo, o las de Sevilla. Ahora ya sólo atraía las burlas de los totonacas que por allí rondaban. Y para los castellanos era un indio más, uno de esos a los que había que arrinconar hacia las afueras, donde se multiplicaban las chozas de palma. Podría irse, lo había pensado más de una vez, pero no sería distinto en otra ciudad. Sin patrón, se vería condenado a los arrabales, donde cuando no reinaba la enfermedad, lo hacían la desorientación y las borracheras a los que muchos ahora se abandonaban. ¿Cómo iba a vivir así él, que otrora moró en lujosos palacios, al servicio del *tlatoani* de Texcoco? «Tendría que haberme ido de aquí con Santiago Zolin», pensó.

Por el Huitzilapan, al que los castellanos llamaban río Canoas, el agua descendía plácida entre las riberas heridas por la tala de árboles para comerciar con la madera y hacer espacio a los cultivos. Pensó en sumergir los pies en el agua, pero a pesar de su atractiva mansedumbre, el fondo turbio le hizo desistir y siguió bordeando el cauce hacia el mar. Al alcanzar la playa, el trasiego de barcazas mejoró algo su humor. «Ha llegado un barco, uno de los grandes», pensó. Alzó la mirada y pudo distinguir los tres mástiles con las velas plegadas. «Por lo menos, hoy quizá coma caliente», se dijo.

Trabajar descargando lo que trajeran las barcazas era impensable, pues de ello se encargaban los esclavos. Pero si llegaban pasajeros, siempre podía sacarles algo. Entonces la vio, acompañada de dos caballeros, uno alto, el otro fornido, ambos de rostro invisible bajo las parlotas. Ella, en cambio, iba descubierta, y su cabello recogido en dos caracoles sobre las orejas, el vistoso peinado de las damas de la corte, dejaba distinguir a la perfección el grácil óvalo de su rostro, su nariz recta, los pómulos altos y aquella deliciosa barbilla afilada. Sus enormes ojos oscuros parecían entristecidos, y no sonreía, pero aun así sus carnosos labios destacaban sobre su piel del color de la arcilla. Esta parecía más oscura de cómo la recordaba, pero podía ser una ilusión creada por el vestido azul que llevaba, al estilo castellano. «Es ella, sin duda. ¡Está viva!»

Las paredes se erigieron en piedra, pero el tejado era de madera de ceiba y su aroma dominaba la habitación de aquella posada, aunque en la chimenea ardían leños de pino. El fuego me pareció sofocante, por lo que abrí el ventanuco. Estaba en el segundo piso, y me asomé a la calle. Menos transitada que a nuestra llegada, en la casa de enfrente unos esclavos de piel oscura empujaban carros llenos de fardos mientras el capataz les apremiaba, pues la noche empezaba a ribetear de nubes el cielo violáceo.

La calle estaba flanqueada por casas cuadradas, austeras, a lo sumo de dos plantas. En una esquina, me pareció ver por el rabillo del ojo una figura vestida con un manto de plumas de guacamayo, pero al ladear la cabeza, había desaparecido. Apenas se veían algunas teas en las fachadas de las casas, y seguramente todo el mundo había vuelto a los arrabales antes de la definitiva caída de la noche. Esta no sería muy oscura, pues había luna llena, pero no sabía si sería una ventaja para mí. Lo mismo que vería, podría ser vista. Pero no tenía otra alternativa.

206

Después de nuestra conversación, Martí no se atrevía ni a mirarme a la cara, y Galcerán se rascaba la cabeza cada vez que mis ojos se cruzaban con los suyos suplicando ayuda. La cena fue incómoda, dolorosa por cuanto Martí fracasaba en todo intento de disimular su sufrimiento, y mis brazos sólo deseaban rodearle el cuello y convertirse en su consuelo. Por eso, cuando me dejaron en la habitación, la decisión ya estaba tomada. Tenía miedo, pero aún temía más darme cuenta de cuánto deseaba abrazarlo. Lejos quedaba todo nuestro tiempo en Roma, donde él envolvió el renacer de mi fe con sentimientos embargados de una seguridad y una complicidad que se desplegaban como una flor. Sin embargo, ahora estos se descubrían como el capullo de una mariposa inesperada, de vuelo incontrolable. ¿Adónde me llevaría? No podía permitirme responder a ello. Me parecía incluso peligroso preguntármelo.

Aunque sin cerrarla, di la espalda a la pequeña ventana y me desprendí del vestido. Abrí el arcón con mis pertenencias, lo metí dentro y saqué mi ropa mexica. Me la puse, tomé la capa y eché un último vistazo a la habitación. Allí dejaría Castilla, Roma y aquel viaje que había sido un regalo de los dioses. En Roma, Martí se empeñó en que lo viera como un hombre y no como un enviado de Quetzalcóatl. Ahora entendía la razón, su razón, pues sólo como hombre podía brindarme su amor. Pero lo que consiguió fue fortalecer mi fe, por eso le consideraba un regalo de los dioses, y también porque, al devolverme la fe, las divinidades mexicas me habían protegido no sólo de los extranjeros, sino de mí misma.

Pero no podía irme así. Dejé la capa sobre el cabezal de la cama y me dirigí hacia la chimenea. Sobre un tronco grueso ardían unas ramas. Tomé la que me pareció más carbonizada y miré a mi alrededor. «La cama», me dije. No podía hacerlo con sus símbolos, pero si alguien aparte de los sacerdotes y escribas mexicas podía entenderlo, era él. Levanté las mantas, y sobre una sábana, escribí las palabras de mi despedida. Ya había anochecido del todo.

Tuvo que apagar una de las dos teas de la fachada de la posada, pero la calle estaba desierta y nadie se percató. Luego trepó hacia la ventana donde viera a Ameyali asomada con el crepúsculo. Era consciente de que se arriesgaba a que no estuviera sola. Él era de los pocos que sabía que la antigua sacerdotisa estaba casada con Santiago Zolin, y como los castellanos no reconocían aquel vínculo, la mantuvieron recluida durante su estancia en Castilla. Así que cabía la posibilidad de que aquellos dos hombres fueran su escolta, justo los encargados de, como decían los castellanos, custodiar su honra.

El ventanuco estaba abierto, y en cuanto lo alcanzó, el resplandor de la lumbre iluminó la cama, deshecha y vacía. «La esperaré dentro. Ella es mi única salida», se dijo. Y deslizó su largo y delgado cuerpo por la pequeña ventana. Ya dentro, oyó que crujía la madera del pasillo y se apresuró hacia la cama con intención de esconderse, pero los pasos se alejaron y se detuvo. Entonces vio que había algo escrito en la sábana. Miró hacia la puerta. «Era ella, seguro. Se me escapa», pensó. Pero antes de salir de la habitación, abrió el arcón de madera. «Tendrá que valer con esto», se dijo.

Después de devolver la rama a la lumbre, tomé la capa y salí de la habitación. Oí unos crujidos sobre el suelo de madera y permanecí unos instantes inmóvil, observando la puerta de enfrente. Esta se mantuvo cerrada, y al poco los ronquidos de Galcerán inundaron el pasillo. Pensé en Martí allí dentro, quizá tumbado en la cama, y la culpabilidad me hizo exhalar un suspiro. Pero me daba miedo despedirme de él, por lo que me apresuré por el pasillo hacia las escaleras, sin volver la vista atrás.

Me detuve bajo el pórtico que cubría la puerta de la posada. Estaba sin resuello, como si hubiera huido a la carrera. No había corrido, pero sí huido. De pronto, sentí que Martí quedaba lejos, como en otro mundo, y sólo era presa de una determinación: llegar hasta mi hijo. Con una fervorosa ilusión, miré a uno y a otro lado de la calle. No había nadie, aunque de las casas llegaba alguna risa entre murmullos. Agitada por el viento, sólo una de las dos teas de la fachada permanecía encendida. El resto de la calle estaba iluminado por los reflejos plateados de la luna llena. Y de pronto, vencida como la diosa Coyolxauhqui, toda mi ilusión por llegar hasta Huemac se tornó desesperación: no sabía qué dirección tomar, y aunque me guiara por las estrellas, me di cuenta de que no tenía comida, ni agua ni nada.

Entonces, de pronto, oí un crujido sobre mi cabeza. De la parte superior del pórtico, con un golpe mullido, cayó al suelo un fardo, y después un hombre saltó ante mí, barrándome el paso.

—¡Vaya! ¡Qué bien que te he alcanzado! —exclamó en un susurro.

Con el corazón encogido, no daba crédito a lo que veían mis ojos.

—¿Jonás?

—Pensé que estabas muerta. Han muerto tantos —se lamentó.

Me lancé a sus brazos y le oí sollozar en mi hombro. Cuando nos separamos, aún incrédula, lo miré de arriba abajo. Estaba más delgado de lo que recordaba, llevaba una capa raída y su rostro reflejaba la penuria de la escasez.

—La gente ya no aprecia los malabares ni la música, por lo menos aquí —dijo en tono defensivo—. ¿Estás huyendo?

—Vuelvo a Acolman.

—He metido tus ropas en un hatillo. Las necesitaremos.

Martí sentía el cuerpo entumecido por el agotamiento, pero ya no aguantaba más en la cama, y con el amanecer despuntando, se levantó y se dirigió hacia la jofaina. Aunque el barco lo acostumbró a los ronquidos de Galcerán, aquella noche se le habían hecho insoportables. Sin embargo, estaba convencido de que tampoco hubiera dormido más y mejor sin tenerlos que padecer. Había escrito un carta a su padre, tal y como le prometiera en la que le envió desde Barcelona. Después de eso, Ameyali se había apoderado de su noche, pues a sabiendas de que iniciaba el tramo final de una despedida, el deseo de verla le había mantenido despierto, a la espera del amanecer.

Ahora, sin embargo, se sentía estúpido por ello. Se lavó la cara con agua fresca y se humedeció la nuca. Necesitaba sentirse limpio. Luego se quitó la camisola y se puso otra que sacó de su hatillo.

—Buenos días —dijo Galcerán con un bostezo.

«Por fin, silencio», pensó Martí con los dientes apretados. No tenía ganas de charla, pero debían organizarse. Por ello, mientras agarraba un jubón, dijo:

—Los caballos serán caros, pero podemos apañarnos con dos y una carreta.

Galcerán observó al joven, pálido y ojeroso, que ahora se abrochaba una de las prendas más lujosas que tenía.

—Así vestido pareces todo un señor rico. Intentarán sacarte aún más, pensando que tienes dinero.

—Bueno, lo tenemos. Por algo nos entretuvimos en Barcelona.

Martí se sentía malhumorado. «El cansancio», se dijo. El coronel gruñó como toda respuesta. Le pareció buena señal que su primo estuviera irritable, eso era mejor que sucumbir a la pena. Se incorporó de un salto, se puso su jubón y se ajustó la espada al cinto.

—Iré yo, si te fías y me das un saquillo —anunció Galcerán—. Tú despierta a Carmen y come algo con ella.

Al oír aquello, la sensación de enfado de Martí se convirtió en desamparo.

—¿A solas? —preguntó con un hilo de voz. Y buscando algo de aplomo, añadió—: Es mejor que tú también comas con nosotros. Antes de comprar nada buscaremos un guía. Ellos conocen los caminos, y no quiero hacerme con una carreta que luego sea inútil.

Su primo sonrió.

—Bien pensado, mi señor conde.

Y salió con decisión por la puerta. Martí oyó cómo llamaba a la de la habitación de Ameyali, tomó su parlota y lo siguió. Aguardaron en el pasillo, pero no se oía ningún movimiento en el interior, y con un asomo de ansiedad, el médico picó con insistencia. Aguardaron. Nada. Entonces Galcerán abrió la puerta y a Martí se le heló el corazón en el umbral. La habitación estaba revuelta, con las mantas por el suelo, y algunas prendas de ropa esparcidas.

—El arcón está vacío —dijo el coronel mientras tocaba el fondo, como si le costara creerlo—. Es demasiado peso para ella. ¡Se la han llevado!

Martí sintió que sus pies se acercaban hacia el arcón, pero se detuvieron a medio camino.

—No se la han llevado.

—¿Cómo?

Con el rostro contraído, señaló las sábanas sobre la cama.

—«Gracias» —dijo con voz profunda y calma—. Me da las gracias. Se ha ido...

—¿Y cómo lo sabes? Quizás esto lo ha escrito el que se la llevó.

—«... enviado» —musitó Martí acariciando uno de los símbolos, como a punto de llorar—. Estamos aquí por ella, y se larga así... «Gracias».

De pronto, su rostro se desencajó y se abalanzó sobre la cama; la golpeó con pies y puños, con furia descontrolada. Y luego pisoteó la sábana.

XXI

Roma, año de Nuestro Señor de 1529

El tañido de las campanas anunciaba la hora tercia cuando el carruaje salió de Roma en aquella mañana gris de domingo. A bordo, Alfons miraba hacia atrás despidiéndose de la ciudad. Le embargaban sentimientos encontrados, pero al final todo se había resuelto mejor de lo que esperaba. Su vida daría un vuelco, y sentía que si hacía las cosas bien le aguardaba un futuro prometedor, aunque la ira de micer Mai había dejado su huella y le costaría olvidar sus palabras.

La herida que le infligiera Martí no había tocado ningún órgano vital, pero cuando lo delató, destapó la caja de los truenos. «¿Cómo se te ocurrió llevarla a Ostia? Me da igual lo que te dijera la mujer —le recriminó Mai—. De mi puño y letra se la encomendé al conde en nombre de su majestad para que la devolviera a sus tierras, y él cumplió con su cometido. Te podría haber acusado de secuestro y tú estás a mi servicio. ¡Podría haber destrozado mi honor y mi posición! Así que, dado que, a Dios gracias, estás bien, lo mejor es no airear este asunto.»

Pero aquella reprimenda, aún convaleciente, no fue lo peor. Mientras se curaba de su herida, se descubrió el alcance de los negocios que hacía a espaldas del embajador. A este no le enfureció tanto los que hacía por cuenta propia, aun usando sus contactos, como aquellos en los que cobró de más cuando la transacción se hacía en su nombre. La ira fue tal que amenazó con denunciarle a la justicia, pero no por los negocios, porque ello pondría en entredicho el honor del embajador, sino por sus apuestas, dado que el juego estaba prohibido por el clero. Entonces se vio perdido. Sin embargo, de forma inesperada una puerta se abrió, pues Miquel Mai halló la forma de quitárselo de encima a la vez que devolvía un favor a un amigo.

La propuesta era simple: Alfons debía esposar a María Padilla de Pacheco, embarazada y sin marido. «Y tu cojera no será un problema, porque están desesperados por salvar la honra de la chica», había añadido micer Mai con el tono despiadado del que sabe que ha ganado la partida. Aunque herido en su orgullo, Alfons no se dejó amedrentar. En lo que para Mai era un castigo, él veía una oportunidad. La joven era hija de María Pacheco de Mendoza, miembro de una de las más altas estirpes castellanas, y el embajador consideraba que le daba su merecido a su secretario porque ambas vivían en el exilio.

María Pacheco de Mendoza tuvo que huir a Portugal tras sublevar Toledo contra las tropas del rey Carlos hacía siete años, al final de la guerra de las Comunidades. A pesar de que sus poderosos hermanos intercedieron por ella ante su majestad, no hubo perdón real y por ello no podían pisar Castilla. «Viven en Oporto, de la caridad del obispo, pero eso se va a acabar —le anunció Mai—. Tú, como esposo de la joven María, las mantendrás con el buen dinero que te has ganado a mi costa.» Cuando oyó aquellas palabras, un momento de pánico se apoderó de Alfons. Ahí estaba el castigo, pues lo había perdido todo en el juego. Sólo podía acudir a su padre para evitar un mal mayor. Lo hizo por carta, anunciándole que necesitaba dinero para aquel matrimonio. Y para su sorpresa, su progenitor se mostró encantado de ayudar ante lo que parecía una decisión de sentar la cabeza.

Así que ahora todo estaba solucionado. Alfons se acodó en la ventana del carruaje y oteó la costa que bordeaba el camino emprendido. Difícilmente tendría una oportunidad como aquella, y debía hacer todo lo posible para no estropearla, pues sabía que él mismo era su peor enemigo.

XXII

Acolman, año de Nuestro Señor de 1529

Santiago Zolin miró por la ventana del estudio, que daba a la parte trasera del palacio. Con los brazos extendidos, entre risas y gritos, su hijo correteaba por la huerta. Perseguía a un cachorro que le había regalado Itzmin. Era un perro negro, sin pelo, con una mancha blanca en el hocico, que pertenecía a una de las razas que había hecho famoso a Acolman. Se reconocía en Hipólito, en las expresiones de su ceño, en la abundancia de su cabello oscuro y liso, y en el tono de su piel. Pero, a su vez, el parecido con su madre se había acentuado, sobre todo por la forma de sus labios y los enormes ojos, que desprendían brillos de arcilla. Santiago comprendió que en el amor que sentía por su hijo habría siempre una parte de sufrimiento. Habían sido demasiadas pérdidas para ser tiempos de paz, y Acolman le dolía más ahora que cuando la guerra entre castellanos y mexicas sobrepasó los campos de batalla. Aquello, por lo menos, le unió a Ameyali. Ahora ella ya no estaba.

Sacudió la cabeza, tomó la capa que tenía sobre una silla, se la puso y salió de la habitación. Recorrió el soportal a grandes zancadas y bajó por la escalera con paso ligero. Le dolía mirar a Hipólito, pero a la vez necesitaba abrazarlo. Al fin y al cabo, era lo único que le quedaba de ella, y amarlo le mantenía cerca de Ameyali, al igual que la cría de caballos le devolvía a Juan. En Sevilla, ya presto a embarcar, la duda le oprimió el corazón, pues decidió su regreso presa del dolor por la muerte repentina de su hermano, pero de pronto se le ocurrió que no reviviría por llegar antes, ¿y qué más daba que hubiera dejado asuntos por atender? Bien lo había honrado al conseguir de manos de su majestad en persona la encomienda de Acolman. Debía hacer lo correcto: esperar a su esposa. Pero entonces... Recordarlo aún le oprimía el pecho, y se detuvo un instante a los pies de la escalera. Cuando Ignacio le dijo que la enfermedad había vencido a Ameyali en Roma, todo el dolor se concentró en su puño, y este acabó en el mentón de su fiel servidor. Pero Ignacio no se quejó; le tomó de los hombros y le dijo: «Haga lo correcto». Lo había hecho, lo estaba haciendo. Había aprendido a aceptar los designios del Señor, del vencedor.

La vocecilla chillona de Hipólito le llegó imitando el aullido de un perro, y Santiago dejó que una sonrisa aflorara a su rostro. Avanzó por el patio de armas y salió a la parte trasera. Delante de la habitación de la lumbre, Yaretzi seleccionaba frijoles rojos mientras observaba la carrera del niño, ahora tras Itzmin. Este había escardado la tierra de la huerta y se dirigía al cuarto de los aperos para guardar la coa. Santiago no pudo evitar el recuerdo de cuánto amó entre aquellas paredes, pero su hijo pronto reclamó su atención.

—Papá, papá —gritó en castellano mientras corría hacia él.

El cachorro salió de entre los arbustos y se sumó a la carrera. Santiago se agachó y recibió a su hijo entre sus brazos. Luego lo levantó y lo lanzó por los aires, haciendo las delicias del pequeño, mientras el perrillo husmeaba su bota. Al fin, cuando Hipólito parecía desfallecido por la risa, dejó que se apoyara en su cadera, y con él en brazos, fue hacia Yaretzi mientras le preguntaba a su hijo:

—¿Perseguías al perrito? Cómo se llama, ¿eh?

El niño frunció el ceño y entornó los ojos, con una expresión de enfado que a su padre le pareció divertida.

—No le gusta que le hablen en castellano —dijo Yaretzi mientras desechaba un frijol arrugado.

—¿De verdad? —insistió Santiago. El niño negó con la cabeza y él soltó una carcajada—: Pero lo entiendes, ¿eh, bicho?

Luego lo dejó en el suelo, y el pequeño se fue tras el animal, llamándolo por su nombre:

—*Kolo, Kolo.*

Santiago, con mirada dura, se volvió hacia Yaretzi, quien continuaba con su tarea.

—Ignacio me lo ha contado. No quiero que le traduzcas al niño cuando él le hable en castellano —le ordenó.

Ella levantó la cabeza.

—¿Se va?

Santiago asintió mientras llamaba a Itzmin. Este corrió hacia él e inclinó la cabeza a la espera de órdenes.

—Prepárame la yegua negra y luego saca al resto a pastar. Ya deberían estar comiendo. ¡Nadie compra caballos famélicos!

Itzmin asintió y salió de la huerta a toda prisa.

—¿Tardarás mucho en volver? —preguntó Yaretzi.

—Lo que tarde —respondió Santiago con brusquedad, dando media vuelta. Luego se detuvo, se volvió hacia la sierva, y en tono conciliador añadió—: Don Pedro ha apalabrado al potro bayo, así que intentaré volver cuando cerremos la venta.

Estábamos acampados a las afueras de Acolman. Creo estar bastante segura de que aún dormía. En mi sueño, estaba tumbada en el suelo, con los ojos abiertos, y Jonás roncaba de espaldas a mí, arropado con su viejo manto de plumas. El sol ya había despuntado y nos daba de pleno. Frente a nosotros había un nopal y un águila de cuello blanco se había posado en él, como cuando indicó a los mexicas dónde erigir Tenochtitlán. De pronto, la majestuosa ave desplegó sus alas y alzó el vuelo. Entonces, entre las pencas del nopal, apareció la cara de un anciano cuyas arrugas desdibujaban sus rasgos, y la voz del nigromante que conocí en el bautizo de mi hijo habló. Parecía advertirme de algo, pero yo no conseguía entenderle.

Con un murmullo, Jonás se dio media vuelta y me abrazó. Desperté sobresaltada, con el brazo de mi acompañante rodeando mi cintura, como en el sueño.

—¿Qué pasa? —murmuró frotándose los ojos.

Frente a nosotros, un nopal, y desde el cielo se oyó el grito de un águila que nos sobrevolaba. Los cascos de un caballo al galope sonaron cerca, ladeé la cabeza, pero pasaron de largo, invisibles tras una hilera de árboles que bordeaban el camino.

—¿Estás bien? —insistió Jonás.

—Sí, claro —respondí—. Hemos dormido mucho; el sol ya está alto.

No tardamos en recoger nuestras pertenencias y retomar el camino. El hatillo, que a la salida de Villarrica de la Veracruz abultaba considerablemente, ahora contenía el viejo manto de Jonás, la capa de lana con la que me escapé y el vestido azul claro que me regalara Martí y que Jonás se había empeñado en que conservara. Lo demás se había convertido en nuestro alimento y nuestro alojamiento a lo largo del camino, y no pocas fueron las noches que nos vimos obligados a dormir al raso.

El sendero que desembocaba en Acolman era más ancho de como lo recordaba, y se distinguían surcos de ruedas de carreta sobre la cálida tierra. Los cascos del caballo que me hizo desviar la mirada indicaban la dirección contraria a la ciudad, y a la mente me vino el recuerdo de Juan, el único que sabía montar, exhibiéndose sobre el viejo corcel pardo. Pensé con esperanza que quizás el jinete que se había marchado era él, y me descubrí recordando la tensión que imponía sobre mi matrimonio.

Ya veíamos los cultivos alrededor de Acolman, pero también habían disminuido, y en su lugar crecía la hierba rala entre cercos más altos que yo misma. En la ciudad, el campanario seguía siendo lo único que sobresalía, mientras los guajolotes hacían escuchar sus graznidos. A pesar de que el paisaje me resultaba familiar, de pronto pensé en lo mucho que podían cambiar las cosas al cabo de un año, y una sensación de angustia se apoderó de mí.

—Espero no traerte desgracias, Ameyali, creo que los dioses están enfadados conmigo.

—No digas disparates.

—¡Mira cómo acabé en Villarrica! Y todo porque tuve la tentación de abandonarlos por el Dios Todopoderoso después de todo lo que vi en Castilla...

Entonces oímos los ladridos de dos perros que, frente a nosotros, precedían al ruido de cascos y relinchos. Una manada de caballos salió de la ciudad, e inmediatamente accedió a uno de los prados cercados, azuzada por un hombre que agitaba una vara. A pesar de la firmeza de su voz, su aspecto era endeble, y sus enérgicos movimientos parecían sostenerse sobre unas piernas tambaleantes.

—¡Itzmin! —grité sin ser consciente de ello.

Y corrí hacia él, presa de pronto de una incontrolable emoción que hizo desaparecer toda angustia. ¡Estaba en casa! ¡Vería a mi hijo! El hombre se volvió hacia mí, la vara se le cayó al suelo y se frotó los ojos. Cuando llegué a su altura, las lágrimas surcaban su rostro, mientras se postraba de rodillas.

—¡Perdóname, por favor, perdóname si he caído en falta!

Me agaché, y compadecida por su llanto confundido, lo abracé.

—Itzmin, no soy un fantasma. Soy de verdad, estoy viva.

El hombre se apartó, me miró de nuevo y alargó su mano temblorosa hacia mi rostro. Estaba tan cerca de mí que noté su aliento.

—¿Has bebido pulque? —pregunté sorprendida, irguiéndome.

—Empiezo a ser mayor, mi señora.

—Aún no lo suficiente para beber —le reprendí. Pero al reencontrarme con sus cálidos ojos, añadí—: Me alegro de verte.

—Y yo me alegro de que esté viva.

Entonces se interrumpió y miró por encima de mi hombro, pues se había percatado de la presencia de mi acompañante.

—Es Jonás, mi escolta —dije sin poder apartar la mirada del lugar de la calle por donde vimos salir a los caballos.

Un cachorro de *xoloitzcuintle* con una mancha blanca en el hocico corría hacia nosotros con aire patoso, como si aún fuera incapaz de controlar sus propias piernas.

—¿Sigues criando perros? —le pregunté, reconfortada ante la idea.

—Pocos. —Se encogió de hombros—. Nadie los quiere comprar.

El perro, incapaz de frenar su carrera, tropezó contra los pies de Itzmin, rodó y se quedó sentado, con aire de desconcierto. Los tres nos reímos y no pude por menos de agacharme para tomarlo entre mis manos.

—¡*Kolo!* ¿Dónde está *Kolo?* —gritó una voz infantil.

El perro movió la cola, pero no hizo ademán de bajarse. Al poco, apareció por el camino un niño a la carrera. Torpe como el cachorro, tendría apenas dos años.

—¡Huemac, no corras tanto!

La voz de Yaretzi me atravesó el corazón. Menuda y fuerte, tal como la recordaba, venía tras el niño, pero se detuvo a los pocos pasos.

—¡Ay, Xochiquetzal querida! —exclamó, llevándose una mano a la boca.

El pequeño se detuvo al lado de Itzmin y me escrutó con los brazos en jarras. Su ceño fruncido, sus labios comprimidos y esos ojos... Miré a Yaretzi, incrédulas las dos. Miré al niño. Reconocí a mi hijo; esa fue la primera vez que oí su voz. Me sudaban las manos, me ardía la cara, me dolía el pecho.

—Es mío —aseveró Huemac, alzando sus brazos hacia el animal—. *Kolo*, ven.

Se lo tendí. Mi hijo me sonrió, las lágrimas se agolparon en mis ojos. Y cuando dijo: «No llores, señora», ya no pude contener el llanto.

Cinco escribas, sólo cinco eran necesarios para despachar los asuntos de la ciudad y sus nueve aldeas. Ignacio les asignó sus tareas y luego se retiró al estudio del señor de Acolman, donde durante las ausencias de Santiago atendía la correspondencia, recibía a las visitas y resolvía los pocos litigios que se daban. Con una sonrisa que apenas conseguía alzar sus caídas mejillas, entró en la habitación y se sentó ante la mesa. No había muchos mensajes, tampoco tenía demasiado trabajo, pero aun así le gustaba aquel lugar.

Aunque no tardaron mucho en regresar tras la muerte de Juan, al poner los pies en Acolman se encontraron una ciudad casi deshecha, donde quien ponía cierto orden entre la población era fray Rodrigo. Este, de hecho, aún seguía atendiendo los asuntos morales, cuyos límites establecía según su interpretación de los diez mandamientos, de forma que un hurto violaba el séptimo si él lo decidía, y si no, era asunto que debía resolver Ignacio. Pero no se podía discutir con el fraile, pues la prioridad de toda encomienda era clara: debían velar por la educación cristiana de sus vecinos.

Sin embargo, la enfermedad había diezmado a los habitantes de Acolman y sus aldeas, bien porque los mataba, bien porque los espantaba, y los tributos que exigió a Juan el tesorero de Cortés sumieron en la pobreza a los que quedaron. Por ello Santiago, al regresar con la cabecera y sus estancias encomendadas a su persona, convertido en señor absoluto sin depender de ningún castellano, lo primero que hizo fue eliminar los tributos a los ciudadanos. A Ignacio, como antiguo recaudador de impuestos, le pareció una barbaridad y así lo expresó. Pero Santiago desoyó sus consejos y sólo exigía un pago a aquellos comerciantes o artesanos que, no siendo habitantes de Acolman, vinieran a vender al mercado.

Este ya no tenía nada que ver con lo que fue, cuando de todas partes acudían personas interesadas para comprar perrillos castrados y para vender aprovechando la afluencia de gente. La población no sólo había menguado en Acolman, sino en otras muchas partes, debido a la enfermedad y a los desmanes de la Audiencia castellana que gobernaba. No en vano se decía que su presidente, Nuño de Guzmán, había despachado fuera de la Nueva España más de veinte navíos repletos de esclavos. Así que la población que quedaba, muda y asustada, tenía como prioridad el cultivo para asegurarse un mínimo de alimento, con lo que el mercado se había empobrecido. Pero Santiago no desistía. Tenía encomendados a los habitantes de una cabecera y nueve estancias y confiaba en que, con sus medidas, aquellos que se habían dispersado por los campos de alrededor volvieran a las aldeas de Acolman, sobre todo en el caso de los artesanos que se habían convertido en campesinos.

A la vez, manejó con ingenio su propia falta de ingresos, pues convirtió a Pedro Solís en su mejor aliado. El castellano le brindó los caballos para iniciar la cría, y como socios habían levantado un próspero negocio que suplía la falta de tributos de Acolman. Ante tales resultados, Ignacio no podía menos de recordar a Juan. Cuánta razón tenía al querer deshacerse de la sacerdotisa, cuánta razón al decir que ella mantenía atrapado a Santiago en el pasado. Ahora había ocupado el puesto de un digno señor, unido a los vencedores castellanos, y él se sentía profundamente orgulloso.

Los gritos alegres del pequeño Hipólito se elevaron entonces desde la huerta e Ignacio sonrió. Sentía afecto por el pequeño y pasaba con él muchos ratos para asegurarse de que aprendiera castellano antes de que su padre se lo llevara a la escuela cristiana de la Ciudad de México. Yaretzi se rebelaba contrariando las órdenes del señor, y él, sólo por disgustarla, a menudo daba pulque a Itzmin. Luego se complacía al oírla cuando el marido llegaba borracho, olvidado ya de las costumbres antiguas que reprobaban la embriaguez.

De muy buen ánimo, se puso en pie y se acercó a la ventana. Hipólito era un niño fuerte e inquieto, al que pronto podría adiestrar en armas, pues le gustaba mucho simular peleas. Ahora perseguía a aquel cachorro negro, que parecía huir de él como un enemigo cobarde que busca refugio. Lo encontró bajo una falda blanca que no era la de la vieja Yaretzi. Entonces la reconoció, había regresado y estaba allí, sentada al borde del huerto.

Los caballos pastaban ajenos a las correrías de los inquietos potrillos, mientras al otro lado del prado Itzmin limpiaba la zanja que servía de abrevadero. Apoyada en la cerca, con Jonás a mi lado, me daba cuenta de que Yaretzi me limpiaba las manos con un paño, como si aún fuera una niña, mientras yo no podía dejar de mirar a mi hijo, que correteaba y saltaba con su cachorro.

—He esperado tanto este reencuentro —musité—. No imaginaba que me dolería de esta manera.

—Le he hablado de ti —señaló la mujer—. Sólo debes decirle quién eres.

La miré. Su rostro estaba más arrugado de lo que recordaba, más envejecido y tiznado por el sol, pero también era mayor la fuerza que desprendía. Me reconfortaba tenerla cerca, aunque no me parecía tan fácil recuperar a mi hijo.

—Ameyali, tiene sólo dos años...

—¿Y si no sé hacerlo, Yaretzi? Y si te prefiere a ti. Yo te prefería a ti.

De pronto comprendí a mi madre y sus intentos de alejarme de la esclava. No eran por mi noble posición y la educación que debía recibir la hija del *tlatoani*, sino porque se lo dictaba su amor de madre. No correspondido, me parecía el sentimiento más cruel y desgarrador. Pero a Yaretzi le hizo gracia mi comentario y rió.

—Tú preferías la libertad, los campos, que no te mandaran —matizó mientras se apoyaba en la cerca, a mi lado.

Huemac ahora simulaba ser un jinete sobre un caballo imaginario cuyos relinchos daban la bienvenida a Itzmin, quien se había unido a su juego.

—Míralo —continuó Yaretzi—, aprende de él, y no pretendas que sea otra cosa que la que te vaya enseñando.

Jonás, a mi lado, suspiró y me dio la mano.

—Inténtalo con las canciones del viaje. ¿Recuerdas? Cuentan historias de animales, y por lo que se ve, a tu hijo le gustan.

Le sonreí y acaricié su hombro desnudo a modo de agradecimiento.

—No creo que Huemac sea tu mayor problema ahora.

El tono de Yaretzi sonó hueco, y cuando ladeé la cabeza, vi sus ojos clavados en las manos que Jonás y yo manteníamos unidas. Instintivamente lo solté.

—¡Oh! No es lo que... Zolin ya lo conoce, del viaje. Sabe que somos como hermanos.

—Me alegro —dijo ella incorporándose. Y mientras se acercaba a su marido y al pequeño añadió—: Pero el señor Santiago Zolin ahora mismo no está en Acolman.

A oír el nombre cristiano de mi esposo, un extraño pálpito me sacudió el pecho. Observé a Yaretzi de espaldas, mientras hablaba con Itzmin. Era obvio que se había referido así a Zolin porque había cosas que habían cambiado, cosas que debíamos hablar. Pero no añadió más cuando se volvió de nuevo, y lo único que dijo al pasar delante de nosotros fue:

—Vayamos a casa. Seguro que querréis comer algo y descansar.

Itzmin se quedó a cargo de los caballos, y con Huemac y su cachorro por delante, Yaretzi nos guió alrededor de las casas que bordeaban los pocos campos de cultivo. Estos eran cada vez menos, pero no me extrañó, pues imaginaba que, durante mi ausencia, Juan había echado a los campesinos para hacer sitio y criar a sus caballos. Lo que me sorprendió, sin embargo, fue aquella ruta, ya que ni ella misma vino por allí, pues era más corto atravesar la plaza, por delante de la iglesia. Sin embargo, entramos por la callejuela que yo solía usar en mis regresos furtivos de Teotihuacán. Era estrecha, y avanzábamos en hilera; Yaretzi delante con Huemac, tras ella, yo seguida de Jonás.

—¿Temes que Juan me haga daño? ¿Tanto ha cambiado?

—¿Por qué preguntas eso? —dijo la mujer sin volverse.

—Bueno, vamos a entrar por la puerta trasera, a escondidas, cuando soy su cuñada.

—Juan... murió. Ahora es Santiago el señor de la ciudad.

De nuevo, su nombre cristiano me sacudió el pecho, y pensé que lo adoptaba quizá por honrar la memoria de su hermano. Me di cuenta de que, a pesar de todo, a mí también me entristecía su desaparición. Pero me sentí reconfortada cuando entramos en la huerta. Seguía pareciendo un hogar mexica, con las matas de frijoles encaramándose hacia el cielo y la *temazcalli* que alumbró mi matrimonio al fondo. Mi dormitorio continuaba estando en un lateral y me acerqué para aplacar aquella sensación de miedo difuso que parecía brotar de cada uno de los latidos de mi corazón. Al llegar al umbral, sin embargo, me detuve y me apoyé en el marco de la puerta. Estaba ante el cuarto de los aperos, con Yaretzi a mi lado, mientras en la huerta Jonás se escondía entre las matas, jugando con mi hijo. Ambas los mirábamos.

—Y si Juan está muerto, ¿por qué ha cambiado su dormitorio? ¿Por qué le llamas Santiago? —pregunté de pronto dudando de mis suposiciones anteriores.

La miré. Ella evitó mis ojos. Se mordió el labio inferior y al fin, tras un suspiro, pareció armarse de valor:

—Es como nos ha pedido que le llamáramos. —Me tomó la mano y la acarició—. Él apenas está aquí, y hay cosas en las que se parece tanto a Juan...

—¿Qué cosas? —Mi voz sonó dura, a la defensiva.

Yaretzi suspiró de nuevo, apretó mi mano y bajó la mirada.

—Pues... —dudó—. Por ejemplo, pasa el tiempo en Tenochtitlán, con el señor Solís, como hacía su hermano.

Sabía que no me lo estaba contando todo. ¿Desde cuándo había que arrancarle las palabras?

—¿Y quién manda en Acolman durante su ausencia?

Ella entonces se volvió hacia mí. Sus ojos negros desprendían un brillo aliviado.

—Ignacio —respondió.

Noté que me temblaban las piernas y me senté al borde del huerto.

—¿Qué pasa, mi niña? —preguntó.

De entre las matas apareció *Kolo* seguido de Huemac. El cachorro se refugió bajo mi falda y yo deseé poder hacer lo mismo. En su persecución, mi hijo intentó frenar, pero no pudo y se abalanzó sobre mí, cayó entre mis brazos. Entonces me miró desconcertado y reconocí en su ceño, en su mentón, a mi marido. Lo besé en la mejilla, él me devolvió el beso.

—Debo ver a Zolin antes de que Ignacio me descubra.

XXIII

Las estrellas titilaban en el cielo sin luna. Eran los hermanos guerreros de Coyolxauhqui, pero resplandecían más en ausencia de la hermana. Por ello, tanto como por su propia historia, siempre se me había antojado una diosa manipuladora y engreída que, al creerse poseedora de la única verdad, había arrojado a sus hermanos a la perdición que acabó despedazándola a ella. Consideré entonces su ausencia como una advertencia sobre el peligro que representaba dejarse llevar por los impulsos. Debía pensar con serenidad. Además, no sabía realmente qué me esperaba en Tenochtitlán.

Tras despertar en Roma, no pensé demasiado en Ignacio. Martí hizo que me olvidara de él, sanó mis heridas y mitigó mi dolor. Al recordarlo, me arrebujé en mi manto, invadida de pronto por la extraña añoranza de un beso suyo, algo que jamás sucedió. Una lechuza cruzó el cielo estrellado. Me estremecí y sacudí la cabeza. Martí... Le debía mucho y por ello, al dejarlo, había hecho lo mejor. Él me salvó de aquellos hombres cuando Ignacio me vendió. ¿Por qué lo hizo? Estaba segura de que no había sido fruto de una ocurrencia inesperada. Él siempre fue fiel servidor de Juan, y Zolin temía por mí durante su ausencia, cuando pensábamos que él viajaría solo a Castilla. ¿Cumplía órdenes de mi cuñado? No, no podía llegar a Tenochtitlán con tales acusaciones, y menos con Juan difunto. Mi marido lo quería mucho, sufrió mucho por él, y su pérdida seguro que le había hecho mucho daño. ¡Qué más daba ya si aprobó o no nuestro matrimonio! Debía centrarme en delatar a Ignacio, culpable de una situación que se había prolongado más de lo necesario. Me volví sobre mi lecho de arena y cerré los ojos, embargada por una inusitada serenidad.

Me desperté al amanecer y vi que Jonás ya se había levantado para buscar cómo atravesar el lago. Salimos de Acolman al atardecer, temiendo que Ignacio se enterase de mi llegada. Al saber toda la historia, Yaretzi no dudaba que intentaría envenenar mi reencuentro con Zolin, cuando no impedirlo, por lo que hizo que Itzmin y Jonás vaciaran el cuarto de aperos. Si me había llegado a ver desde el estudio, lo mejor era que me creyera en palacio, bajo su dominio. De esa forma, teníamos la posibilidad de llegar a Tenochtitlán antes de que Ignacio pudiera enviar un mensaje.

No embarcamos en Texcoco, pero sí en una aldea cercana. La canoa donde subimos estaba llena de fardos y Jonás se vio obligado a encoger sus largas piernas durante el trayecto. Los juncos ribeteaban de verde las orillas del lago, y mi mano se deslizó hasta el agua, acariciándola, mientras recordaba cuántas veces había comparado aquellos colores con los ojos de Martí. A la vista de las dos enormes atalayas desde donde la ciudad dominaba el lago, intenté sacudirme su recuerdo, enviarlo lejos, de regreso a su tierra. «Quizás así se lleve consigo mi culpabilidad», pensé sin saber si la sentía por haberlo abandonado o por añorarle cuando iba a ver a mi marido.

Una leve brisa agitó los esbeltos ahuejotes a los que las chinampas se amarraban, pero al igual que a las afueras de Acolman, había menos cultivos y menos chozas en los arrabales. Sin embargo, cuando la canoa arribó al embarcadero, había mucha actividad, y enseguida acudieron mexicas para ayudar a desembarcar los fardos.

—¡Menos mal que ya hemos llegado! —exclamó Jonás estirando las piernas mientras echaba una mirada a su alrededor—. ¡Oh! Esta ciudad parece más castellana que mexica.

Asentí apesadumbrada y tiré de su manto para que me siguiera hacia la antigua calzada de Tezcacoac. Las calles trazadas sobre las ruinas de la antigua ciudad habían mantenido su amplitud, pero a diferencia de mi visita anterior, pocas eran ya las parcelas sin ocupar. Palacios y casas se extendían a ambos lados, en una hilera de fachadas similares, diferenciadas por los colores, pero igualadas por las ventanas cuadradas y las cornisas. Las flores que convirtieron las azoteas mexicas en jardines ahora crecían en los alféizares, como viera en Sevilla, pero a pesar del colorido que repartían por las calles, ya no me parecían una loa a Xochiquetzal como antaño. «Quizá soy yo la que ha cambiado», me dije.

Pasamos por delante del palacio de Hernán Cortés y dimos con la plaza que fuera recinto ceremonial de la desaparecida Tenochtitlán.

—No queda nada —se lamentó Jonás a mi lado—. Estuve de pequeño, pero...

Calló y el silencio permitió que a mi mente acudieran los templos piramidales y las *calmecacs*, los tambores y las caracolas, y el despertar de mi propia voz para cantar a la flor hermosa. Pero a medida que avanzábamos, próximos a la construcción de una iglesia cristiana que crecía en dimensiones, buscando convertirse en catedral, mi pálpito nostálgico se fue encogiendo. No quedaba ninguna mole fantasmal como el antiguo Coliseo, y al recordar los cañonazos y los cascotes que destruyeron Tenochtitlán, dudaba que quedara algo enterrado, como Martí me mostró en Roma.

Aceleré el paso, deseosa de encontrar a Zolin para volver a mi Acolman, donde, a pesar de los cambios, aún quedaba algo reconocible de mi vida pasada. Tomamos la antigua calzada de Tacuba, todavía con el agua de Chapultepec abriendo un canal en el centro. Por lo demás, en nada parecía diferir de la de Tezcacoac que dejamos atrás, regular y horizontal. Según Yaretzi, la vivienda de Zolin en México estaba cerca de la antigua casa de las fieras de Motecuhzoma, en el barrio que antes se conocía como Moyotl. En la antigua ciudad, era la segunda calle a la izquierda saliendo del centro ceremonial; en la nueva... Me detuve un instante, y apoyada en la esquina por donde en teoría debíamos doblar, suspiré al ver aquella calle flanqueada por casas iguales.

—No tienes ni idea de cómo llegar, ¿eh? —comentó Jonás.

—Dijo que la fachada es amarilla, y que al lado de la puerta está el símbolo de Acolman —mi voz sonó angustiada.

De pronto, todo aquello me pareció un sinsentido. No sabía nada de mi esposo, y me aterraba encontrarme con una persona totalmente desconocida.

—No temas, Ameyali. Él no te dejó de amar ni por un instante —comentó Jonás acariciándome la espalda.

—Pero ¿qué hace viviendo aquí, como un castellano?

—Sobrevivir —suspiró—. Tú no sabes lo que es ser lo que ellos llaman un indio. Mira cómo me encontraste, todo pellejo, sin saber cómo ser ni qué hacer.

Jonás me miraba compasivo. Su rostro, antes de rasgos finos y alargados, ahora era huesudo y melancólico. Había envejecido desde que lo había visto en nuestra última actuación juntos, ante el rey don Carlos y su esposa, pero de pronto me di cuenta de que no era tanto como consecuencia del paso del tiempo, como de las vivencias que le habían quitado la ilusión de llegar a ser el artista que soñó. Me reconocí en aquella decepción, pero por lo menos yo había encontrado a Zolin y tenía un hijo, me sentía al amparo de algo con lo que nunca había soñado mientras era sacerdotisa: una familia.

Reemprendimos entonces nuestros pasos en silencio. Después de todo, fue fácil dar con la fachada. Era la única de la calle cuyo color recordaba al maíz tierno. No estábamos ante un palacio como el de Acolman, sino delante de una casa de dos pisos, sin patio de armas, sólo con un portón enmarcado en piedra gris sobre la que se veía el símbolo de nuestra ciudad, aunque sin colores, con una timidez sobria. Alcé la mano para tomar la aldaba, pero Jonás me lo impidió.

—Yo soy el sirviente, ¿recuerdas?

Fue él quien llamó a la puerta. Al cabo abrió un hombre vestido al modo castellano, con el pelo negro recortado en redondo alrededor de su cabeza. A pesar de la cara marcada por las viruelas, sus rasgos chatos enseguida me resultaron familiares.

—¿Qué desean? —preguntó con voz estentórea mientras me miraba de reojo.

—Mi señora María del Carmen Ameyali desea ver al señor Santiago Zolin.

El hombre me miró directamente, con las cejas tan arqueadas que desaparecieron por debajo de su flequillo, y al instante lo recordé, con aquella misma expresión, en mi boda, dando la bienvenida a mi hijo e incluso cuando él era un apuesto joven al servicio de mi padre.

—¿Tecolotl?

—¡Mi señora! —exclamó mientras bajaba la cabeza en señal de respeto.

Enseguida nos invitó a pasar al zaguán entre reverencias. Cuando cerró la puerta, tomé su barbilla y le obligué a mirarme, a pesar de que noté que sus músculos se contraían. Sus ojos se habían nublado, pero me sonrió.

—¿Está mi esposo?

Su ceño se frunció un instante, pero al momento asintió. Nos invitó a seguirle y abandonamos el zaguán para entrar en un pequeño patio cuadrado, empedrado, en cuyo centro se mantenía un círculo de tierra donde brotaban los nardos. Sonreí al verlos y me reconfortó recordar la ocasión en que me trajo bulbos para que hiciera crecer flores en aquel jardín yermo.

Tecolotl abrió la primera puerta a la derecha y me invitó a pasar. Jonás se quedó fuera. La sala estaba amueblada al estilo castellano, con varias butacas tapizadas en cuero labrado colocadas alrededor de una mesa baja y redonda. No había chimenea. En su lugar, una cruz de madera oscura pendía de la pared opuesta a la puerta. Por lo demás, la piedra se veía desnuda, entre los destellos que entraban vacilantes por la ventana que daba al patio y que poblaban la sala de una luz crepuscular, a pesar de ser pleno día. ¿Qué le diría? Delatar a Ignacio se me antojaba ahora absurdo. ¿Cómo reaccionaría al verme? Miré la cruz, sin saber cómo interpretarla.

Entonces oí que la puerta se abría a mi espalda. No me volví. Mi cuerpo temblaba. Unos pasos se aproximaron, sentí su torso tras de mí, su aliento dulce en mi cabello, y entonces sus manos sobre mis hombros me invitaron a girarme, como cuando me encontró en aquella Tenochtitlán en ruinas, como cuando me salvó. Al volverme, no vi un imponente penacho, y en lugar de manto, llevaba una fina casaca, pero su fuerte mentón triangular se vio iluminado por su sonrisa, y sus ojos castaños se nublaron de lágrimas mientras me acariciaba el rostro, incrédulo.

—Estás viva —musitó.

Nuestros labios se unieron. Todas mis dudas y temores se diluyeron en el alivio de su lengua cálida, familiar, que recorría mi boca como sus manos acariciaban mi faz. Luego nos abrazamos, y sentí sus lágrimas en mi cuello, mientras su cuerpo se sacudía en pausados sollozos. «¿Qué habría hecho yo si lo hubiera creído muerto?», me pregunté. El brillo de los ojos de Martí atravesó mi mente como una estrella fugaz y me aferré a la espalda de Zolin, a su olor. Separé su rostro de mi cuello, y esta vez fue mi lengua la que buscó su boca con ansiedad. Al fin, nos separamos, pero no nos soltamos. Él permaneció rodeando mi cintura con sus brazos, yo limpié sus lágrimas con suaves caricias.

—¿Qué ha pasado? ¿Por qué no has mandado mensajes? —preguntó en un lamento.

Apoyé mis manos en su firme torso.

—Estuve enferma. No sabía dónde...

De pronto la puerta se abrió y Zolin, sorprendido, se desprendió de mí y se volvió, tenso. Por encima de su hombro vi a una dama castellana, de cara redonda y mejillas rosadas. Nos miraba con expresión adusta, mientras entrecruzaba sus manos por delante de su vientre.

—¿Quién es esa mujer, Santiago? —preguntó en tono severo.

—Es de Acolman —respondió él titubeante. Luego puso sus brazos en jarras y con aplomo añadió—: Deberías avergonzarte, Rosario. Esta no es manera de entrar cuando estoy tratando asuntos de la encomienda.

La mujer comprimió sus finos labios y asintió.

—Lo siento, esposo mío —dijo mientras me clavaba sus desafiantes ojos.

Luego salió, mientras yo lo agarraba del brazo para obligarlo a mirarme.

—¿Esposo?

Rosario cerró la puerta y miró al indio medio desnudo que aguardaba sentado junto a los nardos. A continuación se volvió y, procurando mantener un andar pausado y digno, se dirigió hacia la esquina opuesta del patio, asediada por los fantasmas de su pasado. Aquella mujer de Acolman era la india más hermosa que jamás hubiera visto, pero Santiago era muy distinto de su primer marido, y no la humillaría por su vientre yermo. Él la amaba, estaba convencida. Igual de caballeroso que su hermano Juan en el cortejo, Santiago había ido más allá de hacerle sentir una dama; la había hecho sentir bella, y tras el matrimonio, deseada. Al principio le pareció impío, fruto quizá de su pasado pagano, sin nada de por medio, ambos en el lecho completamente desnudos. Pero Santiago siempre iba a la iglesia, fray Antonio era su confesor, y trabajaba con denuedo para que la gente de su encomienda encontrara el camino del Señor, tal y como él lo había hallado. Por eso Rosario sentía que los labios de su esposo recorriendo sus pechos como jamás otro hombre hiciera y sus manos enseñándole a acariciarlo sólo podían ser fruto del amor, el amor verdadero que siempre había anhelado. Pero aquella hermosa india en el salón... «¿Estaban abrazados?»

Alcanzó la esquina, y sabiéndose fuera de cualquier mirada, subió las escaleras a toda prisa, alzándose la falda con las manos. «¿Cómo iban a estar abrazados?», se reprendió. Eran los fantasmas de su pasado los que la hacían ver algo inexistente. Santiago ni siquiera visitaba las mancebías de los arrabales. Mucho menos le traería amantes a casa, como hacía su anterior esposo para castigarla por su infertilidad. Sabía que por ello la habían casado con un príncipe indio, pero si su vientre estéril antes le pareció un castigo divino, ahora sabía que era el camino de padecimiento elegido por el Señor para brindarle luego sus favores, pues sin duda la felicidad que había conocido con Santiago era un regalo de Dios.

Él era de los pocos caciques indios que habían obtenido una encomienda, en su caso directamente otorgada por su majestad, y no lo trataban como indio porque ella le había proporcionado parentesco con cristianos viejos de noble ascendencia. Pedro Solís, su cuñado, así se lo había hecho ver a los *oidores* de la Real Audiencia, que no hallaron nada punible en el comportamiento de su esposo. De hecho, Santiago Zolin era feliz con ella, la llevaba a todas las fiestas, la colmaba de regalos y en el lecho no buscaba un heredero, buscaba su amor.

Rosario alcanzó el primer piso y entró en sus aposentos. Cerró la puerta con premura y sostuvo el picaporte con las manos, como si quisiera asegurarse de que nadie abriría por fuera. Pero el miedo súbito que le había despertado aquella hermosa mujer al lado de su esposo ya se había colado también dentro de la habitación.

—Tiene una explicación. Mi hermano estaba prometido con ella. Al morir, debía cumplir yo con su compromiso, ¿entiendes?

Le di la espalda con un suspiro. Creía entenderlo y, a la vez, no quería hacerlo. Me senté en una de las sillas, y con la mirada perdida, me apoyé en el respaldo de cuero. Él se arrodilló ante mí, me tomó la mano. Miré sus ojos suplicantes, pero me sentía ajena a ellos.

—Es una esposa secundaria, Ameyali. Tú siempre serás la principal.

Yo no estaba allí. No podía consultarme para tomar una segunda esposa, pues me creía muerta; no podía culparle de nada. Él acariciaba mi mano entre las suyas. Debía aceptar la situación, pues ¿qué alto dignatario no tenía más de una esposa? Yo misma era hija de la cuarta mujer que desposó mi padre. Aun así, me sentía rebajada.

—¿Por qué no me has presentado como tu esposa? —pregunté, seca, apartando mi mano para entrecruzarla con la otra sobre mi vientre.

—Tienen otras costumbres. ¿Qué más da? No la dejaré ir a Acolman. Eres la esposa principal, sé que te he faltado, no te humillaré delante de tu pueblo.

—No puedo volver a Acolman —murmuré bajando la mirada a mis manos.

Él me tomó de la barbilla y levantó mi cabeza.

—¿Por qué? —preguntó con el ceño fruncido.

—Ignacio... Antes de enfermar, me vendió como a una esclava a unos...

Las manos de Zolin me taparon la boca, mientras su mirada se extraviaba con gravedad. No me atreví a hablar. Él permaneció en silencio unos momentos y luego se mordió el labio inferior con rabia. Entonces me miró, sus ojos encendidos de furia.

—Me ha utilizado —murmuró.

XXIV

Martí y Galcerán entraron a la Ciudad de México por la calzada de Tacuba a lomos de dos fuertes percherones. Era un día claro, y multitud de canoas iban y venían por el lago bajo la severa mirada de dos enormes torreones de estilo mudéjar. Sobrepasaron una pestilente ciénaga y enseguida les llegó el aroma del maíz cocido que traían las humaredas procedentes de las humildes casas. Rectangulares, de techo bajo hecho con pequeñas astillas de madera, sin ventanas y con una tosca apertura para entrar y salir, eran como las que vieron en las aldeas que habían cruzado a lo largo de su camino desde Villarrica de la Veracruz. Sus paredes de adobe lindaban con los cultivos flotantes de los cuales Guifré le habló, las chinampas, pero Martí no sentía ninguna ilusión al verlos con sus propios ojos, pues aún le pesaba demasiado la huida de Ameyali.

Muy al contrario que él, Galcerán lucía una sonrisa de asombro constante, seducido por un mundo tan nuevo como inconcebible para él. Martí lo miraba, imaginando que si sintiera lo mismo, podría hacérsele más entendible lo que vivió su padre, pero no tenía ánimo ni para envidiarle su capacidad de reacción. Si optó por quedarse en la Nueva España fue porque temía haberse convertido en un fugitivo en Europa a causa de la puñalada a Alfons, y que ello no pudiera arreglarse aunque su primo atestiguara que sólo se defendió. Además, allí también podía cumplir con sus planes, pues se le abría un mundo nuevo de plantas medicinales que investigar y enfermos a los que atender. Sin embargo, dudaba que fuera lo mismo para Galcerán. Este había enviado una carta desde Barcelona para romper su contrato con el ejército y acompañarlo, pero se quedaba porque no quería dejar en aquellas tierras extrañas al único pariente directo que le quedaba, y Martí dudaba de que la vida que podía ofrecerle respondiera a sus ideales caballerescos.

—¿Has estado en Venecia? También tiene calles de agua —dijo el antiguo militar señalándole con la cabeza hacia delante.

Un canal partía la calzada en dos, y Galcerán se adelantó para tomar el ramal de la derecha. Las monturas avanzaron una tras la otra, y a banda y banda, las casas ahora eran de paredes de piedra, pero del mismo estilo que las de adobe. Los zumbidos de los talleres de los artesanos inundaban las calles embarradas del arrabal. Muchos hombres seguían vistiendo como los campesinos de la entrada, con su taparrabos y el torso mal cubierto por una capa, pero algunos otros serpenteaban entre las calles luciendo camisolas sobre las que seguían portando su tradicional manto colorido.

De pronto, entre naturales cabizbajos empezaron a aparecer castellanos, ya fueran caballeros, damas o frailes. La calzada ahora estaba adoquinada, era totalmente recta y la atravesaban otras calles con perfecta regularidad. Las casas eran como las castellanas, con ventanales de alféizares llenos de tiestos en flor. De fachadas iguales, sólo variaban los tamaños de las viviendas, pero siempre en proporción, como si el terreno se hubiera dividido en parcelas, y unas ocuparan dos, otras una y otras tres. Martí entonces tuvo la amarga sensación de estar cabalgando sobre un cementerio en el que cada piedra de aquella ciudad castellana era una lápida sobre la antigua Tenochtitlán. No se oía ningún rugido o graznido procedente de la casa de las fieras, no quedaba palacio en pie ni nada de lo que le hablara su padre, y entendió el empeño de Ameyali por aferrarse a sus dioses, pues eran lo único que su pueblo conservaba de su pasado.

Llegaron a la plaza mayor y se apearon del caballo. Cuadrada, cercada por palacios y soportales, a Martí le entristeció aún más.

—Deberíamos preguntar por alguna posada —comentó Galcerán.

El joven conde asintió y avanzaron hacia el principal foco de bullicio: la catedral en construcción. Las poleas pendían del edificio y los naturales empuñaban los martillos bajo las órdenes de capataces castellanos. Martí sabía que estaba sobre los antiguos templos gemelos e Huitzilopochtli y Tláloc, los más grandes que tuvo Tenochtitlán. Según Ameyali, dentro de la pirámide del dios de la guerra también estuvo su diosa Xochiquetzal, y a sus pies había una gran piedra circular que representaba a Coyolxauhqui, desmembrada en un relieve lleno de color. Entonces se detuvieron y Martí se preguntó si sus pies estarían pisando la tumba de la diosa luna, donde caían los cuerpos de los sacrificados.

—Disculpe, el señor conde y yo buscamos alojamiento.

A Martí le pareció oír a Galcerán lejano, mientras su mirada se clavaba en una pared de la catedral. La tierra estaba removida y le pareció distinguir un destello rojizo rodeado de una orla verde.

—Vayan por allá, hacia la puerta de los mercaderes. A la derecha encontrarán una buena posada.

Con la rienda del caballo entre sus manos, el conde avanzó hacia el destello rojizo. Semienterrada, vio que era una piedra con la pintura desconchada. Soltó la rienda del corcel, se quitó los guantes y se agachó. Escarbó alrededor en busca de los límites de la piedra y luego la presionó hasta que consiguió sacarla. No era mayor que su mano extendida, pero parecía hablar del pasado.

—¡Por Tezcatlipoca! —oyó que exclamaban frente a él.

Alzó la cabeza y vio a un hombre que lo miraba fijamente. Martí se puso de pie y escondió el objeto en la alforja de su caballo mientras el mexica retrocedía asustado.

—¿Vienes por mí? —le preguntó—. ¡Has vuelto!

El joven entendió que le confundía con Guifré, y dio unos pasos hacia delante para calmarlo, pero el hombre trastabilló con una cuerda. Entonces se oyó un golpe sordo desde lo alto. Martí alzó la cabeza y vio que una polea se había soltado, desprendiéndose de la pared. Apenas tuvo tiempo para reaccionar. Se abalanzó sobre el mexica, pues la carga que había subido con la polea se le venía encima. Cayeron al suelo, un sillar se estrelló cerca de ellos, el individuo gritó y el médico rodó hacia un lado.

Cuando se incorporó, vio que un sudoroso castellano desataba un látigo que llevaba al cinto. El mexica estaba a sus pies, sentado en el suelo, con una mano sobre el hombro visiblemente desencajado. Martí se puso en pie de un salto y detuvo el brazo del capataz, que ya alzaba el látigo.

—Ha sido un accidente —murmuró—. Ese hombre se ha hecho daño.

—Y más que le voy a hacer yo por no estar atento. Es lo que se merece, ha de aprender —gruñó el castellano, zafándose de la mano que lo agarraba.

Martí entonces se puso ante el quejumbroso herido, y pronto se vieron rodeados por otros naturales que allí trabajaban.

—¿Algún problema? —preguntó entonces la voz de Galcerán.

Salió de entre la gente y se colocó al lado de su primo, con los brazos cruzados sobre el pecho. El castellano resopló y la impotencia dibujó en su rostro una expresión agria.

—Ninguno, siempre que pueda darle a este indio su merecido.

—¡Está herido! Ya lo ha castigado Dios —insistió Martí sin alzar la voz.

Entonces el corro que los rodeaba se abrió y apareció un fraile franciscano, de cuerpo fornido y con el amplio sombrero encajado. Dio la espalda a Galcerán y a Martí, mientras los curiosos bajaban la cabeza y el capataz hacía una reverencia.

—El caballero tiene razón —dijo el religioso. Luego miró a su alrededor y añadió—: Venga, todo el mundo al trabajo; ya me encargo yo de esto.

El capataz clavó sus ojos pequeños y furibundos sobre Martí y luego se marchó mientras la gente se dispersaba. El fraile entonces se volvió con una serena sonrisa. Galcerán se inclinó al ver la cruz pectoral que lo distinguía como obispo, pero Martí lo ignoró y se agachó para examinar al mexica malherido.

—Se ha salido de su sitio —le dijo en náhuatl. Entre muecas de dolor, vio que aún lo miraba asustado y añadió—: Creo que me confundes con mi padre.

—Vaya, hablas su idioma —intervino entonces el franciscano.

—Ilustrísimo y reverendísmo señor —le dijo Martí alzando la cabeza—, necesito permiso para llevarme a este hombre donde pueda atenderle en condiciones.

—¿Médico? —preguntó. Ante el asentimiento de Martí, el fraile añadió—: Vengan conmigo al monasterio.

En el extremo norte del claustro, las obras para mejorar la capilla de San José de Belén extendían un ruidoso trajín de martillazos y serruchos empuñados por los mismos naturales que ya aprendían oficios en la escuela colindante. Aun así, los gritos del herido traspasaron las paredes de la habitación y llegaron hasta ellos. Juan de Zumárraga, el obispo, desvió la mirada hacia la puerta cerrada. Luego se volvió hacia aquel hombre de aspecto aguerrido y robusto, sentado a su lado con la espalda apoyada en una columna. Parecía relajado, pero el prelado no podía evitar recelar. Aunque su conducta en la plaza mostraba a dos caballeros nobles y compasivos, lejos de los pillos y holgazanes que empezaban a prodigarse por la Nueva España, aquella tierra le estaba enseñando a desconfiar de todo.

—He de confesarme admirado por el señor conde —comentó el obispo—. Habla náhuatl; entre los franciscanos, pocos son los que no necesitan traductor. Y además es médico, cosa harto curiosa en un noble. ¿Le ha curado a usted en alguna ocasión, señor Galcerán?

Los gritos volvieron a sonar para callar de forma súbita.

—Le he visto curar a muchos, ilustrísima reverendísima.

—¿Y piensan quedarse? Un médico con conocimientos del idioma indio podría sernos de gran ayuda.

—Sí, estaremos en estas tierras durante un tiempo. Y no dude que el conde de Empúries ayudará cuanto pueda, pues su alma es compasiva.

Juan de Zumárraga asintió de nuevo. Gracias al trabajo evangelizador de fray Pedro de Gante con la escuela, había conseguido del cabildo los terrenos para un hospital, y un médico como aquel joven era una bendición. Pero aún no se atrevía a darle las gracias a Dios, ya que estaba preocupado por lo sucedido en la plaza. Aquel capataz era sirviente de un oidor de la Real Audiencia, y dada su experiencia, tenía razones para temer represalias.

La Real Audiencia estaba formada por cuatro oidores y un presidente, Nuño de Guzmán, enviados un año antes por su majestad para gobernar e impartir justicia en la Nueva España. Enseguida reemprendieron el juicio de residencia a Cortés, que quedara interrumpido tras la muerte de Ponce de León, y pronto se descubrió su cruel falta de escrúpulos al arremeter contra sus aliados o cualquiera que se opusiera a sus decisiones. Zumárraga llegó con ellos, como obispo nombrado por el emperador, aunque le faltaba la confirmación del Papa. También obtuvo de don Carlos el título de defensor de los indios. Pero poco podía ejercer, pues, sin la confirmación papal, Nuño de Guzmán y los dos oidores que quedaban vivos no aceptaban su autoridad. Solían lanzarle amenazantes advertencias para que no se entrometiera en cómo y a quién se repartían los indios que, en la ciudad, pagaban tributo con trabajo. Pero eso era lo que había hecho justamente en la plaza, y temía haber perjudicado al joven conde aún más de lo que ya le afectaba haberse enfrentado a aquel capataz. Debía buscar la manera de enviar una carta a su majestad para denunciar los abusos de los miembros de la Real Audiencia, pero no era tarea fácil, pues estos secuestraban la correspondencia de los franciscanos. De pronto, una voz socarrona interrumpió sus pensamientos:

—Ilustrísimo fray Juan...

Un caballero se dirigía hacia él con pasos agigantados, mientras se quitaba el sombrero y descubría su cabellera castaña.

—Don Gonzalo, ¿aún no sabe cómo dirigirse a mí? —preguntó el obispo en tono desenfadado mientras se ponía en pie, dando la espalda a Galcerán.

—Siempre con todos mis respetos, por supuesto —le contestó con una reverencia.

A causa de su título de protector de los indios, Juan de Zumárraga sabía que don Gonzalo no le profesaba ninguna simpatía, ni tampoco otros hombres que tenían encomendados a naturales a su cargo. Pero la crueldad de Nuño de Guzmán lo había acercado al obispo, por lo que este no perdía oportunidad de intentar ganar aliados para poder acometer sus tareas.

—Necesito su ayuda... Bueno, más bien la necesita Andrés de Tapia. La Real Audiencia lo va a juzgar por juego; más de veinte mil pesos ganados, dirán.

—Pero no es así, supongo —señaló el obispo.

—¡Claro que no! Es una trampa —se exaltó don Gonzalo—. ¡Otro aliado de Cortés que cae! No tenían bastante con lanzarse sobre sus propiedades, cuando esa deuda con la Corona era pura mentira. ¿Qué escondía treinta y dos mil pesos en oro? Ellos no estuvieron aquí, ¡no tienen ni idea! ¡Cayó todo al río durante la Noche Triste! Y ahora van por los demás. Nadie puede decir una palabra a favor de Cortés, ni una. ¡Y sólo por codicia!

—Cálmese, don Gonzalo —dijo el obispo poniéndole una mano sobre el hombro—. Andrés puede refugiarse en el monasterio hasta que las cosas se calmen. No será el primero, aunque me gustaría decir que sí el último.

El caballero suspiró y entonces pareció reparar en la presencia del hombre sentado tras el obispo.

—¡Oh, qué descuido! —exclamó el prelado—. Permítame que le presente a Galcerán Coromines, llegado con su primo hoy mismo desde Villarrica.

Este se puso en pie mientras don Gonzalo le preguntaba:

—¿Han venido con alguna caravana de mercaderes?

—No, señor, hemos venido solos a lomos de nuestros caballos.

—¡Vaya! —exclamó el hombre sonriendo—. ¡Valientes caballeros! Casi todos nos quedamos en las costas o en las ciudades...

—Los naturales me han parecido dóciles —señaló Galcerán, sorprendido.

—No todos. Al norte y al sur aún dan guerra. Y por los caminos, en fin, algunos de nuestros soldados descontentos han formado bandas...

De pronto, el caballero se interrumpió al abrirse la puerta de la sala donde Martí atendía al indio. Salió cerrando tras de sí y, ajeno a la mirada sorprendida de don Gonzalo, anunció al obispo:

—Se ha desmayado, pero está bien.

Juan de Zumárraga asintió, mientras el caballero murmuraba:

—¡Increíble parecido!

—¿Acaso conoce a don Martí, conde de Empúries? —preguntó el prelado.

El aludido miró al obispo y contrariado exclamó:

—¿Conde?

—Quizá conociera usted a mi padre Guifré —intervino Martí, y enfatizó—: barón de Orís.

Don Gonzalo entonces sonrió y dijo:

—Sí, el barón catalán. O sea, ¿que es tu padre? Don Hernán Cortés lo tenía en gran estima.

—¡Vaya! —exclamó el obispo con fastidio—. Me temo que no hayan empezado ustedes con buen pie en esta ciudad.

—¿A qué se refiere? —preguntó Galcerán con cierta alarma.

—Los oidores de la Real Audiencia digamos que son enemigos de todo amigo de Cortés —explicó Juan de Zumárraga rascándose el cabello.

—Pero ellos no estuvieron aquí hace ocho años —añadió don Gonzalo—. No pueden saber nada de Guifré de Orís. Según me contó Cortés, el barón catalán le salvó la vida dos veces.

—El problema está en que don Martí se interpuso entre un capataz de Delgadillo y uno de sus indios, a quien acaba de curar en esa sala. Y si son tan parecidos...

—Y el tal Delgadillo es un oidor —dedujo Martí.

—¡Qué más da! —exclamó Galcerán—. Digo yo que tendrá algo más importante que hacer que ocuparse de los asuntos de sus lacayos.

Don Gonzalo no pudo evitar una carcajada ante tal comentario. Mientras, el obispo se encogía de hombros, visiblemente incómodo, y decía:

—Me temo que la codicia sea su mayor ocupación. Y esas ropas, disculpe, sé que no son ostentosas, pero está claro que vienen del viejo continente. ¡Y con caballos! Aquí son muy caros.

—Lo peor no es que huela a dinero —intervino don Gonzalo con una súbita expresión de gravedad—. Lo terrible es que algunos de los que vieron a su padre y lucharon con Cortés se han vuelto contra él. Y por ganarse el favor de Delgadillo, podrían denunciarle... Aunque se me ocurre una idea, y doña Mariana podría ayudar.

—¡Las mujeres ya malmeten bastante en estas tierras! —objetó el obispo.

—Entonces ganémonos su favor —dijo don Gonzalo—. ¿Se ve usted capaz, señor conde?

XXV

Acolman, año de Nuestro Señor de 1529

Santiago Zolin obligó al carruaje a detenerse a las afueras de Acolman e indicó a Ameyali que, acompañada de Jonás, entrara a palacio por la puerta trasera. Como de costumbre, él iría por la puerta principal, a lomos de *Iztli*, su hermosa yegua negra, cuyos cascos al galope levantaban el polvo del camino. Muchas casas a las afueras estaban abandonadas, y la maleza crecía alrededor de las antiguas *temazcalli* en ruinas. Al acercarse a ellas, Santiago Zolin hizo que *Itzli* se pusiera al paso mientras el recuerdo le traía la mezcla de sentimientos que le invadieron tras la muerte de su hermano.

El giro inesperado de los acontecimientos le había hecho entender que debía volver cuanto antes, pues peligraba su hogar, su posición y la de su hijo. Y al llegar, descubrió cuán acertada había sido la decisión. La Real Audiencia había intentado apoderarse de las propiedades y encomiendas de Cortés, y aunque al principio a Pedro Solís le alarmaron sus métodos, pronto se dio cuenta de que en verdad favorecían sus intereses. Cuando ya había dado el primer paso para recuperar Acolman y sus estancias, Santiago Zolin llegó para frustrar sus aspiraciones. Y es que, al poco de morir Juan, y aun antes de tomar la decisión de regresar, Santiago le había pedido al primer ministro Gattinara en persona que su majestad atendiera su solicitud de recibir Acolman en encomienda, y este, magnánimo, se la concedió a través de una cédula real.

Con ese recuerdo en mente, Santiago Zolin cruzó la plaza de su ciudad mientras veía cómo, al otro lado, se abría el portón de su palacio. «O no sospecha nada, o muy convencido está de poder seguir manipulándome», pensó. Un sabor amargo le resecaba la boca cuando accedió al patio de armas. Itzmin enseguida tomó las riendas de la yegua y la sujetó mientras él bajaba de su montura. «Haga lo correcto.» La voz de Ignacio resonaba en su cabeza, agitada como un águila encerrada en una jaula.

—¿Lo correcto? —murmuró Santiago entre dientes mientras subía la escalera hacia el soportal.

Cruzó el soportal a grandes pasos y abrió con brusquedad la puerta de su estudio. Ignacio estaba en pie, de cara a la ventana que daba al huerto trasero. Se volvió despacio, con tranquilidad. Su recio cuerpo de guerrero parecía vencido bajo la túnica, caído como sus mejillas, pero le miraba directamente, con fría insolencia, y Santiago tuvo que hacer un esfuerzo para controlar el desprecio que de pronto le despertó.

—Deberíamos pedir una misa para agradecer su regreso, ¿no crees? —dijo el señor de Acolman con ironía, a la espera de que el vasallo se dignara a mostrar mayor respeto—. ¿Cómo supiste que estaba muerta?

—Me lo dijo don Alonso Sánchez de Hortega, nuestro anfitrión en Sevilla —respondió sin parpadear.

—Claro, claro, me acuerdo —comentó Santiago mientras cerraba la puerta de un golpe. Luego, paseando de un lado a otro del estudio, y con una mano en la daga que llevaba al cinto, añadió—: ¿Y por qué te lo diría don Alonso? Nadie, excepto tú y el músico texcocano sabía de nuestro matrimonio. ¿Qué importancia podía tener para nosotros una cantante? Lo inventaste, simplemente lo inventaste. Pero tranquilo, Ignacio, no te culpo. La culpa es mía por haber confiado en ti. No fui capaz de ver lo oportuna que te resultaba su muerte.

—Fue oportuna para usted, mi señor.

Ante tal desfachatez, Santiago sintió que su desprecio se tornaba furia. Se detuvo frente a Ignacio y lo abofeteó. Este se llevó una mano a la mejilla, pero no bajó la mirada, sino que continuó:

—Tenía que volver y tomar a Rosario como esposa. ¡Era lo que debía hacer! ¡Era lo correcto!

—¡Claro! Por mi hermano, al que tanto apreciabas. Y por la memoria de ella, ¿no? Por eso era lo correcto. Tuviste el valor de decirme que honraría a Ameyali sólo si me aseguraba los mayores honores para traspasarlos a Hipólito. ¡Y estaba viva! ¡Lo sabías! La vendiste y...

—¡Fue Juan quien me ordenó que me deshiciera de ella! —exclamó con el rostro desencajado—. Yo sólo he sido leal a esta familia.

A Santiago se le escapó una carcajada amarga. «¡Juan! Maldito el día en que dejó de ser Cipactli. Ahí murió mi hermano», pensó dando la espalda a Ignacio para ocultarle sus pensamientos. Entonces, mientras se dirigía hacia la mesa del estudio, dijo:

—Leal... ¿Me tomas por tonto? Me manipulaste, utilizaste mi dolor para convertirte en mi segundo al mando.

—Usted sabe que tomar a Rosario como esposa era necesario. No le manipulé, mi consejo fue sincero y efectivo. A pesar de la cédula real, Solís hubiera buscado alguna artimaña para quitarle Acolman.

Santiago se apoyó en la mesa, de nuevo de cara a Ignacio.

—No me dejaste elegir. Ese es el problema —dijo con pesar—. Hubiera escuchado tu consejo igual, sin que me mintieras respecto a Ameyali.

El otro bajó la mirada, esta vez sí que con actitud respetuosa.

—Me gustaría decir que lo siento, pero...

—Es igual lo que me digas. Estás desterrado de mis tierras.

Ignacio alzó la cabeza. Sus ojos desprendían un brillo de rabia sobre la inquietante calma de su rostro.

—No puede echarme por culpa de ella. Incluso su confesor le diría que esa mujer es una herramienta de Satán.

—¿Me estás chantajeando? —preguntó Santiago incrédulo.

—A fray Antonio no le gustaría saber que se mete en su lecho. Acuérdese de cuándo los descubrió juntos. Y eso antes de que usted estuviera casado con una buena cristiana, por la Iglesia y ante los ojos del Señor.

—Eres un vulgar lacayo, Ignacio, y más tonto de lo que creía. No has entendido que el destierro era benevolencia, ¿verdad? —dijo Santiago Zolin mientras desenvainaba su daga.

La habitación del hogar apenas había cambiado. La lumbre crepitaba esparciendo los aromas del guiso de pavo y frijoles con tomate y chile. Yaretzi, Huemac y yo estábamos sentados sobre esteras, las tortillas preparadas para la comida, y, al lado, un cuenco con parte del guiso. La emoción apenas me dejaba comer, ya que me sentía saciada por todos aquellos aromas familiares. Y por él. Huemac intentaba cerrar su tortilla, pero sus dedos cortos y regordetes no conseguían unir los dos extremos.

—Te tengo dicho que no la llenes tanto —le reprendió Yaretzi.

Mi hijo frunció el ceño y cruzó los brazos sobre su pecho, esperando la ayuda de la mujer. Pero esta se limitó a servirse su propia comida, mirándome de soslayo mientras reprimía una sonrisa. Entonces partí un trozo de tortilla, lo unté en el relleno y se lo tendí. Él me escrutó, indeciso, pero acabó agarrando lo que le ofrecía y se lo metió en la boca. Enseguida vino hacia mí, su espalda apoyada en mi pierna, y dejó que yo le diera de comer.

—¿De verdad eres mi mamá? —preguntó en náhuatl, con la boca llena.

—¡Pues claro que lo es! —tronó sonriente la voz de Zolin.

—¡Papá! —exclamó mi hijo en castellano, mientras se ponía en pie de un salto e iba hacia la puerta.

Zolin, vestido con un fino *maxtlatl* de ixtle, se agachó para recibir al niño entre sus brazos. Enseguida el pequeño le dijo extrañado:

—Vas vestido como yo, desnudo.

—Anda, ve a que tu madre te dé de cenar.

Huemac obedeció, pero esta vez se sentó en mi regazo. Yaretzi me sonrió con los ojos nublados por la emoción. De pronto percibí su vulnerabilidad, o quizás era que yo me sentía así ante el contacto espontáneo de mi hijo. Ella se levantó de la estera, tomó el cuenco del guiso para añadir más y puso unas tortillas a cocer sobre el *comalli* mientras mi marido se sentaba a mi lado. «Así debería de haber sido», pensé embargada por una rara melancolía; me extrañaba sentir aquella escena como algo tan familiar.

—Ya no tendrás que preocuparte por Ignacio —anunció Zolin.

Huemac examinaba mi mano, mientras masticaba ruidoso.

—¿Lo has echado? —pregunté, moviendo mis dedos para atrapar, en un juego, la nariz de mi hijo, que reía complacido.

—No te tienes que preocupar, eso es todo —murmuró él.

Su voz me pareció sombría y me provocó un escalofrío. Intuía que ocultaba algo. Pero él me besó la mejilla con dulzura, y Huemac le imitó y me estampó sus labios pegajosos.

—¡Cara sucia! —exclamó entre risas.

Vulnerabilidad, melancolía y sospechas desaparecieron bajo una espesa capa de amor a mi hijo, mientras lo tumbaba sobre mis piernas y le hacía cosquillas. «Así debería de haber sido», me repetí a mí misma.

Yaretzi volvió a dejar el cuenco y añadió más tortillas envueltas en paños para mantenerlas calientes, pero no se sentó de nuevo con nosotros.

—Ya hemos acabado —dijo Huemac en claro náhuatl. Y con los ojos implorantes sobre su padre, preguntó en castellano—. ¿Podemos ir a jugar?

—Está bien, Hipólito, ve —asintió Zolin complacido, mientras yo notaba un soplo helado en el corazón.

El pequeño agarró a Yaretzi de la mano y salieron de la estancia. Miré a mi marido, quien indiferente se servía la comida.

—¿Hipólito? —pregunté.

Él me miró con un brillo de tristeza en sus ojos.

—No te lo tomes a mal. Hay que enseñarle a responder a su nombre cristiano.

—Lo estás perdiendo entre dos identidades —murmuré.

—No, y espero que tú no lo hagas. Don Carlos me encomendó Acolman bajo la promesa de que velaría por la vida cristiana entre sus gentes.

—¿Y te crees en deuda con él? —pregunté con voz hueca.

Zolin se acercó a mí y me rodeó con sus brazos y sus piernas.

—Casi te pierdo por su culpa, ¿cómo voy a estar en deuda con él? Pero no tengo todo el poder. Fray Rodrigo vive en la casa parroquial, y va de aldea en aldea. Y los oidores de la Audiencia esperan que cometa algún error para quitármelo todo. Así que debemos buscar un equilibrio. Quizá no lo he hecho de la mejor manera, pero se trata de sobrevivir —concluyó con pesar. Jonás también había hablado de supervivencia—. En casa no lleva la cruz de san Antón.

Sonreí con amargura. Él tenía razón, debería buscar el equilibrio, y no sólo en mi hogar. De pronto, a mi mente acudieron las conversaciones con Martí en Roma; podía cuestionar su fe de manera abierta, y él respondía con curiosidad ante mis reacciones, sin acritud ni amenazas, sin intentar convencerme de que su fe era mejor. Aquello había acabado. Sentía que en mi hogar no volvería a hablar con libertad, pues el equilibrio se basaba en callar. Lo añoré; mi brazo prendido del suyo, sus labios sonrientes, sus bellos ojos.

—¿En qué piensas? —susurró Zolin a mi cuello.

Alcé la cabeza. Mi nariz tocaba la suya y hacía más fuerte la presencia de Martí en mi mente. «He tomado la decisión que debía, la única —me dije—. He de olvidarlo... todo.» Rocé mi mejilla contra la suya, aspiré el aroma de su piel y mis manos recorrieron los músculos de su torso desnudo.

—Te he echado de menos —susurró presa de un sollozo mudo.

Lo miré. Sus ojos eran un refugio, tan ardiente como acogedor, y sentí que necesitaba reencontrarme con quienes una vez fuimos. Deshice el nudo de su *maxtlatl* y me sumí en la búsqueda del deseo.

El mercado que hizo grande Acolman se había empobrecido durante mi ausencia. En plena mañana, sólo se veían unas pocas esteras con frijoles, algo de cerámica y algún pedazo de tela delante de escuálidos vendedores, cabizbajos y sin energía para llamar a gritos la atención de los pocos compradores que circulaban. Zolin era el único que vestía túnica, decía que para mantener las apariencias si nos cruzábamos con fray Rodrigo. De su brazo, yo paseaba con mi ropa mexica, como los demás. Sin embargo, las telas eran menos elaboradas que antes, como si ya no quedaran ánimos para combinar los colores con los que se tejía. Aquel día, cuando mi marido y yo abandonamos la plaza, llegué a la conclusión de que en verdad todo parecía haber perdido color, sin penachos ni mantos de maguey.

Enfilamos la calle que nos conducía a las afueras de la ciudad. En la última semana, había recuperado mi matrimonio, mi hijo me acogió a la vez que me enseñaba cómo ser madre, y Roma, Castilla y los castellanos parecían parte de un mundo de ensoñación que se hallaba lejos. Acogida y reconocida por los vecinos que quedaban, me sentía en mi hogar, a pesar de que los cambios eran visibles a cada paso. A medida que nos alejábamos de la plaza, las casas eran cada vez más desvencijadas, y sentí que, aunque Acolman no se había esfumado como la antigua Tenochtitlán, había empobrecido y la miseria roía el ánimo de sus habitantes. Por eso estaba convencida de que necesitábamos a Tláloc y sus generosas lluvias, a Chicomecóatl para alumbrar las cosechas, a Xochiquetzal para ver de nuevo el mundo como algo bello; necesitábamos que los antiguos dioses moraran en nuestro corazón. Pero no quería hablar de ello a Zolin hasta encontrar el lugar que vaticinara el nigromante. Ahora ya estaba preparada y, sin Ignacio y su traición, me sentía protegida por mi marido.

Tomé su mano cuando llegamos al sendero que recorría los campos, en su mayoría pastos, y con la mirada en los caballos comenté:

—Echo de menos los ladridos de los perros, ¿recuerdas?

—Los que quedan no se venden en el mercado. A los frailes no les gusta y dicen, con razón, que se saca más de un puerco.

—Pero no hay en el mercado.

—Ameyali, en el mercado no hay gente —señaló—. Es cierto que los perros hacían famoso Acolman, y gracias a los compradores que acudían, también venían otros mercaderes. Mi hermano intentó lo mismo con los puercos, pero tuvimos problemas con Ixtlilxochitl.

—Y por eso crías caballos, pero no se venden a millares como los perros.

—Por ahora, querida.

—¿Crees que Acolman puede esperar? No te ofendas, Zolin...

—Nada de ti me ofende —aseveró. Me besó en una mejilla y añadió—: Y tienes razón. Por eso voy a utilizar el *tequio* para reavivar la ciudad.

Me detuve en seco y lo miré.

—¿El tequio? ¿Piensas ponerlos a construir escuelas o, mejor, un palacio, como hizo tu hermano? ¿Has visto lo delgados que están muchos?

Zolin soltó una carcajada, mientras sus manos se posaban sobre mis hombros y me atraía hacia sí en un poderoso abrazo. Me separé de él con cierta brusquedad, a la espera de una respuesta.

—Claro que no los pondré a construir. No se puede hacer lo que se hacía antes: escuelas, templos... El tequio quedaría en manos de fray Rodrigo, y ya tiene demasiado poder.

—Entonces no te entiendo. El tequio siempre ha sido por el bien común, ¿no? Quien podía ponía materiales; los que no tenían ponían su trabajo. Y así hacíamos los espacios comunes de la ciudad.

Entonces Zolin extendió los brazos y señaló a su alrededor.

—Ahora el bien común está aquí, Ameyali, en los campos. El tequio será trabajo sobre las tierras que dedicábamos a los cultivos para comerciar.

En su ceño, en la fuerza de su hermoso rostro, reconocí las facciones que él había dado a mi hijo. Mi marido también mostraba su entusiasmo, el de un chiquillo, y la ternura me recorrió como un escalofrío contagiado de su excitación. Era el hombre con el que me casé, y me reconfortaba reconocerle. Esta vez fui yo quien le acarició la mejilla mientras le recordaba:

—No tienen fuerzas para trabajar más que sus propias tierras. Hay muchos campos y poca gente.

—Asnos —me atajó él con un brillo ilusionado en sus ojos—; si los cruzas con los caballos, dan animales de carga muy fuertes: mulos. Se pueden vender. Y tanto los mulos como los asnos se pueden usar para el trabajo en los campos. Cavan más profundo que cinco hombres con sus coas, y más rápido. Y el hombre va más descansado.

—Pero la caja de censos no debe de estar muy llena para comprarlos.

—No saldría de la comunidad. Aunque sean pocos los compradores de caballos y el negocio va a medias con Solís, dan dinero y he ahorrado. Los asnos y los mulos serán sólo nuestros. Aunque, claro, la estrategia está en lo que cultivemos.

Entonces un águila sobrevoló los pastos y se posó sobre una de las altas cercas.

—Maguey —le dije de pronto. El águila alzó el vuelo. ¿Era un augurio?—. Todo se aprovecha del maguey, y das material a diferentes artesanos. Además, las mujeres pueden unirse al tequio con los tejidos.

—No puedes evitarlo, ¿eh? En ti sigue habitando Xochiquetzal, patrona de hilanderas y tejedoras —dijo con un brillo de añoranza en sus ojos—. El problema es que los magueyales que había en Nepaltepec y otras aldeas quedaron abandonados tras la muerte de tu padre.

—Pero las plantas perduran, se pueden recuperar y en breve darían cosechas, si no de quiotes, de pencas. Y mientras, podemos ir plantando más en todas las aldeas, de forma que siempre habría cosecha en uno u otro lugar.

Él sonrió y nos fundimos en un abrazo que me llevó a mirar por encima de su hombro. Camino del horizonte, el águila se lanzó en picado sobre una presa que atrapó con un grito que me sobrecogió. Entonces Zolin se separó de mí, y con su brazo sobre mis hombros, me impulsó a caminar de regreso.

—Partiré enseguida —anunció—. He de arreglar las cosas en México.

—¿Y no puedes enviar instrucciones desde aquí?

Él negó con una sonrisa amarga.

—A mí también me gusta estar contigo, pero he de hablar con algunos castellanos para comprar los asnos.

Los celos nublaron mi ánimo.

—Y ella es la esposa que te ayudará.

—No, ella es una alianza, para eso se toman esposas. Sólo contigo me casé por amor. —Esto no aplacó mis celos, pero callé y él continuó—: Te mandaré a Tecolotl. Es mayor, y su experiencia será más útil aquí, contigo. Además, no le gusta Rosario, siempre le llama Teodoro.

Sonreí con amargura. No conocía a esa mujer, pero a mí tampoco me gustaba. Alejaba a mi marido de mí y le daba una posición que yo no podía brindarle.

XXVI

Ciudad de México, año de Nuestro Señor de 1529

De espaldas a la capilla de San José de Belén de los Naturales, la escuela del mismo nombre extendía su estructura hacia el norte. Allí se enseñaba a los pequeños hijos de los caciques mexicas a leer y a escribir en castellano, así como a cantar al Señor. Los muchachos mayores aprendían oficios, y para ello los espacios estaban ordenados en edificios adyacentes, algunos aún chamizos, donde se enseñaba desde cantería y herrería hasta zapatería o sastrería. Martí caminaba junto a Juan de Zumárraga siguiendo a un joven fraile franciscano. Con las manos a la espalda, sin permitirse gesto ninguno, su voz aflautada ponía entusiasmo en las explicaciones de los logros de sus alumnos, así como resignación cuando comentaba los problemas que dificultaban el desempeño de su misión.

—Es difícil encontrar maestros castellanos que les enseñen sus oficios —decía—. No tenemos dinero, no podemos pagar por ello. Y además, como los naturales son tan habilidosos, creo que los castellanos temen su competencia.

—Como ve —intervino el obispo dirigiéndose a Martí—, es esencial la ayuda de buenos samaritanos para poder emprender la ardua tarea que aquí nos encomienda Nuestro Señor.

El conde asintió forzando una sonrisa para disimular su desconcierto ante las continuas atenciones del obispo. Juan de Zumárraga les había facilitado alojamiento en una posada cercana a la salida norte de la plaza mayor, en el barrio de Santa María de Tlaquechiucan. Estaba estableciendo contactos para que doña Mariana, esposa de uno de los alcaldes del cabildo, lo introdujera en sociedad para protegerle de cualquier represalia de Delgadillo. Y desde su llegada, regularmente lo iba a buscar para enseñarle algo de la ciudad, con la escolta de Galcerán o sin ella, como aquel día. Martí se dejaba llevar por el obispo, pues aquellos paseos por México le distraían del dolor causado por Ameyali y le daban una ocupación que ahuyentaba la bilis negra. Sin embargo, no eliminaban cierta amargura, al contrario, pues le recordaban sus paseos con ella por Roma. Él la entretenía cuando la amenazaba el desánimo, pero ahora sabía que los motivos de este eran muy diferentes a los que creyó en su momento, y se sentía utilizado. Era posible que el prelado también pretendiera utilizarle. Desde luego, no ocultaba su interés por él, el conde de Orís y Prades, y esto era algo que despertaba la curiosidad del joven, pues no entendía la razón, y aquella visita a la escuela de San José de los Naturales seguía sin darle ninguna pista.

—Si desean ver alguna otra cosa, ilustrísimo y reverendísimo señor obispo —dijo el joven fraile inclinando la cabeza con gesto complaciente.

—No, eso es todo, muchas gracias. Nos ha sido de gran ayuda.

—Entonces les acompaño hasta la salida. Fray Pedro está en el tianguillo del Salazar. Ya sabe lo incansable que es.

Siguieron al fraile hasta el portón, y el desconcierto de Martí no podía ser mayor. Fray Pedro de Gante era el fundador de la escuela, pero aunque ya la habían visitado, Juan de Zumárraga seguía teniendo especial interés en encontrarle. Ya en la calle, Martí se encajó la parlota para protegerse del sol, mientras que el prelado hizo lo propio con su sombrero redondeado. Enfilaron la primera calzada adoquinada, que a la par servía de dique de contención a las calles próximas a los canales. Carretas iban y venían, unas con fardos, otras con comida, otras con piedras y maderas para la construcción. Y en medio de aquella actividad incesante, el silencio de Juan de Zumárraga resultaba perturbador. Martí entonces no pudo contenerse y preguntó:

—¿Vamos a un mercado?

—¿Mercado? —se extrañó el obispo rascándose la barbilla.

—Tianguillo, supongo que viene de la palabra *tianquiztli*, mercado.

—Es fascinante. Conoce usted la lengua de estas gentes como fray Alonso de Molina, ya lo creo. Vino de niño, hacia 1522, y se crió entre indios. Sus padres fueron de los primeros en llegar.

—No fue ese mi caso, pues mi padre me enseñó náhuatl a su regreso.

—¿Sabe?, desde el principio he querido preguntarle al respecto. Pero, de todas formas, lo más importante es que usted se quiera quedar. Es una señal de Dios —aseveró. Se detuvo un instante y luego reemprendieron el camino mientras añadía—: No vamos al mercado. Los terrenos del tianguillo del Salazar nos fueron otorgados justo el pasado mes de julio para otros menesteres.

Apenas habían caminado unos pasos cuando se detuvieron ante un estrecho canal. Al otro lado, en un terreno amplio, se estaba construyendo un gran edificio, aparentemente de una sola nave.

—Ya hemos llegado —anunció el obispo. Y señalando hacia un fraile que hablaba con unos carpinteros mexicas, exclamó—: ¡Ahí está fray Pedro de Gante!

Entonces Juan de Zumárraga se levantó el hábito marrón, y con una agilidad sorprendente para su corpulencia, saltó al otro lado del canal y avanzó hacia el lugar donde se hallaba el fraile. Martí le siguió mientras preguntaba:

—¿Qué están construyendo? ¿Una escuela superior, acaso?

—Ya nos gustaría, los indios sin duda son almas del Señor y aprenden muy rápido. Pero todo a su tiempo. Esto es un hospital para naturales. O lo será cuando lo acabemos.

Martí sonrió, y por primera vez lo siguió con verdadero interés. Pedro de Gante les había salido al encuentro. Hizo ademán de postrarse ante el obispo, pero este le puso una mano en el hombro y no se lo permitió.

—Por favor, fray Pedro. Somos hermanos de la misma orden.

—Sí, ilu... ilustrísimo se... señor —tartamudeó a la vez que alzaba su alargado rostro.

El obispo miró a Martí, apretando un instante su sobresaliente mandíbula antes de esbozar una afable sonrisa contenida y dirigirse de nuevo al fraile.

—Le presento al conde de Empúries. Él es el doctor que le comenté, el que habla el idioma de los naturales.

—Un ho... honor —tartamudeó de nuevo. Y luego, en un fluido náhuatl, añadió—: No sabe cuánto nos aportaría su ayuda.

—Y la tendrá —respondió Martí también en náhuatl. Y en castellano, añadió—: Lo cierto es que debo mucho a su ilustrísima reverendísima por tan hospitalaria acogida, y ha sido inspirador ver su trabajo con la escuela, fray Pedro.

Complacido, el fraile se volvió hacia el obispo, quien se apresuró a responder antes de que preguntara:

—Sí, estuvimos allí buscándole. Tenía especial interés en que don Martí conociera de primera mano la importancia de los buenos samaritanos que, sin recibir dinero, brindan al prójimo su saber y su ciencia. Lo cierto, fray Pedro, es que creí que convinimos encontrarnos en la iglesia de San José.

—Me temo que es culpa mía que no haya sido así —intervino una voz femenina.

Del otro lado del muro, por la sección que quedaba sin piedras, apareció una dama vestida con un traje oscuro decorado con cintas de seda. Su cabello recogido realzaba un largo cuello emblanquecido, terso, más joven que el rostro de rasgos duros. Alrededor de su boca se arremolinaban unas arrugas que se marcaban aún más con su sonrisa. Sus ojos castaños miraban a Martí con arrogancia, a pesar de dirigir sus palabras a los franciscanos:

—Quería ver en persona cómo avanzan las obras del hospital y pedí a fray Pedro que me guiara.

—¡Doña Mariana! —exclamó el obispo, sorprendido. Y se apresuró a añadir—: Le presento a Martí de Orís y Prades, conde de Empúries.

El joven la saludó con una afectada reverencia mientras Pedro de Gante, con su marcado tartamudeo, añadía:

—Doña Mariana es una de las almas caritativas que nos ayudan a financiar la construcción. Los mexicas ponen el trabajo, pero sin limosnas no sería posible.

—Mi señor conde —dijo ella con un brillo travieso en sus ojos—, me han hablado mucho de usted. Lo que no sabía es que dominara el idioma de los naturales.

Se volvió hacia Juan de Zumárraga, pero antes de que este respondiera, fray Pedro dijo:

—Po... po... por eso es importante que se que... quede.

Doña Mariana sonrió y se volvió de nuevo a Martí, que no evitó su mirada altiva.

—¿Sabe que le están utilizando? Si quieren que le presente en sociedad, no es por ayudarle. Quieren que lo haga para que cobre sus servicios entre los castellanos y no pida dinero por su trabajo en el hospital.

Pedro de Gante tosió nervioso y Martí percibió que el obispo se sentía incómodo. El atrevimiento de la mujer le pareció divertido, y seguramente nada desacertado.

—Digamos que me honra que me utilicen así, pues es el Señor quien lo hace a través de sus siervos —respondió Martí con una sonrisa—. Y sin duda usted, que es un alma caritativa, convendrá en que no estaría bien que cobrara de sus limosnas, aunque al final mi sueldo lo paguen los mismos.

Doña Mariana sonrió y el brillo travieso volvió a sus ojos.

—Creo que me divertiré con usted, conde.

Ni mercado, ni talleres, ni tareas en las chinampas que no fueran furtivas. Las canoas permanecían amarradas en los embarcaderos y las carretas reposaban entre los patios y las parcelas embarradas de los edificios en construcción. El día del Señor, sólo las campanas repicaban su llamada a misa, y las aves levantaban el vuelo espantadas por tan ruidosa insistencia.

Martí y Galcerán asistieron al oficio vestidos con sus mejores ropas. Se sentaron en la segunda fila bajo el púlpito, a indicación de Juan de Zumárraga, y esta posición les hizo objeto de múltiples miradas y murmuraciones entre los castellanos más importantes de la ciudad. Había en la catedral algunos mexicas vestidos con elegantes túnicas, y le pareció distinguir en alguno una mirada de sorpresa contenida, seguida de una leve inclinación de cabeza, por lo que Martí dedujo que reconocían en él a su padre. «Paseaba con Motecuhzoma, entraba a su palacio. Si esos mexicas son antiguos nobles, es normal, supongo. No sé hasta qué punto esto es bueno o malo», pensaba.

Don Gonzalo, situado un par de bancos por detrás, apenas si le dedicó una disimulada sonrisa a modo de saludo, pero quien no tuvo ningún recato al inclinar la cabeza fue doña Mariana, que pasó por su lado del brazo de su esposo. Este era más bajo que ella, aunque de amplios hombros y vigoroso cuerpo, y lucía una cabellera encanecida que contrastaba con su barba totalmente negra. Ambos se sentaron delante de Martí y Galcerán, y ella le susurró al esposo que tenían tras de sí al conde del que le habló, mientras miraba a Martí de reojo y le sonreía de nuevo.

Así, los dos alcaldes y los regidores del cabildo ocuparon el primer banco, y Martí supuso que también debían de estar entre ellos los dos oidores de la Real Audiencia, sin su presidente, ya que, según le habían contado, estaba de expedición al noroeste, en una región llamada Pánuco. «Consiguió seis mil pesos de los oficiales, ¿y quién no se los iba a dar? Nuño de Guzmán es un hombre casi tan cruel como codicioso. Mejor que no le conozca. Tiene a muchos sumidos en el terror. Ha llegado incluso a imponer un tributo para pagar un viaje a los procuradores de la ciudad e impedir que Cortés vuelva —le había explicado el obispo en uno de sus encuentros—. He conseguido que una carta denunciando sus abusos supere la vigilancia de los oidores sobre nuestro correo. Espero que llegue a su majestad.»

Juan de Zumárraga ofició la misa. A pesar de lucir la cruz pectoral de prelado, no llevaba ni la mitra ni el báculo pastoral propios de un obispo. Hombre de talante llano y pocos gestos, en el púlpito abrió los brazos al iniciar el sermón y se descubrió como un enérgico orador. Se centró en el pensamiento de san Pablo para hablar de la compasión y la misericordia, y mostró gran conocimiento acerca de las escrituras del apóstol citando con frecuencia sus palabras. Con incontestable elocuencia, en un discurso tan afable como contundente, Martí percibió una advertencia acerca de los abusos que sufrían los naturales que exasperó a no pocos del primer banco, así como a alguno otro que se sintió aludido. Al conde no le sorprendió, ya que el obispo le había dicho acerca de sus sermones: «Es prácticamente lo único que puedo hacer como defensor de los indios, pues aunque su majestad me haya otorgado el título, muchos no dejan de ver en mis prédicas una intromisión en su autoridad».

Sin embargo, al acabar la misa, Martí no podía evitar sentimientos contradictorios. Le resultaba admirable que se protegiera la dignidad humana de los naturales como hijos del Señor, pero a la vez la forma de conseguirlo le producía cierto recelo, pues sólo se les respetaba si abandonaban sus antiguas costumbres y se bautizaban, y aun así no escapaban del hambre y de la miseria.

Sus pensamientos cesaron cuando Galcerán le dio un codazo. La gente empezaba ya a desalojar la iglesia y su primo murmuró:

—Ese obispo me hacía recelar con tanta bondad; temía una trampa. Pero es coherente con lo que predica, y eso me gusta.

—Sí, supongo que hemos tenido suerte —respondió Martí con voz queda.

Avanzaron hasta un pasillo lateral, mientras Galcerán decía:

—Ahora te toca a ti cumplir con tu parte. Yo me retiraré discretamente a la salida. Si te quedas solo, darás la sensación de que no necesitas a nadie que te proteja.

Martí asintió ya en el umbral del portón de la catedral y se encajó la parlota sobre la cabeza. En la plaza, la gente se separaba en pequeños grupos y charlaba. A su derecha, sin embargo, una pareja permanecía sola: eran doña Mariana y su esposo. Él sonreía y saludaba a su alrededor asintiendo con la cabeza. El joven conde advirtió que ella le miraba con descaro y se sintió incómodo. Notó que Galcerán le ponía una mano sobre el hombro.

—Ándate con cuidado, mi querido primo —le previno antes de alejarse—. A esa dama le agradas.

Mientras se acercaba, doña Mariana le saludó con tal inclinación de cabeza que llamó la atención de su marido. Este observó a Martí, y ya a su altura, la mujer los presentó formalmente. Después de las reverencias entre ambos, ella añadió con su profunda voz:

—Mi esposo, don Cristóbal, estaba deseando conocerle, estimado conde.

—Bienvenido sea, sí señor, médico y por estas tierras —dijo el caballero en un tono que desprendía simpatía, con una amplia sonrisa que hacía brillar sus ojos grisáceos—. Conde, no se deje atrapar por los curas.

—Me temo que ya me han atrapado. Me parece muy interesante la construcción de ese hospital, y la compasión con los naturales es un buen camino a la redención —respondió Martí con un intencionado tono burlón.

Don Cristóbal y su esposa sonrieron complacidos y ella señaló:

—Curar al enfermo, una forma práctica de misericordia. Y más barata que las limosnas.

—¡Querida! —fingió escandalizarse su esposo acariciándole la mano—. Somos afortunados, tenemos entre nosotros a un noble médico. Espero, señor, que su entrega misericordiosa le deje tiempo para otros enfermos igualmente necesitados.

—Por mí no va quedar —repuso Martí afable.

—Querido, pensaba presentarle a Isabel. Ya sabes que no queremos que la Real Audiencia se fije demasiado en él.

—Sí, es buena idea. Mejor prevenir que defenderse —convino el alcalde.

—Hoy hacen su obra de misericordia conmigo.

Don Cristóbal dejó escapar una pequeña carcajada.

—Mi esposa sí, yo me temo que lo dejaré en sus manos; al final, esto es cosa de mujeres —dijo, y dirigiéndose a ella, añadió—: Si no te importa, ahí están Pedro Solís y su cuñado. Me acercaré para hablar de la compra de las mulas para el corregimiento.

—Recuerda que Rosario me comentó que sólo es cosa de Santiago.

—Ese indio tiene más luces que Pedro, desde luego. ¡Es muy listo! —murmuró don Cristóbal sin perder la sonrisa.

Y dirigiéndose de nuevo a Martí se despidió dándole una palmada en la espalda.

—Por fin solos —comentó doña Mariana con una media sonrisa, mirando a su alrededor.

Entonces pasó por delante de Martí tan cerca que él notó el roce de su brazo. «Debo andarme con cuidado», se dijo al ver que ella observaba su reacción de soslayo. Y flanqueó los pasos de la dama mientras preguntaba:

—¿Por qué es cosa de mujeres? El obispo también mencionó algo: dijo que ustedes mandan demasiado.

—¿Lo dijo o se lamentó?

Martí no supo cómo responder al tono provocativo de la dama. Como si leyera sus pensamientos, ella le tocó levemente en el brazo y añadió:

—Tranquilo, no le preguntaba para que me contestara. Juan de Zumárraga es un cura, y dado que las mujeres sólo tenemos un camino para influir, es normal que le desagrade, ¿no? —Señaló con la cabeza hacia delante y añadió—: ¿Ve a aquella pareja? La que charla con la dama del vestido granate. Él es Diego Delgadillo.

—¿El oidor de la Real Audiencia?

—Veo que los curas le enseñan bien —dijo ella en tono zalamero. Luego continuó mientras se acercaban—. A su lado está su mujer, Isabel de Ojeda. Son la pareja más codiciosa de toda Nueva España, y le puedo asegurar que don Diego hace demasiado caso a su esposa; aunque mal me esté decirlo, acabarán quemándose con fuego. En fin, la otra es Catalina, esposa de Rodrigo Albornoz, funcionario real. Es sabido que Nuño de Guzmán pierde los vientos por ella, y antes de partir estaba siempre en su casa. Por eso dicen por ahí que su voluntad puede influir en el presidente de la Real Audiencia de esa manera en que al obispo sólo puede desagradarle.

—¿Y el marido? —preguntó Martí sorprendido.

—Si sabe, calla. Y nadie le culpa. Juan Ortiz de Matienzo, el otro oidor, anda loco por la viuda de Hernando Alonso, quien, mire usted, no hace mucho murió en la hoguera, acusado de judío.

—¡Vaya! ¿Aquí también? —exclamó Martí con un estremecimiento.

—Claro, la Inquisición es un instrumento político. Dejan a los indios tranquilos, porque como nuevos cristianos tienen derecho a la misericordia: hay que enseñar al que no sabe, ¿verdad? Pero al que se supone que es viejo cristiano, que no le encuentren algo en su pasado. Y así, quien se hace enemigos está sujeto a intrigas y trampas.

Aunque se recordó que el buscado por la Inquisición era Martí Alzina, el conde de Empúries no pudo evitar un suspiro.

—No tema, don Martí. Si ayuda en el hospital, le dejarán en paz y no tendrán cómo tenderle una trampa. Pero si encima cae bien a Isabel de Ojeda, la Real Audiencia no irá a por sus ingresos.

—Dispongo de cierta fortuna gracias a mi condado. ¿Qué le hace suponer que quiero trabajar?

Ella se detuvo y lo miró seriamente.

—Mire, toda esta gente que tenemos alrededor viene a hacer fortuna, y los nobles se dividen en dos grupos: los que tienen una encomienda y los que esperan tenerla. Usted es conde, si no está aquí para ejercer como médico y sacar sus buenos pesos con ello, entra en el segundo grupo. ¿Ha venido a eso?

—No, lo cierto es que no. Pero ¿por qué está tan segura de que voy a hacer fortuna?

—Su linaje. ¿Quién no quiere ser examinada por nobles manos? —preguntó mirándole con picardía. Luego reanudó sus pasos—. Usted es bien parecido, úselo, sonríale, sin ofender a Delgadillo, pero dedíquele atención; ella es la importante.

Cuando llegaron hasta la pareja, esta acababa de despedir a Catalina, y a Martí le pareció que doña Mariana había calculado el ritmo de sus pasos para hallarse a solas con Isabel de Ojeda y Diego Delgadillo, aunque no traslució nada de ello en sus presentaciones. Isabel era una mujer de generosos pechos y sinuosas caderas, cuyo cabello negro quedaba recogido en un recargado entramado de trenzas. Sonrió a la vez que lo escrutaba con complacida cautela. En cambio, Delgadillo, de cara estrecha y amplio cuerpo, mantenía una expresión adusta. Martí se dio cuenta entonces de que uno de los ojos negros del hombre era más pequeño que el otro, e incluso más redondeado, a pesar de carecer de cicatrices que justificaran tan notable diferencia.

—¿Así que conde? —dijo el oidor con desprecio—. Pues sepa que aquí no tiene ninguna autoridad; esto no son sus tierras.

—Querido, ¿no eres un poco rudo? —intervino Isabel—. Acaba de llegar. Debemos darle la bienvenida.

—Bueno, que devuelva al indio. Nada más llegar, desafió la autoridad de mi capataz aquí mismo, en esta plaza, y luego se llevó con los franciscanos a Mateo. Ya no lo hemos visto más.

—Disculpe si me entrometí donde no me llamaban —dijo Martí inclinando la cabeza ante Delgadillo. Luego volvió los ojos hacia la esposa—. Pero verán, antes que conde me considero médico y el indio estaba herido. Además, me temo que por mi culpa, porque fui yo quien lo tiró al suelo. Así que me limité a curarle, y fuimos al monasterio franciscano porque el ilustrísimo y reverendísimo señor Zumárraga me ofreció un sitio. Pero ahora no sé dónde está su hombre.

—¿Ah, sí? —intervino doña Mariana, sorprendida, pues acababa de darse cuenta de que la habían utilizado para provocar aquel encuentro—: ¿Y tan importante era el tal Mateo?

—El trabajo es el único tributo que podemos cobrarnos de esos infelices —refunfuñó Delgadillo—. Y si se pueden librar cuando quieran, ¿adónde vamos a llegar?

—¡Oh, vamos, Diego! Que no son esclavos —intervino Isabel—. Será por indios. ¡Esta tierra está llena!

—Y Zumárraga se metió por medio —se apresuró a añadir doña Mariana—. Al final, fue él quien desafió a su capataz, don Diego, piénselo bien. No es la primera vez que ocurre. Estoy segura de que el señor conde no empañaría su palabra por un indio.

Martí se encogió de hombros y mirando a Isabel dijo:

—Reitero mis disculpas, yo... He de aprender mucho.

—Nosotros le enseñaremos, no pierda cuidado —respondió la mujer—. Venga el próximo miércoles a nuestro palacio. Queda invitado a nuestra fiesta. Lo recuerdas, Mariana, ¿verdad?

—Moriría de sopor sin tus fiestas, querida.

La pareja se despidió, con Delgadillo al parecer más conforme, reiterando la invitación de su esposa al doctor. Una vez que se hubieron alejado, doña Mariana mudó la expresión de su rostro: sus labios permanecían apretados y lo observaba con los ojos entornados.

—O sea, que todo esto era porque había provocado a Delgadillo —dijo sin apenas mover los labios—. ¿Me ha utilizado?

—¡No! —replicó él con énfasis—. Nunca imaginé que darían tanta importancia a ese incidente. Pienso pasar un tiempo en esta ciudad y quiero conocer mejor a su gente. —No podía disgustarla. Si doña Mariana le había introducido en el círculo de los poderosos de la Nueva España, con la misma facilidad podía meterle en un lío, por lo que, tragando saliva, añadió—: En todo caso, agradezco su ayuda.

El silencio se hizo entre ambos. Él expectante, ella sopesando. Se miraban directamente a los ojos. Al fin, una sonrisa afloró en el rostro de doña Mariana, que dejó escapar una carcajada.

—Ya pensaré en algo que le permita demostrarme su agradecimiento.

Martí entró en la posada y mientras se quitaba la parlota suspiró con alivio. Si en Barcelona, cuando se tuvo que doctorar, las conversaciones políticas de las altas esferas le parecieron un trámite cansino y en Roma eran pura tensión, en México le dio la sensación de caminar sobre trampas que podían ceder a sus pies en cualquier momento.

Se acercaba la hora de comer, y hasta el zaguán llegaba el olor a cerdo asado y pan reciente. Martí decidió cambiarse y avisar a Galcerán. Se dirigió hacia el patio, cuyo perímetro cuadrado estaba rodeado de flores, tanto abajo como en el soportal superior, y subió las escaleras hacia el segundo piso. Había alquilado tres habitaciones, dos para dormir y una tercera que usaban a modo de salón. «Es por mi padre —se dijo sin poder dejar de buscar una respuesta a su necesidad de quedarse—. Me gusta que me reconozcan por él, supongo que me enorgullece.» Además, debía admitir su curiosidad, y el parecido le abría puertas a la cultura mexica que residía en las casas de los arrabales. Sólo podía aprender de las manos de sus habitantes y sus recuerdos, y guardar los retales que hallara de la antigua Tenochtitlán como hiciera con los libros de la casa del *call*, pues en unos años más la misericordia franciscana que enseñaba al que no sabía habría arrasado con todo rastro de la vida que Guifré añoraba. «Mi madre pasó años postrada en una cama, en letargo por él; y lo que él vivió también entrará en letargo, hasta que se olvide quienes fueron los mexicas. Entonces dejarán de existir de verdad, se esfumarán. Quizá sea yo el elegido para rescatar lo que quede», se dijo Martí.

Sus pasos resonaron en el piso superior con el convencimiento de que lo que había vivido hasta entonces le preparaba para aquello que ahora debía emprender. «Pero ¿cómo hacerlo? Si al menos estuviera Ameyali conmigo —se lamentó—. ¿A quién quiero engañar? Todo esto es por ella. Amo su cultura porque la quiero. Son sus restos lo que deseo rescatar.»

De pronto, se abrió la puerta del salón y asomó Galcerán.

—Martí, venga, tenemos visita —dijo arqueando las cejas.

Sorprendido por su recibimiento tan formal, entró en la habitación y cerró las puertas tras de sí. Cerca de la chimenea, sentado en el suelo y cubierto con un manto multicolor, había un hombre con la cabeza inclinada. Enseguida lo reconoció:

—¡Mateo!

—Disculpe que me presente así —dijo en castellano, evitando mirarle. Y continuó en náhuatl—. No pude agradecerle sus cuidados.

Martí se acercó y se sentó en el suelo, a su lado. Galcerán permanecía en la puerta, con las manos a la espalda, como si estuviera de guardia.

—Te están buscando —le informó el médico en náhuatl—. ¿Has huido?

—Dicen que somos libres, no esclavos. Pero...

—Necesitas protección.

—Prefiero estar a su servicio, como cuando era guerrero águila y estuve al de su padre. ¡Eran mejores tiempos!

Guifré le habló de escoltas águila, pero no imaginó a ninguno tan joven. Mateo no debía de ser mucho mayor que él. Aun sentado, encogido, sus hombros parecían fuertes, y a pesar de que el manto recubría las piernas plegadas sobre su pecho, Martí sabía que debajo se ocultaba una cicatriz que le cruzaba el torso. Aquel hombre había sobrevivido a una cruenta guerra, a las enfermedades que la siguieron y a las pérdidas de su familia, de sueños, de su mundo. Bien merecía algo de paz, pero no podía mantenerlo a su servicio si se quería quedar allí, pues Delgadillo se lo tomaría como una afrenta. Aun así, si lo entregaba al oidor, cabía el riesgo de que se sintiera igualmente ofendido, y en todo caso castigaría a Mateo por huir, porque aunque no era un esclavo, le debía el tributo en forma de trabajo.

—¿Cómo te llamas?

—Mixcóatl.

—¿Conoces Teotihuacán? —preguntó, ilusionado de pronto por una ocurrencia.

Mixcóatl levantó la cabeza y lo miró. Sus pómulos sobresalían en su rostro triangular y mantenía la boca entreabierta, a la espera de que las palabras fluyeran. Pero sólo asintió. «Él me ayudará», pensó Martí, y dijo:

—Nadie puede saber que estás a mi servicio. Será un secreto.

XXVII

La noche era fresca y apacible, con un cielo despejado en el que resplandecía la luna llena. El croar de las ranas enmudecía el agua de los manantiales y silenciaba nuestros pasos sobre el camino de tierra. Las sombras de cultivos y cercados se perfilaban con toda claridad bajo la mirada de Coyolxauhqui, y aunque Jonás llevaba una antorcha amarrada a la espalda, no necesitaríamos prenderla hasta que llegáramos a nuestro destino. Antes de partir hacia Castilla intenté encontrar en Teotihuacán el lugar secreto que el nigromante me indicaba, pero entonces aún no había sucedido lo que me auguró, y que ahora entendía que ponía a prueba mi fe. Había llegado el momento de dejar fluir el resto de la profecía. Sin Zolin en casa, podía salir en plena noche, con la diosa luna como guía, y sabía a dónde debía acudir, pues el sueño en que me escogió Xochiquetzal se repetía para recordarme el punto exacto.

Sobrepasamos los campos de cultivo donde ya se alineaban jóvenes magueyes y enfilamos un sendero bordeado de nopales. Caminaba ligera e ilusionada, sentía el aire como una caricia que me animaba a cada paso, y el horizonte se abría ante mí como un abrazo de bienvenida. En cambio, Jonás no parecía tan contento. Alejados ya de Acolman, arrastraba los pies o daba sonoros pasos, chasqueaba la boca e incluso se daba palmadas en el muslo.

—¿Miedo a las serpientes? —le pregunté.

—¡No, qué va! —exclamó—. Dicen que se asustan con los ruidos, así que te protejo de ellas. Esa es mi misión, ¿no? Me temo que no has escogido al escolta más valiente; nunca fui un guerrero.

—Prefiero tu ingenio a la fuerza. Además, lo que yo necesito es un escolta que crea en Xochiquetzal.

—¿Y por qué no Santiago Zolin?

—Él teme al dios único porque considera que ha vencido a nuestras divinidades —respondí—. Por eso su bravura no me sirve para este camino. He de demostrarle que nuestros dioses no se han retirado, que no están muertos. Y para eso necesito algo más que mi propia fe.

Jonás suspiró y su expresión se tornó grave, pero guardó silencio.

—¿Qué? —pregunté, sin soportar que callara sus pensamientos.

—Es difícil que vea los hechos si casi nunca está. Si Tecolotl quiso que tú propusieras el cultivo de maguey en lugar de él como *cihuacóatl*, era porque sabía cuál iba a ser la reacción de la gente. Ahora tienen ilusión porque hablaste en un lenguaje que todos entendemos. Por eso sacan fuerzas de la debilidad, por eso aceptan a esos animales orejudos e intentan aprender a trabajar con ellos. Xochiquetzal te guía, y los tejidos que hagamos tras la cosecha serán la prueba.

—Intentaremos que Zolin esté aquí para verlo.

—Y entonces, ¿qué hacemos por el campo en plena noche? —preguntó mirando receloso hacia el suelo.

—¿Seguir el camino de los dioses? —le respondí acariciando su cabello negro como a un chiquillo.

Y empecé a cantar, para espantar serpientes y a la vez entretener su temor como él lo hizo con mi pena en el barco hacia Castilla. Jonás enseguida se sumó, y su ánimo se había contagiado del mío cuando llegamos a Teotihuacán. Sin embargo, a las puertas de la ciudad de los dioses, nuestras voces se silenciaron. Las siluetas de los templos parecían desprender destellos plateados a la luz de Coyolxauhqui y la avenida principal estaba cubierta de matojos y bordeada por cascotes, ruinas de palacios, quizá de altares. El espectro de la niña que fui apareció saltando y jugando despreocupada entre la arboleda que rodeaba la ciudad, y la nostalgia de su inocencia me resultó reconfortante. Sin embargo, Jonás se estremeció y, tembloroso, se agarró de mi brazo; entonces temí que la imagen que tenía de mí como niña se hubiera convertido en algo más que la ilusión de un recuerdo.

—¿Has oído algo? —pregunté.

—El silencio —musitó Jonás.

Era cierto, y darme cuenta de ello también me estremeció. Era como si Teotihuacán estuviera cubierta por una cúpula como la del Panteón romano, pero invisible, una protección para mantenerse suspendida en algún punto entre el sueño y la conciencia, entre los dioses y su pueblo. Tragué saliva y avancé, atravesando aquella frontera. Jonás no me soltó. Nuestros pasos parecían sonar con estruendo, pero no mayor que el de la respiración de mi acompañante. Yo, en cambio, no me sentía amenazada, sólo sobrecogida.

Llegamos hasta lo que en otros tiempos debió de ser una plaza rectangular, ahora rodeada por los restos de una muralla cuyas piedras cubría la hierba. En una esquina, entre los cascotes del muro, las pencas de un joven nopal parecían estallar bajo las ramas de un árbol naciente. Atravesamos la muralla y llegamos al lugar donde Motecuhzoma, pisando pétalos de flores, se dirigió hacia mí. La plaza estaba limpia de todo matojo, como si los dioses anunciaran su poder manteniendo la hierba rala y los cascotes apartados a ambos lados. Al fondo, una gran pirámide parecía querer fundirse con el paisaje montañoso que, tras el bosque, surgía a nuestra izquierda. Pero su majestuosidad seguía asomando entre los escalones erosionados. Fuimos hasta ella, y a sus pies pude oír cómo Jonás tragaba saliva.

—Con razón dicen que los dioses moran en la ciudad —musitó—. ¿Los buscamos o nos buscan?

Seguí su mirada, clavada en los mascarones de Quetzalcóatl. Se discernían con tal claridad que parecían observarnos, y entonces entendí la pregunta de mi fiel amigo, pero no pude encontrar respuesta. Estaba donde debía: en el lugar preciso en que Xochiquetzal me eligió. Miré hacia el cielo. Después de haber aparecido durante todo un ciclo desmembrada tras su derrota ante Huitzilopochtli, Coyolxauhqui reinaba plena sobre las montañas. Posada encima de los restos de muralla, iluminada por la diosa luna, me pareció distinguir la silueta de un ave de larga cola y sonó con claridad el canto de un trogón. No era mi imaginación, Jonás dio un salto y me miró, sobrecogido. El trogón emprendió el vuelo y rasó el suelo para después desaparecer por detrás del templo. Pero allí donde había volado bajo, el reflejo de Coyolxauhqui iluminó un objeto rojo y verde que se distinguía intenso entre la hierba. Me acerqué con paso seguro, seguida de Jonás. A nuestros pies, dos copetes de plumas sobre un casco semienterrado se mantenían increíblemente intactos.

—¡El tocado de Xochiquetzal! —exclamó mi escolta arrodillándose con respeto.

Las plumas rojas del vientre del ave parecían señalar la dirección que esta había tomado. Acaricié el hombro de Jonás y él alzó la cabeza. En su mirada había una intensa emoción. Con una sonrisa, le indiqué que me siguiera y rodeamos la pirámide.

En la parte de atrás, una muralla que sujetaba el terreno hacía que la vegetación cayera en cascada, como un manantial hijo de Tláloc y Chachiuhtlicue, y en un rincón a sus pies crecían vigorosos cempasúchiles, voraces ante la luz de la luna como si esta fuera el mismo sol. Una mariposa apareció de entre la vegetación y se posó sobre una flor, mientras sentía que el corazón me daba un vuelco. El cempasúchil era símbolo de Xochiquetzal, al igual que la mariposa.

—¿La diosa está aquí, Ameyali?

Asentí mientras anunciaba:

—Nos indica el camino y no creo que esté sola.

Nos acercamos y apartamos parte de la frondosa vegetación. Tras esta había un agujero en la parte baja de la pared. Sin que tuviera que decirle nada, Jonás encendió la antorcha y examinó la cavidad a la que daba.

—Hace bajada, es posible que podamos pasar sentados —señaló—. ¿Entro?

—No, yo primero, y luego me das la antorcha.

Me arrastré por la tierra húmeda y mullida. Sin embargo, enseguida mis pies tocaron suelo empedrado. Alargué un brazo y mi acompañante me tendió la antorcha. Mientras él entraba, pude ver que nos hallábamos en un pasillo cuyas paredes estaban esculpidas con la imagen de Quetzalcóatl en un lado y su gemelo Tezcatlipoca en el otro.

—¿Huele a incienso o me lo imagino? —susurró Jonás ya a mi lado.

—Creo que viene de la dirección que indican ambos dioses —dije iluminando el camino.

Avanzamos en bajada entre paredes almohadilladas, con restos de pintura carcomidos por la humedad. A cada paso se intensificaba el olor a incienso, mientras que nos llegaba el murmullo de un cántico. No estábamos solos. De pronto, el suelo se hizo plano, y ante nosotros apareció un amplio portal coronado por la figura de un caimán.

—¡Xochitónal! —exclamó Jonás asustado—. ¿Hemos muerto? ¿Vamos al Mictlán?

—No seas tonto. Estamos vivos y esto no es la entrada al reino de los muertos.

Pero al cruzar la puerta, fui yo quien dudó. Ante nosotros había una extensión de agua, como si fuera el mismísimo lago negro Apanhuiayo. Una ráfaga nos trajo un penetrante olor a incienso y los cánticos parecían más cercanos. La llama de la antorcha se apagó. Oí unos pasos, un gemido y la respiración acelerada de mi acompañante.

—Tranquilo, Jonás —murmuré buscando a tientas su brazo—, no hemos superado ninguna de las seis pruebas anteriores al Apanhuiayo; no podemos estar camino de Mictlán.

—Claro que no —sonó sonriente una voz. Un chasquido entonces iluminó una cara tan arrugada que sus facciones no se distinguían—. ¡Por fin, sacerdotisa, has llegado a nosotros!

—¿Y Jonás? —pregunté alarmada.

El nigromante se rió.

Los pasos de Rosario resonaban por la escalera del patio, mientras que los de Santiago Zolin apenas se oían por detrás de ella. Con una mano, la mujer levantaba su vestido para no pisarlo y con la otra sujetaba una vela que proyectaba sombras vacilantes sobre las paredes encaladas. Aunque se sentía más cómoda con aquel esclavo negro que sustituía a Teodoro Tecolotl, Rosario le había dicho que no lo necesitaba, y su marido sabía por qué prefería guiarse sola a sus aposentos. Sin embargo, no se sentía con demasiados ánimos para darle lo que ella esperaba.

Algunas veces, Santiago Zolin regresaba de aquellas cenas entre castellanos con una profunda sensación de agravio. Sabía que murmuraban a su alrededor: «De las indias, lo entiendo, casadas con hombres cristianos. ¡Pero ese indio! No es este su sitio». También había quienes se referían a él con admiración y reconocían su perspicacia para llevar Acolman. Pero de pronto oía tras sus espaldas: «Es un indio listo», y entendía que en el fondo esa admiración era sólo condescendencia. Pero tenía que callar, hacer oídos sordos y soportar la intensidad de los perfumes que disimulaban el olor agrio de su piel. De buena gana se metería en una *temazcalli* en aquel mismo instante para sacudirse el hedor que creía impregnaba su propio cuerpo, pero ni Rosario ni fray Antonio habían aceptado construir una en el patio, pues la consideraban un instrumento del diablo. Para un buen baño de vapor, debería esperar la visita a Acolman. Ya no faltaba mucho para que llegara el cargamento, y entonces podría sumergirse en el vapor con ella; su piel fresca, sus caderas ávidas, sus manos guiando el deseo.

Tras el regreso de Ameyali, acostarse con Rosario se había convertido en algo tedioso, y sus expresiones entre la contrariedad y la culpa por el disfrute de su cuerpo habían dejado de excitarle. Aunque ya no necesitaba lecciones sobre caricias, su pasividad se le antojaba soporífera, y debía admitir que sólo la había buscado cuando el recuerdo de su primera esposa se sentaba a horcajadas sobre él.

En la segunda planta, avanzaron por el soportal. Aunque el dormitorio de Santiago estaba en la otra dirección, acompañó a Rosario hasta las puertas de su aposento. Ya con la mano en el pomo, ella se volvió con aquel gesto casi sumiso, que dejaba asomar un tono rosado a su rostro. Siempre era así, siempre expresaba su deseo con vergüenza. Y si antes le había divertido, se dio cuenta de que ahora le despertaba desprecio. Sin embargo, no podía permitirse hacerla infeliz; era una alianza, y debía manejarla con tacto.

—Es por esa mujer de Acolman, ¿verdad? —musitó de pronto ella.

—¿De qué hablas? —preguntó Santiago Zolin con inquietud.

Rosario esbozó una sonrisa amarga. La vela sólo iluminaba parte de su rostro.

—Antes no nos quedábamos en la puerta, a la espera. Y ya no me tomas como... —Ella se interrumpió y tosió, aclarándose la garganta. Luego retomó sus palabras—: Y es desde que volviste de Acolman, después de que esa mujer viniera a buscarte.

No le gustó que ella se refiriera a Ameyali. De hecho, debía protegerla, pues Rosario también tenía como confesor a fray Antonio y él consideraba a Ameyali una criatura del pecado.

—Estoy cansado —se excusó con intención de retirarse y así evitar la conversación.

—Santiago, espero que entiendas bien el matrimonio cristiano —le atajó ella agarrándole del brazo.

Él se sacudió su mano de encima y preguntó indignado:

—¿Acaso no te he atendido como mereces?

—Desde luego, hasta que ella apareció. No sé quién es, ni me importa. Pero yo soy tu única esposa. Eso te lo ha explicado bien fray Antonio, ¿no? Amar y respetar a tu esposa es de buen cristiano. Y el deber de todo noble con encomienda es dar ejemplo cristiano. No querrás despertar sospechas de que no cumples con la encomienda de su majestad.

Aquellas palabras lo irritaron profundamente. No podía dejar que una mujer lo dominara, por lo que se acercó a ella con el rostro contraído y el cuerpo en tensión; Rosario dio un paso atrás, con la respiración acelerada, pero aun así Santiago no se detuvo. Estaba tan cerca de ella que sentía el roce de su agitado pecho. El resplandor de la vela iluminaba los ojos desafiantes de la mujer, y sintió que su cuerpo reaccionaba, incitándole a tomarla por la fuerza para darle una lección.

—¿Es una amenaza? —le preguntó entre dientes.

—Si te sientes amenazado es porque estás haciendo algo que no debes. ¿Me llevarás a Acolman? Así daremos ejemplo de matrimonio cristiano, ¿qué me dices?

—Ni hablar —respondió Santiago con vehemencia.

Si no le gustaba sentirse amenazado por los oidores de la Real Audiencia, y le desagradaba que Ameyali pudiera verse amenazada por fray Antonio, más le enfurecía que la amenaza radicara en que Ameyali se enterara de qué lugar ocupaba en la relación que mantenían.

—No voy a dejar que un indio me humille, Santiago, por mucho que tengas una encomienda.

—¿Indio? —gritó él alzando los puños.

Ella se encogió temiendo un golpe, pero él desvió su furia hacia la vela que la mujer sujetaba y la tiró de un manotazo, apagándola. Bajo la pálida luz de la luna llena, agarró a Rosario por el pelo para obligarle a mirarle.

—Yo soy tu marido, tu señor.

Ella intentó zafarse y le mordió en el labio. Preso de una súbita excitación, él sintió que su cuerpo se enardecía y le devolvió el mordisco, pero en el cuello. Rosario gimió de placer y se aferró a su esposo.

Los cánticos se alejaron. A la luz de las antorchas, los ojos del nigromante brillaban como los de un jaguar en plena noche mientras me escrutaba entre risitas burlonas.

—Has acertado trayendo a ese hombre, sí; verdadera es su fe, importante su misión.

—Hemos perdido a demasiados para dar su sangre a los dioses —aseveré—. Sin gente que crea en ellos, no podrán volver.

—No te preocupes por él. Ya no hay muertes floridas, no tiene sentido. Has aprendido bien. Sin duda, eres la elegida, pero ya lo sabías, ¿verdad?

Recordé a la suma sacerdotisa de Xochiquetzal, moribunda entre mis brazos; me dijo lo mismo. El nigromante rió y me dio la espalda. De pronto, de un chispazo, prendió una tea de la pared e iluminó la cámara donde nos hallábamos. El lago negro era en verdad un río que lamía las piedras y se perdía bajo una roca tallada. Un escalofrío me recorrió al verla, pues la abertura por donde transcurría el agua representaba la boca de Tláloc, con su enorme labio superior que anunciaba la entrada al inframundo. La escultura estaba pintada con ondas negras, azuladas y verdosas, y alrededor de los ojos, las serpientes entrelazadas realzaban la profundidad de su mirada.

—¿Dónde estamos? —pregunté.

—Donde crees, donde ves. —Su voz sonó detrás de mí. Noté su manto de ixtle rozando mi brazo, y de pronto estaba de nuevo delante de mí, con la antorcha en la mano—. ¡Bienvenida, sacerdotisa! Has llegado a esta cámara un poco pronto; los dioses querrán que la recuerdes. En fin, ahora te conduciré donde te aguardan tus fieles para que les guíes.

—¿Guiarles yo? Estoy casada, tengo un hijo. No puedo ser sacerdotisa...

El nigromante me interrumpió poniendo un dedo sobre mis labios.

—Tu matrimonio es una amenaza, pero también nuestra protección, siempre que aceptes la traición. Pensé que lo habías hecho, y que por eso estabas aquí con el hombre del nombre perdido, en lugar del traidor.

—¿Cómo iba a venir con Ignacio Iluhicamina?

El nigromante acarició mi mejilla con su mano rugosa y una mirada compasiva en sus ojos. Se volvió fugazmente hacia la cueva que conformaba la boca de Tláloc, y de la puerta del reino de los muertos vino una corriente de aire gélido.

—¿De veras crees que Iluhicamina era el traidor? —sonrió.

Muy a mi pesar, con la pregunta acudió la repuesta: Zolin había traicionado mis derechos como primera esposa con aquella Rosario, y aún seguía con ella en México. Su ausencia hacía posible que yo estuviera allí aquella noche; que confiara en mí nos protegía; que sus intereses giraran alrededor de una alianza con los cristianos era la amenaza, y a la vez también parte de la traición. El nigromante asintió como si diera la razón a mis pensamientos, me dio la espalda y me invitó a salir. Le seguí, como empujada de pronto por los ojos de Tláloc, estremecida ante la idea de quedarme a solas a las puertas del inframundo.

—Esta cámara aún no es parte de tu camino, pero lo será —añadió—. Recuérdala. Cuando te conviertas en sacerdotisa de la luna, volverás a encontrarla guiada por la luz de Quetzalcóatl.

—¿Sacerdotisa de la luna? ¿Estás loco? —exclamé—. No quiero entregarme a una diosa vengativa.

Recordé lo que Coyolxauhqui despertó en mí cuando me creí traicionada por Martí, y reconocía que la traición de Zolin, justificable por mi propia ausencia, no me provocaba aquellos dolorosos sentimientos, más bien me acercaba a la aceptación de lo que parecía mi destino: perdonarle y ejercer como esposa principal con prudencia.

—Nada de venganzas. Eso está bien, tú lo has dicho: no podemos perder más vidas. No, no, no. —Se detuvo y me miró—. Pero si estás aquí, es porque has empezado la transición, y ya has sentido a Coyolxauhqui en tu alma.

—Si estoy aquí, es porque recuperé mi fe en Xochiquetzal, y si aun casada puedo ser sacerdotisa, lo seré para pedirle ayuda, para que bendiga nuestro trabajo y para que devuelva la belleza a la mirada de la gente de mi pueblo.

Se volvió de nuevo y retomó sus pasos hacia lo que parecía otra salida.

—Bien, hazlo, Ameyali. Ese es el camino.

Llegamos a un agujero abierto en la roca que daba a un pasillo oscuro que parecía ascender. Entonces el nigromante me tendió la antorcha.

—Yo poco te puedo ayudar ya. Tu poder me sobrepasa. —Puso su mano en mi pecho y noté un calor intenso, que parecía latir con mi corazón—. Tu espíritu está preparado para ser tu guía, pero te pedirá valor cuando recibas su luz.

Avancé por el pasillo, mucho más estrecho que el de bajada. El desnivel también era mayor y la subida resultaba fatigosa. Sabía que el nigromante ya no me seguía, y el temor se apoderó de mí al recordar sus palabras: «... te aguardan tus fieles para que los guíes». Era mucha responsabilidad y estaba sola en aquello. Alcancé unas escaleras de peldaños altos y estrechos. Arriba, la luz iluminaba la salida y percibí el intenso perfume de las flores. Al llegar a lo alto, la luz me cegó unos momentos mientras estallaba un cántico. Abrí los ojos y reconocí a uno, dos, tres..., a todos los allí congregados. No estaba sola. Mi voz se unió a su cántico.

XXVIII

Martí interrumpió la carta que escribía a su padre, dejó la pluma en el tintero y aspiró el aroma dulzón de la madera fresca que reinaba en su nueva casa. Tenía la mesa colocada bajo la ventana trasera del salón, que a la vez usaba como estudio. En el patio se veían los surcos de una pequeña huerta tras la cual Mixcóatl le ayudaba a construir una *temazcalli*. Al fondo, los dos caballos pastaban cerca de la caballeriza, adosada a la verja. Sobre esta se posó un trogón de pecho verde, con su larga cola negra atravesada por tres franjas blancas. Su grave *cucut* se mezcló con el grito agudo de algún quetzal en la lejanía. El sonido de las aves era de las pocas huellas que quedaban del mundo en el que Guifré vivió, pero le servía para evocar la grandeza de la antigua Tenochtitlán, y a pesar de la distancia, Martí se sentía muy cerca de su padre. Su visita secreta a Teotihuacán había avivado esta sensación, por lo que tomó de nuevo la pluma convencido de que aquella primera carta tras la que le mandara desde Villarrica era el principio de una nueva complicidad.

Recién instalado en su propia casa, en el mismo barrio mercantil de Santa María Tlaquechiuacan donde se alojara al llegar, podía escribirle con toda comodidad y esperar allí respuesta. La vivienda era de dos plantas, y a pesar del tejado plano, no resultaba muy diferente de su hogar de Barcelona. En el piso superior había cuatro habitaciones; abajo, la cocina, una pequeña despensa y el taller de carpintería del anterior dueño. Adquirir la casa lo había dejado con exiguas reservas de dinero, pero tras la fiesta en el palacio de Isabel de Ojeda, no le faltaron visitas, algunas a enfermos con males fruto de la humedad del lago, otras motivadas por la curiosidad. Pero él las cobraba igual, tal y como le había recomendado doña Mariana: «Todo el mundo viene aquí para hacer fortuna. No sea menos, mi señor conde». El delicado equilibrio entre los castellanos de México estaba poblado de recelos y él no podía arriesgarse a ganar sus honorarios sin el beneplácito de los oidores de la Real Audiencia. Pero a la caprichosa codicia de estos funcionarios, cabía añadir sus consabidas acciones contra cualquiera que se mostrara partidario de Cortés. Entre ellos, muchos reconocían a Martí como hijo del barón catalán que salvara la vida del capitán general, y por ello avalaban su noble linaje, pero a la vez le protegían mostrándole su apoyo de forma velada.

Tal era la situación de desconfianza entre los castellanos que, al contrario que hacía en su ciudad natal, se había reservado una de las habitaciones de la planta superior para preparar todos sus remedios, a fin de estar alejado de las miradas de quienes pudieran acusarlo de brujería. Por fin haría caso a Teresa y Amador y se mostraría precavido. Aún le pesaba la puñalada que le asestó a Alfons, quien había convertido la ignorancia en rencor, pero no se arrepentía de ello. Sólo se lamentaba de no haberse dado cuenta antes de sus fuertes sentimientos hacia Ameyali y de lo que podían llevarle a hacer. «En todo caso, ya da igual», pensó. Había enterrado su amor por la joven en su visita a Teotihuacán, y lo que hiciera a partir de entonces sólo sería por él mismo.

De pronto, la aldaba resonó en la puerta principal y Martí interrumpió su tarea. En el piso superior oyó los pasos de Galcerán, que se precipitaba hacia las escaleras, y se dijo que necesitaban un criado. Sin embargo, a su primo no parecía molestarle ser el encargado de la puerta, por lo menos, de momento. Apareció acomodándose una túnica corta y holgada. Entonces abrió y enseguida hizo una reverencia:

—Fray Pedro, nos honra con su presencia —dijo bien alto para que Martí lo oyera.

El joven se extrañó, no era habitual que los frailes acudieran personalmente en su busca. Galcerán se apartó del umbral y fray Pedro entró y se echó atrás la capucha del hábito. Su rostro estaba lívido y sus piernas parecían temblorosas, por lo que Martí temió por su salud y enseguida le ofreció asiento mientras su primo iba hacia la cocina en busca de una jarra de agua.

—¿Se encuentra bien? —preguntó.

—Yo sí, hijo —respondió en náhuatl. Tomó la bebida que le ofrecía Galcerán, y tras dar un trago, añadió—: Hay varios indios enfermos en casas colindantes a la ciénaga de la Piedad. No tengo dinero para pagarte, hijo, y sé que es mucho pedir que te adentres en los arrabales, pero si pudieras...

El fraile se interrumpió, pues alguien llamaba a la puerta con insistencia. Cuando Galcerán abrió, un muchacho mexica vestido con una casaca azul le dio un papel antes de despedirse apresurado.

—Era el mozo de don Cristóbal y doña Mariana —explicó.

Martí recibió la nota con un gesto de agradecimiento y añadió:

—Galcerán, por favor, ¿podrías bajar mi bolsa de medicinas?

Su primo asintió y se retiró a la vez que él rompía el lacre del papel. Leyó rápidamente y frunció el ceño: doña Mariana estaba enferma. Miró a fray Pedro con gravedad. Si había ido en persona a buscarle, era porque se daba cuenta de lo que podían significar familias enteras enfermando. Pero por otra parte se sentía en deuda con don Cristóbal y doña Mariana, pues se habían convertido en sus protectores y amigos. Él se enorgullecía de la perspicacia de su esposa y no tenía ningún rubor en seguir sus consejos políticos. Ella, aun con sus comentarios provocadores, se había convertido en una de las mayores benefactoras del hospital para naturales, e incluso había escrito a su majestad la emperatriz solicitándole sus favores al respecto. Era generosa, con el dinero y con sus consejos, y había acogido a Martí. Cierto que tendía a coquetear con él, pero era un juego en el que ella se permitía sentirse joven, y a él le halagaba. Miró el rostro preocupado de fray Pedro de Gante y pensó: «He de ir. Ella lo entenderá».

Era una sala estrecha y alargada, con una pared lateral de piedra desnuda y la otra con una serie de ventanas que daban a un patio empedrado, sin flores ni color. En el extremo opuesto a la entrada, Motelchiuhtzin dictaba instrucciones a dos escribas sentados en el suelo, mientras permanecía en la única silla de la sala, cubierta con un manto de un color verde turquesa, parecido al que antaño usaba el *tlatoani*, para recordar a cualquier visita que él era la máxima autoridad mexica en la ciudad.

Había conseguido ese cargo por sus propios méritos como guerrero, sin que nadie le regalara nada. Aun así, no se enorgullecía como hubiera ocurrido en otros tiempos. A veces, los castellanos se referían a él como esclavo, y a menudo era así como se sentía. A fin de cuentas, todo lo que pudiera hacer quedaba sujeto a la voluntad de los frailes y el cabildo. Aunque no cobraban tributos, les exigían trabajadores, centenares de ellos al mes. Él debía organizar al gobierno mexica para hacer el reclutamiento por turnos entre la población y llevar a hombres y mujeres ante el alguacil para que el juez repartidor les asignara trabajo. No sería diferente del tradicional tequio si sólo se dedicaran a las obras públicas del acueducto, el mantenimiento de calzadas o canales o la construcción de monasterios e iglesias. Pero los funcionarios reales castellanos podían tomar los trabajadores que quisieran para su servicio personal, lo cual aumentaba la presión sobre las cuotas que los mexicas debían cubrir. Aunque él podía seguir recaudando tributos tradicionales en forma de sal, caza o tejidos, ceder trabajadores no le beneficiaba, y nada podía hacer cuando los repartidores castellanos, sobornados por patronos privados, los secuestraban.

Sólo podía aceptar la situación, adaptarse y prosperar utilizando las oportunidades que le dieran. Para él, fue la guerra al lado de los castellanos; para su hijo Hernando, sería traducir el náhuatl al castellano para la Real Audiencia. No quería que optara a ningún cargo de gobierno entre mexicas, pues lo pondría en peligro si no se cumplían las cuotas.

La voz del mayordomo interrumpió el dictado de Motelchiuhtzin al anunciar la presencia del jefe del barrio de Moyotl. «¿Sin pedir audiencia?», se extrañó, e inmediatamente le hizo pasar. El hombre, de cuerpo enjuto, parecía envejecido desde la última vez que lo vio. Avanzó por la sala tosiendo, y se postró ante él con la mirada en el suelo, en señal de respeto; lejos había quedado la época de los largos saludos y la bienvenida hospitalaria. Inquieto por aquella inesperada visita, Motelchiuhtzin preguntó:

—¿Ha sucedido algo?

—Cerca de las ciénagas han empezado a enfermar familias enteras. Temo que sea una epidemia.

Motelchiuhtzin se dejó caer sobre el respaldo de la silla, vencido, intentando apartar el recuerdo de la viruela que apenas nueve años atrás se había llevado a tantas familias. El jefe del barrio continuó:

—Lo siento, mi señor, debí informarle antes. Pero no creí que fuera grave, siempre hay enfermos. No obstante, alguien ha avisado a fray Pedro y me habló muy disgustado. Jamás antes le vi así.

—Está bien, está bien. Que enfermen familias no quiere decir que estemos ante una epidemia —dijo Motelchiuhtzin agitando una mano para infundirse calma a sí mismo. Luego, dirigiéndose a los escribas, añadió—: Convocad al consejo y a todos los jefes de barrio. Debemos saber, ante todo, si también hay enfermos en otros barrios o sólo en Moyotl. Y en cuanto a fray Pedro, quizás hemos ofendido a Dios. Yo mismo hablaré con él cuanto antes.

Fiebre alta, muy alta. Ojos rojos. Tos y la nariz moqueando. Podía ser un catarro, pero la frente mostraba una erupción rojiza, por lo que Martí frunció el ceño. La misma erupción aparecía tras las orejas, y era sólo el principio.

—¿Fue la primera en enfermar? —preguntó a un hombre vestido con *maxtlatl* que, aunque en pie, mostraba sus ojos anormalmente enrojecidos.

El médico, arrodillado al lado de la enferma, vio que el interpelado asentía, tosiendo. A pesar de que el suelo estaba cubierto de esteras y la construcción combinaba la piedra con el adobe, la humedad impregnaba la casa y se mezclaba con el humo procedente del hogar. En la ciénaga de la Piedad, así como en la de San Antonio Abad, era donde acababan muchos de los canales en el barrio de San Juan Moyotl. Alrededor crecían los arrabales más empobrecidos, las pulquerías afloraban y la orina de los borrachos se unía a las de los perros que deambulaban entre las callejuelas embarradas. Martí miró a su alrededor. Desde la puerta, fray Pedro observaba preocupado. Entonces, a su lado apareció un mexica vestido con una lujosa túnica verde de ribetes azules, y al mirar dentro, se santiguó. En el suelo, sobre esteras, cinco cuerpos más yacían quejumbrosos. Una anciana removía la cacerola sobre el fuego del hogar. A pesar de la fragilidad de su aspecto, era la única persona de la casa que no parecía enferma.

Martí le pidió al hombre del *maxtlatl* que se acercara y este dio un paso atrás mientras decía:

—No estoy enfermo, mi espíritu está limpio. ¡Tiene que estarlo! ¡Cada día ruego a Dios Todopoderoso! ¡He de cuidarles!

Martí entonces se puso en pie y se aproximó. El hombre cayó de rodillas, al lado del fuego del hogar. Ardía, y mucha debía de ser su fuerza, o su miedo, para haberse mantenido en pie hasta aquel momento. El médico sacó de su bolsa una vela y la prendió mientras le oía decir:

—Te vi cuando Motecuhzoma estaba vivo. Y has vuelto, más joven, con los ojos del color del lago.

—Viste a mi padre —repuso Martí en un suave susurro—. No temas, sólo soy un médico. Déjame mirar dentro de tu boca, por favor.

El hombre obedeció, resignado, y él, ayudado por la vela, pudo ver las manchas rojas y ápices blancos y azules. Confirmaban la enfermedad a la que se enfrentaban:

—Fray Pedro —dijo—, padecen sarampión.

El fraile se santiguó y el rostro rojizo del mexica que estaba a su lado palideció.

—¿Es una epidemia? —preguntó el indio.

Martí respondió:

—Lo será.

Aseado y vestido con un jubón limpio, Martí atravesó la plaza mayor a grandes zancadas, guiado por cierta sensación de angustia, a pesar de que Galcerán le había intentado tranquilizar al llegar a casa. Estuvo tentado de ir directamente del arrabal al palacio de doña Mariana, pero si estaba afectada por el sarampión, poco ganaría con darse prisa, y si no lo estaba, su precipitación podía llevarle la enfermedad. Entonces su primo le explicó que, al ir a palacio para llevar su respuesta, llegó a ver a doña Mariana, cierto que pálida y ojerosa, pero sin los ojos irritados y sin tos.

Salió de la plaza por la calzada sur y bordeó el palacio rojizo que fuera de Cortés hacia el barrio de San Pablo Teopan. La calzada dibujaba una línea recta de fachadas uniformes al fondo de la cual se divisaba el lago. Sin restos siquiera de heces de caballos, el mantenimiento y la limpieza del pavimento eran responsabilidad de los dueños de las casas, y se notaba que allí tenían a quien ordenar el trabajo. Entonces Martí recordó sus días de visitas al lado de Amador, quien siempre rememoraba con amargura su frustración ante la muerte negra, que se cobraba más víctimas en los barrios hacinados. «¿Ocurrirá lo mismo con el sarampión?», se preguntaba el joven doctor.

Al salir de la choza, fray Pedro le presentó al hombre que le acompañaba: era Andrés de Tapia Motelchiuhtzin, gobernador de los indios de la ciudad. Entonces supo Martí que los castellanos, en lugar de gobernar directamente sobre los naturales, les dejaban tener sus propios órganos de gobierno, y estos hacían de puente con el cabildo. «Si hemos de organizar ayuda, es con Andrés con quien debemos contar», señaló fray Pedro. El médico le explicó que el único tratamiento que había era el de las hierbas para la fiebre, poco más. «Hay que pasarlo. La fiebre suele desaparecer a los siete días y las erupciones, a lo sumo, tras dos semanas —le explicó. Al ver los ojos angustiados de Andrés, Martí recordó los estragos de la viruela de los que le hablaron su padre y Ameyali, por lo que le tranquilizó—: Los pacientes no tiene por qué morir, aunque a veces la cosa se puede complicar. Quizá los pulmones, diarreas...»

Entrecruzó las manos a la espalda y a su mente acudió la imagen de Ameyali, delirante en aquel camastro del hospital romano. Los sentimientos que creyó enterrar en Teotihuacán, con una lápida en forma de su diosa Xochiquetzal, parecieron alargar una zarpa que le arañó la garganta. Tragó saliva como si con ello pudiera digerir aquella sensación y fijó la mirada en la fachada anaranjada del palacio de doña Mariana.

Ya en la puerta, hizo sonar la aldaba y enseguida le abrió una joven mexica, entrada en carnes y de dócil sonrisa. Vestida con un fino sayo oscuro a cuya cintura llevaba anudada una cinta azul, lo condujo hacia las escaleras del patio, por donde subieron a la segunda planta. Arriba, enfilaron un pasillo cuyos candeleros iluminaban los tapices caballerescos de la pared, entre los cuales también había algún cuadro que evocaba paisajes fluviales de espesa vegetación. Martí sabía que se trataba de Cuba, pues también aparecía en las pinturas del salón donde solían recibirle. La mayoría de funcionarios y altos cargos de México procedían de allí, o bien de La Española.

Al fondo del pasillo dieron con una puerta, y sin anunciarle previamente, la doncella le hizo pasar y cerró, dejándolo solo en una enorme estancia parca en muebles, todos de madera de roble oscurecida. En el suelo se extendía una alfombra granate decorada con una gran flor de lis. Las sillas de tijera tenían el asiento de cuero liso, sin labrar, y estaban alrededor de una mesilla frente a la chimenea. La generosa iluminación de la sala, procedente de grandes ventanas cubiertas con diáfanos cortinajes, era un regalo para la decoración de las paredes. En ellas se sucedían, enmarcados, varios mantos mexicas, de fondo blanco con motivos vegetales de vivos colores —violáceos, verdes, rojos—, como las cerámicas indias de los mercados. Sobre la chimenea pendía un enorme abanico hecho de plumas de trogón, y por encima había un impresionante penacho elaborado con centenares de plumas de quetzal y guacamayo. Totalmente ajeno a dónde estaba y por qué, se acercó para examinarlo de cerca, mientras pensaba: «Cosas así también valen para mi proyecto, pero el problema será su conservación».

—Se lo compré a un cacique indio —sonó de pronto la voz profunda de doña Mariana—. Parece que se lo ponían sólo para ceremonias paganas. Ahora ya no tienen lugar, así que...

Martí se volvió y en un acto reflejo se quitó la parlota. La mujer había entrado por una puerta lateral y lo miraba con una suave sonrisa que, sin estridencias, embellecía su fuerte mentón. Bajo un ligero manto entreabierto, una túnica clara caía sobre su cuerpo, insinuando las formas de sus prominentes senos y sus caderas. El pelo recogido sobre la cabeza destacaba su esbelto cuello. No parecía para nada enferma, y aun así, algo turbado, él sacudió la cabeza y preguntó:

—¿Cuál es el mal que la aqueja?

La mujer sonrió y avanzó hacia las sillas que estaban frente a la chimenea mientras respondía:

—Ya se me ha pasado, estimado conde. Tardó usted una eternidad en venir. —Y en tono burlón, añadió—: Podría haber muerto.

Se sentó en una de las sillas y con un gesto le invitó a hacer lo mismo.

—¿Y su esposo? —receló Martí, aún en pie.

Ella apoyó un codo en uno de los brazos de la silla y acomodó la barbilla sobre su mano.

—En el palacio del cabildo.

—Disculpe, esto es absolutamente inapropiado.

—Desde luego. Pero yo nunca le he ocultado mi inapropiado interés por usted, creo.

—Don Cristóbal...

—Tampoco a don Cristóbal. Usted le cae bien.

Martí desvió la mirada al suelo, nervioso al notar una incipiente excitación. La mujer siempre se había mostrado provocativa, pero era inteligente y obraba con prudencia. Sin embargo, no creyó jamás que fuera posible verse en aquel punto, y a la vez que le aturdía la situación, le atraía irremediablemente la actitud de doña Mariana, segura y sensual. Pero eso distaba mucho de lo que una dama pudiera esperar y debía vencer la tentación, aunque requiriera ofenderla.

—Me temo que no puedo corresponderla. —Tomó aire y clavó la mirada en su rostro—. No soy hombre de amor. Ya he tenido mi ración y me sigue resultando indigesto.

Doña Mariana rió y echó la cabeza hacia atrás. Unos cabellos se escurrieron de su recogido y bordearon su terso cuello, como si quisieran indicar a Martí el camino que podían tomar sus labios. Las risas cesaron y la mujer se puso en pie.

—¿Quién ha hablado de amor, querido? —preguntó mientras se desprendía del manto.

Debajo, la fina túnica transparentaba sus pezones erguidos. Martí podía distinguir el tamaño, incluso el color. Su cuerpo reaccionó y dejó que su boca se deslizara sobre ellos.

SEGUNDA PARTE

XXIX

Granada, año de Nuestro Señor de 1535

A medio entrar la mañana, el sol ya caía con contundencia sobre la ciudad y el polvo se elevaba como una humareda sutil, sin olor ni consistencia. Granada era una ciudad en obras, las mezquitas se convertían en iglesias, se derribaban los barrios antiguos, se ensanchaban las calles, y todo reflejaba la imperiosa necesidad de borrar el pasado musulmán que persistía en los ropajes y las costumbres de los moriscos del Albaicín.

La Alhambra no se libraba de esta incesante actividad. A pesar de ser primavera, el calor era tan intenso como seco, pero había que aprovechar el buen tiempo para avanzar en la obra. Canteros y tallistas moldeaban los sillares en un repicar que, a lo largo de aquellos cuatro años, había llevado a Alfons del orgullo por la confianza depositada en él a un frustrante hastío. Su cojera se había acentuado con el tiempo, y prácticamente arrastrando la pierna derecha, rodeó las obras del palacio que don Carlos encargara hacer en la Alhambra nueve años antes. Desde la muerte de su suegra, en 1531, el tío de su esposa, Luis Hurtado de Mendoza, les había acogido en Granada, donde era capitán general del reino. Y desde entonces la vida de Alfons giraba en torno a aquel patio circular alrededor del cual crecía lo que algún día sería una magnífica y opulenta construcción.

Entró en el patio de los Arrayanes, en cuyo extremo se levantaban las obras, y bordeó el alargado canal que allí se extendía y que regalaba algo de frescor al recinto. Sin embargo, este no mejoró su humor. Desde el primer momento, don Luis le había precisado que su sobrina y él eran acogidos en la Alhambra sólo porque su hermana le pidió que velara por el futuro del pequeño Íñigo, así que no le requería casi nunca, y Alfons no guardaba ninguna esperanza de que su vida cambiara a mejor con aquel encuentro al que se dirigía. «Seguro que quiere quejarse del retraso del mármol de la sierra de Santa Elvira», pensó consciente de lo que esto implicaba para la fachada.

Con un gesto de añoranza, recordó sus casi dos años en Oporto. Allí pudo aprovechar las oportunidades que la ciudad le brindaba para establecer un floreciente negocio basado en el comercio de las especias, que, tras la reconciliación con su padre, le acercó aún más a él a pesar de la distancia. Gracias a ello, pudo mantener a su orgullosa suegra, a su engreída esposa y al pequeño Íñigo con toda suerte de lujos que le permitieron conquistar su aprecio. Aunque al principio tuvo que soportar que en su propia casa se le despreciara sutilmente, de puertas afuera siempre le hicieron plenamente partícipe de la posición que le daba su nueva familia, con mayor aprecio si cabe por parte del obispo y otras importantes personalidades que sabían del vergonzoso embarazo, que él, generoso, dotaba de honra. Pero Alfons se daba cuenta de que en aquellos años no supo valorar la libertad de la que gozaba, sin que nadie cuestionara sus aficiones o sus idas y venidas, pues entonces era el indiscutible cabeza de una noble familia.

Sin embargo, desde su llegada a Granada, debía andarse con tiento. Don Luis le recibió con agradecimiento por el trato que le dispensara a su hermana, pero dándole el puesto al frente de la obra, a la cual debía procurar todos los materiales, parecía que daba por saldada su deuda. Por el futuro del pequeño Íñigo había que dejar claro que formaban parte de la familia Mendoza, y estaban invitados a todas las recepciones oficiales, pero don Luis jamás le prestaba especial atención. No obstante, a Alfons no le hubiera importado ser tratado con total indiferencia, e incluso lo habría preferido. Pero las pugnas de poder entre el capitán general de Granada, la cancillería y el cabildo le hacían sentirse vigilado. Debía dar ejemplo, pues, de lo contrario, sus desmanes podían ser utilizados por los enemigos de la capitanía como un arma política que afectaría a toda la familia. Por ello, desde que el tío de su esposa se enterara de su afición a los naipes, controlaba cuándo Alfons salía de la Alhambra y a dónde se dirigía o a qué hora regresaba.

A pesar del riesgo, seguía jugando, para eso tenía el dinero del negocio de especias. Pero ahora entendía que la salida que le brindó el embajador para mantenerle callado era un regalo envenenado, ya que por muy noble que fuera no poseía ningún poder sobre su propia vida, sometido como estaba a la voluntad de quien en verdad era el cabeza de familia: don Luis Hurtado de Mendoza y Pacheco. «Si por lo menos no estuviera cojo», se dijo con amargura, seguro de que con una carrera en el ejército podría ganarse al capitán general. Pero sacudió la cabeza, intentando expulsar de su mente esos pensamientos, pues sabía que lo siguiente sería repasar esa lista de agravios que lo habían acompañado toda la vida.

Alfons había recorrido tres cuartas partes del alargado patio cuando en el pórtico del fondo vio al orgulloso don Luis entre las arcadas caladas de ataurique. Ataviado con un jubón azul oscuro ribeteado en plata, despachaba asuntos con un capitán que enarbolaba su jineta. Aminoró el paso para evitar interrumpirlos con su llegada, pero para su sorpresa, en cuanto don Luis se dio cuenta de su presencia, le dirigió una sonrisa y alzó el brazo a modo de saludo. Enseguida despidió al capitán, salió del pórtico por el arco central y bordeó el mármol que enmarcaba el estanque hasta darle alcance.

—Tengo grandes noticias para ti —le dijo reemprendiendo el paseo en la dirección contraria a la que hasta entonces había llevado.

Alfons esperó que continuara mientras se acariciaba la barba con desconfianza.

—Mi hermano Antonio ha recibido un gran nombramiento de su majestad. Lo envía a las Indias, y creemos conveniente que el pequeño Íñigo se críe allí. Bien es cierto que el desafortunado embarazo quedó acallado gracias a ti —comentó dándole unas palmadas en el hombro—, pero no nos engañemos, Alfonso, este desliz de mi sobrina es una rémora, pues a pesar de tu buena voluntad, tu falta de linaje..., en fin... —Don Luis entonces extendió los brazos y gesticuló ampuloso—. Pero en las nuevas tierras, y con los honores recibidos por Antonio, todos podréis soltar lastre.

—¿Y cuál será mi posición allí? —preguntó Alfons sin poder evitar un gesto adusto.

Don Luis pareció percibir que hería el orgullo del esposo de su sobrina, por lo que se detuvo y lo miró de frente, conciliador.

—De veras agradecemos tu aportación a esta familia, y tu buen hacer al frente de las obras del palacio de su majestad está fuera de toda duda. Por ello Antonio te acogerá como su secretario personal. Tendrás mucha más responsabilidad que aquí, y en las Indias seguro que tu audacia para hacer fortuna se verá recompensada.

Alfons asintió, aunque para sus adentros pensó que las cosas no cambiarían demasiado.

XXX

Las lluvias habían despejado el cielo y aquella noche de luna llena nos habíamos reunido en nuestro templo para honrar a Mayahuel, diosa del maguey, a la que debíamos toda nuestra prosperidad. Durante los últimos seis años recuperamos los magueyales y los hicimos crecer de tal modo que ya daban ocupación a todas las aldeas. En unas tejían el ixtle, en otras lo usaban para hacer ropa, esteras, bolsas y ayates. También elaborábamos calzado, cuerdas y cordones, agujas y clavos, y preparábamos los quiotes para la construcción. Todo acababa en el mercado central de Acolman, que poco a poco recuperaba su vigor de antaño. Por ello, aquella ceremonia tenía un sentido especial.

Las antorchas titilaban sobre el vivo colorido de los dioses pintados en las paredes irregulares. Por unos peldaños que evocaban las escalinatas de nuestros antiguos templos se accedía a una hendidura que ejercía de altar. El resto de la cavidad servía de escenario para nuestras jubilosas danzas, estimuladas por el pulque que también se hacía con maguey. No éramos más de veinte personas, pues sólo dejaba asistir a las ceremonias a dos miembros por aldea.

De pronto, el viejo Chimalli entonó un breve canto de agradecimiento y todos nos detuvimos. Aunque jamás fue consagrado, lo elegí para que ejerciera como sacerdote, pues siempre había honrado a la diosa. Achispado por la bebida, me pidió que alzara mi canto y todos se sentaron en el suelo. Entoné la historia de Mayahuel, quien vivía con su abuela en el cielo hasta que Quetzalcóatl la convenció para bajar a la Tierra, donde ambos se amaron. Pero llegaron las *tzitzimime*, enviadas por su disgustada abuela, y la mataron. Entonces Quetzalcóatl la enterró y de sus huesos surgió el maguey. Mientras cantaba, recordé a Martí, como tantas otras veces, y me sentí identificada con la diosa, pues los huesos de la mujer que fui, enterrados en mi corazón, no podían olvidarlo. Y aun así, de ello había resurgido, arraigada en mis creencias, brotando con cada sonrisa de mi hijo y con el afecto de un marido que me hacía sentir útil. Zolin pasaba semanas en México, y ello me obligaba a ser a la vez madre, sacerdotisa y esposa principal del *tlatoani*, que como tal velaba y actuaba por el bien de su pueblo.

Mi canto se acalló con el alba que intuíamos cercana y di por acabado el ritual. Los vecinos se acercaron para despedirse de Tecolotl, nuestro *cihuacóatl*, de mi fiel Jonás y de mí, la mujer que les guiaba y cuya autoridad no hubieran aceptado en otros tiempos. Siempre éramos los últimos en abandonar el templo secreto. Cuando ya todos habían salido, mis dos acompañantes empezaron a apagar las antorchas mientras yo aguardaba sentada al pie de la escalera. En el extremo opuesto, el espejo de obsidiana incrustado en el pectoral de la pintura de Tezcatlipoca se hundía en la oscuridad a la vez que en mí crecía una amarga resignación. No volveríamos allí hasta la siguiente luna, durante el mes de Ochpaniztli, en el que se veneraba a la diosa Toci, abuela de los dioses, patrona de parteras, médicas, yerberas y adivinos. Se la consideraba el corazón de la Tierra, y no me resignaba a que tuviera una ceremonia tan reducida, como aquellas a las que nos obligaba la clandestinidad. Sabía que el templo era usado por otras gentes y ansiaba que por una vez nos reuniéramos todos. Pero ¿cómo contactar con ellos cuando a veces ni siquiera podían acudir los representantes de nuestras propias aldeas?

—Hoy no han venido los de Itlahuaca —observé con amargura mientras me ponía en pie.

—Fray Rodrigo dijo que haría noche allí —respondió Tecolotl acercándose—. Seguro que era arriesgado salir.

—¿Y por qué no te ha hecho llamar, Jonás? —pregunté extrañada.

Con la última antorcha encendida, vino hacia nosotros para guiarnos hasta la puerta mientras decía:

—Eso es lo que te quería comentar. Creo que pretende escoger a un representante en cada aldea para obligar a todo el mundo a asistir a las lecciones de adoctrinamiento.

Al oír aquello, nos quedamos en silencio, sopesando la situación. Las lecciones de adoctrinamiento de fray Rodrigo consistían en memorizar respuestas que no entendíamos a preguntas que no nos interesaban. Eran obligatorias, y en ello basábamos todo nuestro sistema de comunicación secreta. Seis años atrás, organizamos un coro con Jonás al frente para que se ganara la confianza del fraile. Y así fue elegido para ir de aldea en aldea llamando a doctrinas, con lo que podía pasar los mensajes del templo sin levantar sospechas. Pero si fray Rodrigo escogía a un vecino de cada lugar, ¿cómo evitaríamos a los espías que había entre nosotros?

El pasillo desembocó en la pequeña cueva redondeada donde le confesé a Yaretzi mi embarazo. Era una entrada al templo más sencilla y discreta que la que me mostrara el nigromante años atrás. Ya fuera, el alba se deslizaba entre las copas de los árboles y me estremecí con la brisa. Mientras Jonás apagaba la antorcha, Tecolotl se desprendió de un manto de piel de conejo y me lo puso por encima. Mi cuerpo agradeció el abrigo.

—Ameyali, ¿qué haremos si se confirma lo que dice Jonás?

—Tendremos que comunicarnos a través de las mujeres. Yaretzi y yo como curanderas podríamos...

—Es arriesgado. Fray Rodrigo ya recela cuando vais de aldea en aldea —advirtió Jonás—. Y si no pone objeciones es porque tú formas parte del coro.

—¡Claro! —exclamé entusiasmada por las posibilidades de lo que se me acababa de ocurrir—. ¡Usaremos el coro! Pero no para convocar a los que vengan de Acolman, sino a muchos más. ¡La diosa Toci bien lo merece!

De pronto, Jonás me asió con brusquedad y me tapó la boca. Todos aguzamos el oído. Los pájaros nos advertían alterados; alguien venía corriendo. Antes de que tuviéramos tiempo de reaccionar, se oyó un gemido y a trompicones apareció una muchacha menuda y muy delgada.

—¡Zeltzin! —exclamé al reconocer a la hija de Chimalli, el anciano que había oficiado la ceremonia—. ¿Qué sucede?

—Fray Rodrigo apareció por sorpresa al alba. ¡Mi padre la necesita!

Fray Rodrigo se cubrió la cabeza con la capucha, dejando a la vista el flequillo pelirrojo que coronaba su cara ancha y alargada. Luego montó sobre su mula, y sin volver la vista hacia el hombre que yacía en el suelo, se alejó. Pronto el sendero le condujo por los interminables cultivos comunales de maguey. El fraile arrugó la nariz. Detestaba aquellas plantas, pues despertaban todo lo malo de aquellas gentes: la embriaguez y la pereza, como pudo comprobar aquella misma mañana.

Había hecho noche en San Mateo Itlahuaca, ya que un buen cristiano le advirtió que así podría atrapar a aquellos que salían para profesar ritos paganos; entre ellos, el cacique. Pero el pueblo no salió de su silencioso sopor, y aún no había despuntado el día cuando fray Rodrigo partió, no sin antes encargar a su anfitrión que se asegurara de que sus vecinos fueran a doctrinas, incluido el cacique. Todos sabían que los indios tenían tendencia a la superstición, y todos los frailes que predicaban por las estancias de las diferentes cabeceras se quejaban de lo mismo. Pero era difícil concretar qué individuos organizaban los ritos, y por eso el obispo Juan de Zumárraga insistía en que se concentraran en la predicación. Esa era su única arma, junto con el castigo ejemplar cuando era necesario.

Un soplo de aire hizo caer su capucha y el frío le produjo un estremecimiento. «Me he excedido», pensó con arrepentimiento al recordar al anciano ensangrentado en el suelo que acababa de dejar atrás. Pero no lo había podido evitar. Cuando regresaba de San Mateo Itlahuaca, lo vio con la enorme calabaza que se usaba para aspirar el aguamiel del centro del maguey y pasarla a un recipiente para hacer pulque. Lo peor fue que al acercarse comprobó que estaba borracho. Entonces sintió que la ira del Señor se apoderaba de él y arrastró al viejo hasta la hilera de chozas de la estancia. No lamentaba el castigo ejemplar, necesario para que sus aldeas no se convirtieran en los arrabales de México, donde los indios haraganes y ebrios campaban a sus anchas. Pero se arrepentía de que la ira le hubiera nublado el juicio, pues no recordaba qué palabras dijo, sólo la furia, y de pronto le invadió una presurosa necesidad de llegar a Acolman y orar en su iglesia para pedirle perdón al Señor por lo que había hecho. Se sentía sucio y aquellas plantas parecían amenazarle, como si fuesen un instrumento del Maligno.

Fray Rodrigo no podía decirle a don Santiago cómo llevar la encomienda, y era obvio que el maguey resultaba rentable para la comunidad. Pero aunque el señor de Acolman era generoso en sus donativos para velas y ornamentos en la iglesia, no sucedía lo mismo con sus indios encomendados. Él sabía que los beneficios que daba el maguey a las aldeas acababan en los festivales secretos dedicados a los dioses paganos. Pero no lo podía demostrar, y don Santiago, cuando visitaba la encomienda y veía la iglesia repleta, se complacía al pensar que Dios les guiaba. Incluso, como cada vez había más matrimonios cristianos, ni siquiera parecía dispuesto a aceptar que el concubinato persistía. «Cree que todos son como él, que siguen su ejemplo —pensó fray Rodrigo—. Pero ¿cómo lo van a seguir si nunca viene a Acolman con doña Rosario?»

De pronto, oyó un sonido y vio a una serpiente que se enroscaba sobre sí misma, agitando la cola a modo de advertencia. El fraile se estremeció, espoleó a la mula y emprendió el galope.

Al oír los cascos de la montura, agarré a mi acompañante del brazo y la hice agacharse entre los magueyes hasta que discerní que el sonido se alejaba.

—Huye, el muy cobarde —murmuró Zeltzin con desprecio—. ¡Tanto hablar de misericordia y compasión!

—Precisamente su manera de ver la compasión le ha llevado a hacer lo que ha hecho —aseveré mientras reprendíamos el camino—. ¿Cómo ha pasado?

—No sé muy bien. Mi padre volvió eufórico, tomó el *acocochtli* y se vino a recolectar el aguamiel.

—¿Para qué? Tardaremos en hacer la siguiente ceremonia; el pulque se estropeará.

—Él ya tiene edad para beber cuatro copas, y hay algún otro en la aldea que también. Pero no sé por qué lo hizo, de veras que no lo sé, mi señora.

Le acaricié la espalda para serenarla mientras atravesábamos las tierras comunales. Ambas sabíamos que había quienes fabricaban pulque a escondidas para venderlo a quienes bebían de más desde la llegada de los castellanos. El mismo Itzmin sólo se mantenía sobrio cuando Zolin estaba en palacio, pero durante sus ausencias, no veía motivo para guardar las antiguas costumbres que reprobaban la embriaguez, y yo no podía llevarlo al templo, pues borracho, se le iba la lengua.

Entramos a la pequeña aldea y Zeltzin me condujo hasta la choza de su padre. Su hermano permanecía sentado frente al hogar, con la mirada perdida entre las llamas, aparentemente indiferente al murmullo de los llantos de su madre, que, rota, acariciaba el cabello de su marido. Me acerqué al viejo Chimalli. Tendido boca abajo, tenía la espalda impregnada de sangre. A su lado había un cuenco de agua limpia y paños. Tomé uno y lo humedecí.

—Tranquila, vamos a limpiarle, ¿de acuerdo? —le dije a su esposa. Y añadí—: Zeltzin, trae pencas de maguey y sácales la piel que las cubre. Necesitamos bastantes, para ponerlas sobre toda la espalda.

La joven salió corriendo de la choza. Los sollozos de su madre cesaron, y entonces reaccionó. Tomó un paño y me ayudó en mi tarea.

—Tendréis que ir cambiándolas, pero ayudarán a cicatrizar las heridas —le expliqué—. Luego haré venir a Yaretzi con hierbas para que le alivien el dolor.

—Gracias, mi señora, gracias —respondió ella esperanzada.

—¡Gracias! —bramó su hijo mientras se ponía en pie—. ¿Gracias?

—Chimalli, sé respetuoso. ¡Es la esposa del *tlatoani*! Nuestra señora.

—*Tlatoani*, ¡qué risa! —exclamó el joven paseando airado por la habitación—. Fray Rodrigo es el que manda. Y perdió el control. Lo aporreó ahí en medio, como a un perro. ¿Dónde estaba el *tlatoani*? ¿Qué hace en Tenochtitlán que no puede venir a defender a su pueblo de esos extranjeros?

«Frenarlos», pensé. Pero no podía contestar eso, pues mis manos manchadas de la sangre del anciano hicieron que mis pensamientos me parecieran ridículos. Sacudí la cabeza y me volví hacia el joven.

—Qué hace tu padre con el aguamiel que recolecta, ¿eh? Me temo que haya sido Mayahuel la que usara al fraile para castigarle. La ceremonia había acabado y hasta la siguiente luna no necesitamos pulque.

El joven apretó los labios y humilló la cabeza. Yo me desprecié por usar a la diosa y continué limpiando al herido.

—Roguémosle a ella —dije. Y en un murmullo que brotó de mis labios con poco convencimiento, añadí—: Es su ayuda la que necesita, no la de mi esposo.

XXXI

Ciudad de México, año de Nuestro Señor de 1535

El murmullo de los comerciantes desplegando sus mercancías se colaba por las ventanas de la casa de Martí y anunciaba el despertar de la ciudad. La bolsa de medicinas reposaba en el respaldo de la silla donde estaba sentado, y en la cocina, su criada Tonalna preparaba el desayuno mientras él permanecía acodado en la mesa, inmerso en la lectura de la última carta de su padre. A pesar de los años transcurridos, siempre esperaba que Guifré le informara de que se buscaba al conde de Empúries por la puñalada a Alfons, pero tal noticia nunca había llegado y tampoco lo hizo en esta ocasión. Sin embargo, no se sintió aliviado. La zozobra con la que había despertado aquella mañana seguía ahí, y no tuvo más remedio que aceptar que, una vez más, era por la misión encargada a Mixcóatl.

Martí levantó la mirada del pergamino. En la huerta trasera, dos pajarillos alzaron el vuelo tras beber de una de las charcas que había dejado la lluvia nocturna. Un mexica de espalda estrecha y barriga abultada salió de la cuadra con el caballo y lo ató cerca del abrevadero. Era su criado, Xilonen. Con la piel curtida por el sol y la espalda encorvada por los recuerdos, el hombre se dirigió hacia un montón de heno y empezó a esparcirlo mientras la mirada de Martí se desviaba hacia la puerta cerrada del cuarto de Mixcóatl, cerca de la *temazcalli*. No quería molestarlo, seguro que había llegado bien entrada la noche, así que tendría que arrastrar su inquietud toda la mañana, hasta que pudiera preguntarle tras volver del hospital.

Entonces, como de la nada, apareció su recuerdo. Ameyali siempre acudía a él con feroz nostalgia cuando el antiguo escolta de Guifré cumplía con sus encargos. Y aunque se repetía que lo hacía en secreto para honrar a su padre, se daba cuenta de que con ello también agrandaba la tumba de su amor por ella, sin poder desprenderse de aquella lápida de amargura cada vez que le invadía su recuerdo. «Podría olvidarla para siempre si abandonara esta misión», se dijo. Pero lo había pensado miles de veces y era incapaz. Colaboraba con los frailes y con las autoridades castellanas; no quería sentir que traicionaba a Guifré no cumpliendo lo que se había propuesto.

—Disculpe, mi señor —dijo Tonalna a su espalda.

Cuando llegó a la casa, la esposa de Xilonen era enjuta y su piel macilenta parecía remarcar las cicatrices de la viruela, pero ahora su rostro desprendía brillos rojizos y había ganado peso, embelleciendo sus formas redondeadas. Siempre con una risueña sonrisa que mostraba la falta de dientes frontales, la mujer se acercó a la mesa para servirle un humeante tamal envuelto en palma.

—Cómalo, señor, que está calentito —le dijo a Martí.

Él asintió con una sonrisa y preguntó:

—¿Ha venido Mixcóatl?

—No, no ha regresado.

Al oír aquella respuesta, sintió una punzada de inquietud. De pronto, unos enérgicos golpes sacudieron la puerta de la entrada y todo su cuerpo se puso en tensión, mientras con pequeñas pero rápidas zancadas Tonalna atravesaba el salón y abría. No irrumpió ningún guardia, pero tampoco apareció Mixcóatl. La mujer volvió con una nota y se la entregó a Martí. Este la abrió, y a pesar de reconocer la letra, no consiguió relajar la expresión.

—He de irme al hospital —anunció.

Los seis presos arrastraban sus pies engrilletados y uno de los cuatro soldados de a pie que los escoltaban les increpó para que aligeraran el paso. Vestido con un coleto que dejaba a la vista las mangas verdes de su camisa, Galcerán encabezaba la comitiva sobre su caballo y custodiaba las espadas que habían quitado a los presos. Ya estaban cerca del palacio de la Audiencia Real, antigua residencia de Cortés, donde también estaba la cárcel, pero habían recorrido un largo camino, pues venían de las inmediaciones de la ruta a Veracruz.

Al poco de instalarse en México, Martí enseguida encontró su propio camino, y aunque Galcerán veía grandes oportunidades en la Nueva España para un hombre de su experiencia militar, la crueldad de la Real Audiencia de entonces, presidida por Nuño de Guzmán, hizo que desistiera de todo intento. Pero hacía ya cuatro años que habían sido destituidos los antiguos oidores, y los nuevos, dirigidos por el obispo de Santo Domingo, Sebastián Ramírez de Fuenleal, enseguida mostraron un talante radicalmente opuesto al de sus predecesores en el gobierno y la justicia. Fue entonces cuando Galcerán le pidió a Martí que, como conde y reputado médico, le ayudara a obtener un puesto acorde con su experiencia. Y con las recomendaciones de don Cristóbal y doña Mariana, pasó a comandar un escuadrón en la milicia de la ciudad. Divididos en cuadrillas, sus soldados debían atrapar a los ladrones, perseguir el juego, apagar incendios y controlar a los presos. Su trabajo se centraba en la población castellana, donde los maleantes que no se lanzaban a los caminos vagaban por la ciudad. A veces utilizaban a los naturales para hacer el trabajo sucio, y entonces su fuerza prevalecía sobre la de los *topileque*, encargados de hacer prácticamente lo mismo que ellos pero entre mexicas, bajo las órdenes directas de sus jefes de barrio.

Sin embargo, desde hacía unos meses, Galcerán se veía obligado a dejar la ciudad. Al frente de sus hombres, ayudaba a los soldados que guardaban los caminos, sobre todo la ruta de Villarrica. Su majestad había nombrado un virrey que asumiría las funciones de gobierno de la Real Audiencia, y el ilustrísimo señor Ramírez de Fuenleal había destinado partidas de indios para trabajar en la mejora de las rutas antes de su llegada. Pero de nada servía si no se velaba por la seguridad. Así que destinó refuerzos para atajar un problema que venía de largo: los bandoleros, en su mayoría bregados en la lucha, pues eran antiguos combatientes sin fortuna que se habían convertido en bandidos.

Con la fachada de palacio ya a la vista y las miradas siguiéndoles a su paso, Galcerán se daba cuenta de que aquellas salidas habían resultado un perverso incentivo, pues por una parte le permitían dejar de lado las tareas administrativas y participar en la acción, pero, por la otra, le hacían sentir que no quería perpetuar ninguna de las dos actividades, y a diferencia de Martí, aún no había encontrado su lugar. Quizá si se uniera a alguna de las expediciones reemprendidas gracias a la Real Audiencia hallaría su camino, pero no creía que su primo el conde estuviera muy de acuerdo con ello y se sentía desorientado.

El gran portón permanecía abierto y Galcerán lo atravesó a lomos de su corcel. En el patio de armas, el servicio, todos indios, iban de un lado al otro, mientras que algunos funcionarios recorrían el soportal superior. Galcerán se detuvo al lado del viejo ahuehuete que reinaba en el patio y le tendió las riendas a un mozo que ya aguardaba. Luego ordenó que bajaran a los presos a las mazmorras, y a grandes zancadas se dirigió hacia la escalera para dar parte de las detenciones, pero un soldado se interpuso en su camino.

—Disculpe, mi coronel, tenemos un asunto entre manos que creemos prudente consultarle. Hemos detenido a unos asaltantes que apalizaban a un indio que llevaba consigo una considerable suma de monedas.

—Supongo que lo habréis traído —dijo Galcerán, a sabiendas de que si había maravedíes de por medio era porque el indio cumplía con algún oscuro trapicheo para algún castellano, pues a los naturales no se les confiaba dinero—. Es asunto nuestro, no de los *topileque*.

—El problema es que asegura que el dinero se lo dio el conde de Empúries —repuso el soldado. Y señalando hacia un rincón, añadió—: Está ahí.

Galcerán se volvió y, flanqueado por un soldado, vio a un indio maniatado. A pesar de los restos de sangre en el rostro, reconoció a Mateo Mixcóatl.

—Quizás haya robado, con lo que aclarado el asunto, sí que habría que entregarlo a los *topileque* —continuó el soldado—, pero antes de molestar al conde, pensamos que era mejor hablar con usted, dado que es su primo.

—Habéis hecho bien, es su sirviente y puede ser que le haya robado —aseguró Galcerán para evitar que sospecharan de los encargos que Martí le hacía a Mixcóatl—. En todo caso, yo me ocupo de esto.

Desde la epidemia de sarampión de hacía cinco años, el hospital no estaba tan lleno. Fue entonces cuando Martí se inició en el conocimiento de los remedios locales, y también se ganó la confianza de los dirigentes mexicas, que a partir de aquel momento le hacían llamar siempre que una familia entera enfermaba. Pero la desconfianza flotaba cuando visitaba los arrabales, pues la medicina mexica también implicaba el uso de la magia, y sus pacientes a menudo esperaban que consultara cordeles adivinatorios o tomara semillas de *ololiuhqui* para diagnosticar a través de la alucinación que producía y que consideraban sagrada. Pero aunque atendía a todos los naturales por igual, en el hospital no esperaban magia de él, a pesar de que aquel día temía que tuvieran que acabar acudiendo a ella para atenderlos a todos.

Martí abrió el frasco y un olor a tomillo salió de él, pero no quedaba ya ni una gota de jugo de *cocoxihuitl*. Miró al muchacho, cuyo brazo entablillado empezaba a mostrar moretones, y supo que en cuanto se le pasara el efecto, el dolor se le haría insufrible. Sin embargo, habían agotado las reservas de *cocoxihuitl*, y también las de *cuachalalate*, que habían tenido que usar para ayudar a la cicatrización de quienes habían llegado con heridas abiertas. El accidente había sucedido al alba: el muro de unos establos en construcción se había desplomado, y Martí pasó la mañana entre heridas y fracturas de los trabajadores y los desafortunados transeúntes que se toparon con los cascotes.

Cerró el frasco y atravesó la amplia nave que conformaba el hospital hacia la botica. Los frailes se afanaban en mantenerla siempre limpia, pero aquel día el suelo entre los camastros estaba salpicado de sangre, y gemidos y llantos se apoderaban del lugar.

—Doctor —le llamaron—, espere, por favor.

Martí se detuvo al oír a fray Antonio, extrañado de que estuviera allí, pues desde hacía un año solía prestar su ayuda a Arnaldo de Basacio en las clases de latín para jóvenes naturales que se daban en la capilla de San José de Belén. El fraile estaba en una esquina, acompañado de doña Rosario, y captada su atención, le indicó con un gesto que aguardara mientras hablaba con ella. Martí se impacientó. Aquel clérigo no le caía demasiado bien, pues en sus comentarios delataba su aversión hacia las mujeres. Con las castellanas intentaba disimular, pero con las naturales no ocultaba su feroz desprecio. Sabía que si aceptaba la compañía de Rosario era porque sentía una gran estimación por su marido, Santiago Zolin, un natural cristianizado al que bautizó él mismo y de quien no se cansaba de repetir que era un ejemplo. De pronto, el tartamudeo de fray Pedro interrumpió sus pensamientos:

—Martí, pareces cansado. ¿Por qué no te vas a casa?

—Quería revisar las reservas de la botica. Temo que se agoten.

—No te preocupes. Ya he mandado al boticario al mercado para que se haga con cuanto necesitemos. Todos son hijos del Señor.

Martí se sintió reconfortado con estas palabras. Fray Pedro era un hombre tan eficiente como incansable. Al fin, fray Antonio dejó de hablar con la mujer, que se quedó en la esquina mientras él se reunía con ellos.

—Doña Rosario ha expresado la voluntad de su esposo de pagar la manutención de los heridos mientras estén aquí —anunció—. El establo que construían es de su marido y su cuñado.

Martí frunció el ceño, pues sabía que aquello no era compasión, sino una manera de comprar el silencio para que nadie preguntara dónde habían contratado a los naturales.

—Muy generoso por su parte —tartamudeó fray Pedro. Y añadió—: Todo donativo es bienvenido.

—¿Cuánto tiempo cree que tardarán en recuperarse? —preguntó fray Antonio.

—Eso sólo lo sabe Dios Todopoderoso —respondió Martí con sequedad.

«Siempre generoso, pero sin pasarse», pensó con desprecio. Santiago Zolin era un hombre de porte orgulloso y pocas palabras, que conocía bien su vulnerable posición por su origen mexica y había aprendido a mover los hilos para protegerse de ello. Su generosidad con la iglesia era conocida, y según le había contado Mariana, Rosario se vanagloriaba de lo amante esposo que era, lo cual, de paso, le hacía merecedor de la protección de don Pedro Solís y el mismísimo fray Antonio. «Y ahora se acaba de ganar el silencio de fray Pedro», se lamentó el doctor.

—Martí, ve y descansa, hijo —le dijo este en náhuatl—. Lo peor ya ha pasado. Ahora nos queda rogar a Dios por ellos.

Sentado en la silla de cuero labrado, Santiago Zolin miró la cruz que pendía de la pared, iluminada por la luz del mediodía que entraba por las ventanas. En ese símbolo residía todo el poder del Dios Único, cuya veneración le parecía en extremo sencilla, pero no por ello la observaba con menos celo que la complejidad ritual exigida por los antiguos dioses. «Entonces, ¿por qué me ha castigado? —se preguntó—. ¿Qué quiere decirme con esto?» Pagar la manutención de los heridos en forma de limosnas era una mera consecuencia del accidente, y sabía que el Señor quedaría satisfecho con su rápida reacción. «Quizás el castigo era para ellos, para los heridos. Yo cumplo con mis deberes cristianos», concluyó.

Sentado frente a él, Pedro Solís lo observaba con aquella mirada directa e insolente tan propia de los castellanos. Santiago clavó su mirada en los ojos de su cuñado, y este se limitó a señalar su copa, vacía sobre la mesa. Con un gesto de fastidio, tomó la jarra del vino y le rellenó la copa. Pedro sonrió, la tomó y se la acercó a los labios.

—Los frailes te van a sacar un buen pico por esto, querido cuñado. Tendrías que haberles dado una cuantía, sin dejarles aventurar una cifra.

—Como vas a hacer tú. ¿Cuánto vas a dar? —preguntó Santiago.

Pedro sonrió.

—Ese es el problema, ¿no? No sabes cómo cuantificar los daños.

Santiago se cruzó de brazos, irritado ante aquel comentario. Le molestaba profundamente que su cuñado adoptara aquella actitud paternal, como si quisiera aleccionarlo. Él no era tonto, así que con tono suficiente respondió:

—Claro, es simple. Cada herido se puede pagar como trabajador no cualificado; el sueldo de una semana, por ejemplo.

—Se lo quedará la iglesia. ¿Eres consciente de eso?

—De ahí mi generosidad. Más que la iglesia, se lo quedará el hospital. Así que nadie preguntará si los heridos proceden de las cuotas de repartimiento y a quién sobornamos para conseguirlos.

Pedro tomó otro sorbo y adquirió un aire pensativo.

—Si yo sé que en general actúas con perspicacia —comentó—, pero a veces eso no es lo que parece desde fuera.

—¿A qué te refieres?

—La gente va a pensar que te compadeces en exceso de esos indios.

—Nadie tiene por qué saber cuánto doy y, en todo caso, es caridad.

—Es otra de tus rarezas, querido cuñado —repuso Pedro irguiéndose en la silla—. No me malinterpretes. Jamás pensé que pudiera beneficiarme tanto nuestro parentesco, pero eres de origen indio. Y dar tanto a los indios hace que se te vea como tal: ayudas a los tuyos. O en tu encomienda, por ejemplo, tratas directamente con un *gobernatyolt*, sin administrador que te haga de puente. ¿Por qué? Porque eres un indio. Ningún encomendero hace eso.

—¡Oh, vamos! Sabes que sólo es envidia.

—Desde luego. Has conseguido que el mercado de Acolman te rinda unos tributos admirables. Con lo que era... Pero no se trata de mucho dinero, se trata de que podrías sacar aún más de las tierras. Aunque sean comunitarias, en la medida que te tributen, son tuyas. Eso sucede en todas las encomiendas.

—Me cobro el tributo a través del mercado. En lugar de vender lo que dan las tierras, lo venden mis encomendados y luego me pagan por ello. Menos esfuerzo, y además también están los pastos...

—Sigues sin ganar todo lo que podrías. Mira, yo mismo, aunque no puedo salir de la ciudad, he mandado orden al administrador de mi corregimiento para extraer aguamiel de los magueyales. Y aunque los tributos del corregimiento sean para la Corona y yo en teoría me limite a mi sueldo, ¿crees que no me quedará algún margen? No podré dejarles las tierras como herencia a mis hijos, pero les dejaré fortuna. ¡Sólo hay que ser listo y no levantar sospechas!

Santiago miró a su cuñado sin entender bien a qué se refería. Si insinuaba que el *cihuacóatl* le timaba dinero, no podía ir más errado, porque este jamás le traicionaría, y menos con Ameyali. Tecolotl se regía por las antiguas costumbres, y él sabía que valoraba más el honor de su posición que el dinero. Era más fácil que al corregidor le robara su administrador, como él hacía con el rey. Pero se limitó a apuntar:

—Las encomiendas tampoco son heredables. Y, además, tengo la sensación de que el rey quiere eliminarlas. No en vano concede corregimientos y no da más encomiendas. Al final quiere que todo dependa directamente de la Corona.

—Cierto, por eso hay que sacar partido mientras se pueda. Y por eso, Santiago, tu actitud resulta más extraña y hace que te vean como un indio. ¡Tienes magueyales en cada aldea! ¿Cuánta aguamiel puedes sacar?

Santiago miró el líquido de su copa intacta. Cierto, si no había pensado en sacar el aguamiel para venderla a las pulquerías, era por culpa de las antiguas costumbres. Pero estas ya no existían.

El agradable perfume de las plantas aromáticas inundaba la casa cuando Martí entró en el salón. Galcerán estaba sentado frente a la ventana, con la mirada ausente. Alegre por su regreso, Martí se acercó mientras su primo se volvía y lo recibía con los brazos abiertos. Sin embargo, sus palmadas secas sobre la espalda le incomodaron y se separó preocupado.

—¿Ha pasado algo?

Galcerán parecía tenso y respondió con voz hueca:

—Habían apresado a Mateo Mixcóatl.

—¿Dónde está? —se alarmó Martí.

—En la *temazcalli*, recuperándose de la paliza que le han dado. —Entonces metió la mano por debajo de su coleto y extrajo un saquillo que dejó caer sobre la mesa. Las monedas que contenía tintinearon con estruendo mientras añadía—: No deberías darle tantos maravedíes. Lo acusaban de robo. He tenido que mentir y decir que lo entregaría a las autoridades indias.

—¿Y por qué has tenido que mentir? Yo se lo di; no es un robo y puedo...

—Eso te hace sospechoso. ¡Sólo confía tanto dinero a un indio quien quiere ocultar algo! —le interrumpió Galcerán con brusquedad. Suspiró y luego añadió en tono más suave—: No sé cuáles son los encargos que le haces ni lo considero de mi incumbencia. Sólo espero que no estés haciendo nada ilícito.

Martí tomó el saquillo del dinero y lo sopesó. Por suerte, aquella vez Mixcóatl no había cumplido con su misión.

—No te preocupes por eso, querido primo —dijo. Lo miró con una amplia sonrisa y, distendido, añadió—: Y bien, ¿cómo te ha ido?

Galcerán se sentó en la silla y respondió con aire burlón:

—Ya que estamos siendo sinceros, he de confesarte que no me siento muy satisfecho. No quiero dedicarme siempre a esto.

—¿Y en qué puedo ayudarte? —preguntó Martí tomando también asiento.

—Doña Juana de Zúñiga, la marquesa del valle de Oaxaca, está armando dos naos en el astillero que Hernán Cortés tiene en Tehuantepec. Se unirán a la expedición de su esposo, quien aún busca el estrecho de Anián.

—¿Y tú quieres servir en el ejército de Cortés? —exclamó incrédulo. Por la ventana vio a Mixcóatl con la cara hinchada. Quería examinarlo, aun así, añadió—: Volvió de Castilla con honores, pero sin poder. Incluso dejará de ser capitán general en cuanto llegue el virrey. El emperador no se fía de él.

—Entonces, ¿por qué le concedió capitulaciones para descubrir nuevas tierras? Eso es porque algo se le da bien, y la prueba está en la conquista de la Nueva España. Cortés ya ha financiado dos expediciones y comanda esta última a sabiendas de que al norte hay una isla llena de perlas.

Martí se apoyó en la mesa con un suspiro. No había conocido a Cortés en persona, pues cuando regresó, hacía cinco años, los miembros de la Real Audiencia no le dejaron entrar en México, y tuvo que recluirse en el valle de Oaxaca, del que era marqués. Cierto que a menudo le parecía una víctima de su propio poder, pero aun así, las palabras de Galcerán le despertaban amargos sentimientos fruto de las historias que le contara Guifré.

—Necesito una carta de recomendación —dijo su primo—, y dada la relación especial que tuvo con tu padre, creo que si está escrita por ti, a Cortés le valdrá más que ninguna otra.

Martí se puso en pie, con el cuerpo tenso, profundamente molesto.

—Ni hablar. Voy a ver cómo se encuentra Mixcóatl.

XXXII

El olor a sebo impregnaba el interior de la iglesia, iluminada por las velas depositadas sobre dos estrados cuadrangulares cerca del suelo. A diferencia de los soportes que las elevaban en las iglesias romanas, allí representaban los despojos de nuestra antigua religión, como lo fue el Coliseo a mis ojos. Por ello, siempre que entraba en la iglesia, evocaba el recuerdo de Martí, a la vez que me sentía impulsada a huir de él para evitar el doloroso desasosiego que me producía. Aquel día, además, añoraba que me reconfortara como hiciera en Roma y me esforcé para que mi mirada se perdiera entre las llamas agitadas, mientras mi voz se unía al coro.

Fray Rodrigo nos observaba complacido desde la segunda banqueta, pero yo no podía soportar su sonrisa, pues sabía que el viejo Chimalli había muerto la noche anterior. A pesar de mis esfuerzos por concentrarme en el ensayo, la rabia era superior a mí y se me quebró la voz.

—¿Por qué os habéis interrumpido? —inquirió el fraile.

—Quiero que todo suene perfecto.

—Perfecto sólo es el Señor, Jonás. Ten cuidado con la soberbia.

El director del coro se giró de nuevo hacia nosotros, mientras yo no podía evitar un leve temblor. Pero de pronto Itzmin entró corriendo y fray Rodrigo hizo señal a Jonás para que se acercara. Los tres hombres se comunicaron entre murmullos, hasta que mi fiel amigo anunció en náhuatl:

—Acaba de llegar don Santiago Zolin, y requiere al servicio de palacio.

Una joven dejó la fila del coro y se alejó por un pasillo lateral de la iglesia.

—Carmen, ve tú también —añadió fray Rodrigo.

Seguida por Itzmin, enfilé hacia la salida. Ya fuera, respirar el aire libre aplacó algo mi rabia, y bajé anhelando de pronto ver a Zolin.

—Mi señora, no sabía yo que fuera usted del servicio de palacio —oí a Itzmin tras de mí, jocoso—. Eso es insultante para una esposa principal.

Me detuve en seco y me volví hacia él. Las arrugas se habían cernido sobre su rostro y su aliento olía a pulque.

—El día que sea esposa ante ese Dios y ese fraile, piérdeme el respeto. Pero hasta entonces soy hija y esposa de *tlatoani*. ¿Cómo te atreves a hablarme así?

El hombre bajó la cabeza y sacudió los hombros en un sollozo.

—Lo siento, mi señora, lo siento.

Me sentí culpable, pues la dureza de mi respuesta se debía a la rabia acumulada contra el fraile. Mi cuerpo en tensión pedía justicia.

—No llores ahora —murmuré con dulzura, poniendo la mano en su hombro. La bebida también lo convertía en un niño—. Vamos, ve a darte un buen baño en la fuente antes de que Zolin piense que vas borracho al trabajo.

Fray Rodrigo despidió con una bendición a los once miembros del coro que restaban en la iglesia y se dirigió hacia el altar mientras Jonás se sentaba en una banqueta. El texcocano estaba preocupado por Ameyali, rara durante todo el ensayo. Pero si quería ayudarla, lo mejor era cumplir con lo acordado.

La amaba. Ella había dado sentido a su vida, y él no se avergonzaba de admitir que la quería. Le invadía un sentimiento de gratitud colmado de paz y vislumbraba con claridad su destino. Seguirlo le acercaba a la hermana que no conoció y le permitía reconciliarse con el recuerdo de sus difuntos padres, enmendando la decepción que les causó. «Siempre pensé que el sacerdote que me impuso el nombre estaba borracho y no leyó bien los presagios», se recordó con una sonrisa. Si soportó sus tiempos en el *telpochcalli*, cortando leña y cavando zanjas, fue por las noches en la casa del canto. Gracias a su especial habilidad con la música, consiguió entrar en la corte del *tlatoani* de Texcoco, y a pesar de no haber estudiado en el *calmecac*, accedió a la poesía y a las artes más elevadas. Sin embargo, sus padres nunca se sintieron orgullosos de él, al contrario, pensaron que huía del destino augurado por su nombre.

Pero cuando seis años atrás Ameyali emergió en el templo secreto y asumió su papel como guía de su pueblo, Jonás vio el camino que le llevaría a cumplir con el destino que le presagiaran los astros al nacer. Ahora la situación pedía un cambio, pues el fraile ya contaba con nueve vecinos que colaboraban con él, cada uno de una aldea, para asegurarse de que la gente iría a doctrinas. La mayoría de ellos ya había delatado antes prácticas paganas, ciertas o inventadas, y por ello Jonás permanecía alerta, tal y como su nombre nahua le presagió.

—¿No te marchas? Pareces preocupado —observó fray Rodrigo.

—Soberbia es pecado capital, padre —replicó él con el tono lastimero de un niño que reprime el llanto, pues sabía que el clérigo prefería verles como chiquillos necesitados de guía.

Fray Rodrigo se sentó a su lado y le acarició el cabello.

—Sí, pero sólo te advertía. No creo que peques de soberbia, hijo.

—Es que he tenido una idea, padre.

El fraile entrecruzó las manos en su regazo.

—A ver, cuéntamela y yo te diré si es pecado.

—Como se acerca el día de Nuestra Señora la Virgen María, y es fiesta muy sagrada, pensaba que, para ayudar a llamar a doctrinas en esa fecha, el coro podía ir a cantar por las cabeceras de todas las encomiendas. ¡Por eso tiene que ser perfecto, padre!

El fraile soltó una carcajada aguda.

—Está bien, Jonás, no es soberbia. Es algo pretencioso, pero sólo por tu amor a Dios. Sería soberbia si lo hicieras por vanidad.

—Entonces, ¿me ayudará?

El fraile le acarició el rostro. Aunque Jonás era un hombre hecho y derecho, sus rasgos mantenían la pureza de un muchacho.

—Claro, pero no podrá ser en todas las encomiendas. El coro irá a las más cercanas, ¿de acuerdo?

Jonás sonrió y le besó la mano.

Kolo se había convertido en un fornido *xoloitzcuintle* y sus potentes mandíbulas parecían albergar la fuerza del relámpago del dios Xolotl. En cuanto crucé la puerta del palacio, el perro acudió a recibirme y le acaricié entre las orejas hasta que las carcajadas alborozadas de Huemac llenaron el patio de armas y el animal corrió en su busca.

Kolo le seguía a todas partes, cuando salíamos a recoger plantas o cuando intentábamos atrapar ranas en los manantiales. A sus siete años, mi hijo era un niño algo díscolo, pero de buen corazón, con las mismas facciones vigorosas de su padre y ojos parecidos a los míos.

—Mira cómo salta, papá —oí que decía entre los ladridos de su perro.

Siempre hablaba en castellano con él. Era conveniente, pues lo necesitaría en su vida adulta, aunque ello me entristecía. Pero aquel día, a diferencia de otros, no me dolió. Sentí que su fina voz transformaba la rabia por la muerte de Chimalli. «Todo es por Huemac —me recordé—, para que mantenga vivos a los dioses cuando los que vimos su grandeza partamos al Mictlán.» Entendí que, por la misma razón, el fiel anciano no necesitaba justicia, sino honor. Y ello pasaba por aumentar el número de fieles que asistían al templo. Si Jonás conseguía su propósito, estaríamos en el camino.

Reconfortada, atravesé el patio de armas y los hallé sentados tras la escalera, en un banco de madera cercano al abrevadero. Huemac estaba en el regazo de su padre, que agitaba una mano para hacer saltar a *Kolo*. Me acerqué y les di un beso en la frente a cada uno.

—Mamá, papá me va a llevar a montar a caballo.

Zolin tomó mi mano y me la acarició mientras señalaba:

—Iremos luego, pero dile a Itzmin que vaya preparando tu caballo, hijo.

Huemac saltó del regazo de su padre y corrió hacia las caballerizas, acompañado de su inseparable *Kolo*. Entonces noté el aliento de Zolin en mi cuello, con un susurro:

—Hipólito adora los caballos. Hace honor a su nombre.

—Huemac es nombre de rey, ¿no es también digno de él?

Sus manos me tomaron de los hombros con suavidad y me invitaron a girarme hacia él.

—Claro que sí. Será el *tlatoani* de Acolman.

Invadida de una ávida ternura, le besé paladeando su boca con suavidad y él se agitó voraz.

—María estaba preparándome la *temazcalli*. ¿Por qué no me acompañas? —murmuró.

Sin esperar respuesta, se puso en pie mientras tiraba de mi mano. En el patio trasero, el perfume de las flores se mezclaba con el aroma de la madera que ardía en la pared lateral de la *temazcalli*. Nos desnudamos y entramos en el pequeño cubículo, donde nos aguardaba un cuenco y un hatillo de raíces. Nos sentamos, él de espaldas a mi pecho, yo rodeándole con mis piernas, y lancé agua a la pared. El vapor enseguida humedeció nuestra piel y le tendí parte de las raíces, mientras con el resto empecé a frotar sus amplios hombros.

—He visto en las aldeas del sur bastantes quiotes de maguey —comentó a la vez que restregaba sus muslos—. Creo que aún podemos sacar más provecho de las plantas más viejas.

—Bueno, Tecolotl ha vuelto a mandar familias de artesanos a Atlatongo para encargarse de los quiotes. No sé si será temporal...

—No me refería sólo a aprovecharlos para la construcción. Estaba pensando en cosechar el aguamiel —anunció con entusiasmo.

Sus palabras me desconcertaron. Con el aguamiel se hacía pulque, que sólo se utilizaba en las ceremonias y las fiestas arraigadas en las antiguas costumbres. Pero Zolin parecía haberlas olvidado, atrapado en un pragmatismo que lo acercaba al Dios vencedor e incluso le llevaba a enorgullecerse de mi participación en la parroquia. Por ello y por la advertencia del nigromante, le ocultaba lo que hacía durante sus ausencias. Así que, desorientada, pregunté:

—¿Para qué?

—Para venderlo, claro. Hacer pulque aquí no nos serviría de nada, excepto si queremos llenar la ciudad de borrachos. Ya sabes que pasados dos días desde la recolección, no se puede beber.

—Pero el pulque ya no es negocio —observé acariciando su pecho—. Ya no se celebran ritos ni ceremonias, ¿no?

Zolin se deshizo de mi abrazo y se volvió para escrutarme con un suspiro sombrío, sin decir nada. Incapaz de soportar sus ojos, me volví para lanzar más agua sobre la pared. Esta chisporroteó e hizo pesado nuestro silencio. Él me dio de nuevo la espalda y empezó a restregarse el torso con las raíces.

—Ya lo había pensado —dijo—, por eso venderé el aguamiel a las pulquerías de México.

—A los castellanos no les gusta el pulque —señalé con voz apagada, negándome a creer lo que pretendía hacer mi esposo—. Sólo les gusta a los nuestros: se emborrachan con él.

«Ofenden a Quetzalcóatl, y, sin su guía, las viejas costumbres desaparecen y nos rebajamos. Además, el dios único no cuida de los nuestros», pensé mientras Zolin se volvía hacia mí. Con suavidad, su mano alzó mi barbilla y susurró:

—Los nuestros son los de Acolman.

—No está bien, Zolin, sabes que no. Si aquí no hay pulquerías, es porque tú mismo consideras que la embriaguez rebaja a las personas. ¿Por qué hacerlo en México?

—Por el bien de Acolman.

—Yo no puedo apoyarte en esto.

De pronto, él me agarró el brazo con tal fuerza que me atemorizó.

—No te lo he pedido. Soy el *tlatoani*, sólo tengo que ordenarlo.

XXXIII

Ciudad de México, año de Nuestro Señor de 1535

El tímido sol del amanecer parecía no tener cabida en la alcoba y la tenue luz apenas conseguía abrirse paso entre las cortinas. Don Cristóbal estaba pálido y respiraba con dificultad. Había adelgazado y se le marcaban los pómulos, pero los labios mantenían su color natural. Miraba a Martí con ojos turbios, quizás asustados, pero sin el brillo característico de la fiebre.

—¿Ha expulsado mocos al toser? —preguntó a Mariana.

Ella asintió, con las manos entrecruzadas sobre los amplios pliegues de su vestido.

—Pero esta vez sin sangre —apuntó.

—Eso es buena cosa, ¿eh, don Cristóbal? —dijo Martí para tranquilizarlo. Por experiencia sabía que en los pacientes flemáticos a los que les costaba tomar aire el miedo surgía enseguida.

El enfermo esbozó una sonrisa amarga, pero no desapareció la expresión asustada de sus ojos. Aquel año era la tercera vez que el médico le atendía por lo mismo. Durante el invierno se había acatarrado varias veces, con complicaciones que le provocaban un desequilibrio del humor flemático y le hacían respirar con dificultad. Martí lo había relacionado con la humedad del lago y el frío, ya que la flema era el humor asociado al agua. Aunque don Cristóbal se había recuperado en dos ocasiones anteriores, temía que sólo había aliviado sus síntomas sin realmente llegar a equilibrar los humores, pues llegada la época de lluvias había vuelto a enfermar. Destapó los pies del paciente y confirmó sus temores al observar que estaban inflamados.

—Tendrá que tomar pasta de maíz mezclada con flor de la pasión. Como en las anteriores ocasiones, esperemos que se recupere, pero añadiremos otro tratamiento que deberá seguir mientras dure la estación de lluvias.

El enfermo hizo un esfuerzo por hablar y preguntó con voz entrecortada:

—¿Y el corregimiento?

—Querido, la Real Audiencia no va a levantar a los corregidores la prohibición de salir de la ciudad —señaló doña Mariana con voz autoritaria mientras se sentaba al borde de la cama. Le tomó la mano y añadió con dulzura—: ¿No ves que temen que os convirtáis en encomenderos? ¡Deja que se encargue tu administrador y cuídate a ti mismo!

—De todas maneras, don Cristóbal —intervino Martí—, el tratamiento no le impedirá seguir con sus asuntos una vez que esté recuperado.

El hombre asintió mirando al médico, y doña Mariana le preguntó:

—¿Qué tenemos que hacer?

Martí pensó que lo ideal sería recomendarle uno baños medicinales en una *temazcalli*, pero sabía que no podía hacer tal cosa.

—Tendrá que inhalar los vapores de un preparado de hierbas que le traeré.

—¿Y el vino? —preguntó don Cristóbal.

—Una copita diaria que no falte —respondió Martí con una sonrisa. Considerado caliente y seco, era especialmente bueno para los pacientes flemáticos, que precisamente padecían de un mal frío y húmedo.

Entonces Martí se agachó y recogió su bolsa del suelo. Sacó la parlota y se cubrió la cabeza mientras se despedía:

—Y ahora descanse, don Cristóbal.

—Le acompaño a la salida, doctor —se ofreció Mariana.

Dio un beso en la frente a su esposo, se puso en pie, recolocó los pliegues de su amplio vestido y salió de la habitación seguida por el médico. Una vez cerrada la puerta del dormitorio, la dama se aproximó a Martí. Le puso las manos en el pecho y, jugando con los cordeles del cuello de su jubón, preguntó sin mirarle a los ojos:

—¿Seguro que no es grave? Jamás había tenido los pies así.

—Será una dolencia habitual, pero no necesariamente más grave.

Mariana alzó la cabeza y sus labios quedaron muy cerca de los de Martí. Siempre conseguía excitarle con aquella actitud provocativa.

—Gracias —murmuró.

La mirada de él se escurrió por el escote de la dama y replicó burlón:

—Ya sabes que cobro mis buenos dineros por mis servicios médicos.

Ella soltó una carcajada.

—Si esta tarde traes las hierbas en persona, querido doctor, a lo mejor recibes algo más que tus honorarios.

Las obras de la catedral avanzaban a buen ritmo desde que Juan de Zumárraga regresara de Castilla consagrado como obispo, y los martillazos de los canteros se entremezclaban con los quejidos de las poleas y las mulas. Martí atravesó la plaza mayor a grandes zancadas, intentando borrar de su mente la imagen de Mariana.

Años atrás, sus encuentros se sucedían durante los viajes de su esposo a la cabecera de su corregimiento. Sin embargo, desde la llegada de los nuevos miembros de la Real Audiencia, don Cristóbal no podía salir de México sin autorización. Aun así, se ausentaba tardes enteras, lo que facilitaba los encuentros entre los amantes. Por ello, Martí intuía que existía un pacto entre don Cristóbal y su esposa, cuya convivencia, más que la de un matrimonio, parecía la de dos amigos que se estimaban. También sentía el aprecio que el hombre le tenía, y no le gustaba la idea de aprovecharse de su enfermedad. Pero no podía evitar una punzada de excitación. Mujer culta e ingeniosa, Mariana estimulaba tanto los placeres de su cuerpo como de su mente, lo cual le evadía de las preocupaciones surgidas de su trabajo o, últimamente, de su relación con su primo. Al atravesar la puerta de los mercaderes se detuvo, pues no le apetecía volver a su casa y encontrarse con Galcerán. Sin embargo, como no había desayunado, tenía hambre, por lo que continuó su camino.

Tras su negativa a recomendarlo a Cortés, el antiguo coronel se paseaba por la casa con semblante adusto y sus silencios eran una queja muda que llenaba el ambiente de tensión. Estaba seguro de que no hallaría dificultades en ser aceptado con honores en las filas de Cortés, pero después de hablar con Sebastián Ramírez de Fuenleal, Martí se había fortalecido en su negativa, ya no por los sentimientos que le despertaba Cortés dadas las experiencias de su padre, sino porque apreciaba a su primo y sus intenciones le parecían un despropósito.

Con Galcerán en mente, el médico entró en casa y no pudo evitar un suspiro aliviado al hallar el salón vacío. Tonalna asomó desde la cocina y risueña dijo:

—Señor, seguro que está hambriento. Le preparo algo enseguida.

—Muchas gracias —respondió Martí quitándose la parlota.

Se sentó frente a la mesa y comenzó a vaciar su bolsa. Pero su tarea se vio interrumpida por la entrada estrepitosa de Galcerán, cuya expresión de entusiasmo cambió de inmediato ante la presencia de Martí.

—Pensé que no estabas en casa.

—Pues te equivocabas.

—Cierto —repuso con sequedad. Pero de pronto sus hombros se vencieron con un suspiro y su expresión se volvió melancólica—. No es bueno vivir así. Necesito un cambio. No soy feliz.

—De veras te daría mi bendición si creyera que tus planes van a resolver ese problema.

Galcerán asintió y se sentó junto a la mesa.

—Dicen que Cortés ha arribado a una isla y ha tomado posesión en nombre de la Corona. Parece que la ha bautizado como California, por no sé qué libro de caballerías.

Martí arqueó las cejas y se cruzó de brazos.

—En las *Sergas de Espaldían*, la reina Califa gobierna California —explicó con sequedad. Y con un suspiro añadió—: También dicen que Cortés dejó a algunos hombres en Chametla, bajo el mando de Andrés de Tapia, y que se están empezando a dispersar, cansados de esperar que vayan a buscarlos.

—Peor para ellos. Mira, Martí, esas tierras son la oportunidad de hacer algo completamente diferente a lo que he hecho hasta ahora. No se trata de riqueza, ni de prestigio; se trata de descubrir a gente que ni siquiera somos capaces de imaginar.

Martí pensó en Guifré. Esas palabras le recordaron lo que le contó sobre su llegada a Tenochtitlán, pero sabía que no se trataba de la misma situación.

—Tú... —añadió Galcerán ante su silencio—. Estoy seguro de que puedes entenderme. Tienes curiosidad por la medicina de los indios, e investigas, aprendes y tu mundo se agranda con ello. Yo no soy un hombre de estudios, pero también tengo curiosidad.

—¿Admiras a Cortés? —preguntó Martí.

—¿Quién no? Fue muy inteligente para hacerse con la Nueva España con notoria inferioridad de hombres respecto a sus enemigos.

—¿Los indios son enemigos?

—¡No es eso! A ellos, como guerreros, también les admiro. Pero la guerra es estrategia, y la de Cortés fue mejor.

—Ya, por eso ahora los trata como los trata, ¿no? Los barcos de su astillero se hacen usando *tememes*, cuando los cargadores indios están prohibidos, porque legalmente se considera abuso.

—Tengo entendido que paga sueldos por ello.

Martí se levantó, se acercó a Galcerán y le puso una mano en el hombro.

—Tú verás. Eres un hombre libre, y no tengo derecho a oponerme a tus deseos. Aunque como primo, me preocupa lo que te pase. En todo caso, la elección es tuya.

El retablo dedicado a san Francisco rebosaba una belleza diferente, de un color tan vivaz que la acercaba a la naturaleza más que ninguna otra pintura que Mariana hubiera contemplado antes. Los artistas indios a quienes fray Pedro de Gante adiestraba en su escuela de oficios demostraban una sensibilidad que atraía profundamente a la dama. Por eso la vela que su esposo le había pedido que encendiera por su salud titilaba en aquella capilla, aunque sabía que a él la composición del retablo le parecía recargada.

Preocupada por la salud del que había sido su compañero durante toda una vida, por primera vez se sentía vulnerable. Se casaron por conveniencia, un matrimonio pactado entre sus familias. Pero desde siempre compartieron una relación regida por la complicidad. Nunca estuvieron enamorados, y estaba convencida de que eso les había fortalecido. El lecho que compartieron años atrás les dio dos hijos, bien situados ahora en La Española. Con ello consiguieron parecer un matrimonio como exigía la Iglesia y el decoro, y al mismo tiempo ella gozó de una libertad que sabía que no obtenían las parejas que pasaban por los suplicios del amor, presas de afectos cambiantes y deslealtades. En cambio, ellos siempre habían sido leales el uno con el otro, e incluso ahora estaba convencida de que el hecho de que su vida sexual se separara había contribuido a aquella lealtad.

Sin embargo, echaba de menos aquella ambición que compartieron durante años, excitados por el reto y la novedad, una ambición que les hizo venir a la Nueva España. Tras la tiranía de los anteriores miembros de la Real Audiencia, Cristóbal parecía haberla perdido, agotado por los juegos políticos que antaño le apasionaban. Se conformaba con llevar su corregimiento, leal a la Corona. Y al verlo en cama, Mariana se daba cuenta de que la ambición era sólo una de las cosas que le había quitado el paso de los años. Pero ella no se sentía igual y se preguntaba si por primera vez le estaba siendo desleal con Martí.

Apuesto, reservado y dotado de una seductora inteligencia, el conde de Empúries había afianzado su posición en la ciudad de manera tan silenciosa como efectiva. Su primo servía en el ejército y sus servicios médicos en el hospital le dotaban de un prestigio sólido frente a los miembros de la Real Audiencia, de los cuales algunos, como el propio presidente, eran clérigos. Además, era el médico personal del obispo Juan de Zumárraga, quien jamás se cansaba de hablar bien de él. Y por ello Mariana a menudo se preguntaba: «¿A qué espera para dar el salto? Sólo con chasquear los dedos puede conseguir un corregimiento, pero cuando el virrey tome el cargo, ¿quién sabe?» La verdad era que tanto la espera como la incógnita la excitaban.

Observó los animales dibujados en la parte inferior del retablo: el jaguar parecía un gato manso, y entre las motas de su pelaje le pareció distinguir, según se mirara, la silueta de un águila. Eran dos símbolos del poder de los indios, uno desapercibido al fundirse con el otro y, sin embargo, la piel del jaguar era resultado de la presencia discreta del águila. Entonces se dio cuenta de que no era desleal a Cristóbal por aquella excitación. Al fin y al cabo, Martí no le había confesado cuáles eran sus intenciones reales; se había limitado a pedirle ayuda en ciertos momentos, y también escuchaba sus consejos, aunque jamás los solicitó. Eso no era lo mismo que compartiera con Cristóbal, con quien los pasos para cumplir sus ambiciones se habían establecido entre los dos.

A Mariana le alivió este pensamiento, se santiguó ante el retablo y salió de la capilla. La nave central de la catedral, aún en obras, estaba prácticamente vacía. Sin embargo, al enfilar el pasillo lateral hacia la puerta, en una de las últimas bancadas, vio una figura encorvada que enseguida reconoció. Rosario sentada, sola en un oscuro rincón, parecía querer pasar inadvertida.

A menudo coincidían, e incluso se visitaban, pues su cuñado era corregidor, al igual que Cristóbal. Debía confesar que a su llegada a México le pareció una mujer sosa y aburrida, pero desde que se casara con el encomendero indio, que tan hábilmente había prosperado en aquel mundo de castellanos, Rosario le despertaba curiosidad y le divertía la inocencia de sus observaciones. Así que se acercó a ella con sigilo y se sentó a su lado. La mujer la observó de reojo, y luego mantuvo la mirada perdida en el altar mayor.

—Pareces afligida. ¿Acaso echas de menos a tu esposo?

Rosario mal disimuló un suspiro y respondió en un susurro entrecortado:

—Se me hace extraño estar sin él. A veces pienso en cosas raras durante sus ausencias.

—Oh, vamos —dijo Mariana asociando las cosas raras con el miedo a la infidelidad—, no te hagas eso a ti misma. Tú le convienes. Sabe que como indio puede inspirar desconfianza, y vuestro matrimonio lo acerca a los castellanos. Además, observa el cristianismo como ningún otro. Rosario, tienes un marido como muchas querrían: a tu servicio.

La mujer se volvió y le dedicó una sonrisa amarga.

—Pero yo... Yo no quiero que esté conmigo porque le conviene.

—¿Son esas las cosas raras que piensas? —preguntó Mariana reprimiendo una carcajada. Ella sería quien mandaría en la relación si no estuviera tan enamorada. Y él tomaba el poder alimentando ese amor—. Tu esposo está lleno de detalles que no deberían hacerte dudar de lo que siente, ¿no crees?

—Por eso estoy preocupada. Yo no... —la mujer suspiró—. Ya ves que no tenemos hijos, no los tendremos. Tú viviste en Cuba, conocías a mi antiguo esposo...

—¿Temes que Santiago te haga lo mismo? —preguntó Mariana con incredulidad—. No va a esparcir bastardos por ahí; le acusarían de concubinato. No sería el primer indio al que condenan por ello.

—Lo sé, y pocas castellanas lo aceptarían en su lecho. No es que tema que me haga lo mismo, pero sí que temo que algún día sienta que no correspondo a su amor como una mujer debe hacerlo, dándole un heredero.

Mariana acarició el hombro de la mujer con la intención de reconfortarla. La entendía, aunque consideraba que el amor creaba preocupaciones ahondando en debilidades ridículas. Por ello agradecía que su relación con Cristóbal estuviera basada en la amistad.

—Ay, Rosario, deja de pensar cosas raras. —La mujer sonrió y Mariana añadió—: Santiago es un encomendero próspero, ha tenido suerte contigo, y lo sabe. Por eso te cuida y te quiere, y está agradecido al Señor. Acepta que Dios te bendiga con su gracia, y si lo echas de menos, ya sabes dónde está Acolman.

XXXIV

Zolin jadeaba entre el placer y la urgencia, sentado, con mi cuerpo sobre el suyo. Él empujaba sin dejar que adaptara el ritmo de mis caderas a sus embestidas, y yo me aferraba a su espalda, excitada, pero sin disfrutar. Quizá por ello le arañé; él gimió de placer y me tumbó para ponerse encima de mí y continuar. Al poco acabó, se apartó a un lado y se quedó boca arriba, recuperando el resuello.

Frustrada, fijé la mirada en el techo, enmarcado con cenefas de cempasúchiles y mariposas pintadas en honor a Xochiquetzal. Durante aquellos días, el sexo con Zolin era como un combate cuerpo a cuerpo, donde sentía que se expresaba como nunca la realidad de nuestra relación. Aquel comentario despectivo y su agresividad habían agrietado nuestra armonía, que ahora entendía frágil, y no podía evitar preguntarme con quién estaba casada. En mi cultura, toda mujer vivía bajo tutela, ya fuera la de los dioses en las *calmecac*, o bajo la de los hombres, padres o esposos. Pero en las ausencias de Zolin, yo siempre quise ver generosidad, porque estas me habían dejado espacio para ser yo misma sin más guía que mis propias convicciones. Ninguna mujer podía ejercer poder de manera abierta sin ofender a su esposo, así que cualquier maniobra era sigilosa y procuraba enaltecer al *tlatoani* de Acolman. A la vez, jamás preguntaba sobre su vida con la esposa castellana. Esto convertía nuestra relación en un discurrir entre espacios mudos, necesario para mantenerla en un delicado equilibrio. Pero mientras crecieron los magueyales, mientras se enriqueció el mercado, aun con las verdades no contadas, estábamos unidos por algo. O eso había creído.

De pronto mi mente voló hacia Martí, hacia la verdad que hubo entre nosotros, pues con él pude ser yo misma, mientras que con Zolin sólo podía serlo, completa, en sus ausencias. Y en verdad era cuestión de tiempo que nos tuviéramos que enfrentar a lo que ahora nos sucedía: visiones opuestas a la hora de entender el bien para nuestro pueblo. Me irritaba tener que usar mi posición contra sus planes, pero la agresividad de su reacción en la *temazcalli* no me dejaba otra salida.

La campana de la iglesia no tardaría mucho en llamar a misa, y Zolin se levantó y se dirigió al cesto que contenía su ropa.

—Fray Rodrigo me ha comentado que vais a ir a cantar con el coro por diferentes encomiendas —dijo mientras sacaba su camisa.

—¿No estás de acuerdo? —pregunté sin poder evitar un tono seco.

Él se sentó a mi lado y me acarició la cicatriz del seno que me dejara mi consagración como antigua sacerdotisa. Evitaba mis ojos y con la mirada seguía el recorrido de su mano.

—Estoy muy contento —aseguró con cierta melancolía—. Es un buen ejemplo para el pueblo.

Frené su mano, la tomé entre las mías, y con ello me miró a los ojos.

—Sabes que mi posición como antigua sacerdotisa y como hija de *tlatoani* te son de utilidad.

—Lo sé. Es tu obligación, y cumples como una excelente esposa ante nuestro pueblo. Lo siento. —Me besó en los labios con dulzura y luego añadió—: Pero ¿entiendes que no puedo cambiar mis decisiones por unos dioses que fueron derrotados?

Bajé la cabeza. «No, no lo entiendo. Tu actitud es la vencida.»

—Amor, no soporto que estemos enfadados —dijo—, y menos por cosas que no incumben al matrimonio. Vayamos a misa con nuestro hijo.

Fuimos juntos, pero ante el dios de aquella iglesia no éramos marido y mujer, por lo que nos sentábamos separados. A mí no me importaba; aquel dios no podía validar lo que habían hecho los míos, y mi pertenencia al coro servía para guardar las apariencias ante el pueblo. Yo permanecía en el centro, al igual que en los ensayos, y desde mi posición podía observar, en el primer banco, a Zolin sentado entre Tecolotl y mi hijo. Aburrido, Huemac jugueteaba con la cruz de san Antón prendida a su cuello cuando fray Rodrigo empezó su sermón:

—Si uno invita a su amigo a beber pulque, ¿es pecado? No, si la moderación reina, están compartiendo. Compartir es bueno, agrada al Señor. Y si uno no se da cuenta y se emborracha, ¿es esa embriaguez pecado? No, porque no lo sabíamos. Es ignorancia, y la ignorancia se puede corregir siguiendo los mandatos de Dios.

Se interrumpió, y desde un lateral del altar, Jonás tradujo mientras se alisaba el pliegue de la túnica, en señal de que nuestra estratagema contra los planes de Zolin había surtido efecto. Luego el fraile prosiguió explicando que en cambio era muy distinto beber siendo consciente de que se iba a acabar borracho. El tono de su sermón fue subiendo cuando aclaró que el pecado capital de la gula incluía comilonas y borracheras. Y estas llevaban a pecar de soberbia, ira o pereza.

—Por eso las pulquerías son la casa de la tentación —concluyó—. Así que id con cuidado fuera de Acolman, porque los arrabales de otras ciudades están plagados de ellas. No bebáis, ni incitéis a la bebida, pues todo aquel que es causa del pecado de otro peca también. Y todo pecador arde en el infierno.

El rostro de mi esposo se ensombreció. Miró a Tecolotl mordiéndose el labio inferior, pero el *ciuhacóatl* o no se dio cuenta, o simuló una perfecta indiferencia. Luego, con un movimiento brusco, ladeó la cabeza y me clavó una mirada oscura, con el ceño fruncido y tembloroso.

Santiago Zolin cerró la puerta de su estudio con rabia. ¿Cómo se había enterado fray Rodrigo? ¿Y cómo se había atrevido a interponerse en sus planes? Se dirigió hacia su amplia mesa de trabajo y revisó las disposiciones de Tecolotl respecto a la recolección y el traslado del aguamiel.

—¡Nada! —murmuró con desprecio.

En aquellos documentos sólo estaba la habitual efectividad del *cihuacóatl*, pero no tenía más remedio que ponerlo bajo sospecha, porque si no lo había delatado él...

Frustrado, se dejó caer en la silla sin dejar de pensar en Ameyali. Le había dejado claro cuánto le disgustaba la idea, pero no podía creer que usara al fraile para frenarle. A Zolin no se le escapaba que ella seguía sintiendo a los antiguos dioses como dueños de su alma; lo veía en las flores del jardín y en la decoración del dormitorio. Al principio le inquietó, pues podía protegerla sólo hasta cierto punto. Pero debía admitir que con los años aquellos detalles le generaban una sensación de hogar que le devolvía a la seguridad de su infancia. Y por ello sabía que Ameyali se sometía a fray Rodrigo porque a él, su verdadero señor y esposo, le convenía. Pero en verdad ella no confiaba en el clérigo ni en aquella religión.

Así que sólo podía sospechar de Tecolotl. Las mismas virtudes que le agradaban de él podrían habérsele vuelto en contra. Había sido un fiel consejero del antiguo *tlatoani*, padre de Ameyali, y al principio navegó entre su propio desconcierto y la desconfianza de Juan. Luego Santiago se lo llevó como mayordomo a México contagiado por la desconfianza de su hermano, y lo devolvió a Acolman porque era el único noble que quedaba de la vieja escuela preparado para ejercer como *cihuacóatl*. Sin embargo, como antiguo noble, era fácil deducir que a Tecolotl tampoco le agradara la idea de vender pulque fuera de ceremonias ya inexistentes. Y aunque jamás le discutiría de forma directa, estaba adiestrado por la vieja corte en los entresijos políticos.

Se oyó un golpe en la puerta y al poco entró Tecolotl con las manos plegadas a la altura de su cintura, sin mirarle a los ojos.

—¿Me has mandado llamar, mi señor?

—¿Te sorprende? —preguntó Santiago Zolin, poniéndose en pie—. ¿Cómo puede ser que fray Rodrigo haya condenado tan directamente mis planes? ¡Y delante de todo mi pueblo! Alguien se lo habrá dicho...

—Bien, Jonás, leal servidor de su esposa, era el encargado que el fraile había elegido para ir por las aldeas y asegurar que la gente viniera a doctrinas —se explicó el *cihuacóatl*, manteniendo la mirada en sus propias manos entrecruzadas—. Pero ahora ya no es así. Ha escogido a un fiel de cada aldea. Cualquiera de ellos puede haberle dicho que cosechan aguamiel como tributo.

—¿Y por qué no se me había informado? —preguntó Santiago escrutando la expresión de Tecolotl.

—Pensé que era una cuestión de iglesia, y que no interferiría en cómo el señor de Acolman gobierna. Le suplico me disculpe, pues a veces aún me cuesta entender a estos frailes, mi señor. Sé que eso no es excusa, pero...

—Está bien, no temas —le interrumpió Santiago—. Envía a un mensajero a fray Rodrigo con una invitación a almorzar en mi casa. Espero que tú también asistas, y así aprendas a no dejarte embaucar por esos frailes.

Tecolotl estaba sentado en un lateral de la alargada mesa de roble, frente a fray Rodrigo. Este parecía nervioso, a pesar de que el *tlatoani* les agradecía cortésmente su presencia. Luego el fraile bendijo los alimentos y empezaron a servirse la comida en escudillas, lo cual resultaba muy incómodo para el *cihuacóatl*.

—Y bien, cuénteme cómo van sus prédicas por las estancias —comentó Santiago Zolin iniciando la conversación.

Fray Rodrigo pareció relajarse, pero a Tecolotl le fue imposible seguir lo que dijo a continuación, pues hablaba con la boca llena, rápido, y en aquel idioma que el *cihuacóatl* aún no dominaba del todo. Así que mientras no oyera «Teodoro» decidió concentrarse en meterse la cuchara en la boca sin derramar nada.

En la reconstruida Tenochtitlán, él comía con el resto del servicio, en la cocina. Aceptó aquel puesto de mayordomo, muy por debajo de su rango, y aguantó a pesar de la actitud despectiva de doña Rosario. Para Tecolotl era mejor que quedarse en Acolman, reducido a poco más que un campesino con unas pocas tierras. No soportaba sentir vergüenza ante los hijos que le quedaban tras la viruela. Y por ellos valió la pena aguantar en Tenochtitlán, pues al regresar con mejor posición, pudo brindarles puestos como recaudadores de tributos o escribas, más adecuados a su preparación.

Y, además, estaba ella, Ameyali. «Lástima que no sea un varón», pensaba Tecolotl a menudo. Sus consejos eran los de un digno sucesor de Xocoytzin, y no le faltaba valor, como había demostrado con su última iniciativa para mantener el favor de los dioses. Ella, más que el *tlatoani*, era su guía y su inspiración. Desde su llegada, los dioses habían vuelto a Acolman, y se preguntaba cuánto más los bendecirían aquel año, tras la ceremonia dedicada a Toci.

Entonces le pareció que fray Rodrigo aludía al coro, y Tecolotl se esforzó por entender sus comentarios:

—Puede estar usted orgulloso de sus indios encomendados. He apalabrado la presencia del coro en algunas cabeceras cercanas. Pero sepa que la idea parte de Jonás, y esto me alegra profundamente. Ha hecho que todas esas almas descarriadas se acerquen al Señor.

—Ya, por eso le había hecho venir —dijo Santiago dejando la cuchara en la escudilla vacía—. Me voy a quedar un par de meses y necesito a todo mi servicio, incluidos los que forman parte del coro. Y el resto, deben labrar los campos para el frijol. Trabajar también es honrar a Dios.

Tecolotl se quedó paralizado al oír aquello.

—Pero ese coro de indios le ensalza a usted, don Santiago, en el objetivo cristiano de su encomienda —señaló fray Rodrigo con incredulidad.

—Y es ese objetivo el que me preocupa. Verá, su sermón de hoy me ha hecho reflexionar, y no veo bien que vayan a otras ciudades. Aquí no hay pulquerías, pero usted lo ha dicho: fuera está lleno. Y yo no puedo exponerles a la tentación de la gula de esa manera. Sería fallar en la misión que me encomendó su majestad el rey. ¿Quiere más vino?

Sentado en su estudio, Zolin golpeó la mesa y me miró con rabia.

—No querrás que te recuerde cuál es tu lugar como mujer. ¿Desde cuándo te importa tanto honrar a Dios? —me preguntó.

Sentí que mis mejillas temblaban levemente por la rabia e intenté controlar mis sentimientos, pero aun así mi voz sonó dura cuando respondí:

—Era una oportunidad, Zolin. ¿A cuántas ciudades pensaba llevarnos el fraile? En todas hubiéramos magnificado el nombre de Acolman y su mercado.

Él se rascó la oreja y luego, con un suspiro, se puso en pie y vino hacia mí. Me tomó de los hombros y en tono conciliador dijo:

—Querida, agradezco tu implicación y lo que has hecho como antigua sacerdotisa, hija de *tlatoani* y ahora esposa. Pero creo que es hora de que todos tengan claro, tanto ese fraile como el pueblo, que quien manda aquí soy yo. Si después de haberme retado fray Rodrigo se lo piensa mejor, aún podrás hacer lo que debes por tu tierra. Agradezco que me ayudes a legitimarme ante nuestra gente como *tlatoani*, pero aunque no lo hicieras, soy el señor y no puedo permitir que haya dudas al respecto.

—¿Por eso te quedas? —pregunté con un hilo e voz—. No es por tu hijo ni por mí.

Él bajó la cabeza y apretó sus manos sobre mis hombros. Me hacía daño, pero más me dolía preguntarme desde cuándo le importaba tanto el poder. Decepcionada, le obligué a soltarme y salí asediada por las dudas: ¿Zolin estaba cambiando o ya lo había hecho? ¿Se convertiría en alguien parecido a su hermano Juan? ¿Cómo afectaría eso a nuestro matrimonio?

De la sala de los escribas, salió Tecolotl y le seguí al piso inferior, hasta el abrevadero, que quedaba resguardado tras la escalera. Con las manos entrecruzadas sobre su cintura, sin mirarme a los ojos, comentó:

—¿No ha sido un riesgo, mi señora?

—No, los matrimonios discuten. Tenemos visiones diferentes de lo que es bueno para nuestro pueblo, y aunque no haya cedido, puedo saber sus intenciones. Simplemente, la estrategia para frenarle con lo del pulque ha sido un error. Habrá que buscar otra solución.

Tecolotl se soltó las manos e hizo un gesto como si espantara alguna mosca mientras decía:

—Renunciemos al coro, no nos queda otro remedio. Además, era demasiado arriesgado usarlo en ciudades que no conocemos.

—La idea es no hablar con nadie, Tecolotl. Los sayos que he mandado hacer para nuestras actuaciones, con los tres tallos de zacate sobre la luna llena, son tan peligrosos como las decoraciones de las cerámicas. Los curas ni se fijan en ellas. Pero entre los otros que acuden al templo, se entenderá que se refiere a la ceremonia de las escobas. Renunciaré a frenar la cosecha del aguamiel. Sólo he de conseguir que fray Rodrigo se retracte públicamente.

Santiago Zolin permanecía escondido en la penumbra, cerca de la pila bautismal, mientras en su mente se repetía incansable la pregunta de Ameyali: «¿Por eso te quedas?» Sólo Tecolotl y fray Rodrigo conocían su decisión de quedarse durante dos meses, y se preguntaba con recelo cómo se había enterado su mujer.

Cuando ella salió del confesionario, Santiago se agachó para no ser descubierto. Una sonrisa iluminó de pronto el rostro de su esposa y se marchó con paso apresurado, sin santiguarse antes de salir. «¡No puede ser! —pensó—. Ella sólo se confiesa cuando es obligatorio. ¿Desde cuándo se lleva tan bien con fray Rodrigo?» El noble linaje de Ameyali le había ayudado, cierto, pero también la consolidaba a ella ante el pueblo, y más gracias a sus propias ausencias. ¿Acaso hacía uso de ello? «Es mi esposa. ¿Cómo me va a traicionar?»

XXXV

Acolman, año de Nuestro Señor de 1535

Era una iglesia parecida a la de Acolman, pero poblada de santos a lo largo de toda la nave. Vestidos con suntuosos mantos de algodón, vigilaban a los fieles desde lo alto, y durante buena parte de la misa me hicieron sentir incómoda con aquellos ojos piadosos y resecos. Hasta que me fijé en lo que coronaba el callado de la talla más cercana a mí: ¡eran hojas de maíz que evocaban al dios Centéotl! Durante el sermón, observé con otros ojos las figuras que podía divisar en aquel lugar de penumbra: una llevaba en su callado una flor de *ololiuhqui* y otra estaba cubierta por un manto que recorría los matices del azul al verde del agua turbia. Sentí de pronto como si Centéotl, Xochipilli o el mismo Tláloc se hubieran colado en aquel templo bajo la guía de Tezcatlipoca, maestro del disfraz. «No en vano estamos en la cabecera de Teotihuacán», pensé, y me entregué a mi canto como no había hecho en ninguna de las ciudades visitadas con anterioridad.

Acabó la misa y los fieles abandonaron la iglesia en silencio, mientras los miembros del coro aguardábamos en nuestro sitio, cerca del altar. Detrás de nosotros, fray Rodrigo hablaba con el clérigo encargado de aquella parroquia. Entonces lo vi, sentado en los bancos centrales de la iglesia. No se movía, sólo me miraba. Vestido con camisa blanca, su manto oscuro emitía destellos verdosos. «¿El nigromante?», pensé con un vuelco en el corazón. No había vuelto a saber de él desde hacía seis años. Cuando el grueso de fieles había salido ya, el hombre se nos acercó. Caminaba renqueante por el pasillo principal, encorvado, envejecido, y me pareció oír esa risita burlona, tan familiar...

Me separé de mis compañeros y avancé unos pasos hacia él. Jonás se dio cuenta y me detuvo. Se situó delante de mí, con los brazos cruzados y los hombros en tensión.

—Espéralo. Que parezca que te presenta sus respetos —susurró, y señaló con la cabeza hacia detrás.

No me volví, pero sabía que Gabriel, el esclavo de Zolin, no nos quitaba ojo de encima.

Cuando el anciano nos alcanzó, encorvado como estaba, sólo pude ver su frente arrugada bajo el pelo enmarañado. Entonces sacó algo de debajo de su mano y me lo tendió. Era un cempasúchil. Noté que Jonás se relajaba, y acepté el regalo.

—Es la flor de los muertos. Como la luna cuando nace el sol. Viniste como te anunciaron —dijo el anciano señalando la figura de Coyolxauhqui estampada en mi sayo. «No es el nigromante, pero lo ha conocido», pensé. Él añadió—: Y quien te anunció me dijo que te fiaras de tu intuición.

—¿Le molesta, señora? —sonó de pronto una profunda voz en castellano.

Noté su presencia y me volví hacia él. Posiblemente tan alto como Martí, y de pelo más rizado y recio, el rostro negro de Gabriel contrastaba con el blanco de sus ojos, que miraban fijamente la flor.

—No, claro que no —respondí—. Es un fiel a quien ha gustado nuestro canto.

Gabriel asintió y retrocedió unos pasos, mientras el anciano se volvía hacia Jonás. Con visible esfuerzo, tembloroso, alzó la cara y le dijo:

—Me alegra que hayas encontrado tu camino. Te necesitaremos.

Y se marchó, mientras Jonás se giraba hacía mí, pálido como jamás lo había visto.

—¿Le conoces? —pregunté sorprendida.

—Creo que... es el sacerdote que me puso el nombre.

—¿Y qué nombre es? —pregunté, recordando de pronto que me había quedado sin respuesta en nuestro viaje en el barco.

—Vamos, es hora de volver a Acolman —anunció fray Rodrigo.

Jonás sonrió y se encogió de hombros, mientras seguía al fraile por el pasillo central de la iglesia.

Era un caballo de cruz baja, pero de potentes patas, casi tan negro como *Kolo*. El pequeño Hipólito apenas destacaba sobre la grupa del animal y Santiago, apoyado sobre la valla, le repetía:

—Dale más fuerte con los talones, hijo, que camine con brío.

—No quiero hacerle daño, papá.

—¡Pero es que así ni lo nota! Venga, dale, espalda recta, mirada al frente.

Aunque con el ceño fruncido, Hipólito obedeció y el caballo avivó el paso.

—Muy bien. Hazle girar; la rienda hacia la rodilla —ordenó Santiago.

Al niño no le gustaba practicar en el cercado; prefería cabalgar con su padre por los campos. Pero este estaba convencido de que a su edad era esencial el adiestramiento, y se encargaba personalmente de ello. A Ameyali le agradaba que prestara atención a su hijo, aunque no le convenciera especialmente que aprendiera a montar. Sin embargo, en los últimos tiempos no había hecho ningún comentario al respecto. «De hecho, ha dejado de poner reparos», se recordó Santiago. Desde que fray Rodrigo pronunciara un sermón alabando la virtud del trabajo comunitario bajo la sabia dirección del señor de Acolman, guiado sin duda por Dios, Ameyali ni siquiera mencionaba la recolección del aguamiel. A su marido le hubiera gustado creer que era porque había entrado en razón, pero no estaba muy seguro de ello.

Ella seguía sin renunciar a los dioses antiguos. Lo había comprobado cuando acompañó al coro en su primera salida a la parroquia de Texcoco. Todos vestían un sayo, estampado con tres tallos de zacate al amparo de la luna llena. No le sorprendió el símbolo del antiguo mes de *ochpanitzli*, pues durante el mismo se honraba a la diosa Toci, madre de dioses como la Virgen, pero sí la presencia de la luna. Este pequeño detalle le inquietó y acentuó la sospecha de que su esposa había presionado al cura para que se retractara. ¿Qué le habría dicho? Porque a aquellas alturas no dudaba de que lo había manipulado para honrar a quien ella quería. Al fin y al cabo, el coro estaba dirigido por el hombre que la acompañaba desde su retorno. Además, no se le escapaba que entre ella y Tecolotl había una complicidad que, si otrora podía creer aferrada al recuerdo de Xocoytzin, ahora sólo le despertaba recelo.

La figura de Ameyali había sido muy importante para animar a los campesinos a recuperar y ampliar los magueyales. La voz de la tradición impulsando el cambio era mejor que la fuerza, y por eso jamás temió que se rebelaran durante sus ausencias. Pero quizás estas se habían prolongado demasiado, pues sin el *tlatoani* en la ciudad, la habían reforzado como símbolo y le inquietaba la sensación de que ella estaba utilizando de algún modo el poder que esto le daba.

Por eso hizo venir a Gabriel, su mayordomo en México. La mayoría de la gente a su servicio en Acolman había sido elegida por el *cihuacóatl* y no se fiaba. Gabriel, en cambio, era su esclavo, y aunque no lo hablaba con fluidez, tenía nociones de náhuatl. Por eso era perfecto para vigilar las visitas del coro a otras ciudades y comprobar si ocultaban algo más que unas hierbas pintadas en un sayo. Si sólo era eso, no tenía importancia. Pero ¿cómo apagar su desconfianza? Sentía que esta amenazaba su matrimonio, y ya había perdido a Ameyali una vez. Debía hacer lo que fuera para salvaguardar su relación. «Quizá deba seguir el consejo de Pedro y poner a un administrador esclavo, como los otros encomenderos —pensó—. Eso podría ayudarme a descubrir si Ameyali hace algo a escondidas. En todo caso, la frenaría y todo volvería a ser como antes.»

—¡Papá! —gritó Hipólito.

Santiago se asustó, pues de pronto se dio cuenta de que había descuidado a su hijo. Pero este permanecía sobre la grupa del caballo, sonriente y señalaba el horizonte. Un carruaje se aproximaba levantando el polvo del camino.

La carreta avanzaba lentamente, con los doce miembros del coro sentados en la parte de atrás. Santiago nos la había proporcionado tras nuestra visita al monasterio franciscano de Texcoco, en cuya iglesia cantamos, para honra de Dios y prestigio del encomendero de Acolman. Fray Rodrigo iba en el pescante, al lado de Gabriel, quien azuzaba a las mulas para que apuraran el paso.

Todos callábamos, pues no queríamos que nuestras conversaciones en náhuatl despertaran las suspicacias de fray Rodrigo, y además estaba el siervo de mi esposo. Sabía que Zolin no nos lo había proporcionado para nuestra comodidad, como le hizo creer al fraile, sino que era una forma de controlarme. «Es posesivo, pero porque te quiere», me dijo Jonás cuando le expresé mi desasosiego. Sin embargo, temía que sospechara algo: tanto control no era propio de él, a no ser que por algún motivo ahora desconfiara de Tecolotl. Como había dicho el anciano en la iglesia, debía fiarme de mi intuición, pero a la vez sabía que no resultaba fácil: era mi esposo, el padre de mi hijo.

Observé a Jonás, quien apoyado en el lateral de la carreta contemplaba el paisaje. Su rostro de finos rasgos relucía perfilado por el sol de la tarde, y parecía disfrutar de la paz del trayecto, a pesar de la postura encogida que se veía obligado a adoptar. «El hombre del nombre perdido», así lo llamó el nigromante en la cueva, y también dijo: «Verdadera es su fe, importante su misión». En aquel momento no presté atención, pero ahora, tras las palabras del anciano sacerdote de Teotihuacán, no podía evitar pensar en ello. Más allá del afecto que le profesaba, debía admitir que era esencial para mí, para nosotros, y apenas había sido consciente de ello. Se ponía en peligro con su misión, cierto, pero pensé que lo hacía por su fe, e incluso por mí, porque éramos como hermanos. Sin embargo, ahora me daba cuenta de que era parte de su destino, ¿hasta qué punto él había obrado sabedor de ello? «Supongo que no es casualidad que desconozca su nombre nahua —pensé—. Quizás él mismo lo rechaza.»

Yo también rechazaba mi destino si se trataba de convertirme en sacerdotisa de la luna, tal y como el nigromante me vaticinó. Cierto que Coyolxauhqui señalaba las noches de nuestros ritos en el templo, pero en cada uno de ellos la fuerza residía en los dioses que podían brindarnos esperanza y optimismo. Y nos habían favorecido, no cabía duda, por lo que durante aquellos seis años no había pensado demasiado en la diosa luna. No era su sacerdotisa, tampoco lo era sólo de Xochiquetzal, aunque para mí ocupaba un lugar especial. Era una sacerdotisa de casi todos los dioses, según el mes, según lo que conocíamos por nuestros propios recuerdos y el saber que pudieron aportar los ancianos. El primer sacerdote que había visto en años fue el que vino hacía mí en la iglesia de la cabecera de Teotihuacán. Sin embargo, él parecía esperar mi llegada, y Coyolxauhqui había sido la señal. Yo la mandé estampar en el sayo para indicar el momento del ciclo lunar en el que estaríamos en el templo para honrar a Toci, pero las palabras del anciano me llenaron de tristeza, pues me recordaron a las que había pronunciado el nigromante: «Si estás aquí, es porque ya has empezado la transición, y ya has sentido a Coyolxauhqui».

Cuando me las dijo, la percibí como diosa vengativa y me dolía la pérdida de Martí, de quien quise vengarme sin que él mereciera tal cosa. Ahora me daba cuenta de que mi mente lo evocaba porque me gustaba pensar que hubiera podido compartir con él todas mis verdades. Pero a la vez, avergonzada y cobarde, siempre intentaba expulsar su recuerdo. Y sobre el carromato, por primera vez fui capaz de entender la razón. No me arrepentía de la decisión que tomé en su momento, pero todo lo que hice desde entonces me colocaba en una situación parecida a la de Coyolxauhqui. Con Zolin, sólo mostraba partes de mí misma, como la luna en el cielo. Y Martí ofrecía a mi imaginación una visión distinta, plena, que evidenciaba lo pequeños que podían llegar a ser los trozos visibles de la luna, con lo cual convertían cada fase en un recuerdo de su derrota.

Observé la flor de cempasúchil en un intento de hallar la mirada de Xochiquetzal, pero ninguna imagen vino a mi mente. «¿Por qué pienso ahora en esto? ¿Dónde me lleva?», me recriminé, y me volví, ansiando que el paisaje me diera el refugio que Jonás hallaba. Los cerros se difuminaban en el horizonte, coronados por las nubes grises que no tardarían en bajar hasta nosotros. Al otro lado quedaban las ruinas de los templos de la abandonada Teotihuacán. Los arbustos y los nopales empezaban a parecer frutos del descuido entre los campos de cultivo, unos con los primeros tallos de frijoles, otros con el maíz acogiendo la prolífica lluvia de la estación. Ante este paisaje, las imágenes de los santos de la iglesia acudieron a mí, y me devolvieron la incomodidad que me habían generado sus ojos pintados. Entonces me di cuenta de que ellos eran los que habían despertado aquella otra visión de Coyolxauhqui. Derrotada por su hermano, era la diosa de los vencidos. Y quizá no fue Tezcatlipoca quien guiara a Centéotl, Xochipilli o Tláloc a disfrazarse en la iglesia de la cabecera de Teotihuacán; quizás era la diosa luna quien les había mostrado cómo presentarse ante su pueblo vencido: a pedazos, como ella hizo tras su derrota. Pero por muy cercana que me resultara, tampoco quería ser la sacerdotisa de esa diosa.

—Gabriel, detén el carro un momento —ordenó de pronto fray Rodrigo.

El esclavo obedeció y todos nos miramos con desconcierto. Entonces, en la lejanía, pudimos distinguir el sonido rítmico de un tambor acompañado de un canto. El aire nos lo traía distorsionado por la distancia, pero para mí sonó con total claridad:

> *Oh, Chicomecóatl, diosa de las siete mazorcas, levántate, despierta,*
> *pues tú, nuestra madre, nos abandonas ahora,*
> *y te vas hacia tu patria Tlalocan.* *

Era el canto a la diosa del maíz para que despertara a la vegetación, y sonaba en pleno día, bajo el sol vencedor Huitzilopochtli.

—¿Quiere que vayamos hacia allí? —preguntó Gabriel.

Fray Rodrigo se santiguó y Jonás se apresuró a afirmar:

—¡Es el demonio, padre! ¡No nos acerquemos!

—Tranquilo, hijo —respondió el fraile—. ¡Aún hay mucha superstición en estas tierras! Por eso es mayor vuestra obra. Volvamos a Acolman.

El esclavo arreó a las mulas, y en cuanto estas empezaron a trotar, Jonás me miró con una sonrisa radiante en su rostro.

—Estará a rebosar con la luna llena —murmuró.

«¿Cómo voy a ser sacerdotisa de la luna? Los otros dioses no me dejarán», pensé.

Cuando el carruaje tomó la entrada principal de Acolman, el sonido de los cascos sobre el empedrado llegó hasta el patio de armas de palacio. Santiago Zolin había ordenado abrir los portones y mandó a Hipólito a las caballerizas con Itzmin para que desensillaran el caballo.

En pie, con las manos a la espalda y expresión adusta, vio a un jinete con espada al cinto entrar en la plaza. Tras él, tirado por un brioso corcel enjaezado, iba un pequeño carruaje similar a las antiguas andas, pero con ruedas y cubierto con un armazón de madera en lugar de telas. A su paso, Santiago observó

---

* J. Soustelle, *La vida cotidiana de los aztecas en vísperas de la conquista,* Fondo de Cultura Económica, México, 1984, pág. 238.

las expresiones de sorpresa y temor de sus súbditos, quienes jamás antes habían visto una comitiva como aquella, y percibió algunas miradas de soslayo hacia él, sin duda para comprobar su reacción. Él se mantuvo inmóvil, tranquilo, como todo un *tlatoani*, a pesar de que pensaba que hubiera sido bueno contar con una escolta armada. No debía de ser el único, pues detrás sintió la presencia de Tecolotl y dos de sus hijos, lo cual le reconfortó.

El carruaje se detuvo a las puertas del palacio, y Santiago observó que tras él había otro jinete armado. El primero de ellos descendió de su caballo, pero en lugar de dirigirse hacia el señor de Acolman, fue hacia la portezuela del carruaje y la abrió. Tendió su mano a alguien en el interior y salió una dama de rostro sudoroso, ataviada con un lujoso vestido cuyo escote estaba trazado por puntillas blancas de algodón.

—Rosario —murmuró Santiago sin poder contener su sorpresa.

—Querido esposo —dijo ella en voz alta, extendiendo las manos hacia él—. ¿No me das la bienvenida?

Él salió de su estupor y se acercó a Rosario, indicando a Tecolotl que aguardara dentro del patio. Al llegar a la altura de su esposa, el señor de Acolman tragó saliva para disimular una leve punzada de temor y preguntó:

—¿Has venido sola?

—Escoltada —respondió ella señalando a los dos jinetes, ahora en formación a un lado—. Los ha contratado Pedro.

—¿Y este carro?

—Me lo prestó doña Mariana.

Santiago entonces hizo una señal a Teodoro para que se acercara.

—Señores, por favor, acompañen a mi mayordomo. Él les indicará sus aposentos y dónde pueden comer algo. Teodoro, por favor, manda también a alguien para que se encargue de los caballos.

El hombre asintió y se retiró, seguido por los jinetes y el cochero. Se detuvo en el patio y dijo algo a sus hijos. Uno desapareció por la caballeriza, el otro por la parte trasera de la escalera, mientras el padre subía a la segunda planta con los recién llegados. Cuando Santiago se volvió, Rosario miraba a su alrededor sonriendo complacida, e incluso alzó la mano en un tímido saludo, pero los encomendados de Santiago inmediatamente bajaron el rostro.

—¡Qué agrios! Como Teodoro, todos son iguales —exclamó decepcionada.

—Te muestran respeto, por eso no te miran —explicó él con sequedad—. Anda, entra.

La tomó del brazo con fuerza y la arrastró hacia el patio de armas.

—¿No te alegras de que haya venido?

—¿Cómo se te ocurre? ¡Es peligroso, incluso con escolta! Y ese traje, ¿te parece apropiado para viajar?

—Te echaba de menos —sonrió Rosario ignorando sus palabras, y le pasó la mano por el pecho en una caricia.

Santiago la arrastró hacia un lado del patio, apartándola de las puertas abiertas, y se encaró con ella, mientras hacía esfuerzos por dominar toda la rabia que de pronto sentía.

—Me has desobedecido. Te dije que me esperaras en México.

—Llevas casi un mes fuera, y no quería permanecer más en la ciudad como una solterona, con mi cuñado y mi hermana —se lamentó con los ojos fijos en el suelo. Luego los alzó con un brillo que él reconocía muy bien y con voz melosa añadió—: Además, ¿quién es mi señor y dueño?

Intentó abrazarlo buscando un beso, pero él, que apenas podía controlar su furia, se quedó rígido.

—Papá, le he quitado las cinchas yo solo —sonó de pronto la voz de Hipólito.

Santiago se giró y vio a su hijo acercarse con porte orgulloso, acompañado de su perro. Casi al instante, el señor de Acolman miró a Rosario con temor. La expresión de esta se había congelado, observando al pequeño que, incuestionablemente, poseía los rasgos de su esposo. Aun así, con una voz que le salió quebrada sin darse cuenta de ello, preguntó:

—¿Tienes un hijo?

—Fue antes de casarnos, ni siquiera te conocía.

—¿Quién es esa señora, papá? —preguntó Hipólito parándose en medio del patio con cierto temor.

—Ha venido de México en un carruaje que hay allí fuera —respondió Santiago, señalando hacia los portones aún abiertos.

Rosario sonrió y acarició la mejilla de su esposo:

—¿Es esto lo que te retenía aquí tanto tiempo? —murmuró. No esperó respuesta. Se inclinó hacia el pequeño y le preguntó con dulzura—: ¿Quieres que te lo enseñe?

Hipólito miró a su padre con expresión de desconcierto ante la invitación de aquella señora. Como si quisiera animar a su pequeño amo, el perro de pronto se levantó y salió hacia fuera. El niño lo siguió con la mirada, hasta que su semblante se iluminó con una enorme sonrisa y también corrió hacia los portones.

—Vamos —dijo Santiago poniendo una mano sobre el hombro de Rosario para animarla a seguir al pequeño. Debía admitir que le enternecía la reacción de su esposa.

—Mamá —gritó Hipólito abriendo los brazos.

La cara de Santiago se demudó; Rosario se detuvo en seco. Ante el carruaje, *Kolo* saltaba alrededor de Ameyali, quien vestida con el sayo, se agachaba para recibir a su hijo. Lo abrazó y entonces los vio. Santiago se sintió traspasado por aquella mirada fría, el rostro endurecido. Aún agachada, ella murmuró algo al oído del pequeño y se levantó. El niño le tomaba la mano. Entraron en el patio de armas, pasaron por delante de Santiago y, conteniendo su furia, ella lo miró directamente a los ojos mientras murmuraba en náhuatl:

—Prometiste que no vendría nunca.

Luego pasó de largo hacia la parte de atrás de palacio. Desorientado, Santiago no supo reaccionar hasta que una bofetada en el rostro convirtió su desconcierto en cólera.

—Era esto lo que te mantenía aquí tanto tiempo, ¿no? —gritó Rosario con el rostro desencajado—. El concubinato es pecado. Y a los indios se les ejecuta por ello.

—¡Yo no soy un indio! —respondió él devolviéndole una bofetada—. ¡Soy un encomendero de su majestad!

Zolin no vino a mis aposentos y ni siquiera entró en el jardín trasero desde la llegada de la esposa cristiana. Debía de estar en su lecho, pero a decir verdad eso no era lo que me mantenía encogida en un rincón del patio, bajo techo a la puerta de mi dormitorio, con la mirada apagada y el pensamiento nublado. La noche era oscura, llovía y las ranas elevaban sus cantos a Tláloc. Mientras, las palabras de mi hijo se repetían en mi mente como una cantinela:

—¿Qué es un indio, mamá? —me había preguntado mientras llegaban hasta nosotros los gritos de Zolin y Rosario.

No pude responderle. Estaba agobiada por un llanto que no quería dejar salir delante de él. Y no lo hice, no lo había hecho en ningún momento desde entonces. Ahora, atrapado en mis entrañas, me roía con furor.

—Un indio es uno de los nuestros —le había murmurado.

Pero no brotó ninguna lágrima, y me abracé a mis piernas, dobladas sobre el pecho. Mucho tiempo atrás, con el nacimiento de Huemac, Zolin ya se entregó al dios extranjero, pero no porque dejara de creer en nuestras divinidades, sino porque las consideraba vencidas. Sin embargo, no dudó en desafiar a fray Rodrigo cuando sintió que interfería en sus derechos como señor de Acolman. En ello quise ver a Zolin, pero me equivocaba: era el encomendero. ¿Desde cuándo Santiago estaba por encima de Zolin? ¿Por qué no me había dado cuenta antes? Sabía que tenía otra esposa, pero di por hecho que estábamos en igualdad de condiciones, que lo mismo que yo aceptaba a una esposa secundaria, ella aceptaba a la principal. Sin embargo, esa mujer ni siquiera sabía de mi existencia.

Sigilosa, noté que una presencia familiar se aproximaba a mí como un espectro alicaído. Yaretzi se sentó a mi lado, rodeó con un brazo mis hombros y me dejé acunar.

—¿Le amas? —susurró su voz rota.

—No sé quién es, en quién se ha convertido.

—¿Hubieras aceptado un matrimonio por la iglesia extranjera?

—Ya estábamos casados. Él no lo respetó.

—Pero ¿lo hubieras aceptado?

Negué con la cabeza, notando su pecho seco en mi mejilla, con los ojos perdidos en la lluvia que agrandaba los charcos del patio.

—Entonces no puedes culparle. Sabes que ante fray Rodrigo vuestra situación es delicada.

—Pero no lo era entre nosotros, Yaretzi, o eso pensaba. ¿Puedes creer que Santiago no le había dicho nada a esa mujer?

—¿Y qué cambia eso? ¿Qué cambia que ella esté aquí? —preguntó. Y me besó en la cabeza—. Él... Yo creo que te quiere, el pueblo te ama, eres la esposa principal.

—Pero como ella no acepta que haya otra mujer en su vida, se sentirá con derecho a reclamar su puesto aquí, en Acolman. Y yo no podré hacer nada. Con su silencio, Santiago me ha convertido en la concubina de Zolin, el indio que niega ser.

Yaretzi sacudió la cabeza y replicó:

—No puede hacer eso, no aquí. ¿No me has oído? Es igual si se considera uno de nosotros o no. Sabe perfectamente que sus ausencias son posibles porque tú estás aquí como esposa principal. No puede ofenderte en público.

—Soy sólo una mujer.

—Has mantenido a los dioses vivos para que bendijeran nuestras cosechas, y Acolman prospera desde tu retorno. ¿Que Zolin no lo sabe todo? Bueno, pero tú eres la que ha estado aquí cada vez que el fraile ha azotado a alguno de los nuestros. Has protegido a nuestro pueblo, y le has defendido a él durante sus ausencias. Eso lo sabe, no te quepa duda.

Me incorporé y miré a Yaretzi.

—¡No tiene justifiación! —exclamé—. Él sabía en todo momento lo que hacía. ¡Todos estos años arrastrando su culpabilidad por tomar una segunda esposa, por convertirme en su concubina! Pero eso no es lo que más me duele, lo que realmente me hace daño es que no me lo haya dicho con claridad. Quizás hubiera aceptado. ¿Qué iba a hacer? Se casó creyéndome muerta. Me hubiera conformado por nuestro hijo.

—¡Pues hazlo ahora! Por tu hijo y por tu pueblo.

—¿Y si ella no acepta? —escupí, sin poder controlar el temblor que me sacudía—. Nuestras viejas costumbres no valen nada.

Yaretzi me abrazó y me obligó a volver a su pecho. Me acunó al ritmo de la lluvia, mientras yo, con los ojos secos, me decía: «Somos un pueblo vencido».

XXXVI

Las nubes se arremolinaban en el cielo y tornaban las calmas aguas del lago de un color gris que se le antojó frío y amenazante. El carruaje traqueteaba por el camino embarrado, y las lluvias de días pasados habían dejado charcos cuya profundidad percibían los pasajeros con violentas sacudidas. La sombra de la Ciudad de México ya se distinguía al mirar por la ventana, con la parte alta de las atalayas perdida entre una neblina inquietante. Y Santiago Zolin no podía evitar arrepentirse de su decisión. Si hubieran vuelto atravesando el lago de Texcoco, ya estarían en casa. «Podría haber embarcado y devuelto el carruaje por tierra», se dijo controlando el malestar que le causaba el incómodo recorrido. Porque además de su desacertada decisión de presentarse en Acolman, Rosario había aceptado el carruaje de doña Mariana, casada con un corregidor que había sido alcalde de México. No podían regresar con presteza y ser vistos sin el carruaje.

Rosario permanecía en silencio con la mirada perdida en los maizales. Apenas tenía el rostro enrojecido por el bofetón que le propinara Santiago. Era una mujer fuerte y orgullosa, que en ningún momento se quejó del daño que le había hecho. Él no se arrepentía de haberle pegado, debía ponerla en su sitio, no podía permitir que su propia esposa le tratara de esa manera. Pero sí se arrepentía de haber obrado guiado por los sentimientos, y no por la razón. Y de ello sólo él tenía la culpa. Con los años, había llegado a estimar a Rosario, su actitud habitualmente solícita, su adoración; pero a Ameyali la amaba de tal manera que si sentía amenazada su relación podía llegar a comportarse de forma irracional.

No se le escapaba que aquella marcha de Acolman era precipitada. De haberse quedado unos días, podría haber convencido a Rosario de que actuaba con Ameyali por caridad, dándole sustento y cobijo en palacio por piedad hacia la madre de su hijo. La hubiera convencido de que su papel en palacio era el de una criada, y sabía que fray Rodrigo habría atestiguado que así era, pues él estaba convencido de ello. Pero Ameyali no hubiera aceptado esta situación: una

333

cosa era hacerlo ante un sacerdote del dios extranjero, otra ante lo que para ella era una esposa secundaria. Y aun sacando a Rosario de Acolman, la mirada de fuego que le dirigió Ameyali le hacía dudar de que pudiera devolver las cosas a su sitio cuando regresara.

Y, además, había dejado al descubierto ante Rosario una intimidad que para ella era un pecado y una traición. Si le denunciaba, posiblemente lo haría ante su confesor, fray Antonio, y aún recordaba su cólera cuando lo sorprendió con Ameyali, según él, amancebado. «Gracias a Dios, dejaste a esa india que te arrastraba al pecado y encontraste tu camino», le había dicho a menudo. Santiago era consciente de que una denuncia podía arrastrarle a él, a Ameyali e incluso a su hijo. Entonces recordó la reacción de Rosario cuando vio a Hipólito. Habitualmente fogosa, e incluso voraz, le acarició con una ternura que no se prodigaba entre ambos, y lo aceptó, aceptó a su pequeño. «Quizá pueda arreglarlo —se dijo—. En verdad me quiere mucho.»

La lluvia empezó a repiquetear sobre el tejado del carruaje, arrítmica y constante. Santiago tomó la mano de Rosario con suavidad, pero la mujer lo miró con furia y la apartó a la vez que giraba la cara hacia el áspero paisaje.

—¿Volverás en cuanto me dejes? ¿Volverás con ella? —escupió dolida.

—¿Me denunciarás? —preguntó él con suavidad.

—Soy tu esposa. Pensé que te complacía, que no necesitabas a otra.

—Tenía miedo, Rosario. —Volvió a tomar su mano. Esta vez ella no la retiró, pero tampoco lo miró—. Compréndeme. Yo sé, me han dicho... Has estado casada antes. No tienes niños, ni los has tenido. Yo no quería ofenderte; temía herirte si te decía que tenía un hijo de otra.

Rosario se volvió hacia él, con los ojos nublados.

—No me ofende que tengas un hijo. Me... Se parece tanto a ti. ¡Claro que me hubiera gustado ser yo quien te lo diera! —Se interrumpió para reprimir un sollozo, tomó aire y continuó con voz de hierro—: Lo que me ofende es que te acuestes con su madre. ¡Una india!

Santiago contuvo la rabia que le generaba ese desprecio. Debía apartar a Ameyali de todo eso.

—Olvídala. Tú eres mi esposa. No volverá a suceder, te lo prometo.

Rosario sonrió con amargura.

—¿Y quieres que te crea, cuando me has estado engañando todos estos años? ¡Deshazte de ella!

—¿Cómo va a perdonar Dios que me deshaga de la madre de mi hijo? No puedo hacer otra cosa que la que te prometo.

—Entonces, ¿me dejarás acompañarte cada vez que vayas a Acolman?

—No es sitio para ti. ¿Acaso no lo has visto?

—¡El palacio es perfecto, hermoso! ¿O no me dejas ir porque te avergüenzas de vivir allí como un indio?

Santiago cerró los puños y se giró hacia la ventanilla.

—Soy tu esposo y señor. Acatarás lo que te digo.

—Se lo diré a fray Antonio.

La rabia se hizo un nudo con el miedo y se volvió con brusquedad. El puño se alzaba solo, pero una brizna de razón le impulsó a detenerlo. Agarró a Rosario por la muñeca y apretó con fuerza mientras escupía entre dientes:

—Muy bien, te quedarás viuda, y encima todas esas damas como doña Mariana se reirán de ti, y provocarás la vergüenza de tu cuñado y tu hermana, que te vendieron a un indio como una vulgar fulana. ¡Hazlo! ¡Recibirás tu castigo por desobedecer a tu esposo!

El atardecer teñía de colores violáceos su tupido manto de nubes. El sol intentaba abrirse camino entre ellas, y un haz parecía romper su espesor ante el palacio de Mariana y don Cristóbal, pero tras él una neblina tamizaba sus efectos y apenas se divisaba la silueta de las atalayas a través de la ventana. La chimenea crepitaba y caldeaba la alcoba, mientras Martí permanecía recostado sobre el cabezal de la cama. La sábana apenas le cubría medio cuerpo, y respiraba al compás de su propia satisfacción. Don Cristóbal no había recuperado todo su brío, pero ya podía salir de palacio, por lo que él tenía vía libre para reanudar sus encuentros con Mariana. Así que, en lugar de limitarse a desahogos breves y precipitados, había podido disfrutar de ella y sabía que la había hecho disfrutar.

Con la agilidad de una muchacha, la mujer se levantó de la cama y, completamente desnuda, se dirigió hacia la mesa que empleaba como tocador. Había una jarra de vino aderezado con canela, y ella lo sirvió en una única copa. Luego se acercó al lecho y se sentó a su lado.

—Me han llegado rumores acerca de tu primo —dijo en tono jocoso mientras ofrecía vino a Martí.

Él lo rechazó con un gesto mientras respondía divertido:

—¿Ah, sí? —Galcerán siempre era muy discreto con su vida—. ¿De qué tipo?

Mariana se llevó la copa a los labios sin apartar la mirada de los ojos de su amante y luego respondió con un suspiro:

—Dicen que quiere unirse a la expedición de Hernán Cortés, aprovechando los barcos que le van a mandar de su astillero.

Martí cambió el semblante y le quitó la copa a Mariana para dar un buen trago. Si ella lo sabía era porque Galcerán estaba haciendo gestiones al respecto. Quizá ya había tomado una decisión, y lamentaba que no se lo hubiera comunicado.

—¿Lo sabías o no? —preguntó ella, incapaz de calibrar su reacción.

—Conocía sus intenciones, sí.

—Entonces no te está traicionando —concluyó Mariana en un intento de confirmar sus temores.

Martí apuró el vino, pero no respondió. «No, sólo me está decepcionando», pensó. Luego inclinó la copa sobre el pecho de la mujer e hizo caer una gota sobre su pezón.

—Está vacía y tengo sed —comentó mientras le lamía la gota derramada.

Ella sonrió y le arrebató la copa, aunque este gesto no dejaba de lado su preocupación por Martí. Pero sabía que no sacaría nada de él si no adoptaba su mismo tono desenfadado, por lo que se puso en pie y fue hacia la mesa mientras decía:

—Jamás te había visto hacer algo tan absurdo.

—No es la primera vez que bebo el vino en tu cuerpo. Me enseñaste tú, de hecho —dijo él malinterpretando adrede el sentido de la frase de Mariana.

Ella sonrió y se volvió para servir el vino.

—Te gusta escabullirte, ¿eh? Sabes que no hablo de eso. ¿Ponerte de parte de Cortés? Eso es lo absurdo. Hasta Ramírez de Fuenleal pidió que se le expulsara de la Nueva España apenas ocho meses después de llegar.

—¿Ves? Eso no lo sabía. Entonces no me llevaba tan bien con los miembros de la Real Audiencia —comentó Martí con la intención de que ella se animara a hablar sobre política—. He oído que tuvieron problemas cuando Cortés se instaló en Cuernavaca tras su regreso y no dejó entrar al visitador real en sus encomiendas. Pero no creía que hubieran llegado a tanto.

Mariana volvió a su lado y le dio la copa llena.

—Fue por un cúmulo de cosas. Ya sabes de sus quejas por el conteo de vasallos: él reclama que se cuenten veintitrés mil tributarios, y la Corona incluye a niños, mujeres e incluso esclavos, ninguno de los cuales tributa. En eso le daría la razón, pero no tiene perdón por negarse a entregar el diezmo. Es un presuntuoso.

—Tenía entendido que se lo quedaba porque le fue concedido por bula papal.

—Ya, pero don Carlos estaba en su derecho de revocar tal estupidez. Imagínate que todos los encomenderos hicieran lo mismo. No, Cortés no es buen aliado, excepto para hacer enemigos.

—Emocionante —respondió Martí, irónico.

Ella no dejaría el tema, volvería sobre Galcerán. Así que se lanzó a morder su cuello. Mariana estiró suavemente de sus rizos y le tomó la cara entre las manos. Conocía aquellas tácticas; él las utilizaba siempre que no quería hablar de algo, pero ella realmente creía que se estaba metiendo en un lío.

—No te escabullas.

—¿Quieres que te muerda en otra parte? —preguntó Martí arqueando una ceja.

Mariana ignoró su juego, aunque no le soltó.

—¿Por qué te pones contra la Corona? Y justo cuando ya ha nombrado a un virrey que la represente. No lo entiendo, de veras. Hasta ahora tus movimientos habían sido muy hábiles.

—¿Qué movimientos, Mariana? —se exasperó él recostándose en el cabezal de la cama.

—Los que has dado para ganarte un lugar de prestigio. Si no haces el tonto, puedes optar a lo que quieras, un corregimiento, un cargo en el cabildo...

Martí se molestó ante aquel comentario. No era la primera vez que le suponía movido por la ambición. En otras circunstancias, ella había cedido; sin embargo, aquel día se mostraba especialmente obstinada, por lo que respondió en un tono agrio:

—No lo hago por eso. Lo hago para poder trabajar tranquilo en lo que quiero. ¡Ya lo sabes!

—No te enfades —respondió Mariana acariciándole el pecho—. Es sólo que me preocupo por ti.

—Pues no te preocupes. Yo no voy a cambiar mi vida. Me gusta ser médico —aseveró, con la sensación de que empezaba a hartarle tener que repetirlo.

—Entonces, ¿por qué mandas a Galcerán con Cortés?

—Yo no le mando. Es un hombre libre.

Mariana lo escrutó, dubitativa. Le atraía el misterio que encerraba aquel joven y apuesto hombre, pero ignoraba sus intenciones, y a aquellas alturas, empezaba a pensar que quizá no confiaba en ella. «O eso, o me está diciendo la verdad: sólo quiere ser médico y no se da cuenta de las consecuencias de permitir que Galcerán haga lo que quiera», pensó. Cualquiera de las dos alternativas le desagradaba, por lo que su expresión se tornó adusta cuando le advirtió:

—Nadie te creerá, mi señor conde de Empúries. Él es tu primo, y sus decisiones te afectan. De hecho, pueden ponerte en contra a toda la Audiencia Real.

—No creo que lo que haga mi primo pueda afectarme.

—Aquí sí. En esta ciudad, las lealtades están estrechamente vigiladas.

Doña Mariana sirvió el chocolate humeante y se sentó en una silla frente a su invitada. Aquella bebida era de las pocas cosas de la Nueva España que agradaban a Rosario, pero aquel día sintió náuseas al oler el aroma a vainilla que desprendía. De hecho, no sabía cómo mirar a su anfitriona, y dejaba que su mirada vagara por los paisajes cubanos que decoraban las paredes del salón. Pero estos le recordaban su pasado, y le aterraba, ahora sí, la sensación de que su actual vida tomara los mismos derroteros que la habían llevado tiempo atrás a la vergüenza y al arrepentimiento.

Santiago no había aceptado enviar un criado a devolver el carruaje y la había obligado a ir en persona para agradecer a doña Mariana su generosidad. Pero su regreso era bochornosamente prematuro, y temía que las preguntas de la dama la obligaran a plantearse cuestiones que prefería ignorar. «Simplemente no me ama —se dijo—. Eso es lo que tengo que aceptar. Me he quedado sin armas.»

Mariana observaba a Rosario, acurrucada en la silla como un perrillo asustado. Era obvio que en su viaje había sucedido algo que había nublado la candidez de aquella mujer y estaba dispuesta a averiguarlo. Admitía que era un puro entretenimiento malicioso, pero así dejaría durante un rato de pensar en Martí, pues su encuentro de aquella tarde le había dejado un mal sabor.

—No te gustó nada Acolman —aseveró en tono grave, mientras tomaba su cuenco de chocolate.

Rosario, cabizbaja, negó con la cabeza.

—Muchas cabeceras de encomienda son demasiado parecidas a los arrabales de México. Y no mejora en los corregimientos, excepto Texcoco, claro, y pocas ciudades más —continuó doña Mariana con una sonrisa. Se pasó la lengua por los labios para quitarse los restos de chocolate y añadió—: ¿Y tu esposo se ha quedado? Se nota que ha puesto orden. Está haciendo un gran negocio con el aguamiel.

—Ha regresado conmigo.

Mariana soltó una carcajada que a Rosario le pareció fuera de lugar y la hizo sentir incómoda.

—¿Recuerdas lo que te dije en la iglesia? —preguntó la dama, gratamente sorprendida por aquella mujer. Realmente, no esperaba que aprovechara su posición de dominio ante Santiago Zolin—. Un esposo a tu servicio. ¡Sí, señora! Eso es poner orden. He de confesarte que no me lo esperaba de ti; te creía entregada a él por completo. Pero si lo sé, te dejo el carruaje antes para que te lo traigas.

Rosario se reconoció a sí misma que ese había sido el problema, que no había ido antes, que se había dejado engañar con las atenciones y las carantoñas de Santiago, cegada por una pasión que creyó correspondida. Entonces las lágrimas brotaron, silenciosas e irreprimibles, aliviando su ceguera. «Es por mi culpa, he pecado», pensó. Sentía que, aun casada, se había dejado llevar por la lujuria, pues su vientre era yermo, y la intensidad de su deseo merecía castigo.

Mariana comprendió que había malinterpretado el regreso de Santiago con su esposa. Pero al contemplar a aquella mujer compungida, la compasión la llevó a arrodillarse frente a ella. Con suavidad, le puso la mano en la barbilla y le obligó a alzar el rostro. Al mirarla a los ojos, adivinó lo sucedido:

—No me digas más, querida. Tiene una amante.

Rosario rompió en llanto, con sonoros sollozos y espasmos que parecían agudizarse al intentar controlarlos, humillada y rota por dentro. Mariana le acarició el cabello hasta que consiguió calmarla. No le gustaba ver a una mujer herida de aquella manera, tan atrapada en su propia vulnerabilidad, cuando los hombres hacían lo que se les antojaba, a pesar de que en aquella relación el poder lo tenía ella.

—Tú tienes las de ganar —señaló con suavidad, sentándose frente a su invitada—. Bien has hecho que vuelva contigo, ¿no?

Rosario la miró, con una amarga sonrisa bajo su ancha nariz enrojecida.

—Creo que ha vuelto por ella —musitó—, por no contrariarla. Me tenía que sacar de allí, eso es todo.

—¿No has hecho valer tu posición? Sé que quieres que te ame, pero puedes usar tu poder como arma para conseguirlo.

—Sí, ¿y de qué me sirve? Le amenacé con denunciar que practicaba el concubinato, como los antiguos indios, pero se niega a deshacerse de ella. ¡Es la madre de su hijo!

Mariana se quedó sorprendida un instante. «¡Vaya! Claro que se esforzaba en parecer el perfecto cristiano. ¡Buena fachada! Y todos nos lo hemos tragado. A saber qué otros secretos tiene en Acolman», pensó mientras se le escapaba una sonora carcajada.

—Con hijo y todo. ¡Fantástico! —exclamó. Aquello podía favorecer a Rosario. Sólo dependía de una cuestión—: ¿Te ofende lo del niño?

—Lo tuvo antes de casarse conmigo. Eso puedo perdonarlo, pero no que siga acostándose con la india —aseveró Rosario con rabia.

A Mariana le parecía mucho más constructiva aquella actitud. Así que le aconsejó:

—No uses tu posición de manera frontal. Con los hombres eso no funciona.

—¿Y qué puedo hacer? —preguntó Rosario, implorando para sus adentros una alternativa a la que asir su esperanza.

Doña Mariana se acarició la barbilla y entornó los ojos, como si tuviera que pensar detenidamente, aunque la respuesta, para ella, era obvia. Entonces suspiró y habló despacio:

—Pídele que traiga a su hijo a estudiar a la escuela cristiana de México. No mientas a la mujer, ni mucho menos le pidas que se deshaga de ella. Tampoco dejes que se la traiga con el niño, claro. La idea es que vea que no sólo le perdonas que tenga un hijo de otra, sino que te preocupas por su futuro, pues lo aceptas como su heredero. Pero eso sólo podrá ocurrir si se cría como un cristiano aquí, con su padre, para que entre ambos lo introduzcáis en sociedad. Si le quita el niño a la india, o él perderá el interés en ella, o ella se sentirá traicionada. A ti te da igual, porque te la habrás quitado de encima, y con una buena obra que le hará apreciar tu enorme generosidad.

Con el rostro iluminado, Rosario se irguió resuelta. Atrás quedaban el desamparo y el sufrimiento. Ahora tenía un plan.

XXXVII

Acolman, año de Nuestro Señor de 1535

Huemac se había quejado durante la cena. Decía que le dolía todo el cuerpo, y mientras Yaretzi preparaba el jugo de unas pencas de maguey asadas para aliviar su impreciso malestar, lo acompañé a su dormitorio. La lluvia había cesado al atardecer, y atravesamos el patio iluminado por la luna llena, que anunciaba la noche en que honraríamos a la diosa Toci. Subimos las escaleras hacia el piso superior y en el pasillo en penumbra pude distinguir cómo Gabriel se deslizaba hacia su estancia.

Hacía poco más de diez días que Santiago se había marchado con su esposa. «Yo cumplo mis promesas», fue lo único que me dijo. No dejó espacio para ninguna discusión, y por ello, aunque la rápida marcha de Rosario fuera una declaración de la voluntad de Zolin por devolver las cosas a su sitio, mis sentimientos sólo podían reflejar la enorme distancia que me separaba de él. Y en medio sólo estaba Gabriel, cuya única misión, al parecer, era vigilarme entre las sombras. Pero su acecho me sirvió de algo: cuando regresara Santiago, sería yo la que no dejaría espacio a la discusión, él tendría lo que quería, las cosas en su sitio, y así quizá me quitaría de encima al esclavo para poder obrar sin tomar las precauciones a las que ahora me veía obligada. «La traición será tu protección», me advirtieron una vez, y debía aceptar que había estado ciega a la dimensión que en verdad esta representaba.

Entramos en la habitación y Huemac se dejó caer sobre la estera que recubría su lecho de arena. A pesar de que el dormitorio contaba con una cama castellana, el niño nunca la usaba. Enseguida oí que rascaban la puerta y la abrí para dejar pasar a *Kolo*, que se recostó al lado de su pequeño dueño. Huemac levantó la mano temblorosa para acariciarle la cabeza, pero la dejó caer falto de fuerzas. Tomé un manto y lo arropé, aunque él intentó quitárselo de encima:

—No, mamá, tengo calor —gimió con ojos llorosos.

«Hacía un momento no los tenía así», pensé. Y me senté a su lado para acariciarle la frente. Enseguida noté que su piel estaba demasiado caliente. Pero no tenía nada más, ni tos, ni náuseas, nada. Quizás el malestar de mi hijo era una advertencia que los dioses me hacían a mí, y no a él. El pequeño se volvió y apoyó la cabeza en mi muslo, adormecido. «Me quedo, Yaretzi tendrá que ir con Jonás.»

La puerta se abrió y entró la antigua esclava con dos cuencos. Me tendió uno mientras yo le decía:

—No creo que las pencas sirvan de mucho.

—¿Tiene fiebre? —preguntó Yaretzi. Asentí y ella añadió—: Intenta darle el jugo. Ahora le subo un poco de *iztacpactli*.

—¿Y ese otro cuenco?

—Es para adormecer a Gabriel. Aguarda un poco hasta que le haga efecto. Es mejor darle algo, ya que no hemos podido salir según el plan.

—No voy a ir, Yaretzi —anuncié con rotundidad mientras intentaba despabilar a Huemac—. Venga, hijo, toma, bebe un poco.

El niño se incorporó, apoyado sobre mí, y obedeció mientras Yaretzi exclamaba:

—¿Cómo que no? Jonás te espera, fuera, en la puerta de atrás. Tecolotl ya se ha ido, y el resto han salido como pediste, todos evitando los alrededores de palacio. Yo me quedaré con Huemac.

—Imposible. Tú eres mi maestra. Todo lo que sé de plantas, te lo debo y Toci es quien rige esos conocimientos. Debes ir tú —afirmé con un suspiro—. Además, temo que su enfermedad sea una advertencia de los malos espíritus para mí. Al fin y al cabo, soy la madre.

—¿Y por qué no te han atacado a ti? Es posible que sean todo lo contrario. Tú lo has dicho, Toci es patrona de médicas, yerberas y parteras. Ve al templo y busca una repuesta. Sin ti no tiene sentido la ceremonia de hoy, te necesitan: eres la sacerdotisa que los ha llamado.

La estación de lluvias empezaba a ceder, pero aun así el cielo violáceo anunciaba una noche demasiado clara para la época y a Santiago Zolin le perturbaba la dominante presencia de la luna llena. El silencio cubría el camino e incluso los cascos de su montura al galope sonaban amortiguados sobre el barro fresco. Cubierto con una recia capa, cabalgaba solitario, con la mirada perdida en la espesura de nopales que bordeaban su paso. Le parecía que las nubes que debían poblar aquel anochecer lánguido estaban todas en su cabeza. Debía admitir que Rosario le había sorprendido y su propuesta inquietaba su mente, entre el agradecimiento, el miedo y la duda.

Llevar a Hipólito a México para criarlo como su heredero, entre la escuela cristiana y su casa; verlo cada día... Sin duda, le resultaba una idea tentadora, que le llenaba el corazón de una ilusión que, de pronto, en aquel camino espinoso, descubría que había dejado olvidada en algún rincón de su pasado. Rosario, lejos de denunciarle por concubinato, le había conmovido con su generosidad y su amor incondicional. Pero ¿cómo llevarse a Hipólito de Acolman sin que Ameyali le odiara por ello? Si no conociera a Rosario, sospecharía que su propuesta formaba parte de un perverso plan para hacerle elegir. Pero la conocía, sabía de la misericordia y la candidez que inundaban su corazón, y entendía que si se sentía atrapado a la hora de tomar una decisión era a causa de sus propios sentimientos. Criar a Hipólito en la escuela cristiana le aseguraría una buena posición, pero ¿cómo hacer entender a Ameyali que era lo mejor para su hijo? Temía que incluso el mero hecho de intentar convencerla afectara a su relación, y el miedo a perderla le hizo espolear el caballo, como si con la carrera pudiera dejar atrás su desasosiego.

Quetzalcóatl, el dios del viento, había levantado una suave brisa que mantenía alejadas las nubes. La luna llena parecía señalar con su luz la imagen de Toci, que aguardaba, impertérrita, a la puerta de la cueva. Otrora hubiera sido una mujer real, dispuesta a entregar su vida para alimentar con su sangre a la diosa. Pero a las afueras de Teotihuacán, bajo la mirada de Coyolxauhqui, la diosa terrestre era una figura de pasta de amaranto que exhibía su rodela en un brazo y alzaba el otro para mostrar la escoba de zacate que barría el camino de los dioses para que nos brindaran cosechas, agua y bienestar. La misma fe que tuvieron nuestros antepasados nos regía, aunque en sólo una noche representaríamos un rito que debería de haber durado días.

Permanecía agazapada tras un arbusto, junto con otras mujeres, a la espera de desempeñar nuestro papel especial en aquella ceremonia. Pero desde donde estaba me complacía observar a los asistentes, procedentes de todas las ciudades donde cantamos con el coro. Todos aguardaban en silencio. De pronto, un sonido parecido al de un timbal espantó a las aves del bosque, y de entre los árboles aparecieron cuatro hileras de jóvenes mozos. Sus voces imitaban el sonido del tambor, sus pies seguían el ritmo, y en sus manos llevaban cempasúchiles, que alzaban y bajaban siguiendo un movimiento ondulado. Al llegar a la puerta, se dispusieron entre los presentes, con las manos entrelazadas a la altura de sus vientres, quietos, sin dejar de imitar al tambor. Entonces me volví hacia mis compañeras y susurré:

—¡Ahora!

Como si mi orden hubiera surcado el bosque, de la arboleda entera surgieron en un estallido gritos de guerra que acallaron a los mozos. Me puse en pie, como las demás, y saltamos hacia el pequeño claro donde nos enfrentaríamos con el otro bando. Ceñidas con calabazuelas a la cintura llenas de tabaco, dos escuadrones de mujeres nos enzarzamos en una pelea ritual, frente a la diosa. Luego las parteras y algunas que sabíamos de hierbas curativas alzamos la imagen de Toci y, a falta de mercado por donde pasearla, dimos una vuelta en procesión entre los árboles. Tras la rodela había hecho esconder un saquillo de harina de maíz, lo tomé para repartir su contenido entre mis compañeras y la esparcimos por la tierra, como antaño hubieran hecho los sacerdotes de Chicomecóatl, diosa del maíz.

Introdujimos la imagen en la cueva y la depositamos en su altar. Mientras aguardaba a los que entraban, me despojé de la blusa y me toqué el cabello con una corona de flores. Mi torso desnudo dejaba al descubierto la cicatriz de mi seno, en recuerdo de los sacerdotes que habían perecido intentando recuperar nuestros ritos.

A medida que los fieles entraban, llenaron el altar de ofrendas de flores, y su aroma vencía al ocote de las antorchas. Con la cueva a rebosar, elevé mi voz en un canto de agradecimiento a Toci y luego corté el cuello de la figura y abrí su cuerpo; del interior surgió la imagen desnuda de su hijo Centéotl. El tambor sonó y los representantes de las diferentes comunidades allí reunidas se acercaron al dios del maíz y le vistieron con sus ofrendas: blusa con un fino dibujo de una poderosa águila y plumas de la misma ave para la cabeza y los pies, y acabaron coloreando su cara de rojo. Mientras observaba aquellos rostros, entregados todos, muchos desconocidos, Martí apareció en mi mente, pero no lo desterré como en otras ocasiones. No había derrota en haber elegido volver junto a mi esposo. Aquella era la prueba, y pensé que me hubiera gustado que Martí lo viera, porque quería creer que lo habría entendido. Al cabo, tomé una escoba de zacate y yo misma bendije la figura de Centéotl, convencida de que, aunque mi hijo había enfermado, la diosa Toci lo protegía como lo hacía con el suyo. Salimos de nuevo en procesión, dejando las imágenes resguardadas en el templo, y fuera nuestras voces se elevaron de nuevo en un canto. Entonces repetimos unidos las danzas con las que los mozos habían iniciado el rito. Esperanzados y pletóricos, el baile se alejó del rito, tomó su propia forma y se convirtió en la expresión de nuestro gozo de estar juntos.

Al acabar, se repitió nuestro pequeño ceremonial de despedida, pero en muchos percibí una melancolía más acentuada que en anteriores ocasiones. No sabíamos cuándo volveríamos a reunirnos de aquel modo. Lo único seguro era el retorno a los campos y a las cadencias melancólicas de los ritos extranjeros. Cuando los últimos despedían a Jonás, reconocido por su papel al frente del coro, me senté en una roca frente a la cueva, con la mirada en el cielo que me dejaban entrever los árboles. Profundamente agradecida, por fin creía entender por qué me habían señalado los dioses como sacerdotisa de la luna: ella nos había alumbrado en nuestra plenitud. Sentía que Coyolxauhqui entera protegía al pueblo derrotado para que se mostrara como ella, sin temor.

—Ya se han ido todos —me interrumpió Jonás, de pronto a mi lado. La brisa removía sus cabellos—. Voy a apagar las antorchas del templo. ¿Me esperas aquí?

—No, te espero ante el altar de Quetzalcóatl. Quiero darle las gracias por mantener las nubes alejadas para que la luna luciera esta noche.

Jonás me tendió la mano para ayudarme a levantarme y entramos en la pequeña cueva, baja y redondeada. Mientras él se adentraba por el angosto pasillo que daba al templo, yo me arrodillé ante el altar. Me quité la corona de flores que había tocado mi cabello durante la ceremonia para dejársela como ofrenda al dios. Bajo el altar siempre había un incensario con copal. Lo quemé, y mientras su fragancia inundaba la cueva, me asaltó la sensación de una respiración a mi espalda. Con un vuelco del corazón, me volví, pero la cueva estaba completamente vacía. Desde el pasillo que llevaba al templo llegaba un resplandor que se iba agrandando, y pronto apareció Jonás portando una antorcha, pero su rostro desencajado aún me asustó más.

—¿Qué sucede?

—El sacerdote de Teotihuacán te aguarda en el templo.

Me extrañó, pues no lo había visto durante la ceremonia.

—¿Te ha dicho algo, Jonás? Pareces...

—Me he asustado, ¿qué quieres? No lo esperaba —dijo tendiéndome la antorcha—. Creo que es mejor que te espere fuera.

Tomé la antorcha y me dirigí al angosto pasillo. Cuando accedí al templo, sentí que el frío me erizaba la piel del torso desnudo. Pero aun así avancé con paso seguro hacia el sacerdote, sentado bajo el altar. Su nariz aguileña le dotaba de cierta fiereza atenuada por la emoción con que miraba las pinturas de las paredes, como si se reencontrara con los dioses. Dejé la antorcha en un soporte de la pared y me senté a su lado. El contacto con la fría piedra me hizo tiritar y el sacerdote se desprendió de su manto para ofrecérmelo.

—Gracias —dije poniéndomelo sobre los hombros.

—Ha sido una ceremonia casi como las de antes —comentó—. He estado observando. Pero hasta hoy no me estaba permitido entrar en este lugar. La esencia de los dioses se respira aquí.

—¿El nigromante?

—Un ser inquietante, ¿verdad? —sonrió frotándose las manos—. Me dijo que mi misión te ayudaría, pero no lo entiendo. Según él, yo debía proteger a los míos; me dijo que lo haría si conseguía plantar la semilla de los dioses antiguos en los nuevos.

—¿Y los cantos a Chicomecóatl? Los oímos en los campos, no lejos de aquí. Y la cabecera de Teotihuacán es la ciudad más cercana.

—No eran de mi gente, te lo aseguro. Las antiguas costumbres no pueden quedar relegadas así como así, y en las aldeas no siempre hay frailes vigilantes. ¿Viste nuestra iglesia? Esos santos son nuestros dioses ahora.

—¡Pero eso es entregarse a la nueva religión! —exclamé incrédula.

El anciano se encogió de hombros.

—Es una manera de verlo —dijo—. ¿Has oído hablar de la Virgen de Guadalupe?

—Sí, ¿cómo no? Se le apareció hace tres años a un texcocano entregado al cristianismo.

—Pero qué casualidad que fuera en el monte Tepeyac, donde estaba el templo a la diosa Coatlicue. Dicen que el texcocano fue llamado por el canto de un trogón.

Me sobrecogió oír el nombre de aquel pájaro. A mí también se me apareció, pero para mostrarme el tocado de Xochiquetzal y señalarme la entrada al Mictlán y al templo.

—¿Y no es como si nos robaran? —pregunté con cierta indignación—. Ahora van en peregrinación al cerro para ver a la Virgen, y no a Coatlicue.

—¿Estás segura? Es cierto que a los frailes les conviene, tienen una ermita allí, y muchos acuden en peregrinación. Pero la llaman Tonantzin. Se les dice a los frailes que quiere decir Nuestra Madre, y ellos quedan satisfechos, porque la Virgen es madre de Dios. Pero tú, yo y los que usan el nombre sabemos de quién hablamos.

Me arrebujé con la capa, confundida. Si su misión podía ayudarme, ¿cuál era la mía? ¿Dejar aquel templo, los festivales, las antiguas costumbres?

—¡No! —me respondí en voz alta—. Sabemos de quién hablamos ahora, pero ¿y dentro de un tiempo? Diez años después de la caída de Tenochtitlán, los nahuas ya veneran vírgenes y llevan a nuestros niños a las escuelas cristianas; ahora esto sólo ocurre en Tenochtitlán y Texcoco, pero ¿cuánto tardará en que pase en más lugares? Y cuando eso suceda y los nuestros olviden hasta su lengua, ¿quién dirá a los que vayan a Tepeyac quién es en verdad esa virgen María, o que las hojas de maíz del santo de tu iglesia representan a Centéotl?

—Venir aquí es arriesgado, sacerdotisa. Lo que hoy has hecho es... Ha sido maravilloso. ¡Me ha traído tantos recuerdos! Pero te juegas tu vida y la de los demás. Y si eso ocurre, entonces no quedará nadie que pueda traspasar los conocimientos antiguos. Creo que ya he entendido por qué te esperaba.

346

—¿Para hablar como si tuvieras miedo de que se acelere nuestra derrota? —pregunté con amargura.

—No —respondió mientras me acariciaba el cabello—. No había entendido lo importante que es hablar a todo el que quiera escuchar. Eres tan sabia como me dijeron. Y ahora sé que en el templo de Coyolxauhqui tenemos refugio.

Abrí los labios para objetar: «¿Sabia? ¿Acaso te he hecho aceptar a la diosa de la derrota? No, este templo no es de ella, sino de todos los dioses. ¡De todos!» Pero no tuve tiempo de expresar mis pensamientos, pues por la entrada irrumpió Jonás.

—Debemos marcharnos —dijo alarmado.

—¿Qué pasa? —pregunté poniéndome en pie.

—No lo he llegado a ver, pero alguien ha estado merodeando por la entrada de Quetzalcóatl. ¡Han profanado el altar!

Miré al anciano sacerdote.

—Id. Yo apagaré las antorchas y barraré la entrada —anunció.

—Le ayudaremos —sentenció Jonás.

—No, llévatela. Aún no es tu momento, aunque temo que se avecina.

Me agaché delante del sacerdote y le bese en una mano. Luego fui hacia Jonás y salimos por la angosta entrada, sin antorchas.

Entré en el jardín trasero de palacio con el alba. Permanecía silencioso, y la luz pálida del amanecer difuminaba los colores de las flores, tiñéndolas de un aire melancólico. «Es mi estado de ánimo», me dije. Me dirigí a mis aposentos, me desprendí de mi capa verdosa y la guardé. Me puse ropa limpia y subí al piso superior.

La puerta del dormitorio de Gabriel permanecía cerrada. Un escalofrío me recorrió al ver que *Kolo* se acercaba a mí por el pasillo. «¿Qué hace fuera del cuarto? ¿Acaso el niño está peor?», me alarmé. Aun así, continué con sigilo hasta la habitación de mi pequeño, y despacio, con cuidado, abrí la puerta. Unos murmullos en el interior quedaron interrumpidos, y hasta mí llegó la profunda respiración rítmica de Huemac, pero no estaba donde yo lo había dejado, sino sobre la cama. Un hombre lo velaba sentado en una silla; sobre el pecho de mi hijo descansaba su cruz de san Antón. Santiago se puso en pie y vino a mí a grandes pasos. Sin que tuviera tiempo de reaccionar, me agarró y me sacó de la estancia.

—¿Dónde has estado? —escupió entre dientes.

La penumbra no me permitía verle la cara, sólo sentía su rabia apretando con fuerza mi brazo. No esperó respuesta y me arrastró a la habitación que quedaba enfrente.

La luz grisácea que entraba a raudales por las ventanas iluminaba una mesa y una enorme cama. Santiago me soltó, me dio la espalda y se alejó. Yo me sentía aturdida, incapaz de pensar en una respuesta que darle. Entonces se volvió, con el rostro enrojecido por la furia. En sus manos llevaba el incensario del altar de Quetzalcóatl y restos de la corona que poco antes yo le ofrendara.

—Gabriel sabe náhuatl —dijo—. Por eso lo dejé aquí.

Me sobrepuse al temor que me inspiraba su reacción. Ya lo sabía todo, mejor era afrontarlo.

—Nunca te lo he explicado, pero tampoco te he mentido —aseguré con un aplomo que me sorprendió; en verdad, sentía que me quitaba un peso de encima.

—Yo sólo sabía que en tu corazón seguías creyendo en los antiguos dioses. No aceptas que están derrotados —dijo bajando la mirada, con los hombros vencidos y decepción en la voz. Pero de pronto se irguió y me miró con frialdad—. Nunca creí que utilizarías tu posición para hacer esto. —Agitó el incensario con la corona y gritó—: ¿Acaso me tomas por estúpido?

Entonces lo lanzó con furia hacia mí. El incensario se estrelló contra la puerta cerrada, pero no me dejé atemorizar. Su rabia también era la mía. ¿Me tomaba él a mí por tonta?

—¿Acaso no me has utilizado tú como lo hizo tu hermano? —respondí, tajante pero sin gritar.

Él vino hacia mí en dos zancadas y me golpeó en la cara. El dolor hizo asomar lágrimas a mis ojos, pero me mantuve erguida mientras él exclamaba:

—¡Yo soy tu esposo!

Sonreí con amargura.

—No, lo fuiste quizá. Pero me has convertido en tu concubina y lo sabes desde hace mucho.

Vi que apretaba los puños y temí que me golpeara de nuevo, pero no aparté mis ojos de los suyos. «¡Ya está todo roto! ¿Qué más da que me vuelva a golpear?» Sin embargo, él se giró, se alejó de mí y descargó su puño sobre la mesa. Entonces, sin mirarme, dijo:

—Jamás pensé que me vería obligado a tomar esta decisión. Yo quería darte una oportunidad, pero... —Sacudió los hombros y se volvió. Se apoyó en la mesa, cruzó los brazos sobre su pecho y añadió—: Si te quieres jugar la vida, es cosa tuya, pero no pondrás en peligro a mi hijo. Me lo llevaré en cuanto mejore, y tú serás una buena esposa mexica si quieres volver a verlo.

El terror entonces se apoderó de mi alma e hizo temblar mi cuerpo.

XXXVIII

Ciudad de México, año de Nuestro Señor de 1535

Era una noche sin luna ni estrellas, pues las nubes se habían apoderado por completo del cielo. La lluvia torrencial martilleaba con estruendo sobre las azoteas, y en el huerto trasero, los jóvenes tallos del frijol estaban a punto de ahogarse entre las charcas. Martí escribía a la luz de un candelabro de cuyas velas prendían unas llamas casi inmóviles, totalmente indiferentes ante el aciago temporal. Siguiendo las doctrinas galénicas e hipocráticas, comprobaba y apuntaba los efectos de las plantas que empleaban los naturales en los humores. Lo hacía desde que se instaló en México, y aunque eran documentos claros y ordenados, se daba cuenta de que resultaba difícil que otros médicos pudieran usarlos. Faltaba una descripción de cada una de las plantas, ya que al no existir nombre de las mismas en latín, usaba la palabra náhuatl, y pocos serían los que pudieran identificarlas. «Estoy siendo demasiado ambicioso —se dijo de pronto con la vista agotada por la precaria luz—. Necesitaría algún ayudante...» Pero enseguida desistió de la idea, pues no quería a nadie más cerca por temor a que descubriera sus otras actividades.

Con un suspiro, dejó la pluma en el tintero y pensó en Mixcóatl con preocupación, pues se había empeñado en partir argumentando que el mal tiempo beneficiaba el traslado. Al final, para el antiguo escolta, su trabajo se había convertido en algo personal, y Martí sabía que eso era lo que forjaba su incondicional confianza en él.

El sonido de unos pasos bajando por la escalera lo sacaron de sus pensamientos. Su primo apareció en el salón con la cabellera desordenada y los ojos hinchados por el cansancio. Aún no le había comentado nada sobre sus planes, y él tampoco osaba preguntarle, pero al verlo en aquel estado, decidió que ya era hora de forzar una conversación acerca de sus preocupaciones.

—Galcerán, me han comentado que estás haciendo movimientos para unirte a la expedición de Cortés. No es que lo considere de mi incumbencia, pero me extraña que no me lo hayas comentado.

—Supongo que porque aún no he decidido nada —respondió encogiéndose de hombros—. Sólo he pedido un permiso para ir a Tehuantepec e intentar entrevistarme con alguno de los capitanes de los barcos.

Martí se volvió hacia la ventana y sopesó la situación, consciente de que, aunque su primo era un hombre libre, aquella visita tendría consecuencias, no sólo para ellos. Era cierto que Mariana no había vuelto a discutir directamente sobre aquello, pero no había día que no aludiera a los planes de Galcerán. Este había obtenido su puesto en la milicia porque el conde de Empúries le había recomendado a la Real Audiencia, con el apoyo abierto de don Cristóbal. Por lo tanto, su acercamiento a Cortés podía afectarles a todos, sobre todo si el virrey llegaba dispuesto a acotar aún más el poder del marqués del valle.

—Sé que no te agrada, pero es una manera de servir a la Corona —intervino Galcerán, incapaz de soportar aquel silencio—. Y no creas que no he pensado en lo que me dijiste acerca del abuso que sufren los indios, por eso sólo quiero ir, ver, buscar mi lugar.

Martí miró a su primo y se reprendió por haber pensado en términos políticos, pues era lo que menos le preocupaba de aquella situación.

—¿Y si tampoco es tu lugar? Tú eres un hombre de honor, y formar parte de la expedición de Cortés es servirle a él, no a la Corona. Llevas suficiente tiempo aquí para saberlo.

Galcerán exhaló un gran suspiro melancólico, y con actitud vencida, se sentó al lado de su primo.

—¿No has pensado en volver? —osó preguntar Martí, a pesar de la aflicción que le despertaba la idea de que se marchara.

—¿Al ejército? —sonrió Galcerán con amargura—. No, llevo desde los veinte años luchando contra el turco y estoy cansado de una misión sin final. Supongo que por eso me vine contigo. Era una manera de poner al servicio del condado de Empúries toda mi experiencia. Pero tú aquí tienes tu lugar, y no te sirvo de nada.

Entonces a Martí se le iluminó el rostro: había un camino, y aunque implicara la separación, no le despertaba la misma congoja, al contrario.

—¿De veras quieres servir al condado? —exclamó. Galcerán asintió desconcertado y él añadió—: Tu experiencia es ideal para llevar allí los asuntos. Te podrías instalar en Castelló d'Empúries y encargarte de todo.

—Es un honor demasiado grande para mí.

—No, el honor es mío.

Galcerán lo miró con los ojos emocionados, y la ilusión se reflejó en su voz:

—¿Volver a casa? Partiría lo antes posible.

—Lo entiendo. Escribiré algunas cartas para...

De pronto, unos bruscos golpes en la puerta les interrumpieron. Ambos intercambiaron una mirada de alerta. ¿Quién se atrevería a salir en una noche como aquella? Martí fue hacia la puerta y abrió. Un mozo mexica cubierto por una capa chorreando echó atrás la capucha y sin mediar saludo dijo:

—Mi señora le manda llamar.

La habitación estaba iluminada por el fuego de la chimenea, cuyo crepitar enmudecía la furiosa lluvia que oscurecía aún más la noche. Huemac vomitaba una bilis de olor agrio mientras yo le sujetaba la frente con una mano y con la otra sostenía la vasija. Hacía días que estaba enfermo y que no retenía nada de lo que comía. Tosía, apenas podía aliviarle los dolores por todo el cuerpo de los que se quejaba, y aunque el *iztacpactli* le bajaba la temperatura, seguía con fiebre.

Al fin, el pequeño me miró agotado y se recostó de nuevo en la cama. Lo arropé y le besé en la frente. Asustada, sin saber muy bien qué hacer aparte de orar a los dioses cada vez que me retiraba a mi alcoba, me senté al lado de la cabecera y entoné una suave melodía para ayudarle a dormir. En el extremo de la estancia distinguía la inquietante silueta de Santiago. Con los codos apoyados en los brazos de la silla, cruzaba las manos a la altura de la boca. Podía intuir su ceño fruncido y, vigilándolo de soslayo, me preguntaba cuánto tardaría en echarme. No habíamos intercambiado palabra desde que amenazara con llevarse a nuestro hijo, y sólo coincidíamos en la misma estancia cuando le velábamos. Pero él no se acercaba hasta que pasaba al ataque, y entonces me expulsaba de la habitación con la voz de un desconocido.

—¡Basta! —dijo de pronto.

Se puso en pie y mis hombros se tensaron. La primera vez que lo intentó, me rebelé y me quedé sentada al lado de mi hijo, pero su brazo se alzó y la sangre de mi labio roto acabó salpicando las sábanas. No volvería a pasar, no delante de Huemac. Así que me levanté en cuanto Santiago llegó al lado de la cama. Lo miré un instante y un brillo de furia afloró a sus ojos oscuros, pero enseguida su semblante adusto se transfiguró por la preocupación. «Él también está asustado», me dije con una brizna de esperanza. Aquel hombre que tenía delante, de pronto, me recordaba al Zolin con el que me casé.

—Me lo voy a llevar —anunció con un susurro.

—¿Cómo? ¡No está mejor! No le castigues por mis faltas, aguarda.

—No es eso. Es que no mejora, Ameyali —replicó—. Has hecho lo que has podido y está peor.

—¡Es mi hijo! ¡No te lo puedes llevar! —exclamé en voz baja.

El semblante de Santiago se tensó, de nuevo hosco, peligroso, y su voz sonó fría y rotunda:

—No lo estarás manteniendo enfermo para que no me lo lleve, ¿verdad?

Me quedé helada ante aquella pregunta. ¿Cómo podía concebir tal barbaridad?

—Mañana por la mañana me lo llevaré a México. Los frailes franciscanos tienen un hospital donde curan a los niños.

—¿Luego lo traerás? —musité.

—Cuando seas una buena esposa, María del Carmen. ¡Tú le has hecho esto a mi Hipólito! ¡Es un castigo por adorar a los antiguos dioses, es eso! Y ahora, sal.

Cuando Martí entró en la alcoba, vio a Mariana vestida con camisón y el pelo revuelto, meciendo a don Cristóbal mientras con un sollozo contenido gritaba:

—¡Despierta, por el amor de Dios, despierta!

Se acercó y la agarró de los hombros para apartarla. Ella forcejeó un momento y luego, vencida, se retiró a un rincón de la habitación.

El médico se sentó al lado del enfermo y le tomó la mano para comprobar el pulso. El hombre de pronto abrió los ojos y, respirando con dificultad, titubeó:

—Adrián, hijo querido, ¿has venido a llevarme?

Martí le dirigió una mirada fugaz a Mariana y ella, con los ojos vacíos y la voz helada, dijo:

—Adrián murió a los seis años.

Martí asintió. Aquello no era buen signo. Había padecido un síncope y comenzaba a desvariar.

—¿Ha inhalado los vapores esta noche? —preguntó Martí.

—Sí, y le ayudaban a respirar, pero ahora...

A cada intento de tomar aire, se oía una crepitación severa procedente de los pulmones. Martí levantó las sábanas por la parte baja: las piernas estaban hinchadas. Lo desarropó y le palpó el vientre: el hígado estaba duro y había aumentado de tamaño. Siguió su exploración por el pecho, y alrededor del borde izquierdo del esternón notó abultado el ventrículo derecho del corazón. Finalmente, examinó las manos del enfermo: presentaban buen color, sin signos azulados. «Eso puede aparecer en último término», pensó sin descartar el peor de sus temores.

—No tema, don Cristóbal —le dijo mientras sacaba un ungüento de su bolsa de medicinas.

El hombre ni lo miró, ni reaccionó cuando empezó a aplicárselo en el pecho. Parecía abstraído por completo con algo que veía en la pared, algo que le hacía mantener una sonrisa de asombro y esperanza. De pronto, le sobrevino un ataque de tos que le hizo incorporarse y un esputo sanguinolento salpicó las sábanas. Luego se dejó caer en la cama, jadeante. Martí lo tapó de nuevo y se volvió a Mariana.

Ella también parecía abstraída observando sus propios pies descalzos. Tenía el aspecto vulnerable y desprotegido de una niña asustada. Sin embargo, su voz sonó grave y segura cuando, sin mirarle, preguntó:

—¿Se muere?

—El problema respiratorio ha afectado a su corazón. —Martí se levantó y se acercó a ella. Le puso una mano en el hombro y añadió en un susurro—: Puede recuperarse, pero... Es mejor que llaméis a un sacerdote.

—¿Podrías quedarte? —Mariana alzó la mirada, sus ojos estaban anegados, y de pronto, rota en un sollozo, se aferró a Martí, quien respondió al abrazo mientras ella añadía entre las sacudidas de su llanto—: ¿Qué será de mí si me deja? Yo en un convento moriré, y no quiero ir a La Española, no quiero, no es mi hora... Sólo tú puedes ayudarme.

Tláloc parecía dispuesto a mostrar clemencia con los campos y el aguacero había dejado paso a una lluvia fina como un susurro, que de vez en cuando centelleaba por el reflejo de algún relámpago mudo y lejano. Sentada bajo la escalera, contemplando el patio de armas, cubierto de fría piedra y tierra yerma, escuchaba la ruidosa furia de los torrentes que fluían por las afueras de Acolman. En cuanto Santiago se llevara a Huemac, perdería por completo a mi hijo, pues él sabía que jamás podría ser María del Carmen, y no sólo me privaría de verlo, sino que lo convertiría en Hipólito; entonces sería él quien no me reconocería como madre. Ya había pasado por eso y no podía volver a ocurrir. Sólo me quedaba una opción: la esperanza de que no cumpliera su amenaza, por lo menos, de forma inmediata. Si el niño mejoraba, quizás aguardara, y entonces yo tendría tiempo de reaccionar. «Pero ¿cómo puedo evitar que me separe de mi hijo?», me preguntaba.

—¡Ah! Estás aquí —musitó de pronto la voz de Yaretzi—. He despertado a Jonás y le he dicho que vaya a buscar a Tecolotl.

«¿Para qué los quiero ahora? Necesito pensar», me dije. La miré desconcertada, pero sólo pude distinguir su silueta en la oscuridad. Se acercó a mí, me tomó la mano y afirmó con autoridad:

—Debes marcharte. Hay que prepararlo todo.

—No puedo, el niño...

Yaretzi me puso un dedo en los labios.

—Te vas con Huemac. Santiago Zolin ha hecho llamar a Itzmin para que cubra el carro. Se lo quiere llevar mañana mismo. Tendrás que adelantarte a él o perderás a tu hijo. Le subiré algo para dormirlo, y en cuanto caiga, te traeré al pequeño. El carro os lo lleváis vosotros.

Las lágrimas brotaron de mis ojos, sin que de mi pecho fluyera sollozo alguno. No eran de pesar, sino que se debían al miedo. ¿Seguro que no tenía otra opción?

—El problema es adónde me lo llevo. Está enfermo. Necesita cuidados —le dije mientras aferraba su mano.

Entonces se me ocurrió una posibilidad. Quizá fuera meterse en la boca del lobo, pero la verdad era que ya estábamos dentro.

—¿Vendrás conmigo? —pregunté a Yaretzi, recordando la vez que me había protegido arriesgando su vida.

—No, mi niña, no puedes llevarnos a todos, y sacar a Itzmin de aquí sería condenarlo a muerte.

Entendía lo que quería decir. Itzmin se había entregado al pulque vencido por la desorientación producida por aquel nuevo mundo que no comprendía. Algunas veces, cuando estaba sobrio, resurgía el espíritu del hombre que fue, pero lejos de Acolman se convertiría definitivamente en un fantasma. Sin embargo, si me marchaba, sabía que ponía sus vidas en peligro, por lo que imploré a Yaretzi:

—Tendrás que culparme de todo. Dile que yo eché algo en su bebida, haz lo que sea para protegerte. Prométemelo.

—No temas por mí. Yo también tomaré lo mismo que él y se lo daré a Itzmin. Cuando Santiago despierte, no podrá culparnos de nada.

De pronto, oímos el chirrido de la puerta del patio trasero. Por instinto, nos acurrucamos la una contra la otra, pero pronto apareció la silueta alargada de Jonás acompañado de la solemne figura de Tecolotl, y nos erguimos, aunque sin separarnos. Me parecía imposible, pero a la vez era consciente de que quizás aquellos fueran mis últimos momentos cerca de la mujer que me criara.

—¿Qué sucede? —susurró Jonás con cierto tono de alarma.

Tecolotl se arrodilló ante mí y escrutó mi rostro mientras preguntaba:

—¿Estás bien? ¿Te ha vuelto a pegar?

Su puño permanecía cerrado sobre mi muslo.

—No, tranquilo —respondí, conmovida por su lealtad y su preocupación.

En el momento en el que Santiago me dio la primera bofetada, tras la ceremonia a Toci, el *cihuacóatl* perdió cualquier rastro del respeto que pudiera guardar a su señor. Aferrado a las antiguas costumbres, la violencia hacia la esposa le parecía una cobardía imperdonable. Entonces los miré a aquellos dos hombres y de pronto entendí por qué Yaretzi los había avisado. Ella, como yo, intuíamos cuál fue el final de Ignacio. Ahora creía firmemente que Santiago no lo mató por mí tanto como por sí mismo, por sentirse traicionado. Lo que estaba a punto de hacer también se lo tomaría como una traición. ¿Qué les depararía a ambos cuando yo hubiera desaparecido? Por ello, anuncié con toda convicción:

—Me voy a llevar a Huemac esta misma noche. Quiero que vengáis conmigo.

Tecolotl, desencajado, cayó sentado en el suelo. Jonás desvió la mirada mientras se pasaba la mano por el cabello con un profundo suspiro.

—Era esto —le oímos musitar. Y añadió como hablando para sí mismo—: No es a ella, es a lo que deja. ¡Oh, dioses! ¿Por qué me habéis hecho esto?

Se volvió hacía mí y se sentó a mi lado, tomándome la mano que no aferraba Yaretzi. Tecolotl seguía sentado a mis pies, ausente.

—Verás, cuando me iban a bautizar los frailes en Texcoco, yo me resistí —empezó Jonás. Sus cejas estaban arqueadas ante el recuerdo y una sonrisa tibia endulzaba su fino rostro—. El único de ellos que hablaba algo de náhuatl, un tal fray Pedro, me contó entonces la historia de Jonás. Me explicó que Dios le mandó a difundir su mensaje entre las gentes de una ciudad lejana, pero que él no quiso obedecerle y huyó de su destino a través de los mares. Entonces acepté el bautismo, convencido de que aquel era mi nombre. Pero tú me has devuelto mi destino, y por eso precisamente nuestros caminos deben separarse. Estoy seguro de que volveremos a encontrarnos, pero no te puedo acompañar.

—Lo que no puedes hacer es quedarte —le dije gesticulando con vehemencia—. Corres más peligro incluso que Tecolotl, y el fraile no te protegerá.

Jonás entrelazó sus manos.

—No lo espero; no me voy a quedar. Sé dónde debo ir, Ameyali.

Tecolotl entonces prorrumpió en un sollozo seco, se cubrió la cara con las manos y dijo:

—¡Debes acompañarla! Yo no puedo, no puedo...

—¡Oh, vamos, Tecolotl! Si te quedas te matará —afirmó Yaretzi—. ¿Qué crees que le pasó a tu predecesor? Ya pendes de un hilo...

El *cihuacóatl* alzó la cabeza y me miró.

—Mi señora, gracias a ti he podido vivir estos años con mi fe, con los dioses. Servirte ha sido el mayor honor que he recibido y...

—Pues sigue a mi servicio —le interrumpí, intuyendo de pronto lo que pasaba por la mente de aquel antiguo guerrero.

—El menor de mis hijos te escoltará. El *tlatoani* ni siquiera lo conoce.

Pero yo no iré —respondió con determinación—. Santiago necesitará a alguien con quien desatar su ira. Y ese soy yo.

—¡Es absurdo! Podemos evitarlo —intervino de pronto Jonás.

El *cihuacóatl* lo miró con compasión.

—Cada uno de nosotros tiene su destino, y yo soy demasiado viejo para acompañarla. —Entonces se volvió hacia mí, suplicante—. Sé que me vas a entender. Si me mata, todo el honor recibido por servirte, mi señora, quedará para mis hijos. Caeré como un prisionero de guerra sobre la piedra de Coyolxauhqui, pues no será Zolin el que me mate, será ese Santiago desconocido, un enemigo. Es lo más cerca que puedo estar de una muerte florida. Si caigo así, mis hijos podrán quemar mi corazón en el templo para alimento de los dioses.

—No hagas eso, Tecolotl, por favor —le supliqué.

—¡Oh, Ameyali! —se lamentó acariciando mi mejilla—. Agradezco tus lágrimas de mujer, pero como nuestra sacerdotisa, te suplico que me bendigas.

—Tecolotl —sollocé.

Y me fundí con él en un abrazo.

El sol relucía con claridad hiriente cuando Santiago Zolin atravesó el jardín. La desesperación o el dolor no le parecían palabras para describir lo que había sentido al ver la cama de su hijo vacía. Tampoco la rabia o la furia, cuando descubrió que no había rastro de Ameyali ni del carro. Se sentía ausente, pero su mente pensaba con claridad, aferrada a una única certeza: la encontraría. Ella le pertenecía, no podría esconderse del señor de Acolman.

Con tal determinación, entró en la estancia de Yaretzi e Itzmin. Sólo estaba la mujer. A él lo había hallado Gabriel en el establo, inconsciente entre las heces de los caballos. Ella estaba allí, de costado; respiraba por la boca, con los ojos cerrados. Santiago Zolin se irguió y le propinó una fuerte patada en el vientre. El cuerpo de Yaretzi se curvó, pero ni gimió ni despertó. No esperaba otra cosa. Sabía de la estima que Ameyali sentía por la esclava, y posiblemente esta fuera su manera de protegerla. Sintió el impulso de sacar su cuchillo del cinto y frustrar este inútil subterfugio, pero no movió ni un dedo. «Me será más útil viva», pensó.

—Mi señor, Jonás tampoco está —anunció Gabriel desde la puerta—. Y Teodoro acaba de llegar como si nada. Ha subido a la sala de los escribas.

Santiago se volvió.

—Sígueme, y ocúpate de Teodoro. Procura hacerle daño —dijo mientras pasaba por delante de su esclavo negro.

El *cihuacóatl* era su única posibilidad. Alguien tenía que haberla ayudado, y no se le escapaba la lealtad que el hombre le profesaba. Pero ello tampoco significaba que él supiera adónde se habían llevado a su hijo, al contrario. Posiblemente ella también lo intentara proteger manteniéndolo en la ignorancia. Y eso era lo peor. Santiago debía admitir que, en realidad, Ameyali era una desconocida que había jugado con él todos aquellos años.

Enfiló las escaleras, seguido por su esclavo negro, el único en el que confiaba en aquellos momentos. Pero no le valía de mucho, pues no lo podía enviar a las aldeas, ya que al ser extranjero no le dirían nada. Tampoco podía contar con sus indios, pues desconocía cuáles guardaban lealtad a Ameyali.

De un portazo, abrió la sala de los escribas. Sólo había dos a aquella hora temprana, ambos hijos de Tecolotl. Este, en pie, les impartía instrucciones. Nada traslució a su rostro ante la interrupción, pero miró al *tlatoani* de Acolman directamente a los ojos, con una tranquilidad que a Santiago le pareció insolente. No dejó de mirarle cuando Gabriel lo agarró y le dobló ambos brazos por la espalda, ni esbozó mueca alguna de dolor cuando sus hombros crujieron.

—Sabías que se iría.

—Sí —respondió Tecolotl—. Creo que fui el único al que se lo dijo.

Santiago desenvainó su cuchillo y se acercó.

—Y no conocerás su paradero, ¿verdad?

—No. Me pidió que la acompañara, pero rehusé.

—Y aun así no me avisaste —dijo Santiago.

Pasó la hoja metálica con suavidad por el cuello de Tecolotl y la deslizó sobre su pecho, cuidando de rasgar sólo el ixtle que lo cubría. De soslayo, vio el reflejo del temor en el mayor de sus hijos y de pronto tuvo la certeza de que estaban advertidos de aquello. Arraigado en las viejas costumbres, el noble sabía lo que significaba traicionar al *tlatoani*. Lo escrutó y entonces descubrió una mirada serena que le devolvió a otros tiempos. Era la expresión de la aceptación, pero no de la muerte inminente, sino de un destino superior. La había visto en lo alto de los templos, cuando el guerrero apresado sabía que con su sacrificio marcharía con Huitzilopochtli, acompañando al sol del amanecer hasta el cenit. «No le daré esa satisfacción», se dijo Santiago. Su muerte serviría al señor de Acolman, no a Ameyali. Sonrió, y sin dejar de mirarle a los ojos, le clavó el cuchillo en un costado. Tecolotl no gritó, aunque el dolor hizo que sus piernas cedieran. Pero Gabriel lo sostuvo, y Santiago deslizó con facilidad la hoja por el vientre, abriendo una herida por la que no tardaron en asomar las tripas. El *cihuacóatl* le sostuvo la mirada, aunque su cara estaba contraída en una mueca que luchaba por mantener la dignidad.

—¿Me oyes? —le musitó

357

Tecolotl irguió levemente la cabeza y miró a sus hijos. Santiago entonces se volvió hacia ellos. Permanecían sentados, con la espalda erguida, las manos entrelazadas y la mirada perdida.

—Si no queréis que vuestras esposas y vuestros hijos acaben de igual modo ante vuestros propios ojos, ya podéis salir de aldea en aldea y encontrar a Ameyali y a mi hijo.

Luego miró por última vez a Tecolotl. El terror había aflorado a su rostro agonizante.

—Suéltalo ya —ordenó a Gabriel.

Se volvió y se alejó rápidamente para no oír los alaridos que llenaron la habitación.

XXXIX

Ciudad de México, año de Nuestro Señor de 1535

Entré en México a pie, descalza y sudorosa. Había ensuciado mi ropa adrede para disimular su buena hechura, y en el zurrón apenas llevaba algo de comida, agua y tejidos para trocar. Cargaba a Huemac en brazos, tapado con un manto de ixtle, y notaba que la fiebre se apoderaba de su cuerpo adormecido. Me dolía la espalda, pero sólo podía pensar en llegar cuanto antes al hospital que mencionara Santiago.

Poco antes de enfilar la calzada de entrada a la ciudad, despedí al hijo de Tecolotl, ordenándole que abandonara el carro en la ruta de Acolman a Texcoco. Le pedí que lo rompiera, cerca de algún camino y que luego liberara la mula antes de regresar a su casa a escondidas. Pensaba que si Santiago encontraba el carro creería que nos habían atacado en los caminos o centraría su búsqueda en Texcoco.

Al entrar en la Ciudad de México, los arrabales mostraban los estragos que allí había causado el temporal de la noche anterior. Restos de chozas flotaban por canales desbordados, y otras se veían desplomadas sobre calzadas donde el lodo había devorado el precario pavimento. Entre aquellas que se mantenían en pie, mujeres, hombres y niños sacaban barro y agua, e intentaban limpiar sus pocas pertenencias. Una jauría de perros sucios y famélicos se cruzó en mi camino, olisqueando los restos de animales muertos. Agotada y descorazonada, me senté en una esquina, al pie de una de las pocas casas de piedra y pensé que todo había sido un error.

Recosté a Huemac en mi regazo. Adormecido, se volvió hacia mí, como buscando el refugio de mi seno. De mi zurrón saqué un paño y la tripa donde guardaba el agua. Humedecido, se lo pasé primero por los labios y luego se lo puse sobre la frente. «Esto ha sido una temeridad —me dije—. Quizás hubiera sido mejor que se lo llevará él.»

—¿Se encuentra bien el niño? —me interrumpió de pronto una voz en castellano.

Ante mí, un joven fraile de piel atezada se agachó y puso sus alargados y finos dedos sobre la frente de mi hijo.

—¡Dios santo, está ardiendo! ¿Entiendes castellano, mujer? ¡Necesitas ayuda! —gritó como si estuviera sorda. Y sin bajar el tono, añadió en náhuatl—: ¡Ayuda!

Yo asentí, de pronto consciente de que ocultar que sabía castellano nos ayudaría a pasar inadvertidos. El fraile intentó tomar a Huemac, pero de forma instintiva lo aferré contra mi pecho. Él entonces se puso en pie y, mientras yo hacía lo mismo, se volvió hacia el otro lado de la calzada y gritó:

—José, ven.

Un joven, ocupado en la tarea de retirar escombros, acudió corriendo a la llamada y el fraile añadió:

—Conduce a esta mujer al hospital. Su hijo está enfermo. Explícale en tu lengua que no le van a hacer daño y que, Dios mediante, el niño se curará.

El joven asintió y me dijo en náhuatl:

—Acompáñame, por favor, no temas.

Mientras enfilamos la calzada, tradujo lo que el fraile había dicho, y yo le sonreí con agradecimiento. Dejamos atrás la zona de chozas y empezaron a aparecer casas de piedra y palacios. Las calles estaban en mejores condiciones, aunque no libres de restos de lodo. En lo alto, sin embargo, los campanarios y las atalayas exhibían su magnificencia, y el brillo de sus colores parecía agradecer la lluvia. A medida que avanzábamos, más limpias se veían las calzadas y más ordenados los canales, hasta que llegó un punto en que la parte castellana de la ciudad parecía ajena a lo que sucedía en las afueras, como si la inundación hubiera sucedido en otro mundo.

Entonces dimos con un inmenso edificio, quizás eran dos o más. No sabía distinguirlos en aquella fachada. Había varios portones a lo largo, y uno debía de pertenecer a una iglesia, pues lo coronaba un campanario. Entonces lo vi, y un escalofrío me recorrió la espalda cuando él clavó su mirada en mí. Alcé a mi hijo y oculté mi cara junto a su cabeza. Él hablaba con un fraile, bajo y corpulento, cuya tonsura relucía al sol. Sentí su mirada fija en mí al acercarnos, pero no se interrumpió ni hizo gesto alguno, con lo que pude distinguir aquella voz tan familiar:

—Sí, sí, ya he recibido la noticia. ¡Pobre don Cristóbal! Dios lo acoja en su seno. Me lo ha contado el médico, que ya está con nosotros. ¡Hoy todas las manos son pocas!

Suspiré aliviada cuando lo pasamos de largo. Fray Antonio no me reconoció; no me recordaba, o eso quise creer en aquel momento. Aun así, no pude evitar que se me erizara la piel al saberlo tan cercano. «Me he equivocado», pensé. Ni siquiera me sentí reconfortada cuando atravesamos uno de los portones. Una enorme nave, fría, privada del sol, se abrió ante nosotros atestada de jergones y poblada de gemidos; eran las víctimas de la inundación. Frailes y mozos vestidos con sayos iban de un lugar a otro, lavando heridas, preparando vendas y entablillando miembros.

—Espera aquí —dijo José—. Voy a ver si encuentro al médico. Es muy bueno, os buscará un sitio.

Y se adentró en la nave, mientras yo oía tras de mí la voz clara de fray Antonio:

—Esto nos ha desbordado.

No me atreví a girarme, pero lo intuía acercándose, acompañado por el sonido de unas botas. «¿Dónde me puedo esconder?», me pregunté presa del pánico. No quería arriesgarme, pues si no me reconocía a mí, quizá viera la cara de Santiago Zolin en Huemac. Me hice a un lado, buscando protección en la penumbra. Me acurruqué en un rincón y me oculté con mi hijo bajo el manto. Sólo me atreví a mirar cuando los pasos se alejaron. Vi entonces la entrada libre, y con voz decidida, como si intentara convencerme a mí misma, murmuré:

—Tendremos que hacerlo solos, hijo. Te pondrás bien, te lo aseguro.

Le desprendí el manto, me lo puse sobre la cabeza y me apresuré a ponerme en pie. Atravesé el umbral de la puerta, y cuando la luz del sol se posó sobre mi rostro, oí a mi espalda la voz de José:

—Espera, por favor, no te marches.

En su intento de detenerme, mi cabeza quedó al descubierto y una voz quebrada a mis espaldas murmuró:

—¿Eres tú, Ameyali?

Su rostro rasurado, pálido y agotado, apareció ante mí con un brillo inescrutable en sus ojos.

—Martí... —murmuré.

—Está bien, José, yo me encargo —dijo con aplomo.

El joven, de mirada huidiza y carente de reacción, aún mostraba modales mexicas y se alejó en silencio. Martí entonces se acercó y tocó la frente de Huemac. Mientras, un rayo de esperanza me hizo temblar ligeramente, consciente de que era la única persona, aparte de fray Antonio, a la que conocía en aquella ciudad.

—Está ardiendo —susurró—. Ven conmigo.

—No puedo —respondí reprimiendo un sollozo aterrado.

—¿Por qué estás aquí entonces? Vamos —insistió, haciendo ademán de tomar a Huemac en brazos.

Di un paso hacia atrás y aferré al pequeño con más fuerza mientras decía:

—Necesitamos cobijo, no sólo un médico. He de esconderlo... Tenemos que escondernos.

Martí me escrutó con aquellos ojos donde refulgían todos los tonos verdosos del lago. Su ceño fruncido marcaba unas arrugas que no había visto antes. Apretó los labios y sentí que todo su cuerpo se tensaba. Mi esperanza se convirtió en temor. Había fantaseado con su recuerdo, pero, al fin y al cabo, ¿qué sabía yo de aquel hombre? Habían pasado muchos años desde que le dejara en medio de la noche, como una cobarde incapaz de enfrentarme a su mirada herida.

—Vamos a mi casa —suspiró al fin—. Allí estaréis seguros.

Martí cerró la puerta de la habitación tras de sí y con un suspiro exhaló todas las emociones que había refrenado mientras atendía al hijo de Ameyali. El pequeño ahora descansaba, velado por su madre. Ella le había aplicado todos los remedios que conocía, pero estos sólo habían servido para aliviar los síntomas y él no podía más que hacer lo mismo. El niño padecía una gripe que le atacaba los intestinos, pero los pulmones parecían limpios. «Mejorará en unas semanas. Entonces se marchará —se dijo, aun sin saber qué la llevaba a esconderse—. Pero no me importa. Lo que ella mató debe permanecer enterrado. Esto es sólo compasión. No volveré a pasar por lo mismo.»

Sacudió la cabeza en un intento de desterrar cualquier otro pensamiento, y con paso seguro se dirigió hacia la escalera. Se recordó que tenía cosas más importantes de las que ocuparse, y bajó con paso presuroso.

—Tonalna —dijo en cuanto pasó por delante de la cocina—, ¿puedes subir a nuestros huéspedes dos cuencos con sopa? En el de la señora añade carne y maíz, pero al niño sírvele sólo el caldo.

Y sin esperar respuesta, ni dejarse tiempo para pensar, salió por la puerta trasera. En la huerta, Xilonen abría y cerraba surcos para hacer circular el agua acumulada, en un intento de salvar las plantas que habían resistido al temporal. Al fondo, frente a la caballeriza, tal y como lo había visto desde la ventana de la habitación de Huemac, Galcerán ajustaba la cincha de su montura. Sobre el palo al que estaba amarrado el fornido caballo, las alforjas aguardaban su turno.

—Cuando dijiste que partirías lo antes posible, no pensé que sería sin despedirte —comentó Martí.

—No iba a marcharme sin despedirme. Sólo me preparaba. —Galcerán soltó la cincha y se volvió. Su rostro estaba teñido de melancolía—. He oído por la ciudad que don Cristóbal ha fallecido. Te imaginé con su viuda, pero pensaba esperarte.

—No he tenido tiempo de escribirte las cartas.

—Estaré en Villarrica unos días. He de buscar nao en la que embarcarme. Me las puedes hacer llegar. Espero que no te importe.

Martí se acercó a él y le dio unas palmadas en el hombro.

—Claro que no. Estoy orgulloso de que seamos primos, y tu prisa sólo hace honor a mi decisión. El condado de Empúries no podría estar en mejores manos. Aunque te echaré de menos.

Galcerán se irguió, dejó aflorar una sonrisa amplia que rejuveneció su rostro y le mostró sus rasgados ojos llenos de un brillo emocionado. Martí sintió que sus temores se desvanecían arrastrando toda sensación de soledad, y se abrazaron con sonoras palmadas en la espalda.

—No te defraudaré, mi señor conde —aseguró Galcerán cuando ya se separaban—. Estás serio. ¿Te preocupa doña Mariana?

—Le estoy agradecido y la aprecio. Sólo le quiero el bien.

Galcerán alzó el brazo para poner una mano sobre el hombro de su primo.

—Pues procura que no se convierta ella en un peligro para ti, ahora que me voy y no podré protegerte.

—¿A qué te refieres? —preguntó Martí arqueando una ceja con desconcierto.

—He visto a María del Carmen Ameyali cuando llegabais. Yo no soy quién para juzgar tu estrecha relación con doña Mariana, pero a ella le puede irritar su presencia en tu casa. Y es una mujer poderosa.

Martí dio un paso atrás, tenso, y la mano de Galcerán se apartó de su hombro.

—No confundas mi compasión con los sentimientos que una vez tuve. Ameyali es una mujer casada, y se marchará en cuanto su hijo mejore.

—¿La dejarás marchar?

Martí suspiró. «Es una pregunta absurda», pensó irritado. Y alargó la mano hacia las alforjas que pendían del palo.

—Anda, toma —dijo pasándoselas a Galcerán—. A este paso, saldrás caída la noche. Y yo he de ir al hospital. Nos mantendremos en contacto, querido primo.

XL

Ciudad de México, año de Nuestro Señor de 1535

Era una habitación pequeña y cuadrada, con una silla y un camastro bajo un ventanuco que daba a un huerto trasero. Las paredes desnudas y rojizas relucían bajo el reflejo del pequeño hogar que crepitaba a todas horas y sobre el que se dibujaban mis fantasmas cuando fijaba la vista en la oscilación de las llamas. El amanecer no desvanecía mis temores, pero me traían el sosiego de ver los ojos abiertos y lúcidos de Huemac. Había pasado una semana y mi hijo ya empezaba a mejorar.

Aquella mañana se había sentado en la cama y bebía por sí solo el atole endulzado con miel que le había preparado. Aún no tomaba alimento sólido, pero empezaba a aceptar algo de carne desmigajada con la sopa, y la fiebre había desaparecido del todo. Sentada a su lado, observaba sus delgados brazos temblorosos al sostener el cuenco. El niño se había empeñado en hacerlo por sí mismo, y yo me repetía que era una buena señal. Sin embargo, llegaba la hora en que debía preguntarme qué hacer en cuanto estuviera recuperado, y me sentía perdida, por lo que me aferraba a la seguridad del día a día. «Si por lo menos pudiera consultar a los dioses», me lamentaba. Pero, en aquella ciudad, ¿dónde podía hallarlos? Sólo me quedaba la posibilidad de ir a ver a la diosa madre Coatlicue, pero temía que su disfraz de Virgen se hubiera apoderado de ella y, en todo caso, necesitaba ayuda para poder llegar al monte Tepeyac.

Hasta entonces, había permanecido en la habitación, y debía admitir que me daba miedo salir de la casa. Dormía sobre una estera, a los pies del camastro, y sólo bajaba a la cocina para preparar tisanas y el alimento que Huemac era capaz de tolerar. Aunque Martí había dado orden a Tonalna para que nos atendiera, no quería darles más trabajo. Él pasaba casi todo el día fuera, y sólo lo veía cuando entraba a la habitación para examinar a mi hijo. Apenas habíamos hablado y nuestras pocas conversaciones siempre giraban entorno a la enfermedad de Huemac y el mejor tratamiento para paliarla. No me había hecho preguntas, por mucho que a medida que avanzaran los días yo necesitara darle respuestas. Pero cuando le expresaba mi agradecimiento, me parecía percibir en él cierta incomodidad, por lo que me resigné a aceptar su generosidad tal y como él quería brindárnosla. Aun así, a pesar de la distancia que imponía, me reconfortaba que fuera él quien nos ayudara.

—Ya estoy, mamá —anunció Huemac mientras me mostraba el cuenco vacío.

—Bueno, pues ahora toca dormir un rato —dije mientras lo ayudaba a recostarse de nuevo en la cama.

Lo arropé cuidadosamente y le di un beso en la frente. Al poco, su respiración se tornó profunda y pausada, y entonces salí de la habitación. Bajé las escaleras para dirigirme a la cocina, y al pasar por la estancia principal, vi a Martí junto a su mesa de trabajo. En pie, con los brazos en jarras y el ceño fruncido, murmuraba palabras ininteligibles hasta que me vio. Apretó los labios, tenso, pero sus cejas se arquearon e hicieron más afable su expresión, mientras fijaba la mirada en el cuenco vacío que llevaba entre mis manos.

—Ya se ha tomado el atole —observó en tono neutro.

—Lo pidió él mismo; tenía hambre.

Martí se rascó la nariz y, evitando mis ojos, dijo:

—Había traído cacao para que lo añadieras... En la próxima toma, supongo. Le ayudará a recuperarse y así podrás marcharte cuando desees. —Y alzando la cabeza añadió—: Aunque espero que esta vez tengas la cortesía de despedirte.

Bajé la cabeza, ruborizada, incómoda. Por primera vez percibí que le molestaba nuestra presencia, pero no podía hacerle ningún reproche. Aun así, me sentí dolida, y mientras me volvía hacia la cocina para dejar el cuenco, me dije que era mejor quedarme en el cuarto con Huemac.

—¿Tú también has comido? —oí que preguntaba a mi espalda—. Porque si no es así, podrías compartir tu almuerzo conmigo.

La propuesta me sorprendió e hizo asomar una sonrisa a mis labios. Con un suspiro me giré de nuevo hacia él. Me miraba con expresión adusta, y me recordó en parte al Zolin más severo de mis últimos días en Acolman. Pero Martí no cerraba los puños, sino que se sujetaba las manos a la altura de la cintura, como si temiera que huyeran de su cuerpo, y el brillo de sus ojos me devolvió al enviado de Quetzalcóatl que había aparecido en mis sueños.

—Estaría encantada.

Entonces llamó a Tonalna para decirle que comeríamos juntos.

—Puedo ayudarla —me apresuré a intervenir.

—No, eres mi invitada, por favor —insistió él.

La criada se acercó a mí con una contagiosa sonrisa mellada y tomó el cuenco entre mis manos.

—Siéntese, señora, siéntese. Ya ha oído al señor.

Y desapareció en la cocina mientras Martí señalaba una silla junto a la mesa.

—Siento lo de antes, es que... —Se encogió de hombros mientras arrinconaba los papeles para hacer sitio a la comida—. Ha estado absolutamente fuera de lugar.

—Tienes derecho. No obré bien, pero no quería hacerte más daño —mentí mientras pensaba: «No quería hacerme más daño a mí misma, ni caer en tus brazos».

Él se sentó y al fin me miró directamente a los ojos.

—¿Esta vez también habrá secretos entre ambos? —preguntó.

—Esta vez quería explicártelo todo desde el principio, pero...

—Lo entiendo —me interrumpió él—. La prioridad era tu hijo. Pero ahora está mejor y, en fin, me dijiste que necesitabas esconderte. ¿Por qué?

Entonces se lo conté todo. Todo, excepto los momentos en los que me acordé de él, y cómo lo imaginaba pasados los años. Él conocía a Santiago y a su esposa, pero no sólo le hablé de ellos y de cómo descubrí su matrimonio, sino que me remonté a la reacción escandalizada de fray Antonio tras la concepción de Huemac. Por ello debía esconderme también de él. Martí al principio escuchó, cada vez más relajado, más cercano. Luego expresó su desaprobación por la conducta de algunos frailes, y sonrió cuando supo que me había reencontrado con mis dioses. De pronto, mientras comíamos, nos vimos envueltos por un halo de complicidad parecido al de nuestras conversaciones en Roma. Sólo había una diferencia: la intensidad con la que yo lo sentía, quizá porque esta vez no quedaron verdades sin contar, y con ello respondía a mi necesidad de no ocultarme más a pesar de vivir escondida.

—¿Y qué piensas hacer ahora? —preguntó—. No creo que puedas volver a Acolman, pero ¿cuál es la alternativa?

—Por lo pronto, quiero darte las gracias. Luego necesito pedirte otro favor. Quizá pudieras acompañarme a ver a la Virgen de Guadalupe. Eso me ayudaría.

—¿A la Virgen? —sonrió.

Me encogí de hombros y respondí:

—Dicen que es Coatlicue disfrazada.

Mariana deshizo el recogido de su cabello y sacudió la melena, pero no tuvo ánimos ni para cepillárselo ni para quitarse el sobrio vestido de luto. Simplemente se dejó caer en la silla del tocador y evitó la mirada que le devolvía el espejo. Pero no consiguió con ello desviar la atención de sus pensamientos:

«¿Me he equivocado?» No podía dejar de hacerse esa pregunta, asediada por un dolor en el pecho ante la posibilidad de que la respuesta fuera afirmativa. Tenía la certeza de que Martí se había marchado furioso. Ni siquiera se quedó a almorzar, a pesar de que había sido invitado especialmente. Y eso le dolió; su alma golpeaba con fuerza sobre su cuerpo, y de pronto se sentía vieja.

La muerte de su marido le dejó una sensación de desamparo, sin tutela masculina a la que aferrar su libertad. Sin embargo, pasadas las semanas, le embargaba una pena silenciosa, llena de paz y de agradecimiento por los años compartidos. Pero también demostraba lo que sabía desde que él enfermó: lo había perdido tiempo atrás, cuando Cristóbal varó su ambición en el corregimiento. Mariana se daba cuenta ahora de que, más que la ambición, le seducía el camino que serpenteaba entre sus entresijos. El conde de Empúries no podía estar más lejos de todo ello, o eso decía. Y sin proponérselo, habían pasado ya seis años. Esto le hizo pensar en dar un paso más, siempre dentro del pacto tácito que existía entre ambos.

No contó con su reacción ni con aquel inesperado dolor en el pecho. Mariana se escrutó en el espejo. Quizás había una explicación. «Me he enamorado», admitió adusta, con las mandíbulas en tensión. Eso sí que se salía de todo pacto. «Pero él no lo sabe —pensó—. Volverá.»

Erguido y con paso seguro, Martí caminaba entre los palacios del barrio de San Pablo Teopan. Las calles estaban desiertas, adormiladas por la hora de la siesta, y el silencio reinante hacía que sus pensamientos fluyeran con claridad. Era consciente de que iba a enfrentarse a una dura situación, pero se sentía animado. Debía admitir que la conversación con Ameyali le había devuelto una confianza como la que compartieran en Roma, pero esta vez cimentada en la verdad. «No ha sucedido antes porque yo no la he dejado sincerarse», admitió. Ahora tenía la sensación de que ella le brindaba la amistad que necesitaba, sobre todo tras la marcha de Galcerán.

Pero enseguida sus pensamientos se volvieron hacia Mariana y la sinceridad de su relación. Consideraba que su trato hacia ella era fruto de un intento de mantener sus barreras de protección, aquellas que le permitían parecer quien necesitaba aparentar, para luego hacer lo que realmente deseaba. Martí había obrado a su antojo durante toda su vida, incluso haciendo cosas a escondidas de la gente que más amaba, pero nunca había dejado de contar con la confianza de los que le rodeaban. Sabía que en el fondo no era un solitario. Y por una vez sentía que con Ameyali podría compartir su secreto, al contrario que con Mariana.

Al final de la avenida, jirones de nubes blancas regalaban su reflejo al lago, creando la ilusión de que el agua se contagiaba del sutil movimiento del cielo. «Necesitamos creer que las cosas no cambiarán», se dijo mientras llamaba a la puerta del palacio de Mariana. Pensó que tenía con ella un pacto irrevocable, pero su propuesta de aquella mañana lo cambiaba todo y le había pillado absolutamente desprevenido.

La misma doncella de siempre, con el sayo y la toca de riguroso luto, le condujo hacia la segunda planta. Entre los cuadros caballerescos y los paisajes de Cuba que decoraban las paredes del pasillo, Martí comprendió que no se había enfadado con su amante por no respetar su pacto tácito. Se daba cuenta de que su mal humor se debía a su propia falta de previsión, pues Mariana le había dado señales claras desde el mismo momento en que falleció don Cristóbal.

Ella aguardaba sentada bajo el abanico de plumas de trogón y el magnífico penacho que coronaban la chimenea. El negro de su vestido y el oscuro cabello suelto destacaban su rostro pálido. Abandonado su porte sensual y elegante, Mariana se llevaba una copa a los labios, pero su mirada clavada en Martí no había perdido la altivez que le era natural.

—Te esperaba —anunció con sequedad.

Él tomó asiento frente a ella con un suspiro.

—Perdona mi actitud de esta mañana, no era la adecuada. Es que no me lo esperaba. Pensé que nuestra relación nada tenía que ver con el amor.

Mariana entonces se incorporó, dejó la copa en la mesa y le dedicó una sonrisa temblorosa que iluminó sus afilados rasgos.

—Y no tiene que ver con el amor, Martí. Es una cuestión práctica que beneficia a ambos.

—Una decisión así no se puede tomar a la ligera.

—Cierto, discúlpame. Siento haberte recibido como lo he hecho. Tendrás tiempo para hacerte a la idea. Como comprenderás, la propuesta no implica casarnos de inmediato, pues he de guardar luto. Pero podemos aprovechar para que vayas conociendo los entresijos del corregimiento de mi difunto esposo.

Martí le tomó la mano y la acarició con dulzura mientras decía:

—Es que no quiero un corregimiento. Nunca lo he querido.

Mariana retiró su mano y se apartó, echándose hacia atrás. Aferró los brazos de la silla con rabia y preguntó con voz serena:

—¿Es porque aspiras a un partido mejor? ¿Una encomienda, quizá? Desde luego te daría mayor libertad que el corregimiento.

—Sabes que nunca he querido un corregimiento ni una encomienda. Soy feliz con lo que hago.

—¡No me creo tu falta de ambición! —exclamó ella golpeando el brazo de la silla.

—Quizá mi ambición se define en otros términos. Y sabes que amo mi libertad.

—En ese caso, yo me encargaría de todo. Sólo necesito a un hombre que...

—No creo que ese hombre sea yo, Mariana.

—¿Acaso no me consideras capaz?

—Desde luego. Pero para obtener beneficios de la tierra tienes que abusar de los indios. Y ya ves que mi trabajo va justo en la dirección opuesta. Simplemente, no puedo ayudarte de esa forma.

La mujer se levantó con furia. Durante todos aquellos años no había tenido aquellos escrúpulos para comer en su casa o meterse en su cama, por lo que le dio la espalda y gritó:

—¡Idioteces! Di la verdad. ¡Es porque soy vieja! Por eso no quieres casarte conmigo.

Martí se puso en pie y, a su vez enfadado, respondió:

—¡No me escuchas! Durante todos estos años sólo te he deseado a ti, pero no puedo ser tu esposo.

Mariana se volvió hacia él con el rostro lívido.

—Bien, entonces como comprenderás no podremos seguir con nuestros encuentros. Como viuda sólo tengo tres opciones: o me vuelvo a España para acabar en un convento, o acabo bajo la tutela de mi hijo mayor o de un nuevo esposo. Yo también amo mi libertad, y he de buscar una solución cuando esta se ve amenazada como ahora. Si no te casas conmigo, resultas un estorbo.

—Lo entiendo —dijo Martí—. Y si es así como consideras que te puedo ser de ayuda...

Desarmada por la serenidad de sus palabras, Mariana calló un momento.

—Vete —sentenció a continuación, dándole de nuevo la espalda.

Trémula, se mantuvo en silencio y finalmente estalló:

—¿Hay otra mujer?

Esperó un momento y se giró bruscamente. Estaba sola en la habitación.

Era un día claro y el cerro de Tepeyac se alzaba majestuoso al norte de la ciudad, en la ribera oeste del lago de Texcoco. En un mercado de los arrabales había comprado algunas flores que apretaba con fuerza entre mis brazos. Necesitada de un silencio que me permitiera escuchar mis pensamientos, apenas sí me atrevía a mirar a Martí durante nuestro recorrido. Su inesperada generosidad me había desconcertado, produciéndome una mezcla de ilusión, alivio y muchas dudas. Me proponía que me quedara bajo su protección en su casa y que trabajara para él como curandera con mi gente, pues estaba seguro de que, mezclada entre los mexicas, ni Santiago ni fray Antonio darían conmigo. Pero yo temía que la convivencia desenterrara viejos sentimientos y nos volviera a conducir a una situación imposible. Si aceptaba, Huemac y yo quedaríamos totalmente en sus manos, y eso me hacía aún más vulnerable que en Roma. «¡Pero cómo me atrevo a desconfiar! —me recriminé—. Nos ha salvado, ¿por qué no acepto su propuesta como una oportunidad?» Sin embargo, no podía, pues mi corazón me decía que toda precaución era poca.

El camino del cerro transitaba por un bosque de pinos, despoblado por la tala de árboles para las construcciones de la ciudad. Cubierta con un manto de ixtle, me estremecí de pronto al percibir el gran número de personas que seguía la misma ruta.

—La Virgen de Guadalupe es muy venerada, por eso siempre hay tanta gente —dijo Martí como si adivinara mis pensamientos.

—Antes ya se peregrinaba a este lugar en nombre de la diosa.

—Claro, con razón la mayoría la llaman Tonantzin.

—¿Y los frailes lo permiten?

—A la Virgen se la llama también Nuestra Señora y es la madre de Jesucristo. Tonantzin se podría traducir como la diosa madre, ¿no es cierto?

—¿Quieres decir que no están tan lejos la una de la otra?

—Quiero decir que los curas lo pasan por alto —sonrió Martí—. He oído decir a algún fraile que el resto de iglesias también tienen imágenes de la Virgen y no son tan visitadas como esta.

Su comentario me reconfortó, aunque no dejaba de resultarme triste aquel recorrido. Era como si la Virgen de Guadalupe se hubiera convertido en un pedacito de nuestra cultura, disfrazado, sin poderse mostrar con el esplendor de la diosa Coatlicue. Entonces pensé en su hija Coyolxauhqui, la diosa luna: su madre, como ella, debía mostrarse ahora también vencida.

—Pero no desaparecida —dijo una voz burlona a mi espalda.

Me volví de forma brusca, pero detrás y a cierta distancia sólo vi a algunos hombres vestidos con camisola, pantalón y colorido manto.

—¿Estás bien? —preguntó Martí—. Nadie nos sigue, no temas. El día de la Virgen es el doce de diciembre y entonces sí que vienen todos los frailes. Conmemoran el momento en que se apareció a Juan Diego. Pero hoy no hay peligro; de lo contrario, no te hubiera traído.

Asentí desconcertada y reemprendimos el camino. Al poco, este se abrió en un gran claro donde se agolpaba una muchedumbre a la espera de poder entrar a ver a la Virgen. Su imagen permanecía en una pequeña ermita con espadaña construida sobre el antiguo templo de Coatlicue. Martí me tomó de la mano; al reconocerlo, la gente nos abrió paso. Subimos hasta las puertas del templo, y al llegar ante el fraile franciscano que las controlaba, Martí me soltó. Sentí que mi ánimo flaqueaba, como si perdido el contacto de su mano se desvaneciera el impulso que me había traído a aquel lugar. Sin embargo, al reconocer al conde de Empúries, el fraile nos dejó pasar con tal precipitación que, sin apenas darme cuenta, ya estaba dentro, sumida en la penumbra.

Algunos fieles permanecían arrodillados en el suelo, la mayoría desfilaban en hilera ante la imagen. El altar mayor estaba iluminado por unas velas que, desde el suelo, proyectaban su halo hacia una figura pintada sobre un ayate de ixtle. La Virgen miraba con expresión dulce, cubierta por un manto turquesa poblado de las estrellas del antiguo México-Tenochtitlán. «Los hermanos de Coyolxauhqui», pensé.

Martí se quedó en una de las banquetas del fondo y me indicó que me pusiera a la cola para presentar mi ofrenda. Avanzaba con rapidez, pues un fraile franciscano se encargaba de que los fieles no se demoraran en dejar sus flores ante el altar. Todos las depositaban en el suelo, en la tierra que rigiera la antigua diosa. «Las flores son la ofrenda que se hacía a Coatlicue en el mes de Tozoztontli», me recordé, aunque esto no disminuía mi incomodidad, pues, al contrario, parecía crecer a medida que me acercaba.

Impregnada del olor a sebo que desprendían las velas, de pronto sentí que los frailes se apoderaban de una devoción que otrora olía a incienso y que no les pertenecía. Allí no había santos disfrazados de los antiguos dioses como en la última iglesia que visitamos con el coro. Llegado mi turno, me pregunté si quería dejar bajo aquella mujer desconocida mi ofrenda a Coatlicue. El fraile franciscano me apremió con un gesto. Entonces recordé que estaba allí porque aquel santuario, aunque invadido, era el único lugar donde dejar fluir mi propia fe. «No son dueños de mi alma. Y esta hace ofrenda a Coatlicue, para que me hable a mí, no a ellos», me dije mientras me inclinaba para dejar mi ramo.

Al acabar, sin embargo, no me quedé arrodillada como hacían otros. Salí precipitadamente, impelida por una necesidad de huir, y me escabullí como pude entre la muchedumbre. De pronto, me di cuenta de que estaba sola y me detuve, paralizada de súbito por el miedo. Me volví, pero Martí no debía de haberme visto salir, quizá sumido en sus propios pensamientos. Entonces lo oí a mi lado:

—Vendrá, espérale aquí, él sabrá encontrarte.

Giré la cabeza y allí estaba, con una tosca rama como callado, el cuerpo más encogido, el rostro igual de arrugado. El nigromante no vestía al modo tradicional, sino que llevaba camisola y pantalones, pero el manto que lo recubría era verde oscuro y su pelo estaba tan enmarañado como en nuestros anteriores encuentros.

—Pensé que jamás volveríamos a vernos. ¿Cómo me has encontrado? —pregunté.

—Era cuestión de tiempo —sonrió—. Es tu último paso para la consagración.

—¿Qué consagración?

—A Coyolxauhqui.

Al oír aquello, sentí que mi alma se rebelaba.

—¡Claro! Ahora está todo perdido, ¿no? Vencida como ella, desde luego he dado el paso definitivo.

—Acabado un ciclo llega otro. La luna mengua, e incluso parece que desaparezca del cielo. Pero sólo está escondida. Al poco reaparece para crecer y mostrarse con plenitud.

—No tengo tiempo para tus adivinanzas. Ni ganas, ni ánimos —sentencié mientras me alejaba.

—Pero sí para mis advertencias —aseguró el nigromante, autoritario, mientras me sujetaba con una fuerza sorprendente para su cuerpo decrépito.

Volví hacia él y le clavé una mirada furibunda. Él me respondió con un brillo afable y dijo:

—Santiago Zolin, tu antigua protección, se convirtió en tu mayor amenaza porque, cumplido tu destino en Acolman, impedía tu consagración a Coyolxauhqui. Pero no has perdido todo por lo que allí trabajaste. Como la luna, estabas en ciclo creciente; ahora entras en el menguante. La desaparición de Coyolxauhqui es sólo en apariencia, pues como diosa inmortal es eterna y siempre está, aunque no la veamos. Sigue la guía de la estrella roja. Acepta su luz, pues ella te iluminará para que superes los peligros que se avecinan. Si sales con vida, comprenderás por qué la luz de la luna es tu guía protectora y nuestra salvación. Adiós, Ameyali, esta vez sí que es un adiós definitivo.

Y sin decir más, se volvió y se perdió entre la muchedumbre, mientras yo permanecía helada por sus palabras: «Si sales con vida...» Sin embargo, al instante me di cuenta de que había encontrado en aquel lugar lo que buscaba: una señal sobre mi destino. «La estrella roja es Quetzalcóatl», me dije mientras me frotaba las manos para quitarme el frío que se había apoderado de mí.

—Ameyali, ¡por fin te encuentro!

Martí apareció a mi lado con una expresión aliviada en el rostro, y entonces, desde mis entrañas, sentí que el calor volvía a mi cuerpo.

XLI

Ciudad de México, año de Nuestro Señor de 1535

La estación de lluvias iniciaba su declive, y en la huerta de Martí los chiles relucían al sol matinal mostrando los tonos rojizos de la madurez. Desde la ventana de la alcoba pude ver a Xilonen cargado de forraje para el único caballo de la cuadra, mientras a mi espalda oía cómo mi hijo refunfuñaba. A los pies de la cama, Huemac luchaba contra el nudo de su *maxtlatl*, que parecía rebelarse entre sus manos. Me acerqué para ayudarle, pero él negó con la cabeza:

—¡Puedo solo! —exclamó, y clavándome por un instante la mirada preguntó—: Mamá, ¿cuándo volveremos a casa?

—Cuando sanes del todo, hijo —respondí cruzándome de brazos mientras me apoyaba en el alféizar de la ventana.

—Ya estoy bien; no vomito ni nada —insistió mientras anudaba los extremos de la tela que le cubría.

—Cierto, pero aún estás muy delgado, te faltan fuerzas y el viaje es largo.

Al fin, Huemac dio por acabada su tarea y me miró triunfal. Pero sólo fue un instante, pues enseguida enarcó las cejas, lastimero, y dijo:

—*Kolo* estará solo, y papá dice que debo cuidarlo.

Me agaché delante de mi pequeño para arreglar los pliegues del *maxtlatl* mientras respondía:

—No te preocupes; Yaretzi e Itzmin seguro que cuidan de él. —Me erguí de nuevo rogando para que así fuera, por que ambos estuvieran bien, y revolviendo el cabello lacio de mi hijo, añadí—: Anda, ¿por qué no vas a ayudar a Xilonen con el caballo?

A Huemac se le iluminó el rostro al oír aquello y salió corriendo de la habitación. En cuanto cerró la puerta, un profundo suspiro huyó de mi pecho y, angustiada, me senté en la cama.

La oferta de Martí era generosa y me mantenía ocupada. Por el momento sabíamos que Santiago seguía en Acolman, aun así me resistía a salir a las calles por miedo a ser reconocida. Sólo en contadas ocasiones, al caer la noche, le había acompañado para visitar alguna choza de los arrabales, sobre todo para atender a mujeres. Así que la mayor parte de mi tiempo lo pasaba en casa. Él había acumulado conocimientos de muchas plantas medicinales, pero a menudo su información era incompleta. Así que yo pasaba buena parte de las mañanas anotando en náhuatl mis propios conocimientos sobre sus efectos, mientras que por las tardes él solía dejar tiempo para compartirlos, y juntos preparábamos emplastos o tisanas, cuyas propiedades añadía a sus notas en latín. Adoraba aquellos momentos. A pesar de estar atrapada por mi propia situación, me sentía libre, pues con él no había silencios embarazosos. Las plantas eran siempre el principio de charlas en las que Martí me confesaba sus propias contradicciones, nacidas de sus deseos de ayudar al pueblo que acogiera a su padre y de la sensación de que con ello contribuía a matar a nuestros dioses. Y yo podía compartir con él mis sentimientos como jamás pude hacerlo con otra persona; desde luego, no con Santiago. Me daba cuenta de que, a lo largo de los años, mi posición frente a los míos me había obligado a un silencio que ahora me pesaba y que la sola presencia de Martí en la casa aligeraba mi carga.

Sólo una cosa reservaba para mí: las palabras del nigromante. Pues aunque mi razón me hiciera concluir que mis sensaciones provenían de la luz de Quetzalcóatl, mi corazón, a diferencia de lo que sucediera en Roma, parecía pensar por su cuenta. Y a cada latido me recordaba que Martí era un hombre muy parecido al que había imaginado a lo largo de los años; un hombre que encendía el rubor de mis mejillas si su mano rozaba la mía y cuyo retorno me ilusionaba como jamás me pasara con las largas ausencias de mi esposo. «Pero no puedo esperar más allá de lo que ya ha hecho», admití vencida. Aunque tuviera la sensación de que podía pasar los años así, con él, debía pensar en mi hijo. Tenía que proporcionarle un futuro, y eso convertía mi estancia en casa de Martí en una solución provisional.

—¡Oh, un perrito, un perrito! —oí jubiloso a Huemac desde el patio.

Me puse en pie y me asomé por la ventana. Entonces, agachado junto a Xilonen, vi a un desconocido que parecía ofrecerle un cachorro. Alarmada, salí de la habitación y corrí escaleras abajo, temiendo que alguien nos hubiera delatado. Intentando controlar el temblor que amenazaba a mi cuerpo, salí al patio. El desconocido se había erguido. Vestía pantalones y camisola, y su manto estaba polvoriento. Sus rasgos mexicas se veían surcados por la edad y su piel estaba curtida por el sol. En su rostro se adivinaba la cicatriz de un bezote lucido antaño, y su complexión era fuerte y orgullosa como la de un antiguo guerrero. Entonces mi hijo me vio y, tomando al cachorro en brazos, exclamó:

—¡Mira, mamá! ¡Es para mí!

—Precioso —le respondí ya junto a ellos. Miré al hombre que lo había traído y añadí—: ¿Y a qué se debe tan generoso presente?

El desconocido respondió a mi mirada con una expresión de sorpresa que pareció humedecer sus ojos, mientras sus labios se movían sin que su voz articulara palabra. Sentí que el temor crecía en mi interior: «Me conoce, pero ¿de qué? ¿Quién es?»

—¡Vaya, Mixcóatl! Lo has logrado —oí de pronto a mis espaldas.

Me volví y vi que Martí se acercaba a nosotros sonriendo.

—¿Te gusta, Huemac? —añadió acariciando al perro que mi hijo sostenía.

—¡Pues claro!

—Le pedí a Mixcóatl que le consiguiera un buen cachorro —me explicó Martí poniendo la mano sobre mi tenso hombro—. Es de confianza.

—No sabía que tenías más gente a tu servicio —logré decir, vencido ahora mi temor por la sorpresa.

—Supongo que aún hay cosas que debería contarte, pero todo a su tiempo —anunció con desenfado. Y volviéndose al hombre añadió—: ¿Y el resto del encargo?

—Cumplido, mi señor —respondió bajando la mirada con respeto.

—Bien, pues ahora descansa. Y los demás, al trabajo —ordenó Martí risueño. Luego se inclinó frente a mi pequeño y dijo—: Y tú, Huemac, debes dar de comer a esta fierecilla. Ve a pedirle algo a Tonalna.

Con el cachorro en brazos, mi hijo salió corriendo hacia la cocina mientras los dos hombres se retiraban. Entonces, con la mirada perdida entre los chiles que crecían en la huerta, le dije a Martí:

—Te daría las gracias si no me hubiera asustado tanto.

—Lo siento, Mixcóatl viene y va y no había tenido oportunidad de presentártelo.

—Ni de hablarme de él.

—Lo haré, pero... —suspiró—. En verdad, lo que hace para mí es muy arriesgado. Mientras menos personas lo sepan, mejor.

Me volví hacia él. Había bajado la cabeza, como si quisiera ocultar una expresión entre meditabunda y pesarosa que yo percibía con toda claridad. Mi mano entonces se acercó a su brazo y lo acarició, mientras le decía conmovida:

—Gracias, ha sido un gesto muy tierno.

Él sonrió y me miró con un suspiro aliviado.

—Por cierto, ¿no deberías estar en el hospital? —le pregunté, de pronto cayendo en la cuenta de que no era habitual verlo en casa por la mañana.

—He venido a pedirte un favor. Pero implica salir a plena luz del día. Necesito tu ayuda.

Santiago Zolin cabalgaba por los límites de su encomienda, siguiendo la ruta que conducía a Texcoco. Delante de él, hundiendo las sandalias en el barro del camino, avanzaba el hijo mayor de Tecolotl. Detrás le seguían Gabriel y *Kolo*, al que había traído con el convencimiento de que hallaría el rastro de su hijo si lo que le habían dicho era cierto.

Habían pasado semanas desde la huida de Ameyali y el dolor se había endurecido como una piedra en su pecho, convertido en un muro que apoyaba los miedos que latían en su corazón. Seguía amándola, ella era suya, y aún no comprendía cómo se le había escapado así de entre las manos. Si Ameyali respetaba las antiguas costumbres por las que se habían unido en matrimonio, ¿cómo podía ofender así a los dioses vencidos? ¿Y cómo se le ocurría hacerlo poniendo en peligro a su hijo y a ella misma?

El camino empezaba a ensancharse bajo el ardiente sol del final de la estación de las lluvias. Dejaron atrás los últimos magueyales y los pinos dieron paso al bosque que marcaba las lindes de sus tierras cuando, de pronto, *Kolo* huyó a la carrera y se perdió por una curva del recorrido. Entonces oyeron unos ladridos.

—Lo ha encontrado —afirmó el hijo de Tecolotl volviéndose hacia él.

El perro aulló lastimero, y esta vez a Santiago le pareció que su gemido lo atravesaba como el filo de la obsidiana. Sabía que Xolotl, dios de la vida y la muerte, había entregado a los hombres a aquella raza de perro, y que los *xoloitzcuintles* guiaban a las almas de los muertos en su viaje al Mictlán. Presa del pánico, espoleó su montura, tomó la curva al galope y otro aullido lo guió fuera del camino. Entonces hizo que el caballo se detuviera en seco y desmontó de un salto. Entre los elevados árboles cuya sombra mantenía el sotobosque despejado de matojos se veían los restos de un carro. Sólo conservaba una rueda; la otra estaba en el suelo, medio cubierta por la pinaza. Parecían haber roto partes de la baranda a hachazos y la intemperie pudría la madera. Podría ser un carro cualquiera, pero *Kolo* estaba sentado al lado, gemía lloroso, se inclinaba para oler en el suelo y retornaba a sus gemidos. Santiago se acercó y, de entre las patas del animal, recogió un objeto: la cruz de san Antón. ¿Los había atacado acaso algún forajido?

Aferrando la cruz, se abalanzó sobre los restos del carro, buscando rastros de sangre, de violencia más allá del destrozo material. Pero no sabía distinguirlas. Las maderas estaban deterioradas y las manchas podían ser de sangre, barro o resina. De pronto, se detuvo con el rostro contraído. Se daba cuenta de que le resultaba menos hiriente pensar que ella le estaba engañando, que aún podía recuperarla, recuperarlos.

Entonces oyó pasos sobre la pinaza a sus espaldas y se giró. Gabriel y el hijo de Tecolotl se detuvieron.

—Regresad a Acolman. Gabriel, tú estás a cargo de la administración. Encárgate de que ese y su familia no vuelvan a pisar mi palacio —ordenó. Y mirando al primogénito de su antiguo *cihuacóatl*, añadió—: De momento estáis a salvo, pero seguid buscando. Esto puede ser una treta para que yo piense que están muertos.

—¿Y qué hará usted, mi señor? —preguntó el esclavo negro.

Santiago Zolin montó su caballo y, sin mirarle, respondió:

—La encontraré.

Lejos de las calzadas principales, íbamos dando un rodeo por callejuelas que se estrechaban junto a los canales, llenos de un lodo que se hacía pestilente cuando pasábamos por una curtiduría. Un manto de ixtle oscuro cubría mi cabeza, a pesar de que la mayoría de gentes con quienes nos cruzábamos eran mexicas, ocupados en sus trabajos artesanos. A medida que avanzábamos, las viviendas se tornaban más humildes, y aunque ello me hacía sentir segura, seguí con la cabeza baja.

—Está en la calle de los cazadores de patos, junto a las ciénagas donde desembocan los canales —dijo Martí.

Íbamos a visitar a un joven que corría peligro de perder un brazo a causa de un accidente en una obra que nada tenía que ver con su propio oficio. Martí me había contado que en la ciudad los mexicas no pagaban tributos, pero se veían obligados a trabajar cuando se les requería para ello. Según turnos establecidos por el jefe de barrio, eran asignados a un juez que los repartía por las diferentes obras que se hacían para acondicionar la ciudad. Era como un tequio pervertido, y de pronto pensé que aquello no difería demasiado de lo que yo había estado haciendo para Santiago, pues al final, todo lo que nos había traído prosperidad pertenecía al señor de Acolman. «Y yo que creía que los liberaba», pensé. Suspiré con pesar y, queriendo ahuyentar mis recuerdos, comenté:

—No comprendo por qué no lo llevaron al hospital cuando sucedió el accidente. No es la primera vez que atiendes a un herido por las obras del acueducto.

—Ameyali, los repartimientos son una cosa, pero la práctica es otra.

—No te entiendo. ¿Qué se hace? —pregunté mirándolo de reojo.

Él sonrió con amargura y respondió:

—Mil cosas. En este caso, no se accidentó en el acueducto de Chapultepec, de eso estoy seguro. Diría que la herida fue causada por una *coa* con punta metálica. Supongo que lo sacaron de donde le tocaba trabajar y lo pusieron en alguna huerta privada. Piensa que siempre se puede sobornar al juez repartidor, a los alguaciles, a los capataces... Y si en el acueducto hay menos traba-jadores de los asignados, nadie lo ve.

—¿Quieres decir que le amenazaron para que no fuera al hospital?

—Sí, y para que no cuente dónde estaba realmente. De todas formas, Ameyali, prefiero que no le hables de eso. Sólo quiero saber qué le están dan-do a mis espaldas. A veces, las supersticiones empeoran la enfermedad.

No pude evitar que una sonrisa aflorara a mi rostro mientras doblábamos una esquina y entrábamos en una calle que bordeaba una ciénaga.

—¿Y cómo lo hacías antes de tenerme cerca? Seguro que no es la prime-ra vez que ocurre algo así —señalé.

—Desde luego, y he perdido pacientes por ser extranjero y no contar contigo. Por eso te he hecho salir. Tiene la fiebre muy alta y... Es aquí.

Me tomó del brazo y me hizo detenerme delante de una choza de donde salía el humo por las grietas del tejado de cañizo. Martí apartó el manto que cubría la puerta y, poniendo con suavidad su mano en mi espalda, me indicó que pasara delante de él. Enseguida llegó hasta mí un repicar de piedras acom-pañado de un familiar murmullo que entonaba una canción contra los malos espíritus. Al entrar, apenas tuve tiempo de ver al enfermo tumbado y a un an-ciano acuclillado cerca del fuego. Enseguida una mujer abandonó el telar que había en una esquina y se puso delante de mí mientras advertía la presencia de Martí, que me seguía.

—Doctor, no le esperábamos —dijo la mujer.

El anciano interrumpió su canto, se puso en pie y vino hacia nosotros.

—He traído a alguien que puede ayudaros —respondió Martí.

Entonces me descubrí la cabeza y la sorpresa afloró al rostro del hombre, se empañó su mirada y enseguida bajó la cabeza respetuosamente mientras preguntaba:

—¿Eres tú la sacerdotisa que cantaba a Xochiquetzal? Mi mujer era teje-dora y veneraba especialmente a la diosa.

Alargué la mano hasta su barbilla y le hice levantar la mirada para que viera mi asentimiento. Las pupilas estaban dilatadas por el efecto del *ololiuqui* y le pregunté:

—¿Eres tú un hechicero y curandero?

—No. Yo siempre he sido cazador de patos, y de joven solía llevar las piezas que obtenía a casa de un hombre que era curandero. Algo aprendí, pero en estos tiempos no queda mucho más que los recuerdos.

—¿Puedo ver lo que dicen las piedras?

—Por supuesto, mi señora. Es mi nieto y ella es su esposa.

La mujer había bajado la mirada y un ligero temblor la recorría.

—Tranquila, todo irá bien —musité acariciándole el hombro.

Ambos me abrieron paso, y mientras Martí se quedaba en el umbral de la puerta, me acerqué al enfermo y me agaché. Las piedras estaban a su lado, y apenas les eché un vistazo, pues poco sabía de su magia. Pero a la luz de la lumbre pude comprobar que la herida, tal y como me contara Martí, supuraba. Sin embargo, observé algo que a él le pasó inadvertido: la piel que la bordeaba estaba amarillenta.

—¿Le estás poniendo tabaco en la herida? —pregunté al anciano.

—Sí, señora.

Miré a Martí y él frunció el ceño. Entonces le dije al hombre:

—A las piedras no les gusta. ¿Por qué no haces caso al médico?

—Es blanco. Sé que trae buenas intenciones, recuerdo a su padre, pero con esta herida... Los castellanos se la han hecho, mataron a nuestros dioses, pero no a los malos espíritus, y ahora están en el cuerpo de mi nieto. Con el tabaco los ahuyento.

Entonces me puse en pie y me acerqué al hombre. Tomé sus manos entre las mías y le dije:

—¿Y si yo te pido que hagas caso a lo que te dice el médico blanco? Está bendecido por Quetzalcóatl. Confía en él, te lo ruego. Él espantará a los malos espíritus. Usa sólo maguey, como el doctor te ha dicho y el *iztacpactli*. Eso complacerá a los dioses y ayudarán a tu nieto.

—¿Están vivos?

—Sólo si los mantienes en tu corazón. Toma mi manto, quédatelo. Está tejido como lo hubiera hecho tu esposa, con la bendición de Mayahuel. Ella también ayudará a tu nieto.

El hombre lo tomó con los ojos humedecidos mientras la mujer no dejaba de murmurar su agradecimiento.

—Volveré a veros —les aseguré.

Y salí de la casa con la cabeza descubierta. Cerré los ojos y dejé que el sol calentara mi rostro. De pronto, había visto en aquella choza a Coyolxauh-qui, pues la fe en los antiguos dioses menguaba como ella lo hacía, incluso parecía que desaparecía, pero en realidad seguía persistiendo. «Sólo les hace falta esperanza en que llegará el momento de la luna llena —pensé sintiendo que esa esperanza prendía con una fuerza inusitada en mi corazón—. ¿Es esto ser sacerdotisa de la luna?» Entonces noté la mano de Martí en mi hombro.

—Gracias, Ameyali.

Su susurro llegó a mi cuello como una brisa fresca que me acariciaba y me daba una profunda sensación de paz. Abrí los ojos, me volví hacia él y vi

381

sus labios sonrientes. Deseé besarlo, abrazarlo, pero sólo pude responder con una sonrisa:

—Gracias a ti.

Mariana pagó lo convenido al cacique indio del barrio de San Pablo, y en cuanto el hombre se marchó, se quedó pensativa. Interesante información: el conde de Empúries mantenía en secreto unos criados de los que nunca había dicho nada. Entendió lo de la mujer, pues posiblemente a Martí no le interesaba que los frailes descubrieran que le ayudaba una curandera india. Pero ¿el hombre?, ¿en qué tarea se ocupaba? Quizá su amante durante todos aquellos años ocultaba algo que, si ella descubría qué era y daba los pasos adecuados, podía jugar a su favor para recuperarlo. La dama sonrió.

XLII

Aquella mañana, Martí había despachado con premura sus tareas en el hospital, deseoso de volver a su casa. Por la tarde debía atender a sus pacientes castellanos, pero antes Ameyali le acompañaría a hacer algunas visitas en los arrabales.

Salió del hospital y aspiró el aire fresco con los ojos entornados. El sol había desvanecido la llovizna del amanecer y dejado un día limpio que olía a flores. Contento, enfiló la calzada hacia la escuela de San José de los Naturales. Le alegraba que Ameyali hubiera perdido el miedo a salir y no creía que este cambio se debiera a que Santiago siguiera ausente de la ciudad. El brillo en sus ojos después de su primera visita diurna a los arrabales no había desaparecido. Acompañado de un concentrado silencio, lo había mantenido casi toda la tarde, mientras trabajaron con los remedios, hasta que, solemne, declaró:

—Quiero ayudarte con todos los pacientes que pienses que desconfían de ti. Creo que debo hacerlo.

Martí no preguntó entonces por qué, aunque sentía una ardiente curiosidad. Pero a la vez también percibía que la visita del día antes había removido algo en el alma de Ameyali, y se conformaba con ser su acompañante, un mero testigo, a sabiendas de que ella hablaría con él llegado el momento. «Quizá con ello descubra aquí su lugar», pensó, consciente de pronto de lo mucho que esa esperanza le ilusionaba.

Dobló la esquina del monasterio franciscano permitiéndose soñar con compartir su trabajo y su vida con ella, cuando de pronto se vio ante fray Pedro de Gante, acompañado de Mariana.

—Don Martí, celebro verle —tartamudeó el fraile a modo de saludo—. ¿Acabó su jornada en el hospital?

—Así es —respondió él, incómodo ante la fría mirada de la mujer.

—Debe de haber sido una buena mañana —intervino ella—, pues parece dichoso, señor conde.

Al médico no se le escapó el destello de amargura que brillaba en los ojos de su antigua amante, y sin poder evitar cierta aspereza en su voz, dijo:

—Ya sabe cuánto me gusta mi trabajo con los naturales.

—Y sin duda sus limosnas, doña Mariana, contribuyen a su dicha —tartamudeó fray Pedro—. La señora precisamente ha venido a hacer otro donativo.

—Pero este no es para el hospital, me temo —aclaró ella con una sonrisa—. Es para la escuela superior de los naturales.

—Pensé que eso quedaba cubierto con las dos mil fanegas de maíz de la hacienda real y la asignación de doscientos pesos para sueldos de su majestad —dijo Martí.

Ella se encogió de hombros y comentó:

—La llegada del virrey parece inminente. Su secretario viene de La Española y se le espera en cualquier momento. Así que debemos estar prevenidos por si las asignaciones cambian. Y en cuanto a la escuela, ya sabe que mi difunto esposo apoyaba al ilustrísimo señor Ramírez de Fuenleal en su iniciativa. Pero no debe preocuparse por las limosnas del hospital.

—Es usted muy generosa, doña Mariana —comentó Martí sinceramente.

—Sólo cumplo con mi deber cristiano —repuso e, inclinando la cabeza, añadió—: Y ahora, si nos disculpa, señor conde.

—Vaya con Dios —se despidió fray Pedro.

Y luego ambos siguieron su camino hacia San José de los Naturales mientras Martí retomaba sus pasos. Había sido un encuentro extraño, incómodo, que le recordó lo que otrora compartieron: tórridos encuentros sexuales y estimulantes conversaciones en torno a aquella sociedad en ciernes. La llegada del virrey ponía una nueva pieza en el tablero y ella respondía afianzando alianzas con los franciscanos, de ahí su generosidad. Martí sabía que se lo hubiera contado en uno de sus encuentros, y sonrió con melancolía ante la certeza de que había perdido a una amiga.

Absorto en sus pensamientos, siguió su camino entre el gentío que se afanaba en sus compras. Tras la marcha de Galcerán y el fin de su relación con Mariana, creyó haber encontrado en Ameyali a una amiga. «Pero ¿a quién quiero engañar? —se preguntó ya ante la puerta de su casa—. Ella nunca será sólo una amiga.» Recordó entonces su propia confusión al unirse al ejército, dividido entre Martí Alzina y el conde de Empúries, y se dio cuenta de que Ameyali los reconciliaba, los convertía en una misma persona de una manera que antes no había sentido.

Mecida por el día claro, atravesé la huerta trasera de Martí, tan parecida a la del palacio de Acolman tras mi retorno de Roma que sentí que también allí mis dioses me protegían. El hogar encendido de la *temazcalli* esparcía su aroma resinoso, con algún madero de ocote alimentándolo. Dejé el sayo a la puerta y entré en la pequeña cúpula. Lancé agua sobre la pared caliente y me desnudé al abrigo del vapor. Luego tomé las raíces y froté mi cuerpo empezando por la cicatriz de mi seno.

Las palabras del nigromante adquirían en aquel perfumado ambiente la dimensión de la nítida verdad. Lo había comprendido el día anterior. En los arrabales sentí la fe de los míos como una necesidad, que, a falta de templos, se nutría de recuerdos que convertían las antiguas creencias en supersticiones deseosas de adaptarse a aquel nuevo mundo y reencontrarse con el viejo. Y como supersticiones, abonaban el camino para la desaparición de los dioses. Por ello entendía ahora que necesitábamos un lucero, y Coyolxauhqui, tal y como vaticinara el nigromante, era nuestra salvación, porque no sólo representaba la derrota, sino también el resurgimiento. La fe se escondía en las casas de los arrabales, cual luna menguante en el cielo estrellado. Y por ello deseaba acompañar a Martí en las visitas, pues me sentía llamada a alimentar aquella fe con Coyolxauhqui como guía.

«Martí...», suspiré. Dejé las raíces y reavivé el vapor mientras entornaba los ojos. Abracé mis piernas, noté mis senos sobre los muslos y me dejé mecer por la oscuridad. Entendía que la estrella roja de la que hablara el nigromante era él, y que a través de él me consagraría como sacerdotisa de la luna. De hecho, Martí encarnaba el espíritu de la diosa, pues atesoraba partes de mi pueblo en sus notas sobre nuestra medicina; pedazos que se unirían a otros en nuestro resurgir victorioso a través del tiempo.

Sentí que mi pecho se henchía al pensar así en él. Era incluso mejor de como lo imaginé a lo largo de aquellos años, y de pronto me pregunté si alguna vez había dejado de estar enamorada de él, si ese amor siempre estuvo allí, como semilla que no germinaba ahogada en mis obligaciones y escondida del sol por culpa de un esposo al que creí amar.

Era una habitación espaciosa, con una gran ventana que daba al patio central del palacete. Bajo esta, descansaba una arquimesa de tonos rojizos decorada con un fino relieve que representaba a un caballero de las cruzadas. Encima, cuidadosamente colocadas, había cinco miniaturas talladas en cedro que representaban caballos en diversas posturas.

Al principio, cuando Santiago le hizo saber que se demoraría en Acolman porque su hijo había enfermado, Rosario se debatió entre la duda y el desasosiego. Hasta que decidió aprovechar aquellas semanas para preparar la habitación del niño. Ahora tenía toda la ropa dispuesta en dos hermosos arcones, y por fin aquella mañana el carpintero le había hecho entrega de la arquimesa y los juguetes. Con una sonrisa, la mujer colocó entre los caballos el objeto que a ella más le agradaba: una peonza de alegres colores. Estaba segura de que las coloridas franjas en movimiento fascinarían al pequeño, e invadida por una súbita ilusión, intentó hacerla girar. Sin embargo, la peonza apenas dio un par de vueltas antes de caer inerte sobre la madera.

Cuando Mariana le aconsejó llevar a cabo aquel plan, su único objetivo era recuperar a Santiago. Poco imaginaba entonces que además se sentiría tan ilusionada con la llegada del niño. Al fin tendría un hijo, el primogénito de su amado esposo, y aunque ella no lo hubiera parido, lo criaría con todo el amor que su alma acumulaba desde hacía tantos años. De pronto, un portazo retumbó en la habitación contigua. Oyó un objeto estrellándose contra la pared y enseguida le pareció distinguir la voz de su marido en aquel idioma extraño.

Con el corazón acelerado, corrió a la alcoba de Santiago. Él estaba allí, arrodillado, llorando y golpeando el suelo con los puños. Conmovida y asustada, Rosario se acercó y le puso las manos sobre los hombros. Él detuvo sus sollozos, la miró furioso y la empujó con tal fuerza que la mujer cayó al suelo mientras él gritaba:

—¡Vete! ¿Quién te ha dicho que entraras?

Con el rostro contraído por el dolor y el pánico, Rosario movía los brazos como si no supiese qué debía hacer para levantarse. Santiago se le acercó y ella se encogió temiendo que la golpeara. Pero él la agarró del cabello y la obligó a ponerse de pie. Un alarido resonó en la habitación, pero lo ignoró y la arrastró hacia la puerta.

—Todo es culpa tuya, mujer del demonio. Tú me metiste la idea en la cabeza. ¡Traer a Hipólito! Ahora se lo ha llevado, los he perdido a los dos. —La empujó hacia fuera y Rosario se dio de bruces contra la baranda del soportal—. No vuelvas a entrar a esta alcoba, ni me mires, ni te cruces conmigo.

Ilusionado por estar de nuevo en su casa, Martí se dirigió al salón. Dejó la bolsa de medicinas colgada de la silla, se quitó la parlota y al ponerla sobre la mesa, vio que un pergamino lacrado le aguardaba. Desde el patio llegaban las risas de Huemac, que jugaba con su perro mientras Tonalna recogía los chiles maduros y Xilonen escardaba la tierra de las tomateras. Se sentó a la mesa, abrió el pergamino y leyó una carta en la que Galcerán le informaba de su inminente partida desde Villarrica. Por la fecha supo que ya hacía días que debía estar en la mar.

Alzó la cabeza y su mirada se extravió por la ventana. De pronto, su mente quedó prendida de una sensación ligera, como si flotara hacia lo que sus ojos veían: Ameyali salía de la *temazcalli* ataviada con un sayo que dejaba al descubierto sus hombros y delataba la forma de sus senos. Su piel desprendía destellos rojizos al sol, aún húmeda por los vapores que habían acariciado su cuerpo. Caminaba grácil hacia la casa, absolutamente ignorante de la belleza que irradiaba, y que a ojos de Martí la hacía aún más hermosa.

En cuanto abrió la puerta, pudo percibir el perfume fresco de su piel y se sintió turbado por el deseo. Entonces concentró la mirada en el pergamino, mientras sentía que el rubor afloraba a su rostro y su respiración se hacía más profunda, en un intento de controlar su corazón acelerado.

—¿Ya estás aquí? —oyó que ella exclamaba a su espalda.

Martí se volvió e intentó adoptar un tono desenfadado.

—Bueno, ayer entendí que querías ayudarme en los arrabales...

Ella se sentó junto a la mesa y él, azorado, bajó la mirada sin poder evitar que los ojos se desviaran por un instante hacia el escote del sayo. Ameyali sonrió y le acarició el rostro.

—¡Ay, Martí! Sigues siendo mi enviado de Quetzalcóatl.

Inesperadamente, él se apartó de mí con un gesto violento que hizo rechinar la silla en el suelo.

—¡No vuelvas a eso! —dijo conteniendo su rabia—. Soy un hombre, sólo un hombre.

Entonces se giró y se fue a grandes zancadas, escaleras arriba. Su reacción me devolvió a Roma. «Tú debes de ser un enviado de Quetzalcóatl, así lo siente mi alma, Martí, así lo siente», le dije una vez en el claustro del convento donde me hospedaba. De ahí nació nuestra relación: él cuestionó a mis dioses y fortaleció mi fe con ello. Pero ahora me daba cuenta de que en verdad Martí lo hizo porque, enamorado de mí, quería ser sólo un hombre a mis ojos, no un ser intocable como su Jesucristo. «Entonces huí de él; lo he herido», me dije mientras me ponía en pie.

Subí las escaleras, enfilé el estrecho pasillo y abrí la puerta de la habitación del fondo sin llamar. Era mucho más pequeña que la mía; sólo cabía un camastro y un baúl en un rincón. Él se había quitado el jubón y lo tiraba con rabia al suelo. Al verme, se irguió entre la pared y el camastro. Alto, de cuerpo vigoroso, la fuerza que emanaba contrastaba con su mirada indefensa, las manos plegadas por delante de su greguesco y el pelo revuelto.

—Porque te crea enviado a mi vida por los dioses, no dejo de verte como a un hombre —le dije acercándome hasta que su cuerpo rozó el mío—. Al contrario.

Mis manos se posaron en su pecho y nuestros labios se unieron. Su sabor me sumergió en las aguas del lago que siempre vi en sus ojos, y de pronto flotaba y las ondas me mecían libre y completa. Me aferré a él, a su nuca, a su cabello, mientras, suave y densa, su boca me recorría. Mi lengua afloró en busca de la suya, y cuando se encontraron, sentí que me tomaba de la cintura y me alzaba al vuelo mientras mis piernas abrazaban su cintura.

Mariana suspiró aliviada cuando salió de la escuela de San José de los Naturales, a pesar del ardiente sol que caía sobre sus pesados ropajes de luto. Dos sirvientes la aguardaban en la puerta, pero apenas los miró cuando empezó a caminar hacia la plaza de la catedral. Le había dolido ver a Martí dichoso, sin compartir su felicidad con ella. Las atenciones que momentos antes le dispensara el obispo Zumárraga y las informaciones que le diera Ramírez de Fuenleal le habían parecido insustanciales. Que el secretario del virrey ya se hallara en Villarrica se le antojaba una minucia cuyas implicaciones no tenía ganas de analizar.

Su plan para recuperar a Martí seguía esbozado en su mente, pero el encuentro de aquella mañana le había hecho perder convicción, y dudaba de sus resultados. «Demasiados riesgos», pensaba, aunque ya había dado el primer paso con aquel donativo, pues venía a afianzar su posición ante los dos clérigos más importantes de la ciudad para cuando los necesitara. Sin embargo, le dolía constatar que Martí no la echaba de menos. Además, la existencia de aquellos dos sirvientes secretos le decía que él nunca había confiado en ella.

Al entrar en la plaza de la catedral, Mariana sintió que su casa solitaria le pesaba como una losa y no le apeteció regresar tan pronto. «Es mejor que me distraiga», se dijo con un suspiro que le costó exhalar. Así que volvió hacia el portal de los mercaderes, seguida a cierta distancia por sus siervos.

—Doña Mariana —oyó de pronto a sus espaldas.

«¡Rosario! Ahora no», pensó al reconocer la voz. No le apetecía ver en sus ojos la felicidad de haber recuperado a su esposo gracias a aquel hijo que le haría comer de sus manos. Por ello, fingiendo no haberla oído, continuó su camino.

—¡Espera, por favor! —gritó la mujer.

Mariana no pudo ignorarla y se volvió. Rosario se precipitó, casi en indecorosa carrera, cubierta con toca y un velo que protegía sus ojos.

—Querida, ¿comprando regalos para el pequeño Hipólito?

La mujer se detuvo ante ella y se alzó el velo. Tenía los ojos enrojecidos e hinchados por el llanto.

—Iba a la iglesia, pero te vi y...

Mariana le bajó el velo, la tomó del brazo y le hizo reemprender el camino hacia la puerta de los mercaderes mientras preguntaba con sincera sorpresa:

—¿Qué ha pasado?

—Santiago ha vuelto, pero está como loco —murmuró Rosario dejándose llevar.

—Es normal —señaló Mariana, presa de una súbita comprensión—. Si amaba a la india, al principio estará dolido. Pero no se lo tengas en cuenta. Tú haz feliz al niño y él volverá a tus brazos.

—No es eso —repuso Rosario al salir de la plaza y enfilar la calzada llena de tiendas—. No ha traído al niño. Al parecer, la india se lo ha llevado.

Entonces Mariana se dio cuenta de la perversidad del amor, pues sus pasos le habían conducido, sin quererlo, hacia la casa de Martí. Desde donde estaba, veía su puerta y le pareció una burla.

—¡Oh, todo ha salido mal! —gimió Rosario—. No me quiere hablar, no quiere verme. ¡Me culpa de todo!

La viuda se detuvo y se volvió para dar la espalda a la puerta de su amado.

—No temas. Se nos ocurrirá cómo arreglarlo —le dijo en un intento de consuelo que, en verdad, se daba cuenta de que iba dirigido a sí misma.

Entonces Rosario se alzó el velo y exclamó con incredulidad.

—¡Es ella! Va con el médico.

Mariana se volvió. Martí salía de su casa acompañado por una hermosa joven india. La mano que él había apoyado en su hombro ahora se deslizaba por el brazo en un gesto que delataba la complicidad que había entre ellos, y pudo ver en la mirada de Martí la fascinación que le producían los elegantes movimientos y la luminosa sonrisa de la mujer. Con amargura admitió que ella nunca le había despertado nada parecido.

—¡Estoy salvada! El conde de Empúries sabrá dónde está el niño...

—Espera —la interrumpió Mariana pensando muy rápido. No le gustaba la irrupción de Santiago, porque introducía un elemento difícil de controlar—. Ya sabes que el doctor protege a los indios. No es buena idea que intervengas. Déjame a mí, soy su amiga. No le digas nada a tu marido. Yo te entregaré al niño, y entonces él volverá a ti.

Un lujoso carruaje cerrado avanzaba por delante de tres carretas cargadas de baúles y esclavos. La caravana iba escoltada por un escuadrón de caballeros con los uniformes de la guardia real.

El pasajero se acodó en la ventana y acarició su espesa barba negra. Viajaba sin familia, pues su mujer y el niño llegarían más tarde, con su tío político, el virrey de la Nueva España, del cual él era secretario personal. Pero no le pesaba la soledad en tierras extrañas; al contrario, por primera vez en mucho tiempo se sentía libre del yugo de su familia política, los orgullosos Mendoza.

De pronto, el sargento que comandaba al escuadrón se puso a la altura de la ventana y le impidió observar el paisaje cerrado. Entonces lo miró y dijo:

—Texcoco ya está cerca. Allí le espera una primera comitiva enviada por el cabildo de México, mi señor Mascó.

Alfons sonrió, satisfecho y excitado ante la novedad.

XLIII

Mariana se sujetó la toca sobre el cabello recogido y comprobó que los polvos blancos que palidecían su rostro mejoraban su aspecto. Se aseguró de que el escote, decorosamente cubierto por una puntilla oscura, dejara intuir lo suficiente, y, complacida, abandonó el tocador. En el ventanal de la alcoba, el atardecer se dibujaba nublado. Le pareció que la lluvia caía con cierta indolencia, como si quisiera recordarles que la estación aún no había tocado a su fin. Con aquel tiempo, de buena gana pasaría la velada en casa, pero sabía que no podía faltar a la recepción que los miembros de la Real Audiencia habían organizado para dar la bienvenida al secretario del virrey. De momento el corregimiento seguía en sus manos a través del administrador, pero se sabía que Antonio de Mendoza llegaría a lo sumo en dos meses y entonces tomaría una decisión. Entretanto, contaba con ese tiempo para tantear al secretario. No lo conocía personalmente, pero tenía esperanzas de ganarse su favor dados los rumores que ya corrían acerca de él a una semana de su llegada.

Mariana dio la espalda a la ventana y salió de la habitación. Enfiló el pasillo y bajó por las escaleras del servicio. Tenía un asunto que resolver, aunque no le pareciera el momento más adecuado. El conde de Empúries también estaba invitado a la recepción, y descubrir más cosas acerca de él no hacía menos dolorosa la expectativa de verle. Sin embargo, no podía aplazar aquel encuentro, pues se habían cumplido sus órdenes, y el éxito del plan se basaba en aprovechar lo sucedido aquella tarde. «Con tal de arrancarla de su cama», se dijo mientras abría la puerta del pequeño cuarto.

El cacique indio se volvió y bajó levemente la mirada, mientras su acompañante permanecía a su lado, con los hombros hundidos y la cabeza tan inclinada que su cabello le cubría la cara.

—Señora, aquí lo tiene.

Mariana no respondió, se limitó a asentir y entró en el cuarto pasando por delante de los dos indios. Encima de su mesa lucía a la luz de las velas la prueba del delito. La mujer la tomó entre sus manos y la observó. Su aspecto era macabro, pero eso la hacía aún mejor. Entonces, con voz seca, preguntó:

—Esa india, la curandera, ¿vive en su casa?

El hombre se encogió de hombros, oculto en su melena, y el cacique le dijo algo en su lengua, mientras con brusquedad le tomaba de la barbilla y le obligaba a mirar, aunque fuera de soslayo, a Mariana.

—Sí, señora —respondió al fin en castellano—, pero no es... No es sólo curandera, también era sacerdotisa de Xochiquetzal. La vi de joven, cuando era guerrero, como tantos otros a los que visita en las chozas.

—¿Y el niño, también vive con el conde?

—Eso no lo sé, señora, yo... No sé, no entro en la casa, no entro.

Mariana sonrió y se sentó en la silla. Acarició el objeto que tenía en sus manos y dijo:

—Estás en un buen lío. Eso lo sabes, ¿verdad? Te han pillado con las manos en la masa, y tienes suerte de que el cacique te haya traído aquí. Aprovechando tu falta, y por el dinero que le doy, te podría haber vendido como esclavo. Pero conmigo el trabajo será mucho más liviano, y después te dejaré libre. Sólo tienes que decirme todo lo que quiero saber, y que sé que sabes, y luego obrar como yo te ordene.

—¿Y si no? —se atrevió a preguntar el indio alzando por primera vez la mirada.

—Bueno, ¿qué es esto que hay sobre mi mesa? Los frailes no serán tan compasivos ante un servidor del demonio. Suelen quemarlos, así se acostumbran al fuego eterno del infierno. ¿Quieres probar la muerte en la hoguera?

Con los ojos cerrados y una sonrisa en los labios, Martí se dejaba acariciar. Apenas cabíamos en su pequeño camastro y mi cuerpo se deleitaba en reposo sobre el suyo, ambos colmados, mientras fuera la tarde languidecía y la lluvia regaba plácida el incipiente anochecer. Con Zolin nunca había sentido aquella paz, y si la había experimentado, ya no lo recordaba. Un escalofrío me recorrió y me recriminé mi ceguera de aquellos años. Martí me había dicho que Santiago había regresado a la ciudad, y yo ahora lo sabía capaz de todo. Temía no sólo por mi hijo y por mí, sino porque ambos lo poníamos en peligro a él. «No te ofendas, Ameyali —me había dicho al saber de mi temor—, pero yo soy noble y cristiano viejo. Por mucho que tenga una encomienda, Santiago Zolin no lo es y vuestro matrimonio no vale, por lo que voy a hacer lo que sea necesario para protegerte.»

Conmovida, enamorada, plena al recordar sus palabras, le besé apasionadamente. Su piel desprendía un aroma a ocote, mezclado con la fragancia de las hierbas que habíamos usado aquella tarde para preparar los remedios. Entonces noté cómo la yema de sus dedos recorría mi espalda y sentí una punzada de excitación. Me incorporé y escruté sus grandes ojos verdes.

—Si sigues así, no llegarás a esa recepción. No te dejaré salir de la cama.

Él suspiró complacido.

—Soy médico. Siempre puedo decir que me surgió una urgencia.

Nos besamos mientras mi mano se deslizaba por su pecho y la suya se aferraba a mis caderas. De pronto sonaron unos golpes en la puerta.

—¿Qué pasa? —preguntó Martí sin soltarme.

—Mi señor —se oyó a Tonalna al otro lado—, me dijo que le avisara cuando Mixcóatl regresara. Está abajo.

—Gracias —respondió él—. Ahora voy.

Deslizó las piernas con suavidad y yo me aparté para que pudiera incorporarse.

—No tardo —me sonrió, y tomó sus calzones del suelo.

«El secretario del virrey no lo mueve de la cama, pero Mixcóatl sí», pensé sintiendo el calor del vacío que había dejado en el camastro. Apenas sin darme cuenta, pregunté:

—¿Por qué es tan importante?

—Porque debía haber venido al mediodía y se ha retrasado. Siempre me preocupa —respondió él dándome la espalda mientras se ponía la camisola.

—¿Y no me vas a contar por qué te preocupa?

—¡Claro! —exclamó mientras se volvía hacia mí con una sonrisa. Se sentó en el camastro y me acarició la mejilla—. Bueno, en verdad, me gustaría enseñártelo. ¿Recuerdas cuando me hablaste de Tehotiuacán, la ciudad de los dioses?

—¿De los dioses? —pregunté con una carcajada—. Te empeñaste en convencerme de que era obra de los hombres.

—La visité hace mucho, al poco de llegar. Estaba dolido por tu abandono, y quería enterrar allí tu recuerdo. Pero hallé..., en fin, hallé a tus dioses, supongo. Y he escondido secretos entre ellos, aunque sin atreverme a volver por temor a revivir el dolor que sentí entonces. Ahora me gustaría que fuéramos juntos.

—Pero es arriesgado llevar a Huemac, y no puedo dejarlo solo —me resistí mientras sentía que se me aceleraba el corazón. Había estado tantas veces allí, con mi propio secreto, que temía volver y descubrir que ya no existía.

—Serían dos días a lo sumo. Xilonen y Tonalna cuidarán de él. Le han tomado mucho cariño.

Asentí, mientras en mi corazón latían emociones encontradas. Bajé la mirada y mis manos juguetearon con los pliegues de la sábana. Tanto como lo temía, ansiaba ver de nuevo el templo, y a la vez, si el secreto de Martí me llevaba a Teotihuacán y tenía que ver con los dioses, sin duda era parte de la luz roja que me anunciara el nigromante como guía. «Quizá sea el paso definitivo para mi consagración», pensé con temor.

—Dime que sí —insistió él—. Si Mixcóatl ha cumplido con lo que le pedí, podríamos aprovechar la oportunidad.

—¿No puedes contarme algo más?

—Sí, pero si lo ves, estoy seguro de que te llenará el corazón —afirmó él—. Hemos estado en verdad tan cerca, Ameyali, sin saberlo.

—Cierto. —Sonreí mientras alzaba la mirada hacia él—. Vayamos.

Martí tomó mi rostro entre sus manos y me besó. Luego saltó de la cama y salió del cuarto mientras decía:

—Voy a hablar entonces con Mixcóatl. Podríamos ir la semana que viene, con luna llena, como cuando tú ibas a tu templo. Quizá también quieras enseñármelo.

El palacio de piedra rojiza, ubicado según le habían dicho a Alfons donde estuviera el del antiguo rey de los indios, era una construcción magnífica. La Real Audiencia que allí tenía su sede desde el destierro de Cortés estaba presidida por un sobrio hombre de iglesia y se notaba, pues la recepción se desarrollaba en consecuencia: austera, sin música ni juglares, aunque sí con abundantes viandas. Las estrechas mesas alargadas formaban recuadros y hacían que el salón le recordara una suerte de tablero del juego del molino.

Ataviado con un jubón negro ribeteado por hilos grana y dorados a juego con sus greguescos, Alfons observaba la llegada de los invitados. Cuando Antonio de Mendoza le mandó adelantarse a la Nueva España, se sintió menospreciado, pues le parecía que preparar su futura residencia en aquel palacio era tarea más propia de un mayordomo que de un secretario, y sólo le confirmaba que recibiría de él un trato similar al que su hermano mayor le hiciera padecer en Granada. Si algo le agradó de aquella orden, era que viajaría sólo, sin el yugo que le suponía su mujer ni la sombra que siempre le hacía el pequeño Íñigo, y con la potestad de ser él quien decidiera cómo guardar las apariencias.

Sin embargo, al llegar a Villarrica de la Veracruz se dio cuenta de cuál era el verdadero objetivo de Antonio de Mendoza, pues al ser él su sobrino y secretario personal, ponía a prueba a los nobles de la Nueva España: el recibimiento de Alfons se convertía así en una muestra de cómo acogerían al virrey.

Y debía reconocerse que lo estaba disfrutando. Desde su desembarco, todos querían sus favores, e incluso le habían asignado aquel escuadrón de la guardia real que ahora guardaba el palacio de México bajo sus órdenes directas. De hecho, desde que se instalara en la ciudad, Sebastián Ramírez de Fuenleal no se había cansado de repetirle que ansiaba la llegada de Mendoza para poder dejar al fin la carga del gobierno y dedicarse a lo que, según él, de veras debía hacer la Real Audiencia: administrar justicia. Aquella recepción era una prueba más de ello, había invitado a todos los encomenderos que vivían en la ciudad, a los corregidores y a los altos funcionarios de su majestad, «pues sin duda, cuando llegue don Antonio, usted como secretario tendrá que lidiar con muchos de ellos, así que es mejor que los vaya conociendo», le había dicho.

Pero para Alfons lo mejor no era sentirse más agasajado de lo que nunca soñó, ni las oportunidades de negocio que se le abrían en aquellas nuevas tierras, sino la sensación de libertad. Disfrutaba entrando y saliendo de palacio a su antojo, e incluso había podido jugar a naipes con algunos encomenderos. Ellos también le habían hablado de los indios, su afición a las apuestas y sus curiosos juegos. «Si domina usted el *patole*, les puede sacar un buen pico —le habían dicho—. Los indios son simples y casi siempre están borrachos.»

«No, realmente no es lo mismo estar con un Mendoza que con otro —pensó complacido mientras las gentes se saludaban y empezaban a formar grupos—, quizá cambie todo cuando él llegue, pero hasta entonces yo estoy al mando.» Alfons sonrió, respiró hondo y entró en el salón. No bien dio dos pasos cuando enseguida se le aproximaron Ramírez de Fuenleal y el obispo de la ciudad, Juan de Zumárraga.

—Buenas noches, ilustrísimos señores. Realmente mi tío se sentiría complacido con esta recepción —saludó Alfons. Y con calculada modestia añadió—: Pero quizá sea demasiado para su humilde secretario.

—Mucha es la necesidad de orden en la Nueva España para convertirla en un reino del Señor —dijo Ramírez de Fuenleal—. Y no me cabe duda de que usted, como secretario del virrey, tendrá un papel importante en ello.

—Piense, don Alfonso, que a todas estas gentes les mueven intereses relacionados con las tierras —intervino Zumárraga mirando a su alrededor—. Demasiado a menudo es la codicia lo que les hace actuar, por eso con sabiduría el presidente de la Real Audiencia no deja que los corregidores se instalen en sus tierras, no sea que olviden que en verdad sirven a su majestad.

—¿Quiere decir que los encomenderos no sirven al rey?

—Es otro el trato —respondió Ramírez de Fuenleal—. Tienen más independencia, muchos participaron en la conquista y creen que tienen derechos sobre las tierras y los indios como si estuvieran en pequeños reinos. Por eso su majestad dejó ya hace años de otorgar encomiendas. Aunque todos cumplen con su misión de cristianizar a los indios.

—Tenía entendido que ese era el propósito.

—Desde luego, pero la misericordia no radica sólo en facilitar el trabajo de nuestros esforzados frailes. Ve a aquella dama —dijo Zumárraga señalando discretamente a una mujer vestida de riguroso luto que, aun entrada en años, desprendía un generoso atractivo—. Es doña Mariana, pura virtud y misericordia.

La mujer se volvió hacia ellos y a Alfons no se le escapó que Ramírez de Fuenleal le hacía una señal para que se aproximara. Le extrañó que la primera persona que le presentaran aquella noche fuera una mujer, aunque a lo largo de la semana ya había conocido a los regidores de la ciudad y a otros hombres de importancia. «Los frailes tienen sus propios intereses», se dijo mientras veía como la dama, con grácil soltura, se despedía del grupo con el que había estado hablando y se dirigía hacia ellos.

—Su difunto esposo era corregidor —prosiguió Zumárraga—, cumplía con su majestad, y de sus propios sueldos donaba generosas limosnas que han sido esenciales para la escuela de los naturales y el hospital.

—De hecho, ella sigue siendo dadivosa en su memoria, aunque es incierto su futuro en estas tierras. Ya sabe, una viuda...

—¿Quién lleva ahora el corregimiento que dejó libre su esposo? —preguntó Alfons.

—El administrador —respondió Ramírez de Fuenleal—. No he querido tomar decisión al respecto, dada la pronta llegada de su tío. Será el virrey quien disponga.

—Claro —sonrió Alfons entendiendo el porqué de aquella presentación. «Quizá ya tenga a algún pretendiente que pueda reclamar el corregimiento en cuanto acabe el luto», dedujo.

Doña Mariana ya estaba ante ellos y los obispos ofrecieron sus anillos para que la dama los besara. Luego le presentaron formalmente al secretario del virrey y ella le hizo una grácil reverencia a la que Alfons correspondió, sin evitar que su mirada se deslizara por la puntilla que cubría el escote.

—Hablábamos con don Alfonso de su generosidad con el hospital.

Ella bajó la cabeza como avergonzada y exclamó:

—¡Oh, no es generosidad, por Dios! Es deber cristiano. —Y con una sonrisa que a Alfons le pareció seductora y dedicada sólo a él, añadió—: ¿Ha tenido usted oportunidad de visitar el hospital?

—No, lo cierto es que no. He visitado las obras del acueducto, la catedral... Tengo pendiente todo el monasterio franciscano y las dependencias en las que sirven.

—¡Por supuesto! Debe de estar usted tan atareado —comentó doña Mariana—. Al fin y al cabo es un hospital de naturales, nada más.

—La verdad es que queríamos presentarle al conde, para que fuera él quien lo guiara —señaló Ramírez de Fuenleal—. Pero ha disculpado su presencia esta noche.

—¿Conde? —inquirió Alfons extrañado mientras se preguntaba: «¿Por qué quiere regalarle el mérito de su hospital a un noble?»

—Sí, don Martí de Orís y Prades, el conde de Empúries, es a su vez médico y ha estado trabajando en ese hospital desde que lo fundamos, justo a su llegada, seis años atrás. Él le dará una visión más acertada del lugar —dijo el obispo Zumárraga.

Alfons apenas daba crédito a lo que acababa de oír. Pero si era cierto, él era representante del virrey, y por muy poderosos amigos que Alzina hubiera hecho, hallaría la forma de hacerle pagar por su cojera y la puñalada.

—¡Vaya! Suena interesante: un noble médico —dijo sin disimular su entusiasmo—. Estaría muy interesado en conocerlo. Soy de Barcelona, y el condado de Empúries tiene renombre en nuestras tierras. ¿Posee aquí alguna encomienda?

—No, lo cierto es que no es un hombre codicioso —dijo Ramírez de Fuenleal—. Más bien al contrario, es un alma caritativa.

—Bueno, también cobra sus servicios entre los nobles de esta ciudad —apuntó doña Mariana con una sonrisa que a Alfons le pareció maliciosa. Y más seria añadió—: Pero vale la pena. Ayudó mucho a mi difunto esposo.

—Siento su pérdida, doña Mariana —dijo el secretario del virrey. Si ella conocía bien a Martí, la información que podría darle le sería de más utilidad que la de los obispos—. Espero poder ayudarla en un futuro. Y ahora, si me disculpa, su compañía es mucho más grata, pero debo saludar a los alcaldes de la ciudad.

Mariana observó complacida cómo se alejaba Alfons escoltado por los dos obispos. Con la información que le había sacado al indio, tan explícita como inesperada, resultaba providencial que los clérigos hubieran hablado de Martí al secretario del virrey. Para dar el paso definitivo, tendría que utilizarlo, pues Ramírez de Fuenleal se mostraría reacio a creer lo que ella informara, y cabía el riesgo de que hablara con Martí antes de tomar una decisión y actuar. Pero si quería recuperar al conde de Empúries, debía asegurarse de que supiera que ella era quien lo rescataba, y para ello la ayudarían los obispos. Sin embargo, el éxito de su plan dependía de que su antiguo amante no sospechara jamás que ella había originado sus problemas. Por ello, aunque el secretario del virrey le pareciera guapo y fácil de seducir, y aunque por los rumores que corrían por la ciudad estaba segura de que se le podía chantajear e incluso comprar, sólo podía utilizar estos aspectos para ser ella la que rescatara a su amado. Poner al secretario del virrey en su contra debía hacerlo otro, y lo peor era que no sabía con cuánto tiempo contaba, así que debía prepararse para aprovechar la menor oportunidad.

Tomó una copa de la mesa más cercana, dejó que un criado le sirviera el vino y miró a su alrededor. Los hombres se reunían en charlas aparentemente distendidas cuando sus esposas estaban en el círculo. También había pequeñas reuniones de damas que dejaban a sus maridos hablar de las tierras. Pero Mariana sabía que todos, sin excepción, aguardaban su oportunidad de recibir la atención del secretario del virrey, y recordó con añoranza los tiempos en que hubiera disfrutado de un encuentro así. Tomó un sorbo de vino mientras veía cómo Alfons saludaba con mucha cordialidad a don Gonzalo, un encomendero de dudosa reputación. Aficionado a los naipes, penados por ley, si los rumores eran ciertos, Gonzalo le podía ser de utilidad. Pero no en aquel momento.

Mariana dejó la copa en la mesa y vio a Rosario, encogida al lado de su hermana, como si buscara su protección. En ningún momento desde su llegada la había visto al lado de su esposo. «La situación en su casa debe de ser un infierno», pensó. Su plan también la ayudaría, pues los platos rotos los pagaría al final la india a la que las dos querían quitar de en medio, pero de pronto se le ocurrió algo. Buscó con la mirada a Santiago y vio que se apartaba en busca de un sirviente que rellenara su copa. Se le veía ojeroso, había perdido peso y la angustia parecía pesar en sus hombros hundidos. Mariana se abrió paso entre los asistentes y llegó hasta él.

—Don Santiago —dijo mientras ponía un racimo de uvas en un plato—, le noto afligido.

Él sonrió con amargura, y sin apartar la vista del siervo que le retornaba la copa llena, respondió:

—Como bien sabe, mucha es la carga de una encomienda, mi señora.

«He de ser directa —pensó—. No tengo otra opción.» Entonces, sin mirarlo, dijo con aplomo:

—Sé dónde esta la india, María del Carmen Ameyali, creo que se llama, ¿no?

De soslayo, vio los ojos de Santiago clavados en ella, el ceño fruncido, el rostro tenso, y un ligero temblor en la mano que sostenía el vino.

—Su mujer me contó, pero no se preocupe, yo... No son mis asuntos.

—¿Dónde está? —preguntó con voz ronca.

—Protegida por un noble señor. —Mariana se volvió hacia él, con su plato en la mano—. No puede ir directamente y sacarla de allí, pues usted es de origen natural y puede pesarle.

—Eso lo decidiré yo.

Mariana comió una uva y luego suspiró.

—¡Ay, Santiago! ¿No ve que quiero ayudarle? Se la entregaré, pero ha de tener paciencia y obrar con cautela. Procure que esta noche le presenten al secretario del virrey, cuéntele que estuvo en la corte de su majestad, impresiónelo para que se acuerde de usted. Y yo le diré lo siguiente que debe hacer llegado el momento.

—¿Y por qué debo confiar en usted?

—Digamos que quiero recuperar a alguien.

—¿Acaso ella es la amante del noble señor? —escupió Santiago entre dientes, con los hombros ahora erguidos y temblorosos.

Mariana le sonrió en un asentimiento mudo y se despidió.

XLIV

Chanehque* se despojó del *maxtlatl* y el agua iluminada por las antorchas le devolvió el reflejo fantasmal de su escuálido y alargado cuerpo. Hacía semanas que se había cortado el cabello y sólo conservaba un mechón que nacía en la nuca, como los niños que aún no han capturado prisioneros en la guerra. Él ya no tendría oportunidad de hacerlo jamás, pues si su cometido le obligaba a emplear la fuerza, sólo sería para matar, no para apresar, pero prefería afrontar su solitaria misión con la candidez de un niño que aún sueña.

Sumergió los pies en el río oscuro y las ondas de sus pasos deshicieron su tenebroso reflejo. Un aciago presagio le invadió al evocar el espejo de Tezcatlipoca, que mostraba el espíritu a aquel que se hallaba a las puertas de la muerte. Siempre le dio miedo, pero el agua gélida desvaneció todo mal presagio: había acatado su destino y ya nada tenía que temer. Chanehque sumergió todo su cuerpo y notó que se le erizaba la piel de los músculos entumecidos. Recordó la primera vez que vio aquellas aguas y las confundió con el lago Apanhuiayo, que lleva al Mictlán. Pensó entonces que no entraría jamás en ellas hasta llegada la hora de su muerte, pero ahora, solo y sin más guía que su alma y la misión que los astros le asignaran al nacer, sentía que eran aquellas aguas las que debían purificarle. Estiró su cuerpo, dejó que aflorara a la superficie y la corriente le arrastró con suavidad. Fuera, Coyolxauhqui reinaba plena, y sabía llegada la hora de la consagración. Todo estaba listo, sólo faltaba ella.

La corriente arreció ya al borde de la boca de Tláloc, y Chanehque se agarró a una roca. Salió del río y sintió un inusitado vigor en su cuerpo mojado. Limpio, puro, nada secaría su piel, salvo el aliento de la noche. Caminó por la orilla de suave piedra lamida por el agua, remontando el río hacia donde se había sumergido. Cuando semanas atrás regresó a aquel sitio, le pareció que Coatlicue se había transformado en una diosa de mil ojos, furiosa por el abandono, e iba lo menos posible, asustado al comprender de pronto la magnitud

---

* Chanehque significa «guardián».

de su responsabilidad. Ahora, el lugar estaba ordenado a la espera de su llegada, y los dioses vigilantes le reconfortaban con la calidez de su mirada protectora. Por doquier, las antorchas iluminaban las flores y el aroma a ocote se entremezclaba con la fragancia de la bienvenida.

Tenía preparado el maquillaje para el rostro: azul y blanco. El tocado de la cabeza aguardaba sobre una roca redondeada y las bolas con plumas de águila las había elaborado él mismo. Chanehque sonrió: nunca le había gustado la caza, la practicó por supervivencia y jamás imaginó que con ella pudiera honrar a nadie. Pero así lo habían querido los dioses. Su cuerpo ya estaba seco, y recobrada de la gélida agua del río, su piel reclamaba ser cubierta. Dejó la orilla y se deslizó por detrás de un pétreo tronco cuya copa era su techo. De un ayate sacó un *maxtlatl* limpio y se lo puso, pero desistió del manto, a pesar del ambiente fresco. Quería que ella le viera así, como a un niño.

De pronto, oyó unos pasos y raudo tomó el *atlatl* que descansaba en el suelo. Siempre se le dio mejor que la espada, pues de pequeño, a su desinterés por la guerra cabía añadir su falta de fortaleza. Cargó un dardo y aguardó parapetado tras el rocoso tronco. Se aproximaba sólo una persona y llevaba sandalias. Su cuerpo se tensó, pues no era lo que le habían advertido.

—¡Guardián, guardián! —exclamó una voz.

Chanehque se relajó.

—Estoy aquí —respondió saliendo de su escondrijo—. No te esperaba solo.

—¡Por los dioses! Pensé que te había pasado algo. Todo el bosque está lleno de pisadas.

—Son parte de los preparativos —explicó con una sonrisa despreocupada.

—Te pedí discreción. ¿No te das cuenta de que corremos un gran riesgo?

—He sido discreto, no te preocupes. Me he limitado a procurar que lo necesario estuviera listo.

—¿Lo necesario? Debí acabar con tu vida cuando te descubrí aquí. No sé por qué te creí guardián de nada. Te dije que debíamos asegurarnos de que estuvieran ellos dos solos.

—No me mataste porque sabías lo que había arriba, y me habías visto antes. No niegues ahora que ella era en verdad por quien venías. Te vi más de una vez a lo largo de los años en el templo —respondió Chanehque con acritud. Suspiró, y en un intento de calmar la tensión, añadió—: Eres el mensajero, y te respeto tanto como te agradezco la esperanza que me has brindado. Pero aquí cada uno tiene su misión. Esto es lo que estábamos esperando.

—¡No sabes lo que has hecho! —tronó el hombre llevándose las manos a la cara.

Desconcertado por su actitud, Chanehque se apiadó de él y le puso una mano en el hombro:

—Vamos, se alegrarán —le aseguró—. Y tú también, pues entenderás mejor el valor de lo que has estado haciendo.

El mensajero negó con la cabeza a la vez que se sacudió la mano del guardián.

—¡Debo salir de aquí! —gimió.

Quetzalcóatl y su gemelo Tezcatlipoca evitaban mirarse a la cara, como si la eternidad que los unía, esculpidos en aquel lugar, no les permitiera olvidar sus rencillas. Ambos indicaban el mismo camino que tomé seis años antes acompañada de Jonás, pero sólo ahora me daba cuenta de que no era su enfrentamiento lo que unía allí a los dioses gemelos, sino lo que hicieron juntos: vencer a Cipactli, el monstruo de la Tierra, para crear el mundo que conocíamos, convirtiendo sus ojos en lagos y las cavidades de su nariz en cuevas, como la que acogía el templo en el que solíamos reunirnos y aquella a la que nos dirigíamos. El pasillo descendía iluminado por sendas hileras de antorchas, dispuestas sobre soportes en las paredes de piedra almohadillada.

—¡Vaya! Mixcóatl lo ha preparado mejor de lo que esperaba —comentó Martí a mi espalda. Y ya a mi lado añadió—: Estás temblado.

Me quedé en silencio mientras él me rodeaba con su brazo. Le había dicho momentos antes que conocía aquel lugar. Y si tuve alguna duda cuando dejé a mi hijo en México, desapareció completamente al rodear el templo de Quetzalcóatl y entrar en aquel pasillo a través de la cascada de flores que lo ocultaba. Abrazados, él con una mano sobre mis hombros, mi brazo rodeando su cintura, empezamos a descender por aquel camino que de pronto cobraba un nuevo significado para mí. Ya no era una ruta hacia el Mictlán como temí seis años atrás, sino el camino que podía llevarnos al origen de nuestro mundo. Recordé con nitidez las palabras del nigromante cuando por primera vez llegué a la cavidad donde el río serpenteaba hacia la boca de Tláloc: «¡Bienvenida, sacerdotisa! Has llegado a esta cámara un poco pronto, pero los dioses tendrán sus motivos. Querrán que la recuerdes para luego». La recordaba, pero no entendía el motivo.

—¿Cómo descubriste este lugar? —pregunté en un susurro.

Él sonrió y sentí que su mano acariciaba mi hombro. Entonces ahogó un suspiro y dijo:

—Al llegar a la Ciudad de México, encontré medio enterrados frente a la catedral los restos de un tocado de plumas de Xochiquetzal. ¡Tu diosa! Me pareció una burla cruel, porque tu recuerdo me roía por dentro. Así que se me ocurrió que si lo enterraba aquí, frente al templo de Quetzalcóatl, podría olvidar los sentimientos que aún tenía por ti.

Un escalofrío me recorrió.

—¡Yo hallé ese tocado! —exclamé—. Fue lo que me condujo al templo y a lo que he estado haciendo todos estos años.

—Acabaré creyendo que tus dioses nos han mantenido unidos —bromeó.

—Dame una explicación mejor, Martí —dije con toda seriedad.

Él se detuvo un instante. Las antorchas ya iluminaban la puerta coronada por el caimán que representaba a Xochitónal.

—Supongo que no la tengo —respondió.

Acaricié su mejilla y reemprendimos el camino mientras yo preguntaba:

—Pero, aun así, ¿cómo hallaste esto?

—No fui yo, fue Mixcóatl. Él me guió hasta Teotihuacán, y mientras enterraba el tocado, descubrió la entrada. Bajamos, y entonces se me ocurrió todo.

—¿El qué?

Se detuvo de nuevo, ahora en el umbral de la puerta que daba a la cámara donde me encontré al nigromante.

—Entra y lo verás —dijo él con una sonrisa afable.

Tomé aire. ¿Estaría al otro lado el motivo por el que debía recordar aquel lugar? Olvidado por mí, transformado por él, por Martí. De pronto, sentí que los pasos que daba habían estado aguardando años, desde la caída de Tenochtitlán. «Eres la elegida», me dijo entonces la suma sacerdotisa, y después lo oí de nuevo, en la cámara hacia la que me dirigía, por boca del nigromante. Atravesé el umbral, sola, desprotegida y segura. Y la luz abrazó mi alma como jamás antes había sentido.

Innumerables imágenes de Coatlicue en perfecta formación cercaban un sendero hasta el río. Las había toscas y de fina elaboración, de humilde arcilla, de madera y hasta de piedra. Pero todas con flores en ofrenda a sus pies, como si aún permanecieran en los altares de nuestras casas. En las paredes de la cámara colgaban penachos, escudos y mantos, y alrededor de las columnas que se distribuían por la cavidad, convirtiéndola en una suerte de arboleda rocosa, había ayates sobre los que yacían narigueras, bezotes y otras joyas prohibidas por los frailes. También había algunos *icpalli*, y a sus pies reposaban sandalias de fina hechura que ya no se hacían, uniformes de nuestros guerreros y hondas, lanzas, garrotes, alguna espada de obsidiana y diferentes *atlatl* de los que aún se empleaban para la pesca en el lago que rodeaba Tenochtitlán.

Con lágrimas en los ojos, llegué al borde del río que desaparecía por la abertura esculpida con la boca de Tláloc. A lo largo de las orillas habían dispuesto desiguales tallas y esculturas de diferentes dioses y diosas, parecían proteger las aguas con la esperanza de que regaran la fe de quien pudiera contemplar aquello. Abrumada por mis sensaciones, me volví hacia Martí, incapaz de hablar. Él parecía compartir mi intensa emoción, y con un brillo húmedo en sus ojos se encogió de hombros mientras decía:

—Entre Mixcóatl y yo, buscamos las piezas. Yo pongo el dinero, él las compra y las trae. Se me ocurrió que, como sucede con las antigüedades de Roma, quizás otros, pasado el tiempo, sepan apreciar esta belleza.

Mi cuerpo se sacudió en un sollozo mudo, envuelto en agradecimiento y amor. Martí había ido mucho más allá de lo que imaginé, había creado un templo donde Coyolxauhqui dormía a la espera de su momento. Me volví de nuevo al río escoltado por los dioses, y en un rincón, colocada en un pequeño altar a cuyos pies había una ofrenda de plumas, la vi y sentí que se me aceleraba el corazón. Me acerqué y de rodillas contemplé la figura tallada. Estaba astillada, su color se desvanecía, pero era ella, la Xochiquetzal que me regalara mi madre, la que dejé olvidada tras la caída de Tenochtitlán, la que en verdad inició mi camino hacia lo que era ahora: sacerdotisa de la luna. Como si Xochiquetzal quisiera bendecir mis sentimientos, a sus pies, la ofrenda de plumas no era otra que los tocados que decoraban el pelo de Coyolxauhqui y los colores del maquillaje de su rostro. Entonces mi misión se dibujó ante mis ojos con ferviente claridad: debía dar razón de lo allí guardado.

—Tenemos que escribirlo todo, Martí.

—Claro —respondió ausente mientras se arrodillaba a mi lado—. ¿Quién ha traído esto?

Giré la cabeza y vi que observaba las plumas blancas de águila con el ceño fruncido. Entonces oímos unos ruidos y él gritó:

—¿Mixcóatl?

De detrás de la columna de roca más cercana apareció una silueta alargada. Era un hombre ataviado con *maxtlatl* y la cabeza rapada. Martí se puso ante mí, protector, y fugaz acudió a mi mente una frase del nigromante: «Si sales con vida, comprenderás por qué la luz de la luna es tu guía protectora y nuestra salvación». La silueta siguió su avance hacia nosotros, pero mostrando las palmas de sus manos para señalar que no iba armado. Entonces me puse en pie de un salto, sin dar crédito a lo que reconocían mis ojos.

—¡Jonás! —exclamé acercándome a él con los brazos abiertos.

Él se postró ante mí, bajó la cabeza y tomó mis manos para cubrirlas de besos, tratándome por primera vez como a una persona de elevada posición.

—Mi señora —murmuró—, soy Chanehque, y esto y el templo superior es lo que guardo.

«¡Su nombre náhuatl!», pensé arrodillándome junto a él y entendiendo de pronto lo que me dijera cuando rehusó acompañarme a Tenochtitlán. Chanehque, guardián, era un nombre que auguraba una carrera marcial, pero él siempre fue artista y por eso aceptó el nombre de Jonás, que nombraba a quien huía de la llamada de Dios, cuando en verdad sólo avanzó hacia su verdadero destino, el que nuestros dioses le auguraron. Me emocioné al comprender de pronto que ambos habíamos hecho un camino similar. Tomé su barbilla con mis dedos para obligarle a mirarme y susurré:

—Bienvenido.

—Te esperaba. —Suspiró con una expresión tierna que me era profundamente familiar. Y señalando con los ojos por encima de mis hombros, añadió—: Bueno, a los dos. He pasado el día recogiendo flores.

—¿Has preparado todo esto? —nos interrumpió Martí—. ¿Y Mixcóatl?

—No lo sé, señor. Ha huido, asustado, y me temo sea por mi culpa.

—Asustado, ¿por qué?

Chanehque me sonrió mientras se ponía en pie, fue hacia Martí y aclaró:

—Porque considera demasiado arriesgado lo que aguarda en el templo superior. —Se agachó frente al altar, tomó una de las bolas blancas de pluma de águila que yacía al pie de este y, mirándome con sus enormes ojos iluminados por la ilusión, añadió—: El nigromante dijo que sabrías qué hacer con esto. Hay luna llena y tus fieles te esperan en el templo.

Por el angosto pasillo, mis pasos ascendían haciendo repicar los cascabeles de mis sandalias. La falda blanca estaba sujeta por un cinturón rojo y un manto de ambos colores sobre los hombros apenas cubría mi torso desnudo. Antes de subir al templo junto a Martí, Chanehque me maquilló el rostro: cascabeles en las mejillas que representaban el nombre de Coyolxauhqui, una franja blanca bajo los ojos y azul coronando mis párpados. Un tocado en forma de media luna de plumas de quetzal sujetaba cual diadema mi cabellera suelta, de donde pendían lunas llenas de pluma blanca.

A diferencia de la primera vez que hice el camino, ningún cántico venía desde el templo; tampoco me sentí insegura ni asustada. Excepto por mis pasos, el silencio era total, y dejaba sonar con toda claridad los dictados que Coyolxauhqui daba a mi corazón. Sabía que me dirigía a mi última ceremonia en el templo, ese era su mandato. Ahora entendía los peligros de nuestras ceremonias. El sacerdote de Teotihuacán me habló de ello justo la noche en que Santiago me descubrió. Había caído la protección que nos brindara mi posición como esposa de *tlatoani* y me había liberado de ser la concubina de un encomendero que, tal y como dijera el nigromante, era una muralla que me aprisionaba. Mi transición ya estaba hecha, había superado los peligros de aquel viaje y no sólo comprendía, sino que oía los susurros de Coyolxauhqui en mi oído.

Era la sacerdotisa de la luna, y como tal acataba el ciclo menguante y la necesidad de la silente misión que requería consagrarme a su servicio. No sólo se trataba de dar fe de todo lo guardado allí, sino también de todos los dioses que se escondieran entre las imágenes de las iglesias o las fiestas como las del día de los muertos. Y volvería a aquel lugar, al amparo de Martí y la luz roja de Quetzalcóatl que iluminaba sus actos, pero sabía que debía anunciar con aquella ceremonia que no debían venir más de dos personas por vez al templo. Chanehque velaría por ello.

Llegué a las escaleras de altos peldaños estrechos. Ascendí erguida, en paz y orgullosa, y en cuanto emergí el tambor empezó a resonar. El templo estaba abarrotado. Cerca del agujero que daba a la cámara inferior estaba Chanehque, acompañado por los hijos de Tecolotl. Junto a ellos, Yaretzi lloraba y sentí el impulso de abrazarla, pero sólo dejé que me embargara la ternura. Avancé, pausada, hacia el altar, buscando a Martí con la mirada. Reconocí a cada uno de los que allí estaban con el corazón lleno de amor —eran de Acolman y de cada una de sus nueve aldeas—, y al fondo vi a Martí junto a un hombre cubierto por un recio manto. Me regocijó reconocer a Mixcóatl y sentir que ya no tenía nada que temer. ¡Le debíamos tanto!

Ya en el centro, levanté los brazos hacia el techo irregular de piedra y alcé mi voz en un himno. El comienzo era conocido por todos, pues narraba la historia de la concepción de Huitzilopochtli, el sol, y su súbito nacimiento para defender a su madre de la furiosa Coyolxauhqui. Pero añadí versos de agradecimiento hacia su conducta, guiada por sus creencias. Porque, aunque vencida, cada noche ella reaparecía y hacía posible un nuevo enfrentamiento con su hermano para crear juntos el amanecer. A la luna le debíamos en verdad el nacimiento de cada nuevo día, y mientras ella velara aquella noche en que nuestros dioses dormían, abría un despertar en el que el sol volvería a nosotros.

Entonces sentí que el suelo vibraba y vi el temor en el rostro de los que me escuchaban.

—Los dioses no quieren que nos reunamos aquí más —anuncié convencida de que aquello era un augurio—. Nos advierten del peligro de perturbar su sueño. Debemos ser sigilosos para no despertar su furia.

El suelo volvió a vibrar, un ruido prolongado llegaba de la cueva de Quetzalcóatl y de la cámara inferior, como si Coatlicue quisiera confirmar mis palabras. Y de pronto fue el terror el que afloró a mi rostro. Por las dos entradas, como un vendaval, aparecieron soldados castellanos con las espadas en alto.

—¡Todos quietos! —gritó uno.

Al fondo vi que Mixcóatl alzaba un garrote cubriendo a Martí de un ataque de espada a la par que Chanehque embestía al soldado más cercano a mí. Se hizo el caos. La muchedumbre arremetió contra los atacantes, se oyeron gritos y ruidos de armas. La cueva lanzó un alarido, el suelo tembló y empezaron a caer rocas del techo.

—¡Salid, salid! —grité mientras todo empezaba a llenarse de polvo.

Una mano me tapó la boca y me arrastraron con fuerza. Frente a mí, Chanehque, en su desesperada defensa, rodaba por el suelo hacia la abertura cuando una enorme roca cayó. Entonces sentí un golpe seco en la cabeza y todo se hizo oscuro.

Sentado en aquel templo abarrotado, escuchando la prodigiosa voz de su amada, a Martí le embargaba la emoción al saberse partícipe de algo tan vivo como íntimo. Entonces el suelo tembló. A su mente acudieron historias que oyera de joven sobre el terremoto que había asolado Alicante en 1522. Pero la voz de Ameyali sonó segura y la tierra se apaciguó. Hasta que el suelo se agitó de nuevo, esta vez con más estruendo y la faz de su amada se tensó aterrada. Y él sólo pudo pensar en que debía sacarla de allí.

—¡Todos quietos! —gritó alguien en castellano.

Entonces vio que Mixcóatl se alzaba con un garrote en la mano y lo blandía sobre una espada que volaba hacia su cabeza.

—Huya, mi señor —gritó—. Vienen por usted. Yo le abriré paso.

Martí entonces tuvo la certeza de que su sirviente sabía que aquello iba a suceder, pero sólo podía pensar en Ameyali. Los asistentes al templo se habían levantado, arremetían contra los soldados mientras estos mataban sin piedad con sus espadas, la tierra temblaba, las piedras se desprendían del techo, y no la veía.

—Salid, salid —la oyó gritar.

Martí entonces se abrió paso a empellones en un desesperado intento de llegar al altar. Desde allí oyó el estrépito de una enorme roca al caer, pero un soldado le barró el paso. Él soltó el puño sobre su estómago y lo derribó. Sintió entonces tras de sí un empujón que lo hizo caer. Era Mixcóatl, que con el garrote le defendía de un soldado que se cernía sobre su espalda. El conde volvió a ponerse en pie, el camino al altar estaba ahora más despejado, pues muchos habían logrado huir y otros yacían ensangrentados en el suelo. Pero no la veía. La roca había caído sobre el agujero que llevaba a la cámara inferior. «¡Qué no haya huido por ahí, por Dios!» Entonces le embistieron por el costado y cayó al suelo. Consiguió deshacerse del soldado que se le había echado encima, pero ya no pudo ponerse de nuevo en pie. Tres puntas de espada amenazaron su cuello y se vio rodeado. Se levantó despacio. Tras los soldados que lo rodeaban, vio a Mixcóatl con el pecho atravesado por una espada. Alguien sujetó a Martí con fuerza, por detrás, y murmuró:

—Está detenido, conde de Empúries.

La tierra se agitó, y a punta de espada, le obligaron a salir corriendo.

Chanehque notó que el filo de la espada le lamía el costado cuando derribó al intruso con su embestida. La cueva se revolvió, todo era estruendo de rocas y gritos. Los dioses habían despertado iracundos por aquella profanación.

Rodó con el soldado en un forcejeo furioso y de pronto se sintió caer al vacío. Sus huesos crujieron contra el suelo en un penetrante dolor y una lluvia de piedras se precipitó sobre él con un enorme estrépito. Súbitamente cesó. El sabor a sangre emergió en su boca y notaba que el líquido cálido le recorría el rostro. Abrió los ojos. Por el pasillo en pendiente rodaban piedras mientras la tierra seguía rugiendo, pero algunas antorchas permanecían vacilantes en la pared. Los gritos se oían en la lejanía y entonces percibió que la sangre que rodaba por su cara caía desde arriba. Alzó la mirada, y en la escalera casi vertical que daba al templo, vio el cuerpo del soldado. La mitad inferior y parte del torso habían quedado aplastados por una enorme roca que bloqueaba la salida.

La tierra se convulsionó de nuevo, la lluvia de piedras retumbó en el pasillo. Chanehque se apoyó en un brazo para ponerse en pie y el dolor le recorrió en un gemido. Estaba roto. Aun así, como pudo, logró levantarse y bajó a trompicones, ignorando el dolor de su tobillo derecho y el terror que le recorría el cuerpo.

En la cámara inferior, las piedras seguían cayendo, los objetos yacían desparramados por el suelo, pero los dioses permanecían intactos alrededor del río oscuro. El guardián se calmó. «Todo irá bien», se dijo al verlos impasibles en su hogar. Tomó un escudo y se lo puso sobre la cabeza para protegerse de la lluvia sagrada. Atravesó la cámara, muchas columnas presentaban grietas, pero resistían. Las esculturas de Coatlicue que habían formado un pasillo hacia la salida de Xochitónal estaban desparramadas, en un amasijo de flores y piedras. Las evitó como pudo, pero entonces la tierra se abrió a sus pies en una sucesión de sacudidas que lo tiraron al suelo y le envolvió el polvo. Tosió, el dolor era penetrante en su pecho, y una niebla seca y densa lo cubría todo. Pero la tierra parecía al fin haberse apaciguado y la quietud imperaba a su alrededor. El polvo se desvaneció, y al reflejo de dos antorchas que le parecieron lágrimas de

Huitzilopochtli en el suelo, vio delante la salida de Xochitónal, bloqueada. El mascarón del dios que cuidaba la entrada al reino de los muertos había caído dentro y le miraba.

Ensangrentado, magullado, dolorido pero en paz, Chanehque se puso en pie de nuevo y retornó sobre sus pasos hacia el río. Algunos dioses de las orillas habían caído, uno por uno los puso en pie mientras aceptaba la nueva dimensión de su destino: «Soy el guardián eterno».

Cuando acabó, agotado, se sentó al lado de la talla de Xochiquetzal. Pensó en Ameyali y las lágrimas afloraron a su rostro. Con ella había sido feliz, se había encontrado a sí mismo, y lo que le parecía más cruel era no volverla a ver, no poder despedirse... «Al menos oí por última vez su canto», pensó reconfortado al rememorar su voz. Dio un beso a la talla de Xochiquetzal, seguro de que la diosa se lo haría llegar a ella, se puso en pie y se desprendió del *maxtlatl* con la única mano que podía mover. Metió los pies en el agua, ahora sí, convertida en el espejo de Tezcaltipoca que le devolvía el reflejo de un joven alto, de delicadas facciones, hermoso y desnudo. Entró en el río. El agua gélida le quitó todo dolor y dejó que su cuerpo flotara, rígido. No era el Apanhuiayo, pero hasta él le llevaría su corriente a través de Tláloc. El espíritu de Chanehque quedaría allí, guardián del lugar, mientras el cuerpo de Jonás se alejaba. Su voz se alzó, y en su mente oyó como Ameyali le acompañaba en su canto:

> *¿Se irá tan sólo mi corazón*
> *como las flores que fueron pereciendo?*
> *¿Nada mi nombre será algún día?*
> *¿Nada mi fama será en la tierra?*
> *¡Al menos flores, al menos cantos!* *

* J. Soustelle, *La vida cotidiana de los aztecas en vísperas de la conquista*, Fondo de Cultura Económica, México, 1984, p. 239.

410

XLV

Después de una mala noche de juego y alcohol, sentado a la mesa mirando a los ventanales que daban al patio de armas, Alfons esperaba. El sol matinal que comenzaba a entrar en la habitación iluminaba una bandeja de fiambres, pan y frutas. No había dormido y sentía el cuerpo entumecido. Tomó una rodaja de pan y la regó con un buen chorro de aceite. Cuando daba el primer mordisco oyó los cascos de los caballos y sonrió. No se acercó para mirar por las ventanas, pues no dudaba que la misión se había cumplido.

Se sirvió una copa de vino y cortó un buen pedazo de tocino, seguro de que Martí Alzina recibiría su castigo. Esta vez no tenía dudas, pues era el secretario del virrey, prácticamente su álter ego en su ausencia, y la Real Audiencia ya se preparaba para cederle el poder. Le resultaba obvio que aquel encomendero indio quería afianzar su posición antes de la llegada de Mendoza, y no había dudado en acudir directamente a él. Se había presentado unos días atrás y con una mezcla de altanería y adulación le había hablado del conde de Empúries.

—Está muy bien relacionado con los frailes y temo que no me hagan caso. Sin duda él cuenta con ello para llevar a cabo sus actividades secretas. Con la luna llena, usted puede ponerles fin, pues el indio de quien se ha servido me ha asegurado que el conde asistirá también a la ceremonia.

Saboreó el tocino como si celebrara ya la victoria. Tantos desvelos en Barcelona y Roma para atraparlo, y ahora resultaba tan fácil... Alfons sabía mucho de suertes, y aquélla era demasiada: el conde caía en sus redes por un crimen casi idéntico al que Martí Alzina había cometido en Barcelona. Sólo podía tratarse de justicia divina. Empezaba a pensar que Dios le había sometido a todas aquellas pruebas durante su vida sólo para ponerlo en aquella posición, pues Su voluntad era que a Martí se le condenara por servir al demonio, y él lo había sabido desde su infancia.

La puerta sonó con fuerza, y desde el quicio el mayordomo anunció al sargento de su guardia. Alfons le hizo entrar y despidió al criado. El oficial, con la media armadura polvorienta y con una manga rasgada, se cuadró ante él con la alabarda en alto.

—Señor, el prisionero está en las mazmorras —informó.

—Veo que ha habido resistencia —señaló el secretario del virrey tomando un sorbo de vino, complacido de poder hacer más grave la acusación.

—No estaba solo, señor. Había muchos indios, pero tembló la tierra y muchos escaparon. Hemos perdido a dos guardias por culpa de ello.

Alfons se recostó en el respaldo de la silla con la copa en la mano mientras lanzaba una mirada inquisitiva al sargento.

—Explícate.

—Seguimos sus indicaciones, señor. Mas al acercarnos por el bosque, descubrimos unas huellas que nos llevaron hasta una cueva. Temiendo que fuera otra entrada y nos aguardaran para sorprendernos, dividí la guardia en dos. Una parte bajo mis órdenes se quedó allí, la otra fue hacia la ciudad en ruinas y halló la entrada que usted nos dijo, con la cámara secreta llena de ídolos demoníacos. Pero no había nadie. Al final, Dios mediante, los atrapamos en la cueva, practicando la brujería.

—¿El prisionero practicaba la brujería? —rió Alfons.

—No, señor... Bueno, sí. Al verse atrapados, la bruja hizo que la tierra se sacudiera —añadió el sargento persignándose—. Nuestros dos hombres fueron aplastados por las rocas. Hubo resistencia, pero el prisionero no pudo escapar.

—¿Y el indio, Mateo Mixcóatl?

—Se rebeló, señor. Está muerto.

Alfons frunció el ceño. Era una lástima. Con su testimonio hubiera podido probar que Martí había llevado a cabo su actividad a lo largo de todos aquellos años. Sin embargo, con todos los objetos comprados por el conde y lo que le contaba el sargento tendría suficiente. De pronto, le asaltó un temor.

—¿Y la cámara?

El sargento bajó la mirada y respondió:

—Sepultada, señor.

—Bien, puedes retirarte.

Alfons se llevó la mano a la barba y la acarició mientras oía cómo la puerta se cerraba. La acusación no sería lo mismo sin el indio ni el acceso a la cámara, pero en todo caso contaba con los testimonios de los soldados y, por último, les haría excavar hasta que la encontraran. En cuanto a la práctica de la brujería, mejor no mencionar el terremoto. Nadie tenía tanto poder.

Era la segunda vez que el sargento visitaba a Alfons aquella mañana. Salió al pasillo entornando la puerta tras de sí y asintió. Mariana sacó un saquillo de monedas de entre los pliegues de su vestido, lo sopesó para demostrar que contenía más de lo pactado y se lo entregó satisfecha. Había valido la pena, pues la información acerca del apresamiento de Martí había sido tan oportuna como rápida la audiencia que le había conseguido.

Ambos se saludaron con una inclinación de cabeza y la mujer entró por la puerta entornada. Accedió a un pequeño salón con el fondo dominado por estanterías repletas de pergaminos y la pared perpendicular llena de baúles en hilera. Delante de estos había una silla de tijera, y dos más estaban dispuestas frente a los ventanales, en la pared opuesta. El secretario del virrey la observaba desde allí, vestido con una elegante casaca oscura que destacaba la palidez de su piel y el cansancio bajo sus ojos.

—Mi señora, por favor, tome asiento.

—Don Alfonso... —saludó con una reverencia. Y acercándose añadió—: Le agradezco que me reciba con tanta celeridad.

El secretario del virrey respondió con una leve inclinación, se apoyó en el alféizar del ventanal y cruzó los brazos. Mariana no pudo evitar mirar de reojo la postura que le obligaba a adoptar su cojera y le pareció que su actitud respondía a un intento de mantener el dominio de la situación, orgulloso, pero a la vez inseguro.

—Veo que las noticias vuelan. Debo admitir mi curiosidad por su interés en el conde de Empúries —dijo Alfons, y con una sonrisa desdeñosa añadió—: Se ha dado mucha prisa, señora.

—El conde tiene amigos en esta ciudad.

—¿Son ellos quienes la envían?

—Puede —respondió ella fingiendo que no podía confirmar esa sospecha—. ¿De qué se le acusa?

—¡Ah! Entonces las noticias no vuelan tan rápido —exclamó él descruzando los brazos para apoyarlos sobre el alféizar.

Mariana se revolvió en la silla, simulando incomodidad, y dejó que su voz sonara insegura:

—Disculpe, don Alfonso, pero a los amigos del conde les contrarió verlo apresado por su guardia personal. —La dama se interrumpió para toser, como si se aclarara la garganta, y luego prosiguió—: Usted, bueno, en fin, es el secretario del virrey, pero este aún no ha llegado y... Bien, podría haber quien pensara que usted no tiene potestad para hacer lo que ha hecho.

—Como comprenderá, señora, soy consciente de que me arriesgo a que la Real Audiencia se sienta desairada, pero tengo justificadas razones, que seguro que los hombres de fe en quien su majestad deposita su confianza apoyarán.

El secretario del virrey se mostraba ahora muy seguro, a pesar de que el sargento había cumplido con lo que ella le pidió: matar a Mateo Mixcóatl, eliminando así a un testigo. Pero aquel inesperado rito en el que habían apresado a Martí jugaba en su contra de una forma que ella no contempló al concebir el plan. No podía chantajearle directamente sin correr un gran riesgo, por lo que decidió cambiar la actitud y usar lo que Alfons sospechaba —que era una enviada de otros— para inventar una trama que lo llevara al terreno que a ella le interesaba. Así que, erguida en la silla, afirmó:

—El problema de detener a un noble en esta ciudad es que siempre hay una lectura política, mi señor. Y temo que le hayan tendido una trampa en la que usted acabe siendo la víctima.

—No veo cómo —respondió él cruzando de nuevo los brazos.

—Ha recibido usted un muy buen trato de todos. Los corregidores desean mantener sus puestos como funcionarios reales, los encomenderos... En fin, los hay fieles a su majestad, pero muchos participaron en la conquista y se creen con más derecho que otros a estas tierras. Sienten que a Cortés, su héroe, quien repartió las primeras encomiendas, se le ha desairado, y por mucho que ahora esté de expedición, consideran que el virrey trae órdenes de controlarlo. E, igual que a él, a los demás encomenderos.

—¿Y qué tiene que ver eso con el conde, mi señora? —preguntó Alfons con sequedad.

—Cuenta con muchos amigos entre ellos —respondió Mariana ocultando una sonrisa, convencida de que si la sequedad del secretario aún no era nerviosismo pronto lo sería—. Su apresamiento se puede tomar como una advertencia del virrey contra los encomenderos. La primera y desastrosa Real Audiencia utilizó mucho esta práctica: buscar excusas para enjuiciar y condenar a amigos, e incluso amigos de amigos de Hernán Cortés.

Alfons se revolvió incómodo, a la par que con el rostro tenso le dirigía una dura mirada.

—¿Quién la manda, señora?

Mariana ignoró la pregunta y prosiguió su explicación:

—Si ellos consiguen desprestigiarle a usted, secretario del virrey, y con ello liberan a su amigo el conde de Empúries, el mensaje que creen que envía Mendoza se vuelve contra él, y los encomenderos le enseñan que no se van a dejar avasallar fácilmente.

—Eso suponiendo que haya algo que puedan utilizar en mi contra.

—¿Y si lo hay? Don Gonzalo, sus veladas con él —Mariana sonrió—, quizá no eran tan inocentes. El juego es punible. Y en un juicio, ¿cuántos testigos hallaría el conde a su favor y cuántos podría encontrar usted? Ausente el virrey, todo dependería de la Real Audiencia, también amiga de su prisionero, como bien sabe. En cambio, si lo libera...

—Seguirían jugando conmigo —interrumpió Alfons alzándose—. Pero los crímenes del conde no los ha inventado el virrey, son una realidad. Mi honor sí que quedaría dañado si cediera en este pulso.

—No dudo de la buena voluntad del virrey, ni de la suya propia —se apresuró a aclarar Mariana—. Usted ha apresado a Martí de Orís y Prades porque le han tendido una trampa, lo han utilizado para hacer creer a los demás encomenderos que el virrey le utiliza a usted para hacerles una advertencia. De este modo, don Gonzalo tiene a un buen grupo de su parte para cubrirle, acusándole a usted sin inculparse, pues les da una excusa para atacarle y enviar un mensaje a Mendoza: ¡ojo con seguir los pasos de la primera Real Audiencia! Si libera al conde, destruye su plan: nadie le apoyará.

Alfons se acarició la barba, pensativo, y al fin sonrió:

—¿Lo está traicionando usted? A don Gonzalo, digo.

Mariana se encogió de hombros y respondió:

—Ya sabe que soy viuda. Y si me permite la sinceridad, espero tomar nuevo marido, pero quisiera conservar el corregimiento, para lo cual voy a necesitar apoyos.

Él asintió, se acercó a ella y le tendió la mano, invitándola a ponerse en pie, mientras decía:

—Contará con el secretario del virrey y sobrino de Mendoza como aliado cuando eso suceda, no le quepa duda. —Mariana tomó la mano que le ofrecía y se levantó—. Pero ¿y si el conde no fuera quien dice ser y les hubiera engañado a todos?

—¿Qué quiere decir? —preguntó ella sorprendida.

—Que no sabe de qué se acusa al supuesto Martí de Orís y Prades —repuso Alfons. Y señalando hacia la puerta, añadió—: Vaya y dígale eso a sus amigos. Han cometido un grave error de cálculo.

Alfons se desplomó en la silla, rabioso. La denuncia provenía de un encomendero indio, lo que la hizo más creíble. A la vez, no podía ignorar que aquello daba aún mayor sentido a la advertencia de doña Mariana. Además, el crimen por el que había apresado al conocido como conde de Empúries concordaba plenamente con el talante de Martí Alzina, y él entendía que sus supuestos amigos lo sabían, quizá de largo, y lo habían aprovechado para tenderle una trampa a él. Nuevamente Martí interfería en su vida para hacerle daño, y sentía la furia palpitar en sus sienes.

Era obvio que, perdida la cámara y muerto el indio, su acusación se debilitaba y ponía en ventaja a don Gonzalo y sus aliados, pues sin duda aportarían testigos de que Martí había sido engañado y conseguirían desprestigiar su acusación. Por eso lo más seguro para el secretario del virrey era seguir las recomendaciones de Mariana y liberar a Martí, pero no pensaba hacerlo. Jugaría la baza completa, con todas las cartas que guardaba. Estaba harto de que Martí Alzina siempre se saliera con la suya. Esta vez su posición le permitía ir más allá de lo que pudo hacer en Roma.

—El presidente de la Real Audiencia exige verle, señor —le interrumpió a su espalda la voz del mayordomo.

Alfons se volvió, aún más irritado si cabe por la insolencia de aquella irrupción, pero se topó con el rostro asustado de su sirviente y se controló. Era de esperar que Ramírez de Fuenleal no fuera amable en aquellas circunstancias.

—Hazle pasar —dijo.

Se puso en pie con dificultad mientras el presidente de la Real Audiencia entraba a grandes pasos.

—Con todos los respetos, don Alfonso, usted no tiene potestad para detener a don Martí de Orís y Prades —sentenció ya ante él.

Alfons se inclinó, tomó la mano de Sebastián Ramírez de Fuenleal y besó su anillo.

—Ilustrísimo y reverendísimo señor, disculpe si me he precipitado —respondió complacido ante el desconcierto del prelado.

El obispo suspiró y relajó los hombros.

—Hay mucha maldad en esta ciudad, hijo. Y temo que le hayan utilizado.

—Pudiera ser, pero... —Alfons le señaló que tomara asiento, y el prelado hizo lo mismo—. El problema es que creo que le han utilizado a usted. Conozco bien a ese hombre que se hace llamar conde de Empúries. Su verdadero nombre es Martí Alzina y está buscado por el Tribunal de la Inquisición de Barcelona por esconder libros prohibidos por la Santísima Iglesia.

Ramírez de Fuenleal se quedó lívido, pero aún así preguntó:

—¿Y cómo sabe usted eso?

Alfons se apoyó en el brazo de la silla para acercarse al obispo de Santo Domingo y en tono de confidencia respondió:

—Porque fui el familiar que lo descubrió. Él huyó con el ejército, se hizo con esa identidad de conde, y cuando lo intenté desenmascarar en Roma, me apuñaló aquí, en el costado. Eso quizá ha hecho que actuara con precipitación, pero entienda que no puedo dejarle escapar. Yo no tengo ningún motivo para inventarme esta historia, acabo de llegar, ¿por qué querría meterme en líos y creárselos a mi tío, el virrey?

—Entiendo, pero comprenda que con su palabra no es suficiente. En fin, esto se tiene que demostrar en un juicio.

—Bien, pues acuso al tal conde de Empúries de ser un impostor. Que demuestre que me equivoco. De lo contrario, le pido lo trasladen a Barcelona, donde muchos lo conocen como Martí Alzina.

Un tenue hilo de luz se colaba por las grietas del portón de madera. Sólo le había visitado el centinela con la comida, y el cuenco con frijoles permanecía intacto en un rincón. Martí estaba sentado, con la espalda apoyada en la pared, las piernas encogidas y la cabeza hundida entre los brazos. Aunque magullado, no sentía dolor, preso de la desesperación. En su mente, el estruendo de la roca cayendo sobre el agujero de la cueva se repetía una y otra vez, seguido de su precipitada salida evitando pisar los cuerpos de los caídos. Pero por más que repasara sus recuerdos, no encontraba ningún indicio de lo que le podía haber pasado a Ameyali, y lo peor era que estaba allí atrapado, sin saber ni cómo ni cuándo podría hacer que la buscaran. «Debo serenarme. Si está bien, intentará volver con su hijo», se dijo. Pero la casa estaría vigilada, y en cualquier momento habría un registro. Si la Inquisición o la Real Audiencia o quien le hubiera apresado presentaba una acusación formal, ¿cuánto tardarían en embargar sus bienes? Huemac sería entonces entregado a su padre. ¿Y Ameyali?

De pronto, el sonido metálico de la cerradura lo sacó de sus pensamientos y se vio deslumbrado por una luz. Se puso en pie y distinguió la figura de un soldado que entraba portando una mesa. La dejó en medio de la mazmorra, desapareció un momento, mientras el centinela custodiaba la puerta, y volvió con un taburete y una vela. Entonces oyó una voz:

—El presidente de la Real Audiencia cree justo que puedas convocar a algún testigo en tu favor.

Martí alzó la mirada y vio a un hombre de barba cerrada y cabello recogido, que entraba cojeando.

—¿Alfons? ¿Eres tú? —exclamó incrédulo.

—Ustedes lo han visto, caballeros, me ha reconocido. Ya les harán llamar —dijo dirigiéndose al centinela y al soldado. Luego se volvió a Martí mientras los hombres se retiraban—. Ya tengo tres testigos para mi causa, y el que venía con la mesa es capitán; pero con mi acusación basta para iniciar el juicio.

—¿Qué haces aquí? —preguntó el conde desconcertado.

—Soy el secretario del virrey de la Nueva España. Diría que tu puñalada trajo contrapartidas y no todas fueron malas. —Hizo un gesto en dirección a la puerta y el soldado entró de nuevo con un tintero y pergamino que dejó sobre la mesa—: ¿A ver cómo me convences de que eres el tal conde de Empúries?

—¡Lo soy! ¿Crees que no tengo papeles, que no puedo demostrarlo?

—¿Qué más da? Yo, esposo de la sobrina de don Antonio de Mendoza, lo niego. Total, me basta con sembrar la duda para que te envíen a Barcelona, y ya sabes lo que allí te espera.

Alfons se volvió y salió de la mazmorra mientras Martí miraba los reflejos de la vela en el tintero. De pronto entendió que no saldría de allí, que nadie podía ayudarle. Jamás volvería a ver a Ameyali.

XLVI

El bosque se sacudía con un ruido sordo cuando Yaretzi alcanzó la salida de la cueva. Los que se habían salvado del ataque corrían en desbandada, cada uno en la dirección que les había de llevar a sus aldeas. Alguien la conducía tras los pasos del hijo mayor de Tecolotl y de los que regresaban a Acolman. Sin embargo, Yaretzi no reconocía a nadie. Las viejas piernas de la antigua esclava se movían gracias a su instinto, pero no sabía ni dónde estaba ni adónde se dirigía. Tampoco sabía quién era ella misma, pues el temblor de la tierra, las rocas, los gritos y los muertos la habían sumido en una confusión en la que sólo oía el canto de una voz que trinaba como los pájaros; a su mente sólo afloraba el lejano recuerdo de una niña que la miraba con grandes ojos de visos castaños.

En algún momento de su alocada carrera, la tierra dejó de temblar, pero no su cuerpo. Aunque la anciana no fuera consciente, hacía mucho que habían dejado atrás la arboleda. Las ramas caídas crujían bajo sus pies, la luna se ponía en el oeste y el alba ya anunciaba la victoria del sol cuando ante sus ojos se dibujaron los pastos, las casas y el campanario que se alzaba en medio de un poblado. Entonces, aún sin saber quién era ella misma, Yaretzi tuvo la sensación de que había olvidado algo muy preciado en el corazón del bosque, y en la bruma del recuerdo el canto cesó y permaneció la mirada interrogativa y silenciosa de unos grandes ojos desconsolados.

—Ameyali —gimió con un hilo de voz.

De pronto reconoció a la hermosa niña, supo quién era ella misma, recordó con claridad lo sucedido en la cueva y reconoció a quien la sostenía en la huida. Mientras vadeaban un riachuelo, fue consciente del peso de sus viejas piernas y de un dolor en el pecho, a punto de estallar. Le faltaba la respiración, y cayó de rodillas sobre la hierba, agotada en su derrota.

—¡Ay, mi niña! Nos han traicionado —sollozó.

—No puede ser. Nadie traicionaría a nuestra señora —musitó la sirvienta que la había salvado.

—No podemos quedarnos aquí. ¡Vamos! —urgió una voz masculina.

Yaretzi sintió que pretendían alzarla de nuevo, pero ella se revolvió con brusquedad y gritó:

—¡Ha sido el hombre blanco! ¡La ha engañado!

—No ha sido él —replicó el joven Tecolotl sujetándole con fuerza el rostro—. Yo he visto quién se la ha llevado.

Un escalofrío recorrió a Yaretzi, lo comprendió todo al mirar los ojos oscuros y angustiados del hijo del *cihuacóatl* asesinado, y el miedo la hizo ponerse en pie y correr.

Las luces del alba ribeteaban el horizonte cuando el caballo de Santiago entró al paso en Acolman. Se encontró con algunos campesinos que miraron sorprendidos la carga que portaba, pero al cruzarse con los ojos centelleantes de su señor bajaron inmediatamente la cabeza, e incluso alguno, asustado, volvió a meterse en su casa. «Así se dan por advertidos —pensó, convencido de que aquella entrada reafirmaba su ultrajada autoridad—. Se lo dirán unos a otros en cuanto se levante el mercado, eso es lo que harán.»

Atravesada como un fardo sobre la cruz del corcel, Ameyali gemía levemente, pero no había recuperado el conocimiento desde que la golpeara en la cueva. Tal y como doña Mariana le había asegurado, nadie se opuso cuando se la llevó. «Sólo les interesa el conde —le dijo—, así que no intentes vengarte por tu cuenta y déjaselo a los soldados. Ellos se harán cargo de su protector; tú apodérate sólo de lo que es tuyo.» La locura que le invadió tras descubrir el carro, resistiéndose a creer muerta a su esposa, desapareció en cuanto la viuda le dijo que sabía de su paradero; pero sus alusiones a su protector fueron como una puñalada que le devolvió la razón. Ahora la tenía de nuevo consigo, y le haría pagar su traición poniéndola en su lugar: ella era simplemente suya.

Santiago sabía que si hasta entonces Ameyali no lo había entendido era por su propia culpa, pues le había cegado el amor; quiso creer que ella le ayudaba y no se había dado cuenta de que en verdad era como todas las demás mujeres, que manipulan la voluntad de los hombres haciéndoles creer que es la suya propia. «Ahora entiendo por qué Juan quería alejarme de ella», se dijo. Sin embargo, él ahora ya no era el mismo. Volvería a yacer con ella, sí, pero para someterla y enseñarle el deber real de toda buena esposa. Y la obligaría a ver cómo Rosario, su leal Rosario, pasaba a ser la principal, la convertiría en señora de Acolman y madre de Hipólito, pues no dejaría que Ameyali, con sus artimañas, corrompiera a su hijo o a sus súbditos.

Con tal convicción, atravesó la plaza de la ciudad. Gabriel había seguido sus instrucciones y aguardaba con las puertas del palacio abiertas de par en par. Dos sirvientes que portaban vasijas de agua se apartaron de su camino, y vio a algunos de sus súbditos más prominentes asomarse desde sus casas, sin duda atraídos por el sonido de los cascos de su caballo; nadie más montaba, excepto el señor. Santiago se inclinó sobre su corcel y apartó el cabello de Ameyali para que todos distinguieran con claridad que era ella. Luego se irguió, sobrepasó las puertas y, nada más entrar en el patio de armas, detuvo el caballo y desmontó. Sabiéndose observado, depositó a su mujer en el suelo. Su cabellera azabache, que todavía conservaba algunas de las bolas de pluma blanca, quedó esparcida alrededor de su hermoso rostro, y sus pechos desnudos parecían endurecerse por el frío del amanecer. El deseo se despertó en el señor de Acolman, pero de inmediato quedó sofocado por la ira al recordar que se había entregado a otro y gritó en náhuatl:

—¡Gabriel! Llévate el caballo y trae un cubo de agua.

Mientras los cascos del animal se alejaban hacia la cuadra, Santiago miró a través de la puerta abierta y con ojos desafiantes, erguido y orgulloso, recorrió, uno a uno, todos los edificios de la plaza. Sabía que estaban allí, observando. ¿Y, aparte de aquellos de sus propias aldeas, cuántos más se habrían entregado al poder de seducción de Ameyali? «Es igual», se dijo. Les mostraría a todos qué pasaba cuando le traicionaban y desafiaban su autoridad. Su esposa siempre fue un ejemplo, y lo sería una vez más: él, Santiago Zolin, era su único dueño, y también el de Acolman.

—Señor —dijo Gabriel a sus espaldas.

Santiago se volvió, tomó el cubo que su esclavo le tendía y, con todas sus fuerzas, arrojó el agua sobre el torso desnudo de Ameyali.

Recuperé el conocimiento con un brusco escalofrío e instintivamente me incorporé, pero apenas quedé sentada, un fuerte mareo me nubló la vista. Sintiendo que me desplomaba, cuando alcé un brazo para cubrirme los ojos, me di cuenta de que estaba mojada.

—Buenos días, Ameyali. ¡Loados los dioses, que te han devuelto al hogar!

Una punzada de miedo me agitó el corazón al reconocer la voz de Santiago. Retiré el brazo que me cubría, y a pesar del dolor hiriente de cada parpadeo, reconocí las puertas abiertas del patio de armas y, al otro lado, la plaza desierta de Acolman. Pero ¿cómo había llegado hasta allí?

—¿Dónde está mi hijo? ¡Vamos, contesta! —rugió él con impaciencia mientras de una patada me lanzaba arena sobre el cuerpo.

Entonces recordé el terremoto, la mano que me tapó la boca mientras me arrastraban; Chanehque, la roca precipitándose sobre él mientras rodaba por el agujero...

—¿Y los demás? —pregunté alarmada mientras me volvía hacia Santiago. Él me había sacado del templo, pero ¿habrían perecido todos allí, víctimas del terremoto o de los soldados?

Él, con los puños apretados, lanzó otra patada que acabó sobre mis piernas, y mientras yo gemía, gritó:

—¡Muéstrame más respeto! ¿Cómo te atreves a mirar directamente a tu señor? ¿Dónde está mi hijo?

—¿Dónde están los otros? —insistí yo, sentándome erguida y volviendo a mirarle a los ojos.

Por toda respuesta, Santiago alzó la mano y me abofeteó con tal fuerza que me hizo caer de costado. Detrás de él, Gabriel observaba la escena, con una sonrisa siniestra y los brazos en jarras.

—¿Te refieres al conde? No te salvará —murmuró. Me agarró del pelo y la barbilla, esta vez obligándome a mirarle a los ojos, enloquecidos de furia, y muy cerca de mi rostro, entre dientes escupió—: ¿Pensabas que metiéndote en su cama escaparías de mí? ¡Nunca serás de otro! —sentenció, y con fuerza me lanzó contra el suelo.

El golpe no me dolió, sí la sospecha de que Martí hubiera muerto en sus manos.

—¿Dónde escondes a Hipólito? —gritó de nuevo—. ¿En la casa de tu protector?

Quebrado mi corazón, sentí que ya no tenía nada que temer, pues todo estaba perdido..., excepto Huemac. Mi cuerpo estaba embarrado y magullado, el sabor a sangre afloraba a mi boca, pero ya nada me dolía. Con dificultad me puse en pie, me encaré con Santiago y respondí con aplomo:

—Jamás lo tendrás. —Sólo lejos de él estaría a salvo; Xilonen y Tonalna lo protegerían si de veras Martí había perecido—. Mátame si quieres, porque ni él ni yo somos tuyos.

—¡Claro que eres mía! —gritó Santiago fuera de sí, la cara enrojecida, el cuello hinchado.

Me agarró del cabello hacia atrás y unió su boca a la mía. Yo me revolví y le mordí el labio con una súbita furia que fortaleció mi cuerpo, por Martí, por mi hijo, por todos los muertos en el templo. Entonces un puñetazo en el vientre me tumbó en el suelo y me replegué sobre mí misma, retorcida de dolor, los ojos nublados. Una lluvia de patadas me sacudía mientras en mi mente se mezclaban los besos de Martí, la risa de Huemac, los arrullos de Yaretzi cuando era niña... «Si sales con vida, comprenderás por qué la luz de la luna es tu guía protectora y nuestra salvación», dijo el nigromante en nuestro último encuentro. Lo había entendido, pero no serviría para nada.

—Cierra la puerta, Gabriel. ¡Cierra! —oí ordenar a Santiago, sin que cesara de golpearme.

—¡Que la mata, que la mata! —gritaron a lo lejos.

En un último esfuerzo, abrí los ojos. El esclavo obedecía a su amo, pero a lo lejos, en la plaza, pude ver unos hombres que corrían hacia el palacio. Entre ellos, una mujer era la que gritaba, y aunque yo ya no distinguía sus palabras, supe quién era. «Está viva —pensé al reconocer a Yaretzi—. Están vivos.» Oí un ladrido y me pareció ver la sombra de un *xoloitzcuintle* en la plaza. Comprendí que venía por mí; era el perro que el dios Xolotl nos dio para guiar el alma de los difuntos al Mictlán. La imagen de mi querido Chanehque el día que descubrimos el templo volvió a mí, sonreí al saberme guiada por el dios del guardián, y en paz me dejé llevar por la oscuridad.

—¡Detenédle! —gritó Yaretzi desesperada al ver el cuerpo de Ameyali en el suelo, sacudido por la descontrolada furia de Santiago.

Salieron los vecinos de sus casas, como si su grito los hubiera despertado de un letargo de miedo e indecisión. La vieja esclava se sabía seguida por los campesinos que se habían unido a la huida encabezada por el hijo mayor de Tecolotl. Pero Gabriel ya se disponía a cerrar las puertas y la plaza iluminada por el sol del amanecer se veía enorme y alargada. No llegaban.

De pronto, de una esquina del patio, Yaretzi vio salir a *Kolo*, el perro de Huemac, seguido por su marido, que empuñaba una coa. Erguido su enclenque cuerpo, con el ímpetu que da la desesperación, Itzmin la alzó contra Gabriel, pero el enorme esclavo negro logró agarrar el palo y derribó al anciano sin esfuerzo. Entonces, *Kolo* rugió y se abalanzó sobre él, lo tiró al suelo y le atacó sin piedad. Santiago, indiferente a todo, no dejaba de golpear a Ameyali, cuyo cuerpo se desplazaba a cada patada, incapaz de protegerse. Entonces los vecinos más cercanos rebasaron las puertas, y Yaretzi de pronto se vio rodeada por una turba alborotada que gritaba: «¡Asesino! Es nuestra señora».

La vieja esclava no pudo resistir la embestida del tumulto y cayó al suelo. A su alrededor ahora todo eran gritos confusos y rabia desatada. «Mi niña, mi niña», pensaba. No podía llegar hasta ella. De pronto, la gente se quedó quieta y se hizo un pesado silencio. *Kolo* aulló y un confuso rumor de triunfo y espanto se expandió por la plaza. Como pudo, Yaretzi se puso en pie esperando encontrar a Ameyali imponiendo la paz como hizo al traer la prosperidad a aquellas tierras. Pero lo que vio le heló el corazón: sobre la puerta, amarrado con telas que estiraban sus brazos como un Cristo, pendía el cuerpo ensangrentado del señor de Acolman.

Con un alarido estremecedor, se abrió paso entre sus vecinos, y de pronto se vio avanzando por un pasillo estrecho y silencioso que sólo dejaba oír un llanto apagado. El pasillo se abrió en un círculo, el sol refulgió y allí estaba. Tendida, su cabeza reposaba sobre el regazo de Itzmin, quien deshecho en sollozos acariciaba la sonrisa que había quedado dibujada en los labios de la sacerdotisa de la luna. El luminoso color de su piel había sido borrado de aquel cuerpo sucio y amoratado que *Kolo*, con las fauces ensangrentadas, parecía guardar, echado con la cabeza apoyada en su vientre. La vieja esclava observó al perro, el *xoloitzcuintle* alzó la cabeza y le devolvió la mirada. Entonces ella lanzó un gemido y corrió a los pies de su niña.

XLVII

Ciudad de México, año de Nuestro Señor de 1535

El tañido de las campanas a lo lejos anunciaba la hora nona; nueve horas desde la salida del sol, y el día ya sólo podía declinar como el corazón que se le encogía en el pecho. Sentado en el taburete, con la pluma en la mano y la vela prácticamente consumida, Martí no había escrito una sola palabra. Sólo podía aguzar los oídos a la espera de cualquier sonido procedente del pasillo. Confiaba en que registraran su casa y hallaran la correspondencia que le acreditaba como conde. Era lo único que permitiría su salida, pero a la vez temía que fuera la guardia de Alfons la que lo hiciera, y si Ameyali había regresado...

El tintineo de las llaves acercándose por el pasillo le hizo dejar la pluma y se volvió con la esperanza de que el sonido se detuviera ante su puerta. El candelero del centinela alumbró la celda y dio paso a una figura embozada.

—¡Dios santo, Martí! ¿Estás bien? ¿Te han herido?

Mariana se desprendió de la capa y se acercó a él mientras el centinela entornaba la puerta y se quedaba fuera. Tan sorprendido como ella, Martí musitó:

—¿Cómo has sabido que...?

La viuda le puso un dedo en los labios.

—Alguien me dijo que te llevaban preso. No fueron discretos al hacerte entrar en la ciudad. Pero lo mismo que otros pagan, yo pago. No digas nada que pueda inculparte. Que estuvieras en esa cueva tiene una explicación: trampa, engaño, fuiste a la fuerza...

—Pero esa ya no es la acusación, Mariana, se trata de algo personal entre...

—Es igual lo que hayas hecho, es igual, la verdad —le interrumpió ella—. Tengo la manera de sacarte de aquí, pero debes entender que si te apoyo en esto, me la juego.

Martí tomó las manos de la mujer y suspiró con alivio. Si ella le ayudaba, estaba seguro de que no tardaría en salir de allí.

—Gracias, Mariana.

Ella sonrió, se desprendió de sus manos y le acarició la mejilla.

—Ahora no es momento de hablarlo, hay que sacarte de aquí, pero ya sabes cómo devolverme el favor.

Él se echó hacia atrás y contrajo el rostro.

—Casarme contigo no es devolverte el favor —afirmó.

—Por supuesto. Tu honor quedará limpio.

—Y si lo hiciera, ¿cuánto tardarías en despreciarme? —preguntó Martí con un suspiro—. Yo no soy el hombre que necesitas.

Ella golpeó la mesa con rabia.

—¡Oh, vamos! ¿Y encima me tengo que creer que dices eso porque eres honesto? Si lo haces por la india, ya te puedes ir quitando esa idea de la cabeza porque no la tendrás.

Él se puso en pie y se encaró con Mariana.

—¿Cómo lo sabes?

La viuda dio un paso atrás mientras respondía con rabia:

—Tardaste poco en meterla en tu cama cuando te eché de la mía. ¿O quizá por eso te querías ir? —El rostro lívido del conde la hería como jamás hubiera imaginado, pero su orgullo sólo le permitió acariciarle la cara y añadir en tono burlón—: ¡Oh, pobre! ¿Estás enamorado?

Martí le agarró la mano con fuerza y la apartó.

—¿Cómo lo sabes? —repitió mientras una sospecha empezaba a fraguarse en su mente: ¿Mariana podía tener algo que ver con lo ocurrido?

—¡Eso qué más da! —escupió ella—. Te voy a sacar de la cárcel, y de paso te quito a esa de encima. ¡Una india, por el amor de Dios! ¡Y, además, fugitiva! Estabas en un buen lío, y te he librado porque te quiero, aunque esté fuera del trato, te quiero.

Martí tuvo la certeza de que su antigua amante había tramado todo aquello para separarlo de Ameyali y obligarle a sentirse agradecido por sacarle de aquella celda. La venganza personal de Alfons probablemente había sido un imprevisto, pero eso ya poco le preocupaba, pues la furia se había apoderado de él. La agarró por un brazo y lo apretó con fuerza.

—¿Qué le has hecho?

Mariana se zafó con un gesto y, acercándose al rostro de Martí, respondió:

—Devolverla a su dueño. ¿Es que no me has oído? Te amo.

—¿Has urdido todo esto por amor? Lárgate. No te quiero ver más —dijo Martí.

Y se dejó caer en el taburete, vencido.

Había enviado la nota a Alfons antes de ir a ver a Martí. Ahora, de vuelta en su palacio, Mariana se preguntaba si lo habría hecho después de aquel rechazo. En realidad, su respuesta había sido la misma que le dio cuando le propuso matrimonio, y era obvio que jamás la había amado. Tampoco se lo ocultó. Pero aquella reacción en la prisión... De haberla previsto, ¿habría organizado todo aquello? Aunque quisiera lamer su herida convenciéndose de que era mejor que Alfons no acudiera a la cita, recelosa de sus propios sentimientos, lo aguardaba con impaciencia.

Los pesados cortinajes cerraban las ventanas, y todo en el salón estaba dispuesto para dar la impresión de opulencia. De la sensación de poder que desprendiera dependía todo, pero eso era antes. ¿Ahora resultaba realmente necesario? Mariana se retorcía las manos mientras sopesaba la situación. Se había movido rápido, había gastado una buena suma para comprar a don Gonzalo la deuda de juego del secretario del virrey. El objetivo ya no era denunciarlo por juego, y tampoco obtendría la recompensa esperada si actuaba como tenía pensado para liberar a Martí.

Pero sabía que si no intervenía las cosas se complicarían para él, y ella tendría que vivir con la culpa de lo que le sucediera. Aquella acusación era un absoluto imprevisto. Su antiguo amante tendría papeles que probaban que era el conde de Empúries, probablemente del obispo de Girona. Durante años, Zumárraga no albergó ninguna duda sobre su título nobiliario, pero Alfons le había hecho creer que con la acusación le protegía y tapaba el escándalo que recaería sobre la diócesis si se conocieran las inclinaciones paganas del doctor. ¿Y otros testigos? Se habían reducido. Don Gonzalo pareció alegrarse demasiado de librarse de la deuda, y no quería enfrentarse al secretario del virrey por una singular acusación que ganaba credibilidad.

—Yo no vi ningún papel que demostrara que su padre era barón. ¡Vaya usted a saber! Cataluña queda lejos, y don Alfonso es del lugar. Algo sabrá —había dicho.

Seguro que encontraría personas dispuestas a atestiguar a favor de Martí, pero ¿cuántos serían descalificados por considerarlos en deuda con él por haberles salvado la vida o la de algún familiar? El único que podía competir con la palabra del secretario del virrey era Hernán Cortés, el marqués del valle de Oaxaca, pero estaba en la mar.

—Señora —le interrumpió la voz del mayordomo—, don Alfonso está aquí.

Mariana suspiró.

—Hazlo pasar.

¿Dejaría a Martí en manos de un destino que ella misma había entretejido?

Aunque lo había hecho para recuperarlo, ahora podía ser víctima de su despecho. Pero ¿aquel dolor y aquella angustia eran realmente resentimiento? Se sentó en la butaca más alejada de la puerta y recolocó los pliegues de su vestido.

—Así que, por lo que veo, no traicionaba a don Gonzalo —dijo Alfons mientras entraba en el salón—. ¿Actuaba por su propia cuenta?

—Digamos que aproveché una oportunidad —respondió sin moverse de su sitio—. Martí siempre fue mi protegido.

Sin pedir permiso ni esperar invitación, el secretario del virrey, apoyándose en el brazo de la butaca y dejándose caer, se sentó a su lado.

—Señora, permítame que le diga que ha errado protegiendo a un tipo de su calaña. Y ha tirado el dinero comprando la deuda que tengo con don Gonzalo, si cree que a cambio de ello puede obtener la libertad del conde. Sólo quería que le quede claro. No se meta en asuntos de leyes, son cosas de hombres y le quedan lejos. Eso sí, se ha asegurado el corregimiento para su nuevo esposo.

Mariana dejó escapar una carcajada afectada. Había tomado una decisión, y supo que era la correcta en cuanto empezó a hablar:

—¡Claro que tengo el corregimiento! Mire, don Alfonso, es cierto que yo soy una simple mujer, pero llevo mucho tiempo lidiando en asuntos de hombres, me temo que más que usted, porque no parece apreciar que con su deuda en mi poder usted ya no es necesario para mis objetivos. Lo que le ofrezco es librarse de su propia caída, y para ello sólo ha de retirar esa absurda acusación contra el conde de Empúries.

—¡Lo que usted dice sí que es absurdo! Soy el secretario del virrey, ¿y usted quién es? —se exasperó Alfons, altivo.

—La salvadora del virrey si Martí no queda libre hoy mismo —aseguró Mariana poniéndose en pie—. Porque si el juicio se llega a instruir, don Antonio de Mendoza sabrá que tengo la deuda de juego que usted contrajo, le diré que la compré para evitar un juicio contra su secretario y sobrino. A él no se le escapará que le salvo de un escándalo que se podría convertir en un arma política, pues es consciente de que aquí hay muchos que no lo consideran merecedor del virreinato. Así, yo conservaré mi corregimiento y a usted le mandarán a un villorrio de Castilla. ¿O acaso cree que Mendoza se jugará su prestigio y el de su familia ante el emperador por un sobrino político que dicen que no tiene ni título nobiliario propio?

—¡No puede hacer eso! —rugió Alfons.

Mariana lo ignoró y le señaló la puerta mientras decía:

—¿Me pondrá a prueba?

En su estudio, Sebastián Ramírez de Fuenleal dejó el pergamino que tenía entre las manos con un suspiro resignado y lo colocó junto al montón de cartas traído tras el registro de la casa de Martí de Orís y Prades. El presidente de la Real Audiencia había convocado a los oidores para vísperas, de forma excepcional, pues se trataba de recoger formalmente la acusación del secretario del virrey. Sin embargo, todo aquello le parecía un sinsentido. Ante sí tenía abundante documentación que probaba que el conde de Empúries era quien decía ser: aparte del documento episcopal que así lo atestiguaba, había correspondencia con su administrador, e incluso en la carta que acababa de dejar sobre la mesa se le informaba de los preparativos que se hacían para recibir a Galcerán Coromines de Prades, primo del conde que había trabajado para la misma Real Audiencia hasta hacía poco. Si la acusación no procediera de un pariente de la poderosa familia Mendoza, Ramírez de Fuenleal no perdería un ápice de su tiempo con aquello.

Sabía que Martí no había enviado ninguna nota desde la prisión. Y conociéndolo personalmente, entendía que no quería que ningún amigo se viera perjudicado por culpa de lo que él intuía que tenía que ver con una venganza personal. El mismo don Alfonso le había dicho que fue apuñalado por el conde tiempo atrás, pero de ser eso cierto y punible, la justicia hubiera actuado, pues Martí de Orís y Prades viajó a la Nueva España sin ocultar en ningún momento su identidad, y su paradero hubiera sido fácil de averiguar. «Debió tratarse de una reyerta, y ahora se venga», pensaba el presidente de la Real Audiencia. Incluso dudaba que el lugar donde el secretario del virrey aseguraba que se había detenido a Martí fuera cierto, porque, de ser así, ¿por qué no se había valido de la guardia de la Real Audiencia, en lugar de utilizar la suya propia, cuya única misión era protegerle a él y preparar el camino del virrey? «O ha sido una trampa, o es una burda mentira», concluyó.

Pero en todo caso no se acusaba al conde de asistir a la ceremonia pagana, y dadas las circunstancias, poco importaba lo que pensara el presidente de la Real Audiencia. Probablemente se vería obligado a enviar a Martí a Barcelona para aclarar el malentendido, ya que si fallaba a su favor era posible que se le acusara de no ser objetivo, y no podía fallar en contra dada la documentación que manejaba. De pronto, unos enérgicos golpes sonaron en la puerta, y sin esperar respuesta del presidente de la Real Audiencia, entró su secretario tendiéndole una nota. El prelado distinguió el sello del secretario del virrey y con un gesto le pidió que aguardara. Abrió la nota, arqueó las cejas desconcertado y chascó la lengua con fastidio.

—Envía mensaje a los oidores; ya no hace falta que vengan. Al final el secretario del virrey retira toda acusación contra el conde de Empúries. Manda a alguien a la prisión para que lo liberen.

No se llevaría todas sus pertenencias. Levantaría rumores antes siquiera de abandonar la ciudad. Y era una huida, no le interesaba. Se marcharía con dinero, con toda su fortuna, eso era lo único que necesitaba, junto con su pericia, para empezar de cero en otro lugar. No soportaba la idea de ver a Martí, libre, siguiendo con su vida; no resistiría cruzarse con su mirada resentida por haberle robado el amor. Mariana sabía cuánto le dolía perderlo, él se lo había enseñado rechazándola, y aun así no podía dejar de amarlo.

Las lágrimas surcaron sus mejillas y evitó mirarse en el espejo. Se levantó del tocador y se tendió en la cama. Todavía no era de noche, pero había perdido la esperanza de que él viniera a su encuentro. Le habían liberado con presteza y seguro que sabría que había sido por su intervención, pero ni así la perdonaría y lo peor era que podía entenderlo. «Pero quizá consiga que su corazón sea clemente conmigo, con nuestro recuerdo», pensó. Se marcharía antes de la llegada del virrey, pero no dejaría que su secretario pudiera seguir buscando cómo atrapar al conde de Empúries. Por ello se aseguraría de que Antonio de Mendoza recibiera la deuda que ella había comprado, y así al menos limitaría el poder de Alfons. «No podrá hacerle daño», pensó. Aunque fue poco su consuelo, pues se daba cuenta de que no volvería a ver a Martí jamás. Mariana se sacudió entre sollozos. Se permitiría llorar durante toda la noche, debía vaciar sus lágrimas, pues al día siguiente empezaría una nueva vida.

XLVIII

Aún no había amanecido cuando la doncella despertó a Rosario y le anunció que fray Antonio requería ser recibido de inmediato. La cara de la india a la luz de la vela se mantenía impávida, pero lo inusual de la situación y la prisa con que agarró la bata para que se cubriera hicieron que su corazón diera un vuelco. Ni siquiera se calzó. Con el cabello despeinado se precipitó por la escalera. Un dolor sordo en su pecho frenaba cualquier pensamiento. Sabía que sólo podían ser malas noticias, pero su premura partía del profundo deseo de desmentir el miedo que palpitaba en su corazón.

Se oyó el canto lejano de un gallo cuando Rosario alcanzó el patio y llegó a la sala donde su marido solía recibir a las visitas. El fraile no estaba solo. Frente a la chimenea había un franciscano más joven, pelirrojo, que apretó los dientes y suspiró cuando la vio. La mujer se quedó en el umbral de la puerta y escrutó a fray Antonio con mirada inquisitiva. Cubierto con la capucha, se acercó a ella y al descubrirse le dejó ver lo que sólo podían ser huellas de llanto en los ojos. Le estrechó la mano y le indicó que tomara asiento, pero Rosario se deshizo de su contacto con brusquedad y se aferró al marco de la puerta, como si quedándose fuera pudiera evitar lo que sentía que se avecinaba. Sonaron las campanas anunciando la hora prima. Fray Antonio tomó aire con dificultad, sus labios se movieron, pero no logró articular palabra y se volvió hacia el franciscano pelirrojo en busca de auxilio. Este asintió y sin apartar su mirada de Rosario anunció:

—Don Santiago Zolin ha partido al reino del Señor.

—Imposible —negó ella. Entró en la sala y se paseó por el lugar, mirando mesa, sillas, paredes, como si buscara algo que le sirviera para probar lo contrario. Y entre murmullos, con voz monótona, añadió—: Mi marido está en la encomienda, en Acolman. Partió antes de ayer y mañana regresará. Me envió una nota. Vendrá.

Fray Antonio se acercó a la mujer, la sujetó de los hombros y la obligó a tomar asiento. Ella, dócil, esta vez dejó que guiaran su cuerpo.

431

—Rosario —musitó—, fray Rodrigo viene de Acolman.

Ella observó al franciscano pelirrojo, a quien jamás había visto y del que sólo había oído hablar, y levantó la mirada hacia fray Antonio, que de pronto se le antojaba un anciano desconocido que desvariaba y por alguna extraña razón se empeñaba en mantener la mano en su hombro como si fuera un familiar. Fray Rodrigo se le acercó y se sentó a su lado. Ella bajó la cabeza y fijó los ojos en el suelo, con los puños apretados, como si con ello pudiera ignorar su presencia. Los dos franciscanos intercambiaron una mirada, fray Antonio asintió con pesar y el fraile de Acolman dijo entonces con voz suave:

—Fue el caballo, como su pobre hermano Juan, Dios lo tenga en su gloria. Al parecer Santiago cayó, pero le quedó el pie enredado en el estribo y lo arrastró. Por lo que me han dicho, su esclavo Gabriel estaba con él, lo intentó liberar, pero fue pisoteado. Cuando los indios consiguieron frenar al animal, ya era tarde. El Señor se lo había llevado.

Rosario cerró los ojos mientras negaba con la cabeza.

—He enviado un mensaje a Pedro y a tu hermana —añadió fray Antonio—. Lo están velando en Acolman; deberíamos partir cuanto antes. Seguro que querría ser enterrado en su tierra.

—¡No! —gritó ella de pronto, poniéndose en pie; la cara enrojecida, las lágrimas surcando sus mejillas—. ¡Váyanse de aquí! ¡Váyanse ahora mismo! Mi marido vendrá, con su hijo, seré madre, me lo dijo antes de partir. Volverá.

—Rosario, querida —gimió fray Antonio.

—Fuera, fuera, fuera —gritó ella mientras empujaba a su confesor hacia la puerta.

Cerró de un portazo, se dejó caer de rodillas al suelo y entre sollozos se repitió una y otra vez:

—Volverá, volverá, volverá...

Cuando empezó a ver manantiales y pastos donde asnos, mulos y caballos pacían como si los hubieran expulsado de sus cuadras, supo que había llegado a Acolman. Martí ató su montura al borde del camino y se dirigió a la ciudad. Intentaría entrar a escondidas en el palacio, con la esperanza de que Chanehque hubiera sobrevivido y pudiera ayudarlo.

Tomó una callejuela bordeada por chozas de madera y tejado de maguey. El día despuntaba brumoso, pero aun así la neblina dejaba ver la espadaña que sobresalía entre las casas. Hacia allí debía dirigirse. Las calles estaban desiertas y el croar de las ranas a lo lejos, entremezclado con el graznido de los guajolotes, parecía realzar un silencio fantasmal. No salía humo de los hogares, no percibía olor a comida, y sintió que un escalofrío le recorría la espalda, abrumado por el temor de que aquello fuera una mala señal.

Dobló una esquina que le llevó a una calle más ancha. Las casas eran más grandes, de piedra y sin ventanas, según el uso de los naturales. Ya ni las voces de los animales llegaban a sus oídos y escuchaba sus botas sobre la calzada con tal fuerza que el sonido de sus propios pasos aumentaba su inquietud. La calle se abrió a la plaza, pero él no salió. Desde una esquina observó el amplio rectángulo de tierra perfectamente alisada, sin huellas ni ninguna otra señal de vida. La puerta principal del palacio estaba cerrada, y en el extremo opuesto, la entrada de la iglesia parecía una boca oscura. Con el corazón en un puño, escudriñó las casas que rodeaban la plaza. El crujido de una puerta le hizo asomarse. Las fachadas eran todas iguales, pero a la entrada de una se amontonaban las flores. Sintió que se le resecaba la boca, una muchacha asomó y empezó a recogerlas, mientras la mente de Martí intentaba espantar un súbito miedo: «¿Quién las ha dejado allí? ¿Qué significan?» Un hombre vestido con un *maxtlatl* blanco salió a la puerta e hizo ademán de agacharse para ayudar a la chica, pero entonces lo vio. El conde no pudo moverse y ambos se quedaron inmóviles, mirándose el uno al otro. Intentando recordar su nombre, recorrió el espacio que los separaba. El hombre hizo entrar a la muchacha sin moverse de su sitio ni apartar la mirada.

—Creíamos que había muerto —murmuró atónito en náhuatl cuando llegó frente a él.

—¿Dónde está? —susurró mientras sentía que las sienes le estallaban.

Los ojos del hombre se humedecieron, lo escrutaba aún estupefacto, entonces Martí se acordó.

—Tecolotl hijo, por favor, necesito verla —le imploró poniéndole una mano sobre el hombro.

El hombre reaccionó con un gesto de asentimiento y entró en la casa. Martí le siguió y se vio en un pequeño patio interior desde donde se oía un murmullo incesante, como un canto tímido dominado por voces graves de mujer. Pero no llegó a verlas, pues sus ojos sólo podían mirar las flores que cubrían el suelo. A pesar de su perfume, predominaba el olor del incienso que quemaba a los pies de una figura colocada en el centro. Era una basta imagen de arcilla que parecía aún húmeda, con faldas de hojas de maíz y una calavera en el vientre que vigilaba la entrada. Martí reconoció a Coatlicue y distinguió en sus manos los restos de algo blanco, ensangrentado y sucio. Todo su cuerpo se estremeció al reconocer las bolas de pluma que habían adornado el cabello de Ameyali. «Todo por mi culpa», se decía sin dudar que era sangre de ella, sin atreverse a pensar más allá.

Tecolotl hijo lo tomó del brazo y lo hizo avanzar. Un perro sin pelo, negro con una mancha blanca en la cara, se levantó para dejarles paso. El joven alzó una cortina y le indicó que entrara. Martí accedió, solo, a una sala apenas iluminada por una antorcha. El murmullo que había oído en el patio le llegó claro, en una sola voz. Una anciana sentada se balanceaba ante un cuerpo tendido en el suelo.

Martí lloró, en silencio, desconsolado. Parecía amortajada, cubierta de una fina tela blanca, casi transparente. No supo bien cómo, se vio arrodillado junto a Ameyali. Su rostro descubierto, hinchado, con los ojos cerrados. Deslizó la mano por su mejilla y gimió:

—¡Dios!, ¿qué te he hecho?

Abrí los ojos. Humedad y penumbra. No podía moverme. Estaba atrapada..., sin dolor. En verdad, me parecía que flotaba. Sólo sentía que alguien me daba la mano, gimiendo al son de un arrullo que se interrumpió de golpe.

—¡Ha despertado!

Conocía esa voz. A la penumbra acudió el eco de un recuerdo: Yaretzi corriendo por la plaza. «Estoy viva.» Enmudecieron los sollozos y oí a lo lejos como un eco:

—¡Ha despertado!

Un rumor gozoso flotó en el aire. Y un rostro se dibujó ante mí, los ojos verdes como el lago.

—Te quiero —susurró Martí.

—Temía que hubieras muerto en la cueva —musité. Y con una mezcla de miedo y esperanza, añadí—: ¿Y Huemac?

—En mi casa, esperándote —sonrió él.

—No hables —dijo Yaretzi—. Estás muy débil. Te he cubierto de maguey. Santiago te golpeó, pero ya no te dañará más. Ni a ti ni a nadie.

Me pesaban los ojos. Entendí que ella me había dado algo para el dolor. Niebla y humedad. Flotaba. «Tengo que decirle que le quiero», pensé.

—En cuanto puedas viajar, te llevaré con tu hijo —oí a lo lejos a Martí—. No nos separaremos más.

—Descansa, mi niña.

Oscuridad, noche de luna llena, paz.

EPÍLOGO

Corre el año de 1548 y desde Sevilla llegan las noticias de la muerte de Hernán Cortés. Jamás logró poder alguno sobre las tierras nahuas, pero ello tampoco frenó lo que desencadenó su llegada: el desmembramiento de mi pueblo. No pensé entonces que algún día hallaría la paz, mucho menos la felicidad que ahora me embarga.

Me sacaron de Acolman poco después del entierro cristiano de Santiago. Rosario no acudió, decían que se había vuelto loca. Al parecer, pasado algún tiempo se quitó la vida y su hermana no quiso enterrarla junto a su esposo. Yo no volví jamás a Acolman, que quedó encomendada a Pedro Solís, como en un principio, como desde la caída de Tenochtitlán.

Yaretzi, Itzmin y yo nos instalamos con Martí. Fueron los perfectos abuelos de mi hijo hasta que la gran peste de 1545 se los llevó. Muy a mi pesar, Huemac estudia en la escuela cristiana, tiene habilidad para la pintura, y sabe de sus orígenes, de los dioses antiguos y de mi misión. Dice que ayudará a Tezcatlipoca a disfrazar a sus hermanos en las iglesias.

Martí y yo nos casamos en el santuario de Nuestra Señora de Guadalupe por el rito cristiano, bajo el manto con los hermanos de Coyolxauhqui que cubre la imagen de la Virgen. Lo amaba, lo amo, y después de todo lo sucedido, entendía que era lo mejor para poder estar juntos, protegidos, y asegurar el futuro de nuestro hijo. Fue el 11 de noviembre de 1535, tres días antes de que Antonio de Mendoza tomara posesión del cargo de virrey de la Nueva España, durante el mes mexica de *panquetzaliztli*, el de la gran fiesta de los estandartes elevados a Huitzilopochtli. Con la primera luna llena, viajamos a Teotihuacán para compartir un tamal que nos unía en matrimonio al amparo de mis dioses, en la primera peregrinación de las muchas que hemos emprendido a lo largo de estos años.

No hay templo, no lo reabrimos, y las piezas que Martí salvó permanecen allí enterradas, bajo la pirámide de Quetzalcóatl. Él me contó que la aparición de los soldados fue una trampa de Mariana. También gracias a ella quedó libre de todo cargo, y sospecha que además fraguó el destino final de Alfons, destituido súbitamente por su propio tío y enviado con su esposa a Socuéllamos, población de Castilla La Mancha de la que Mendoza es comendador. Pero jamás ha podido preguntárselo directamente, pues Mariana desapareció, y sólo supimos de ella por rumores que la situaban en la Ciudad de los Reyes, en Nueva Castilla.*

Aunque al final Mariana consiguió reparar el perjuicio ocasionado y Alfons hace años que no es una amenaza, la sombra del daño que nos causaron sigue presente en nuestros corazones. Ahora, todo el tesoro que guardamos reside en nuestros escritos. Además, creo firmemente que con el terremoto los dioses no nos hacían una advertencia, sino que expresaban el deseo de que no alteráramos su sueño, y lo hemos respetado. Pero el poder de Xochiquetzal, Coatlicue, Tláloc o Quetzalcóatl sigue vagando en la ciudad de los dioses; y como la luna llena que se esconde tras las nubes, los adoramos. Siempre en el bosquecillo cercano a Teotihuacán, con el alma de Chanehque de vigía, me reencuentro con quienes fueran mis vecinos, mis salvadores, también con sus hijos; sigo siendo su sacerdotisa.

Y entre luna y luna, salgo a los arrabales de la ciudad con Martí, el médico de los mexicas. A veces le ayudo en las curas, aunque la misión de mi alma, en verdad, es otra. En las chozas, a los pocos que quedan con el recuerdo de la antigua Tenochtitlán les doy la fe de que su vida no fue un sueño, sino una realidad compartida. Y a los que recuerdan vagamente lo que una vez escucharon les cuento leyendas para el día en que Coyolxauhqui se enfrente al sol en un nuevo amanecer. Y también las pongo por escrito, junto a todo lo que yo sé y lo que otros me narran de mi cultura. A ello he entregado mi vida, para eso fui elegida.

* Actualmente Lima, en la República de Perú.

NOTA DE LA AUTORA

La sacerdotisa de la luna es una novela histórica que utiliza una ficción para ilustrar el período de formación inicial de la sociedad colonial en la Nueva España. La ficción se centra en la evolución de la protagonista de la novela, Ameyali, y del resto de personajes que se entrecruzan en su vida: Santiago Zolin, Martí de Orís, Jonás, Mariana, Rosario, Tecolotl, Yaretzi, etc. Pero todo ello se trama a través de elementos costumbristas reales (medicina, vestuario, utillaje, etc.) y una selección de hechos y personajes históricos que influyen en la vida de los personajes ficticios.

México-Tenochtitlán

La novela parte de la caída de Tenochtitlán, que se recrea de forma verídica. Quedó totalmente destruida, y se partió de los cuatro barrios principales de la antigua urbe (anteponiendo el nombre de un santo o santa a la denominación náhuatl) para planificar una nueva ciudad. Todas las alusiones sobre la construcción de la misma son reales. También es verídica la recreación de dos sociedades paralelas: la castellana y la indígena. Por un lado, se instauraron órganos de gobierno castellanos que regían directamente sobre los primeros colonos, y, por el otro, se mantuvieron órganos de gobierno mexicas, basados en los antiguos jefes de barrio (*calpulli*), sujetos a los conquistadores.

Son personajes históricos Alonso de Estrada, Sandoval y todos los combatientes castellanos, excepto don Gonzalo. A su vez, son reales todos los miembros de la Real Audiencia que se nombran (de la primera y la segunda), así como sus actitudes y acciones. También son históricos Juan de Zumárraga, primer obispo de México, y fray Pedro de Gante y su obra (la escuela de San José de los Naturales, el hospital y la escuela superior que se menciona, en la que se daban clases de latín, gramática, etc.).

Todas las alusiones a Hernán Cortés son históricas, desde la fallida expedición a Las Hibueras (Honduras) hasta el clima político que lo lleva a Castilla en 1528 (con los tesoros y la comitiva de naturales que se describe), su retorno a la

Nueva España y la constante pugna de los miembros de la Real Audiencia por limitar su poder. A su vez, Ixtlilxochitl, príncipe de Texcoco bautizado como Hernando, fue colaborador de Hernán Cortés, tal y como lo recrea la novela.

Acolman y el sistema de encomiendas

Acolman y sus nueve aldeas eran tributarias de Texcoco antes de la llegada de Cortés y tuvieron como último *tlatoani* a Xocoytzin, personaje histórico al que ficticiamente se le otorga la paternidad de Ameyali. Xocoytzin fue aliado de Cacama, hermano de Ixtlilxochitl, y durante la guerra le tendió una emboscada a los hombres de Cortés, como se menciona en la novela.

Tras la conquista, Acolman pasa a ser encomienda de Pedro Solís durante toda su vida. Por lo tanto, es ficticia la inserción de Juan Cipactli y Santiago Zolin. Pero es histórico que hubo indígenas que fueron encomenderos, y a modo de ejemplo verídico la novela cita a Tecuchipo, hija de Motecuhzoma bautizada como Isabel.

Acolman fue famosa por la crianza de perros castrados, que se empleaban como carne, pero su consumo decayó como consecuencia de la censura del cristianismo. El posterior desarrollo de cultivos de maguey en Acolman es ficticio, aunque está basado en los usos reales que las culturas del valle de México daban a dicha planta. También es histórico el hecho de que el alcoholismo aumentó entre los indígenas tras la conquista y que el pulque se convirtió en un rentable negocio.

La novela en Europa

Barcelona y Roma son las dos ciudades europeas donde se desarrolla parte de *La sacerdotisa de la luna*, además de una pequeña aparición de Granada.

Las referencias costumbristas que se recrean en la Ciudad Condal son históricas: el sistema de gobierno, las menciones del Estudio de Medicina, el itinerario para ser licenciado, la piratería en la costa, etc. También están basadas en hechos históricos las alusiones a la situación ideológica y política general: desde los posicionamientos erasmistas y recelos hacia los mismos, hasta la expansión del luteranismo o el conflicto con el rey de Francia y el Papa.

En este sentido, cuando la novela se traslada a la ciudad pontificia, lo hace anclada en el episodio histórico conocido como el *sacco* de Roma, recreando la organización del ejército imperial, el clima previo y el propio saqueo, para acabar aludiendo al transcurso de las negociaciones de paz. Es verídico que Carlos V envió a una comitiva de naturales de la Nueva España a una recepción con el Papa, y la ficción recae en el hecho de que vaya Ameyali. En cambio, el personaje de Miquel Mai es histórico, y ejerció las funciones que se detallan en el libro.

Miquel Mai es precisamente quien propicia, en una acción ficticia, el paso de la novela por Granada. Las alusiones a la situación de la ciudad y la construcción del palacio de Carlos V son reales, aunque no la implicación de Alfons. Son personajes históricos Luis Hurtado de Mendoza, Antonio de Mendoza y María Pacheco de Mendoza, así comos sus cargos y trayectorias. Sin embargo, es absolutamente ficticia María Padilla Pacheco y su hijo, inventados para insertar el movimiento de Alfons en la trama general de la novela.

La religión en *La sacerdotisa de la luna*

Era sabido entre los frailes que los ritos paganos de los indígenas perduraban de forma clandestina, y aferrándose a esta realidad histórica, la novela inventa las acciones de Ameyali como líder religiosa de su comunidad. Pero aunque ficticias, sus acciones se erigen sobre aspectos reales, como las deidades nahuas y festividades o la concepción de Teotihuacán como ciudad sagrada a la que, con cada ciclo lunar, peregrinaba Motecuhzoma. La descripción de la pirámide de Quetzalcóatl es real, se halla dentro de la llamada Ciudadela, y en 2010 se descubrieron tres cámaras en su interior donde posiblemente hay restos mortuorios. La novela se permite crear toda una ficción alrededor de una cueva subterránea bajo esta pirámide.

Por lo que respecta a la presencia del cristianismo más allá de la Ciudad de México, la encomienda era una figura jurídica que, teóricamente, tenía como uno de sus objetivos cristianizar a los indios encomendados. Había un fraile o sacerdote por encomienda (como mínimo), e iban de estancia en estancia como hace fray Rodrigo en la novela. Este, así como fray Antonio, son personajes ficticios, pero sus acciones ilustran comportamientos reales en los primeros pasos de la cristianización de las poblaciones nahuas: destrucción de ídolos paganos y códices, bautizos masivos, asistencia obligatoria a doctrinas, castigos ejemplares, etc.

Entre el cristianismo y la clandestinidad de la antigua religión, aparece el sincretismo. La novela cita el caso de la Virgen de Guadalupe como el ejemplo más significativo, y las alusiones a cómo se le apareció a Juan Diego son reales. En la misma época, existió una controversia sobre si la afluencia de indígenas al santuario se debía a la Virgen o a que ya era centro de culto de Tonantzin, tal y como atestigua fray Bernardino de Sahagún.

GLOSARIO

Acocochtli: acocote; calabaza alargada que se agujerea por ambos extremos y se vacía para recolectar, por succión, el aguamiel del centro de la planta de maguey.

Amatl: papel mexica elaborado a partir de hojas de maguey.

Atlatl: lanzadardos, usado como arma de guerra, y también para la caza y la pesca.

Calmecac: escuela de los templos donde estudiaban los hijos de los nobles hasta la edad militar, excepto si manifestaban vocación religiosa. El dios de los *calmecac* era Quetzalcóatl, y en ellos se formaba a los alumnos para ser funcionarios administrativos o religiosos. También eran los monasterios donde vivían los sacerdotes y las sacerdotisas. Cada templo tenía su *calmecac*.

Call: en catalán, «judería».

Castellà: señor del castillo. En Cataluña, el *castellà* podía regir el castillo y su jurisdicción en dominio útil y posesión inmediata, en nombre del señor del castillo o del soberano.

Cihuacóatl, *cihuacóatl*: literalmente «mujer serpiente». Por un lado, *cihuacóatl* era el cargo político que podía equivaler a un primer ministro. Por otro, Cihuacóatl era la diosa de la fertilidad.

Cihuatlanque: ancianas que ejercían de intermediarias entre la familia del novio y la de la novia para pactar una boda. Durante la ceremonia, había un momento en que la madre del novio ofrecía a su futura yerna ropa de mujer, y la madre de la novia hacía lo mismo con el novio. Luego, las *cihuatlanque* anudaban el manto del novio y la falda de la novia, tras lo cual ya se consideraban marido y mujer.

Ciutadans honrats: literalmente «ciudadanos honrados». Es la alta clase urbana que se da en el reino de Aragón, formada inicialmente por familias con propiedades rústicas, que explotan con fines económicos, o familias con fortuna monetaria. Era un grupo reducido, exento en la Edad Media de ciertos tributos, que monopolizaba el gobierno de Barcelona hasta que se vio obligado a compartir funciones, a partir de 1455, con mercaderes, artistas y menestrales. Fernando el Católico asimila a los *ciutadans honrats* con el estamento de caballeros, integrándolos a nivel de privilegios, de modo que juntos constituyen una clase urbana dirigente. A menudo, el primogénito se quedaba como *ciutadà honrat* y los hijos menores acababan en el ejército o estudiando leyes o medicina. Por eso, a partir de 1498 los doctores son equiparados a los *ciutadans honrats*.

Comalli: comal. Disco de cerámica que se colocaba sobre la brasa para cocer tortillitas de maíz.

Consell de Cent: era la asamblea constitutiva del gobierno municipal de Barcelona. Desde 1510, la elección es por sorteo, con cuarenta y ocho puestos reservados para *ciutadans honrats* y caballeros, y treinta y dos para cada uno del resto de estamentos (comerciantes, artistas y menestrales). Del Consell de Cent salen cinco *consellers* con poder ejecutivo. Los tres primeros elegidos son *ciutadans honrats* o caballeros, el cuarto es mercader y el quinto artista o menestral.

Conseller: traducible como «consejero» o «concejal», en la novela se refiere a miembro del Consell de Cent con poder ejecutivo.

Corregimiento: inicialmente era un sistema de gobierno y recaudación de tributos de los indígenas que estaban directamente bajo la Corona (no encomendados). El corregimiento estaba regido por un funcionario real, el corregidor, que tenía asignado a una serie de indígenas de una zona determinada (corregimiento). El corregidor recaudaba los impuestos para el rey y recibía un salario, parte adicional del cual, al principio, se cobraba con alimento, forraje, combustible y servicio de los indígenas. El corregimiento fue un forma de la Corona para frenar y contrarrestar el poder del encomendero (véase encomienda).

Encomienda: inicialmente era un sistema de trabajo privado y jurisdicción tributaria. La encomienda estaba regida por el encomendero, a quien se confiaba el bienestar cristiano de un grupo de indígenas de una zona determinada (normalmente, provincias de poca extensión), sobre los cuales tenía derecho de trabajo y tributo. La encomienda no era hereditaria y no daba al encomendero derechos sobre la tierra, que era propiedad del indígena. Cortés repartió un buen número de encomiendas entre los conquistadores como sistema de control inicial del territorio, pero enseguida el emperador estableció límites. Como promedio, las encomiendas tenían a unos seis mil encomendados (indígenas tributarios), aunque en 1528 la Corona prohibió las de más de trescientos.

Estudio de Medicina: referencia al Estudio General de Barcelona fundado por el rey Martí l'Humà. Estudio (*Studium*) es un término medieval que responde a lo que entendemos hoy día por universidad. Es estudio general cuando está fundado por un rey o un papa y, además de las artes, cuenta con enseñanzas superiores de teología, derecho o medicina.

Familiar de la Inquisición: persona civil que informaba a la Inquisición de cuanto ocurriera, ejerciendo de espía. Ser familiar era un cargo oficial que implicaba ciertos privilegios, entre los cuales figuraba el no ser juzgado por el Santo Oficio, además de beneficios económicos.

Gaudint: era el que alcanzaba el doctorado en medicina o leyes. El doctorado es un complemento honorífico a la licenciatura para el cual hace falta esta, el permiso del gremio universitario y dinero para pagar ceremonias, fiestas, derechos y propinas. A partir de 1498, el *gaudint* es equiparado en derechos a el *ciutadà honrat*, y por lo tanto puede formar parte del Consell de Cent.

Icpalli: tipo de silla o asiento sin pies, con respaldo alto e inclinado hacia atrás. Al sentarse en el cojín, las piernas quedaban sobre el suelo. En la sociedad mexica previa a la llegada de Cortés, el *icpalli* podía ser usado por las clases altas, aunque el asiento más habitual era sobre una estera en el suelo.

Iztacpactli: su nombre científico es *Psoralea pentaphylla*, también conocida como contrayerba mexicana o blanca. Se empleaba para paliar la fiebre.

Juicio de residencia: juicio a través del cual se revisaban las actuaciones de los cargos públicos. Se designaba específicamente a un juez de residencia para llevarlo a cabo y se realizaba al acabar el mandato del cargo público. En una primera fase, se atendía a testigos de forma confidencial para que declararan sobre la conducta de la persona juzgada, a la vez que se revisaba la documentación de su ejercicio. A partir de aquí se establecían cargos. En una segunda fase, el juicio se abría a la población para que presentara acusaciones concretas, de las que el acusado debía defenderse una a una, así como los cargos fruto de la primera fase. Las penas se solían resolver con multas.

Lansquenetes: mercenarios alemanes que normalmente se organizaban en compañías de piqueros. Instaurados por Maximiliano I de Hausburgo, abuelo de Carlos V, llegaron a constituir la base de la infantería alemana durante el Renacimiento.

Maxtlatl: prenda de vestir masculina usada a modo de taparrabos. Era una pieza de tela que envolvía la cintura, se pasaba entre las piernas, se anudaba y se dejaban caer los extremos por delante y por detrás. Antes de la llegada de Cortés, todos los hombres lo usaban y su elaboración variaba en función de la clase social. A medida que se fue instaurando la sociedad colonial, los hombres fueron adoptando paulatinamente el pantalón.

Muerte florida: es aquella en la que se sacrifica a un prisionero de guerra en honor a Huitzilopochtli. Los mexicas, antes que matar en una batalla, preferían tomar prisioneros que pudieran acabar ofrendados en una muerte florida. Incluso en tiempos de paz, existían las guerras floridas, que se llevaban a cabo con la finalidad de hacer prisioneros.

Noche Triste: se refiere a la noche del 30 de junio de 1520. Cortés dejó Tenochtitlán a cargo de Pedro de Alvarado mientras él se dirigía a Villarrica a enfrentarse con Pánfilo de Narváez. Durante su ausencia, Alvarado llevó a cabo una matanza en el templo mayor, en la que acabó con la vida de los mexicas congregados allí para celebrar el festival de Toxcalt. Ello provocó la rebelión del pueblo, mucho más numeroso que los castellanos que quedaban en la ciudad. A su regreso, Cortés encontró a sus hombres cercados en el palacio de Axayácalt, y ante tal situación, decidió salir la noche del 30 de junio de 1520, a escondidas. Pero durante la retirada, fueron atacados por los mexicas y sufrieron numerosas bajas.

Ololiuqui: su nombre científico es *Rivea corymbosa*. Es una enredadera cuyas semillas provocan alucinaciones. Entre los pueblos nahuas, se empleaba como método de diagnosis, ya que se pensaba que las visiones que provocaba indicaban la causa de la enfermedad.

Oidor: funcionario real que ejercía como juez de la Real Audiencia.

Patole: procedente de la palabra náhuatl *patolli*, el *patole* era un juego de casillas, tipo parchís, con un tablero en forma de cruz. Como dados se usaban frijoles con marcas, y como fichas se empleaban piedras de colores. El objetivo del juego era regresar primero a la casilla de origen.

Pubilla: según la tradición catalana, es la hija mayor que, en ausencia de hijos varones, se convierte en heredera universal de los bienes de sus padres.

Seny del lladre: literalmente, podría traducirse como «el buen sentido del ladrón». Las campanadas del *seny del lladre* eran las que se tocaban por la noche, antes del cierre de las puertas de la ciudad de Barcelona.

Telpochcalli: literalmente «casa de los jóvenes». Escuelas de los barrios cuyos profesores eran funcionarios no religiosos. El dios del *telpochcalli* era Tezcatlipoca. En estas escuelas se formaba a los alumnos en tareas comunitarias y en la guerra.

Temazcalli: hecha con piedras porosas y argamasa, era una pequeña construcción semiesférica empleada para el baño a vapor. Había un hogar en una pared exterior, de forma que en el interior se echaba agua sobre ella para obtener el vapor. Luego se procedía a frotarse el cuerpo con hierbas. Antes de la llegada de Cortés, muchas de las casas tenían *temazcalli*.

Tememe: del náhuatl *tlamama*, significa «cargador indio».

Tequio: del náhuatl *tequitl*, literalmente significa «trabajo» u «oficio». El tequio se refería al trabajo para lo que hoy entendemos como obra pública o bien comunitario. Las clases acaudaladas mexicas ponían materiales, y las clases populares constituían la mano de obra. Con la entrada de los españoles, el tequio se fue convirtiendo en un tributo que los naturales pagaban en forma de trabajo a los colonizadores.

Tlatoani: literalmente, «el que habla». Es el término que empleaban los pueblos nahuas para designar al máximo dirigente de una ciudad. En la Tenochtitlán del siglo XVI, el título no era hereditario, sino que lo escogía un consejo de un centenar de personas compuesto por los altos dignatarios, funcionarios de rango secundario, militares retirados y en activo y sacerdotes de alto rango.

Tomatl: «tomate».

Tonalpouhqui: era un adivino conocedor de los escritos sagrados. Al nacer un bebé, se le llamaba, y teniendo en cuenta el momento exacto del nacimiento, determinaba su signo astral.

Topileque: funcionarios mexicas con funciones policiales.

Tzitzimime: demonios estelares femeninos que intentan destruir el mundo atacando al sol con el alba y el crepúsculo. La abuela de Mayahuel era una *tzitzimime*.

Universitas: denomina a cualquier tipo de comunidad con personalidad jurídica, como, por ejemplo, la *universitas* de herbolarios y boticarios. Desde principios de la Edad Moderna, el término universidad ha sustituido al de estudio general, partiendo de la comunidad que forman maestros y estudiantes (véase Estudio de Medicina).

Veedor: funcionario real encargado de revisar que se cumplen las disposiciones de la Corona.

Visite nuestra web en:

www.umbrieleditores.com